乐教人生

胡正良 著

汇蓝巧筑

陈长明 主编

团结出版社

UNITY PRESS

图书在版编目(CIP)数据

乐教人生 / 胡正良著. -- 北京：团结出版社，
2022.6
（汇蓝巧筑 / 陈长明主编）
ISBN 978-7-5126-9370-8

Ⅰ.①乐… Ⅱ.①胡… Ⅲ.①散文集-中国-当代
Ⅳ.①I267

中国版本图书馆 CIP 数据核字（2022）第 056994 号

出　　版：团结出版社
　　　　　（北京市东城区东皇城根南街 84 号　邮编：100006）
电　　话：(010)65228880　65244790
网　　址：http://www.tjpress.com
E-m a i l：65244790@163.com
经　　销：全国新华书店
印　　刷：长沙印通印刷有限公司
装　　订：长沙印通印刷有限公司

开　　本：142 毫米×210 毫米　　　　1/32
印　　张：40.5
字　　数：476 千
版　　次：2022 年 6 月第 1 版
印　　次：2022 年 6 月第 1 次印刷

I S B N：978-7-5126-9370-8
定　　价：398.00元（共九册）

序

◎ 胡少明

1984年11月中文系的张翼德老师带我们去湘乡一中实习，在那里曾经学习、生活过40天。也许是年纪大了的缘故，喜欢回忆往事，当时的一些活动连细节都有了印象：

我的指导老师是王秉爱，我实习的班级是高二（2）班，我实习教学的课文是鲁迅杂文《丧家的资本家的"乏"走狗》。张翼德老师，参加过商务印书馆出版的《辞源》的编纂，应邀给一中的文科老师开讲座，他就讲编修《辞源》的辛苦与收获。讲座的地点是由孔庙厢房改造成的语文组办公室。

现在的孔庙古朴典雅，可当时还没有修缮。据说孔庙是北宋大中祥符年间建的学官，全省的中学保存有孔庙的只有一二所。"大清中兴第一名臣"曾国藩曾为学官题联："涟水湘山俱有灵，其秀气必钟英哲；圣贤豪杰都无种，在儒生自识指归。"激励学子，发奋攻读，英雄不问出处，关键在修为和业绩。

湘乡是湖南省的经济文化教育的发达地区，一中早就是省里的重点中学，实习时就发现当年的老师特别敬业，都是一心扑在教学上。实习结束的时候，全队13人在校门口合影，郭沫若题写的"湖南省湘乡第一中学"横在实习队队列的上方，郭沫若老到的书法与大学生的青涩表情相映成趣。如果时光可以倒流，把实习的40天拍成影像，封面必须用这张照片。

我南下深圳工作后，遇到湘乡的人都要问及一中和那里的老师；老同学见面，也一定会谈起实习的事：对那里的人事有一份关切，也期待着能见到有缘分的人。

有一次，桂园社区的罗建庆主任安排饭局，有幸结识湘乡一中的胡正良老师。胡老师一米八的个子，身体健硕，板寸平头，青白相间的头发，非常精神。"敏于思，讷于言"，不经过思考，不肯先发言；既是教语文的前辈，当时我就认下了这个"叔"。

叔在一中教语文，带班级，还有一段辉煌历史。一九八〇届湖南省语文教学现场会在湘乡一中召开，全省各地市语文教研室正副主任、各重点中学的教导主任参加，是一场精讲多练、提倡启发式、少而精的教改盛会，全省语文界的权威人士济济一堂。叔的课上得好，讲解精当，练读结合，启发引导，课堂活跃。学生争相举手答疑，创见频频，不时激起听课领导的阵阵笑声，为学校在全省语文界赢得好评。叔的班也带得好，叔从双峰杏子农村调往湘乡一中，是一步一个脚印，从后进班到特殊班，再到优秀班走出来的。对于教师职业的认知，他是理性的；对于自己职业生涯的功过，他也是理智的。他不伐功也不诿过：称功是经验，供人效法；言过是教训，给人借鉴。年邵之人所能做的，不只有这些吗？德高之人所能贡献的，不也正是这些吗？正良老师，名副其实矣。

叔最擅长的是作文教学，他重视学生的阅读，尤其是古今中外的名篇、名著。例如，《鲁滨逊漂流记》《钢铁是怎样炼成的》《一杯奶可以温暖一辈子》《安徒生童话》《狐狸和猴子的故事》……以阅读扩大学生知识面，以掌握价值观、审美观等是非标准，作为学生思考人生、观察社会的思想武器。但是他更重视走进生活，在生活里观察、发现自然美、人性美。例如他的《游东台山记》的写作公开课：

提问："两个星期前，我们游东台山的情景还记得吗？"

学生齐声回答："记得。"

"游是游览、游玩，是观赏景物、名胜。记是记叙，即把游东台山的所见、所闻、所感写出来。请大家用一句话把记得的情景表述一下，中间嵌一个成语或四字短语表达出心理的体验。"

有的说："游东台山的情景历历在目。"

有的说："爬山比赛的场面犹在眼前。"

后面的一个接一个跟着说：

"联欢会上的欢歌笑语仍在耳畔回响。"

"站在东台山顶，湘乡的美景一览无余。"

"野炊的极品是鸡爪，抓在手里虽然不太卫生，但却津津有味。"

…… ……

这一段教学，正好符合观察理论的方法要诀。观察要注意眼前看到的和眼前没看到的；眼前虽然没看到，但是应该会看到。每个学生的表达，前半句概括所见所闻是实，后半句所感所悟是虚，一句话里虚实相生。在带领学生实地观察时，引导学生记住眼前东山精彩的"一瞬"，也借助回忆、记忆挖掘文本、历史中东山的"一切"。

会观察的人善于从"一瞬"中看到"一切"，从"一切"中抓住"一瞬"。所谓"一瞬"，是客观事物在短暂的时间和有限的空间中所呈现的形态。是眼前看得见的，如绘画和摄影就是表现生活中的"一瞬"的。所谓"一切"，是客观事物所有内在和外在的总和，或者这个客观事物几个阶段之间、几个生活方面之间的逻辑联系。文学作品则是把许多"一瞬"有机的连接和组合，从而表现出描写对象的"一切"，即描写对象的本质特征。欧阳修到琅琊山看是看过的，但要说分季节去看，天天早去看晚去看，估计不会有。但他却写了早晚和四时的不同，他亲眼看到的是"一瞬"，把眼前看到的和眼前没看到的综合起来就能代表"一切"。学生能够有机的处理好这些对立又统一的关系，就叫会观察了。

背诵、默写、仿写，一向是作文教学的传统圭臬，一般来说，是比较高效的。仿写经典名篇不一定能每次都成功，仿写学生自己的文章，不成功的概率非常少，因为学生间年龄相当，阅历相近，积累虽有不同，但学生之间差距并不太大，所以作文的时候，当他们遥体人情，悬想事势，把胸中的丘壑山水，换成笔底的锦绣文章，容易得到感同身受，引起内心共鸣。

现下多提倡老师写下水作文，有一定的意义，特别是在审题立意方面有启发和借鉴作用。但是老师的下水作文在被学生模仿时也会存在先天不足。因为下水文章，是老师深思熟虑，反复打磨而写下的，既有灵感的激发，又有学识的支撑，还有好多经验的加持。相对而言，教师的下水文，是比较成熟甚至完美的。老师的学识、阅历、经验与学生有不同，所以可供模仿的价值大打折扣。相反的更接近学生的知识水平和生活实践的学生佳作，更易于学生借鉴和学习。

叔深知作文教学的规律，掌握了作文教学的诀窍，指导学生写出了相当数量的好作文。他将学生的优秀作品整理成册，就这样保存下来了。这些作文是靠向学生征集回来的？学生自己或许早就丢了。是以前讲评时备份保存下来的？一般的语文教师都这样，但叔不是。他最小的女儿胡新春告诉我，说他到哪里都推荐他学生的文章，几十年了，还能一篇一篇的讲出来。我是专门教作文的，我的电脑里留存了许多学生的优秀作文，但我很难一篇一篇讲出来。老师在班上讲读学生的文章，学生一辈子不会忘记，这，我有经验；老师讲评过的学生作文，老师一辈子不忘记，这，我只有敬佩。

我读正良叔的这本册子，深深地认识了一个优秀语文教师的光辉形象，从他的教学生涯里，看到成功者最强大的基因是他对学生的关爱，对工作的责任，对事业成就的孜孜追求。

此外，他老人家写自己的奋斗人生，是令人感佩的。尤其是年轻时，少年老成，遇变不惊，每每把握住了机遇，还结交了若干休戚与共的朋友；一中任教，正直为人，秉直行事，对得起天理良心。叔的回忆性散文叙事细节鲜活，给人很强的画面感，有时刻意写景，委婉抒情，绘声绘色，让阅读者感同身受。

我是自告奋勇要求作序的，其实是为了表达对叔的敬佩。

胡少明于深圳梧桐山下

2021 年 2 月 27 日

目　录

我的教学新篇

1977 年 3 月，我由双峰调回湘乡后，县一中正往教育局要人，听说我在双峰县杏子区是个教学骨干，看了我的档案后，便把我要了下来，分配我担任初 38 班班主任及语文科教学。

这个班已经换了几任班主任，课上不成，无人接手，这也是学校相中我的原因。

接班后的头两天，我基本上不多说话，只是按照座次表认人，留心班上的动态，记载好坏典型。第三天，全班 62 人，我基本上能够喊出姓名。为了加深印象，活跃气氛，拉近师生距离，我要求每个学生都上台自报姓名、住处，介绍自己的兴趣、爱好、特长，并且唱歌、跳舞、拳击武术、讲故事，四选一。之后，我总结、讲评三天来的情况，点名表扬一批人，不指名批评班上的不良风气和行为。我说话声音清楚、响亮、亲和，但也不缺严肃。接下来，我把今后思想学习、生活纪律的要求说了一遍，尤其强调了课堂纪律和课后作业。我说："今后你们就按我讲的去做，你们必须听老师的，因为老师代表学校，代表家长，也代表你们的未来。如果你不想学习，故意吵闹、破坏，那你回家去吵、去闹，不要耽误别人。现在你吵你闹，到了当门户的时候，你拿什么成家立业？那个时候，时不再来，看你怎么办？人的一生，要紧的只有几步，小学是第一步。你们现在已经在走第二步了，这一步不走好，还有第三步吗？"在学生面前，我讲明了教育的正义性、合理性和紧迫性，树立了教育的权威和老师的威信。我说："你就是天王老子的崽，到了学校就是学生，没有任何特殊，必须服从学校的教育和老师的管理。"一个星期下来，正气上升。班委会、各小组及时改选跟进，每天放学小结，有事则长，无事则短，顺应学生心理。好的放行，有问题的留下，留下来的，交心谈心，做思想工作，促成转化。这样，班风迅速端正，各科老师一致反映："课上得成了。"这样的烂班迅速改变面貌，学校也满意，要我在全校谈了管理班级的体会。以后，体育专业班、文艺专业班以及一中自主招生的优秀班等难度较大的班级的组织管理都较好地完成了任务。在班级工作中，我晓之以理，动之以情，着重培养学生爱党、爱国、爱民、爱集体和奋力拼搏、积极向上的思想，增强学生的是非观念和法制纪律观念。钱振湘是合众人寿的精英，他在公司的总结表彰大会上激动地说："我的初中班主任胡老师，他告诉我们，一个人任何时候都要积极向上，力争第一，由于不断努力奋争，所以我才取得今天的成绩。"湘钢的总裁助理刘双辉说："我在胡老师手下读三年初中，总共只扣了0.5分。"学生对自己严格要求、奋勇争先的思想已经刻骨铭心。学生们说："我们怕老师，但又敬老师，因为他是为我们好。"这一点是学生的共识，家长也认可，所以，每当我接手新班时，不少家长要求把孩子放到我班上。

在组织、管理班级的同时，还有本班的教学任务，二者相辅相成。班级管理井然有序，学生转化卓有成效，再加上把课上好，在自己任教的学科里吸引和带领他们获取知识，提高能力，则是二者比较完美的结合。

1979年，学校自己命题、改卷，自主招生，从全县小学几千名毕业生中择优录取了两个班，其中把初四十六班交给了我。一年二期时，湖南省语文教学现场会在湘乡一中召开，全省各地市语文教研室正副主任、各重点中学的教导主任参加，要求学校拿出三场试验课。高三是彭书传，高一是曾少达，初中是我。这三堂课是省教委对湘乡一中语文教学、教改的一次检查，也是学校语文教学现状的真实反映，学校要求要讲好，只能成功，不能失败，但我两次试教都不理想，学校有些着急。换人吗？来不及了。书记找我了解情况，书记说："老胡，问题在哪里呢？"我说："应该是教与学的配合问题。如果是我在本班上课，不会是这个情况。"因为我之前带学生游了东台山，组织了四场活动：爬山比赛、鸟瞰湘乡、野炊、联欢。这堂作文指导课是以《游东台山记》为题，把四场活动串起来，完成一篇作文。如果觉得题目容量大，难于表现，也可以只写一场活动，表现一个侧面。而这两次试讲，一次是学校部分语文老师参加，一次是同年级另一个班的学生，他们都没有参加游山活动，怎么配合？书记见我有备无患，表示认可，说："老胡，你好好讲!"正式上课的时刻到了，教室里济济一堂，教室外也密密麻麻站满了人，县直中学语文界的同行也来了很多，这样的场面我还是第一次经历，心里不免有些紧张。但当上课铃响起时，我全力以赴到了课堂上，思想无所谓紧张了。我板书了课题《游东台山记》，提问："两个星期前，我们游东台山的情景还记得吗？"学生齐声回答："记得。""请大家在练习本上用一句话把记得的情景表述一下，中间嵌一个成语或四字短语。"按照惯例，学生写完后就或前或后站起来发表意见。有的说："游东台山的情景历历在目。"有的说："爬山比赛的场面犹在眼前。"后面的一个接一个跟着说："联欢会上的欢歌笑语仍在耳畔回响""站在东台山顶，湘乡的美景一览无余""野炊的极品是鸡爪，抓在手里虽然不太卫生，但吃在口里津津有味"。课堂气氛顿时活跃起来。眼前的这些小不点，是全市小学毕业生中选拔的精英，在这样的大场面，他们也一个个摩拳擦掌，跃跃欲试，手举得高，站起来发言也声音洪亮，一套一套的，我就势点拨，逐步解决了审题、立意的问题。我说："关于题意，即题目字面上的意思及其引申义和题目文体上的要求，《游东台山记》即东山台游记，游是游览、游玩，是观赏景物、名胜。记是记叙，即把游东台山的所见、所闻、所感写出来，是记叙性文体，是游记，是广义的散文，有起始、经过、高潮和结尾。"我进一步引导："它要表现的主题呢?"大家争先恐后发表意见，最后一致认为，是赞扬年轻一代不怕困难、勇攀高峰、力争第一的精神和热爱自然、热爱家乡、能歌善舞的情怀。我说："如果只表现其中一个方面也行，不写'游东台山记'，只写爬山比赛，那表现的就是年轻一代不怕困难、勇攀高峰的精神，也可以写其他三个方面。"接下来在写什么和怎么写的问题上，大家展开了争论，各抒己见。然后我做了小结，我说："我们游东台山的四场活动，爬山、鸟瞰、野炊、联欢，都是本次作文的内容。再说怎么写? 是按事物本身发展的顺序写，还是按事物性质归类写，还是按时空顺序写，是着重写一个活动，串起其他三个活动，还是平均着墨，都由自己选择决定。你可以把想用的具体写法拿出来试试。比如总分法、点面法、夹叙夹议法、金线串珠法都可以尝试。

又比如写景要有观察点，要写出远近层次；写场面要以人物活动为中心，写气氛要以人物的心理活动和感受为中心等，都可以在文章中试用。"

最后，我就有关的几个方面提示如下，供大家讨论：

"一、这篇文章内容比较丰富，有四场活动要写，所以开头、结尾怎么样？不啰唆，交代一下时间、地点、人物和事由就要直抵东台山下开始写相关内容。二、爬山比赛是奋勇争先、勇攀高峰的场面，要怎么写？要以人物活动为中心，要抓住那些冲在前面的勇士主写。写争先的场面，要写得有声、有色、有形，要抓住跌倒了又爬起来追赶，或者跌倒了、摔伤了、出血了的典型写，写互相帮助、救助的场面。三、鸟瞰湘乡，可以东台山顶为观察点，以东山学校或涟水河为中心向四周写开去。从四周向中心写，最后在涟水河或东山学校收笔。四、联欢会要写出气氛来。既要写场面，又要写气氛，激动人心的场面，欢乐、祥和的气氛，无忧无虑的气氛。五、结尾要写出感情。难忘、依恋的感情，可以议论、抒情。大家完全应该有自己的见解，突破创新。下周星期一交作文。"

这时，下课铃响起，同学们起立鼓掌，欢送听课领导、老师离场。主任们的脸上洋溢着笑容，学校书记也站在教室外边的走廊上，笑盈盈的。书记脸上的笑容，是对我的课的最好评价，这是我教学生涯的辉煌时刻。这以后，由于书记的关心、重视，我在1982年加入了中国共产党，实现了我在双峰没有实现的梦想。

作文教学的感受

好的文章就是一首动人的歌曲，学生看完后会受到教育和感染，多看多读这样的文章，学生的写作水平会迅速提高。通常我让学生多看多读后就组织默写，默不出根据文意用自己的话写出来也行。这就是作文训练的三多：多看、多读、多写。这是一种强化训练，能够激发学生的写作兴趣，提高学生的记忆、判断、分析、思考和语言积累能力。练得多了，作品融入了学生的头脑，就成了学生的东西。读上口，才能藏于心，见于笔。学生自己作文时，这些东西（指语言、技巧、方法）会自然涌向笔端。

记叙文中常有"这""那""这里""那里""这

时""那时""这是""那是""过去""如今"等一类表示时空、方位和现实、历史的指代词语。这些词语围绕中心，既写眼前，又写开外，时而聚拢，时而放逐。这样放收聚合的结果，文章的语言、技巧、方法时在变化，活力、表现力更强。这些词句，通过读、记、背、写的强化训练，会很自然地变成学生的东西。这样的强化训练，不受条件限制，老师、家长在学校、家庭都可以进行；多几个学生更好，可以开展比赛。这样的训练是课堂教学的一种补充，而且这是学生自己的文章，更接近学生的知识水平和生活实践，更易于学生借鉴和学习仿效。

小学、初中学生作文，在积累语言、摸索技巧、方法的基础上，应从记叙文开始训练，即写人记事的文章。写人包括人物的外貌神态、语言动作、心理活动；记事则记叙事情的开头、经过、高潮和结局；此外还有场面、情景、气氛、感受的描述。场面、情景、气氛的描述要以人物活动为中心，写得有声有色有形；感受则以人物的心理活动为主进行。就记叙的顺序而言，可以时间顺序、空间顺序和事物本身发展为序。还可以训练学生插叙、倒叙的写法。

学生要写出好文章，语言、方法、技巧和文体是很重要的几个方面，更重要的是要有一个好的构思和立意，构思要新；要站在潮头，要能够鼓舞人。这样的功底，要靠平时积累。一个有用的人，首先必须是一个有心的人。有心人就必须用心记载、剪辑、拍摄生活中那些精彩的、感人的内容，到时候才能为自己所用。如"江口桃花艳天下，绿水青山金银山"，就是习近平总书记的"绿水青山，就是金山银山"的论断刻在脑海中后写的。除了用心记载、积累素材之外，还要努力学习，树立自己的爱党、爱国、爱民的思想，思想好、觉悟高，才会由衷地赞美党、赞美国家和人民。

健康是人生的基石

  我从参加工作起就离乡背井，虽说不远，但也有百把里路，而且要走二十多里小路，才有汽车站。为此，吃过不少苦头，迫切需要一辆属于自己的车，这车不是小汽车，而是一辆自行车。

  买一辆新永久牌自行车，当时要一百七十多元钱，不吃不喝要半年工资才买得起，因此只能买旧单车，二手、三手的。我听说护林村王会计有辆旧单车卖，我问三问四，找到王会计，他说要三十多块钱，我看了看车，锈板板的样子，没有刹车，没有雨板，就是一副有两个轮子的光架子，轮胎磨得溜光，双钱牌的，胎里面有气，我在他的晒谷坪里试了一下，像摇篮架架一样，总算骑得，停下来时，必须用脚塞在前叉里的轮胎上。我心想，有总比没有好。打定主意后，我便同他还价，要他少一点，王会计也难得遇到我这样的买主，最后三十元钱达成交易。从此，我有了一辆属于自己的单车，想什么时候走就什么时候走。后来，我调到测水，还用它载货回家呢！当然在这个老底子上，我慢慢地一个一个零件地做了一些更换，安上了雨板、刹车，还安了个铃铛，见人就响。

我在测水时，有个和我要好的药店老板买了辆崭新的永久牌自行车，还不上一个月，就有人跟他借，张老板气不过，赌气对那个人说："你把俺堂客借了去。"那个人知趣地走了，老张也觉得自己得罪人，便把新单车寄在我房里。我对他说："车子你锁上，房门锁匙我给你。"老张他就喜欢我这样的人，不要他开口，就能按他的心意办好事情。每当我一个人在房间里，望着崭新发亮的自行车，我心里想，什么时候我也能买一辆呢？但一直到我调回湘乡，这个愿望也没有实现，还是骑着我的锈板板单车，风里雨里，冰雪之中奔波不息。

调回湘乡后，旧单车还是发挥了一段时间的作用。老

三、老四在离一中三、四里远的东方红小学读书，每天早晨怕迟到，我用单车送他们上学，老四坐在前面的横杠上，老三坐在后面的衣架上，春夏秋冬，周而复始。我现在还记得，初冬的大霜天，送他们回来后，我的衣服、头发、眉毛上一层白霜。

后来年岁大了，单车就有些力不从心，才转向摩托车。最初是五〇五羊摩托车，后来是七〇、九〇大阳摩托车，再后来是飞鹰125，至今，飞鹰还保存着，需要的时候还可用上它。

但不管是单车，还是摩托车，毕竟风里雨里、冰霜雪雾，太艰辛，冬天，手脚都冻麻了，雨天，落汤鸡一般，而且肉包铁，不安全，这才做起了小车梦。二手桑塔纳3000，价廉物美，好开，虽说有十年车龄，但它的漆水还是原装的，新的一样，也没有什么碰撞，我把它清洗得干干净净，鲜亮鲜亮的，熟悉车子的人见了免不了问："这车开了多久了？"我说："十年了。"人家说："十年了，还有这个样子，保养得真好。"我听了，心里高兴。人家赞车，不也赞我这个车子的主人吗？也有人问我："多大年纪了？"我说："今年进八十了。"他说："车倒不在乎，就是这个年纪了，还能开车，身体倒是不错。"桑塔纳虽是淘汰车、弃车，但它伴随我乐度晚年，给了我不少帮助。只要给它加上油，它便不停歇地为我服务，冬避寒风雨雪夏避阳，还给亲戚朋友帮了不少忙。装修房子，它拉水泥、拉沙子、拉木材，从不怠工趴窝。有一年冬天，我去深圳三个月才回来，我担心它发不动，但一点火，它就达达达唱起了欢快的歌儿。我对它还是情有独钟。我的膝关节能直不能蹲，走路也费劲，多亏有了它，使我不受时空限制，总能心想事成。我自己开车和学校老师去韶山、乌石、花明楼、荷叶塘等名人故地，至于水府庙电站、洋潭引水坝、赤石水库、灰汤温泉等处则多次往返。熟人、邻居要车，我也欣然前往，我不计较人家给不给钱，给多少钱，因为开车对我来说是一种乐趣，说明我的身体还行。我曾认为开车是一种沙发上的劳动，只要小心谨慎，不开快车，遵守交通规则，开车就是一种享受。但我绝不开快车、冒险车。我告诫自己，一定要小心，慢一点开，这已经成了我的习惯。

在我临近正式退休，六十岁生日那天，我才去报考驾驶证，在湘潭沙子岭桩考，六个人，有三个三、四十岁的人不合格，而我却在合格之列。我为自己的灵巧感到高兴，中午我请他们吃饭，他们问什么原因。我说："桩考过了关，高兴。"其实，那天我生日，我出钱，请他们陪我过生日。以后，益阳的路考我都顺利过关，拿到了属于我的驾驶证。我开的第一辆车是普桑，以后换了乐风、捷达，到后来才是桑塔纳3000。现在我虽然所剩无几，但我有自行车、电动车、摩托车、桑塔纳3000，我曾戏说自己有四级交通工具，可以尽情享受人生乐趣。我没有钱存，就是人们常说的"吃光用光，身体健康"。2021年，我已经79岁，75岁以前我基本上冒病冒痛，虽然工作上有些波折，但那不算什么，老天爷对我还是很眷顾和恩赐的。如果还能够再活几年，那我的小车梦伴随我的健康人生还能够多做几年。孩子们还算孝顺，不问我要钱，还每每逢年过节、生日时，给我三、两千元或伍佰元的，这样修个车、加点油，还是绰绰有余。

虽说人生的归宿都是大自然，再大的官，钱再多的人最终也是黄土一抔，骨灰一撮。但在世的这几十年谁不想活得洒脱一点。像我这样的教师，开个桑塔纳3000，一辆破车闯天涯，也是乐享人生的趣事。这一切，都要以身体为基础。健康是人生的基石。也有人问我健康的缘由，我确实说不出什么缘由，除了父母的遗传基因外，一切顺其自然，没有养生的资格，没有营养的条件，但蔬菜淡饭，红薯、萝卜，倒是我的喜好。肉和鱼只能初一、十五打个牙祭而已。另外，年轻时喜欢运动，田径、球类、游泳都爱好，整个一生辛苦劳作，不停歇，这倒是一个原因。

我是穷苦家庭出生的人。1942 年，又逢日寇入侵，兵荒马乱，逃荒讨饭的年月，生活之苦，无以言表。父亲说："抱在怀里就是皮包骨头，眼睛都睁不开了，心想怕是带不活了。但自己的骨肉，就是舍不得丢。后来眼睛睁开了，还是活过来了。"婴幼儿时饭都吃不上，更谈不上营养，身体瘦弱是无疑的了。在湘乡一中读初二时，学校搞公益劳动，挑土填塘，肖国兴走在我后面说："胡正良，你的腿象缺夹哩一样。"就是膝关节四周没有肉，和小腿直骨形成了一个断层。我对他说："为什么要讲得这样挖苦？"他说："你要别个看。"以后参加工作，一直是瘦，人家看见我总是说："胡老师，你到底吃了饭没有？"我只能苦笑，就是吃了饭不长肉。胡华胜率领我们去双峰煤矿打球，他拉我吃小灶，青辣椒炒腊肉，新鲜丝瓜汆肉，三两米一钵的饭，我一连吃了五钵，传为笑话。虽然瘦，但我精神还算好，我在双峰十六年，没有生过什么病，没有缺过学生一节课，而且星期六、星期天，即使风霜雨雪太阳晒，也奔波于双峰湘乡之间。这一切不能不说，"得益于健康"。

直到现在，我仍然看得清，听得见，思想精神如前，吃得，睡得，做得，这是老天爷的恩赐，是今天社会的幸福。

七十寿宴师生乐

　　2011年10月，我的学生和孩子们齐聚湘潭华润山庄庆祝我的七十岁生日。来的主要是湘乡一中初46班、58班、154班等几个班的学生，他们相邀了很久，从各个不同的地方会聚而来，一方面为了我的生日，另一方面是他们分别很久了。毕业后忙于工作和建立家庭，没有见面的机会，一旦见了面聚在一起，他们激动得很，相拥相抱，说不完的话，宴席上他们欢迎老师讲话，我也兴奋而激动。教他们的时候，我三十几岁，和他们朝夕与共，一间教室上课，一块打球、跑步，一块爬东台山、塔子山……三十多年过去了，现在我已经七十岁了，一头白发，他们望着我，热泪盈眶。我望着他们，感慨万千，当年一张张稚嫩的脸，现在成熟了，一个个英姿勃发，年轻有为。

我想，讲什么呢？就说两点意思吧。一是成就感、荣誉感。我当老师几十年了，没有什么成绩，既无职位，也无财产，更谈不上著述，但我也有成就感。就是学生到处有，桃李满天下。有一次我到市文化旅游体育局去问点事情，刚站门口，里边坐着的同志迎上来，握着我的手喊"胡老师"，我一时认不出来，"您不认识我了，我是您的学生。"我真有些不好意思，我问："在我班上？"他说："在您班上。"我真是无地自容，连自己班上的学生都不认识了。他说："我叫肖鹄，是初41班的学生。"哦，我这才记起，那是我到一中不久带的班，肖鹄的变化又大，难怪认不得了。出来的时候，肖鹄还送了一本书给我，后来我才知道肖鹄已是市文化旅游体育局的党组书记兼局长。你说老师不以学生为荣，不以教为乐吗？

还有一次，我骑着摩托车去买东西，随手把车停在公路边，违反了路边不准停车的规则，摩托车被城管的两个队员收去了。事后我去罚款取车时，碰到我的学生在城管当副大队长。他见了后对我说："还是老师您的车，今后您注意，路边不能随便停车。"他马上找到扣车的队员说："这车是我老师的，罚款我负责去交，你放车吧。"我再三说明：这罚款应该我去交，但学生就是不依，盛情难托，我只好把车推了出来。

这样的事说不完，有一天，我到人民医院去搞体检，出来的时候背后有人喊"胡老师"，我回头一看，不认识喊我的人，他说："我是您的学生，不过没在您班上。"当老师的，无职无权，但有学生，有尊重，有荣誉感。差不多你走到哪里，都会碰到你的学生。他能够帮你的，一定会帮，他以帮你为荣。

还有一次，在商店里，我看到我的学生坐在长凳上休息，我走过去打招呼，我说："冠亚，胖些了呀。"她说："冒呢，老师。"女同学的现代审美观是以瘦为美，以骨感为美，但我全不知道，仍旧傻哩傻气说："哎，胖些了。"冠亚见我不醒悟，便无可奈何地说："老师，我最不喜欢人家讲我胖，不过，老师您说不要紧。"我才恍然大悟地说："对不起，对不起。"我们的思想已经跟不上形势，跟不上时代了，但学生对老师却取宽容态度，别人说不得，老师说得，说了不要紧。在学生的心目中，老师是最受尊敬的人。

第二点是内疚感。当年我对学生既关心，又爱护，也喜欢。但我要求很严格，一点也不马虎，有时到不近情理的地步。几十年后，现在见了面，他们一个个都有成就，有的还是我的上级、领导了，回想起当年对他们的做法，真有点羞愧难当，有种深深的内疚感。

学生每犯错误，我都要他们写检讨存到我那里，每到开学，我便拿出来，超过三张的，要他们找家长去签字，然后再到我这里报到。我说："你的动作要快一点，现在的插班生不断地来，你慢了，姜太公封神，冒得你的座位，莫怪我。"学生，你批评他几句，他耐得住，但你要他去找家长，就是天大的难事、苦事，最不情愿的事，说不定要挨骂挨打的事。而我偏偏要他们做这不情愿的事，我的意思就是谁叫你犯规呢？现在他们听我讲着这些事，都笑嘻嘻的说："老师，您做得好哩，没有您的严格要求，哪有我们的今天。"

宴席后，他们还和我回忆起学时的趣事，他们说："胡老师，您还记得吗？课堂上您要我们用'不但……而且……'造句，大家造完后，您喊龙涌涛读他造的句，龙涌涛读：公鸡不但不生蛋，而且还要母鸡背。当时，教室里哄堂大笑，我们担心您会发脾气批评龙涌涛不严肃，痞里痞气，但您却巧妙应对，您说："龙涌涛，句子还是造通顺了，没有语法错误，但你就只会用这个内容造句，没有别的内容了？'"说得龙涌涛低着头笑个不停。

　　整个宴会做了全程录像，还有大大小小的集体合影，记录了宴会欢乐、祥和、喜庆的情景和气氛。

父母恩情重如山

大地低吟，长空垂泪。1999年9月9日，饱经风霜的父亲匆匆停住了脚步，与世长辞，享年八十八岁。

父亲一生勤劳节俭。退职后仍不辍劳作，一直在家理发，几十年来，父亲一双手，一把推剪养活一家八口，一辈子没有进过饭馆、茶楼，没有穿过西装皮鞋，没有戴过手表。一只怀表掏来掏去，磨得溜光发亮，一顶草帽被太阳晒得发黑发黄，一双皮草鞋伴随着老人家走遍三湘四水，走过大江南北。那年，临近开学，我急于返回双峰，老人家放心不下儿子的安危，脚穿皮草鞋，跋涉三十多里，经下湾，过湖山，两渡涟水，一直送到山枣顺塘。父爱如山，望着老人家返回远去的背影，我百感交集。自从母亲月子里得病，无钱医治，三十六岁时便过世了。母亲生育了六个儿女，没有歇过一天脚，没有享过一天福，早早地离开了人世，留给我们做儿女太多的遗憾。母亲过世时，我才十二岁。从此，父亲一个人既当爹，又当妈，把我们六个儿女抚养成人。世上只有妈妈好，父爱堪比母爱深。成年累月的辛苦劳作，父亲已是风烛残年，终于在八十二岁时，脑血栓中风跌倒床前。至此，他才放下推剪，停步草鞋，卧病床头。"春蚕到死丝方尽，蜡炬成灰泪始干"，与病魔抗争六年后，老人家依依辞别。

父亲一生大智大勇，记忆超常，能掐会算。三国演义的词章句段，背诵如流；三国争斗的精髓，融会贯通。父亲知我脾气大，性子直，得罪人，便经常教育我："逢人且说三分话，未可全抛一片心""仇人面前满盅酒，仇人面前敬如宾""忍得一时气，免却百日忧"，这是父亲留给我们为人处世的格言警句。但这些谆谆教诲，我没有听进去，在许多关键时刻，还是吃了亏。为了生存，老人家可以谦恭忍让，但当儿女的利益受到侵害时，父亲却不畏强暴，舍生忘死。

父亲一生胸怀博大，无私奉献，从不索取。六个儿女，关怀备至，儿子女儿，一视同仁。河根下放，福生建房，幼南眼疾，美南、建南的工作，无不渗透着老人家的心血。孙女前往深圳工作，老人家不顾八十岁高龄，亲自护送。学不尽老人家的美德，说不完老人家的恩情，父母的恩情比山高，比海深，我们永世不忘。

　　沧海桑田，世事多变。踏着父母的足迹，伴随着祖国前进的脚步，我的孩子们也由嗷嗷待哺的婴儿变成了今日家庭的支柱、社会的人才。回想起他们伴我度过的岁月，感慨万千。在他们蹒跚学步的时候，我在双峰，爱人在湘乡棉织厂三班倒。我每个月工资才叁拾捌元伍角，何以为生？父亲知道我的难处，老大、老二放在他老人家那里，每个月不要我交钱。老三寄在茅浒洲渡船公屋外婆家，老四寄在东山洪沙塘姑妈家，每个月各交生活费捌元钱。每当发了工资回家，我给他们送生活费去时，他们喊着爸爸，高兴地跑过来，扑在我的怀里……

　　从双峰调回来以后，一家人聚在了一起，我对他们要求比较严格，学习的事情一点也不能马虎，还要帮着做家务。穷人的孩子早当家，穷人的孩子也听话，他们一般情况下事情做得好，不用我多操心。这个时候，我的工资虽然紧紧巴巴，但也其乐融融。假日，我也带他们游山玩水。那一年，初夏大水过后，涟水河的水清了，但还有一定的流速，我带老三、老四去游泳，稍不留神，他俩被水冲走了，我一挺身，才一手一个揪回来，幸亏发现得早，他们被水冲得不远，不然，还不知道会是什么结果。事后回想，心惊肉跳。今天，他们都成家立业，有了自己的事业。

任何家庭都是这样的模式，孩子年幼时，父母是他们心中的希望，而当孩子们长大了，他们就成了父母心中的希望。先前他们对我说："您是我们的精神支柱！"现在我对他们说："你们是我心中的太阳！"每当想到他们，我的心里就充满了喜悦和希望。现在每逢春节临近，他姐弟总记得给在家的父母邮钱、邮东西，感慨之余，我写了几句话寄给他们留作纪念：

姐弟春节心相连，不忘父母风烛年。

爷爷教导犹在耳，旗帜招展齐向前。

注：旗帜指三女胡新春。

父亲生前曾对我说过："胡正良，你的三女胡新春将来是面旗帜。"

回顾调回湘乡后经历的一切，我始终忘不了在双峰的那些日子。双峰是个令人难忘的地方，那里有我的亲人和朋友。

令人难忘的地方

　　1961 年 7 月 1 日，中师毕业后，我背负行装，离乡背井，踏上了前往双峰的老式客车，颠簸了四十多公里，在梓门桥下了车，又步行了约十来里路，见到不远处有一圈大围墙。走到近处，"胡氏宗祠"四个大字赫然入目。"双峰县大村乡桑林小学"的牌匾也映入眼帘，怀着对未来生活和工作的向往，我内心不免涌起一阵激情，这是我人生的第一个里程碑。学校坐落在广阔平坦的田墟中，前有小桥流水，后有群山怀抱，田园风光无限。河沿两岸，成片桑林向远方伸展。我想，我将在这里开始我的教学生涯，把自己的青春献给孩子们，而且课余时可以漫步田园，尽情地呼吸新鲜空气，享受大自然的恩泽，这也是我这个久居城市的孩子的渴望。

桑林给我的印象是亲切的。我在这虽然闭塞但却美好的山乡工作了三年，学校分配我接手一个三年级班的语文教学，并当班主任。农村的孩子纯真可爱，好学上进，求知欲强烈，有着无穷的遐想，他们对天上、地下、人间的大小事情和现象好奇无比。他们还想着城里和乡村的区别，我回答不了他们提出的许多问题，我向他们推荐了《十万个为什么》《一千零一夜》《中外神话故事》《中国历史故事》《中国民间故事》《中国上下五千年》等中外书籍。发动他们每人买五本课外书，写好名字，放在班上的图书角交流阅读。还指导他们写阅读笔记、心得体会和日记。这个时候，三年级学生的识字量还不太大，不要求他们写很多，一两百字就好，积极写的和写得比较好的，动情地表扬，把他们的积极性充分地调动起来。还通过办墙报、办小报等形式把他们的作品刊出来。通过一段时间，孩子们从书中吸取了养份，得到了乐趣，他们便会自觉地沉浸到阅读中去，会去借书看，找书看。我把他们的笔记心得和日记收上来，每次看两个组，拿出好坏典型集体讲评，其余四个组的学生互相对阅，下次再轮换两个组。几年教学下来，提高了他们的阅读写作兴趣，作文能力也有了长足的进步。我和他们既是师生，又如兄弟姐妹。我在这里一直送他们到小学毕业，当我调离桑林时，师生还有些依依不舍。

我的大女儿也在这里诞生。因为秀水群山，我给她取名胡秀群。不久，区文教领导检查教学工作时，听了我讲的"草船借箭"一课，认为讲得好，再加上杏子区文教系统组建篮球队，因为我一米八的个子，于是便把我从闭塞的桑林小学调到了水陆交通便利的测水中学，便于篮球集训，离湘乡近了二十多里路，在就近的香铺坳上车三十多公里便可到湘乡，同事们都感到比较新鲜，问我是何方神圣帮的忙。我回答说："可能是篮球的缘故吧。"

1964年下学期，我调测水时，正值青春年华、意气风发之时，我在这里工作生活了五年，每日教学相长，切磋业务，球技也有了些进步。每逢周六放学，骑着自行车，约两个小时就可以回到湘乡家里，每个月的生活费、每周的生活物资，大都由我在双峰采集。老师们看到我周六在单车上捆扎东西的时候，便取笑我是尽力牛，双峰的山水养育了我和我的家人，双峰是个令人难忘的地方。周日下午，我便风雨无阻赶回学校参加周末会。测水的生活虽然紧张，倒也愉快。这里也是绿水青山，田园河湖风光。清澈的测水从校门前流过，东岸不远处，320国道横贯南北，西岸则怪石嶙峋，怪石下面是一个大水潭，到了夏天，测水的男人、小孩在这里跳水游泳，热闹非凡。一批人跳下去，游向远方，另一批人在岩石上跃跃待跳。三三两两跳下去后，也向远方游去。他们说，跳水从没有触过底，不知道有多深。我也在这里学会了游泳，但我不跳水，害怕跳下去，上不来。晴天的早晚，渔夫划着小船在远处放钩、下网……到了晚上，月亮倒映在水中，清波荡漾，水戏月亮，形成水天二月、交相辉映的奇景。月色下的礁石上，情侣们约会交谈，还有拉琴的、吹笛子的，悠扬的笛声动听、迷人，飘在水面上，可以传到很远的地方。这里是一个"水上乐园"。

测水在这里缓缓地流向约三里多水路外的街埠头，然后一个九十度转弯，流经梆潭，与溪口水库下来的涟水汇合在江口，流向韶山银河洋潭引水坝。桑林秀美、宁和，是藏在深闺的美女。而测水这里，热闹、开放，是欲展宏图的男儿。测水从脚下流过，S330 省道由西向东，途经溪口、杏子、测水，在香铺坳交汇于 G320 国道，这里水陆交通便利，南来北往，东去西回，四通八达。你可以在香铺坳上车，往北至湘乡、湘潭、长沙……；往南可到双峰、邵阳、洞口、怀化……；往西可以游览溪口水库、水府庙电站、棋梓桥水泥厂、娄底重镇。

在双峰十六年的教学生涯里，这地方最令我难忘。

不是亲人胜亲人

1969 年在我自己的请求下，我由测水中学调到了铃山中学，又近了十多里，到了湘乡边界，离虞塘只有八里路。1970 年元月，我的三女儿问世，由于当时调到了新的环境，又离家更近了，似乎春天来了，所以我给三女儿取名胡新春。1971 年，组织上送我去邵阳师专进修了一年。1973 年，老四出生，取名胡坚。在铃山中学，因为校长病休，我代理了一段时间的负责工作。一个学期后，我一心一意想着回湘乡。但是回湘乡谈何容易，双峰放人，各级教育部门都要批，而且还要在湘乡找人对调。湘乡在双峰教书的人多，而双峰在湘乡教书的人少而又少。

我家在湘乡县城，四个小孩的教育、医疗无人管，而且连住房都没有，四处寄居，我必须尽快调回去，但就是找不到对调的人。

我跟胡华胜说了这事，他先不同意我调回湘乡，后来看到我的实际困难，家里确实需要我回去，便对我说："有个人，是我们大丰墩的，叫陈东韶，他在你们湘乡三中教政治，是湖南师院政教系的本科毕业生，要跟他对调的人有很多，他提出的要求是他回来后要分在双峰一中。很多人都满足不了这个要求，所以没调成。"我听了以后，半天不说话。胡华胜说："你不要着急，我给你想办法。"过了大约十天半个月，胡华胜告诉我有希望，我问了他的具体情况，他说他跟陈东韶老婆张桂兰说了："我有个朋友要调回湘乡，你老公只能跟我这个朋友对调，不能跟别人调。"张桂兰说："华胜，我为什么要听你的呢，为什么只能跟你的朋友对调呢？"胡华胜笑着对她说："你这个傻女人，你不听我的，你的男人能调回来吗？调回来能进双峰一中吗？你要想清楚。"因张桂兰夫妻分居多年，很想陈东韶早点调回去，听胡华胜这么一说，便满口答应要得。胡华胜说："要得，要得，你有把握吗?”张桂兰说:“有啰。”“凭什么有?”胡华胜继续问她。张桂兰望了胡华胜一眼说:“他不听我的,就不要回来,回来了,也不要跟我睏。”华胜笑了笑,叮嘱她要坚定老公的思想。胡华胜就是这样的人,他想办的事就一定要办到,找什么人,在哪里下水,到哪里上岸,中间会有什么阻力,怎么排除,他都想好了,而且他灵机应变的能力很强,他往往能够在笑声中把事情办好。听他说完,我心里除了对他佩服和感激之外,似乎添了几许信心。

后来,胡华胜陪陈东韶一块到了双峰教育局,局长亲自对陈东韶说:“你的要求我们知道了,你先过来吧!”就这样,陈东韶和我签了对调报告。双峰那边的事情搞定了,湘乡这边却卡住了。几经周折,我拿着和陈东韶合签的对调报告找到了湘乡教育局人事股长,他看后说:“联名报告也不行,还要组织安排干什么?”湘乡卡住了,可不能再找胡华胜,怎么攻克这个堡垒呢?当我们再去找人事股长时,他没说什么,很爽快地接了我们的对调报告,并且不久就帮我办妥了事情,要我到湘乡一中报到。

调回湘乡后,虽说跟胡华胜在一起的机会少了,但我们经常聚会。有时他来,有时我去,后来我们租办了一家餐馆，更是朝夕与共，互相帮扶。他这个人熟人多，路子宽，心肠热，为朋友办事帮到底。当年我大妹家建房，自己烧红砖需要煤炭，那个时候双峰的秋湖煤起火快，火力旺，像烧柴块一样，很受欢迎。大妹要我到双峰买几吨秋湖煤，我向华胜提及，他答应要得。几天后，便通知我煤炭已经运出，送到什么地方？煤炭的本钱、司机的运费都是他打的招呼，我在湘乡上车后，和他一同前往东郊柘塘，但车开到柘塘一处坡道时，车轮打滑，怎么也开不上去，越开陷得越深，最后只好用拖拉机转，大车卸小车，卸完两小车后，用砖垫在车槽里，大车才开上去，一直卸到我大妹家的红砖场上，累得大家汗流满面，一个个黑乎乎的。事后，大妹说："哥，你的朋友真不错，平价秋湖煤，运费也优惠，真是帮了大忙。"

还有一次渠道运竹，竹排从铃山护林村下河，沿洋潭韶山灌区渠道而下，经山枣、万贯、株津、城西，钻山洞、过渡槽，而至三湘分流，这是一次既有乐趣而又有风险的旅行。过渡槽和山洞时，人就伏在竹排上，手里握着米把长的短木棍在槽壁上点点戳戳，掌握竹排的方向，任由竹排在水面漂流。渠道岸上自始至终有人跟踪，竹排上备有绳索，必要时抛向堤岸。岸上的人拽住绳索便能止排前行或让排靠岸，最后成功在三湘分流起排。这一次，也是在胡华胜的策划、操持下完成的。

有时我们也相聚在湘乡山枣水东大队陈建良家里。陈建良是我在双峰结识的另一个朋友，这个人多才多艺，琴棋书画，吹唱弹奏，样样精通，而且为人纯真、率直，待朋友赤胆忠心，为朋友全力以赴，他的心思才智大都用在学识和娱乐上，从不损人，也不防人。陈建良写得一手好字，能够左右手同时写，也能够从后面写到前面。这一点开始我不相信，认为"一心不能二用"，怎么能够从后面写到前面，两手同时写呢？但他在我家里，当面演示了一遍，我佩服得无话可说。陈建良一生的弱点就是抽烟成性，有点不把自己的老婆当回事。他挂在嘴边的话就是："老子每个月几千块钱放在你手里，烟都不准备好，你做么子的。"他老婆一边赶忙给他拿烟，一边笑着说："你几千块钱又冒乱用你的，你吃饭、穿衣不要钱，你看病不要钱？"陈建良被问得哑口无言。聚会时，我们三个人回首往事，无话不说，嘻笑俏骂，其乐无穷。每年阴历十二月二十五日是胡华胜生日，我和陈建良结伴前往永丰镇陪他过生，虽然天寒地冻、冷雨冰雪，但我们很少间断。2012 年，陈建良患病住院，已经不醒人事，华胜和我前去看望时，华胜对我说："可能建良老弟要先走一步了。"陈端方也对我说："胡叔叔，我爸可能不行了，您最熟悉了解我父亲，烦您写副挽联吧。"想不到，陈建良竟奇迹般地活过来了，并且恢复如常。当然，陈建良的恢复少不了他的爱人王应吾的悉心照顾，倒屎倒尿不说，还不知熬制了多少丹方，增强抵抗力。王应吾一手拉扯大三个孩子，个个都有出息，老大、老二是教师，老三陈楚杰是个建筑小包头，带领百十号人活跃在江西、湖南、广东等地的建筑工地。王应吾在外是大队妇女主任，在家是贤妻良母。更想不到的是，三年后，华胜竟一病不愈，虽经多次抢救治疗，但时好时坏，最终于 2015 年 9 月 23 日脑溢血在双峰过世，享年八十岁。他与世长辞，我和陈端方，还有我大女儿胡秀群前往吊唁，由于华胜生前的影响和威望，吊唁的人山人海，他生前帮过许多人的忙，有些人还要从外地赶回来，所以，华胜的丧事前后办了九天。当时，陈建良也已经是风烛残年，我们怕他经不起悲伤，就一直瞒着他，没有要他前往。我后来回想华胜的病，认为还是耽误得太久了，不然应该没事。早在 2015 年三四月间的一天，胡华胜的双峰朋友刘于涛约胡华胜和我一起去家里玩，三个人谈得兴起时，胡华胜突然说起了乱话，他老是重复几句原话，与我们原先的话题毫无关系，而且不停地说。我觉得奇怪，便对他说："华胜，你怎么搞的？老是几句现话。"他没有任何反应，仍旧说他的胡话。大约十分钟后，他像醒过来似的说："刚才不知什么缘故，头脑不清醒，不知道说了些什么。"实际上，他的动脉硬化、脑溢血已经第一次报警，我们都没引起重视。大约过了十来天，他的保姆打电话给我说："你快来，华胜边脚边手动不得了，而且说不清话了。"我赶过去，问他是不是回双峰医院治疗，他点头认同，我一边喊的士，一边打陈端方电话，要他去双峰医院等。我抱起他上的士，他的一条腿动不得，搭在车门外边，还是保姆帮着把他的脚塞进的士才关上门。到了双峰，陈端方早已等在医院门口，这是第一次，他在医院住了个把星期，略有好转，能说话了，边脚边手也能活动了，便吵着要出院回湘乡。这样前后搞了三次，每次都是我和陈端方送他住的医院，但每次都没有好好住院治疗。后来，我劝他不要再来湘乡了，也劝保姆回家去算了，虽然他住回了双峰老家，但延误了病情，最终倒地不治。据知情人告诉我，华胜弥留之际，口里不住地念叨："去喊胡正良和陈建良来。"在华胜逝世周年之际，我赶写了"悼华胜"的文字，算是对挚友永恒的记念。

2016年9月，我和陈端方拜谒了胡华胜的坟头，燃放了香烛纸钱和鞭炮，寄托了我们对挚友的无尽思念。

好读书　读好书

俗话说"开卷有益"，就是鼓励人们好读书。且不说"书中自有黄金屋，书中自有千钟粟，书中自有颜如玉"，单是书中一个个脍炙人口、可歌可泣的故事，就给人无穷的乐趣和启迪。

记得小时候听村里乡绅讲《西游记》和《水浒》的故事，听得不想回家吃饭。最有趣的是，请乡绅在男孩子玩的纸板上写上水浒108将中自己最喜欢的好汉名字，常用的名字有宋江、武松、鲁智深、吴用、林冲、李逵、张青等，要求写得最多的还是"武松"，然后自己冒充梁山好汉某某某，拿出绝招与人比武。尤其是读《西游记》画本的时候，被书中的故事情节、人物形象沉迷得几餐可以不吃饭，对孙悟空齐天大圣更是佩服得五体投地，逢人就讲，卖弄自己的学问。我至今还记得村里乡贤教唱的儿歌：

唐僧骑马咚咚咚，后面跟着孙悟空；

孙悟空，跑得快，后面跟着猪八戒；

猪八戒，鼻子长，后面跟着沙和尚；

沙和尚，挑皮箩，后面跟着小妖婆；

小妖婆，变化多，一心想吃唐僧肉！

唐僧骑马咚咚咚……

我觉得，喜欢读书的人气质与众不同，平凡中显示出非凡的气质，既能淡泊明志，又能宁静致远，胸中另有一番天地，是凡夫俗子所不能期及的。

但是，一个人只是好读书，而不读好书，那也是无用的。

曾几何时，我也喜欢读书，但就是没收获，后来却又厌弃书，认为读书不如玩牌，真是欢娱嫌夜短，寂寞恨更长。再后来，又觉得玩牌劳神伤财败风气，对于一个为人师表的教师来说，实在不应该。后来的后来，我又喜欢上读书了，特别是读到精彩的文章和深邃的意境时，仿佛听到天籁之声，也好像看到了宇宙万物幻化虚脱的神灵。

记得有一次，我心情坏极了，闷在屋子里，随手拿起本杂志无意地翻读，书中说——

春有百花秋有月，
夏有凉风冬有雪。
处世若以平常心，
四季皆是好时节。

古人说得多好啊！我为自己狭隘的心胸和丑脾气感到惭愧，并暗下决心改变自己。还有一次读到一位诗人的作品，诗曰——

走过今天是明天
不要把昨天丢在一边
许多往事如散乱的珠子
悉心串缀便是闪光的项链

是呀，过去的生活对于今后的人生便是一笔财富。只要细心回味过去，就能从中受到一些启悟，得到一些难能可贵的东西啊！

与其老大徒伤悲，不如少壮多努力。趁着自己年轻，不仅好读书，而且读好书，将来不成功也成仁。

好记性不如烂笔头

——关于写日记

一

俄国大文豪托尔斯泰善于写日记，因而创作了不少伟大的作品，在谈创作经验时说了一句"语不惊人死不休"的话："好记性不如烂笔头。"意思是，人类最好的记性也没有文字记录的牢靠和久远，因为一个人的记忆力是有限的，而文字的传承性是无限的。这句至理名言，充分地说明了写日记、做笔记的重要性。

一个有理想有抱负的人，要想写好文章，成名成家，就必须从小坚持写日记，重视写日记，养成勤于做笔记的好习惯。

二

日记是什么？或者说，什么叫日记？辞书上说：对自己每天所做的事情和遇到的事情及其所感所想的记录，就是日记。

俗话说：日记日记，每天一记。那么，每天记什么呢？

一是记录自己所做的事情，即亲身经历的故事。当然要记有意思有价值的东西，而诸如每天洗脸吃饭，拉屎撒尿的日常环节，大可不必多写。

二是记录自己所遇到的事情，即所见所闻，这是发生在别人身上的故事。当然看到的或者听到的事，也要有意思有价值才入记。

三是记录自己对这些事情的所感所想。俗话说：人非草木，孰能无情？一个人对发生在自己身上或别人身上的事，不可能都无动于衷，甚至日有所思，夜有所梦。这就是自己的感受和想象。

总之，上下五千年，纵横八万里，包罗万象，都可入记；思接千载，邃生万里，凡有意识，皆为故事。当然，不可能什么都记，只能是针对性地选择性地记载罢了。

三

日记的分类说法不同，一般有学习日记、工作日记、生活日记、成长日记、健康日记、专题日记之说，还有实用日记与艺术日记、公开日记与秘密日记之谓。

古往今来，店铺商场记录每天生产的情况或销售的情况，生产多少件，买卖多少钱，就是实用日记，俗称"日记簿"，又叫"流水账"。而人们记录自己参与的重大活动或社会重大事件，以及对社会、民族、人生信仰等方方面面的认知和感想，其中有人生的责任感和艺术性，所以叫艺术日记。

所谓公开日记，是指对天气、学习、观察、重大人事活动的记录，作为历史资料可供参考，是可以让人随便看的，所以也叫阳光日记。所谓秘密日记，是指与自己有关的谈情说爱、打击报复、贪污贿赂、欺蒙拐骗、吃喝嫖赌、甚至杀人放火等个人隐私行为的记录，权作心理安慰或自己把握的材料，是不能随便公开看的，所以也叫灰色日记。

当然，并不是每天都要记录，才叫日记，如果是平淡无奇的日子，也可以不记或少记。

四

日记作为一种实用文体，也是有格式要求的。

首先，在第一行中间依次写上日期、星期、天气三个要素，而且要素之间要隔开一段距离。特别强调的是，日期要用公历，如果是特殊的日子，再补上农历。

然后，要考虑是否拟个题目。如果内容鲜明集中，有题目更加引人注目，概括和引领下文效果好。如果内容庞杂而模糊，就不必牵强附会地加题目了。当然，大多数日记是没有题目的。

最后，要看内容的多少确定结构。如果内容单一又互相联系，就可以一气呵成，自成一篇。如果内容复杂，而且彼此又不关联，那就要分部分空行来写，就是几篇日记了。

另外，每天的日记应该分头开始写，不要龙头蛇尾大串联，连在一起是不雅观的。

五

坚持写日记好处多，简而言之，有三个方面裨益无穷。

第一，日记可以提供最原始最真实的材料，是一种宝贵的人文资源。

例如，托尔斯泰借助于勤写日记奋作笔记，搜集了大量的素材，而创作了《战争与和平》《安娜·卡列尼娜》《复活》等不朽名著。

又如，北京在筹建亚运村、举办北京亚运会期间，有一位的士司机喜欢写日记，利用闲暇之际，坚持写日记，记录了当时当地人们的生活现实和精神状态，本来也没有什么目的，只是一种爱好和消遣而已，后来却意外地被北京电视台花百万巨款买断日记，拍成了电视剧《的哥的姐》，传为佳话。

第二，写日记可以养成每天动笔的好习惯，有利于作文能力和写作水平的提高。

例如，笔者从小学到高中都是数学课代表，理科兴趣好，文科基础差，更不会写作文，考上师范后，却对文学感兴趣，后来阴差阳错地当上了语文老师，不知不觉地养成了写日记的习惯。搭帮于写日记，在不知不觉中培养了作文能力，提高了写作水平，而且加入了作家协会，还不时有作品问世。

第三，日记可以作为心灵对话，进行自我倾诉与释放，求得心理安慰与轻松，从而得到个性修养，完善自我。

例如，雷锋经常写日记，进行心理对话与人生思考，从而完善了"雷锋精神"。

六

总而言之，写日记是读书人的活计，是文化人的法宝。写日记能终身受益，何乐而不为？

文章不厌千回改

大凡写文章，既要做到"不厌千回改"，又要强调"难得读者鸣"，方能成为佳作，成为经典。文章写出后，不要急于发表，而要做到不厌其烦地反复修改。从古到今，典故很多。

唐代诗人贾岛，在长安街头苦吟着："鸟宿池边树，僧推月下门；鸟宿池边树，僧敲月下门；推……敲……推……敲……"不知用"推"好还是用"敲"好，竟不知不觉冲撞了国子太监韩愈的大驾，幸得大文豪爱惜人才，指点迷津，才知用"敲"好，后来形成了"推敲"的典故，说明写文章斟词酌句要反复推敲，即要反复修改。

北宋文学家王安石，有诗句"春风又绿江南岸"，一个"绿"子，活灵活现，联想深广，让人赞不绝口。当初，王大人写作时首先用的是"回"字，然后陆续改为"来""到""过""吹"等字，还是觉得不满意，最后才敲定一个"绿"字。这就是精心修改的好处。

清代小说家曹雪芹，花几十年功夫写成《红楼梦》后，又"披阅十载，增删五次"，还未完稿，幸得弟子高鹗续完，才成就了一部经典大作。对于一首小诗，要推敲、修改，尚且花时间，而对于一部长篇大作，不要说"披阅十载，增删五次"，就是走马观花地通读一遍，不少读者都是半途而止，或挑挑拣拣地读，没有这个耐心去读完，只能说是"蜻蜓点水，走马观花、齐天大圣到此一游"罢了。而《红楼梦》作者，却在写完后花十年的时间修改了五次，那才是真正地不厌其烦地修改的。

本人愚拙，写不出什么好文章，只能牵强附会地冠以"文学作品"，自感惭愧，但写作不辞劳苦，成文后又不厌其烦地修改，修改，再修改，直到自己再也找不到更好的文字了，才善罢甘休。

所以说，文章不厌千回改，才能越改越精。

另外，写文章最难得的是要引起读者共鸣。好文章，不一定就能得到更多的读者共鸣，因为文章施受的对象不同，即读者群不同，效果也就不同。世界上还没有涵盖一切水平差异和年龄差异都能引起共鸣的好文章。所以，好文章也是有针对性读者群的。

　　好的文学作品，都强调作者要深入生活，从实际出发，写得形如目睹、景如亲临、情同身受、意为自理，如同人物画像，"增之一分则太长，减之一分则太短"，要求恰如其分。这样的好作品，自然能唤起读者的理性感受，进而引起思想感情和艺术造诣上的和鸣。

　　特别强调的是，语文老师应张扬自己的个性，以自己独特的方式，充分展现文章的艺术魅力，给学生一种艺术享受，完成艺术生命的承传，从而不辱使命。

　　总之，文章不厌千回改，作品难得读者鸣，是文人的一种追求，一种难得的精神境界。

教师光荣

我不是诗人，不能用漂亮的诗句讴歌我的职业；我不是学者，不能用深邃的思想衡量我的价值；我不是歌手，不能用动听的歌喉歌咏我的岗位；我不是画家，不能用美丽的丹青描绘我的形象。但我知道："师者，传道授业解惑也"，传文明之道，授千秋大业，解人生迷惑，教师光荣！

中国历来被称为"礼仪之邦"，有着源远流长的文明与图腾，然而到今天，社会治安每况愈下，文明建设苍白无力，劳动保障忧虑重重，素质教育揠苗助长。作为龙的传人，多么希望"画龙点睛"，看到一个民族的飞腾！然而社会文明与公德，被人淡漠，遭人践踏，英雄流血又流泪，令人悲叹。多少人期待着社会安定，社会文明，社会礼仪。谁主沉浮？当然在我们的党，我们的政府，我们的教师！

百年大计，教育为本。

君可听说《一枝桃花》的寓言故事？说的是欧洲的一个国王举行隆重的授奖典礼，把一枝象征最高荣誉的桃花奖给最有贡献的人。医生、画家、园艺师、诗人、学者都想得到它。画家说，他的画比阿尔卑斯山的春天还要美丽；医生说，他医术高明，妙手回春，治好了九千九百九十九个病人；诗人说，他能朗诵让国王和所有人如痴如醉的颂歌。可是国王却把桃花别在老教师的胸前，对大家说："没有教师的辛勤劳动，既没有诗人和学者，也不会有医生和画家……"

是呀，为了那一枝桃花，曾几何时，多少年轻的教师带着火一样的激情和赤诚，把玫瑰色的梦幻捆进简陋的行囊，一路播种，一路耕耘，希望创造桃李芬芳的伊甸园，而累得白发苍苍，等到蓦然倒下，才发现桃李满天下。

教师的职业注定了我们的现实，清心寡欲，兀兀穷年，"先天下之忧而忧，后天下之乐而乐"。但我们相信，拧在一起便是一道闪电，聚在一起便是一轮太阳，站在一起便是一道城墙。礼仪之邦，定会飞腾。为人师表，教师光荣！

能量的秘密

大自然是由能量组成的，我们身边充满着能量。动物、植物、土壤、岩石、光照、气体……自然界的一切都有他们特有的能量。

火，是我们平时最常见的能量。当你吹着口哨打开车门，发动汽车飞驰在宽阔的马路上，能量在汽车内燃机里爆发，由液体能量转化为燃烧能量，再由火力能量转化为机械能量……

太阳，更是大自然万物的能量来源。光合作用带给地球植物茂盛，蓝藻甚至靠直接"吃"阳光生存。人类通过光伏吸收太阳能量来发电，这就是清洁干净的太阳能。

"冬吃羊肉赛人参，春夏秋食亦强身"不同的食物蕴藏不同的能量，人体通过食物的摄取吸收天地之精华，因此食补养生是吸收了自然界的正能量。

正能量是人们健康的保证。食物摄取是吸取能量的重要一环。绿色食品、干净水源和洁净空气就能给人带来正能量。

红光满面，声如洪钟，精神矍铄……这些都是肌体健康的外在表现。

就如一台汽车发动机，懂行的人一听发动机声音，就知道机器保养得好不好，是否平时摄取了优质的汽油能量。

食物的能量来自大地的滋养，优质的土壤才能孕育出健康的生命。一方水土养一方人，生活在不同的环境，生命的内涵和结果截然不同，因为摄取的能量不同而导致肌体本质上的差异。

考古学家为了鉴定考古发现的人体骨骼来自什么地区，通过测量仪器就能分析出骨骼中的成分，就知道他们生前喝过哪个地区的水吃过什么土壤种出的食物，从而知道他是来自哪个地区的人。

生活在有些地区容易得结石，生活在有些地区容易得四环素牙，生活在有些地区容易患风湿病高发……神奇的大地影响着地表生活着的一切，不同的大地给予的能量千差万别，优质的自然环境才能给予正能量。

风水师看风水，看的就是大地环境的能量场，以及未来这个能量场作用于人体的一切结果。

良好的土壤和环境当然有利于万物生长，反之不利的因素当然会导致不好的结果。身体健康是一切活动的前提，没有正能量的保证，怎么会有良好的身体状态去争取人生发展目标？

能量是守恒的。什么意思呢？就是能量只会在物体之间转化，能量本身不会消失殆尽。

人吃了米饭，大米的能量转化为人体的脂肪和肌肉，肌肉进而又转化为人体活动的力量，等到人体力气用完，并非能量消失殆尽了，而是转化为另一种能量形式了，还存在于宇宙空间里。

知道了能量守恒定律，我们就知道如何来守住自身蕴含的能量。尽量保持住能量不要流失体外。从而形成健康的肌体系统。

我曾写过一篇《富不住大屋》的文章，在睡眠状态下，为了保证身体能量不流失，必须营造良好的卧室环境，其中最重要的就是卧室的面积不宜太大，因为空旷的不稳定空间很容易导致人体能量流失。古代帝王的宫殿再大，卧室都很小，他们懂得人体能量的奥秘。

能量的消耗，除了以上说的人体活动和环境因素，还有一个重要的地方容易导致人体能量流失，甚至是正能量转化为可怕的负能量。心理活动和情绪波动，其实也在进行能量的消耗。

有科学家做过一个实验，人体在发怒或悲伤的时候，或者压力剧增的时候，肌体系统会发生巨大的变化，甚至会产生某些细胞的扭曲和变异。因此，长期情绪波动长期压力过大容易导致肌体出现病理反应。

这些病理变化分肉体的和精神的。比如心脏病属于肉体病变，抑郁症属于精神出现病变。追根溯源，许多病变都和内外因素导致的能量消耗有关。

民间传说：千年王八万年龟。乌龟能长久的生存，和能量平衡有关。乌龟喜好静止不动，据说有的压在古建筑石板底下几千年的乌龟竟然还活着，相信这和乌龟顺应了自然界的能量规律有关。

我前段时间去了一趟四川眉山，在和当地人的闲聊中，得知了眉山是长寿之乡。这里民风悠闲安静，知足常乐喝茶聊天，这里的百岁老人很多，历史上眉山的彭祖竟然活了767岁（还有说八百余岁）。当然，这是传说，当不得真，但他的一些生活方式还是值得我们借鉴的。

传说彭祖尽管这么大年纪，可他一点都不显衰老。他自幼喜好恬静，不追求名誉，不汲汲于世事，不刻意打扮自己，终日沉默寡语到处游历，而且喜欢徒步从不坐马车。出家人长寿者比比皆是，他们的能量汲取大多来自自然界的绿色纯净之物，而且念经打坐保持内心平静，懂得天地万物的规律，无欲无求、与人为善，确保肌体能量平衡。

我们观察生活里，有些出言不逊或者生活状态阴郁者，多数与内心状态出现病变有关。看不得别人好，恶语相向、心术不正、嫉妒怨恨……其实时时刻刻都在消耗着体内的正能量。

善与恶，正与邪，天道万物自有因果。生命奥秘蕴藏于日常细微之中。一波三折不如静水深流。弃恶从善就会能量爆棚……

树木吸收了大阳正能量带来了树荫；汽车吸收了石油正能量马达强劲；人吸收了宇宙正能量志向平和而高远。

2020 年，让我们依然守住正能量！

不听一面之词

我相信每个人都受过一面之词的伤害，或者多数人都曾经不客观地看待评价过别人。

轻信一面之词，轻者误会了别人，重者可能让受害者承受流言蜚语骚扰，甚至误大事伤人命。

汉武帝轻信手下宠臣蛊惑，不去详细了解另一方太子造反的真相，草率发动军队诛杀了被别人陷害的太子。明崇祯皇帝轻信敌方撒播的谣言，竟然发动不明就里的百姓活活咬死了抗清忠臣袁崇焕，加速了明朝的灭亡。

现实生活中，偏听偏信的例子比比皆是。作为单位的领导，必须具备的基本智慧就是绝对不能听一面之词。尽管每个人都有自己的喜好，都有自己宠信的人，但是你手握权力，必须明辨是非，必须尊重做人的基本原则，因为权利的杀伤力很可能伤及无辜。

这个世界永远不缺龌龊之徒，他们与你无冤无仇，仅仅是因为妒忌，他们不动刀不动枪与你正面明着干，而是常常借助一个拥有权利的蠢货去替他干掉你。

俺很不喜欢别人贴着我耳根说别人坏话。某日有一熟人悄悄地在我耳边说：某某女子身上有股臭味道，她绝对得了性病。我听完愕然，性病还能闻出来？

后来，我将信将疑在女子身边站了站，闻到的都是清香啊，没闻到臭米道啊。再后来，知道了该女子多次拒绝了我那熟人的追求，那小子报仇往人身上扣屎盆子呢。从此，俺远离此人。

某君靠自己奋斗进了一家不错的单位，有一天无意中看到单位书信堆中有封寄给单位领导的信，邮戳竟然是老家小地方的。

此君觉得蹊跷找到领导，领导当面把信打开，发现是一封邻居嫉妒造谣某君家庭情况的恶毒信。幸亏领导没听一面之词。

明枪易躲，暗箭难防。小人不好躲，只求更多好人不听一面之词，当听到某人说别人的不是时，保持一点点客观理性的清醒，别被一面之词蒙蔽。

富不住大屋

上海电视台曾经拍过一个著名的纪录片《房东蒋先生》。蒋先生一个人一辈子守着一栋大屋。

蒋先生是新中国成立前上海滩资本家的儿子。突然有一天，父亲去了香港，母亲带着妹妹去了美国，只留下18岁的蒋先生独自守着家里的这栋大别墅。

上海巨鹿路有一种独特的气质，这种气质是浦东、深圳、滨海新区花再多钱也打造不出来的。巨鹿路茂密阴森的法国梧桐树下，一栋栋老别墅，古旧的窗户里放射着往昔的华美荣光。

蒋先生的别墅就在优雅的巨鹿路。蒋先生属于上海滩绝版的老克勒。他不结婚，没有孩子，人际关系简单，只和几个老友偶尔聊聊。他吃西餐，喝红茶，煮咖啡，用精致餐具，用复古打字机打英文信件……他有激情，自律，守规则，不颓废，不将就。

蒋先生的精致讲究，是上海滩那些品红酒、打高尔夫、驾玛莎拉蒂、开高级游艇的新贵们学不来的，因为这种精致与奢华无关，与与生俱来的注重细节和品味有关。

不愿将就就意味着不愿妥协。在命运多舛的人生里，不妥协就注定将付出巨大的代价。我认为，一个随和的人，才是容易幸福的人。可是，蒋先生所代表的一批最后的贵族，就如潘虹出演的《最后的贵族》电影所表现的一样，他们内心有执拗坚持的东西，为此守护了一生，也束缚了一生。

蒋先生有无数次结婚的机会，可是他拒绝了。他认为没有十全十美的生活，结婚不是唯一。他坚定地守住他的大房子，也守护了自己认为宝贵的个人自由。外人看来他很孤单，可导演发现他竟然能知道门前那株白玉兰树每天都开了几朵花，并像孩子一样告诉导演花开的喜悦时，才明白了蒋先生似乎在命运的捉弄里，完全没有迷失，他守住了一份对生活细节之美的纯真情怀。

生活的细节之美就如家徒四壁墙上点缀的那一幅油画，实质上改变不了什么。人生的无奈，命运的多变，人就如巨浪滔天洪水中的沙粒，太多时候随波逐流身不由己。那些住在大屋里的男人女人，有太多人被各种起起落落规律诅咒绑架，最终无奈被残酷现实无情湮灭。

我很想统计上海、北京、广州、天津那些老别墅大屋里出生的后代们，如今到底生活得怎样？老别墅结实的地基是否持续带给他们福佑？他们坚守的东西到底影响人生几何？或者他们因为某种出身是否过得比普通人要好一些？

目前放眼四周，至少那些呼风唤雨的政商精英，极少听说哪个出身名门吧？这个世界就是如此的捉弄人，苍天似乎有双无形的手在调节着一切。"富不过三代"真的像某种宿命，连那些不可一世的商业帝国奇才，也不得不在宿命面前低头。在自己垂暮之年，把权力大厦移交给第二代之前，倾尽心力给孩子们铺好路，极力消除自己创造的那套复杂的盈利模式。他们明白，只有简化赚钱的方式，儿孙们才不至于一败涂地，能守住那个大屋，至少不会露宿街头。

可是，祖传的大屋如一个吞噬灵魂地张着血盆大口的怪兽，让住进去的人无法自由脱身。等到血盆大口偷食了屋里所有的精华，气息奄奄的生灵，骨头都变得松软无力了。假如蒋先生没有这栋祖传的大别墅，也许他的命运会彻底不同，会呈现多数人那样的人生套路，日子也许会过得淡定平和许多。

富不住大屋，在古人眼里还有另一层深刻的含义。它与天地万物生命哲学有关。并且在几千年的人类文明史中，总结出了一套经验教训可供参考。

无论是欧洲的宫廷，还是中国的故宫，我们惊讶地发现，皇宫再辉煌宏大，皇帝睡觉的地方，往往都小的可怜。法国路易十六睡的那个金卧室，顶多二十平方米。北京故宫皇帝睡觉的那个房间，也没有我们想象中的宽大。皇帝缺地缺钱吗？显然不是，皇帝什么都不缺，唯一缺的是寿命。皇帝极少有长寿者。

为了长寿，历朝历代的帝王想尽了各种办法。中国历史上某个朝代，还有皇帝轮番出家的，我估计他们就是为了吃斋念佛戒除欲望来图个长寿吧？

皇帝为什么不长寿？大屋害了他们。广厦千万间，后宫嫔妃万万千，很快身体的那些阳气就败光了。人没有了阳气，百病缠身，能活多久呢？

幸亏皇帝们还懂得睡觉的卧室不能太大，要不然阳气流失得更快。一个人在睡眠条件下，身体完全放松，假如睡在空旷的环境里，气场磁场处于游离松散状态，第二天起床一定昏昏沉沉。因为阳气流失了。

"阳强则寿，阳衰则夭。"中国传统文化里很多强调保持阳气的理论。从科学的角度分析，睡眠是补充阳气最好的方法，每次睡眠良好，早晨醒来是不是精神百倍？反之则全身乏力？所以，睡在空旷的大房子里，内心似乎总有一种不安，环境毫无温馨舒适感，这就难免会影响睡眠。特别碰上冬天寒冷天气，大房间里面很难保持温度稳定，这样就直接影响了睡眠质量。

记得一位老同事，他坚持不买大房子，他只买一套交通便利的 70 平方米左右的两室一厅。他觉得房子大了不聚气，小面积够用就行，小面积最大的好处就是家里有温馨感。另外把钱浪费在砖头瓦块上他认为不合算，省下来的钱可以去干更多有意义的事，也不会因为追求浮夸被房屋贷款搞得焦头烂额。他永远健步如飞，面色红光满面，一看就知健康状况极佳。

到底多大面积的房子适合三口之家？我个人认为人均三十平方米就够了，三口之家就是九十平方米。这样面积的房子温馨充满活力，室内温度和卫生状况容易控制，又不会显得拥挤。

我去过一些大房子人家做客，有的套房七拐八绕，要喊个人都得扯着嗓子使劲大声咆哮。有的别墅好几层，还有的别墅客厅下面是地下室，主人活动空间其实就是客厅和一两个卧室，很多房间长期不去。特别那地下室总觉得若隐若现会冒出一股阴风，这样的房子住进去心理压力得多大啊！

房子大了，假如人口不多，屋里难免阴气很重。就如待在阴暗的森林里一样，阵阵阴气袭来，让人恐慌不安。人们都期望掌控自己的一切，我们所住的房屋也一样，必须要驾驭得了它们。能控制驾驭的东西，才是吉祥美好东西。

人体内的阳气，真的很神奇。阳气足的人，精力旺盛生命力充沛，专注力持久，事业发展顺遂。

我们去观察那些精英人士，多数都是阳光的人。生机勃发的人生态度，才会勇往直前百折不挠。阳气足，才有能力驱散身边的阴霾，从而获得更多的光明。

　　保持阳气，除了睡眠充足，适当运动，适当晒晒太阳，多参加户外活动，注意饮食营养调节，拥有一颗美好的心灵，特别是保持内心的愉悦。因为，好心情，是所有美好的开始。富不住大屋，天下没有绝对的事。有人就喜欢住大房子，住进大房子他就开心。假如能快乐，那就恭喜你，你就该住大屋！

老中医

去北欧旅游那几晚，我和一个老中医睡一屋。老中医是北京人，个子不高，面色红润，脸上挂着个大鼻子，就像传说中的"悬胆鼻"。

老中医说话慢条斯理，每说一两句，后面尾音总带着叽叽叽的笑声。他的京腔味儿十足，声音还算圆润，假如去掉频繁的笑声，听他说话是种享受。

每天游玩回到酒店，我已累趴，直接躺床上先歇会儿。老中医似乎不怕累，回来先磨磨唧唧开他的皮箱子，拿出各种丸子往杯子里泡上。然后烧开水、洗澡、洗衣服……等我一觉醒来，他老人家总算忙完，坐在沙发上看着我乐："哎哟喂！你这呼噜打得真响，有这么累吗？我这老头儿还没喊累呢叽叽叽……"

"您老都怎么养生的？身体太好了！"我斜躺在床上，看着眼前这个80多岁的老人家，精神矍铄，神采奕奕，我羡慕得不要不要的。

"小胡，我跟你说啊，这人啊，吃什么用什么太重要了，叽叽叽，老话都说了，病从口入，多数病都是吃出来的……"老中医圆润的京腔回荡在屋里，他的生命哲学课堂开始了。

从北欧回到家里，事后回想老中医说过的话，越想越觉得有道理。今天就把他老人家的话总结一下，分享给各位朋友。

如今，人们都喜欢下馆子，老中医说了，千万不要中午去吃馆子里的第一波炒菜。因为那些个锅碗瓢盆经过一夜的放置，不知道经历了多少事。

厨房里一到晚上，人去楼空，各种小动物就把这里当成天堂。特别是那大老鼠，绝对不会放过晚上厨房没人这段宝贵时光，蹿上跳下的在各种锅里、碗里、剩菜里来回穿梭，留下的细菌那无法言喻。第二天厨师来上班，那些个厨具最多拿水冲一下，有的甚至冲都不冲，直接炒菜盛盘。头晚剩下的菜，肯定先炒给头几桌客人吃。所以，中午下馆子别急吼吼去，免得脏东西都给你吃下了。

另外下馆子尽量不吃带叶子的蔬菜，厨房里着急忙慌的，谁会用心去一片片洗你的菜叶？多数意思意思简单拿水一冲就算完事了。另外，不长期盯着一家馆子吃饭，人心隔肚皮，你不知道商家的那些个食材佐料来路是否正常，万一他们图便宜进货渠道黑暗，你老盯着一家吃，日积月累，毒素堆积，不得病才怪呢。换着吃，就算一家食物有问题，也无大碍，人体自然会化解掉那些少量毒素。

如果经常在家里吃饭，老中医也给出了建议：

家庭使用的厨具卫生大有看不见的风险。比如我们中国人喜欢使用木筷子竹筷子，这些木质的餐具很容易滋生细菌，如果在潮湿环境下几天不用，木筷子很快会长出一种对内脏剧毒的细菌——黄曲霉素，这个东西对肝脏损害极大。餐厅的公用筷子细菌更多，有的会交叉感染，比如对胃损害极大的幽门螺杆菌。

记得一位朋友说过，他小时候胃病严重，老是半夜里胃疼难忍，后来他爸得胃病去世了，他的胃病竟然神奇般的好了。其实，这就是幽门螺杆菌家庭成员交叉感染在作怪，其中一人感染了病毒，其他家庭成员也会通过共用餐具感染。韩国人日本人喜欢用银筷子或铜筷子，这将大大减少木筷子带来的霉变风险，值得推荐。

另外，家庭厨房使用的砧板，多数也是木头的，切完菜洗干净后放在通风有光的地方，免得长霉菌。使用的餐具吃完饭立刻洗干净，免得残渣变质滋生细菌。记得过去住单身宿舍，单身汉们吃完饭盘子半个月都不洗，里面都长出绿毛了。这样的餐具下次再用，假如不用沸水煮烫，里面的细菌根本去不掉，跟着你的食物一起吃进肚子里。

剩菜尽量不吃，过夜菜哪怕放冰箱里，一夜之间，菜里面滋生的细菌不计其数。再加上冰箱冷藏环境，本身就是个细菌窝，没必要为了省这点钱而冒着损害身体的风险，划不来。吃饭，新鲜，新鲜，还是新鲜。记得杭州人喜欢用咸鱼烧鸡烧肉，盛在塑料盒子里放冰箱保存，偶尔夹几块下饭，味道很不错。可是这东西放冰箱里十几天，真的属于剧毒物质，对身体一点好处都没有。

老是听说长期吃外卖身体出现问题。其实不一定是食材的问题，而是盛放食物的塑料或纸质餐具的问题，高温下这些餐盒容易释放有毒物质。用纸杯子和塑料杯子去接开水喝也一样的道理，为了安全烫一遍再接水喝。吃方便面也一样，那把塑料叉子在滚烫的汤里，就如一个隐形的夺命凶器。

老中医还特别提到床上用品的重要性。因为床品与人相处的时间很长。漫漫长夜，一床舒适又环保的床品，可以确保你健康一生。千万不要为了省钱去买便宜货，选择大厂家的品牌产品。特别是枕头，每晚和你的头部与呼吸系统近距离接触，假如碰上黑心棉，天天睡在肮脏的黑物质上，身体不出问题才怪呢。

有个山清水秀的村庄，这里空气清新，没有任何污染，有个不抽烟不喝酒的小伙子竟然得肺癌死了。大家都觉得奇怪。后来有人怀疑是枕头的问题，撕开他睡过的枕头，里面一股刺鼻的气味，各种杂七杂八的不明物质填充其间，明显是个健康杀手……

卧室里的环境十分重要，除了床品，家具是否环保？有没有持续的电磁辐射？手机是不是离身体太近？床底是不是藏污纳垢？床周围是否有什么容易掉落的悬挂？……每天睡觉的地方，小心行的万年船。

另外，老中医还提到：

睡觉的卧室一定不能太大，睡觉前一定要把卧室门关上，因为睡眠状态下，保持人体的磁场气场平衡很重要，不然人体阳气丢失，会引发很多疾病。

让子弹飞一会儿

很多事情没弄清楚状况前，别急着下结论。很多利益别急着去抢，福兮祸所伏，抢的结果很可能适得其反两败俱伤，是你的最终是你的，不是你的抢也没用。很多事情不能拔苗助长急于求成，慢慢积累，厚积薄发，水到渠成。

记得有次坐公交车，一个女孩跑上车请求司机等一下他爸爸。过了一分钟，女孩的爸爸还没到，大家开始埋怨，司机也不耐烦，都在喊别耽误大家时间。过了一会儿，一位腿有严重残疾的男人吃力地赶来，一瘸一拐地上了车，所有人都沉默了。

这个小故事，让我想起了姜文导演的那部影片里的一句经典台词——让子弹飞一会儿！着急下结论，最后有可能搞得自己很被动。

我年轻时曾经有过急于下结论，把自己置于极度尴尬的境地。有一次领导把所有单身员工都喊去家里聚餐，唯独没叫我。当时我心里愤愤不平，感觉受到了歧视，口无遮拦说了几句酸溜溜不中听的话。到傍晚六点，一个同事来到宿舍叫我去领导家吃饭，我还以为领导临时才想起我。结果到了领导家，推开门的一刻，大家齐唱生日歌，满桌的饭菜和蛋糕，我才想起今天是我的生日，同事们忙了一下午为我准备了生日宴。我坐在桌前，心里除了感动，更多的是羞愧，后悔自己想当然轻易下结论，误会了别人的用心良苦。

想起了一个古代故事：从前有个人发现家里少了几两银子，在没有弄清楚情况前，就开始怀疑是来家里做客的小男孩偷的。因为他观察小男孩的样子，那表情，那说话的语气，甚至他那走路的样子，都像是偷银子的人。结果，夫人提着一袋子的商品回到家，告诉丈夫她拿了银子去购物了。他这时再观察小男孩，言行举止都不像是小偷了。可见，人在焦急抱怨中，容易乱怀疑。假如让"子弹飞一会儿"，不要急，等一等，或许就一点事都没有了。

在美国，有一对年轻人婚后女方生完孩子就死了，男主人工作太忙，就开始训练自己的爱犬帮助照顾孩子。狗狗很聪明，甚至可以用嘴叼着奶瓶给孩子喂奶。然而有一天，主人回家后，惊讶地发现家里到处是血。主人连忙跑进卧室，发现孩子不见踪影，而狗在床边趴着，满嘴是血。主人脑子嗡地一下就愤怒起来，以为狗兽性发作，把孩子给吃了。男主人盛怒之下，举刀把狗给杀了。突然，主人听到了孩子的哭声，在被单底下发现了孩子。更让主人没想到的是，在床头地上看到了一头被咬得伤痕累累的死狼。可见，急躁地处理问题，不问青红皂白，这是多么可悲可怕啊。

经常听见有人遇到问题时，就情绪波动，开始说一些不理智的话，无端怀疑别人，甚至断言还没有发生的事情的结论，等到事情真相大白，后悔已经来不及了。历史上太多冤假错案，都是急于下结论造成的结果。或者被坏人利用，情绪被当枪使了。

让子弹飞一会儿，遇事不要急，等一等，想一想，看一看，不要轻易下结论，弄清楚情况再发言、评论和采取对策。子弹再快，就一定能打到你嘛？不妨让它先飞一会儿！

聪明的葡萄藤

我栽的葡萄看样子要死了，不知为什么，在温暖的初夏，它却像得了早衰症，病病恹恹的逐渐枯黄。

我不知道它为啥要在壮年选择死去。我极力挽救它，给它浇水施肥，给它擦拭身子，把珍贵的高丽参红枣茶喂给它吃……

它挣扎了几天，努力想打起精神，晃动着枝叶，摇摆着头，随风舞动着身子，显出一副高兴的样子。我知道，它不想让我操心，它是个聪明的葡萄藤。

这个家伙从小就聪明，知道哪里该去哪里不该去，从来不轻易把头伸出危险的阳台，知道用它那稚嫩的小手臂，抓住所有机会奋力往上爬。很快，它就长得又高又大，帅帅的样子，招来了一帮花蝴蝶花麻雀趴在旁边痴痴地看着。

可是，太聪明害了它。它偷看我摆在阳台桌子上的书，书里的结局使它突然明白了，原来活着如此的辛苦。它突然感到了害怕，它明白了自己没有根基，它看不到自己的前途，它活在一个阳台上，几乎没有腾挪的空间，脚下只有一小盆土地属于它，有可能这一点土地都要随时失去。

它不解，为啥远处葱绿的山上，它的那些茂盛的植物朋友为什么拥有那么多。而它只能待在封闭的阳台，得到一点点人工制造的昂贵的化学肥料。更让它恐惧的是，它突然发现了周围贪婪的眼睛，发现了它存在的意义仅仅是因为能长出葡萄。

我后悔不该把书摆在它旁边，我希望它做个蠢葡萄。旁边那盆蠢西瓜苗就长势旺盛，它们整天什么也不想，每天蠢蠢地活着，它们觉得这个阳台是全世界最好的地方。只要我给它们浇点水，吃饱了就肆意胡乱生长。信息的不对等，导致判断力上的巨大差异，知道多的植物清醒，知道少的蒙昧偏执。

　　我不知道怎样才能救活聪明的葡萄，看着它生不如死的痛苦样子，我束手无策，只能听天由命。我只是期待，它的根部能幸存，等到下一个春暖花开的季节，我希望看到奇迹。

优雅的阅读

　　阅读是一种情怀，阅读是一种境界，阅读是一种充实，阅读更是一种愉悦。我庆幸在我很小的时候，就养成了一种坐得住、耐得了寂寞的阅读习惯，让我受益无穷，我庆幸我与书结缘，让优雅的阅读陪伴我的一生。

　　除了爱书，我别无所好。我沉湎于书中，像一个饥饿的汉子，扑在面包上，像一头牛撞进了菜园。阅读于我就像吃饭和喝水般重要，没有书和报纸的日子，我就像跌进了文化的荒漠，日子就会度日如年般难受。假如我的生活中没有阅读，就如蓝天没有彩霞，大地没有树木，岁月没有春天，花果没有芳香，夜空没有月亮。一册书籍，一张报纸，一杯清茶，我可以作的良师益友。读名著、读名篇、读范文，在潜移默化的阅读中，积累知识，开阔视野，丰富内涵，提高文学素养，同时学习写作的方法和技巧，读得多，功到自然成，写作就能熟能生巧，挥洒自如，做到词语丰富，行文流畅。

读书是一个长期积累的过程。古人和我们的前辈，在历史的长河中，留下的文化瑰宝和精华之作浩如烟海。人的精力有限，时间亦有限，我们不可能以有限的生命去读无限多的书，因此只能根据个人的需要和兴趣择其精华有选择地读，以少胜多，以一当十，十鸟在树，不如一鸟在手，读十本书不如精读一本书。如果这本书在你的手中读破了，那就说明你用功了。如果这本书在你的感觉上变薄了，那就说明你真正用心了，收获不言自明。

如何以最少的时间，最少的精力，读到更多优秀作品，收到事半功倍的效果，我的观点是读选集。全唐诗四万八千余首，有一本《唐诗三百首》足矣！历代散文灿若星河，车载斗量，有一本《古文观止》足矣！即使是最优秀最成功的作家，它也不可能做到所写的作品，篇篇是精品。试以巴金为例，不考虑他的长篇，它最为人所称道的是

《鸟的天堂》《秋夜》和《再忆肖姗》等几篇，而朱自清则以《荷塘月色》《背影》和《匆匆》最为人所看好，其它不一一列举。我一般不读作家的全集，而我拥有的散文欣赏词典，诗歌欣赏词典却有多个不同的版本，它使我有机会，接触更多的文学精精品。

不曾忘记，年轻时的那段艰难岁月，日落后，山野归于宁静，我在房间里独处。寒夜，我把脚暖在被子里，夏日，为避蚊子的叮咬，我把油灯移于蚊帐。书陪伴着我，度过了多少寂寞难耐的夜晚，书陪伴着我，度过了多少美好温馨的时光。知识在于积累，我苦苦依存，勤能补拙，对我尤为贴切。我天分不高，智力平庸，是书籍拓宽了我的知识面，是知识给了我智慧和力量，才使我在生活的海洋中不致沉没。

站在巨人的肩膀上，才有可能成为巨人，吸取全人类最宝贵的财富，营养和丰富自己，才可能获得成功。毛泽东同志能够成为一代历史巨人，与他的读书生活不无关系，他一生嗜书如命，据传，在他的床头，有一半的地方，堆积着他经常要阅读的书籍，在他的晚年，眼睛几近失明的情况下，仍不放弃，还让身边的人给他朗读。他博览群书，如四书五经、诸子百家，名家名篇，他尤爱读史，以史为鉴。当然他的阅读，与常人有所不同，首先是着眼大处，治国、理政，平天下。除此之外，他的诗词也可以称得上是千古绝唱了，这源于他深厚的文学素养。一切伟大和杰出的诗人他无不结识神交。所有重要和优秀的诗篇，尽量搜求饱览，可以这样说，毛泽东是把古典名著融入到写作中的一个典范。

岁月蹉跎，光阴荏苒，我们行走在夕阳的路上，也许我们在其它方面改变了很多，但痴迷于阅读是不可改变的。书与我结下了不解之缘，我永远无法摆脱书的诱惑，我渴望我的胸怀为知识的海洋，奇异的拓展、延伸、以致无限。

年猪况味

正月初二去朋友家做客，饭桌上我们回忆孩提时的生活，他却讲起他战友的一件往事。他战友王某生长在穷乡僻壤，小时候家里时常揭不开锅，个子长得极慢极慢，就像缺肥缺水的禾苗。一天下午，几个伙伴拿着一瓶橘子罐头在王某家门前游来荡去，故意谗王某，那时候王某家根本买不起罐头。伙伴们一会把罐头顶在头上，一会把罐头托在手心，一会又把罐头揽在怀里。他们怪声怪气地朝王某喊："出来呀，出来就拿罐头给你吃！"王某呆呆地坐在门槛上，睁大眼睛望着那黄亮亮的橘子罐头，咕噜咕噜地直吞口水。伙伴们见逗不动王某，没多久便将罐头打开，你一瓣我一瓣地分吃了，连罐头水都喝得精光。吃完罐头，一个年龄大些的高个让另一个伙伴骑在他脖子上，将罐头瓶摆放在王某家门的一棵树上。那棵树不大，有个三角杈，距地面约五尺高。然后，伙伴们一边描述着刚吃的美味，一边甩开膀子拍四角板，直到太阳翻过最西边的山顶才回家。伙伴们离开后，王某从家里搬出一条春凳，小心翼翼地将树杈上的罐头瓶取下来。他仰起头，将罐头瓶倾斜着倒过来，紧紧贴在嘴唇上，再慢慢竖直。很久很久，一滴罐头水蹒跚地滑进王某嘴里。嘴里那个甜呀，心里那个美呀，王某说当时实在没法用语言形容出来。当上军官以后，王某吃过各种品牌的罐头，但没有哪种罐头的味道能与当初那滴罐头水相媲美。

这个朴实的故事，像一只巨大的手，顿时拉开记忆的闸门，冲泄出我四岁时吃肉的情形。那时候家里三餐有两顿要靠野菜杂粮来充数，一年到头难得吃上几顿饱肉。有一次，堂表嫂给我家送来一块大鲜肉，白生生的肥肉偎着红嫩嫩的瘦肉，漂亮极了。母亲接过肉，笑得眼泪都差点滚出来了；我看到挂在墙上的肉，喉咙里一下子就伸出千万只手来。当晚堂表嫂没回家，母亲便借花献佛——炒堂表嫂送的肉款待她。闻到灶屋里飘出的肉香，心里好像有数十只顽皮的小鹿在活蹦乱跳，吵得我坐立不安。母亲做的是大块肉炒干白辣椒，用大陶碗累尖一碗。吃饭时，我猛夹肉吃，一块还没落喉，另一块又夹到了嘴边，似乎肉一进嘴就融化了，如同涓涓细流灌进皲裂的土地。看到我如此狼吞虎咽，母亲嗔怪地说："慢点吃嘛，又冇人跟你抢！"堂表嫂却深深叹气："表老弟的肚子荒得很啊！"我不搭话，只顾吃肉，满满一大陶碗肉，被我吃掉大半，还觉得没吃够。多年以后，堂表嫂有时还会打趣地说："表老弟小时候那个吃肉相啊，看起来吓死人，手板大的老肥肉，一口一块、一口一块，好像吃白萝卜；坝满一菜碗肉，眼皮都没眨，就有大半在肚子里打转了。"当初吃肉的感觉无法再描绘出来，只是觉得好吃，比我吃过的任何东西都好吃。正因如此，我曾斗胆藏过用来送生猪的毛猪脑。

那年腊月中旬，堂叔带食品站的人来我家杀生猪。当时家里粮食紧缺，猪长得慢，用母亲的话说，三百年长一寸。连续几年，我家的生猪都不达标。那年把生猪一杀，略微超标，母亲高兴得不行，可以留几斤肉过年。我不懂事，只知道肉特别好吃。当堂叔他们把猪头砍下来剥猪皮的时候，我却悄悄地将猪头抱进睡房里藏起来。剥完猪皮，堂叔发现猪头不见了，便扯开嗓子喊："胡伢子，是不是你把猪脑壳拿走了？"听到堂叔的喊声，我赶紧跑到睡房，把猪头往怀里紧紧抱着。紧接着，堂叔又连喊几声。我闻声抱着猪头蜷进角落里，大气不敢出。见没有回应，堂叔咆哮起来："还不把猪脑壳交出来，我就将你们家过年的肉全部扣掉！"这时母亲在灶屋里喊："满崽听话，赶紧把猪脑壳给你满爷送来。"我还是没哼声。堂叔便开始朝母亲发飙。母亲仿佛做错事的孩子，一个劲地向堂叔赔不是，然后四处找我。母亲找到我时，我的破棉袄前襟已洇满猪血，黏糊糊的一片。母亲一边提起猪头，一边冲我骂骂咧咧："你这个现世宝，把个毛猪脑壳抱在怀里，搞得一身是血，我打死你！打死你！"猪头被母亲提走了，我不敢去抢，顿时大哭起来。母亲又加重语气骂道："还哭！还哭我打出你的血来！"母亲并没有打我，骂过几声就将猪头提给堂叔了。

堂叔他们把肉担走后，我还蜷在睡房里哭。母亲打来热水，给我洗脸，又把干净衣服给换上，然后抱起我往火塘边走。走到火塘边，母亲轻轻抚摩着我的头说："满崽莫哭了，妈妈给你讲个故事。"我哭累了，便坐在母亲的大腿上听她讲故事。母亲讲："从前有个寡妇带着一个崽过日子，家里特别困难。过年的时候，寡妇在财主家赊了一个猪脑壳回来，哪个晓得猪脑壳刚刚煮熟，财主的管家便来要账了，管家硬邦邦地说：'我们主家不赊账，一定要现钱，如果冇得现钱，就叫我把猪脑壳提走。'寡妇实在冇钱，苦苦求情：'你们主家不是答应赊给我的嘛，你就行个善，积个德，让我们母子俩过个年，年后哪怕做牛做马，我都会按期把账还清。'管家不听，起身就去揭灶膛上的锅盖。寡妇的崽看到管家去揭锅盖，就双手抱住他的一只脚哇哇长哭。管家将脚一跺，恶狠狠地说：'快点松手，不松手我就踩死你这个冇爷崽。'寡妇的崽还是不松手，管家便将抱住的脚往后一蹬，就把锅里的猪脑壳放进麻篮提走了。等管家走远了，寡妇抱起在地上打滚的崽，帮他擦干眼泪，然后洗几个白萝卜切成四方块块，倒进锅里煮起来。晚上祭完祖宗，寡妇走到坪里，像和尚念经一样，对天念了四句话：'别人过年我无年，煮熟猪脑要现钱，有朝一日时运转，朝朝日日喊过年。'后来，寡妇的崽认真读书，考中进士，天天过着好日子，不愁吃，不愁穿。"故事讲到这里，母亲突然打住，又轻轻抚摩着我的头说："满崽，你要向那寡妇的崽看齐，认真读书，考大学，以后到城里去过好日子。"

光阴荏苒，很多事情都已烟消云散，唯独藏猪头的场景依然历历在目，唯独母亲讲的故事仍熠熠生辉。多年后，我如母所愿，果真跳出了农门，从事着在别人眼里还算体面的职业，时常吃到天南海北的美味佳肴，但吃来吃去，却再没有吃到过比那顿大块肉炒干白辣椒更香更甜的菜了。

配钥匙

那时，父母都健在，常相携着出门散步，遇好天气，还会去洪山庙等老地方玩，特别是办了老年证后，可以免费乘公交车了，出门的时间更多。

我和哥姐常回家看望父母，每人配了一片家里的门钥匙，即使遇父母临时出门，也不担心进不得屋。那天，我携妻儿回家，发现钥匙丢了，好在父母在家。

听母亲说，我们家宿舍的马路边有配钥匙的店子，便寻了过去。

儿子担心我找不到，坚持与我同去。"不就百十来米，还要你去什么？"我嘴里故意这样说，心里还是愿意儿子陪同，"还是一起去吧，反正奶奶这里又没什么事要做。"（每到周末，父母很早就将午饭的准备工作都做好了）儿子执意要陪我。

记得家门口的德雅路边有好几家配钥匙小店，难道如今竟独此一家别无分店了，可见现在的家庭单元越来越小了。小时候，平均每家至少有 4 口人，我家三代共 7 口人。而双职工家的小朋友（特指中小学生）都有一片项链般的铜钥匙悬在脖子上，骄傲地摇晃着，似象征着他们的家境不错。

那时，凡父母都有工作，家庭条件基本"温饱"，因有奶奶在家，我和哥姐的脖子上自然没有钥匙可以"炫耀"。

与儿子刚刚聊到钥匙故事的"序言"部分，我们就已站在"电脑配钥匙"的小店门口了。

绕过门前摆放的三轮车等杂物，来到配钥匙机边，那师傅正在配一片钥匙，"你们也是来配钥匙的，今天怎么尽是些配钥匙的咯！"师傅见我们到来，很客气地将我们引进已几乎不能转身的小屋。

师傅接过我手中的钥匙，熟练地操作起机器来。他一边与旁边等待修理电动车的车主交谈，一边干着手头的活，两人用纯粹的家乡话对聊，语速比机器的转速慢不了多少，连我这个走南闯北的人听起来都费力，大意是在埋怨门面房租太贵。另外就是在聊他们一起从老家出来的人好多都"发了"，有的回乡办企业，有的在镇上买了大门面做大生意了。我从来不愿窃听人家谈话，当听到"敏感"话题时一定会"闪"得很远，不想从中得到任何"小道消息"。市井文化、乡土人情倒有意"留神"，越是听不懂的土话越想听懂，越是边远的乡村越是想去，久而久之，自己也变得更加土气，更接地气，也活得更加自然些。不一会功夫，两片钥匙都配好了。

"5元一片，两片10元。"那师傅以同样快的语速对我说，我迅速将在手里握热了的10元纸币递给他，礼貌地说了声"谢谢您"。

父子俩如办成一件大事似的兴高采烈回到家，儿子急切地用新配的钥匙开门锁，第一片，打不开，第二片，还是打不开。儿子淡定地回头找那粗心的师傅修改，结果改了的钥匙还是打不开。第三次他有些懊恼地再去找那师傅，我担心儿子与人争执，跟在他身后一起进了小店门，那位和颜悦色的师傅已不在店内了，一位中年女人接待了我们，她接过那锉磨过两次的钥匙说："不可能吧，我们家从来没有发生过这种情况呀"，她有些不耐烦地甩了一下头，眼睛从掉落下来的发缝中瞪着我说："留个电话吧，等我老公回来后到你们家看看！"我警觉地停顿了一下，再看看配锁机桌上那一串参差不齐钥匙原片，对她说："那就不必再修改了，估计也修不好！"她生气地从钱篓里抽出一张 10 元币丢在桌上，脸上表情更加难看了，我们迅速离开。

没有完成母亲交给的任务，已快到午饭时间。"事情没办好胃口也难开啊！"我索性与儿子到更远处寻找第二家店，终于在车站路旁一偏僻小区打听到一家"修车配钥匙"店。

它的规模更大、设备更新，师傅年岁也更长，他戴着一副比我眼镜镜片更厚的老花镜，感觉很"靠谱"。我们前面还有几个人在排队配钥匙，有些性急的儿子也只得跟我一起耐心等待。没多久，里屋的老嫂驰出来了好几次，估计是看师傅的活什么时候干完，因为此刻已过饭点了。

她没有打搅埋头做事的师傅，一看便是位通情达理的贤内助。终于等到师傅给我们配钥匙了，尽管见到前面的每个人都面带满意表情付款而去，儿子还是再三提醒老师傅细心一些，老师傅头也没抬，俯身操作着他的机器，一声不吭。

　　一刻钟过去，钥匙终于配成了。这时，手机里传来老婆有些急促的声音："两片钥匙怎么配这么久？饭菜都凉了，家里人都在等你们两个吃饭呢！"这电话一定是父亲要她打的，平时父亲要求吃饭时大家都要上桌，否则不能开餐，这个规矩一直延续到他去世。

　　我将那张握得更热了的 10 元纸币交给师傅，师傅一边伸起已经佝偻了的腰，一边用粗糙的手接过钱，默默地走进里屋，从里面传出她老伴的轻柔的声音："你以后还是要吃了饭再做事呢，饭菜都凉了！""客人也难得等，你可以先吃嘛！"终于听到老师傅的声音，也带着浓重的外地口音。我们都忘记说声谢谢了，儿子紧紧握着那两片新钥匙回到家，迫不及待地用它们开门，第一片插入锁孔，"咔嚓"，开了；第二片……"咔嚓"也开了。

　　这时，母亲已将加热过的菜端上桌。席间，父亲痛心地问儿子："你什么时候回家的，怎么一上午都不进门?"儿子叹了口气，跟父亲说："爷爷哎，我今天上午是第三次进家门了呢!"我将我和儿子配钥匙的情节跟大家一讲，家人们都笑了，平时反对儿孙吃饭时讲话的父亲笑得最厉害。

挤时间读书

有一点读书的嗜好，退休以后并不感觉十分的无聊。有很多时间读书了，却仍会怀念当年挤时间读书的时光。

记得我读初中的时候，学校里放暑假，老师宣布如果愿意留在图书馆帮忙的可以报名，我毫不犹豫地报了名，欣喜若狂，终于可以看名著。在暑假整理书籍中，我看了很多世界名著，如巴尔扎克、契诃夫、托尔斯泰等作家的作品，当时年纪小，觉得非常的好奇、兴奋，在图书馆待到深更半夜，边看书，边听外面雪娘子的叫声，晚风悠悠吹来，陶醉在书本情节中，现在回忆起来，此刻，是年少时最幸福的时光。

回忆住在单身宿舍的时候，为了看小说，打着手电，躲在被窝里，看了整晚。后来参加工作，尽管忙于教学，别人借给我《基督山伯爵》，限我一天一晚看完，当时正好是个炎热的夏天，躺在竹靠椅上，雷打不动地看，小孩吵，老婆说闲话，我全然不顾。

没有时间读书，似乎生命中缺少了很重要的一样东西，内心是渴望的。有时可以挤出一点时间，真有不为人知的欢喜。每逢休息日，能读书的机会并不很多，家务繁重，还要辅导孩子学习，只有夜深人静，便可以挤出时间看书了。将自己最喜爱的，好不容易买到的书找出来，在宁静的夜晚里，逐行读书，虽然时间不多，但却并不一目十行赶着读，而是缓缓地、细细地品味。对于好书，又往往怀有一种不舍得一下读完的心理。精彩的章节读过后，会用笔记下，写个日记什么的，现在我还有一本名著警句摘录本。

退休后有了充足的时间，我喜欢去公园或者是景点很好的地方，带着我喜爱的书籍去读，梅溪湖是我常去的地方，那里有高山，有瀑布，花香鸟语，陶醉在大自然的怀抱里，坐在凉亭上静静地看书，有种说不出的惬意。

喜欢读书，一直这样坚持下去，碰上爱不释手的书，就想拥有，低工资的时代，每月抽出三块钱买书，给我留下了丰硕藏书。挤出宝贵的一点时间读书，是幸福的。阅读的喜悦难以言传，只有爱好者可以意会，有点类似球迷看比赛，那一种激情，圈外人是不甚了解的。

读了《红楼梦》，那悠悠大观园尽现眼前，与黛玉一同葬花，与湘云一同醉卧芍药园，感宝玉"富贵闲人"之叛逆，叹岁月的更送，人生百态。读朱自清，领悟深沉的父爱，平民百姓平凡而认真的生活，与他一同在荷塘边赏月，把酒共尝夏荷之香。读《简·爱》，让我懂得女性的自尊。女性与男性一样平等，同样无尊卑贵贱之分，懂得束缚人的心灵的其实是人的思想。

我喜欢读书，读书正在改变着一个人的气质。挤一点时间读书，并不能增加一个人的财富，却可以带给人一份宁静和欢愉。

古镇新貌

烟花三月，与友人相约到位于长沙市望城区书堂山街道的彩陶源村踏青。

该地，是铜官古窑所在地。以前，这里虽然小，但名气大，也很穷。说它小，是地域小；说它大，是因为有"铜官古窑"而誉满全国；说它穷，是因为这里以前没有开发利用"铜官古窑"的资源，仍守着宝藏过着穷日子。许多年前，没到铜官时，不少人说"那里没什么好玩的，仅一个破古窑，地方又小又穷还黑。"

这次来踏青自然是带着审视的目光前往的。不过，车到古镇，偌大的陶缸广场，显示出它的今非昔比，那仿唐风格建筑气度与高大牌楼之风范，把当年的"流言蜚语"给击得粉碎。进入牌楼，街道两边店铺遍布，游人如织。临街商铺面像瓦陶，泥罐一色，浑然天成。住宅小区，白墙青瓦，是那种典型的江南风格。

不过，既然是来踏青，在这与城市并无两样的地方，自然不能引起我太多兴趣。我仍在四处寻觅乡土之地。在他人的引荐下，我们来到了彩陶源村一处仍旧保持农村风韵的小区。这里，小桥流水，鸟语花香，没有了景区的繁荣与喧哗。而通往现代古镇的水泥路，平整干净。统建的民宅小区，前花后园。特别是那式样别致的分类垃圾桶，一改过去乱扔乱倒陋习，充分呈现出了新农村文明景象。

在巷尾一家四合院，我停了下来，观望眼前小景：一块小池，几棵垂柳，几株杜鹃，红绿相间，十分养眼。池塘里几只小蛙在碗大的荷叶盆上跳来跳去，不时地"哇哇"两声，使得这清静之地添了几份活力。

我走近宅门，与坐在门前一位长者攀谈起来。"大爷，您老高寿？"我给他递支烟地问道。他笑容可鞠地边接烟边回答说，"八十甫二了。"我赞他道，"高寿啊，您健康一百岁没问题。"他听了，哈哈大笑，"托毛主席的福，托共产党和习近平主席的福啊！"

我问他是不是本地人，他自豪地说，"我在这里土生土长，见证了这里的一切变化。"听了这话，我坐了下来，又递支烟，自己也燃了一支说，"您能给我说说吗？"他见我态度诚恳，便打开了话匣——

"我们这里以前很穷，有'鸟不拉屎'之说。靠种田活命。新中国成立后，日子一步步好了起来。铜官这地方，有陶土，我们烧制土瓦罐，虽便宜，但还有活钱，相比其他地方，匠人手上的经济要活些。

1956年发现古窑，1957年被认定为唐代民办窑场，1988年被国务院确定全国重点文物保护单位，2006年被纳入全国100个重大遗址保护项目。

现在旅游开发与传统文化对接，搞活农业经济与改善人们居住条件并举，使得我们小村发生了天翻地覆的变化。现在的铜官已由乡村改为'铜官社区'了，昔日的'村民'如今成了'居民'。以前，我们事农活，住矮屋，行泥路，黑灯瞎火，无人问津。如今我们是既农也商，住别墅，开小车，街道硬化，环境洁净。年轻人要么在镇上开铺店，要么到彩陶厂当技工，生活红火得很。特别是我们老人都有退休金，有医保。这是以前想都不敢想的啊。现在不少城里人都想到我们这里安家呢。"

听了老人的述说，我内心激动之情有如泉涌，铜官古镇的巨变，不正是我国这七十年发展变化的缩影吗？

乡里伢子画漫画

喻春华，今年 26 岁，中等身材，一般长相，家住宁乡县偕乐桥乡的将军坪村。他家世代务农，父母身上没赋予他艺术的遗传因子，高中读了一年就辍学回乡，可见是个地地道道的乡里伢子。然而，就是这样一位乡里伢子，从去年五月至今年三月短短十个月内，先后在全国性的漫画专刊《讽刺与幽默》及《农民日报》《湖南科技报》《长沙晚报》等十来种报刊上发表了三十多件漫画作品。这样的收获，如果用来衡量一位艺术大师或专门家，则是一个不足挂齿的话题。但对于一位种了责任田，娶了妻子、当了爸，且祖辈与艺术无缘，全靠自学成才的青年农民漫画作者来说，却不简单。

十年前，他读初中的时候，村上建了一个舞台。听说要装饰美化一番，他冒昧地从村主任那里领来了任务，模仿连环画册在舞台四周画一组岳家将。于是，在乡邻们的赞扬声中，他做起了画家梦，见到什么画什么，画了就给报刊编辑部寄去。然而，那一件件作品，杳无音讯。他生了怨气，认为报刊编辑没慧眼，不像伯乐会相马。1986年7月，他参加了湖南省《刺玫瑰》漫画创作辅导班学习，顿开茅塞。原来这漫画艺术并不是胡画乱画的艺术，它既要求扎实地练出绘画基本功，又要求广泛的知识和敏锐的观察分析生活的能力。于是，他多次自费奔赴省城，拜访省漫画学会谢丁玉老师和李建新老师，求得名师指点，并把老师教诲的"多看、多思、多画"六个字牢记于心中，落实于行动上。一天，他看到两位邻居为了门前一棵树闹起了纠纷，颇有感触，便构思了一幅漫画,取名《邻里之间》，寄给《长沙晚报》，不久便发表了。当他第一次捧到这散发着油墨芳香的作品时，简直比当了爸爸还高兴。于是，他幽默地对自己的妻子说："孩子，我自愿只生一个；作品，可不愿只发表一件呀！"

逢年过节，人家忙于玩牌，他却忙绘画；人家相邀进城看戏，他却独坐房中看书，而且一潜心下来就什么也不顾及。自己忘了吃饭，小孩忘了照料，做画屏出卖的生意忘了成交。妻子看到画漫画得的稿酬不如做画屏出卖的收入多时，便埋怨他不务正业，有一次还生气地撕烂了他手中的报纸。

　　他没与妻子相骂，而是心平气和地开导："卖画屏的生意我不是照样在做吗?！人各有志呀，我不愿当工匠，要搞艺术啊！"

刘培生　罗勇　著

浏水人杰

汇蓝巧筑

陈长明　主编

团结出版社
UNITY PRESS

图书在版编目(CIP)数据

浏水人杰 / 刘培生，罗勇著. -- 北京：团结出版
社，2022.6
（汇蓝巧筑 / 陈长明主编）
ISBN 978-7-5126-9370-8

Ⅰ.①浏… Ⅱ.①刘… ②罗… Ⅲ.①随笔–作品集
–中国–当代 Ⅳ.①I267.1

中国版本图书馆 CIP 数据核字(2022)第 058163 号

出　　版：团结出版社
　　　　　（北京市东城区东皇城根南街 84 号　邮编：100006）
电　　话：(010)65228880　65244790
网　　址：http://www.tjpress.com
E－m a i l：65244790@163.com
经　　销：全国新华书店
印　　刷：长沙印通印刷有限公司
装　　订：长沙印通印刷有限公司

开　　本：142 毫米×210 毫米　　　　　1/32
印　　张：40.5
字　　数：476 千
版　　次：2022 年 6 月第 1 版
印　　次：2022 年 6 月第 1 次印刷

I S B N：978-7-5126-9370-8
定　　价：398.00元(共九册)

目　录

故乡的云

傍晚在故乡的河边散步，凝望到天边绚丽的晚霞，映照在粼粼的波涛中，耳边似乎回荡着费翔的歌声：

天边飘过故乡的云，它不停地向我召唤……

归来吧！归来哟，浪迹天涯的游子

归来吧！归来哟，别再四处漂泊……

如果说离开自己长大的家园到外地学习和工作就算漂泊的话，我从在本地读完高中至今已漂泊了整整四十个年头。

四十年来，虽然也经常回到故乡，但从没连续在这里待过三十天以上。

四十年来，我总在想一个问题，故乡的什么景物最能牵动我的情思呢？是这里的山，这里的水吗？

林则徐先生一句"青山不墨千秋画，绿水无弦万古琴"道尽了山水的深沉和悠远，也道尽了山水的凝重和平凡。只有云彩，才以它神奇变幻的形态和色彩，引发出人们无限的遐想和深思，勾起人们不尽的追忆和幽情……

最初注意故乡的云彩，源于看云识天的一些经验性谚语，当然，作为农家的孩子，这也是一种父传祖教的生存本领。在那个刚刚告别战乱，还经常受到饥饿威胁的年代里，如果不能准确地预料天气晾晒谷物和薯丝，则有可能面临严重的生存危机。同时，在那个缺乏电力和机械的年代里，饮用和浇灌庄稼的水源除了为数不多的自流水源之外，基本上靠肩挑手提，干旱时节及时囤积到天降的雨水该是多么的贵重。于是乎，我们打小便用从大人口中学到的这些谚语去琢磨天上的云彩：

乌云接日高，有雨在明朝。

乌云接日低，有雨在夜里。

天上勾勾云，地上雨淋淋。

上有乌云盖，大雨来得快。

有雨四方亮，无雨顶上光。

天上扫帚云，三天雨降临。

早晨棉絮云，午后必雨淋。

早晨浮云走，午后晒死狗。

乌云脚底白，定有大雨来。

低云不见走，落雨在不久……

因此，在我们的童年记忆中，故乡的云彩是非常现实的，甚至是残酷无情的，没有丝毫的浪漫和奇幻，只有对天公的敬畏和祈祷。

可时过境迁，如今的家乡再不是当年那种"交通基本靠走，通讯基本靠吼，生产基本靠手，治安基本靠狗"的情形了，人们早已从繁重的体力劳动和沉重的生存压力中解脱出来，大家的生产生活环境也得到了极大的改善，农家书屋、健身广场和乡村公园已成了乡亲们的休闲标配，我也可以实现回到长大的地方变老的夙愿，和邻家的村翁们一道，时常在新修的滨河机耕道上悠闲地散步聊天，徘徊在故乡山水间，把玩岁月，品味人生，享受这归去来兮的田园之乐。当然，这个时候最吸睛的仍然是飘在天边，也浮在水里的那朵朵云彩。

总觉天上千姿百态、变化万千的云彩，是多么的随心所欲，养眼抒怀。她们或飘在牛形山的牛脊背上，好像给老牛披上亮丽的衣裳；或映在浏阳河静静的水波里，与绿色的夹洲岛斗艳争奇。有时像轻轻地飘浮在空中的棉花；有时像一片片整整齐齐地排列着的白色羽毛；有时像峰峦，像河川；有时像战将，像哲人；有时像雄狮，像奔马；有时像烈火，像海浪……它们有时把天空点缀得很亮丽，有时又把大地笼罩得很阴森。像婴儿的脸，有时笑得很灿烂，有时哭得很伤心。我们晴时在河边散步，雨时在高速公路跨河大桥下的小广场上休闲。不管这天上的云彩如何变幻，我们的心情始终有一份从容和淡定，有一种对故乡、对生活的的自信和满足。

虚虚复空空，瞬息天地中。
薄彩临溪散，轻阴带雨浓。

有形不累物，无迹去随风。

瑞云千里映，祥雾四时同。

　　我用这首集句诗来描绘故乡的云，愿她和我的故乡，乃至于我的祖国"瑞云千里映，祥雾四时同"！

浏阳河九道湾，我家门前湾最大

　　打开浏阳卫星地图，可以很明显地看到，浏阳河从东北群山之间蜿蜒而来，在普迹与官桥两镇之间，拐了一个最大的弯，从此便向西北平缓地奔流而去。此湾原名青脚湾，因为此处有座牛形山，河水淹没了青牛的脚而得名。现在因河中的夹洲岛出名，这湾也便改名为夹洲湾了。一湾碧绿的河水环抱着小岛，犹如少妇抱子，很是温柔美艳。站在跨湾而过的平汝高速浏阳河大桥人行便道上面，西侧可赏牛扛夕阳的美景，东边可见烟横渡口的奇观。

　　此处曾有座古庙，供有包公神位，香火鼎盛。庙内曾有古联："名川留胜迹有北海题碑少陵写句；古刹壮奇观看烟横渡口翠点螺洲。""北海题碑"谓李邕之麓山寺碑，古人由此地乘一叶扁舟可朝发夕至。"少陵写句"系指杜工部之《双枫浦》，其"浪足浮纱帽"之"纱帽港"由此遥望可及。

更有一则民间传说把这道湾的钟灵毓秀推到了极致。相传东晋易雄将军忠勇殉国，历代褒封，元代至治年间敕封忠愍候从长沙迁藏故里浏阳，风水先生沿河寻找宝地，看中了青脚湾。但当宝船载着将军忠骨逆河而上，行至此间，包公显圣，大雾迷漫，船行至普迹才知走过了头。执事者准备调转船头，有人说战将前行岂有后退之理？只得复往前行找到枨冲宋家园落葬。神奇之地传奇故事多矣，方寸之屏难以尽述！

现在，我将近致仕回乡的年龄，可以实现在长大的地方变老的心愿了。我哼着名河小调，在家门前的河岸上，随手拍下这一张张充满乡情的小照，冥冥中总有一种难以名状又比较舒心的感觉，一如这袅袅的薄雾和微微的清波……

码头市长

码头市，在地图上找不到。它在浏阳河的第七道湾上，青石板的码头连一段麻石街，也就百十户人家。这一带人们把行业、人口比较集中的地点，全称作市，所以就连码头也成了市。

码头市"市民"多姓万，传说祖上是个乡宦，归隐之后学陶渊明的模样，请人在庄园里种了不少花，成为万家花园。

到了近代，码头市花木场便有了点小名气。

最近几年衍变成花木公司，但并不是十分红火。除了那棵古樟树正在悄悄地超越市中心的万花楼以外，并非嗜古成癖的市民们还都凭着秦砖汉瓦们遮风挡雨。

新的气象不能说一点也没有，在那刻着"古麓尽奇观看月落银潭金飘丹桂；平川罗异象有烟横渡口翠满朱楼"对联的石柱旁，黄支书婆娘和周家四妹子相对开了两个代销店，一边百货，一边副食，构成了码头市的全部商业和信息中心。乡邮递员把这两个代销店当作了码头市的邮政总局。

今天的这封信是挂号的，两家邮局都不好处理了，信封更是罕见，长长的，天蓝色的，上面一行洋文不说，方块字又全是繁体："湖南省浏阳河西岸码头市市长先生勋启"哎哟！谁是市长？啥叫勋启？多少见过点世面的支书婆娘和读过中学的周四妹子都摸不着头脑。

正巧万家猛伢子来找周家四妹子学打包花生的菱角包，他抢过信看了一遍，蛮有把握地说："这浏阳河南岸，码头不少，但码头市却就我们这里一个，这信硬是没寄错地方，市长嘛，大家都不当我可以试试，反正一不要选举二不拿薪水。"

正在众人莫名其妙之际，乡邮递员的签收薄上落下了"万大猛"的大名。

"哟,市长,好大个脸面,也不去看看你家的祖坟冒不冒热气。"周四妹子着实喜欢猛伢子的胆气,故意笑他。

"我当市长,你做市长夫人啵?"猛伢子早就有意投石问路,这回干脆顺手牵羊。

市长先生:

您好!

本人自幼随家父在南洋经营园艺,先父在世之时常说贵市花木品种繁多,技艺精湛。我司有意前来投资。

S市开发区园林绿化总公司

总经理朱健哉顿首!

猛伢仔读罢来信,细细想了一夜,第二天说话的语气都不一样,不再是奶声奶气了。他向爸爸要钱,说是要去看看在S市当兵的弟弟。

老爸早就想小儿子了,"要得,莫待久哒,带点钱去,看见弟弟缺什么就给他买。但不要花太多的钱,家里明年要起楼房哩,省着点。"万爹高兴地说。

猛伢子拿着钱并没有立即到S市去,而是先到了区公所。区委书记正在和区长商量工作，猛伢子闯进办公室后，市长勋启的挂号信立马成了中心话题，猛伢子俨然以市长的口气发表了施政纲领。区委书记给猛伢子倒水，听得津津有味。

码头市花木公司的招牌挂在了区公所门前，区委书记任命"码头市长"万大猛为总经理。万大猛除抽空去看了一次当兵的弟弟，平时也很少在家，总是在外面忙，经常看到有"乌龟壳"车子把他接进送出，后来干脆自己开上了，一身笔挺西装，俨然像个市长。

他让乡亲们按要求培植花木，修剪得整整齐齐，说什么统一标准。说来也巧，他带来的客商总是出得个好价钱。乡邮递员是送来"市长委任状"的钦差大臣，如今被市长聘为了信息员，每天将报刊上的花木技术和信息资料收集整理给他，至于报酬嘛，那就保密了。

最近，市长开着"乌龟壳"去S市见朱总经理了，黄支书说是去考试，周四妹子说是去考察，码头市的大多数市民都认为支书的说法是对的。万大猛市长不在家里的时候，区委书记又接待过两次坐"乌龟壳"的客人，几个戴眼镜的青年男女拿着几件稀奇玩意在码头市鼓捣了几天。

随后周四妹子代万市长发布新闻公报，码头市花木公司和S 市园林公司共同出资修建码头市连接国道的水泥马路，测量的专家都来过了，上了国道可只要 20 分钟就到省城哟！天啊，"码头市"要成为真正的街头市面了！谁说猛伢子当不得真正的市长呢？

廉泉古井

在我老家百米之遥的街头，有一眼古井，因古井边有一棵古檀树，故名檀神井。古井形成的年代不详，听老人讲：大约有 200 余年的历史了，且一直都是永和镇老街数百户街坊邻居的饮用水源和洗衣洗菜的地方。因古井地处荒郊野外，田野之中，遇到风雨冰雪天气，人们挑水洗衣很不方便。

解放初期，为了提高人民的生活质量，由当时新成立的镇人民政府组织，采取由受益人集资，政府补贴的方式对古井进行了全面修建。首先，围绕古井建了两米高的围墙，围墙内有近百平方米，一分为二，左边为古井，井口为 4 米×3 米，深 4 米，可以储水 50 立方米，足够上千人饮用。右边为风雨亭，砖木结构，盖小青瓦，下部为青砖砌墙，上部为顶格木窗，通明透亮。亭内建了个 3 米×6 米的大水池，旁边还建了几个小水池，水池开了进水口和出水口，都设有闸板，可蓄水放水，使用十分方便，风雨亭地面铺了青石板，古井地面嵌了鹅卵石。

古井和风雨亭分别为两股水源，古井是泉水，泉口在井底，流量很大，不论长涝久旱，井水不盈不竭，水质纯净，清冽甘甜，泉水冬暖夏凉，可谓"冷暖与寒暑相变，盈缩与旱潦不异"。风雨亭内洗衣洗菜的水是水圳中流来的清水，生生不息，水清如镜。后来，有人在古井和风雨亭之间建了个井神牌位，时有人来祭拜井神，祈祷风调雨顺，五谷丰盈。

古井的上方用青砖砌了个一米见方的"井"字，为了表示新生的红色政权为人民办事的举措，镇人民政府决定把檀神井改名"廉泉"井，并在井字下面书写了"廉泉"两字为井名。

井门两侧是一副对联："廉为新政本，泉是古清源。"这是当时主持建井的镇长陈万炳所书，该联寓意深远，耐人寻味。

墙壁上画了一幅画，内容是风雨亭内妇女们洗衣洗菜的场景，表现了刚刚得解放的人们喜悦的心情。这幅画是出自老艺人，原浏阳花古戏剧团的舞美画家谭秋生老先生之手。

墙上还镶砌着用青石板刻写的乡规民约及捐赠名单。

廉泉古井经这次修建，虽够不上雕梁画栋，却显得古朴敦厚，宽敞明亮。从此，到古井来挑水洗衣的人络绎不绝，风雨亭内洗衣洗菜的年轻姑娘、小媳妇谈笑风生，嬉语连连。"鸡犬之声相闻"的老街古巷，人们过着天人合一的田园生活，景物与氛围浑然一体，水木菁华，相得益彰，成为小镇的一道靓丽的风景线。

到了20世纪80年代中期，永和镇通了自来水，不少家庭用上了洗衣机，到古井来挑水洗衣的人也日渐稀少了，颇有凋零惆怅的感慨。

寒来暑往，花开花落。时至今日，当现代化、城镇化的履带碾过，廉泉古井几近荒废。为了怕小孩跌落古井，古井也被填平了。不过人们还是舍不得甘甜洁净的泉水，就在泉口处安装了两台手摇水泵，如今还时有人来摇取不可多得的清泉水，回味着当年纯朴悠然的生活。

　　一眼古井，曾给老街人民以生命源泉，留给我们太多的记忆；一眼古井，历经风雨沧桑，留下的风物民俗无不让人扼腕叹息。

乡愁，那一方菊花石砚

　　风光秀丽的浏阳河与古朴厚重的永和老街一衣带水，被誉为"全球唯一"的菊花石就蕴藏在老街尾的浏阳河庙下潭中。我家就住在永和老街，距菊花石的开采地仅百米之遥，小时候常和小伙伴跑到庙下潭戏水，看那些"浪里白条"们潜入河中，在二三丈深的水底打眼、放炮、采石，用自制的木绞车把开采出来的菊花石提升到水面……

　　我从小就对菊花石有着一种神奇的感觉，喜欢向老人打听有关菊花石的各种传说。据老人们说，在清乾隆五年（1740 年）前后，浏阳永和镇在砌河堤时，偶然发现有一种灰黑的石头"长"有晶莹洁白的花纹，形如菊花，大小不一，姿态各异，十分美丽。永和有个秀才叫欧阳锡藩，爱好书画，喜弄文墨，见石头长有天然花朵，觉得奇怪，就用所采之石雕琢成一方砚台，磨出来的墨汁十分细腻，书写流利，而且墨汁久存不干。欧阳锡藩的亲朋好友众多，见菊花石砚高雅别致，便纷纷向他索取，令他应接不暇。欧阳锡藩从中看到了商机，便邀同乡木雕艺人程维达共同创作菊花石砚。从此，菊花石砚逐步进入市场，这也是我国菊花石雕的初始阶段。

永和的菊花石雕是从雕制砚台起步的，石料是生成于2亿多年前的菊花石。此石像菊花一样，花蕊有单蕊、双蕊、三蕊和无蕊，有类似竹叶菊、绣球龙葵菊、蒲叶菊和金钱菊花型等。雕琢艺人利用菊花石这些特点，精工雕琢，理出花瓣，添枝加叶，浮雕成丛丛菊花。据《故宫博物院刊》记载："清代内府中已存有菊花石砚多方，其大都近尺半，小者七八寸不等。"慈禧太后六十大寿，永和菊花石也是重要的贡品。在新出版的《湖湘文库·刘文熙集》中有一组诗词："围山峨峨，浏水洋洋。沐日浴月，醉雪酣霜。金精蕴结，耀此南邦。蟾蜍滴露，凤鸟归昌。"说的就是东河总督许振祎采进浏阳菊花石九方砚，作贺礼献给慈禧太后的事。同时，菊花石砚台也是文人墨客喜爱的收藏品，维新志士谭嗣同、梁启超就收藏了不少菊花石砚台。特别是谭嗣同，不仅喜爱收藏菊花石砚精品，而且还题写砚铭。他将自己的书房命名为"石菊影庐"，自谓"菊花石之影"，可见这位浏阳的先知先觉对菊花石是多么钟爱。他使用过的菊花石砚，至今保存于谭嗣同纪念馆。

也许是近水楼台先得月吧，在我的印象中，当年的永和老街商户几乎家家都有菊花石砚。只不过这种菊花石砚质量差异很大，富人家的菊花石砚是选用上等的菊花石料，聘请名艺匠精雕细琢而成，观赏价值及收藏价值极高。一般人家的菊花石砚只是大路货，其石料、造型、雕工都逊色很多。更有一些穷人家的孩子，跑到浏阳河边的采石场捡一块菊花石的边角料，随意在石块上凿个洞，就权当菊花石砚使用。

记得我家也有过一方菊花石砚，是我哥哥用来习文练字的，它是一个不规则的椭圆体，直径约为20厘米，厚7-8厘米，呈深灰色，砚面有两朵菊花，花色洁白，是一方普通的菊花石砚。后来，我哥哥外出读书，这方石砚就不见了，我估计是频繁搬家时弄丢了。

永和菊花石雕从做砚台到做笔筒、笔架、水池等文案用品发展到做花屏、镜屏和帽筒等装饰用品，历经师徒相传几代人之久。其工艺水平也大有提高，从平雕、线刻、浮雕、镂空雕、立体雕、圆雕、综合雕不断创新。1915年，永和镇菊花石雕艺人戴清升创作的菊花石雕作品《梅菊瓶》和《梅兰竹菊横屏》，在巴拿马万国博览会上荣获金质奖章。因为菊花石仅浏阳出产，还被誉为"全球唯一"。从此，菊花石雕名声大振，或收藏于朝野，或馈赠于友邦，或流传于民间，或远销于海外，至今长盛不衰。

从欧阳锡藩发现菊花石至今已有200多年了，风云变幻，菊花石雕的发展几经大起大落。新中国成立后，传统的菊花石雕行业在党和政府的关怀下，迎来了蓬勃发展的大好时机。1961年，湖南省政府在省会长沙成立了湖南省工艺美术研究所（以下简称工艺所），并把戴清升等菊花石雕艺人调入工艺所，创作了大量的菊花石雕精品，如戴清升创作的《石菊假山》《争艳》等，陈列于北京人民大会堂湖南厅。

一晃30多年了，我退休后有了大把的时间，但学菊花石雕为时已晚、力不从心。我就想到用另一种方式为家乡的菊花石写点文字，用来宣传、弘扬家乡的这种国家级的非物质文化遗产。为此，我经常去拜访从事菊花石开采和雕刻的能工巧匠，和他们交朋友，如高福君、朱同义等艺人，向他们了解菊花石开采和雕刻的原理、工艺、鉴赏，写出了《菊花石史话》等几篇文章，收录在我即将出版的散文集《留住乡愁》一书中，这也了却了我对菊花石的悠悠情结。

作为菊花石原产地，近年来，永和镇政府致力于传承、保护和发展"菊花石雕"国家非物质文化遗产，有过几次大手笔的举措。2014 年，建设在永和滨河路的"菊花石商业街"正式开街，聚集在这里有 20 多户菊花石门店和加工作坊，每年产值近千万元。2015 年，"永和民间菊花石博物馆"建成，成为对外宣传、推介的窗口。目前，正在筹划建设"菊花石遗址公园"……在政府主导和菊花石行业协会的努力下，菊花石这颗高端艺术品中的奇葩，将绽放得更加灿烂辉煌。

千船竞运浏阳河

"浏阳河，弯过了几道弯，几十里水路到湘江……"蜿蜒九曲的浏阳河发源于罗霄山脉的大围山北麓，一改我国河流从西向东的流向，而从东向西南流经浏阳、长沙，注入滔滔的湘江。浏阳河是湘江的一级支流，全长222公里，流域面积达3211平方公里，集用水、灌溉、航运于一身，给两岸人民带来了生命的源泉和航运的便利，是浏阳人民实实在在的母亲河。

航运是河流的主要功能之一，特别是在那没有现代交通工具的年代里，河流便承担着繁重的货物运输。一直以来，浏阳河舟楫频繁，常年是大船尾接小船头，竹排、木排河中流，把沿河两岸山区的土特产，如粮、油、竹、木、土纸、笋干、夏布、鞭炮等源源不断地运往浏阳、长沙，直至转销全国各地，搞活了山区经济，富裕了两岸人民。

而浏阳河真正大规模的开发利用，最辉煌的运输年代却是出现在20世纪六七十年代。1964年，全国六大磷矿之一的浏阳磷矿正式开采。那时，刚刚从"三年困难时期"熬过来的人们，对饿肚子的滋味还刻骨铭心，大办农业，保证粮食丰收是全党全民当时工作的重中之重。大办农业，肥料要先行，磷矿石是生产磷肥的原料，国内只有少数几个省有磷矿资源，当时主要磷矿进口国越南处在战争之中，进口已无可能，从摩洛哥进口每吨60美元，是国内价格的10倍，唯一的办法是立足国内生产。浏阳磷矿虽然开采了大量磷矿石，但由于公路运力不足，那时的汽车还是凤毛麟角，醴浏铁路尚未修建，运输成为"瓶颈"。湖南省政府果断决策，要求充分利用浏阳河这条水路，组织木帆船运矿。于是，湖南省交通厅立即组建了一个民船运输局，调集了湘潭、茶陵、攸县、双峰、邵阳、隆回、宁乡、浏阳等县市2600多艘帆船参运。浏阳磷矿派出工程技术人员，对从永和至长沙160公里的浏阳河河道进行勘察、测量、疏浚，炸除暗礁，拓宽河道，经过整治的浏阳河可通行 5-7 吨的木帆船。

一场史上大规模磷矿石运输在浏阳河拉开了序幕。据当年浏阳磷矿销售部门负责协调运输销售工作的现已 80 高龄的谢继承老先生回忆，为了充分发挥浏阳河的运力，民船局相继在浏阳河沿岸开辟了 3 个码头。主装码头在浏阳磷矿樟树冲工区，码头河面两岸每天都有两百多艘船等待装矿。因为木帆船船舱狭窄，河面距码头矿坪又有七、八米的落差，机械无法施展，只能靠人工装船，每天装船上百艘，运出五、六百吨的矿石。由于一个码头装船有限，后来又在浏阳市城区建了个转运码头，码头坐落在现在的通程商业广场前的浏阳河边，介于浏阳老桥和铁路桥之间。当年搬运工把从醴浏铁路浏阳火车站卸下的矿石用板车拖运到转运码头，距离大概 500 米，再人工挑着装船。设在镇头的转运码头，主要是转装由汽车从矿区运来的矿石。那年代，从永和至长沙 160 公里的浏阳河河面上，不管天晴下雨，满载矿石的船队顺流而下，千帆竞发，呈现出一派千军万马战犹酣的震撼场景，这无疑是浏阳河运输史上最为繁忙和辉煌的年代。

参运的船工是非常辛苦的，常年风里来，雨里去，冬天寒风刺骨，夏日烈日当空，风餐露宿。特别是枯水季节，行船容易搁浅，一旦搁浅，就得拼尽全身力气推船，一艘船的力量不够，就得依靠团队的力量，推的推，拉的拉，船工号子喊得震天响。如果出现船体破损，还得转运矿石，上岸修船。那年代人心齐，吃得苦，每年30多万吨的磷矿石就这样从浏阳磷矿水运到长沙火车南站的湘江岸边，也有部分矿石直接运到新河附近的长沙化工厂。

　　船靠岸后，装卸工直接在船舱用钢铲把矿石铲上皮带运输机，通过几套皮运机的传递，矿石装进火车车厢，运往省内的衡阳、株洲、郴州、邵阳、祁东、常宁等县、市化肥厂，同时外运广东、广西、福建、江西、浙江、河北、河南、江苏、山东、山西、辽宁、吉林等10多个省、自治区，为全省全国的工农业生产做出了巨大的贡献。

　　这种千船竞运浏阳河的繁忙运输状态一直持续到了20世纪80年代初，历时近20个春秋，后来随着陆路运输的发展，载重量大、速度快捷的汽车、火车才慢慢取代了船运，浏阳河也归于平静。

　　时过境迁，随着社会的发展与进步，浏阳河也悄悄地发生了变化，由过去的运输功能型转变为今天的旅游风光型。进入世纪之交以后，从大围山巅到湘江入口，浏阳河两岸，不管是乡镇，还是县（市）区，都无一例外地建起了沿河风光带，集名人、名歌、名河于一身，汇山水、人文、历史于一体，向世人展示了浏阳河的魅力和价值。昔日的风帆已经远去，浏阳河又迎来了集文化景观、休闲健身于一体的滨河旅游新时代。

小河采风

2014年4月30日，是个春光明媚，百花争艳的日子，应文友相邀，去浏阳市小河乡采风。上午7点，我们一行十多人分乘3台小车，沿浏东公路经古港，沿溪右转再经永和、七宝山来到蒋埠江一个叫鳌口的地方，这里是株树桥水库的上游，没修水库的时候，鳌口是浏阳东乡通往南乡的必经之路。路边的悬崖峭壁上有一座观音古庙，距路面有五六十米高，向上仰望，令人炫目。以前，我曾多次路过此庙，始终没敢攀登。自株树桥水库蓄水后，水位抬高了20多米，原来所有的沟沟冲冲都淹在水中。为保证这条东南乡的干道畅通，就在半山腰修了一座公路桥，现在观音庙就建在了桥的右边，庙的上方约 20 多米高的峭壁上立了一尊 6 米高的观音像，庙的下方就是碧波荡漾的水库，人们倚着庙边的围栏向远处眺望，青山绿水，天水相连，鸟语花香，令人心旷神怡。

我们没有放过这美妙的景致，立即下车，当地人告诉我们："观音庙有一千多年的历史，在这方圆百里都很有名气，香火长盛不衰。"于是大家有的进庙祈祷平安，有的站在桥上观赏风景，然后大家在桥上合影留念。车队继续前行，来到一个丁字路口，直行就是胡耀邦故乡中和镇，左拐就将是小河乡的地界了。

小河乡位于浏阳市的东陲，与江西万载县相邻，是浏阳市唯一的一个一小时经济圈以外的乡镇，距城区 80 多公里。小河乡是个四面环山的小盆地，小溪河穿境而过，两岸是万亩良田。我们的汽车在逶迤的山峦中穿行，这里山道弯弯，峰回路转，远离城市喧嚣。我们放下车窗，清凉的空气里，一阵阵淡淡的花香扑鼻而来，直馋得我们迫不及待地停车，扑入那千姿百态、竞相开放的花的海洋。那粉红带黄的是桃花，那洁白如玉的是李花，那大红发紫的是杜鹃花，那皎洁无瑕的是玉兰花……更有不知名的小花在山坡上、田坎边任意烂漫，一股劲地向人们显露芳姿。正当我们陶醉在花的海洋里，忽然发现前面的车已不知去向，我们迷路了，赶快掏出手机问："喂！你们在哪里？"真是酒不醉人人自醉，花不迷人人自迷了。坐在车上，花是不能细看了，我们就看山，那幽深的山谷和宁静的林荫，不断地舒展着、延伸着铺向大地的深处，千姿百态，若隐若现。忽然，远处出现一组山峦，起伏有致犹如向前奔放的几匹骏马。后来当地人告诉我们，那叫"五马奔槽"，是小河乡的龙脉。这一切的一切都预示着，我们要去的小河乡肯定是与众不同。

我们上午 10 点多到达小河乡政府。小河乡革命历史博物馆馆长范日葵热情地接待了我们，稍事休息后，就陪同我们来到罗汉纪念馆。罗汉是小河乡田心村人，中共党员，他早年留学法国和苏联，回国后在琼崖（今海南省）开办农工职业学校，培养了大批的骨干。家乡人民没有忘记他，建立纪念馆，深切缅怀。

罗汉纪念馆前坪有一株罗汉古松，据检测有两千两百多年的树龄。树旁立有一块碑石刻："小河田心有罗汉松古木者，乃浏邑之奇观也。树兜丛生，枝繁叶茂，大合五人围，高十有六米，华冠如盖，幅百余平方。苍劲挺拔，郁郁葱葱，亦为湘省罕见罗汉松之'树王'也……"围绕罗汉松建了一个罗汉松公园，三楹一亭，槽门檐廊，雕塑群像，罗汉松树冠下设有几套石桌石凳，闲时村民或围坐或对弈，或闲聊乘凉。

小河范家祠堂始建于清代，砖木结构，青砖封火墙，屋顶盖小青瓦，三进两开间，建筑面积 200 多平方米。

小河乡山高水险，地处湘赣边陲，我们只是走马观花地游一圈，回到乡政府已是下午一点多钟了，吃完午饭，采风组全体成员来到大礼堂。中国作协会员、一级作家朱赫先生，《浏阳河》杂志主编谢利文，浏阳楹联协会楹联书法家赵庆安、符阳明、肖续吾、李光前、黄先俊等或撰联，或泼墨挥毫，书写了十多幅书画作品，盛赞了小河乡的红色、客家文化和生态旅游，范日葵馆长向采风组每人赠送了一套《罗霄山脉百年风云人物录》，然后我们便踏上归途。

通过这次观光采风，我们看到了小河乡在改革开放春风的沐浴下，到处都是一派欣欣向荣的景象，除了红色文化、客家文化和生态旅游基础设施的完美，一些自然村像城市的街道一样，平坦的水泥路面，漂亮的路灯，整齐的楼房有的还是古香古色，具有客家文化底蕴的民俗一条街更是令人流连忘返。目前，张坊至小河的公路正在如火如荼地修建，不久，一条平坦宽阔的公路即将通车，把一个"养在深闺人未知"的美丽乡镇呈现在世人面前，小河乡的红色文化、客家文化和生态旅游将有一个新的飞跃。

行走官渡

　　我和朋友约定，去官渡做一次旅游。我们要去的这个官渡并非《三国演义》中曹操以少胜多的"官渡之战"中的那个官渡。我们要去的官渡是浏阳河岸边一个美丽又古老的小镇。永和去官渡有两条路可走：一条是公路，经沿溪再到官渡有 15 公里；一条是沿浏阳河的小路直插官渡，只有七八公里。其实，三、四十年前，我们经常步行去官渡，那时坐汽车很不方便，也为省几个车钱，我们都走小路去。后来交通方便了，到官渡都是坐汽车去，有几十年没走这条沿河小路了。一直想寻回少年时的记忆，于是就相约好友邓启良一起从永和出发。这天天气晴好，春光明媚，我们兴致很高。走过童子湾、樟树坳，不知不觉便到了金鸡岭。金鸡岭是永和和官渡的界岭，下得山去，就是官渡地界了。说是金鸡岭，其实相对平地，也就二三十米高，原来这金鸡岭上有几棵大樟树，树荫下有几栋土木结构的民居，民居边还搭了间凉亭，屋柱之间镶进一根横木，替代凳子供来往的路人歇脚休息。金鸡岭脚下就是蜿蜒而过的浏阳河，最能引起我们记忆的就是河边有两架大筒车。筒车是原始的取水工具，一个直径四、五米圆形木架，边缘斜安了若干个竹筒，筒车以水的冲击为动力，慢慢转动，上行时经过河水中的竹筒就会装满水，以灌溉农田之用。这是千百年来农村的一种古老的取水灌溉农田的方法。

如今，樟树、民居、凉亭、筒车、石阶这一切都荡然无存了，取而代之的是一条平坦的水泥公路，一间抽水机房和几栋两层的红砖楼房。我们在这里伫立良久，想象着当年的风物旧貌。时代是进步了，土路变成了水泥路，土屋变成了楼房，但是参天的大樟树没有了，吱呀吱呀的大筒车不见了，人们过路歇脚的凉亭也早已不见踪影。我们怀念那幽静的树荫，那满是温馨的花草芬芳，那清澈见底的河流，那头顶掠过乌鸦孤寂的凄鸣声。原先那"千山鸟飞绝，万径人踪灭"的自然清新的情致没有了，今日的繁华是牺牲了多少不可再造的原生态换来的。看来城镇化建设的同时，如何保护原生态，保护老祖宗留下的历史文化是一个当代人责无旁贷的使命。

我们过了松江埠，便来到松江壁，松江壁下边是滔滔奔流的浏阳河，一条不足一米的山路弯弯曲曲地修在河岸边，记得我们小时候走这条路总是提心吊胆，生怕一不小心掉下水流湍急的浏阳河。那时，松江壁的一块崖石上有几行古老的疑是甲骨文的模糊文字，我也曾看见过，横七竖八像字又认不出，传说是雷公凿的。如有人认得，河中便有一只金鸭婆浮出水面，是对你能识文字的奖赏，这只是美好的传说，但一直没有人认出这些字。今天，一条3米多宽的水泥路代替了原来的羊肠小道，我们再也用不着提心吊胆过松江壁了。我的好友邓启良一直注视着山崖，想找到那块雷公凿字的岩石，但没有找到，怕是修路时炸掉了。走完了约一公里长的松江壁，再过一条小溪，就是一座浏阳河上的拦河大坝。这是一座灌溉并发电的钢筋水泥大坝，有七八米高，坝的下方是一片碧波荡漾的浅水滩。这使我想起小时候在永和的浏阳河浅水滩上捕鱼的往事，如今，永和附近数公里的浏阳河都没有碧波荡漾的浅水滩了。20世纪五六十年代，河中央那里曾映入眼帘的"孤舟蓑笠翁，独钓寒江雪"的情景，已一去不复返了，都变成了深不可测的死水潭。这都是滥采河砂、盲目挖矿造成的，往日清澈如镜的浏阳河，现在浑浊不堪，千疮百孔，连找一个能游泳的地方都没有了。我更羡慕起官渡的那种田园风光来了。

过了拦河坝，就是官渡老街了。原来的官渡老街长约500米，宽三四米，两边店铺鳞次栉比，吃的、穿的、用的什么都可以买到，每天车水马龙，非常热闹。随着城镇建设的推进，商业中心转移了，如今的官渡老街没有了昔日的繁荣，萧条了很多，零零散散只有几家卖小百货、开餐馆的店铺。好在浏阳五医院（原官渡医院）、浏阳四中、官渡派出所还在这条老街上，使得它的命运比我们永和老街要好。

走出官渡老街，有两座横跨浏阳河上的新旧桥，相得益彰。站在桥上望去，两岸街道古色古香，木格花窗、槽门檐廊，十分显眼。特别是古株陵渡口那渡船的造型，正像长廊上的浮雕所描述的浏阳河上繁忙的水运一样，让我们仿佛找到了置身于古朴而幽远的年代的感觉。与古街巷相邻的是繁忙的商业区，这里街道纵横，商铺鳞次栉比，又是一番现代气息。目前官渡新城正在如火如荼地建设，相信不久的将来，一座崭新的现代化城镇将屹立在美丽的浏阳河畔。

下午，原路返回时，我们不由得生出"萧瑟秋风今又是，换了人间"的感慨。

象形山游记

　　东出浏阳市区，沿着浏东公路行驶约半小时车程，进入达浒镇境内，往左有一道岔路口，岔路口竖着一座漂亮的不锈钢拱门，拱门门楣写着"国家三A级象形风景区欢迎您"，给人耳目一新的感觉。拱门左右挂有一副楹联："悦目开心，此去游仙台洞府；挥毫脱俗，归来携画卷诗篇。"我被这一副楹联深深吸引，心中顿生一种情不自禁前去一游的心情。

　　为了一睹象形风景区的美景，我们决定停车步行，刚刚走了数百步，前面映入眼帘的是一座座红色沙砾岩的小山，似刀削，如红霞，这独特色彩在地质学上以"丹霞"

命名。对于我们生活在江南的人，一直以来看惯了青山绿水，那一片红色沙砾岩撩人心弦，这样的地貌必然要生长出美丽的风景来。我们不由放慢了脚步，仔细观赏这千年沉积的大自然的鬼斧神工来。

从乌龟山到象鼻山有一段丹霞山脉，位于金坑河的南岸，是象形山的核心风景区，它浓缩了大自然的精华，移步换景，就像一幅长长的山水画卷，展示了神奇的丹霞风姿。千姿百态的奇峰陡岭在蓝天白云的映衬下，被碧波荡漾的金坑河浸染成大大小小、重重叠叠的水墨剪影，山水相映成趣。

斑驳的丹霞山脉经千年的风云变幻，自然成像，如禽似兽被人们赋予了形象的名称，那匍匐爬行的是乌龟，那张开大口的是狮子，那花肚斑斓的是麒麟，那引颈高歌的是天鹅。最为人们赞叹和惊奇的是那头憨态可掬的大象，浑圆的身躯，突出的眉骨，粗长的鼻子直插金坑河床，贪婪地吸取着甘洌清甜的河水。这些活灵活现、栩栩如生的动物景象依次出现在悬崖峭壁上，叫人目不暇接，这尽善尽美的风景足叫你大开眼界，令你流连忘返。

金坑河北岸是一条铺设了青石板的林荫小道，间或还设有观景平台和长条石凳，供游客观赏风景和静坐休息。人们置身这风光秀丽、温婉柔媚的环境中，烘托出一种独特的精致、清雅的氛围。在这幽静舒适、无喧无扰的景致中，心情得以净化，令你的一切忧思，一切关于人世间的烦恼及阴晦的记忆都会在这里烟消云散，使你的心情豁然开朗，精神陡然振作起来，这就是人们遵循自然规律的返璞归真、回归大自然的需要和向往。

游象形山风景区，除了看奇特的丹霞地貌，在波光粼粼的金坑河上泛舟观景，在悬崖峭壁上攀崖健身，听古老筒车舀水的"吱呀"声，还有一个地方非去不可，那就是凝聚了千年佛光禅意的前岩寺观音庙。前岩寺观音庙坐落在钟鼓山的前面，庙址比较隐蔽，依天然岩洞而修，全是红色沙砾岩结构。这岩洞很大，我目测了一下，正面宽约40米，深约20米，中间高约10米，恰似一口倒扣的半边大铁锅，给人一种"古寺深门一径斜，绕身紫面总烟霞"的优雅感受。庙的正殿塑有观音菩萨的全身立像，香雾缭绕，求神拜佛的人络绎不绝。走出前岩寺，真有点"风昏不见寺，依约但闻钟"的朦胧意境。

自 2009 年浏阳市政府确定象形山为自然保护区以来，

达浒镇政府与象形村以此为契机，加快了旅游基础设施建设，金坑河上修建了三座大桥，从浏阳、沿溪、官渡等方向来的游客可乘车直达景区。三座大桥还把金坑河两岸丰富的旅游资源整合为一体，为游客提供了更舒适更便利的游览环境。景区内修建了停车场、游客服务中心、休闲农庄，一个集游、玩、吃、住为一条龙的旅游服务体系已经形成。车辆穿梭，游人如织，象形山风景区的旅游前景方兴未艾。

山峻、水秀、洞奇、石美，大自然神奇地造就了"湘东小桂林""浏阳新八景"之一的象形山风景区这个拥有迷人魔力的世外桃源，无伦谁走进了这里，都会自然地融入其中，使人心旷神怡，久久不愿离去。

渐行渐远的端午艾香

粽香，香厨房；艾香，香满堂。每当闻到粽香的时候，传统的端午佳节就临近了。

家乡的端午节，无论家境是穷还是富，有一件事家家都必须做，那就是主人拎一把镰刀去河岸圳边割回一把香蒲、萁艾插在门楣上。沾雨带露的香蒲、萁艾有大半人高，那叶片如放大的菊花叶，青青地蒙上一层浅浅的毛绒，像裹了层雾气似的显出青翠。那气息，浓浓的香味夹着浅浅的涩味，直入鼻腔肺腑。

端午节为什么都要在门楣上插上香蒲、萁艾呢？传说是唐末黄巢在端午起义造反，他交代部下，凡是门楣插有香蒲、其艾的人家，就不得进入掳杀。从此，这种端午节门楣插香蒲、其艾的习俗就一直延续至今，既有保家庭平安的含义，又有美化环境的功能。在这种香蒲、其艾营造的独特气氛里，女人们就开始洗粽叶包粽子。刚采不久的粽叶，清碧碧，亮油油，经水一洗，更是亮得晃眼。泡酥的糯米，放上一点食用碱，白米就变得黄澄澄香喷喷，包进这清碧的粽叶，像是春的衣衫，紧裹了对逝去冬天的记忆。粽子下锅一煮，很快就煮出了粽叶的清香和粽叶烘托出的糯米香，馋得孩子们嚷着要粽子吃。

除了吃粽子，家乡还有吃大包子的习俗。从五月初一到初五，街上的饮食店卖的都是大包子，这种大包子比平常的包子大很多，有糖馅的，也有肉馅的。这种大包子一年到头只有端午节才有买。揭开锅盖，店家在热气腾腾、白白胖胖的大包子正中盖上一点手指大小的红印，就像纯真少女眉心上点的一颗红痣，象征着吉祥如意。

赛龙舟把端午节的节日气氛推向了高潮。家乡有地处浏阳河的优势，因此，赛龙舟这一悠久的传统文化习俗得以传承下来。每年一进入农历五月，浏阳河两岸的民众就自发地组织起来，南岸是永和集镇，北岸是沿溪河东村，两岸各派出龙船参加比赛，参赛的选手都是沿河两岸百里挑一的浪里白条，身手不凡。

端午节正式比赛这一天，沿河两岸的观众早早就从四面八方赶来，选定一个视线开阔的位置，有的坐在岸边的草丛里，有的坐在河滩的石头上，有的站在桥上，还有的干脆爬上树干，只见沿河两岸人山人海。永和大桥至庙下潭一段 500 米的距离，河面开阔，碧波荡漾，举世闻名的菊花石也就是蕴藏在这一段河底，是个天然赛场，每年的龙舟赛都在这里举行。

上午 9 点左右，各单位组织的龙船都到永和大桥下汇合，10 点正式比赛开始。每一轮 3 条龙船参赛，在河面一字排开，每条龙船由 12 人组成，一名鼓手，一名舵手，10 名划手，以铳响为号。只听铳声一响，3 条船像离弦的箭向下游冲去，划手们在鼓手的号令下，齐心使劲，落浆有声，水花四溅，破浪前行。只见河中龙船竞渡，红旗飘扬，水声鼓响，你追我赶，好不壮观。沿河两岸人头攒动，尖声呐喊"加油——加油——"，每到关键节点，只听见铳响震天，呐喊声一浪高过一浪，看龙舟的人坐不住了，站起来急得直跳，小孩子跟着龙舟一路狂奔，真是河中赛龙舟，急死岸上人。整个龙舟赛场热闹非凡，成了欢乐的海洋。

时过境迁，如今不论是城里或在乡村，过端午节的习俗也在悄悄地改变，门楣上插香蒲、萁艾的少了，从超市买回来的粽子又大又腻，吃不了两个，没有让人垂涎欲滴的清香味了，特别是让人热血沸腾的龙舟竞赛也看不到了。我担心，那种让人期待过端午节的热烈气氛将离我们渐行渐远。

金刚古镇

俗话一句，百闻不如一见。早就听说金刚镇的古朴与繁华，那里有原汁原味的山乡风貌，古色古香的民居建筑，千年沉淀的佛教文化，引起了我对金刚镇的向往，加上对石霜寺心仪已久，总想找个机会去金刚镇一睹风采。

正好接到浏阳市作家协会王雄文老师的一个电话，说浏阳市文联举办"寻访最美古村镇——金刚之旅"的采风活动，问我是否准备参加，我即刻答应。

第二天刚露晨曦，我带上相机，就匆匆赶往市区，随浏阳市文联、作协、楹联、摄影等协会的领导、文友一同前往金刚镇，去参加采风活动。

浏阳市金刚镇位于南区，与湘赣两省的萍乡、醴陵、浏阳三市交界，地理位置十分优越。

九点三十分到达金刚镇后，在星星村"六栋堂"举行了一个简短的"寻访最美古村镇——金刚之旅"文艺作品大赛暨第三届萍浏醴笔会活动的启动仪式，采风活动就从"六栋堂"古民居开始。

"六栋堂"古民居建于清朝顺治年间，距今已有300年历史了，为李氏第九派时郁公儿子李锦众兄弟所建，是李氏聚族而居连体六栋的一个大建筑群，故取名为"六栋堂"。

鼎盛时期，"六栋堂"正厅堂屋建筑面积就达2000多平方米，加上九代世孙居住两侧共占地200多亩，"活水园""桂花园""观鱼池"等优美场景点缀其中。

堂屋前后设有戏台、操坪、鱼池、水塘、水井、走马场、拴马院等。

"六栋堂"为砖木结构，一百单八柱支撑其间，一栋高过一栋，寓意"连登科第"。每栋的梁柱、门、窗都有精雕细琢的饰物，阶基和所有的天井均用青条石和花岗岩铺砌。

"六栋堂"整栋古民居坐落在山川小平地，依偎于青山溪水间，背阴向阳，藏风聚气，错落有致，既适用聚族而居的生活及防御要求，又体现了族人聚居和自然生态环境的有机融合，具有浓郁的江南民居建筑风格。李氏族人依具当地的自然环境，利用当地的建筑材料，遵循传统的"风水"理念，建造了这么一座恢宏大气的古民居建筑群。

"六栋堂"的墙头和支柱上刻有意味深长、对仗工整的楹联和精美雕塑，其内容体现了以耕读为本、忠孝信义的中国传统思想文化，以文诲人，充分反映了李氏家族的审美观、价值观和人文精神，构建了"六栋堂"内部空间的装饰和文化氛围。

李氏家族在"六栋堂"繁衍生息300年，历经沧桑，它的每一垛老墙，每一块石碑，每一件雕塑，每一扇门楣，每一根梁柱，完美地再现了当年的风貌，无处不在地渗透着那曾经的繁华与兴旺，处处向你展示着曾经拥有的财富和气派。

"六栋堂"是聚族而居的传统建筑文化的见证，凸现出李氏家族的整体观念和良好家风。

与"六栋堂"一样，坐落在金刚镇丹桂村桃树湾民居也是一处古民居建筑群，它建成于清代咸丰三年，比"六栋堂"

晚了100多年，但其建筑面积却是"六栋堂"的3至4倍。

桃树湾古民居面阔五间，四进院落，共有大小房屋200多间，中轴线两侧建有横厅、厢房、茶厅、耳房、廊道、粮仓。院落之间有天井连接，采光、通风、排水都采用向内或预埋构建手法，使得这建筑面积达8000多平方米、占地面积13000平方米的庞大建筑群内部采光明亮，通风良好，排水顺畅。

桃树湾古民居的内部装饰新颖、典雅，集木雕、砖雕、墁铺、镶嵌、堆塑、彩绘为一体。梁、柱、门、窗都采用木榫穿透式结构，窗棂、门楣都饰以精美雕刻，所雕刻的人物群像，狮虎麒麟、花草树木活灵活现、栩栩如生，技艺精湛，令人赞不绝口。江南古民居的清丽婉约、精巧别致，在桃树湾古民居中表现得淋漓尽致，折射出中国古建筑文化取法自然又超越自然的深邃意境。桃树湾古民居建筑群以其庞大的气势，奇特的风格，巧妙的构造，精湛的工艺，称得上是浏阳古民居建筑群艺术园中的一朵奇葩。

桃树湾古民居门前是一条小溪，小桥流水，风光秀丽。两岸绿树成荫，青丝如帘，美丽、宁静，像一条飘带，烘托出一种独特的精致，一种清雅的氛围。人们置身这幽静秀丽、无喧无扰的田园风光和古色古香的民居中，心情得以净化，令你的一切忧思都会在这里烟消云散，令你心情变得豁然开朗，精神徒然振作起来。

现在，"六栋堂"和桃树湾古民居都已列入长沙市市级文物保护单位，经过修旧如旧的处理，这些古民居又将呈现当年的风采，以其独特的风貌吸引着世人的关注。

坐落在金刚镇金市社区下街的福主庙，始建于清咸丰年间，是为供奉西周年间被奸臣陷害的3位将军而建的。我们走进寺庙，只见殿堂华丽，香烟缭绕，虔诚的香客都在祈祷福主保佑。

我市90高龄的文史民俗专家潘信之老先生向我们介绍福主庙的宗教文化和湘剧在福主庙的起源。清末民初，福主庙的厨杂人员组织了一个围鼓班唱戏，自娱自乐，后来发展到以唱湘剧为主，取名"案堂班"。我省优秀湘剧表演艺术家徐绍清就曾在"案堂班"学戏，所以福主庙不仅是宗教寺院，还是非物质文化遗产的湖南湘剧的发源和传承地之一。

福主庙每年7月20日举行为期一周的庙会，吸引来自醴陵、文家市、大瑶的香客前来朝拜。金刚集镇沿河两岸搭起多个戏台唱戏，不仅有专业剧团，各种民间技艺也竞相登场。人们借庙会之时，三五成群，既参加庙会祭拜活动，也顺便赶集看戏，集镇上人山人海，商贾云集，生意兴隆，好一派莺歌燕舞的欢乐景象。

闻名遐迩的江南佛教名刹石霜寺无疑是金刚镇一张响当当的名片，对于很多人来说，他们是先知道石霜寺后知道金刚镇的。因为他们到了石霜寺才知道石霜寺原来在金刚镇。

石霜寺位于金刚镇石霜村的霜华山上，依山坡分台阶而建，规模宏大，气势磅礴，殿堂华丽。石霜寺建于唐朝唐僖宗（874–888）年间，由宰相裴休监造，鼎盛时期，占地面积1万多平方米，僧众追随者上千人。今存建筑面积3600多平方米，自唐至清，屡经修葺。今存大雄宝殿、关王殿、云水堂、洪音阁、祖堂、方丈室、客膳厅、花蓼阁等，另有部分石碑木匾保存。

大雄宝殿居建筑群中心位置，总面积800平方米，高18米，建于花岗岩石基上，重檐歇山顶，盖黄色琉璃瓦，在太阳光的照射下熠熠生辉。据说，这在长沙寺庙建筑中的规格是较高的。石霜寺在中国佛教史上有较高的地位，相传唐僖宗的第三个儿子，即普闻禅师，就在石霜寺出家，故金刚镇有"太子湖""太子桥"等遗迹。后有日本高僧明庵西荣和俊芿来此学法，回国创立了佛教中的临济宗、中严宗两派，石霜寺的佛教文化在中南亚一些国家也有深远的影响。

石霜寺古迹众多，"内八景"有千僧锅、万人床、象牙朝笏、祖布袈裟、禅杖、砚池、枯木堂、自鸣钟。"外八景"有虎扒泉、盐醋井、飞来塔、仙女晒鞋、仙人推磨、仙人下棋、打鼓岭、蛤蟆滴水。石霜寺的内外八景加上寺院保存的石刻碑林、木匾向人们展示了一千多年的佛教文化的实物和景致，见证了石霜寺佛教文化的源远流长和博大精深。

如今的石霜寺，香火依然，历经沧桑的大殿，悠扬的佛教诵经，丰富的神话传说，连同那些四面八方涌来的虔诚香客，向我们传递着古老的佛教文化气息。我们置身于庄严的佛殿面对众多的佛像、慈善的菩萨，静心地听着大师讲解，总是肃然动容，虔诚祈祷风调雨顺，国泰民安。石板小路，潺潺流水，古旧老屋，千年寺院，这些都是老祖宗留给金刚人民的宝贵遗产，给一样的古镇不一样的金刚做了最完美的诠释。金刚就是个未去时让你向往，去了时让你神迷，离开时让你流连忘返的美丽乡村、梦里家园。

一方山水养一方人。今天，60000多勤劳朴实的金刚人民在当地党委、政府的领导下，励精图治，把经济建设与弘扬历史文化融为一体，正为打造"红炮之都，佛门圣地"的最美古村镇而努力奋斗。

腾飞的浏阳交通

　　2015 年，浏阳县域经济与县域基本竞争力跃居全国百强县（市）第 28 位，提前两年实现"挺进三十强"目标，创造了全国罕见的经济腾飞的"浏阳现象"。浏阳经济取得如此辉煌的成就，除了市委市政府历届领导班子团结务实与高效运作，浏阳人民自力更生、艰苦奋斗、敢于拼搏的精神外，是与浏阳坚持 20 年如一日，实施道路交通建设先行的决策分不开的。

　　回顾浏阳 20 年的交通发展过程，每走一步都是一个坚实的脚印。人们不会忘记，20 年前浏阳还是湘赣边界群山环抱中的贫困县、山区县和老区县，没有一条上等级的公路。通过 20 年的努力拼搏，现在交通路网发达，全市 5000 平方公里的范围内，所有乡镇与市区都实现了 1 小时经济圈。我们不妨回顾一下，浏阳交通路网建设方面取得一个又一个的骄人成就。

1993 年，浏阳撤县设市，开始了新一轮的经济发展。

1995 年，浏阳市委决定修建一条浏阳至长沙的高等级公路，可是几个亿的投资令人捉襟见肘。市委市政府号召全市人民集资修路，采取民兵（民工）建勤的办法，每个乡镇都分配了任务，修路大军挑着行李铺盖走向工地，就像当年修建枝柳湘东铁路一样，一干就是 3 年。

记得当时我所在的单位浏阳磷矿，也派出了大批的工人和设备支援修路，并号召全矿 3000 多职工进行了集资。在全市人民的努力拼搏下，历经 3 年终于修通了浏阳至长沙的高等级公路，使浏阳至长沙的距离缩短了近 20 公里，车程由过去的两个半小时缩短为一个小时，经济效益显著。这条路的通车大大改善了浏阳的基础设施建设，提升了浏阳县域经济的竞争力，为浏阳招商引资、工业园建设打下了坚实的基础，开启了浏阳从农业时代进入工业时代的快车道。

1998 年，借助浏永高等级公路的便捷，浏阳又创建了工业园，当时叫长沙国家生物产业基地。为了尽快取得经济效益，2003 年又启动了机械制造基地的建设，使整个工业园建设步伐大大加快，取得了骄人的业绩。

2006 年，为了加快浏阳的骨架路网建设，实施交通先行的战略，使全市各乡镇到市区实行半小时经济圈，启动了浏东、浏大、浏跃、浏社四路提质改造建设，并很快达到了预期的效果。

2013 年，随着大浏、长浏、浏醴三条高速公路的通车，使一个过去没有高速公路的县市一跃成为全省拥有高速公路里程第一的县市。在新思维、新常态、新发展的理念下，开启了浏阳的高速公路时代。

目前，金阳大道正在如火如荼地建设，它的建成将浏阳融入长沙市半小时经济圈，而且金阳大道是一条全程不收费的高速公路，给老百姓带来了实惠。

蒙华铁路的开建将改写浏阳没有铁路的历史。不久的将来，浏阳人民就可以在自己的家门口坐上舒适的火车去畅游祖国的大好河山。火车是既安全又实惠的交通工具，是人们出行的首选，我们期待着这一天的到来。

按照市委、市政府"交通融城、产业兴城、人才活城、生态美城"的发展战略，浏阳正努力建成省会副中心和湘赣区域性中心城市，其明天一定是前程似锦。

菊香小镇

夜幕降临，在菊香小镇永和的沿河风光带上，人流如织，人们踏着原木地板，在桃红柳绿的风景中，在灯塔的照耀下，观赏着清香扑鼻的各种颜色的菊花。星空下，浏阳河显得格外的多姿多彩，流淌的河水给这个菊香小镇平添了几许妩媚，几许灵气。灯火阑珊的河边映衬着"金满地""金水湾"高大的楼房，映衬着横贯两岸的永和大桥，隐隐透出当年工业老镇的辉煌。

人们到沿河风光带散步闲游，都是冲着锻炼身体而来，现如今人们的生活富裕了，缺的不是金钱与物质，而是都渴望自己有健康的身体。人们在风光带上健步如飞，在广场上尽情歌舞，累得汗水淋淋，心中却充满着喜悦。锻炼之余，人们就坐下来闲聊，谈国事、拉家常、话健康，欢声笑语。谈论最多的话题是：现在农民种田有政府补贴；下岗职工、大学生、城镇居民创业免收税费，还给予无息贷款等资金扶助；困难群体享受国家最低生活保障，这一切都是改革开放带来的红利。谈到政府这些举措，人们感慨万千，国家的富强，民族的昌盛，注定了人民生活的幸福。言谈之间，充满着对党和国家的感激之情，我想这就是民心所向，老百姓心中自有一杆秤。

夜游沿河风光带，特别是在仲夏如火的空气里感受那一抹清新的凉意，悉心体会那河面的凉风习习，让人心旷神怡。在这幽静舒适、无喧无闹的风景中，人们的心情得以净化。

永和这块红色的土地不但山水相连，景色秀丽，而且物华天宝，蕴藏着丰富的矿藏。20世纪60年代随着全国六大磷矿之一的浏阳磷矿开始建设，一条曾经的醴浏铁路修到永和，架设了从株洲电厂到永和的11万伏高压专线，拉开了永和大规模工业建设的序幕。浏阳磷矿十几里的矿区，日夜机器轰鸣，一座座山头被夷为平地，一列列火车满载矿石转运全国各地。工业建设带来了商业的繁荣，永和集镇每日车水马龙，熙熙攘攘，热闹非凡，呈现出如日中天的兴旺景象。当年永和不仅市场繁荣，文化生活也十分丰富。浏阳磷矿工人俱乐部曾经是当时浏阳首屈一指的标志性建筑。1985年，我国著名歌唱家李谷一应邀在浏阳磷矿工人俱乐部举行独唱音乐会，轰动了浏阳。我省著名花古戏表演艺术家凌国康、李小嘉率团深入到浏阳磷矿露天广场为群众演出，受到了热烈欢迎。

进入世纪之交，由于矿石资源逐渐枯竭，永和地区几家国有企业先后改制，永和失去了昔日的辉煌。但不甘人后、敢为人先的永和人民在镇党委、政府的领导下，未雨绸缪，另辟蹊径，大力发展红檵木、鞭炮烟花、矿产、菊花石雕、炭雕生产，富裕了一方经济。有人调侃永和是浏阳银行存款最多的乡镇之一。

最近两年，永和镇紧紧围绕市委、市政府提出的"挺进三十强，再造新辉煌"目标，开启了新一轮的产业升级，特别是小城镇建设取得了长足的发展。继完成了集商业、居住、休闲为一体的"金满地"商住小区、"金水湾"菊花石商业街的建设后，又建成了菊花石文化广场，菊花石博物馆正在紧张地施工。全长 7.6 公里的园永公路即将竣工，通车以后，永和只需 5 分钟即可对接大浏高速农业园互通口，开辟了永和对外的又一通道。

目前，永和镇党委、政府正加强对经济工作的全面筹划，在新思维、新常态、新发展的思想指引下，抓好社会民生，凝聚发展力量，为建设"精致秀美、特色鲜明、幸福和谐"的菊香小镇而奋斗。

家乡的油茶林

　　家乡的油茶树漫山遍野，屋前屋后无处不在。油茶树是一种常绿乔木，是我国南方重要的油料作物之一。油茶树栽种后，稍加培植，就可收摘受益 20-30 年。茶籽晒干去壳后，经过焙、碎、蒸、压榨就可提炼出橙黄透亮、味醇清香的茶油。茶油是烹调菜肴的上等佳品，特别是一些带荤腥的鱼肉，用茶油煎炒，味道更香。

　　据《本草纲目拾遗》载："茶油可以润肠、清胃、解毒、杀菌。"千百年来，民间风俗常用茶油拌饭吃可以治疗咽喉炎，可除蛔虫；烧伤烫伤跌伤，用茶油涂抹患处，不留疤痕。

南方人对茶油情有独钟，认为它是植根于青山绿水间的纯天然油料，有降血脂、抗衰老、养发护发等多重功效。纯天然茶油现在市场价 60~70 元/市斤，现在生活富裕了，人们都在研究科学的吃法和长寿的秘密，不惜成本，动辄就买上百多斤茶油放在家里。家境稍好的家庭都视茶油为必备之物，吃着放心。

记得小时候，寒露节一过，我们几兄妹就跟着母亲去捡茶籽，那时我们住在集镇吃商品粮，每月每人只有三两油的定量，捡茶籽榨点油以补不足。那时候茶山是集体所有，由生产队统一收摘，寒露过后才开山收摘。开山了，山路上到处都是成群结队的社员，他们挑着箩筐、背着竹篓上山摘茶籽，寂静的山林瞬间就热闹起来了。按常规，摘茶籽要层层渐进，每棵树不管茶籽是多是少、是小是大都要摘干净，而有些调皮的后生就喜欢打"花山"，只捡大而多的摘。巡山员凶神恶煞，管得很严，摘茶籽的人没下山，捡茶籽的人就不准进山。捡一届茶籽（约 10 来天），我们几兄妹加上母亲捡的，只榨得十多斤油。这十多斤油变成了家中的宝贝，只有来了客人，或是逢年过节才吃一点，节俭着吃一年。

时过境迁，一晃几十年过去了。我自从参加工作后，就再没有去捡茶籽了。时至今日，这油茶林的管理与收摘都发生了变化。油茶山由过去的集体管理和收摘分到了各家各户。改革开放后，政策好了，一些农家的青壮年都外出打工了，剩下的老小大多没有体力和时间去摘茶籽了。近年来，政府号召种的茶树都是培育的良种树，树小果子大而多，两三年就可以挂果，一般都种在屋前屋后，便于管理。对于以前那些果子小产量低的野生茶树就很少有人去管理收摘了，任其自生自灭。

随着茶油价格的不断上涨，越来越多的人都加入到了捡野茶籽的行列，亲友邀我去捡茶籽，说："捡茶籽不仅有收获，最主要的还是锻炼了身体，是一种很好的户外爬山运动，比平日散步效果好多了。"我觉得他们说得有理，就去农贸市场买了一只竹篓，准备跟着他们去捡野茶籽。

捡茶籽是件既累又脏的辛苦活，在茅草中钻，在荆棘中转，手上、脚上划出一道道血印，脸上身上沾满灰尘。辛苦归辛苦，只要看见那一颗颗绿色鲜亮的茶籽，疲惫也烟消云散，心中充满喜悦。我们去捡野茶籽，图的是和大自然的亲密接触，图的是锻炼身体，至于收获有多少，那并不重要。诚然，又摘了茶籽，亦锻炼了体魄，获益与逍遥双丰收，何乐而不为呢？

乡村名医卜永观

名医卜永观，浏阳小河田心村人。生于清光绪八年（1882），殁于1960年。永观先生坚守乡村医疗事业60年，他精湛的医术，高尚的医德，为乡村医疗事业所做出的贡献至今被人们所传颂。

永观医生自幼聪颖好学，博闻强记，他毕业于湖南名校长郡中学，曾在湖北医学馆学习深造。永观医生不但医术高超，还学识渊博，琴棋书画样样在行，颇受乡里尊敬，当地人都尊称他为先生。

先生早年与湘雅医院王肇升教授是同门好友，按先生当时的条件，完全可以在省城大医院谋一份理想的职业。可是先生没有这样做，他来自边远的山村，他深知山村缺医少药，需要他这样学有成就的医生回去为山区百姓服务，为他们排忧解难，消除病痛。就这样，先生离开城市，毅然回到小河乡田心村当医生。

小河乡地处浏阳东陲，属湘赣交界的山区，行医条件十分艰苦，先生抱定一个信念：我是一名医生，拯救每一名患者是我的职责，不管条件有多艰苦，我都要努力去做。作为一名中医，每当病人来就诊，先生望、闻、问、切都十分仔细。每开一剂药方，都要反复推敲，生怕有所疏漏，贻误病情。先生看病，对任何病人都是一视同仁，不分男女老幼，富贵贫穷，总能不厌其烦，始终视病人如亲人，给予无微不至的关心。对一些贫困患者，总是抱有特别的同情心，免费为他们看病，对那些抓不起药的病人，就自己掏钱给病人买药。山区交通不便，先生就把那些路途远、行动不便的病人接到家里来治，生活困难的就免费为他们提供食宿。有时急症病人深夜造访，先生总是二话不说披衣应诊。先生常说："谁没有个三病两痛，我少休息一会，病人就能少受一点病痛的折磨，这就值得嘛。"先生医术高超，经他治愈的病人成千上万。田心村有一名患者得皮肤病多年，皮肤溃烂流脓，臭气难闻，群众传言他得了"麻风病"，连亲人都躲开他，让他一个人住在深山的茅棚里，过着与世隔绝的苦闷生活。先生得知后，不顾旁人反对，来到患者的住处，为他仔细诊断，确诊为慢性泛发性、湿疹性皮炎。经多次中药治疗，运用"内外夹攻"的疗法，使患者病情大有好转，开始慢慢痊愈，"麻风病"的传闻不攻自破，消除了群众的戒备心理，亲人把他接回家共同生活。周围的群众都说："先生真神，是他把一个孤独的'鬼'变成了一个正常的人，是他挽救了病人的生命，挽救了他的家庭。"

小河乡田心村刘某，妻子久病身故，债台高筑，整日愁眉不展。因积郁过多，导致胸闷、食欲不振等症状出现，有游医说他得了肝癌，这无疑是雪上加霜。刘某彻底绝望了，他让田地荒芜，关上门等死。先生闻知此事，怜悯之心油然而生，立即送医上门。经过精心诊断，初步排除肝癌，后又了解他患病过程，先生认为他是超负荷心理压力，忧郁成疾，属心理疾病。通过先生耐心劝慰，加上药物治疗，刘某如释重负，重新扬起了生命之舟的风帆。先生的高超医术和宽厚仁爱远近闻名，正如患者送给先生的锦旗上写的：悬壶济世三折肱，救死扶伤万口称；药到病除人所乐，杏林春色满山村。

先生除专心致志于治病救人外，还热心于社会公益事业。他倡建义仓积谷，救济穷人，为桥会、渡船会、路会带头捐资，热心调解邻里纠纷和家庭矛盾。他不是官员却有官员的威严，在乡村的大事小事中有话语权，村民在先生面前无不表现出尊敬与诚服。

1931 年 6 月，从家乡传来一个不幸的消息，先生的两个弟弟同时在苏区肃反运动中被错杀，大弟卜传藩还留下一个遗腹子。小孩出生后，生母为了把小孩抚养成人，等到足月之后不得不改嫁。

膝下无子的伯父，听到这个消息，忧心如焚，多次从县城奔赴小河田心村与孩子的生母商量带养。小孩周岁以后，生母才应允他回卜家生活。小孩回到卜家后，先生视侄儿为己出。对卜家三房人的这根独苗更是关爱有加，给侄儿取名继棠，希望继棠长大后像一棵坚韧挺拔的棠树，继承卜家的事业。

为了培养继棠，从他 6 岁起，先生就把私塾先生请到家中，在二楼腾出一间房子给继棠做书房。先生希望继棠饱读诗书，提高文化素养，然后再确定发展的方向。继棠在这样一个医学家庭里，受养父全心全意为病人治病的精神熏陶，他从小就热爱医学，喜欢中草药的芳香。他同情被病痛折磨的患者，每当看到患者被养父医治痊愈后，心中总涌现一种莫名的欣慰和羡慕。于是，他向养父提出了学医的要求。养父没有立即答应他，只是说："学医首先要学好文化知识，打好理论基础，你现在的任务就是认真学习文化，提高自己的文化素养。"

1944年6月，日寇攻陷浏阳县城，到处杀人放火，奸淫掳抢，县城顿时陷入一片惊恐之中，民众纷纷逃往乡下，先生也携全家来到永和，暂时寄住在朋友家中。先生当时不愿回老家小河，想到两个弟弟的惨死，先生心里不寒而栗。

永和是先生往返家乡小河的必经之地，也是浏阳东乡的一个商贸重镇，曾一度被人冠称为"市"，这里物产丰富，水运发达，是周边几十里山区的货物集散地。永和老街店铺林立，光是药铺就有十多家，这些药铺的老板都和先生交往甚密，他们都挽留先生在永和开设诊所。

此时的先生已年近花甲，他想为子孙留下点家产，就委托朋友在永和石江村泥湾买下宅基地一块，这地方离永和老街仅百米之遥，闹中取静，方便先生开设诊所，先生很是满意。

1945年8月，日本宣布投降，中国人民历经8年抗战，终于取得了抗日战争的伟大胜利。时局有所好转，也就是这一年，先生开始在永和建房。他用一生的积蓄，历时两年，房屋竣工，前后两栋，内置天井、过道，前坪后院，当时算是永和地区一栋标志性的民宅了。此时的继棠已到了婚配年龄，先生决定把继棠的结婚酒与园屋酒一起办，双喜临门。先生的亲朋好友和附近的乡邻前来贺喜，酒席摆了3天，新居门前车水马龙，门庭若市，好不风光。

办完喜事，先生静下心来，一边在家坐堂应诊，一边调教继棠学医。先生首先要求继棠把《黄帝内经》《伤寒论》《湿病条辨》等中医经典背熟记牢，然后才开始向他传授汤头歌诀，让他熟知药物性质，研读脉诀。先生这种先难后易的教授方法，目的是让继棠懂得，中国几千年的中医经典博大精深，思想上决不能有轻视中医的情绪滋生。

不久，继棠进入临症阶段。临症伊始，先生与继棠约法三章：要求他每日的工作只能在诊桌旁抄写药方，不许单独处理病人，不许单独外出应诊。在先生近乎苛刻的言传身教下，继棠就这样逐步迈入他梦想已久的行医行列。1951年，继棠通过考试，成为浏阳第一个获得国家公职的中医医生，24岁就担任了浏阳卫生科副科长，这都是后话，这里且不多讲。

1952年，先生和钟昌武、黄学等医生就在永和天符庙办起联合诊所。为了筹集办诊所的资金，先生变卖家产，倾其所有，受到政府的表彰。随着诊断业务扩大和民众看病的需求，天符庙诊所已不适应形势发展的需要，先生提议将诊所迁往永和老街十八墩，扩大病室又增加了西医卜育贵、贝淑龄和护理人员，正式成立了永和卫生院。新中国成立后，永和的医疗卫生事业从无到有、从小到大的发展都是和先生的不懈努力分不开的。

先生在卫生院开设中医门诊，因为先生的医术早已闻名乡里，找先生看病的人络绎不绝，经常排起长队，哪怕是等上两天，病人也单挑先生看病。先生总是抱着对病人极端负责任的态度，一丝不苟地忘我工作。他经常对徒弟和助手说："医药是人命关天的大事，稍有不慎，用错了药，那就是害人而不是救人，这种事是从医者绝不允许发生的。"

寒来暑往，春去秋来，先生几十年如一日在中医这个岗位上默默地奉献，有多少病人在他的精心治疗下起死回生，有多少父母、子女在他面前流下了感激的泪水。鉴于先生在乡村医疗事业上做出的突出贡献，先生光荣地当选为浏阳县人民代表，像先生这样的出身和身份能够当上县人民代表，这份荣誉确实来之不易，这充分说明党和政府对他做出业绩的肯定和人民群众对他的信任。先生实至名归，在精神上获得了丰厚的回报。

1959 年，已近耄耋之年的先生疾病缠身，自知来日不多，此时先生想到叶落归根，他要求回小河与继棠一家生活，度过生命的最后时光。先生回到小河与儿孙们生活了一段时间，后来病情加重，终因年事已高，医治无效，于 1960 年春不幸去世，享年 78 岁。先生去世后，小河乡十里八村的乡邻怀着极其沉重的心情前来吊念，含着热泪送先生最后一程。之后的每年清明，当地一些村民都不忘去为先生扫墓，寄托无尽的哀思，真是："忆君泪落东流水，岁岁花开知为谁？"

　　高山仰止，心向往之。先生那高挑的个子，清瘦的身材，慈祥的面容至今还留在老人们的心中；他为乡村医疗事业执着坚守和甘于奉献的精神是树立在人们心中永远的丰碑。

河底采石如蛟龙

——记潜水开采菊花石工匠高福君

　　永和镇是誉为"全球第一"菊花石的原产地。若论菊花石雕刻，大家都知道曾荣获国家"高级工艺美术师"称号的戴清升，他雕刻的菊花石艺术珍品——《梅剪瓶》和《梅兰竹菊横屏》在1915年"巴拿马万国博览会"上被评为金奖。然而，提到在浏阳河深水区人工开采菊花石的能工巧匠，却无人不晓高福君的大名。

　　高福君现在是浏阳河深水区人工开采菊花石的唯一见证人了。他虽早过了古稀之年，但他高挑的个子，身材魁梧，腰板挺直，手脚灵便，根本看不出他已是70多岁的老人。他之所以有一副如此硬朗、健康的身板，是与他从小就风里来，雨里往，毕生劳作分不开的。

高福君祖籍浏阳北乡淳口镇，他的父亲高定富与当地豪绅高佑喜结怨，只身逃到东乡永和镇，最初在偏僻的山冲枕头庵躲避。高定富是木匠，技艺精湛，为谋生存他经常和当地一些泥工木工承揽一些建筑工程，稍有积蓄，就在永和下街开了一家颇有名气的"高富华木行"，定居下来，不久便结婚成家。

1941年，高福君就出生在永和下街的浏阳河畔。1943年，高父因病去世，家庭重担就落在了高母一人身上。虽然从此家境贫困，但母亲还是千方百计供高福君读完了小学6年。1953年，高福君小学毕业后就在家务农。

1962年，高福君结婚，此后10年，高福君夫妇共生育了5个孩子，沉重的家庭负担压得他喘不过气来，日子过得很艰难。高福君人聪明，脑子灵泛，更有一身使不完的力气，他利用在生产队出工的空隙搞点副业补贴家用。他养过鱼苗，下河捕鱼捞虾、采砂，还贩卖过牲口。养鱼苗使他成了县里的示范户，来参观取经的人络绎不绝。

高福君生长在浏阳河畔，菊花石就产在他家门前的河底，从小就跟着当时永和为数不多的几名石匠下河开采菊花石。石匠们见他水性好，有力气，又肯出力，就总是邀他一起干。通过两年的水下开采，高福君就把水下开采菊花石的全套工艺流程学到了手。几年后，原有的石匠有的岁数大了，不能下水再干了，更不要说是开采菊花石了。

从20世纪60年代中期直到90年代近30年期间，永和的菊花石开采都是高福君出面承包。高福君虽然是菊花石的唯一开采人，但在20世纪80年代前，温饱问题尚不能解决，谁又有兴致去玩弄菊花石这种奢侈品呢？虽然那年代也偶有菊花石交易，甚至外贸出口，但大多数都是收购散落在民间的菊化石制品，再进行精雕细琢，以供国内交易或外贸出口。

1971年在浏阳金刚就曾建立过菊花石雕仓库，专门收购新中国成立前民间收藏的菊花石产品，菊花石开采几乎陷入停顿。

1975年深秋的一天，湖南省工艺美术公司派人手持有关部门的介绍信找到永和镇政府，要采购一批菊花石原石，经雕刻后供外贸出口，永和镇政府就把这个任务交给了高福君。那时水下温度很低，已不是开采菊花石的最佳季节了，高福君面有难色，省工艺的人求石心切，就说只要能采到菊花石，报酬可以从优。高福君见赚钱的机会来了，就克服水冷的困难，每次下水都喝上几两酒，驱散寒气。

那年代下深水区开采菊花石，没有任何潜水设备，全凭个人扎实的潜水功夫。高福君潜到水底后，用扫帚或刷子洗净岩石上的泥沙，寻找有菊花图形的菊花石。找到菊花石以后，菊花石的表层一般都有厚厚的石灰岩覆盖，需要把石灰岩炸掉，才能采到压在底下的菊花石。用手锤和短钢钎在石灰岩上打出引眼，然后在河中的木排上用长钢钎打炮眼，炮眼打成后，再潜入水中清洗炮眼，装上炸药、雷管和引线，然后再浮出水面点火放炮。石灰岩被炸掉后，底下的菊花石一般都是板页岩，用长钢钎就可以撬动，成片状的菊花石料大的有数百斤一块，用绳子捆绑，在河中的木排上用土制的木绞车提升出水面，这就算成功采到了菊花石。水下作业难度很大，既不能换气，又要克服深水的浮力，再好的潜水功夫也只能在水下坚持作业2-3分钟，就要浮出水面换气。

经过几天的努力，高福君如期完成了这批菊花石开采任务。省工艺的人很满意，给了他 1600 元现金，这可算是一笔不小的收入，按当时的规定日工资是 1.42 元，这 1600 元相当一个全劳动力 3 年的工资。

到了 20 世纪 80 年代，农村改革开放的大幕已经开启，农村分田到户，打破了分配上的平均主义。从此，高福君可以放手大干了，尽管他没日没夜地劳动，但致富的步伐还是迈得不快。

究其原因，主要有以下两点：

一是高福君家孩子多，负担重。特别是到了 20 世纪 90 年代，高福君已是 50 多岁的人了，下河开采菊花石已是力不从心，加上那时开采菊花石已逐渐被机械化取代，他要尽快致富，需另辟蹊径，寻找门路。

二是农民负担过重的问题一直得不到很好的解决。尽管中央三令五申，制定了具体的减负政策和措施，但收效甚微。农民负担过重涉及着许多深层次的问题，有体制上的，也有政策上的缺陷和弊端，如县乡镇机构的无限膨胀，出现"几十顶大盖帽管一顶破草帽"的尴尬局面。在土地资源日渐减少而增产幅度又有限的情况下，农民被要求养活愈来愈多的，庞大得已经形成特殊群体的乡镇干部队伍，无休止的"形象工程""政绩工程"的集资和摊派，在这种复杂的、严峻的情况下要减轻农民负担又谈何容易。在这种大背景下，尽管高福君使出全身的本领，却始终难过温饱关。

历史的步伐跨进了新世纪，党中央国务院加快了农村的税费改革，"三农"问题一直是党的政策的重中之重，都在致力于减轻农民负担。2006年，党中央国务院取消了在中国已执行了数千年的农业税，为了鼓励农民种田，政府对农民种田还制定了各种补贴。由于有了好的政策，近十多年来，农村发生了翻天覆地的变化，农民也过上了城里人的生活。高福君这个致富路上的能人，在菊花石开采被机械化取代以后，他响应镇政府的号召，转而搞起了红檵木和花卉栽培。永和镇是"湖南花木之乡"，高福君承包了50亩花卉和红檵木基地，经过几年的精心培植，不管是花卉，还是红檵木都长势喜人，相继出园，价格不菲。高家的生活也越来越富裕，成了远近闻名的小康之家。

早几年，高福君在永和老街尾的浏阳河畔建起了一栋两层楼的独门小院，他的5个子女都已成家立业，有的经商，有的办厂，都是当地有实力的老板了。高福君已是四代同堂，儿孙绕膝，老两口只需在家颐养天年了。

改革开放后，党的农村政策不断完善，高福君由衷地感慨，只要党的政策好，我们农村全民奔小康就有希望。

表哥谈天

　　表哥谭利文，70开外的年纪，中等敦实的个子，腰不弯，背不驼，身板还算硬朗，他孤身一人住在永和老街的一栋老宅子里。年轻时的谭利文走南闯北，见多识广，他平常喜欢与人纵古论今，谈天说地，人家调侃他是"万宝全书多三页"，天上的事晓得一半，地上的事全晓得。街坊邻居给他取了个绰号叫谈（谭）天，久而久之，谈天的绰号传开了，反倒把他的真名忘记了。其实，谈天从不来无稽之谈，所讲的话都有理有据，幽默诙谐，人们都愿意与他交往。谈天年轻时有过花前月下，他相中了一个姑娘，可是父母不同意，执拗的谈天从此横下一条心，发誓一辈子打单身。从此，无论父母弟妹怎么相劝，他不为所动，以致终身未娶。

20世纪六七十年代，谈天在街道劳动服务站打零工。那年代，永和地区的工业建设如火如荼，一个巴掌大的地方，集结了三四家国有大中型企业。凭着谈天勤劳的本质和健壮的身体，要找个工作当个工人是一件易如反掌的事情。可是谈天却认为，身在单位就如同给自己套上了一把无形的枷锁，受约束，不自由，还是干个体好，一切都由自己支配。谈天年轻时身强力壮，他擅长的工作是跑运输。那年代汽车如凤毛麟角，永和地区需要运输的建材、矿石大多是人挑肩扛。谈天买了一台板车运货，为了省力提高运输效率，他又买了一头驴子，开了永和地区使用畜力车的先河。这驴子干活虽然很卖力，但个头小力气有限，拉车不动就站着不走，任你怎么抽它，就是纹丝不动。谈天一气之下卖了驴子买了一匹马，这马个头大力气也有，就是没有毅力。拉货上坡时，几下冲不上去它就往回跑，不听使唤，拽都拽不住。于是谈天又把马卖掉了买了一头骡子，这骡子既有个头又有力气，善于奔跑又听使唤，谈天这下满意了。每天收工回家，把骡子喂得饱饱的，还隔三岔五给骡子洗个澡。谈天说："这牲口通人性，只要你善待它，它就会给你出力气。"

到了 20 世纪 80 年代中期，汽车运输发展很快，取代了畜力运输车和板车。谈天就没有跑运输了，在永和街上摆地摊，做点小生意。

谈天还有一副热心肠，每逢街坊邻居办红白喜事，他都主动上门帮忙，街坊邻里都夸他肯出力会办事。世纪之交，谈天的弟妹与侄辈都住到城里去了，就剩下他一人守着一栋老宅子，亲人要接他到城里去生活，谈天还是那句老话："我闲散惯了，还是一个人自由自在好。"

现在谈天早过了古稀之年，闲着无事，就在菜园里种点菜栽点花，他最大的乐趣就是买彩票，十数年如一日，每天买上几张。我问他，你买彩票中过奖没有？谈天说："也算不赚不赔吧，只是打发一下时间而已。"政府照顾他，每个月低保加老年补贴有 500 多元，加上弟妹的资助，平常有个三病两痛的，医药费还可以报销一部分，谈天说："这就足够了，我很知足了。"

谈天是一个平凡之人。平凡者，就是平顺，安常，知足。平凡知足的人生同样折射出人性的真善美。一个社会结局的开创固然需要很多不平凡的人物去创造；但一个社会要保持长治久安，则需要更多的人去默默维护与奉献。

在当今经济高度发展、物欲盛行的时代，一个人要毕生守住清贫，淡泊名利，与世无争，平凡度日是很难做到的，但谈天做到了，而且生活同样快乐，同样舒心。

沈博爱老师其书其画

《蹉跎坡旧事》是沈博爱老师写的一部 70 万字的个人回忆录，于 2013 年 10 月由语文出版社出版发行后，立即引起国内众多知名媒体的关注，好评如潮，被誉为民间《春秋》，百姓《史记》，出版即荣获"国家记忆 2013 年度公民写史奖"，2014 年 4 月获得"国家图书馆文津图书奖"，多家出版社争先要为沈老师出书。

该书出版后，沈老师没有停下手中的笔，又在孜孜不倦地续编一本钢笔画集。他的钢笔画独树一帜，堪称一绝，用笔苍劲洒脱，细腻逼真、线条流畅。在《蹉跎坡旧事》中没有一张相片，却有他数 10 年来精心绘制的 40 多幅插图。在那个物资条件极其匮乏的简陋年代，这些绘画发挥了相机的功能，真实地记录了那个时代的人物、山川、河流、建筑、草木、劳动工具的形象，为读者了解那个年代的人物形象、劳动场景、生产技术、地形地貌、建筑空间和布局等方面提供了直接可靠的图形资料，起到了文字不可替代的作用。

我第一次和沈老师见面，根本看不出他已年近八旬，其精神面貌要比实际年龄小很多。他很时尚，既能开车又会上网，性格开朗、健谈，言谈之中看不出他曾是一位饱经风霜、历经磨难的老人。他送了一本《蹉跎坡旧事》给我，听说我是永和人，就对我说："我对永和很有感情，我的祖父母年轻时，曾在永和半边街生活过几年，那时祖父做染匠，一直在外漂泊谋生。"他接着说："过几天，我准备去趟永和，一是去看看祖父母生活过的地方，二是去看看永和火车站。永和火车站是当年醴浏铁路的起点站，也是终点站，醴浏铁路作为浏阳迄今为止唯一的一条窄轨铁路，运行了40多年，为浏阳经济发展做出了很大的贡献，因矿石资源枯竭，现已退出了历史，淡出了人们的视线，我要把永和火车站画下来，留在浏阳人的心中。"我说：

"欢迎您来永和，到时候我陪您去永和采风。"

约半个月后的一天下午，我接到沈老师一个电话，说他马上就到永和了，我即刻到永和大桥处接他。我请他先到我家休息一下，他说时间不早了，上午由他女婿开车去达浒看了浏阳保存最好的天主教堂，路过永和，还要去沿溪沙龙村参观浏阳仅存的一座贞节牌坊。我见沈老师行程紧凑，即刻上车，陪他首先来到永和火车站。当年人流如织、熙熙攘攘的火车站现已面目全非，钢轨已经拆除，站台堆满垃圾，不过车站几栋站房虽然破旧，但还保持了原貌，沈老师选了几个不同的角度拍了几张照片。随后我们去看了铁路货运站，途径浏阳磷矿马鞍岭采场，沈老师说："我是第一次看这样的大型矿山，真是开了眼界。"看完火车站、矿山，来到半边街，追寻到祖父母当年生活过的地方，沈老师百感交集、驻足凝视，陷入了深深的沉思，然后拍了几张相片，了却了他多年的一桩心愿。

近三年来，沈老师一直在浏阳各地奔波，去得最多的地方是名人故居和行将湮灭的文化古迹，几乎所有浏阳名人故居、古街老巷、牌坊门楼、寺观道院、宗教庙宇、码头渡口、泉井园林、古民居、古树、古桥都收集在沈老师的画集里。

我曾向沈老师提出一个请求，请他为我写的书绘两幅插图，沈老师欣然应允，还为回忆录的封面绘了名曰《永和老街》的一幅钢笔画，令我非常感动。

　　经过几年夜以继日的辛勤笔耕，取名为《蹉跎坡旧画》的画集终于和广大读者见面了。该画集收录了沈老师自 1957 年至今的 113 幅作品，记录他从青年时代到耄耋之年对家乡不变的眷恋，为我们记忆浏阳、留住乡愁提供了最好的见证，值得我们细细品赏。

向毅行勇士致敬

　　湖湘百公里毅行是我省开展的一项大型全民健身运动，今年是第八届了。有四届是在浏阳进行的。去年和今年都是从大围山"国家森林公园"出发沿着风光旖旎的浏阳河毅行，全程一百公里，沿途要经过10个签到站，终点站设在浏阳市花炮观礼台，时间为两天一晚。

　　参加今年毅行的有2000多名毅行者和800名志愿者，毅行队伍要经过永和镇滨河路，永和签到站就设在滨河路的购物广场，距我家不足50米。这次毅行活动引起了我极大的关注和兴趣。我虽然不是志愿者，但在2014年11月2日我就早早来到了永和签到站，想为毅行的勇士们做点力所能及的事情，哪怕是回答一个毅行勇士所关注的问题，或是给他们递上一杯热茶，都是我的一番心愿。

8点刚过，官渡出发的毅行者就陆陆续续走到了永和。毅行者身着统一的发光背心，胸前挂着编号和毅行证，来到签到处就取下毅行证签字盖章，然后坐下稍事休息，喝杯热茶，观看一下设在购物广场有关永和镇的基本概况介绍，风土民俗的广告宣传，又匆匆前行了。

毅行者绝大多数都是80后或90后，经过了一天的毅行，行程已经过半，在他（她）们稚嫩的脸上写满了疲惫，步履蹒跚。有的手扶拐杖，一瘸一拐前行，我真为他们这种不屈不挠的精神所感动。在他们的身上看到了我们当年的身影，那是在"文革"年代的红卫兵大串联中，我与我的堂兄弟（同庚）两人，一天清晨从浏阳金坑出发，翻越浏阳境内最高峰——海拔1600米的连云山，要徒步走到平江县城，行程120华里，我们经过14个小时的不间断行走，于当日下午8点终于走到了平江县城。那时，我是疲劳已极，坐下就连站起来的力气都没有了。那年代，交通不便，长途步行是常事。20世纪60年代，我在浏阳一中读书，就经常从永和走到浏阳县城。有时就从永和走到白沙老家探亲，这一上一下走的就是今天这条毅行路线。我对这条路线，对浏阳河沿途的一村一寨、一草一木都十分熟悉，所以我对这次毅行甚感兴趣，想一睹毅行勇士的风采。

这些 80 后、90 后的毅行者绝大多数是独生子女，父母的掌上明珠，是在甜水中泡大的一代，哪里经过这样的长途跋涉。而我们当年，是在艰苦环境中锻炼出来的毅力，这种毅力是今天青年人很少具备的。但毅行勇士们敢于挑战自我，挑战极限，砥砺意志，这种精神令人钦佩也值得传承。望着他们缠满纱布的双腿，艰难行走的身影，我默默地祝愿，年轻的毅行勇士们，坚持吧，坚持就是胜利！

朱家山忆旧

　　人只要上了年纪，就容易怀旧，一些童年旧事不招自来地涌上心头。

　　记得我5岁那年，哥哥执意要去县一中读书，靠做鞭炮维持生计的父亲少了一个得力的帮手，经营日渐艰难，最后连做生意的本钱也没有了。这时父亲听信了乡下朋友的劝说，领着全家六口人离开永和老街，去到一个离老街五六里远的朱家山种田。同样是缺少劳动力，加上还有点受聚族而居的大姓排斥，在乡下苦苦支撑了三年，实在熬不下去了，只得举家又搬回了永和老街。

　　离开那个偏僻的小山村时，我已经8岁多了。接下来就是读书，下乡插队，后来招工参加工作成家立业。

世纪交替，单位改制，我下岗自谋出路，在人生的旅途中，忙得像一个团团转的陀螺，近在咫尺的朱家山竟有60年没有去过了。最近这两年，总算是清闲下来了，总想去朱家山看看古朴的朱家祠堂，去看看那少年的伙伴，去看看屋后山上的板栗、柿子、杨梅树，一起追忆早已尘封但却抹不去的记忆，去重拾儿时留存在心中的风景。

一个春风扑面的日子，我邀上好友邓启良沿着一条平坦的水泥路面，经过颜家冲，下了小山岗，来到罗家铺，过一条小河后就是朱家山了。

记得当年在乡下，每次走过小河上的那座简易木桥，我都提心吊胆，生怕一不小心掉下河去。

今天，简易木桥早已被一座钢筋混凝土桥所取代了。过了桥，走过一段田埂，就是原来的坟岗，现在坟岗被整改成了粮田，不远就是朱家山了。

我望着山脚下，只见古朴的朱家祠堂不见了，村民先前住的那片土坯房也无影无踪，在依山傍水间是几栋两层的红砖瓦房。望着眼前的一切，我被这种变化搞得茫然不知所措，太多的记忆被新的事物取代了，我甚至怀疑自己是不是走错了地方，或许这里根本就不是当年的那个小山村，毕竟是花甲轮回 60 年，记忆有些模糊了。

正当我迷惑不解时，迎面走来一位老人与我打招呼，我一看来人是原永和镇农技站的退休干部朱辉湖。朱辉湖是朱家山人，只是我家当年在朱家山种田时，朱辉湖一家住在离朱家山三四里外的一条山冲里，加上他年长我几岁，所以当年我并不认识他。

20 世纪 70 年代，朱辉湖在朱家山搞水稻良种试验，卓有成效，在浏阳全县推广，那时来朱家山参观的人络绎不绝，朱辉湖也因此被评为浏阳县的劳动模范，被浏阳县农业局录用，后来调到永和农技站工作，和我堂兄是同事，我才认识了他。

我与邓啟良来到朱辉湖家，望着装修一新的楼房，我问朱老："这新屋刚建不久吧。"朱老说："早两年建的，我三个儿子，每人建了一栋。"我又问："您老退休后，在家忙些什么呢？"朱老说："养了十几箱蜜蜂，种点自家吃的蔬菜，其他农活儿孙们不让我干了，就让我在家好好休养。"我说："您老辛苦了一辈子，现在生活好了，也该享享清福了。"接着，我把话题扯到 60 年前的朱家山，问当年的朱家祠堂怎么不见了，一些熟知的童年伙伴也不见踪影。朱老说："朱家山当年田土贫瘠，干旱缺水，是个干死蛤蟆饿死老鼠的穷山村，20世纪60年代初的三年困难时期，朱家山有三分之一的人家都外迁去了江西等地。改革开放以后，政策好了，有几户村民外出打工，赚了钱在城里买了房子，搬家进城了，现在朱家山除我一家外，坚守下来的就没有几户了。"

听了朱辉湖老人的一番介绍，我在默默地沉思：是呀，当年我家在朱家山种田，种的就是几亩望天收的薄田，到了青黄不接的时候，经常无米下锅。父母迫于无奈，曾把我送了人家抚养，几天后，我偷偷跑了回来，哭着闹着不肯离家，父母才把我留下。

三年的乡下生活，留给我的是许多苦涩交织的记忆。当然，除了辛酸也有童趣，不然怎么叫少年清苦不知愁呢！当年的朱家祠堂就留给我许多蒙眬的回忆，沉重的槽门，木格的雕窗，明亮的天井，纵深的巷道构成一幅古朴庄重的画面。朱家祠堂正厅、侧厅、厢房、杂屋共有20多间，住着十来户朱姓村民。我们在祠堂里捉迷藏、跳房子、抽陀螺、打弹子，玩得尽兴，总是忘了回家。晚上听大人讲鬼的故事，他们说上天差下瘟神，火阳下几要毁灭人间，讲得十分恐怖，吓得我们不敢回家，睡在床上老做噩梦。晴朗的日子，和邻家小孩三五成群跑到后山捡栗子、摘杨梅、掏鸟窝，更多的时间跟着父母去田间劳动，做点力所能及的农活，如放豆种、摆薯苗、摘棉花，这一切，和今天我们的孙辈比童趣，显得是那样的纠结和无奈。

正当我沉浸在回忆当中时，朱老提议我们吃了午饭再走，我觉得不便打扰，就起身告辞。朱老见我们执意要走，就又热情地领着我们往后山转了转，去田垄中走了走。我感觉一切都是大变样，土坯房变成了红砖楼房，蓑衣斗笠垱变成了平坦的机耕田，羊肠小道变成了水泥公路。但同时也看到，如今富裕了的农民并不甘心守着自己那"一亩三分地"过日子，城镇化的发展让农民走出土地，走进城镇。我们所担心的是农村只怕越来越孤零，城市的拥挤已成为一种趋势。

告别朱辉湖老人，走在回家的路上，我还在想着那些童年旧事。几十年风雨过去，如今我早已两鬓染霜，朱家山也物是人非，真是："三十年河东，四十年河西，青山依旧在，几度夕阳红。"一个村庄的变迁，见证了社会的发展和进步，今天的社会是最让人舒心的和谐社会，我们要倍加珍惜，让自己的晚年过得更幸福。

一次刻骨铭心的投宿

现在外出办事或旅行，衣食住行都十分方便。人在旅途，一个电话就能把吃饭住宿的事搞定。时间倒回40多年前，就没有那么幸运了。

20世纪70年代初，那是一个物资十分匮乏的年代，吃饭要粮票，穿衣服要布票，就连一些诸如肥皂、脸盆、胶鞋等日用品也统统是凭票供应，而住宿则要证件（工作证或介绍信，那年代还没有身份证）。记得1971年冬，我远在河南工作的哥哥来信要母亲去帮他带小孩，并嘱咐我把母亲送到长沙，上了火车并找好座位我才能离开。送走了母亲，出了火车站已是晚上8点，那年代交通不便，要连夜回到浏阳东乡已不可能，只能在长沙住一晚了。

我来到火车站附近的湖南旅社，服务员说，住宿要到"旅客住宿登记所"开介绍信，再来办住宿手续。那年代没有个体商店和企业，一切都由国营单位包揽。工厂、商店都在自己的单位名称前冠以"国营"二字，似乎这样才能显示他们的国字号身份。一个省会城市数得着的十来家旅社都要由旅客住宿登记所这样一家中介机构来统一安排住宿，而旅社的工作人员则四平八稳地躺着吃大锅饭，不管工作业绩的差异，工资照发。

我来到设在建湘路的旅客住宿登记所，只见等待登记住宿的人排起了长队，好不容易轮到我。登记员问："工作证。"我说："没有。""介绍信。"我说："也没有。"登记员不耐烦地说："没有工作证和介绍信不能住宿，下一位。"没有证件不能住宿，这天寒地冻的，我这一晚怎么过呢？我突然想起，前不久省农业厅一位姓许的干部来我们生产队办队，住在我们知青组，他离队时曾给我留下地址：长沙市浏阳河路92号，要我到了长沙上他家玩。我想，今晚只能去求助许干部了。我沿着建湘路一直往北走，好不容易在伍家岭附近找到了浏阳河路92号，一问，住户说，这里没有姓许的人家。这是怎么回事呢？既然许干部家没找到，我只得垂头丧气往回走。冒着刺骨的寒风，望着长沙城的万家灯火，心想偌大的长沙城竟没有我的栖身之地，今晚就只能露宿街头了。

也许是对旅客住宿登记所还存有一丝希望，鬼使神差我又来到了这里。这时已是夜深人静，来登记住宿的人也不多了，我又试着去求登记员。登记员说："凭证件住宿是我们的规定，这没有商量的余地，再说你连证件都没有，谁知道你是什么样的人呢？"登记员这句话刺痛了我本已卑微的心，是呀，那年头社会公认的职业是一军二干三工，只有解放军、干部、工人才被称为国家的人或公家的人。我只是一个连农民身份都够不上的下乡接受教育的插队知青，人卑言轻，谁又会相信你呢？我又一次失望了，因太疲惫，我坐在登记所的板凳上不知不觉地睡着了。一觉醒来，人冻得全身发抖，一望登记窗口已经换了一个登记员，我又壮着胆子去讲好话。这位登记员望了我一眼，见我衣着单薄，冻得可怜，怕是起了恻隐之心，盘向了我几句，给我开了介绍信，要我去湖南旅社住宿。我拿着介绍信直奔湖南旅社，负责开票的服务员说："房间床位没有了，只有走廊上的地铺。"我说："地铺也行。"我交了 6 毛钱住宿费，一看墙上的挂钟，已是凌晨一点，这次投宿正印证了那句老话："在家千日好，出门时时难。"

乡贤的力量

什么是乡贤？乡贤是乡村的能人、贤达、精英。他们是中华传统美德和与时俱进的时代精神代表。他们知书达理、才干出众、德高望重，是维护农村社会发展和稳定的责任担当者。他们爱国爱家乡的善行义举孕育着朴素的道德准则和价值认同，维系、滋润着乡村社会的稳定，数百年历久而不衰。

早年在中国的农村，最被人尊敬的不是官员，而是乡贤。他们不是官员却有官威，是平民可地位又在平民之上。村中的大事小事他们有话语权，村民在乡贤面前无不表现出尊敬与臣服。为什么？乡贤们大多见多识广，有博爱，有良知。有权贵不公时乡贤敢挺身而出，仗义执言，乡贤的这些优秀品质铸就了他们更具有人格魅力。

乡下人以传统文化为本，以勤劳朴素为美，以老实本分为要。大门上贴得最多的对联是："忠厚传家久，诗书济世长。""鸡犬之声相闻"的村庄，天蓝水清人勤。在我们的家乡，环顾一下四周，乡贤的精神无处不在。黄义仁同志从副镇长的位置上退休以后，向乡邻们传授花木栽培技术，引领乡邻共同致富。他为首成立了镇教育基金会，慷慨捐资，在短短的几年里就募集了数百万元教育基金，每年资助20多名寒门学子完成学业，奖励辛勤工作的教育园丁，为教育事业奉献了一片爱心。有着数十年农村基层工作经验，担任了20年村党支部书记的罗尊友同志，他致富不忘众乡邻，捐资助学。他热心社会公益事业，常为乡邻操办红白喜事。他法制观念强，热心调解邻里纠纷，化解社会矛盾，他苦口婆心的话语犹如一碗"心灵鸡汤"，准能使大事化小，小事化了。正是乡贤们的善行义举，弘扬着社会的主旋律，释放着社会的正能量，朴素的道德价值观维系着社会的一方平安。

随着国家综合实力的提升，国家城镇化建设加快，大量农村走出去的大学生进城就业，80后、90后都"天南海北"地闯天下，广大的农村出现了"空心化"的现象。传统的村庄不断地消失，宗族的亲缘关系在不断解构，土坯房换成了砖瓦房，又转而进城"洗脚上楼"。当现代化、城镇化的履带碾过，乡贤们只能"拍拍身上的尘土，振奋疲惫的精神"，望洋兴叹了。

　　乡贤们向善向上的示范引领精神就像风筝的引线，牵绊着在外游子躁动不安的心，支撑着他们出彩而非出丑的是人过留名的上进心，是"无颜见江东父老"的耻辱心，是自小就立志的拼搏心。这就是乡贤的力量，青年们找到这种"心之力"是一种福分。善莫大焉，拽住它，留住青年人对故乡的一片眷恋，延续乡村良好家风，让乡贤的爱心暖阳就像"慈母手中线，游子身上衣"一样拴住他们的心吧。

勤俭兴邦

节俭是中华民族的传统美德，勤俭兴邦，中国向来是以勤俭立国的。我们这辈人是从那个物质条件十分贫乏，简约生活的年代走过来的，自然有着一种节俭之心。我这一生十分注重节俭，对衣食住行没有什么奢求。在日常生活当中，节俭无处不在，能吃的饭菜不随意倒掉，能穿的衣服换季时洗净后留着明年再穿，能用的物件不随便丢弃，尽量做到"物尽其用"，这就是我的生活习惯。常言道："由俭入奢易，由奢入俭难。一饭一粥，当思来之不易；半丝半缕，恒念物力维艰。"

今天的生活富裕了，物质丰富了，年轻人就说："用腻就丢，留在家里占空间，空间更贵呀。"这些时尚的消费理念与古来的惜物惜福的节俭美德有些冲突。当然，我们要讲的节俭并不是吝惜琐细的事物，也不是反对一切物质的享受，而是在日常生活中应抱着不暴殄天物的珍惜心态，不过于奢足，明白欲望无穷，要加以节制。

在明人徐榜的《宦游日记》里，说节俭有四种益处："节俭的人不贪不淫，可以养德；节俭的人省啬淡泊，可以养寿；节俭的人肠胃清虚，可以养神；节俭的人无求无愧，可以养气。"反过来说：奢侈易流于贪淫，侈用易流于短竭，醉饱易流于昏迷，贪求易流于侮辱。就这四点来说，节俭真正是美德，并不因观念的改变而显得陈旧，须知成由节俭败由奢呀。

有些人贪图虚荣，超前消费，穿名牌衣服，戴劳力士金表，开进口名牌汽车，常现身各种高级消费场所，处处"显摆"，看似风光无限，实际是打肿脸充胖子，这是和节俭美德背道而驰的。古人劝人：不要怕被人说"小气"，说"吝啬"，其实那才是"美名"呢。不必避讳，不必耳热脸红，更不必因别人的"激将法"而慷慨挥霍。因为你若"豪爽"出了名，有一天不"豪爽"，就会令人生厌。倒不如节俭处事，岂不省了无尽的烦恼，减少无谓的猜疑。"小气鬼"在处事时最省力气，"显摆"的人到处惹人怨恨、眼红，有多累呀！

当然，现代人讲节俭，应不限于钱物方面，节俭的方式因时代的更替而异，物资的丰足也使生活方式发生很大的变化。

记得 20 世纪 70 年代，我与爱人分居两地，往返一次光是车费就得花去两三天的工资，那时总是去找单位的顺路汽车（那时没有私家车），而时至今日，光工资就翻了几十倍，现在绝不会为了区区几十元车费去求人，即算有人请我坐车，我还得掂量掂量两人平时的关系，如果是话不投机，免得坐在车上感到尴尬和别扭。过去，家里来了重要客人，为了表示尊重和体面，把客人请到酒店或餐厅用餐显得很风光。而今天，家里来了一般客人，为了省事图方便，都是去酒店吃饭，现在缺的不是钱。只有来了特别重要的客人，主人必须亲自掌勺，在家设宴款待贵客，席间边吃边聊，营造一种友善、亲切、和谐的氛围。

节俭，并不是一味地省钱省物，如果那样，又怎么去刺激消费、拉动经济增长呢？现在谈节俭，就是提倡办事不讲排场，不图虚荣，不盲目攀比跟风，一切都是量力而行，这样自然能省精神而息烦恼，这才是人生节俭的实质内涵。

感恩是美德

如果你是一个善良的人，你得到了别人的善意的对待和帮助，心中会产生一种自然的感情，这种感情就叫感恩。被中宣部宣教局誉为中国好戏的传统京剧《锁麟囊》，讲的就是一个施恩者和一个受恩者之间发生的感人故事。该剧表现了中华民族救人危难和知恩图报的传统美德，这出戏我看一次被感动一次，百看不厌。看完戏我绘声绘色地讲给我的家人和朋友听，让大家都享受精品文艺的魅力，启发我们用生命感恩、为爱感恩的情操。

"怜贫济困是人道，哪有个袖手旁观在壁上瞧？"剧中人富家千金薛湘灵拿出自己藏满珍宝的锁麟囊去帮助一个素不相识的人，这句简洁的唱词，道出了中华民族"与人为善"的灵魂。

《锁麟囊》的剧情大意是：富家千金薛湘灵出阁那天，路上突降大雨，花轿来到春秋亭避雨，此时另一花轿也进春秋亭避雨。薛湘灵隔着轿帘似乎听到了另一花轿中的新娘悲声哭泣，薛湘灵即令丫鬟去打听是为何而哭，丫鬟回报，新娘家境贫寒，没有陪嫁的妆奁所以伤心啼哭。薛湘灵听后即起恻隐之心，她决定把母亲为她陪嫁的锁麟囊赠送给她。这锁麟囊是母亲为她绣了麒麟的精美荷包，寓意女儿出嫁后早生贵子，锁麟囊里装满了金银首饰、珍珠玛瑙、玉器夜明珠，用薛湘灵的话说："也够她全家换衣食生活几年。"并交代丫鬟不许说出她的姓名。

6年后，薛湘灵夫妇带着儿子回登洲娘家，恰遇登洲城发大水，薛湘灵与家人被大水冲散，孤身一人走投无路，逃到莱州巧遇薛家用人胡婆，两人肚中饥饿难忍，来到当地卢员外为灾民开设的粥棚讨粥喝，薛湘灵说："这粥乃饭后之品，一碗稀粥怎能充饥啊？"胡婆说："我的姑奶奶，这叫此一时来彼一时也，你就将就着喝吧。"卢府用人见薛湘灵实在可怜，就说卢员外家正要请一位奶妈陪公子读书，问薛湘灵愿不愿意去，于是薛湘灵来到卢府。卢员外全家见了薛湘灵都十分满意。卢夫人交代薛妈，陪公子在后花园读书、玩耍，哪儿都可以去，只有园中东阁楼不能上去。

一天，薛妈和小公子在后花园玩抛皮球的游戏，不小心将皮球抛到东阁楼上去了。小公子要薛妈上楼去捡皮球，薛妈说没有夫人的允许，不敢上楼去捡，小公子说如果妈妈怪罪下来，责任由他承担。薛妈只得上楼去捡皮球。薛妈上得楼来，只见东阁楼正中安有一个神框，神框中挂着锁麟囊，这囊正是自己当年在春秋亭中赠送的锁麟囊，薛妈顿时触景生情，百感交集：唱道：

见娘赠锁麟囊眼前呈现，
手抚囊悲往事心潮难平。
我只道铁富贵一生铸定，
又谁知人生祸福难予见。
想当年我也曾撒娇使性，
这也是老天爷一翻教训。
可怜我平地里遭此贫困，

想到了伤心处泪湿衣襟。

小公子一见薛妈突然悲哭，立即把卢夫人喊来了后花园，卢夫人一听觉得事出蹊跷，便把薛妈请到厅堂，仔细盘问薛妈为何见了锁麟囊动情悲伤，薛妈就把当年在春秋亭赠囊一事讲了一遍。卢夫人一听大吃一惊，眼前的薛妈竟是自己日夜思念、苦苦寻找的大恩人。原来卢夫人就是当年在春秋亭受赠锁麟囊的赵守贞。赵守贞得赠锁麟囊后，以此为本钱，与丈夫一起经商，几年之内便成了富甲一方的商人。

卢夫人（赵守贞）是个知恩图报的人，意欲相报又苦于不知恩人的姓名，于是，把锁麟囊当神一样供奉起来，诚心感恩。要感恩，更要报恩，报恩也不只是报恩主，倘若那样，实际上仍是交易。登洲城发大水，遍地是灾民，卢员外、卢夫人搭起粥棚，解决灾民最基本的需求，用这种方式来救济灾民，回报社会。

在卢夫人的帮助下，薛湘灵找到了自己的母亲、丈夫和儿子，一家人得以团聚，薛湘灵和卢夫人结为异姓姐妹，故事有了一个完美的结局。每当中央电视台戏曲频道直播和转播这场戏的时候，每到终场，台下都是掌声雷动。

爱情、亲情、友情是人生结局中的无价之宝，你要珍惜。珍惜生命的爱，常怀感恩之心，幸福就在你的心中。

车窗外风景如画

　　从小就喜欢乘车，尤其是火车，从老式的绿皮车厢，到提速后红色的空调车箱，再到蓝白相隔的流线型"和谐号"，一路坐过来已有半个世纪的乘车经历了，这爱好随岁月的流逝仍流连忘返，经久不变。

　　找个靠窗的位置，趴在窗户旁看窗外的风景，山峰、河流、乡村、城市一掠而过，风景永远新鲜。窗户掠过什么风景并不重要，我喜欢的是那种流动的感觉。景物是流动的，思绪也是流动的，两者融为一体，仿佛置身流畅的梦境。

　　当望着窗外景物出神时，我心灵的窗户也洞开了。

许多似乎早已遗忘的往事，得而复失的感觉，无暇顾及的思想，这时都不招自来，如同窗外的景物一样在心灵的窗户掠过。

记得我第一次坐火车，那是 20 世纪的 60 年代中期，"哐当哐当"响个不停的蒸汽机车冒着滚滚的黑烟，喷着白白的蒸气，我坐在宽敞的车厢里，一切都感到很新鲜。火车转弯时，我能看到冒着黑烟的机头牵引着长长的一串车厢，犹如一条绿色的钢铁长龙在祖国的大地上飞驰。

正因为太爱观赏车窗外的风景，我总爱坐朝前的座位。有一次，火车头烟筒冒出的煤灰屑突然撞进了我的眼睛，害得我难受了几天，差一点要进医院，真是自讨苦吃。

只要有一段时间没坐火车，我心里就总想着要去享受那火车窗外源源不断闪现的景观。所以我从来不觉得长途旅行无聊和寂寞，或者说，我甚至还有一点喜欢这种感觉。我不感到必须有一个伴与我闲聊，或者必须有一种娱乐来消遣，我甚至舍不得在火车上把时间花在读一本好书上，只想一个人静静地望着窗外，观赏窗外那一幅幅色彩斑斓、精彩纷呈的风景画。

就因为领略车窗前的这一份享受，凡出门旅行，我宁愿坐火车，不愿乘飞机。飞机能一下把我送到目的地，使我来不及寂寞，因而来不及触发那出神遐想的心境，我会因此感到像是未曾旅行一样。

航行江海，我也宁愿搭乘普通轮船，久久站在甲板上，看波涛汹涌和两岸的风光，而不喜欢坐封闭型的豪华快艇。

有一次，从南京到上海，因赶时髦我坐上了这种快艇，当别人心满意足靠在舒适的软椅上看着彩色录像时，我痛苦地盯着舱壁上一个个窄小密封的窗口，只觉得自己仿佛遭到了囚禁。

也许这些仅是我个人的癖好，而且是过了时的癖好，因为现在乘火车，都是密封的空调车，是风驰电掣般的"和谐号"高速列车，不能再把头伸出窗外观赏风景了。时至今日，我还十分怀念那种能开窗自如的绿皮车厢。现代人出门旅行，讲究效率和舒适，最好能快速把旅程缩减为零，既然如此，又何必出门旅行呢？出门旅行，为的是亲近大自然，接触外面精彩的世界，在人生的旅途中丰富自己的阅历，保持一份童趣与进取心。如果有哪一天我只是埋头于人生中的种种事务，不再有兴致趴在车窗旁看沿途风景，倾听内心澎湃所喷发的音符，那时候我就真正老了俗了。倘若如此，我们岂止辜负的是人生这一趟美好的旅行啊?!

山水旅游

旅游是与自然的偕行，旅游是与山水的融洽。

——题记

微风送来了花草的清香，空气中充满了旅游的味道。说起"旅游"一词的来源，据考证最早把"旅"和"游"二字联用是南朝人沈约："旅游媚年春，年春媚游人。徐光旦垂彩，和露晓凝津。时嘤起稚叶，惠气动初草。一朝阴旧国，万里隔良辰。"其中"万里"二字又与"读万卷书，行万里路"如此相契。

大自然的山水孕育出中国传统文化的神韵，当我们置身于大自然的怀抱中，当我们浸润人文景观的濡染里，当我们的学识与生命共同成长时，我们的心灵会渐渐构架出各自独有的内在风景，而当一个人拥有极其壮阔的内在风景供自己旅游，他可以在纷繁与喧嚣中，沉静笃定，淡然前行。

我喜欢旅游，尤其喜欢到祖国的名山大川中旅游。2011年，我曾到成都旅游，去了都江堰、峨眉山、青城山、乐山，位于四川盆地西缘的峨眉山给我的印象最为深刻。峨眉山因其山势逶迤连绵，好像女子的娥眉，秀美修长，因而自古以来就有"峨眉天下秀"的说法。"秀"也就成了峨眉美景的灵魂。千百年来，峨眉山以"秀"闻名天下，在中国的名山中，有独占鳌头的魅力。

峨眉山与山西五台山、浙江普陀山、安徽九华山，并称中国四大佛教名山。圣地峨眉山古木参天，流泉飞瀑，风景独秀，随着季节的变化和山势的不同，阴、晴、风、雨、云、雾、霜、雪的渲染，形成了著名的"峨眉十景"，各具佳趣，引人入胜。峨眉山主峰高达3099米，高凌五岳，秀甲天下。由于山高路险，游峨眉山是一件非常辛苦的事，总是累得人上气不接下气，有点力不从心的感觉。

峨眉山的动植物资源丰富，由于山上山下气温悬殊较大，从山下到山顶气温相差15℃，这种自然环境为各种植物的生长提供了良好的条件。景区内生长着5000多种植物，远远超过了欧洲大陆所有植物的种属。峨眉山的动物多达2300余种，如枯叶蝶、小熊猫、蜂鹰、牛羚、白娴鸟等。特别值得一提的是众多的灵猴，三五成群，跳跃奔跑，向游人乞食，甚至翻捡游人的提包、口袋，令人防不胜防，与人嬉戏逗乐，十分有趣，可谓峨眉奇观。峨眉山真是魅力无穷，浩瀚奇特令人荡气回肠。

游罢峨眉山，返回成都，我乘动车到重庆。在重庆朝天门码头登上去宜昌的游轮，一路向东，顺江而下。我站在游轮的甲板上，看长江两岸山水相连、烟波浩瀚的壮丽风景。眺望一线蓝天两边神奇的峡谷，雄伟的瞿塘峡、惊险的巫峡、秀美的西陵峡，没有哪个峡谷比长江三峡更被人文墨客赋予更多的诗篇和赞美：

朝辞白帝彩云间，

千里江陵一日还。

两岸猿声啼不住，

轻舟已过万重山。

诗仙李白赋予长江三峡艺术的流放气质，平添了浪漫的意境色彩，千百年来，成为描写长江三峡风景的千古绝唱。

游三峡大坝一直是我人生的梦想，今日已如愿以偿。三峡大坝位于湖北宜昌市三斗坪中堡岛，是当今世界上最大的水利枢纽工程，它集发电、灌溉、通航于一体，经济效益不可估量。三峡大坝景区主要由泄洪观景区、185米观景区、平湖观景区三部分组成。在坛子岭可以远眺三峡大坝（为安全起见，三峡大坝一般不对游人开放）俯瞰长江；在泄洪观景区可以看到波澜壮阔、雷霆万钧的泄洪景观；在185米观景区能欣赏到"截断巫山云雨，高峡出平湖"的美妙画卷。

除这次游览峨眉山、长江三峡以外，最近几年，我还游览了祖国一些著名的山山水水和5A级景区景点。其中井冈山的黄洋界，黄山的奇松怪石，庐山的仙人洞，嵩山的少林寺，武当山的太极湖，都江堰的二王庙，太湖的苏州园林，西湖的三潭印月……都给我留下了美好的记忆。

我们在风景中旅行，风景又悟化在我们心中。

外在的风景无穷无尽，内在的风景辽阔无垠。

背起行囊，穿行在青山绿水间，让我们去享受大自然的美妙吧！

陈泉州 著

水月大千

汇蓝巧筑

陈长明 主编

团结出版社

UNITY PRESS

图书在版编目(CIP)数据

水月大千 / 陈泉州著. -- 北京：团结出版社，
2022.6
　(汇蓝巧筑 / 陈长明主编)
　ISBN 978-7-5126-9370-8

　Ⅰ.①水… Ⅱ.①陈… Ⅲ.①散文集-中国-当代
Ⅳ.①I267

中国版本图书馆 CIP 数据核字(2022)第 057075 号

出　　版：团结出版社
　　　　　(北京市东城区东皇城根南街 84 号　邮编：100006)
电　　话：(010)65228880　65244790
网　　址：http://www.tjpress.com
E-mail：65244790@163.com
经　　销：全国新华书店
印　　刷：长沙印通印刷有限公司
装　　订：长沙印通印刷有限公司

开　　本：142 毫米×210 毫米　　　1/32
印　　张：40.5
字　　数：476 千
版　　次：2022 年 6 月第 1 版
印　　次：2022 年 6 月第 1 次印刷

ISBN：978-7-5126-9370-8
定　　价：398.00元(共九册)

目 录

大漠的礼赞

九月秋，腾格里。

一轮橘红的晚阳徐徐坠下，大片大片薄而轻的云霞稀疏地附在天穹，映着灿黄的沙海，呈现出一片瑰丽的景色。一眼望去，远处的地平线，隐约见得到随大漠晚风翻滚的沙浪。那样渺茫，可若靠近，定又是那样盛大。

未几，天便暗了些。夕阳已没入地平线大半，天穹的另一边，仿佛是混了黑墨的蓝，正一点一点地吞噬尚存的光明。风又疾了，周遭的沙丘似乎也开始缓缓移动。我坐在越野车上，轻闭了双眸，思绪随着车的颠簸渐渐飞离远去，想象着自己纵身扑向这金黄戈壁滩，一如扑向海洋的随浪涛起伏的小舟，一如随风扬起又静静落下的沙砾。渺小面对苍茫，置身其中，义无反顾。我睁开眼，最后看了看这盈目的大漠，它静默地盘踞在这里，大漠斜阳是它每日呈现给世界的宝藏，无人观赏却永恒不变。

那是我第一次去沙漠。它的壮美、它的肃穆、它的永恒，如同一块无形的烙铁，在我的脑海里烙下了铁蹄般的印记。

踏入腾格里，无边无际的灿黄沙漠，在碧朗无云的天空映衬下，耀眼璀璨。铁皮越野车的马达轰鸣，划破了这天与地恒久的寂静。大漠的远处，起伏着锯齿状的沙丘。一个又一个沙浪向前涌动着，像无形的巨手，将沙漠缓缓推动。我坐在车上，身旁是巨型轮胎扬起的漫天尘埃。越野车忽而爬高忽而俯冲，在沙丘间疾行。苍茫的大漠，生长着零星植物，偏墨色的绿，细小的叶，映着烈日，昂扬生长。

犹记得茅盾先生写过一篇《白杨礼赞》，赞美白杨在沙漠恶劣环境中的坚强勇敢。我望着满目的苍茫，和那苍茫中的星点墨绿，却未感受到生命与所谓"恶劣"沙漠间的搏斗硝烟，反而是一片苍茫的和谐。这片沙海，给予那些"经过改造"的荒漠植物一片生存的净土，融着暖烈的日光，静静地看着这些含蓄而不乏生气的生命，成长枯谢，永不停止。

想着，不知不觉中，车驶到终点。一个微疾的刹车，头触了椅背，我从"白杨"之思中惊起，随众人下了车，入目的是腾格里沙漠最美的地方——天鹅湖。那是一片带状湖泊，湖的尽头是起伏的沙丘，岸边生长着大片大片茂盛的沙枣树。粼粼的湖水折射着太阳的亮光，同映其中的，是湛蓝的天空与飘浮的白云。无风的时候，湖水便如同一块巨大的蓝色宝石，静谧，深幽。缓缓俯下身，将手插入松软微热的沙土中间，捧起一把，鼻翼间充斥着沙土的干燥气息。想着，这样的一抔沙，看似平凡无奇，却不知存在了多少年。也许它曾环绕在一株植物周围，扎根在其下面略微湿润的泥土里；也许它曾随风律动，从戈壁的这头跑到了那头。现在，它平静地、懒洋洋地躺在天鹅湖旁，被我捧起，仿佛一切都没有发生过。

一阵惊呼让我抬头，竟看见数十只白天鹅从灌木丛中呼啦啦飞起，柔羽在金黄戈壁的映衬下是那样雪白。它们落入湖中，脚掌在水里划着，羽毛顺着自己划起的涟漪轻轻抖动。它们在湖里游着，昂起细长的脖颈，发出清脆明朗的啼叫。叫声，是那样鲜活而纯粹，盖过了周围游客的欢呼，充斥着我的脑海，带来无限的震动。这永恒而静谧的大漠，看似一片荒芜死气，却因着它的辽阔与永恒，成为无数美好生物生存的净土。

　　平原、河流、沙漠、山峦……它们没有生命，每一种形态，都是造物主给予自然万物的珍宝。沙漠里，有烈日、有疾风、有望不尽的沙粒，可也有湖泊、生命、绿洲。人们常说征服自然，自然却从不与生命争斗，繁茂也罢，荒凉也罢，生命与自然和谐共存，是亘古不变的箴言。而这片无垠的、金黄的大漠，是自然世界中无比壮大、肃穆的存在。或许它不会为人类提供适宜的生存之地，但却是抗旱植物、迁徙候鸟生存栖息的乐园。它不是可怕的、需要战胜的，而是庄重的、值得尊敬的！

九月秋，我来到这人迹罕至的腾格里。

沙漠越野车要开了，我在车内坐定。远处是徐徐坠下的橘红的晚阳，大片大片薄而轻的云霞稀疏地附在天穹，映着那灿黄的沙海，呈现出一片瑰丽的景色。车开了，回首望了望地平线，隐约见得到随大漠晚风而翻滚的沙浪，那样渺茫，可若靠近，定又是那样盛大。

那盛大，是自然给大漠的礼赞。

有个人叫苏东坡

苏东坡，诗人、词人、文学家，"唐宋八大家"之一，继欧阳修之后的文坛盟主，同样是书法家、画家，在政坛上也有一席之地。这是一位天才。不过鲜有人知道他哲学家的身份。如同那个时代大多数的文学家一样，他乐于注释经典，从而传达自己的思想与价值观。

笔者曾简单了解过苏东坡的哲学思想，虽然大部分没弄明白就给忘了，但这不是重点。从他的哲学思想中，我们可以看到他的精神生命。他追求世界归于"一"，能够包容百家之谈，容纳千万个奇思妙想的

"一"。这很好理解，因为他自己就是这样一个与主流社会格格不入、一肚子"不合时宜"的那九十九家之外的"一"家。

他的学说从未有过北宋"新学"或南宋"理学"的痕迹，却神奇地在南北宋交替的夹缝间茁壮成长。当时的学生们竟不顾当局禁书令暗自阅读，争相传阅。

东坡之书魅力何在？吸引人的恐怕不只是他的文笔，更是他的精神。秦少游有一句评价他老师的话也许恰如其分。他说，东坡的魅力不在于他的文学艺术成就，而是他自由的灵魂。当金人铁蹄踏碎了大宋的江山，当局终于无暇顾及对学生们思想的约束，自然便解除了封印。

对于东坡自由不羁的灵魂，追根溯源，还是天性使然。他遗传了他爷爷的洒脱不羁。陪伴他整个童年的是青山绿水的眉山，这让他把对大自然的爱早早深埋心底。他的活泼好动、爱玩爱乐深深烙在灵魂深处，一辈子竟从未改变。

不过这一切都只是潜在的，任何事情的发生总得有什么东西去激发。对于东坡，这第一个触媒，便是

"乌台诗案"。

黄州前的东坡，已经接过欧阳修手中文坛盟主的大旗，创作了像"明月几时有，把酒问青天""十年生死两茫茫，不思量，自难忘""休对故人思故国，且将新火试新茶，诗酒趁年华"等众多名篇。他的豪放词派也已崭露头角，比如"老夫聊发少年狂"等等。此时的他，想追求自由而不得，而身为儒者的责任感又让他不能抛下自己的百姓。

到任湖州两个月，轰轰烈烈的"乌台诗案"开始了。从"经查证，有两种说法，一是'拉'，另一个是'拿'，没有'抓'的说法。一太守如驱鸡犬"到一百多天不分昼夜地疲劳审问，到各路老臣、朋友、兄弟、政治对手甚至太后为他求情，再到最终被弃置黄州。没有任何政治权力，没有工资，靠着只够花一年的积蓄和一片东坡一座雪堂，他就这样度过了元丰二年的坎坎坷坷，开始了黄州五年的弃置生活。

五年，政治生活一片空白。但这五年，自由的灵魂，终于被解除了封印。

当然，东坡也是人，更是有着一腔报国之志的典型儒家"士大夫"。当巨大的打击扑面而来，只要不是每天只会傻乐呵的疯子，谁的内心能没有一丝悲痛与酸楚？初到黄州的东坡写下了这样一首词：

缺月挂疏桐，漏断人初静。
谁见幽人独往来，缥缈孤鸿影。
惊起却回头，有恨无人省。
拣尽寒枝不肯栖，寂寞沙洲冷。

此时的东坡还不叫东坡，他不仅没有那一块贫瘠的东坡之地，甚至连住的地方都没有，暂时住进了寺院。这首词中的东坡，如孤鸿一般，惊魂未定，悲愤孤独。作为读者，我们就不要在这首词中大谈"旷达"了。空中下起小雨，洗净一切尘埃，路上的行人也失去了往日的从容，步履匆匆。

雨落成声，草木生长。忽然记起有一个人叫苏东坡，他行走在春寒料峭中，长啸着，烟雨空蒙。

我情愿以"有个人叫苏东坡"这样陌生的态度，去隔开往日的熟悉，创造一种千山万水人犹在的距离。

有个人叫苏东坡，年少，他毅然背起青春的行囊，愈行愈远，离开了故乡，以"一曲当时动帝王"之势，骄傲地告诉每一个人——天，要变了。看着他的背影，清俊而充满朝气，这是我第一次相信老天有眼，文曲星真的会降临。所以，纵使知道未来有多大的风浪，我也不忍挽留。有个人叫苏东坡，中年，他把万水千山都走尽了，把酸甜苦辣都尝遍了，不经意间，沾染了几缕沧桑。他终是明白树大招风，自身太耀眼的光芒会刺伤别人。于是，他开始收敛，成熟了，成熟于寂灭之后的再生。

我曾以为他只有"老夫聊发少年狂"的豪情，不想他也有"十年生死两茫茫"的思念；曾只见他"千钟美酒，一曲满庭芳"的优哉，不想他也会有像孩子般的牢骚。我只愿他为文饰地，把酒谢天，但往往不如所愿。

于是，他开始书写他大江东去的时代！他不轻浮，不张狂，也不惶恐绝望。他潇洒了，豁达了，变得飘逸轻灵，却依然带着烟火气，囊括了这个世界的所有温暖。他在参禅，参的就是一颗静寂的心。

他开始让人仰望，开始刚毅，变成一座山。

有个人叫苏东坡，他也会老，没有了激扬文字的欲望，他自己也写道"心似已灰之木，身如不系之舟"。是啊，他真的累了，他在想什么？想他某年某月某日喝了多少酒？想他流过多少泪？

这六十几年来，他走过无数路，遇到无数人，当他走进来时，是"当局者迷"；而当遇见的人一个个走出去，他悟到空才是世界的本质。他的背影，瘦削，却依旧挺拔。

他不刻意为文，却名垂千古；不刻意为人，却名重九州。他是子瞻，是东坡，是苏轼。抛去所有的光环，他的生活其实很平淡，而这个苏东坡是更加亲近的一个，这就够了。

老井鱼

    我是井里唯一的一条鱼，一条听得懂人话的鱼。

    我已记不清在这口井里生活了多少年，但我知道自己送走了无数个到井边打水的人，听过无数人的说笑声。于是，渐渐地，我听懂了人的话。

    井很窄，却是我的整个世界。漆黑的井壁爬满青苔，听人说青苔软绵绵的，可我从未碰过它们，因为我一刻也离不开水。井水就像我的体温，凉凉的，翡翠般透彻。我可以清晰地看到水里静谧祥和的景色，只要我的尾巴轻轻一甩，水中的草就摇摆起曼妙的身姿，跳起美妙的舞，这让我百看不厌。井底形态各异的石头更是我天然的游乐园。我像个孩子，每天都在里面自由穿梭，好不快活！

很多看过我的人都说，我全身的鳞片闪着迷人的金光，阳光一照到水面，它们显得如金子般高贵。人常赞叹："井里那条鱼真美！"

于是，我经常浮游在水面，将我的美丽与高贵丝毫不吝啬地与人分享。当人打水的桶"哗"地打向水面时，我便如烟般迅速消失在水面，躲在黑暗的角落望着水面泛开的涟漪，开心地展颜。

只是，这些打水声只存在于我久远的记忆中，有时候让我怀疑是自己的幻想。现在的我每天都慢悠悠地在井里游走，一圈一圈又一圈，周围静得只剩下我偶尔吐泡的声音。

我想，可能是我太老了，鳞片上的金光已经隐去，才引不来人的关注。但偶然的一天，我听到在井边纳凉的老人说："村里都有自来水咯，这井，也荒了。"

我恍然大悟，人不再依赖井水生活了，就像我的子孙，不再像我一样迷恋这井水的清凉透彻，他们都顺着井里一条幽深的暗道游走了，游到外面更广阔的水域。

我是讨厌这条暗道的。它像一只发着幽光的鬼眼，把井里的鱼都吸走了，只留下我已残破的身子，守着这口我们祖祖辈辈生活了好多年的井。虽说讨厌，但我又不得不依赖它。它总是不分昼夜地冒着源源不断的水，不然这口井早枯了，我也早就死了。

记得我还是一条小幼鱼的时候，有一年大旱，井枯了。我眼睁睁看着鱼一条一条地在我眼前翻起白眼，翻身，然后死去。我很害怕。我游到暗道口上，那儿有一个小小的水涡，水凉凉的，带着深深的寒意渗入我幼小的身子。我发着抖，颤抖的尾巴划出来的水花亦是很难看。

井快枯了，人怎么生活？我想得昏沉沉的，没有注意暗道里涌出来的是泉水。我年幼的身体被轻轻一撞，跟着被卷到没有水的尖石上。

我颤抖着，剧烈地摇晃身体，却无济于事。石头尖锐的棱角在我的身上划开一道口子，我几片金光闪闪的鳞片被狠狠地扯下，红色的血，如水般凉透我的心。

我想，我一定快死了。没有水，鱼怎么活？

突然，我敏锐地察觉到从井上传来的"咝咝"声响。不久，一条如蛇般细长的绳伸到了井底，绳头轻摇像是蛇头在探索盘绕的猎物。

我知道有人要下井打水了。果然，不一会儿，一个腰上绑着水桶的小男孩就利索地沿着绳子滑到井底。我看到他环视四周后紧蹙眉头，喃喃自语："鱼儿都死光了，这该死的干旱。"

他一回头，好像看到万般挣扎的我，眼里放出一道亮光，迈着小心的步伐朝我走来。

我看到小男孩眼里的光，心头涌上一阵恐慌，更加剧烈地摇晃身子，挣扎着，想一跃回到水涡，耳旁不断回响爷爷曾说过的话："落到人的手里，我们不是成为桌上美食便是缸里玩物。"

小男孩丝毫感觉不到我的恐惧，小心翼翼地捧起我，心疼似的摸摸我还在流血的伤口，低声说："乖，我送你回家。你的鳞片好美啊，是金色的。"

他没有食言，把我轻轻地放在水里。一碰到水，我僵硬的身子慢慢舒缓了过来。我努力睁开疲惫的眼睛，端详他。他大大的眼睛像井水般清澈，稚嫩的脸上荡漾浅浅的笑，宛若二月春风，轻轻一拂，暖意沁心。他唯一的缺陷是额头上显眼的黑色胎记，可是在光线很暗的井底，并不显丑，反而与井底的一切构成一幅和谐的画。

我游到一个角落，静静地观察着小男孩的一举一动。他动作利索，从井底向上一跃，便不见了。

那件小事

昨夜卧听风吹雨，铁马冰河入梦来。

不过是个边陲小城，地狭，人稀。每天有大烟囱里冒出的浓烟肆意吞噬着天边的最后一丝红霞。当然，记忆中，一同被吞噬的还有肩上搭着汗巾的挖煤工人。

这于我是陌生的。母亲带着我不远万里跨过半个中国，呼吸着北方干燥的空气，只为了与她见一面，仅此而已。这不禁让我的好奇心被无限放大。

好奇心膨胀得快，消散得也快。

很快，我们便到了那栋小平房。残损的墙皮，斜靠在篱笆一边的农具，没有生气。

"吱——"我们小心翼翼地推开生锈的已成青铜色的门，一位老人安静地坐在里面。她置身于一片幽暗中，旁边放了一杯茶，徐徐地冒着热气。她抬头，浑浊的眼里没有映出我的身影，相顾无言。

最后，打破宁静的是我。我轻声叫了一句："太姥姥。"她毫无反应，母亲掐着我的手说："大声点，太姥姥耳朵不好。"我释然，大声地又喊了一次。

她眼里的雾气方才散了，瞳孔有了焦距，站起来，高而嶙峋，随后迈过一道斜阳，走向我。

她身上有股好闻的皂角味，干净而温暖，随门口锅灶里的烟草味一起晕在空气里。她抚摸着我的脸，轻唤我的名字，有种浓重的山东口音，让我难以辨析，只依稀听懂她说的几个"好啊""真好啊"。她边说眼里还滚落出泪珠，滴在我手背，滚烫得几欲灼烧。

之后，都是母亲扶着她嘘寒问暖，我只是坐在一旁，偶尔附和，她脸上的皱褶却笑成一团了。

走之前她给了我一个拥抱，我能感受到她全身都在颤抖。那颤抖像是一种诉说，又像是一种哭泣，漫延出无数的怅然，直抵一个孩子的灵魂。我感觉有什么东西破壳而出。

我摸到了脸上的泪痕。

那件小事我记了很久，记到现在我仍感到费解，我当时到底是为什么而哭呢？我想这份情感最终会被浓缩成血脉中流动的亲情，随着她的鲜活和凋零，在这世上盈盈浮动……

铁马是你，冰河亦是你。

读《拿破仑传》有感

    对于拿破仑这三个字，既熟悉又陌生。熟悉，在于这如雷贯耳的名字，以及教科书上的短篇描写；陌生，在于从未真正意义上了解此人，关于他的一生仅仅是从几篇简短的故事中了解。直到阅读《拿破仑传》，我才真正意义上接触了这位法兰西第一帝国的国王，逐渐了解了他这一生的辉煌与落寞，也明白他这一生的骄傲与苦楚。

    拿破仑的一生是传奇的一生。翻开这本埃米尔·路德维希所著的《拿破仑传》，扑面而来的是一股沙尘的味道，好像置身于腥风血雨的战场。全书描绘了拿破仑叱咤风云的一生，以及他所领导的最为重要最为著名的战役。在阅读这些章节时仿佛眼前有着真实的画面：矮小的拿破仑手握缰绳，双脚一蹬，大喝一声冲向敌军，耳边似乎有风吹过，那风带着尘土味，带着血腥味，也夹杂着无限的骄傲和自豪。可以感受到作者在书写这些画面时，内心是多么激动又是多么崇拜。

拿破仑一生最为杰出之处便是他领导参与的战役。从第一次的远征战役，到后来著名的马伦哥战役，无不彰显出拿破仑在军事上卓越的领导能力。全书把拿破仑在各种战役上惊心动魄的场面描绘得非常仔细："拿破仑浑身湿透、满身泥浆地回到了萨克森王宫。只见雨水顺着他的衣襟灌满了他的皮靴，那顶海狸皮帽被雨水浸湿耷拉在脑袋上，甚至连腰间的皮带也吸足了水分。"简短的几句话，描述出拿破仑在战场上厮杀的样子。

很多人都认为拿破仑是一个暴君。曾经在我的印象中，他也大抵是这样一个人。但是阅读完这本书，我才明白，他不是一个暴君，他只是被他的雄心和幻想而控制。不过正是因为他的雄心和幻想才成就了

了又迷离。如果时光不说话，我愿用我有生的两万多天去见证她的酣梦。

她还有纯朴的人们。在水边常能看见汲水或浣衣的妇人，她们口里念着方言，虽听不懂，却有着四月春风里的温柔。白发苍苍的老人，坐在自家的木板门后，小口小口地抿着早饭。那间青瓦白墙的书堂传出抑扬顿挫的诵读声。

如果时光不说话，现在那书堂会不会紧闭着门扉，迁出的那些人是否还能像曾经那样？

它记载了太多太多。在这儿，你似乎总能找到万事万物的影子。

透过洞敞的门扉，我看见似曾相识的八仙桌，冒出水蒸气的木质锅盖和应该被叫作灶王爷的神像。迈过高高的门槛，走进前店后坊的酒馆，我闻到手工酿制的三白酒的余香。轻轻抚摸木头做的织布机，我仿佛听见木兰隔着时空声声无奈的叹息。碰一碰小饭馆曲尺形的柜台，那是身着破烂长衫的孔乙己正排出九文大钱吗？试试蓝色暗纹的旗袍，我不禁疑惑我是谁。刹那间，穿越万水千山，人犹在。磨铜镜的师傅衔着烟卷，眼睛眯着，神情一如既往地专注。在牛角梳上雕花的大姐不时地仰仰脖子，看天上的浮云。画坊里画团扇的画工见我欣赏他的手艺，便热情地赠予我一把……而位于东棚口的林家铺子已不是当年的样子，那深谙生存之道的店主林先生使出全身解数，仍没能摆脱倒闭逃跑的命运。

我在哪个年代？我刚刚所见所想不过是虚幻罢了。

如果时光不说话，这些物件会不会没有被搬走，只是安静地放在这儿，和许多年前一样？如果时光不说话，现在是否还有那么多挂着古色古香的牌匾却已不复当年的纪念品商店？

她是如诗一般的地方。不是唐诗宋词，而是更直白的《诗经》，穿越几千年的时空，迢遥地，在你耳畔轻轻地吟哦。你的足音每次踏响都会收到清脆的回音，而你的呼吸有如潮汐。

如果时光不说话，我们是否可以更用心地感受她，而不是用一张单纯的照片记起她？

我曾经做过一个冗长的梦。

现在我醒了，她却只能长留在我的记忆中。

"你的眉目笑语使我病了一场，热势退尽，留下我寂寞的健康。"如果时光不说话，如果乌镇一直都只是她自己，该有多好……

我最美的音乐

孑然一身倚轩窗，听雨静心，听我最爱的音乐。

起初，一滴，两滴，细若牛毛。

后来，五点，六点，大如豆粒。

"淅沥沥……"蓦然，如"满城尽带黄金甲"之势，如"春潮带雨晚来急"之势，如出鞘的宝剑般锋芒毕露，叱咤风云。悠然，则如杜工部"林花著雨胭脂湿"之姿，有"天街小雨润如酥"之态，如天边的仙女一舞长长的水袖，娇柔多情，媚态横生。

有时有如古曲一般地沉静，使人想起多少文人雅士在其中叹息"悲哉……"仿佛跨越万水千山，将这一切的一切，用声音告诉我。抑或是黛玉前世今生的一滴泪，滴在历史的脉搏中，发出清脆的声响。

如此多样、多姿、多情的音乐，如此绕梁三尺、跨越时代的音乐，怎不是我最爱的音乐？

"滴答……"雨在浸润每一个人的心，它在同万物轻轻地说思念与哀愁，说世界和人生。那是怎样的一种声音啊！"沙沙，沙沙"，它对树木说话，于是树木随着它摇摆了起来。"沙沙，沙沙""滴滴，滴……"它在对花草说话，不管是艳丽的牡丹，还是不出名的小花小草，都努力地绽放，诠释着什么叫"百花齐放"。"啪啪"，它在调皮地推醒一只躺在颓唐断墙下的花猫，旁边的牵牛花开得浓青艳紫，花猫不在意地伸了伸懒腰。

它对物体说话。晚间的灯箱因它而胡乱地扫射着婆娑的树枝，又照在一面工地的墙上，就像罗密欧对朱丽叶低唱情歌的那个阳台。最后它带着全世界的美好向我说话，听着听着，我的心感到从未有过的柔软和纯净。

所有的东西都在它的话语中澄澈，这何尝不能是我最爱的音乐？

我想，最美的，我最爱的，不是它或"沙沙"或"滴滴"的雨声，而是它透着的真实和美好。它热爱并尊重每一个生命，在它面前都是最美的姿态。

我不做诗人，也不做高僧，只在这诗酒年华里，该动时动，该静时静，闲来听雨，听我最爱的音乐……

鱼鳞瓦屋下的时光

　　墙角的青苔入镜，跳接檐下的风铃。回忆是一道道下落的风景，我听见远方亲切而渺小的呼唤。

　　太姥爷家有两块地，他像对待宝贝般给它们围上低矮的篱笆。篱笆外种着一棵枣树，它粗壮的枝干兀自温柔地抱着一个小小的鸟巢，在油绿的叶片中若隐若现。我喜欢靠在枣树旁边，听屋里老旧的收音机断断续续地放着京剧，心里装着小桥流水，远山如黛。

　　园子里还有几株矮小的植物，据说叫黑夭夭。它们结出的果子小小的，呈深紫色，摘了又生，生了又摘。我尤其喜欢吃，一咬，一股清新的甜意就弥漫在舌尖。这就是儿时，有暖暖的阳光和甜甜的味道。

秋天，果实都成熟了。天空是湛蓝的，明净且澄澈。太姥爷弯着腰摘下那一列列整齐的黄瓜、柿子……他从中挑出一个红红的柿子，擦了擦，递给我，我接着就咬了一口。他笑着问我："甜不甜？"我用力地点头。他呵呵地笑着，用厚实粗糙的大掌摸了摸我的头，又继续忙碌。

夏天，应是最闲的时候。这里不比南方的炎热，太阳并不刺眼。我待在园子外面，看着对面抽烟的大爷，听着他在淡淡的烟气中哼着不成调也没有歌词的小曲。他抽完了就扔在地上，用他穿的那双极其不考究的脏皮鞋踩两下，背着手大步走开了，只剩下那根再短一点就要点着手的烟闪了两下火光，然后灭了。

隔壁那家种了梨树，四五月份会开白色的花。早上挂着露水，如美人般惹人垂怜。每一簇梨花三三两两地，聚在一起，彼此都留有空间。花瓣虽然不光滑有些褶皱，但不失高贵，不张扬地散发出淡淡的香气。

春天，是容易下雨的。雨滴打在那些瓦片上，叮叮咚咚的。我蹲在门口的台阶上，从檐上落下的水珠沾湿了我的发梢，感到有点凉。

鱼鳞瓦屋檐下的时光，温暖地陪伴着我，一年又一年。

那个人，教会我爱

他的眸子让我一辈子都忘不了，盛着一种如糖胶着般的疼痛和悲伤，可惜他已经不在了。

那个人，让我明白何为传承。

他是京剧团的团长，在央戏修了编剧。我的作文都是他手把手教的，还有我那唱得上不了台面的几段京剧。

小的时候，我坐在他旁边陪他看央视八套的《空中剧院》。他的手会不自觉地打着节拍，一边打一边给我讲上面化着浓妆，穿得或姹紫嫣红，或者粗衣粗布，比画来比画去的人物；讲得兴起还跟着唱两句，我说他宝刀未老，他便哈哈大笑。

我在他绘声绘色的描述里喜欢上了一个个在舞台上性格各异的人物。这算是传承吧。

那个人，让我爱上文字。

我最喜欢和他聊天，因为他喜欢用平淡缓慢的声音跟我讲他的想法、他走南闯北的故事。

以前他住在我家的时候，他跟我讲《三国演义》。那些人物在他的讲述下活灵活现，然后他轻轻地叹息一声，像是对我说，又像是自言自语："古今多少事，都付笑谈中……"轻飘飘地，就这么消散在一片氤氲里。

暮色四合。

窗外的一切都披上了一层暖橙色。于是，他神情平和，指节分明的右手抚了抚我说："今天就到这里吧。"我却还没有回神。

那时我才意识到文字的魅力。从此我便以梦为马，义无反顾。

那个人，让我无畏死亡。

当时的情景我不愿想起，黑暗模糊了所有的边界，睡意吞噬着每一根神经末梢。我握住他的手，极为小声地说："再见。"他似是费了很大的力气点头，满是针眼的手回握住我的手，说："我不要痛苦地活。"

第二天来，我只看见空空的床，旁边是换床单的护士。

是啊，这样少受罪。他那样骄傲的人，怎么会凄惨地走呢？

我对生与死有了重新定义，他的离去，让我无畏死亡。

那个人教会我爱这世界上的一切，教会我面对这世界上的一切。

我们要爱了，才知道那就是爱。那个人教会我爱。

"姥爷。"

茶馆

对整个中国版图来说，群山密布的西南
躲藏着一个成都，真是一种大安慰。

——题记

当又一次呼吸到巴蜀热忱的空气时，不禁感慨这一两个小时的航程，却跨越了我近七年的时光，一切那么熟悉，触手可及。

成都都有些什么？一般的回答是杜甫草堂、都江堰、青城山之类的名胜，但我印象最深的却是茶馆。

经常是在闲时跑过去，一人泡一碗茶，坐在路边的茶座上，对面是一片远山，相看两不厌。

抑或是夏天在参天的翠树下搬几把竹椅，也是不错的吧。稍稍再加一点怀古的联想，意趣颇多。

大些的茶楼是我以前常去的，这些地方可以坐上几百号人。开水茶壶飞来飞去，忙忙碌碌，我的目光在人群中流连，不禁感到眼花缭乱。

进茶馆有时会碰上清唱或说书。演员们在台上眉飞色舞，茶客们倒不怎么听。他们只是神态自若，毫无匆匆之色地这么坐一个下午。阳光满含挑逗意味地照进来，他们的意识就淡了，模糊了，看着茶碗里伸缩卷曲的茶叶，听着邻桌嬉笑的声音，就困了。当他们醒来时，暮色已经染上天空。啊！一个下午又这样过去了。爸爸妈妈去结账，然后我们仨沿着河边走回家，影子在身后被拉得长长的。

讲演这种古老的风俗在一般的茶馆里很少见，我也只去过一次，那是晚上躲雨时去的。蒙蒙的烟霭，淡黄的灯花，方桌高凳褪落了原本色泽富丽的茶色油漆，垂暮的老人端上三杯茶，我发着呆。窗外有个大院子，几个年龄相仿的孩子在玩，我还记得当时我让他们教我说方言，再配上雨水从高翘的屋檐上滴落在台阶的声音，一切像是最完美的和声。

那些记忆都很遥远了，可是越远，却越深刻。此番回去，以前那些光鲜亮丽的茶楼都破落了，人却还和当年一样多。原来成都没变啊，我不禁舒了一口气。

茶馆文化大抵是最能代表我在成都的时光，当时的日色变得慢，一切都慢，这也是我最怀念的。

"成都，带不走的只有你。"

乌镇印象

高高的屋檐，黑黑的窗棂，破落的鱼鳞瓦，长长的青石路，窄窄的街道，幽幽的水巷，瘦瘦的乌篷船。这些挥之不去从而成为烙印的，我称之为记忆。

随着高速公路两边的青山绿树和江南水乡在身后淡远，远方的一切越发清晰。

幽暗，那是我对乌镇的第一印象。

古朴，而又宠辱不惊。

我的记忆里有暮色四合时的小旅店。

半掩映的琉璃窗透露出街边的小运河，每置桥埠，岸上逐渐亮起的明黄投影在黑黝黝的河水里。任杂沓的足音清晰了又模糊，她做了六千年的酣梦依然悠长而香甜；纵然惊喜的目光凝固了又迷离，她美了两万个晨昏的容颜依旧妩媚。

我的记忆里有着她的眉眼。

如果说江南是一幅精美的画卷，乌镇就是那极其写意的一笔，神韵皆俱，令人心神摇荡。

乌镇里无论是深宅大院还是简陋木屋，皆向水而设，而那高低错落的枕水人家，向来与华美不挂钩。一例青的瓦、白的墙、褐的窗和门扉，却难有雷同。

先说那屋脊，有的起了三重，高挑着房檐，像振翅欲飞的大雁；有的只起了一重，圆钝而不突兀，显得端庄而淡雅。再说那布设，有的人家将房子探向水面，架起水阁；有的依墙建起亭廊，多了一重"美人靠"。当你觉得房子太多太挤时，不时会冒出几棵亭亭如盖的翠树，石阶上、墙根蔓延的一片青苔，一下子把水墨画变得不单调。

白天阳光照下来，水面上会呈现出各式各样的倒影。蹲在那儿浣衣的妇人有时也会伸入那水中的青石阶，风一吹就模糊在一道道波纹里，而她发出的温软语调，都在我记忆里赶不走了。

我的记忆里还深藏着乌镇的味道。

如果一定要用什么去比作乌镇，我想大抵是《诗经》。那是一种跨越千年的吟诵，没有修饰的辞藻，只有平淡真实的生活。铺满泥土的是通幽的曲径，铺满天堂的是飘浮的流云。你起伏间的呼吸有如潮汐。如若落雨，添一把丁香花色的油纸伞，如梦似幻。

诗与画多源于想象，经不起触摸，乌镇不是诗也不是画，却值得仔细推敲。

青石板路如何能辨出年纪？乌镇永远是她自己。唯其宁静，所以致远。

这好东西是铸入骨髓的，在记忆中永远抹不去的烙印。

观金简记

孤凤展翅腾龙位，弱女挥手伏众臣。

——题记

　　我与她，怎么说，仿佛有一种说不清的牵扯，千丝万缕，倒真是"剪不断，理还乱"了。

　　此次五一，应学校之意，又顺本心，驶过湘江去赴约。一路上坐立不安，总有种呼之欲出的雀跃。也许是因为同姓，于她，我总怀有无限的敬意，却也有面对故人的亲切。

　　馆内很喧闹，许多不同年龄层次的人对文物做着或浅或深的评说，我未细听，只是前行，然后拐弯，再前行。别说玄，我觉得那件东西一定在那儿，我知道近了，近了，真的近了。

当我看到被一大群人众星捧月般的她，我心里的弦突然就断了。我匆忙地挤入人群，看见标示上那让我为之骄傲的名字——武曌。而我百般想千般念的东西，是她祈求免除其罪名的金简，后人称"武曌金简"。

它薄如蝉翼，量词大抵只能用"一片"来形容。顾名思义"金简"，其色为金，想是年代久远边缘留下些暗色，上面镌刻着方正的楷体，不难想象千年之前它的炫目。它被一个大大的玻璃柜保护起来。我把右手贴在冰凉的玻璃上，想靠近，不断靠近。她是贯穿我童年直到现在的骄傲，不管后人说她如何好，又如何不好，我只能说，我对她恨不起来。

身后的人有唏嘘，有失望，有各种各样的议论，但也仅是随便一说就去往下一个文物点，如走马观花一样。而我就站在前面，看着人聚人散，散了又有新人聚。这如人们经历的一个又一个朝代，时间的流逝却不快不慢。直到母亲略不耐烦地催促声传来，已过去十几分钟，看着玻璃中我的模样，我逐渐在心中勾勒出她那张狂的眉眼，一时迷乱。

我回家后又翻出之前从衡阳带来的武氏宗谱，一排排的名字记录着这个家族的辉煌。这上面写到武则天以前是我们隔壁村的，大概是这名字一直和我保持不远不近的距离的原因吧。我不止一次以这个姓氏为荣，以这个大家族为荣，我也相信我能延续这辉煌，我也希望我能不负众望。

见"金简"一面，感触颇多，特作一记。

四月的姿态

春风，花朵，鸟鸣，莺飞，蝶舞，唱响了春的歌谣。心，在一抹阳光中翩飞；春，在姹紫嫣红中着色。我在时光的素笺上，用明媚的笔调，将春的美好临摹。那飞扬在指尖的韵律，是生命流动的色彩。

日子，总在忙碌中度过，平淡得有些雷同。我不怕平淡，只是怕生活没有了色彩！

每个人的心中，都有一座世外桃源。这里，是我们休憩的港湾。闲时，听一曲曼妙的音乐，让音符漫过心灵的沧桑，蹚过灵魂，蜿蜒生命的静好绵长；或沉浸在喜欢的文字中，凡尘琐事与我无关，只有月照松林，风度青山，云水也寂然地澄澈，疏朗而清凉。过往将渐渐淡成一幅简单的画卷，有些地老天荒早已与他人无关，而心情却与自己有关。站在时光之岸，将心绪安放在夏日清荷的芬芳中，让光阴染出淡雅。在沉思和感悟中，体味生命本该有的那份安恬。

人生就是一场远行，我们一路行色匆匆，总会因为走得太急而负累，等有一天回头望时，已找不回来时路。有的时候，停下疲惫的脚步，于喧嚣中寻一份静谧，适当地放空自己，是对心灵的修复。无论何时，都别忘了等一等灵魂。

以一颗素心，把想念深种。于月白风清的日子里，一些温暖，便会直抵心海；将一些念想连同祝福，一起写进这恬淡的时光中。有些美好，不用寻找，便可抵达。

总是相信，内心有旖旎风光的人，定能在草木闲情的光阴里，读四季如诗；摘春花泡茶，听夏风浅吟，看秋情如画，赏冬雪寒梅。

揽一份从容，做岁月枝头的点缀。于黎明中放牧自己，采集花间清露，荡涤尘埃；于花开中相惜，于花落处随缘。任红尘纷扰，我自清心素雅，研一笔淡墨。于时光深处写意绿的芭蕉，红的樱桃，在生命的青山绿水间，巧笑嫣然。

四月的姿态便是，心与阳光同在。

心中最美的风景

　　我想，最美的，无非是天空。

　　行至水穷处，坐看云起时。天空被净蓝妆成碧玉，一泻千里。幽幽云谷，山林苍翠，霞光笼罩，袅袅生机，暖风过处，和谐宁谧。

　　绿树成荫，摇曳而斑驳，枝叶间点点光影辉映着天空，一望无际的净蓝，花香鸟语，千娇百媚，姿态婆娑。

　　天空像个孩子，没有烦恼和愁绪。有时它与路过的清风白云嬉戏；有时它帮助奔波的飞禽，整整凌乱的羽毛；有时它鼓起腮帮，朝平静的湖面大口地吹气。清脆悦耳的莺啼，低沉喑哑的虫鸣，皆是由它而生的旋律。

这何尝不是最美的风景？

清泉中悠闲的双纹鲤，山人唤樱鲤。传说曾有山花烂漫时，它仰慕那桀骜不羁的苍鹰，奈何为水所困，不得欢欣，只得羞怯地将自己的一怀心事述与倒映在水的蓝天听。

而鲲鹏振翅，扶摇直上九万里。苍鹰不甘蛰居，同样翱翔天际。无情决绝的厮杀，赢得了力量，孤寂了心房。

唯有那片天空，一直明媚而干净。它心疼地俯视着苍鹰生硬的脊梁，又遗憾于樱鲤的前路无望，便努力地播撒阳光。

这天空下的一个个故事，怎能不是我心中最美的风景？

自江南来了个画师，他享有一切金钱名利。他的画更是如神来之笔，皇孙贵胄无不出价千两，只为他的一幅画。

但他却冲出了金碧辉煌的宫殿一路狂奔，在没有人的原野上，看见鹰击长空、鱼翔浅底。

他画过无数受人称道的画，唯独没有画过天空。那片净蓝，直冲冲地入了他的眼，他说："我眼里的风景除了你，再不见其他了。"

我想，天空所代表的，不仅仅是那一片净蓝，更多的应是宽阔。它让你觉得没有束缚，让你觉得天空之下每个人都是自由的。

闲来无事，我希望在满是阳光的院落，搬一把竹椅，守着这片天空，守着我心中最美的风景。

记忆的深处

你是暗不下来的黄昏，

你是亮不起来的清晨；

你的语调像深山流泉，

你的抚摩如暮春微云。

记忆的深处，是文学的宝库。

记忆的深处藏着诗三百的曼妙。"青青子衿，悠悠我心"和"求之不得，寤寐思服"是对爱情的美好追求，"桑之未落，其叶沃若"与"桑之落矣，其黄而陨"是少女衰老的变化和她遭受失败婚姻的自怜，

"岂曰无衣，与子同袍"则是战场上战士之间的深刻情谊。

记忆的深处藏有唐的印记。是王勃在滕王阁上"落霞与孤鹜齐飞，秋水共长天一色"的慨叹；是李白在蜀道难行时"剑阁峥嵘而崔嵬"的状述；是白居易"大珠小珠落玉盘"的音韵，亦是"君问归期未有期，巴山夜雨涨秋池"的西窗之殇。

记忆的深处刻有宋的风貌。苏轼极具辩证思想的《上宋神宗万言书》和《再上皇帝疏》激起千万层浪，而"不思量，自难忘"又透露出满怀柔情，"老夫聊发少年狂"则彰显其万般豪放；秦少游的"两情若是久长时"向我们展现的是无比婉约与多情；南宋岳飞"八千里路云和月"告诉我们男儿壮志永在征途。

记忆的深处带有元的吟咏。汤显祖《牡丹亭》的"则为你如花美眷，似水流年"和"原来姹紫嫣红开遍，都这般赋予断壁残"，无不让黛玉听后涕泗横流，大梦初醒；《窦娥冤》中那一场浩浩荡荡的六月飞雪，又印在了多少人的心中？

记忆的深处浸入了"都言作者痴，谁解其中味"

的悲苦。《红楼梦》的一切都讲缘分，从绛珠草为了报石头的恩还尽一生眼泪开始，从宝玉游太虚幻境"金簪雪里埋"开始，便可一斑窥豹，假亦真时真亦假罢了。

我记忆的深处掩住了一切过往，它们曾经的悲喜或是衰落与辉煌，在诗文中与我们相见，诉尽衷情。

"你是从诗三百篇中褰裳涉水而来，髧彼两髦，一身古远的芹香，越陌度阡到我身边躺下，到我身边躺下时已是楚辞苍茫了。"

我记忆的深处满是木心的诗句。

让诗意永驻心间

千军万马，四海潮生。

我常常过着麻木的生活，日复一日地行走于三点一线，生活痛苦而疲惫。

这样的日子一直持续到我整理书架的那一天。"啪！"伴随一声轻响，我低头看到那本小小的散文集，思绪回到很久以前。

那本散文集是作家爷爷送的唯一一本书。因为在我六七岁那年他便驾鹤西去，所以他总在我记忆中清晰了又模糊，模糊了又清晰，影影绰绰。

印象中他总是呆坐在书房，或沉思，或看书看得入神，对我的呼喊浑然不觉。久而久之，我也只得搬了板凳坐在他身旁，装模作样地看会儿书。

在懵懂而无畏的年纪，我总是对世界充满无边的好奇和想象。有一回读《雨》，数年后我曾有幸再读这文章，是《听听那冷雨》。当时不觉得雨冷在何处，也识不得几个字，但是我凭当时储备的知识看懂了文章旁用铅笔轻轻写下的一行小字："自在飞花轻似梦，无边丝雨细如愁。"一种莫名的悲伤弥漫开来。

后来还有一回，我拿着那本满是拼音和标注的少儿唐诗宋词读："野火烧不尽，春风吹又生。"一直沉默的爷爷突然皱了下眉，说："这不加上后四句，诗就像被生生截断了啊。"然后他缓缓地吟了一句，"又送王孙去，萋萋满别情。"那一句诗就像一条细细的飘带飘进心间，激起了我对送别最原始的情感，泛着清苦、辽阔又平淡的愁思。

回忆退潮。

我不记得这一年里因为忙碌而多久没有静下心来读一首诗歌、看一篇散文了，没有诗意的心和世界都是荒废的。

于是我想回归童年，用最质朴的情感去读一首小诗，让诗意永驻心间。

当所有的铅华洗尽，
我只想做个简单的人，
简单到只有漫山的诗意，
和爱你的灵魂。

读苏轼

承蒙你出现，让我欢喜好几年。

————题记

我一直觉得，苏子身上，有北宋的味道。那种奇妙的感觉，就像阮籍只能属于魏晋，李白只能属于盛唐。

1037 年，眉山，一代文坛领袖在此降生，世人说得神乎其神——"眉山生三苏，草木尽皆枯。"这是流传最广的版本。而这个孩子也随着时间的推移成长为惊才绝艳的少年，有"雪片落蒹葭"的逸事，更是一步中榜眼，为朝臣，可谓意气风发。

他的第一场劫难是在 1065 年，那时王弗去世。宝马金鞍，才子佳人，从此生死相隔，两人之间不曾有"不思其反"的悔恨。"敏而静"是苏轼给王弗的评价，他说自己"永无所依怙"。事实也确如此，"不思量，自难忘"。他的思念是地表之下的暗河，流淌数十年。他们这对"贫贱夫妻"最终没有留下什么家喻户晓的佳话，但我相信，他们彼此了然于心。

说到这儿，不禁想起了苏子的另一位红颜知己——朝云。朝云信佛，苏子曾把她比作"天女维摩"，他们二人之间，更多了一份心有灵犀。甚至到朝云死后，东坡为她作的挽联都是："不合时宜，唯有朝云能识我；独弹古调，每逢暮雨倍思卿。"

壮年力盛时的东坡应该没有预料到会有一位女子走进他的内心。当她走进来，他感到世界的圆满；当她先一步走出来，他悟到空才是世界的本质。

东坡先生一生颠沛流离，却不只会写文叹息，他平常自得其乐，也活得可爱。比如，他调侃张先八十岁时迎娶十八岁小妾"鸳鸯被里成双夜，一树梨花压海棠"，仿佛都能透过诗句看到当时他眉目含笑的样子。

不管他这一生到底如何，最终都化成了他临死前的诗作——"问汝平生功业，黄州惠州儋州。"他在变得足够强大后，终于学会与苦难安然相处。他成就于苦难，涅槃于苦难。《赤壁赋》《江城子·密州出猎》《登云龙山》《江城子·湖上与张先同赋》……他在一次次挫折后明白了"此心安处是吾乡"，他一生最大的功业，就是从来都没有迷失自己。

读苏轼，自许为能天生又能长久。

值此栖处，四方情深。平生至此，欢喜是你。

我从脚下出发

不在虚妄中沉溺。

——题记

我一直觉得，远方于我而言是希腊神话中的潘多拉魔盒，像是轻添了一滴叫作妄想的毒酒，便不可自拔地陷入了一场幻境与现实的自我救赎。

小时，好读诗，源于母亲的成功启蒙。我能背下唐诗宋词元曲各三百首，《三字经》《千字文》《弟子规》这些也常倒背如流。那时便有一种小小的优越感：

啊，我跟别的孩子是不一样的。

这种优越感造成的后果便是，我没怎么读过儿童读物。所有人都在读杨红樱，读曹文轩，我却读着《孙子兵法》《资治通鉴》。好像跟别人不一样，实际上自欺欺人，那些晦涩的书我读不懂，一本本下来，光顾着看插画了。

大些时，我一口气背完了所有初中的文言文，勉勉强强记下《蜀道难》和《滕王阁序》，却不知其意，更是浮夸。我不懂"危乎高哉"是怎样的慨叹，不懂"秋水共长天一色"是怎样的风景，甚至连《兰亭序》中"典水流觞"是怎样一种仪式都弄不清。

这并不是所谓的"腹有诗书气自华"，而是"自命不凡"。

我终于开始明白了，我那些虚妄的骄傲，恰恰是致命的东西。

我不再追求那些远方，我要学会一步一个脚印。

我喜欢苏轼，于是花了两三个月的时间背下《上宋神宗万言书》。我不再生嚼，知道了每一个字的读音和意思，并查阅了大量资料去了解北宋这个朝代。

读《牡丹亭》，我认识到自己的浅薄，特地去看了一回昆曲。书上做满了笔记，我对它的认知终不是《红楼梦》中黛玉的一声叹惋："原来姹紫嫣红开遍，都这般赋予断壁残垣。"

初读木心先生的《温莎墓园日记》，读不透，但我不囫囵吞枣了。我开始重读，体会到那种"人生，就如一杯静静下午茶"的奥妙。

重读《巴黎圣母院》，发现卡西莫多的情感是如此复杂，书中一句"我知道我长得丑，可是你的厌恶让我觉得很难过"便可见一斑。

我终于明白文学的魅力所在，它不是张扬的，它是内敛的，经久不衰的。

永远年轻，永远热泪盈眶。

终于明白怎样大刀阔斧地拼搏，将荆棘穿成藤衣，消磨掉棱角。

我也终学会不执着远方的斑斓，走好脚下的每一步。

美就在身边

人间何处无风景。美，就在身边。

看，风景之美。无论是细水长流的平淡，还是群山耸立的巍峨，都别有一番美丽。

犹记那个深冬，我不情不愿地回了故乡。北方的冬极寒，冷得打战。我一边抱怨着飞机上长达八个小时的疲倦，一边幻想着那千里之外的阳光和温暖，全然没有注意外边白雪皑皑的另一番韵味。

直到妈妈带我爬上一座山，我才深深地为这自然的鬼斧神工折服。厚厚的积雪上，留有几个小小的脚印；火红的朝阳从东方地平面上缓缓升起，照耀着洁白的大地，折射出金灿灿的光芒；天空蓝蓝的，空气也格外清新。山脚下的村庄还未被雪全饰，微微有些裸露，有一种犹抱琵琶的神秘。炊烟袅袅，萦绕在朦胧的雾气中。我的呼吸都轻了起来，生怕惊动在蓬莱下棋的哪位神仙。

山腰上的那棵苍松更是独具一格。树冠的树枝上还托着厚厚的积雪，宛若一朵巨大的白莲，倾洒着玉尘。

我不知用"阴山千里雪"形容是否有些夸张，也不知用"千树万树梨花开"比喻是否贴切，但我终于知晓，不管是夏的热情，还是冬的纯净，都有各自的风情。美，就在身边。

听，言语之美。无论是余音绕梁般的歌喉、荡气回肠的诗句，还是唠叨、责骂，都是美的。

我常常厌恶那些无关的唠叨，因为它们打扰到我的思考。可当我寄宿后，却再也听不到了，不免又觉得少了什么。放假时，我回了家，妈妈却开始寡言少语起来。她不再嗔怒地对我说："快穿衣服，别着凉了。"也不再责骂我，她反而认真地告诉我，我长大了，我却开始怀念曾经了。

曾经，美就在身边，我却无暇顾及。如今，是否来得及挽回？

读，书香之美。曾经，爱上了那些文字，爱上了那些永远留存的文字。我深深地向往着"采菊东篱下，悠然见南山"的淡泊生活，又一直秉持着"人不轻狂枉少年"的态度；我曾爱上"物是人非事事休"的悲伤，又曾幻想"人生得意须尽欢"的豪放。

书于我，是这个世界上最温柔的东西，也是身边最美丽的东西。

有诗云："春有百花秋有月，夏有凉风冬有雪。若无闲事挂心头，便是人间好时节。"

美就在身边，等你发现……

我最喜欢的一个戏剧人物

墨发及肩，随风飘荡，眉梢上扬，清秀浅笑。

他就是我最喜欢的戏剧人物——陈长生，电视剧《择天记》中的男主角。在一个生老病死早被注定的世间里，被判定活不过 20 岁的他，一心逆天改命，做自己命运的主人。

他 19 岁离开给他依靠、为他治病的师父。下山入尘世的他，用自己的智慧、真诚、才华、勇气，结交了一群真心实意的好朋友。他天赋异禀，有日月星辰之力，血可治百病、解百毒，但每用一滴血就会离死亡更近一步。即便如此，在朋友有生命危险时，他还是会毫不犹豫地献出自己的血。好几次朋友活了，他却险些丢了命。在朋友陷入困境、无计可施时，他拼尽全力为朋友撑起一片天地，哪怕自己万劫不复。他与朋友遭遇不测，朋友有活命的希望却不愿离开，他就假意对朋友百般嫌弃，骗他离开，却在转身刹那间差点落泪；他用自己的才华为朋友解决难题，有些朋友知恩图报、肝胆相照，也有些伪朋友贪婪索取、永不满足……

我对陈长生的喜爱，更多的是在于他的坚持和永不言败。最亲的师傅告诉他活不过20岁，可以安心享受剩下的岁月，师傅甚至可以为他延寿3年，但他还是冒着无数未知和危险，毅然选择离开，选择改命；几经生死，几闯鬼门关，好不容易再次醒来，超脱六感，却被告知改命失败。在无数次打击下，他选择了乐观和坚持，再次站起来，利用好每一天，去帮助别人，努力学习，参悟人生，直至成功！

记得他被敌人讽刺为垂死挣扎的蝼蚁时，他咬紧牙关，从地上艰难爬起，又扬起自信的笑，永不言败，与敌抗衡。他坚信，蝼蚁可翻天覆地，也可光芒万丈。

现实生活中，很多人在遇到挫折时自甘堕落，自我放弃，甚至还没有努力过、尝试过、失败过就宣告绝望放弃了。可陈长生呢，即使面对再大的风，再大的浪，即使大多数人已经放弃，认定他必死无疑，但他还是坚持信念，一心逆天改命。这不正是我们所要学习的精神吗？

道是天公不惜花，百种千般巧。

道是天公果惜花，雨洗风吹了。

喜欢他的自信，他的真诚，他的坚持不懈，他的永不言败。

这样的陈长生，我喜欢！

勇忠智坚谓英雄

古往今来，成为英雄乃顶天立地男子汉之大志也。吾以为，勇、忠、智、坚谓英雄。

勇，胆量也。

春秋时期烛之武夜出面秦，只身一人，深入秦营，一言不合即可惹杀身之祸，孤立无援却从容处之，劝服秦王，智退秦师，全身而退且保护了郑国，是勇也，英雄也。樊哙救主闯帐，瞋目视项王，言辞振振，置生死于度外，是勇也，英雄也。《左传》有云："知死不避，勇也。"非常人所能及之胆量，力之所及，生命勃发，生死置之度外，是谓勇。

忠，德之正也。

汉苏武困于匈奴，单于欲使之降，武不从。粮绝吞食毡毛，窖中呲雪，北海牧羊，穷厄困顿，终不肯降，是忠也，英雄也。诸葛亮感念刘备知遇之恩情，托孤之信任，忠心如初，力挽狂澜；岳家军屡建奇功，精忠报国，满门忠烈，是忠也，英雄也。日本侵华举国抗战年间，汉奸虽得眼前之利，然而遗臭万年，为世人所不齿，非忠也，罪人也。天下至德，莫大于忠，竭尽心力，尽职尽责，威武不屈，富贵不淫，是谓忠。

智，智慧谋略也。

春秋郑商弦高，途遇秦军，秦军欲暗袭郑于不备。弦高假冒郑使，盛情款待秦军，秦将以为郑有备而来，遂撤军，郑得以避患，是智也，英雄也。韩信暗度陈仓，孙策调虎离山，晏子二桃杀三士，西汉张良功成身退，皆智也。黄石公云："贤人君子明乎盛衰之道，通乎成败之数。审乎理乱之势，达乎去就之理。时至而行，顺机而动。"聪明智慧，勇毅有谋，是谓智。

坚，不动摇也。

南宋文天祥宁死不屈，英勇就义；西汉司马迁含冤蒙垢数十年，著就《史记》流芳后世；马克思呕心沥血四十年，《资本论》光辉不朽成巨著；爱迪生研制蓄电池，十年五万次的试验，百折不挠，终得成功；还有因见老婆婆"只要功夫深，铁杵磨成针"之举而发愤读书最终成为诗仙的李白……面对困难挫折、流言质疑，英雄乃曰："心存坦荡，何惧人言。"意志坚定，内心坚定，不为虚名，不惧艰险，不屈不挠，刚也，强也，是谓坚，不动摇也。

吾以为：勇于担当，忠于人事，智有谋虑，内心坚定，是谓英雄也。

最美的痕迹

你听，诗人深沉地感叹道："沉舟侧畔千帆过，病树前头万木春。""海日生残夜，江春入旧年。""哀吾生之须臾，羡长江之无穷。"似乎确是新事物终将取代旧事物，人生如白驹过隙般短暂。但是，你看，这动人诗篇的美丽痕迹不就清晰留在了语文课本上吗？跨越千年，源远流长。每每吟诵它们，我便不由自主地联想翩翩——

有的痕迹随风散了，消失在历史长河中；美丽的痕迹随风起了，烙在了历史的扉页上。

荆轲刺秦的剑飞到了柱子上，留下了英勇大义的痕迹；樊哙闯帐的栅栏倒了，摆出了赤胆忠心的痕迹；孟子把不属于自己的"鱼"舍弃，书写了舍生取义的痕迹；白居易浸湿的青衫，印刻了琵琶语的痕迹……

若非"将相本无种，男儿当自强"的才华横溢，汪洙怎会"神童"名远扬？若非"蜀道难，难于上青天"的雄伟气魄，李白岂有"诗仙"名垂青史？

自古留下美丽痕迹的人，他们要么有着令人赞不绝口的才华，要么有着令人敬从心生的品格，穿越千年的今天，不亦是如此吗？

他拆雷时常说："你退后，让我来。"爆炸的硝烟散尽后，同伴们只见到倒在队友身上的他和他直冒鲜血的双眼和双臂。他为队友挡住了巨大的冲击，把失去光明与双臂的痛苦留给自己。如果不是一个英勇战士所具备的挺身而出的奉献精神，他又怎会把一次次危险留给自己？如果不是一个战友所具备的舍己为人的高尚人格，他又怎会在紧急关头挺身去做同伴的人肉盾牌？正是因为他令人敬从心生的品格，才被人们铭记于心，成为历史年轮中最美的痕迹。他就是2018年感动中国年度人物——杜国富。其美多吉作为青藏高原上的中国邮政快递员，他二三十年来几遭雪崩，遇抢劫时为了保护货物与坏人拼死相搏，他是平凡的，也是伟大的，他的坚守与勇敢，感动了中国。张玉滚拼尽全力读书，梦想走出大山，大学毕业后，却心系家乡，立志教育兴农，回村教书，一干就是17年。17年的光阴奉献给了讲堂，17年的努力以送孩子走出大山为自己的梦想，他扎根深山，风雪担书的无私与坚守，感动了中国。王继才夫妇，坚守祖国孤岛，错过了儿子的童年，无法参加女儿的婚礼，终身奉献给了祖国的疆土，爱党爱国无私奉献的他们，感动了中国！

这样无私奉献、坚守信念、舍己为人的人，将被永远刻在历史的书卷里，留下最美的痕迹。我们看过的《最美中国》，就是历史的记忆，岁月的痕迹。

反观现在一些青少年，不顾父母师长苦口婆心的劝导，他们吸烟、早恋，沉迷于游戏……这些快感就如虚无的云烟，太阳升起，微风吹过，并不留下任何痕迹。作为旁观者，我深感遗憾。

司马迁曾说："人固有一死，或重于泰山，或轻于鸿毛。"重于泰山的人便留下了最美的痕迹，为社会有所贡献的人将留下最美的痕迹！

留下美丽痕迹的人生，要么有着令人赞不绝口的才华，要么有着令人敬从心生的品格，能穿越千年后的明天，抵达更远的远方。

一本适合父母细读的好书

近日，读了《傅雷家书》。这本书为傅雷、朱梅馥、傅聪三人著，傅敏编，由译林出版社出版。

傅雷是我国著名的文学翻译家、文艺评论家。朱梅馥是傅雷的妻子，傅聪、傅敏的母亲。傅聪是傅雷的大儿子，1934年出生于上海，世界著名的钢琴演奏家，有"钢琴诗人"的美誉。傅敏是傅雷次子，傅聪的胞弟，选编家书三十五载，给我们全面展示了傅雷家风，展现了那个年代他们良好的家教背景及傅聪一路走向成功其背后父母亲的指导和牵挂。

查阅相关资料，傅雷家书应有346通，尚存311

通。从傅聪出国留学到傅雷先生逝世，12 年间，平均每 12 天一通书信，12 年坚持不断！在那个信息不通畅的年代，这种关切和沟通频率，需要何等的毅力，又是怎样深厚伟大的父爱母爱才能坚持啊！

全书从 1954 年 1 月 17 日全家人从上海火车站送傅聪去北京准备出国，1 月 18 日晚到 19 日晚写第一封信开始，到 1966 年 8 月 12 日最后一封信（傅雷夫妇于 1966 年 9 月 3 日双双弃世），以时间为序，把书信往来的实际内容再现，通篇读来，能感受到傅雷先生对孩子的严格要求，殷切期望，谆谆教诲及无微不至的关心。"即使是傅聪这样的天纵之才，也是在傅雷夫妇的唠叨、说教中成长的，中国父母对子女的关爱和责任，就是以这种方式传达的。"这无疑是对本书最深刻的概括。本书同时也体现了傅雷先生的博学多才，他在文学艺术等方面的造诣、研究让人深感佩服。以至于母亲在推荐我读这本书时写下了这样一段话："作为父母，我远不及傅先生那般博学、优秀……纵使我自己再努力，也不可能达到那种境界。我做不了最优秀的母亲，我就陪孩子读最优秀的父母的书和家信，与他们一起来培育我最爱的孩子……"

傅雷先生真是个博学多才、情感细腻的好父亲，他与孩子的书信交流中，精神上的爱与支持，学业上的指导与艺术探讨，为人处世的哲理与细节等方面均体现得淋漓尽致。

他了解自己的两个儿子，因人施教；他爱子深入骨髓，只想做孩子的影子，随时随地帮助和保护他们；他愿做孩子们的手杖，却绝不绊孩子们的脚；他把自己所有的知识、经验与心血，竭尽所能地给孩子们来作养料；他一再叮嘱孩子要户外活动，养好身体，常写书信……正如他说的"所谓骨肉之亲，所谓爱子情深，只有真爱子女的父母才能深切地体会其中的滋味"。

他在孩子学业上耐心指导，艺术涉及面广，有钢琴、诗词、书画、摄影等。让我印象极深的是，196通信中，有2通信里提出纠正了傅聪先生写字的细节问题，可见傅雷先生对学术的严谨和讲究。他特别有敬业精神和学术精神，任何时候都没有忘却对学问的忠诚。他说："学问第一、艺术第一、真理第一，爱情第二，这是我至此为止没有变过的原则。"他时时刻刻提醒孩子格局要大，坚持艺术的原则和良心，严于律己，不负盛名，不负期望。书中很多次对钢琴的探讨，让我受益匪浅。我四岁多开始学钢琴，常得到表扬和肯定，除了过级考试和参加一些活动演出外，大多数时候我只是把钢琴当作兴趣爱好和陶冶情操的一种方式，直到读完本书，如醍醐灌顶，才明白原来艺术可以如此美好和高深，让我更加深刻地理解和热爱钢琴。"假如你能掀动听众的感情，使他们如醉如狂，哭笑无常，而你自己屹如泰山，像调度千军万马的大将军一样不动声色，那才是你最大的成功，才是到了艺术与人生的最高境界。"我想，这应该是每一个钢琴学习者和爱好者毕生追求的艺术境界！

傅雷先生在书信里还给孩子讲了很多为人处世的哲理与细节。比如在生活礼仪方面，大到演出外交，小到吃饭站立，一举一动都有规矩规范，事无巨细地叮嘱和强调。他要求孩子理解尊重他人；对长辈要常问候，常联系；对师长要心怀感恩，虚心学习，谦虚谨慎，不要给人误解为"忘恩负义"；病从口入祸从口出，越是名人越要慎言。他和夫人给儿子媳妇写信，教导他们如何做日常安排和计划，如何用账簿理财，如何开源节流，如何处理夫妻关系，甚至怀孕时要控制体重，适当劳动……真是无微不至啊！

该书读完意犹未尽，又读了第二遍。这真是一本适合广大父母及青年人细读的一本好书！

37℃的父爱

　　初次知道《梁启超家书》，是源于和朋友聊天时的一句话："一门三院士，九子皆才俊。"该是多么优秀的家庭，才能把孩子培养得如此优秀啊？这引起了我莫大的兴趣和无限的遐思。

　　于是，从家中书房找来《梁启超家书》细读。这是由中国言实出版社出版的精选版书籍，梁启超著。

　　梁启超老先生，确实是个富有传奇色彩的优秀人物。他是清朝光绪年间的举人，中国近代思想家、政治家、文学家、史学家、教育家，是戊戌变法领袖之一、中国近代维新派、新法家代表人物，还是清华国学研究院"四大导师"之一。其长子建筑学家梁思成、次子考古学家梁思永、五子火箭控制系统专家梁思礼均为中国院士，另外六个孩子也在各自的领域中出类拔萃，做出了杰出的成绩。初看如此成就斐然，自当想起"虎父无犬子"这句话，脑海里不由自主地浮现出威武严厉的虎父形象。然而，读完这本书，是在暑假里一个飘着小雨的下午，心情莫名的温暖、恬静。我脑海里怦然萌发然后反复萦绕的一个词——"37℃的父爱"。这种父爱给人以安全安心、温暖舒适，不温不火、不焦不躁的感觉；这种父爱如血液流遍全身每一个角落，充满了我们的肉体和灵魂；这种父爱，荡漾着家国情怀，洋溢着满满亲情。

37℃的父爱如天如山。他责任一肩挑，对孩子的成长和发展时刻关注着，并能及时给予指导和帮助。

梁老是这样解释为人处世的："人之生也，与忧患俱来，知其无可奈何，而安之若命。"因此，他自始至终教导孩子要有忧患意识，要有随遇而安意识，要有吃苦耐劳意识。特别是吃苦精神，他希望孩子们要主动受苦，常常受苦，"人生惟常常受苦乃不觉苦，不致为苦所窘耳"。他还教育孩子来日方长，要志存高远，保持身体健康和精力充沛，不争朝夕之功，不争一时之长短。"人生之旅历途甚长，所争决不在一年半月，万不可因此着急失望，招精神上之萎蕤。"在处世方面，他要求孩子们要常思报社会之恩，努力求学。他自己也以身作则，信中几次向孩子们细述他的日常安排，可谓认真务实、孜孜不倦。"一个人在物质上的享用，只要能维持着生命便够了。至于快乐与否，全不是物质上可以支配。""做官实易损人格，易习于懒惰与巧滑，终非安身立命之所。"他的这种学问报国、淡泊名利的思想，轻物质、轻虚名，严谨务实求学问的作风，应是奠定了他九个孩子在各个领域成就斐然的基础。

父爱如山，是支持是责任是担当。梁老的孩子们在国外求学，他在经济上给予了坚强的后盾和支持，"民国"十六年间，他感觉"现在因为国内太不安宁，大有国民破产的景象"，于是提前安排打算，托付长女思顺，把孩子们的学费生活费用等早早安排妥帖；林徽因在遭受父难之后，梁老主动承担了她的游学费用，称是"只当又多了个女儿在外留学"。梁思成、林徽因学成之后、成婚之时，梁老并没主张他们立即回国，而是建议"你们回国之前，先在欧洲住一年或数月，你们学此一科，不到欧洲实地开开眼界是要不得的"，于是他无论怎样困难，都做到了"你们的游费总想供给得够才行"，还给他们的游学路线提供了很好的建议。

37℃的父爱如父如兄，谆谆教导，诲而不倦，事无巨细，宽容温暖。

对于求学修业，梁老这样说："天下事业无所谓大小，士大夫救济天下和农夫善治其十亩之田所成就一样。"因此，他遵从本心本性，尊重孩子的兴趣爱好，"各人自审其性之所近何如，人人发挥其个性之特长"，在自己责任内，尽自己力量做好，便是第一等人物。梁老的次女思庄在国外求学时，他原本建议女儿选修生物学，然而思庄很长时间后都依然无法对生物产生兴趣，梁老知道后，马上致信给女儿安慰并表示理解。他说："凡学问最好是因自己性之所近，往往事半功倍。"于是，思庄选择了自己喜欢的图书馆专业，考入了著名的哥伦比亚大学，学有所成回国后任北京大学图书馆副馆长、中国图书馆学会副理事长，成了著名的图书馆专家，同时奠定了新中国西文图书编目的基础，可谓成就斐然。

37℃的父爱如师如友。他严于律己，以身作则，言传身教；也会发发牢骚撒撒娇，与孩子们亲密无间。

梁老如师如友、蜜汁般的亲子关系体现在：一、对时局的把握，对孩子的指导、建议。"天下在乱之时，今天谁也料不到明天的事，只好随遇而安罢了。你们现在着急也无益，只有努力把自己学问学够了回来，创造世界才是。"在时局动荡时，对梁思永、梁思忠意欲回国的打算，梁老多次分析局势，劝导建议。梁思成学成归国后，梁老建议他去了条件艰苦待遇大不如清华园的东北大学，儿子思成领会父亲的教导，欣然前往。他创办了东北大学建筑系，培养了许多优秀的建筑人才，成为我国古建筑研究的先驱者之一，也成了我国建筑教育的奠基人之一。二、与孩子们亲密无间的关系。读梁老的信，看他给孩子们起的爱称真是蜜汁般甜啊，大宝贝、小宝贝、司马懿、老白鼻、忠忠、小庄庄等等，可爱极了。他跟长女思顺说："汝须知汝乃吾之命根。吾断不许汝病也。""须知你是我的第一个宝贝，你的健康和我的幸福关系大着哩。好孩子，切须听爹爹的话。"那时梁思顺远在国外，读到父亲如此甜蜜的信，心里该是多么的温暖。"真是好啰唆的孩子，管爷管娘的，比先生管学生还严，讨厌讨厌。"读这句话，我眼前浮现的是那个对孩子们撒娇卖萌的老父亲，亲情之甜蜜溢于言表，荡然心间。

37℃的父爱，是最温暖舒适的父爱；37℃的父爱，是能溢满家庭的爱；37℃的父爱，是能让家庭教育、亲子关系、家风传承散发光芒的伟大的爱！

人生是什么样子

有人说人生就像一个圆圈，越临近终点，就越接近起点；有人说人生如弈棋，落子无悔，一步失误全盘皆输；也有人说人生如过客，得行乐处且行乐。那么，人生到底是什么样子？读过《哈佛家训》，你便会有属于自己的独特理解。

由北京联合出版公司出版的《哈佛家训》，全书除绪论，共分为四个篇章。

第一篇为"百年哈佛教给学生的人生哲学"，内容包括对人生意义的思考、合理规划时间、性格决定成败等哲理。第二篇为"百年哈佛教给学生的优秀品质"，主要介绍了自信、乐观、坚忍、勇敢等13种优秀品质。第三篇为"百年哈佛教给学生的杰出本领"，包括给自己准确定位、合理安排时间、快速处理信息等13项杰出本领。第四篇为"百年哈佛教学生克服的人性弱点"，包括嫉妒、盲从、贪婪、虚荣等人性弱点。

《哈佛家训》摒弃了传统教育类图书中某些说教意味浓厚的内容，转而从一个个生动活泼的小故事入手将深刻的人生哲理娓娓道来，触及了人性本质的情感和需求。品读该书，我们内心深处的智慧火花会不知不觉地被点燃，见微知著，从一滴水看见大海，由一缕阳光洞见整个宇宙。

书中讲述的商人与渔夫的故事，最发人深思。

一位澳大利亚商人到东南亚去旅游，住在海边的小渔村，注意到一个渔夫每天只从大海里打捞几条鱼便回来了。商人问他为什么不多花些时间多捕些鱼，渔夫说："这些鱼已经够吃了，何必多操那份心？"商人问："你每天还有那么多时间用来干什么呢？"

渔夫说："回来和孩子们玩一会儿，和老婆聊天，和老哥们一起喝喝酒。"商人很不认同，说："如果你按我说的去做，也许会生活得更好。"于是商人建议他每天多捕些鱼，可以多卖些钱，然后买一只大船甚至一支船队，自己开办加工厂，进行直销，这样就能赚大量的钱，去洛杉矶或纽约做更大的生意，变成大富翁。渔夫又问："那么，再然后呢？"商人哈哈大笑，说："然后你就可以退休了，搬回到你家乡的小渔村，每天睡到自然醒，出海随便抓几条鱼，和孩子们玩玩，与老婆聊聊天，和老哥们喝喝酒。"

初读这个故事，你可能会和我一样，觉得很可笑，人生走了一个圈，好像又从终点回到起点。"出海随便抓几条鱼，和孩子玩玩，与老婆聊天，和老哥们喝喝酒"，这样的生活，渔夫一开始不就已经过上了吗，为什么还要费尽周折地折腾一圈？但我们可以再仔细想一想，虽然都是钓鱼、聊天、喝酒，但真的就一样吗？对这个故事的领悟，其实就是我们对人生的思索。

《哈佛家训》里告诉了我们答案："同样的人生结局，因为有了不同的过程而显得意义不同……我们每个人人生的起点和终点在表面看来并无差别，但有的人在即将告别人世时面对的是一张白纸，而有的人面对的是一张色彩斑斓的图画。"

是的，人生不仅仅是为了生活下去或者走到终点，最重要的是过程，因为有了过程，人生便有了意义。渔夫如果一辈子每天仅仅捕几条鱼就够了，那么他的人生将单调而乏味，临终时他能留给妻子、孩子和他人什么呢？无论是物质财富还是精神遗产，都会是一片空白。但是，如果他能像商人所建议的那样拼搏奋斗，一旦成功，他所创造的财富，是对家庭和社会的重要贡献，他所拥有的丰富的人生阅历和经验，是留给后代的最宝贵的财富。人生的区别就在这里。

温暖的时光

回忆那些温暖的时光，像酒缸里的悲喜，花瓶里的过往，常常不经意间与你撞个满怀。你会感到有什么东西溢出了眼角，然后会嘲笑自己像个古人一样，开始悲秋伤春了。

那温暖的时光中，有一栋老旧的大黄楼，在漫天大雪里暗淡无光。

往年的每个春节，都要回鸡西。这是一个被黑龙江省包裹着的小城市，离长沙那么远，那么远。十个小时，一路颠簸。到的时候，万籁俱寂，只有三楼挂着一盏大红灯笼，透过窗帘可以看见里面黄澄澄的亮光。

这是北方才能给我的亲情。"吱呀"一声打开门,满屋的亲戚。姥姥笑着端出锅里的饭菜;姥爷从内室里走出来,眼里是化不开的思念,我把头埋入他的怀中,他拍着我的背唤我的名字;舅舅拉着快入睡的表妹从另一个屋走出来,表妹看见我突然精神抖擞地喊"姐姐",拽着我的衣服不放。有人等你回家的感觉真好。

在这座城市,这栋旧房子里的光亮,是我难忘的温暖时光啊……

那温暖的时光里,有她。

她的头发很软,黑亮黑亮;她的校服上总沾染着大量洗衣粉浸泡过的味道。我以前中肯地评价这味道太浓,她很敷衍地说:"明天就换,行了吧?"可第二天并没有什么变化。

从食堂到教室有一段必经之路。秋意渐凉,我喜欢悄悄地把冰冷的手掌贴在她白皙的脸上,她每次都一瑟缩,嗔:"你这人好过分啊!不过你手好冰,受凉了吗?"然后她用热乎乎的手捂住我的手,那一刻我觉得心都化了。

有时她会狗腿般地叫我办事。我拒绝的时候,她便用一种极其哀怨的眼光望着我，让我突然觉得我是一个负心汉。之后她就开始赞美我："哎，帮下忙嘛，你看你这么能干……"我想我是没辙了。

我和她的这些嬉笑怒骂，是我难忘的温暖时光。

这些事之所以被称为回忆，是因为都过去了，就像每一个颓墙荒院里，都有过红颜青衫般，而我感受到了时光的苍凉和温润。

那些温暖的时光，是我难忘的，是我怀念的。

肖战的故事

此肖战非彼肖战，尽管他俩都一样歌声悠扬，一样帅气十足。

某日看到娱媒报道"歌星肖战"的消息，我心里微微一颤：难道我那老哥们肖战出名了？我将信将疑点开了新闻……

多少有些失望，我认识的肖战依然是无名之辈。可他在我记忆里停留的那份光耀一直闪烁不息。

在当年那个少年的心里，肖战是他最崇拜的歌星，这个"明星"触手可及，他的歌声如影随形。肖战与我同一个年级，课间休息和放学后，我们几个

"文艺小青年"总是如胶似漆地玩在一起。

安静下来的校园，空空荡荡的教室，讲台成了舞台，同学成了歌迷，肖战把作业本卷成筒状，拿着"话筒"款款上台，开始了他的"演唱会"。

《迟到》《一条路》《告诉我》……这些脍炙人口听了八百遍的歌，每一次从肖战歌喉里唱出，在我们心里都如春天里盛开的花儿一般鲜艳夺目。

"演唱会"渐入高潮，趴在课桌上的我们不知不觉已经骑上了桌子，眼睛里放射着兴奋的光，四肢情不自禁挥舞。书香教室，被几个活力四射的"马达"闹腾得轰鸣作响。

"演唱会"结束，开始了"模仿秀"。我们几个观众开始尝试着模仿肖战的演唱，肖战则站在一旁指导。每每听到自己那不听使唤的"公鸭嗓"，根本无法发出肖战那股清亮的声音，对肖战崇拜得更加五体投地啊。

上学路上也是一次行走"演唱会"。肖战的母亲是个冷若冰霜的女人。每次路过他家，这个女人总是冷冷地看着我。我从来没有进过肖战家，我根本不敢进去，每次我都站在门口，等待肖战吃完早饭带着一身的豆腐乳和酱菜的味道，在他妈骂骂咧咧的声音里，拐过屋角我们立刻手搭着肩膀唱着歌奔向学校。

某日，学校公告栏里一则广告让我们几个文艺少年兴奋不已：省艺校来招生了。我们七嘴八舌谈论着这件大事，一致认为肖战同学当仁不让应该带领我们大家去大城市应考。

我们在家长们将信将疑的审视下，开始了这场"哥伦布"式的探险行动。几个少年兜里揣着十块钱，像一群鸭子一样"咕嘎咕嘎"在左摇右摆的车厢里亢奋地奔向远方……

报名、面试、等待。初试公榜，肖战落选了。我们几个歌迷目瞪口呆，无法忍受这个残酷的事实。对自己偶像的遭遇，真真切切地感到无比心慌，我们仿佛从此失去了人生方向。

我们的人生确实发生了巨变。教室"演唱会"销声匿迹了。我们几个文艺青年像被霜打了一样，蔫不拉几的没有了活力。每次上学路过肖战家，我都加快脚步，身后经常传来那个冷酷的女人严厉的骂声：唱歌能当饭吃吗？不好好读书肖战你死路一条。

几个月后，我离开了家乡，这一走就是几十年。我断断续续能从家乡人的口中得到肖战的消息。听说他不再唱歌，学习美术了。后来听说他考上了师范专科学校的美术系。再后来听说他去某地中学做了美术老师。

十五年后，我其实见过一次肖战。那时我刚发达，在省城大单位工作，兜里有几个钱了。肖战从教书的小县城来到省城看我，我请他吃了一顿便饭，聊的什么完全没有印象，反正肯定不再聊唱歌了。那次见面成了唯一，从此我们之间杳无音讯。

后来听说，他在家乡告诉别人，我请他吃了一顿豪华大餐。

肖战的歌声，才是我少年时代最美的"豪华大餐"。

有雪的春节才温暖

冬季有雪的日子才有趣。雪花是高级气氛营造大师，总能恰到好处给凡间带来温暖的天使般的喜悦。

那些幸福的童年，梦幻里不能没有奇妙的"白雪公主"。谁的人生里没有几次因为冰雪带来的激动与感动。就连那最理智的老者面对满天飞雪也会喊出一句：瑞雪兆丰年呐！

庆幸自己生活在一个四季分明的地方，春有繁花，夏有虫鸣，秋有红叶，冬有瑞雪。大自然就是这样贴心，变着花样给你惊喜。

童年记忆里对雪的爱总带着几分温暖和欢乐的味

道。裹在厚厚的被子里，忽然听见远处传来阵阵欢快嬉戏的声音，探出头望向窗外，一夜之间大地已悄无声息被装点得银装素裹。那些露在厚衣服外憨态可掬的笑脸让雪地变得无比灿烂。

记忆里最美的那几场雪，当然包含着浓浓的情谊和爱。情和物一旦融合在一起，神奇之花永久绽放，一辈子都能嗅到那花香弥漫。

年少最刻骨铭心的浓浓年味儿，一定是有雪的年景。鞭炮鲜红的包装和脆响，特别合白雪的气场。

大年三十儿，当家人们踏着雪地里的脚印欢快地奔向那一桌热气腾腾的年夜饭，长辈们一脸期盼走出厨房在围兜上搓了搓油腻的手，随手拿出一挂早已备好的鞭炮在雪地里点燃。

噼里啪啦……烟雾缭绕，炮仗拥抱着雪花在空中肆意飞舞，年的声响顿时和鸣，鞭炮声、问候声、欢笑声，一个以瑞雪为背景的热闹新年开启了。

我曾经十分迷恋北方的年味儿。傍晚从南方出发，坐上慢悠悠的绿皮火车，等到早晨醒来，车窗外已是一片白雪茫茫。温暖的车厢和外面的白雪世界莫名让人感到幸福。

北方村落家家户户门口的红灯笼高挂着，实在是雪地上最美最炫的装点。每到傍晚时分，红灯笼散发着迷人的气息，辽阔雪原仿佛成了静默陪伴着的粉丝，注视着"明星"大红灯笼熠熠生辉。

寒冷衬托下的温度总是如此明亮。冬天的萧瑟在艺术家的眼里总是别具一格。我看过一幅雪地画作，画的是冰天雪地的森林里一座被冰雪覆盖的房子里透出一丝丝暖光，那束温暖的光有种摄人心魄的安详。

温暖安详的世界特别容易被催眠。我曾经在影院睡过此生最美妙的一觉，《极地特快》那辆开往北极冰雪奇缘童话世界列车里，我在影片声效中不知不觉深眠，梦里身临其境般的在温暖的车厢里和小男孩一起奔向北极，去拜访那个为我们准备了礼物的圣诞老人。

没有冰雪的圣诞，就如没有佳酿的喜宴一样让人失望。圣诞老人那身白胡子红帽子红袍子装束，只有从雪地里款款走来才显得格外神圣。

二十年前，在一个冰雪的季节，我第一次踏进欧洲的土地。冬天苍茫清冷特别符合欧洲的气质。白雪皑皑的法国和瑞士，给旅行增添了无限的遐想。站在凡尔赛宫的落地窗边，望向古驿道两边高傲的行道树尽头，雾色茫茫传来几声乌鸦鸣叫，马车铃声由远而近，路易一世巡游狩猎的车队踏雪归来了……

我们的旅游车队被大雪困住了。我半梦半醒之间被台湾老导游叫醒，他一路在温暖的大巴里，用手持话筒轻声叙说着古老欧洲的故事，诉说着自己的故事，诉说着别人的故事。我一度十分迷恋他的声音，那是一种温暖安详的味道。

拥堵车龙静止不动，台湾老导游果断把我们领进了旁边的高速公路休息站。踏着雪地，我远远地就感受到了休息站大厅的温暖。推门而入，圣诞的气息扑面而来，主人温暖的笑容也紧随而至。

休息站老板一家人热情地接待了我们。男女老幼在厨房里忙碌开来，穿梭的身影在厨房与餐厅进出之间已经给我们备好了一大桌丰盛的圣诞大餐。

炉火散发着温情，我品尝着圣诞味道，感受着法国人友善的眼神，手风琴的旋律在耳边回荡……这个异国圣诞雪夜，终生难忘！

那些铭刻在心里的雪夜记忆，是生命里蕴藏的老酒，时间越久越感到醇香。我相信，一个人生命里蕴藏的宝贵记忆瞬间越多，他的人生就越发充实。内心的丰富世界让他一辈子都不会感到孤独。

冬天萧瑟的日子，那些和雪花飞扬融为一体的故事，总是和心里的暖意交织缠绕在一起，让心中升腾起无与伦比的幸福味道。

最美的雪夜包含着情和爱。在许久以前那个安静的有雪的夜晚，在那首歌里等待那个人。风雪中推门而入的那个温暖身影，以及那份灿烂得像雪一样洁白的笑容，永久地珍藏定格在我生命的时空里。

无处安放的眼睛

突然有一天，发现眼睛是个麻烦的东西，因为经常感到眼睛无处安放。

我不想看不喜欢的东西，我又不想让人觉得我不喜欢他，避免尴尬的唯一办法，就是避免面对面直视，或者尽量让他们远离我的视线。

有些视线是避不开的。内心深处发出阵阵厌恶，通过眼睛放射出来。我感到了眼睛里那股忽明忽暗的闪光，仿佛是那川剧变脸一样快速，明的是虚伪，暗的是真实。

可是，当虚伪都懒得掩饰的时候，就只剩下赤裸裸喜爱或厌恶的真实了。眼睛变成了一颗剥了皮的橘子，里面的内容一览无遗。

厌恶其实没什么，对我来说，一个理想主义者，企图做到万事不求人。我又不求你给我发工资，我不喜欢你干嘛要装出一副虚伪的样子？爱咋咋滴，不喜欢，态度全在脸上。

可有时候，这种直接也会带来麻烦，比如要和厌恶相处比较长的时间。一开始就带着杀气，常常这股子劲儿就如化学排斥反应，难免吱吱冒烟。

昨晚坐卧铺软席回家，一进那个密闭四人间，心里立刻担心千万别碰到喧闹。怕什么来什么。我刚坐下，门被推开，随着一声尖利的叫声，扑进来一个皮孩子。紧随其后跟进一个精瘦的戴眼镜女人。我感到了女人一双犀利的眼睛，我和她快速对视，我立刻判断我遇到了麻烦。

不喜欢的人不需要了解，经历让我能快速分辨类型，就如进了水果店看见五花八门的水果就知道什么味儿一样精准。

我努力保持风度，极力想改变那糟糕的气场。我不反对男孩子皮一点，这是天性，可是当孩子皮过头了，特别在公众场合，影响到别人的时候，家长有责任制止。孩子出奇的吵闹，好几次歇斯底里喊叫"混蛋"，也不知道他叫谁混蛋，还哭闹着要把被子扔地上。瘦女人出奇的话多。瘦女人的声音，像极了涵洞里发出的特有嗡嗡声响。电话粥教训人没完没了，就是不教训吵闹的孩子。

我完全崩溃了，眼神完全掩饰不了我的厌恶。在她把零食塑料包装随意扔地上的时候，我终于忍无可忍，嘴里蹦出了几个字。尽管这几个字还算隐忍，从此包厢里化学成分彻底排斥，我的眼睛彻底无处安放。

有种绝望的眼睛无处安放，看不到头。同学、战友、同事、领导，天天要见面，也许在一起一辈子，那种绝望就如受刑。一个厌恶的人和你共事，不被逼疯才怪呢。

我就见过真被逼疯的。两个互相仇视的女人在一个办公室办公，每天都要接受内心的煎熬，眼睛里都是仇恨的光。两道冒着火光的眼神如何安放？最后，其中一人真疯了。

青春的眼神，可以肆无忌惮，没人责怪你的纯真。可是，到了中年大叔了，眼神成了巨大的包袱。眼睛里复杂不可避免，看也不是，不看也不是。

到了一定年龄，长久看什么都容易让人误会，旁人会觉得你有什么企图，或者有什么含义。甚至连美女都不敢看了，盯着美女看超过两秒，必定会让人觉得这大叔真渣。

掩饰眼神成了必不可少的功课。高手一般让别人看不出眼睛里的情绪和好恶。我承认我是初级选手，最简便的办法就是戴一副墨镜吧。也许暂时能把"老奸巨猾"的眼睛藏起来。

年龄越大，做人越麻烦，掩饰喜恶是第一大麻烦。难怪许多中老年人要修行，修炼的过程就是去除内心的好恶，不被那些情绪左右自己，平常心面对一切，去除生活磨砺带来的那股浊气，让眼神变得清澈而淡定。

黑狗的故事

一条黑狗在海边狂吠不止，见到岸边有行人路过，它投来哀求的眼神，发出哀怨的哼哼声。

行人纷纷驻足，眼睛里充满怜爱，盯着黑狗看。"哎哟喂！好漂亮好健壮的黑狗。"有两位美女试探着靠近大狗。"对啊，毛色黑亮黑亮的，好可爱啊！"

黑狗摇着尾巴在美女身边转了一圈，嘴里依然发出哼哼声。看到行人一个个站着看它，没有其他任何行动，黑狗掉头走向海边，颤颤巍巍试探着往海里走去。

海水正涨潮，一波接着一波海浪朝岸边涌来。几次海浪拍打，黑狗差点摔倒。黑狗体型很胖，当它走进深水区，口里被海水呛得噗嗤噗嗤响。黑狗伸出前爪试探着游泳，但因为身体太重，好几次几乎沉入海水。当一个巨浪扑来，黑狗瞬间被推向浪尖，随后很快淹没在海水里不见踪迹，岸上的行人纷纷发出惊叫："完了完了，要淹死了，谁下去救救它啊。"就当两位中年男子脱掉鞋子准备下海时，黑狗挣扎着使劲划出了水面，两只眼睛露出绝望的神情。

大家都朝黑狗呼喊："狗狗，狗狗，快上来，快上来吧。"黑狗似乎听不见大家的喊叫，木讷地浮在水面上，张着嘴巴呼气。

岸边的行人越来越多，大家议论纷纷，不知道这条大狗在海里折腾想干啥。"它主人呢？这是谁的狗狗啊？"有人在问。大家都摇头表示不认识这条狗。

黑狗依然没有上岸。在经过多次扑腾沉浮后，黑狗似乎渐渐适应了奔涌的潮水，在岸上人们的惊呼声中，它奋不顾身地朝远处游去。

原来，大海远处那个游泳的黑点是黑狗的主人，黑狗以为主人在海里遭遇了不测，才不惧自身安危去寻找主人。当黑狗奋力游到主人身边的一刻，它扑到了主人的怀里……相偎相依，让他们彼此难以割舍。

千年不逝的暗香

看了昆曲《牡丹亭》，甚是感动。感动于那千年不逝的真情弥香。今日，宋慧乔宋仲基离婚，范冰冰李晨分手。看多了现代人的爱情，想更多知道古代人怎么表达和坚守那份真情的。翻开古人的爱情典籍，千百年来留存至今的那些爱情故事和爱情绝句，一扫现代高楼林立荆棘丛生下情感的无趣和苍白，依然可嗅到悠悠岁月残风晓月留存下的一丝暗香浮动。

是的，那暗香仍然在的，我嗅到了，愈发浓烈，不会被时时泛起的铜臭所掩盖。

"柔情似水，佳期如梦。两情若是久长时，又岂在朝朝暮暮"都说陪伴是最长情的告白，古人车马路漫漫，归来总在风雨后，离别在不经意间考验着有情人对爱的坚贞。两情相悦，心灵相通，哪怕天各一方，自是月照心明，等一等又何妨？所谓的距离伤害感情，那只是个借口，诱惑太多朝三暮四，只能说明你们爱得不够彻底。

"问世间，情为何物，直教人生死相许"什么是真爱？那就是古人眼里的生死相许，这是人间最至高无上的感情，没有私心，全心付出，不惜生命。可是，现代多数人会信奉"夫妻本为同林鸟，树倒鸟飞"，同甘可以，共苦免谈，达不到我的物质要求，给我添了麻烦的，对不起，拜拜了您呢。

"众里寻他千百度，蓦然回首，那人却在，灯火阑珊处"古人对待爱情除了坚贞无私，还很执着孤傲，怎么能随便找个人结婚呢？怎么能为了结婚而结婚呢？爱情怎么能设定硬件条件呢？两情相依，绝对是蓦然回首看见的那个怦然心动的人。

"在天愿作比翼鸟，在地愿为连理枝。天长地久有时尽，此恨绵绵无绝期"唐明皇爱杨贵妃爱得死去活来，江山都快丢了，所有人都反对他，他还在那里坚贞不渝儿女情长。此君虽然不适合做皇帝，但真是个有情有义的好老公，他是古人"生死相许"真爱的典范。相比那些朝三暮四，利益联姻，越过山丘无人等候，直至爱无能的人，有过真爱，哪怕粉身碎骨，也是顶顶幸福的。

"情不知所起，一往情深"，可能有时男女之间感情的产生，简单到只需一个表情，一个动作，一句言语，只要感觉对了，一见钟情也就自然而然发生了。《牡丹亭》里的杜丽娘和柳梦梅在梦中相见，便私订终身。汤显祖这样写男女主人公之间的感情打破常规，我们凡夫俗子常常认为梦中的所见所闻是不可靠的，但杜丽娘偏偏就坚信梦中的男子便是他的如意郎君。杜丽娘柳梦梅为感情能够生、能够死，生生死死都要和所爱的人在一起，这表现了古人对待爱情是一种何等境界啊！

无论是《牡丹亭》《梁祝》《白蛇传》……中国古典戏曲都在表现一种爱情的至高无上，都在官宣真爱的"生死相许"，让后人们观后唏嘘感动不已。

时代演变更替，抹不去忘不了那醉人的暗香。坚信古人亘古留存的这些爱情诗句，仿佛一双神奇的手在善男信女心头种下的花。"落红不是无情物，化作春泥更护花。"属于有情人的那朵花，终有一天会馨香满西楼。

绿皮书

　　人性深处有洪水猛兽，也有至纯至真。人间就是居住着魔鬼、妖精、天使的混居地带。大家因为犯了不同地域的规则而被流放于混沌之地，受制于皮囊之中的各种灵魂表演着不同的角色。

　　好电影好文学作品都有一个共性：深入浅出地刻画着灵魂。看完《绿皮书》两天了，心情还被揪在剧情里，好像自己是亲历者一样，分担着故事里的喜乐哀愁。

　　这部获得今年奥斯卡最佳影片的电影是根据一个真实故事改编的。再完美的国家也是从黑暗中走来的，19世纪初的美国经历了人性无耻的时代，人类历史上最无情的种族歧视，黑人被暴虐无道隔离残害。《绿皮书》诞生于那个年代，一位纽约的邮递员创作了这部引导黑人旅行的指南，告诉黑色皮肤的人哪里会接待他们住宿、用餐、禁忌和防范。

细节描写刻画是艺术作品最动人的部分。《绿皮书》把细节的处理发挥得淋漓尽致。维果·莫滕森扮演了白人司机托尼，莫滕森是谁？他就是曾演过《指环王》里人类之王阿拉贡的演员。他的表演绝妙无比，一个动作一个眼神，传递出无限的深意。我印象最深的两处细节处理，隐喻着故事情节的深刻内涵：白人司机托尼下车撒尿，回身取走钱包；两个黑人维修工喝过的杯子，托尼直接扔进垃圾桶。类似的细节处理还有很多，一个动作，不需要台词，所传达出的信息量足够了。

我惊讶于男主角马赫沙拉·阿里扮演的钢琴家唐纳德·谢尔利，影片中所有的钢琴演奏竟然都是演员阿里亲自上阵的，那指法和音乐感觉，绝对称得上是大师级。一个演员能有出色表演已属不易，没想到他还有其他的精湛技艺，应了那句话：一个人的成功绝非偶然，他必有过人之处。我喜欢的黑人演员有很多，如今又增加了一位，他叫马赫沙拉·阿里。

影片中有许多寓意深刻的对话。有关唱片封面的对话，幽默诙谐中带着背后的血和泪。有关婚姻的对话，传递出人性的复杂。有关许多生活习惯的对话，表现出个体的多面性和相互尊重理解的含义。

全片另一大亮点在沁人心脾的音乐，常常会被旋律搞得欲罢不能。结尾非常绝妙，司机莫滕森的夫人拥抱谢尔利"谢谢你帮托尼写信"，俺瞬间泪眼婆娑。

看电影的时候，各种心情都有，悲剧色彩中，又掩盖不了影片营造的温情脉脉。好电影会点亮你心中的光明。回到家赶紧打开那盏许久不亮的台灯，让影片里的温馨萦绕身边。

"一千个观众心里，有一千个哈姆雷特"，我的角度不代表你的眼睛。去看看就知道了，期待你有更精彩的点评。

《海上钢琴师》

一出生就被遗弃，他是一个伟大的天才。天才其实是世界上最不幸的人。所有的天才都是异类。而再体面的异类都不会被人真正地爱。

梵高、莫奈、高更、特斯拉、维米尔、伽利略、哥白尼、布鲁诺……哪一个伟大的天才被当时的人们理解尊重过？一个都没有。他们历经磨难，被人视为异类，却带给世界无与伦比的美丽。

《海上钢琴师》故事主人公1900，是一个给世界带来无限美好的异类。他看似得到了无数人的掌声，可是他和船上的众生有着一道不可逾越的心理鸿沟。

看完《海上钢琴师》，我脑中立刻浮现《月亮和六便士》描写的那个画家，那个传说的以高更为原型的故事。这两个故事有太多的契合点。

同为一个伟大的艺术天才，面对月亮和六便士的选择，他放弃一切，地位、名利、金钱……放弃了平稳良好的生活环境，甚至放弃自己的亲生儿女还有妻子，他抛弃一切就为了实现画家的梦想。

在社会上立足，很多人都会给自己树立广大的人脉、良好的形象，功成名就，富贵荣华、乐善好施、左右逢源……

钢琴天才 1900 完全可以下船，过上一种光耀灿烂的生活，就如他唯一的朋友小号手麦克斯说的：你将受到人们的欢呼，将很快进入富裕阶层。

但是天才们特立独行我行我素。他们通通都不要，他冷酷淡漠、难以近人、丧心病狂、像一个没有感情的机器，不懂维持也不屑维持爱情友情亲情，他不在意是否被众人唾弃，不在意在别人那里自己得到什么样的评价。

他只想画画，他只想弹琴，他只想探索，做的一切只为了内心最原始的天才冲动，所有的所有，都可以是那股元气的牺牲品。

《海上钢琴师》最可贵之处，我们并不只是惊叹天才，每一个观众都能从影片中找到那个自己。曾经不妥协的自己，或者完全妥协于世俗的自己。

这是一部你在不同时期不同年纪，会看出不同感觉不同感悟的电影。年轻时候也许看不懂，只单纯知道 1900 是个天才，不懂他的执拗，不懂他为何不与陆地为伍。麦克斯说我们一起下去能赚大钱，1900 不为所动，他看着偌大的城市，一眼看不到尽头，心生倦意，顿感无趣。

把帽子果断丢进大海，1900 重新回到属于自己的船上。世上就是有这样的人，不需要那么多的选择，不需要那么多女人那么多房子那么多风景。心里只装得下那个唯一，一艘船、一件事、一个人，一个信念与理想。

"城市看不到尽头"我们人类的生活看得到尽头么？尽头和未来常常让人感到彷徨。

生而孤独，孤独的凄美。1900 眼里，船头船尾、船上船下、键起键落中阅尽了人生。这是一种凡人无法超越的极致浪漫，也是一出绝美悲剧。

真希望更多的经典电影修复重映。以前会惋惜1900很自私，为什么不走下船好好活下去，去追求幸福，前途一定不可估量。

这次再看甚至有些羡慕他的坚定，理解他的一尘不染甚至是他的偏执。对于生在长在邮轮上的他来说，或许幸福根本不是嘈杂城市里的烟火气息，也不是动动手指就可以金钵满罐的俗世和体面。

看尽了那艘邮轮承载着的来来往往的故事和梦，他是真的怕了深不见底的城市吗？可到现在我们又有谁不怕呢？我们细想我们不也是留在这里没有下船么？

再看斗琴这场戏，已经不像第一次看时热血澎湃，而是心里的复杂，这里已经奠定了结局走向。"斗"是俗世里的事，是观众和朋友强加在他身上的重量，那一夜也许是他这一生最耀眼的时刻，但他心里或许已经厌恶透了这场恶心的较量。

我们只学会了这样生活，这让我们感到自在。但有时我们又清醒过来，坚定走向那份信念。其实我们真的也没有下船。

1900 是天才甚至是疯子，他不下船是守护内心的秩序，是用有限对抗无尽，用永恒对抗虚无，用理想对抗枷锁，用一生挚爱对抗盲目追求。

我们身边也有这样的疯子。我自横刀向天笑，去留肝胆两昆仑。谭嗣同能走而坚决不走，最终为革命血洒刑场，不就是那个为理想不下船的人么？

我就是不愿意下船的人，愿你也是那个不愿下船的人。

如果有人问你，你为什么选择这样的生活方式，你就告诉 ta，因为热爱。

如果认为《海上钢琴师》仅仅刻画个体有显单薄和片面。影片也隐喻了大时代大群体的故事背景：19 世纪末 20 世纪初，欧洲往美国的大量移民。早期移民的关键词是漂泊，一群人远渡重洋，当第一个人看见自由女神，竭力大喊一声"美国"！此时他们的人生才刚刚开始。

回不去的欧洲，到不了的美国；回不去的乡愁，到不了的心满意足。所有的移民包括华裔在内，成年后移民，其实就是一种瞎折腾导致的迷茫纠结自作自受。坐在窗前，一天也看不见几个人，喜欢热闹的心和喜欢家乡菜的胃最不会骗你。

20 世纪上半叶，背井离乡成了欧洲人的主题。《泰坦尼克号》《布鲁克林》，乃至后来的《布达佩斯大饭店》，都萦绕着 20 世纪上半叶的一首安魂曲——欧洲正在死亡，美国也不一定是安详应许之地。

历史总是惊人的相似！历史永远在重蹈覆辙！颠沛流离真的是最好的选择么？哀叹宿命为什么不首先改变自己？为什么不守住改造我们理想的大船呢？

感谢经典！让我安心待在自己的"船里"不再摇摆不定、不再随波逐流。

汇蓝巧筑

陈长明 主编

吴建堂 著

金色岁月

团结出版社

UNITY PRESS

图书在版编目(CIP)数据

金色岁月 / 吴建堂著. -- 北京：团结出版社，
2022.6
（汇蓝巧筑 / 陈长明主编）
ISBN 978-7-5126-9370-8

Ⅰ.①金… Ⅱ.①吴… Ⅲ.①散文集–中国–当代
Ⅳ.①I267

中国版本图书馆 CIP 数据核字（2022）第 056996 号

出　　版：团结出版社
　　　　　（北京市东城区东皇城根南街 84 号　邮编：100006）
电　　话：(010)65228880　65244790
网　　址：http://www.tjpress.com
E－m a i l：65244790@163.com
经　　销：全国新华书店
印　　刷：长沙印通印刷有限公司
装　　订：长沙印通印刷有限公司

开　　本：142 毫米×210 毫米　　　　1/32
印　　张：40.5
字　　数：476 千
版　　次：2022 年 6 月第 1 版
印　　次：2022 年 6 月第 1 次印刷

I S B N：978-7-5126-9370-8
定　　价：398.00元(共九册)

目录

第三辑　多彩故乡

第四辑　浪漫故乡

第八辑 童年故事

第九辑 乡情乡愁

后记 /182

第一辑　速写故乡

故乡的小河

　　故乡的每座山下都流出一条河，每个村庄都有小河穿过。

　　小河编织着村庄，编织着村庄的故事，编织着童年的故事。

　　故乡的小河是从大山里孕育出的，到丰腴的不再叫小河，只流出十几里。

　　河水浅浅的，清清的，鱼儿在水中不怕孩子们看见脊梁，来来回回地畅游。岸上长着很密很密的草，那草就搭在岸边，垂到水里，撩动一圈一圈的涟漪。

　　在绵绵不断的雨丝里，山，明明的，田野，明明的，像晶莹剔透的明珠。那支平时水线冲着水底石头哗哗响的河水就无声地淌着。水流深了，淹没了原来水撞石的声响，就连那山洪也接受了小河的性格，也是无声地流淌，虽然是丰盈的，不会溢出河床。孩提的我们总盼着那水漫过河岸，横冲直撞的景象，却没有，偶而有漫出的水，也在草滩上无声地流，慢慢地淌，我们便挽起裤腿儿，提着鞋子，踩着水、草。那草浸在浅水里格外得柔，脚心下能感到绵软的惬意。

　　小河也有顽皮的时候，它就推着水磨转，哗哗地唱着童话中的歌谣，戏剧性地让大磨盘吐出白白的、柔柔的面粉。面粉出磨口时扯着绵绵不断的银线，像瀑布垂落，落地后成一圈小山丘。那是令大人、小孩、小河欢乐的时刻，那意为着丰收、饱食、满足。

小河遇草滩时弯弯曲曲地流，像上下舞动的白练，若直流就跨一步的距离，竟绕出十几步好大一个弯，月弯弯，河弯弯，月圆圆，河圆圆。令人不解的是小河就这般不愿流去，而留恋草滩？于是有男孩子在小弯里戏水，小河水淹不过孩子的身子。大弯里姑娘们洗澡，一件红衣挂上小树，还人呼小叫，为了吓走那些偷看的。于是满河湾一片欢腾，小河就更不愿流走。

一场雷雨之后，小河上游处一股旋转的水气腾腾地上升，似龙摇头摆尾地上天，小河人就怕，癞蛤蟆修炼成龙了，一旦上天要降灾的，于是大人小孩惊惧地呐喊："掉下来了，掉下来了！"终于喊散了那股妖气的水气，小河人就敲盆打门板的庆祝。

小河的水绵绵的、甜甜的，小河人的话语也绵绵的。盅盅儿，碟碟儿，所有的家什名词儿都是儿化音。叫太阳为阳婆。就这般乡音软绵而有着独特的词汇。小河人出门不锁门，小河人乡风正，让小河风吹进每户敞开的大门。小河人十天半月不理羊群是否早晨出门，晚上进圈门，那只是羊儿自个儿的事儿，哪羊也不会丢一只，倒能领来刚出生的小羔子来。

冬天小河就结坚固的冰，冰面光滑而晶莹，是孩子们打地溜、赛溜冰的好去处。河水嫌冰下憋闷，就溢出冰面，掩了落雪、灰尘，又给孩子们一个光洁的冰面。河身就这么几日一长，河面宽了几十倍，大人们高兴，冰面长得宽，河身一丰腴，来年就一个大丰收，因为那是开春后雨水丰沛的象征。

一场扑天盖地的冰雹之后，在阳婆的毒晒下，草枯了，山黄了，一年一季收获的机会没有了，大人呼天抢地，叹青黄不接时吃什么。这时是小河滋润了土地，救命草苦苦菜齐唰唰地长出来，胖而嫩，食来格外的营养，荒年拯救了小河人。

小河没有淌远，流到北面的峡谷时就进山了。那山叫油篓山，小河流进"油篓"不见了。大人说，小河舍不得离开家乡。

小河流不出那山，那地儿，那块地儿是封闭的。于是姑娘赶着牛车去几十里外看火车，小伙背着炒得油黄油黄的炒面去山外。看了山外景致回来讲古今，说还是小河水甜，还是故乡人亲，还是家乡好。

故乡的山

闾井镇，县城里人说是东山区。东，方位。山区，山多。

故乡的山小，一个个一堆堆不陡峭，平缓着，浑圆着，就像是一个个佝偻的老人，他浑圆的脊背上驮着五谷食粮，他的脊梁上承载着生活的苦难。

沉稳，是山的本性，是乡亲的天性。毕竟走出大山的人寥寥无几，他们总缺少走出去的勇气。走出大山是一代又一代人的梦想，尽管山外的世界是一个未知数，然而淳朴善良的乡亲宁愿相信山外是另外一个桃源，他们却不知道山外的人也在寻找他们的桃源。

神秘，是大山的特性，那一座座山总是云深雾绕的，没有人能真正明白那层雾纱下所掩饰的是真实的大山，还是远古神灵，但他们却早已经习惯了膜拜、虔诚，不带一丝不敬与私心，这大概便是大山赋予的灵性吧！

小时候，在我固有的概念里，只有两个字：大山。乡亲们在田间小路上相遇，问一声："阿里去呢？"回答："山里去呢。"山里去干什么没说，没说对方也知道，寻光阴去了。

山，是我无法漠视的亲人，即便我离它千里万里，呼吸中总会有它存在的气息。它就像我的空气一样，似乎不存在，却又无时无刻不与我在一起。在我们的意识中，种地的山梯田一层层的，我们把它叫地，那些不做耕地，自由地生长着草和树的，才叫山。

你看见的这座小山叫卒山，这座山何以叫卒山呢？卒，字典解释为小兵、到底、完毕。这三种都可以解释这座山。它是小山，形体不大，山中的小兵。又不与其他山峰相连，孤溜溜的。谁给它起了个这么有文化的名字呢？真佩服先人们。

卒山的这一面是阴面。三十年前，山上面是没有梯田的，是原生态的植被，厚厚的，绒绒的。卒山和我们一样简单，就三个山弯，又比较平缓，我们可以从那个山脊跑到这个山脊，卒山和我们一样畅快。

山，给我们生活带来了我们欢乐。春天，我们在这里折蕨菜；夏天在这里捉蝈蝈；秋天在这里挖黄芪；冬天在这里逗野獾笑。

我们也曾点燃山草，看一道火浪过去十分开心地笑。

从村里向南，更远的地方就是真正的大山，山峰峻峭，山上灌木林丛生，箭竹摇曳。一到秋天，箭竹的淡黄色，将山林装扮的十分淡雅。那里才是村人寻光阴的地方。砍来丛生的树条烧火，砍来手腕粗的松树做椽，可知这是乱砍乱伐，于是丛林后退了，离我们越来越远了。

也许是生于斯，长于斯的缘故，不论我身处何地，身居何处，心中总会涌起一股暖暖的大山情怀。

闾井人，是山里人。世世代代生活在大山里的闾井人，没有山一般的结实，他们经历着寒冷、贫穷和病痛的折磨，除了忍受大自然的灾难外，还要承受着来自社会、政治给予的压力。大山里的闾井人，有着大山般的坚强。当你看到这些面孔黝黑、嘴唇干裂，衣服粗糙的人们时，你一定以为他们很痛苦，其实不然，你想从他们中找出一个厌倦生活的人，难呦。他们有欢乐的聚会，有永无休止的聊天、争论，如果能喝上二两白酒，那更是狂欢了。一首酒歌，一首小曲让欢乐升上高峰。他们有时大手大脚，而平时异常节俭，人生嘛，五谷杂粮，百草百虫，酸甜苦辣，五味俱全。

闾井人的衣食住行离不开大山，紧紧围绕大山。过去人们穿牲鞋，是把一块长方形或者正方形的猪皮或牛皮对折，两头用粗线缝合，然后开口处打上孔，系上鞋带，就是一双牲鞋。现在穿军鞋，就是那种草绿色的军鞋。这两种鞋都是为了方便进山，过泥沼地。

闾井人为自己的故乡而自豪。"远有北京，近有闾井"，是说闾井好。于是把自己的生命、追求种在了闾井的土地。

走出大山。闾井好"闾井人出不了远门，出门得带着三天的干粮"。这句话是出不去的借口，更是爱自己的家乡的托词。不走出去是种封闭，当意识到这种观念的时候也想走出大山。随着时代的进步，想走出大山的人们逐渐多起来。走出大山的路子很多，但唯独读书才是捷径，人们开始让自己的孩子走进学堂，希望考取一个可以端饭碗的学校。应该说封闭不再是乡亲的代称，因为他们已经懂得了走出去的理念，又用一种方法来促使有用之人走出去。这大概是大山的局限，他们只想到走出去。如果有一天我们大家都走出去了，大山还在吗？一座没有人的山还是山吗？

故乡雪

故乡多雪，因为一年只有五个月不见雪。再别的季节里，雪总是缠着故乡，让故乡的山水草木饱尝它的严酷；总是缠着乡亲，让乡亲的生活更加清贫。

故乡的雪，有时候热热闹闹地下。下雪时无风，天暖。我抬起头，任那雪花落在睫毛上，嘴唇上，看着编织图画的雪花，想起儿时的我们总喜欢在下雪时嬉闹，追逐。

故乡的雪，有时候静悄悄地下。冬天的夜，是寂静的，听见猪的哼哼，牛的反刍声，间或狗的汪汪声，这些家禽的声音让夜晚更加寂静和神秘。窗户纸映照着银光，我在梦中叽咕："天亮了。"妈妈说："不是，是雪光，是雪在人们毫无觉察时，迅速布满了山川。"听见妈妈扫雪的哗哗声，打开窗户一看，好一片洁白，这时我童年的心就激荡不已，想在雪里玩个够，滚个够。

故乡的雪，有时候残酷地下。国庆前，大雪一夜间扑来，立即将未收的庄稼重重地埋在雪里，于是乡亲们在雪地里抢收洋芋。挖出的洋芋粘着泥土，也裹着冰雪，干得时间长了，乡亲们一个个手上裂着口子。那些个夜晚我都会看见母亲在灯下用布条包裹裂开的口子，那些口子泛着血丝。

故乡的雪，有时候轰轰烈烈地下。那便是乡亲围猎的好时候。青年男子拿根棍棒，在山坳上呼唤着。围猎的办法就是人们站在山头上，吆喝声惊起兔子、野鸡之类的，它们跑到哪里，那里又把它们吓跑，直到野兔、野鸡筋疲力尽，一头摔下来，就成了人们的战利品。那时我瞪红着眼睛，盼着野兔、野鸡掉在我的眼前，但很失望，连一根毛都没看见。野鸡、野兔更熟识山的环境，早就藏身匿迹了，那天十几个人只围到一只野鸡，我也参与其中，原来围猎就是一场游戏啊。

故乡的早晨

先是我家的公鸡引领全村的公鸡打鸣，然后全村的麻雀叽叽喳喳地叫个不停，接着黄牛哞哞地加入，小羊羔也咩咩地叫。

当公鸡打鸣声唤起清晨的一抹白，炊烟开始在村庄上空编织，家畜的合唱声穿透炊烟在山间缭绕。这时候就听到马勺舀水声和木桶的磕碰声。

村头老杨树知道村庄的故事，几片叶子顶着昨夜的露珠，睁大眼睛似的审视着村庄。

各家大门总是虚掩着，虚掩着门后面的故事。门框上的对联记录着主人的心境，说明主人对生活的积极态度。

当男孩子推门而出去上学时，辍学的小姑娘已经在地埂上打好一背篓猪草，头发上顶着野花瓣笑盈盈地走进大门。

老汉走出大门，问候见到的每一个人，这是老人家一天当中说话说的最多的时候。接下来就是一天的沉默，一天干不完的杂活儿。

青稞享受着炊烟。青稞是抢季节最快的庄稼。在麦子拔节时它已经探出穗子，开始向耕作者奉献食物。

小路从村头顶着清晨的湿润向山里延伸，村头的小路是生活的延伸，它把黑夜和白天连接起来，它把村庄与天地、山野连接起来。它把人的生死连接起来。

故乡的早晨是动态的，演绎着永久的农家欢乐。故乡的早晨是动听的，演奏着悠扬的田园牧歌。

故乡的油菜花

故乡是个小盆地，在春夏交季之时，金黄的油菜田使盆地变成一个大金盆。

油菜花先从山根的梯田变黄，然后慢慢地往山上爬，最后山尖变黄时，故乡一片金黄。

田埂像绿色的线条，勾勒着油菜花地，让田野更加充满诗意。

油菜花开时，蝴蝶翅膀一扇一扇的，扇出花的苦味来；蜜蜂嗡嗡嘤嘤地，忙遍整个花海，忙出花的甜蜜来。

阳光让油菜花更耀眼，一株株，一片片，把山川勾勒描画，像印象派画家那么大胆地用色，那大片的黄，黄得让人目眩，黄得令人联想，黄得令人梦幻。

油菜花染小河一个欢腾，染村庄一个宁静。

记得故乡的油菜花有两种，一种是一年生的，春种秋收，它的茎秆不高，花期也短；另一种是两年生的，秋种次年夏季收。每年两种油菜花交接着开花，于是故乡的油菜花在绿色的季节里总是在开放。

两年生的油菜花我们叫"蔓菁"，它耐贫瘠的土壤。于是乡亲们把荒山开垦出来撒上种籽，不再管理，任其在杂草中自由生长，只在成熟后收取，那时赶牛车进山，搭起帐篷住宿，在几天的时间里，在地上铺上麻毯，收取油菜籽，然后赶牛车归来。

今年春季多雨，油菜花长势格外茂盛，蔓菁的茎秆节节高，那花蕊，那花托，那花瓣无比健硕。那籽荚显现出它们的丰盈。

故乡的油菜花地是个金盆，金盆酿制甜蜜，金盆酿制丰收。

故乡的夕阳

故乡把傍晚叫晚夕里，我总觉得这个叫法准确，而且突出了夕阳，可见故乡人对夕阳更为看好。故乡的晚夕里总是有云，有云的天空就润朗些，有云的夕阳就热闹了许多。

这些云像有召唤似的，都聚集在西边的太阳周围，争相放出红光。在洁净润朗的蓝天里，那些聚散，就是一场轰轰烈烈的演出，演出故乡精彩的傍晚。晚霞为太阳一天最后的演出作画，乌鸦就在画里盘旋，让画布充满流动感。

吃过晚饭，夕阳里，彩霞里，村里的娃们就把自家的牛赶到小河旁的草滩上。娃们闲着，追赶着，踩着小河水里泛着娇艳的光，双手拍打着夕阳中显得分明的、聚飞的蚊虫。

我用脚轻轻地踩在草地上，可听见吱吱的声音，有水从草地里挤出来。别的娃们嬉戏的时候，我的手里捧着课本。有大人路过，就夸我说，这娃学习好，将来肯定有出息哩。大人们随便的搭讪，我却觉得中听，我便朝着好学生的目标，在美丽的晚夕里奋进。

夕阳把西山的影子拉长，直到覆盖住了整个村子，在黑色村子的映衬下，晚霞显得更光亮，灿烂。被晚霞镶了金边轮廓的羊群，静静地在草滩吃草，它们并不急于回家，因为草滩边就是村庄，就是它们的家。

夕阳恋恋不舍地下山了，之后的黄昏升起一层薄雾。牛不再吃草，站在原地反刍，大大的牛眼，追随着西边的亮光，总结着一天的劳动成果。

娃们不进家门，就有大人唤孩子，大人粗重的嗓音，混着娃们的尖厉的童音，在草滩上回荡，在夕阳余晖里回荡，在薄雾中回荡。

夕阳、云朵，就这样陪伴着故乡，直到把最后的光芒洒向大地，恋恋不舍地在山后隐去，第二天又从东边归来，给故乡一个热闹辉煌。

故乡的向日葵

故乡由于天冷的缘故，是不种向日葵的。我第一次见到向日葵的种子时感觉很神奇。而且在几十年后我还是这样的感觉。

从我们村庄到街道里有两条路，一条是人行道，从庄稼地里穿过，比较直，比较近，我们经常走这条路；另一条就是车道，傍着小河走，步行的人是不走这条道的。那天十岁左右的我们，不记得是为什么，我们从学校里出来沿着河道走。这时我们发现了落在路上的一粒粒小小的种子：一头尖，一头秃，身上有几道好看的黑白条纹。间隔几米就有一两粒种子，一路不断，从街道一直延伸到堡子里生产大队部。我猜想一定是那装种子的袋子有破洞便会掉出来，我们才有机会看到它们。

后来我们问有见识的大人，说这是向日葵籽，可以吃，还可以榨油，这么小小的种子可以吃我们相信，但能榨油还是很怀疑的。

这年我们堡子里就长出来一大片向日葵，向日葵一出土就一副不俗的样子。顶出土的幼芽生长得很快，一天一个样子。后来一个劲儿地往上蹿，长得跟大人一般高。它的叶子肥大，成了我在故乡见过的最大的叶子。它一根孱弱的脖颈，托着一张重重的脸。大人说它是向阳开的，但我总看不到那脸盘向着太阳转，向日葵秆子只是勉强支撑着自己的大脸，不被压垮的样子。那时候我在夜里总是惦记着它，那种不堪负重的样子。

到了秋天，那脸盘才开出一圈一圈细密的黄花，大盘大盘的黄花。后来没等它成熟就被霜打的无精打采。不过在它的花盘中心还是有几圈成熟了，就是这成熟的几圈的向日葵种子，适应了故乡的寒冷，大片大片的向日葵长成了气候。

向日葵来到我的故乡，巧合的是，那天我们就走了那条路，第一个见到了向日葵种子。又神奇的是那傍水道成了向日葵的生命之道。我们从向日葵的繁衍工程里，找到了向日葵力量的可塑性，向日葵生命的倔强和心胸的宽广。

故乡的天籁之音

夏天，天气热起来，自然界的一切就活跃起来了。故乡每当到了三伏天，空中和地上总是发出各种让人无法解释的美妙声音，这声音常常在我的耳边缭绕。我在这里述说几种，共享。

一种是天蜂音。

在三伏天，烈日当头照的时候，如果你身处山野，你会听到来自天空的嘤嘤声。那声音巨大、空灵，像是有成千上万的蜜蜂在你头顶嚷，有这么多蜜蜂吗？抬头看，只见天空不见蜜蜂，大人们说，那是天蜂。天蜂，就是天上的蜂？不是人间的蜂？大人们好像没说清楚，如果真有什么天蜂的话，天神们就有蜜蜂吃了，可又没有什么天神，而这种蜂音我们是的的确确听见的。那只有一种解释，野蜂、家蜂太多了，整个地统治了天空，给世界一个蜂音的交响乐。难怪只见音，不见形。

一种是克勒虫。

正当酷暑的时候，我家炕边的土墙里，就发出一种"克勒儿克勒儿"的声音，就像时钟的秒针走快了四倍后发出的声音，比钟表的声音更清脆，比秦腔边鼓的声音更悦耳，我爱听。这声音是从哪里发出的呢？如果是从墙里，墙是干打垒的墙，表面用黄泥抹平了，墙里有小窝吗？窝里是什么样的生物发出的？如果是小虫子，它是什么形状？是不是有坚硬的壳？当我找不到声音的来源时，又问大人，大人们说，那是克勒虫。大人们肯定又没说清楚，他们只说了发出的声音，我还是不明白，那是虫？生长在什么地方？什么样？有多大？一直没人解释清楚，这似乎永远是个谜。这克勒儿克勒儿声就像是催眠曲，伴着我们进入梦乡。

一种是地牤牛。

在我家东面的那条沟里，有一条叫出麻河根儿的小河流淌，小河时宽时窄，时弯时直，有时变成了水塘，有时变成了沼泽地。之所以叫出麻河根儿正是因为这水塘、沼泽可以沤麻而得名吧。盛夏的傍晚，在这沼泽地里，会发出一种类似牤牛发出的叹声，哞——，悠长，雄浑，粗壮，动地。问大人这是什么动物发出的声音，大人说是地牤牛。那里的地下有牤牛？真有的话那这个地牤牛该有多大？从那雄浑的声音判断，那该是有堂屋那么大，它藏在沼泽地里？假如它突然从地里窜出来，那会掀翻水塘、沼泽，那一定是很恐怖的。真有地牤牛吗？于是每逢这种声音出现时，我就被吓跑了。

这几种声音究竟是什么东西发出的？我的农民父辈们忙于农活，懒得去搞懂那是什么声音，就胡乱地搪塞孩子们，说这是天音，地音，神的声音，魔鬼的声音。可有谁见过神？魔鬼？而我们真真切切地听到这悦耳的，柔美的，雄浑的声音。我还是想用我的知识范围解释这些声音。我理解的是，天蜂音，就是所有家蜂、野蜂的声音，越是天热，花儿越是开得旺，蜜蜂们就越是兴奋、繁忙，于是在天空织出了蜜蜂的大合唱。地牤牛的呻吟，应该是沼泽地形成的沼气在积聚很多力量后的爆发，类似地震，力大无比。至于克勒虫，我真不知道是什么，也许就是一种小虫子在和我做游戏，也许它就藏在炕席底下、炕柜的哪个角落，克勒儿克勒儿地逗我。

　　我的这种解释也只是想象，证据不足，要想知道这些声音的起源，要想探究这份神秘是很困难的，于是我把它们这些不知根源的声音统称天籁之音了。这些天籁之音给黄昏以美妙，给山川以神秘，给家庭以温馨。

守望故乡的堡子

故乡的历史不长，这不长的历史和兵燹匪乱密切相关，总有土匪、兵痞拿着棍棒刀枪骚扰，那些像野鹿一样无助的农民，开始时带着细软到处逃窜，叫跑土匪。后来想到不逃而采取抵御的办法，就开始修筑堡子。那些个战乱的年代，有村子的地方，就有堡子。没有堡子的村子，就像个没有妈妈保护的孩子。没有堡子的村庄，是没有靠山的村庄，总是孤单、可怜，易受欺辱的。堡子曾经是村人的脊梁骨，曾经是村人的安全符号。

站在故乡闾井镇，抬眼向四周望去，一些山尖上有黄土夯筑成的堡子屹立，虽经历多年的风雨侵蚀，依然有高大巍峨的雄风。"堡子"词典上说是有围墙的村子，其实我们那里的堡子从建成起，大多数并不住人，因为它建在山尖上或者悬崖上，日常生活起居不方便，自建成后就只是作躲避土匪的设施。堡子，它是一只静卧的兽，就常年那么静卧在山头，忠实地守护村子。这一类型的堡子有狼渡堡、后治堡、卒龙头堡、杨寨堡、林口堡、张寨堡、罗儿里堡、喇嘛堡、麻子堡、小林堡、颉代码堡、草地堡、崖底堡、东台堡等。

闾井镇的堡子另一类为军事防御型堡子，多建在沟口、峡口等地势较陡峭的山顶之上，其形不规则，随山顶地势而定，修筑时充分考虑了军事战略因素，具有守卫领地、防敌入侵之功能。布麻堡、油笼堡、七界堡、阳关堡、龙口堡即为此类型堡子。

堡子，是战乱岁月的见证，特定文化的载体。有首民谣说："蒲麻堡子一条龙，间井堡子马踏平，东台堡子盛血盆，油笼堡子血染红，古城堡子紫禁城。"故乡的堡子大多是在民国中后期筑成，残留的堡子诉说着历史。

故乡的堡子有几个很有名，分述如下：

油篓山堡子因为其山形像一只油篓儿得名，是故乡里最美的一个堡子。

东台堡地处鹁鸪湾，地势最高，最险要，在间井镇的东头，在通往邻县的要道上，就像故乡威严的大将军，它不仅是该村的守护者，也守护着整个镇子的安全。1929年，一个叫黑头勇的土匪头子率兵来犯，村人都躲在堡子里，黑头勇攻打东台堡，发生激烈的战斗。农民不是战斗员，就说拿刀吧，不是每个农民都拿刀杀猪杀牛，农民绝对不杀自己养的牛，有些见杀鸡就晕。对于那些见杀鸡就晕的乡亲来说，让他们拿刀去战斗，去杀人是多么恐怖的事儿，战斗的结果堡子失守，粮食、财物被洗劫一空。

在距镇子西北角不远处的哈古村边有一堡子，规模较大，墙体高大厚实，一座古城的样子，名也叫古城。堡子呈正方形，城墙边长约为180米，墙高约8米，顶宽约4米，墙体用黄土夯成。城壕宽约10米，深约6米，墙体保存完好。1953年西北军区在这里成立了第二军马场，军马场总部在古城里，军马场里时常放映电影，也不时举办当地人没见过的交谊舞会，这里一度是故乡的文化中心。在古城的西北角有坐庙，被军马场的人拆除，据传拆除时几根巨大的柱子里满是银元，是真是假，这个传说让人眼红。1955年改建为中国人民解放军总后勤岷县军马场，后来解放军不再用战马了，于是这里不再养马，这里成为岷县良种牛羊试验繁殖推广站，在各分场奔跑的不再是马匹而是牛羊猪。现如今堡墙保存完好，住户满档。

闾井堡子，在今闾井镇闾井村。建在镇子后面的小山上，堡城形状大体呈长方形，前堡城和后堡城有里门相通。堡城长约240米，最宽处宽约80米，最窄处宽约40米，墙高约5米，顶宽1.5米，底宽约3米。墙体土夯。堡城壕宽约4米，深约4米，墙体保存较为完好。堡子东西两面各有一个堡门，各通过一条壕沟为路的土路，就能走出堡子。在今天的生活中，无须堡墙再来保护安全，只是一种封闭，于是里面的人家陆续搬出，堡子空出土地不少，有的种些蔬菜，有些地就空着生长杂草，给人一种沧桑感。

我们村里的堡子建在村子后面的黄土崖上，在悬崖的这面就不用砌墙，只在东西北三面砌墙。于是，堡子像一面簸箕，在村子的身后。堡城长约100米，宽约60米，墙高约5米，顶宽约0.5米，底宽约1.5米。墙体土夯。这面簸箕一扬，就扬出一片土堆似的土房子，就是我们的村子。当土匪来犯时，这面簸箕一颠，就把村里的男女老少、牲畜之类的收到它的怀抱。

故乡的堡子，是凝固的历史，是记忆的音符。当我们仰望那些断壁残垣的时候，留给我们无尽的遐想……

故乡的一个个堡子没有人去拆除它、祸害它，它将继续守候在故乡的一个个山头。诉说堡子的历史，村子的历史，故乡的历史。

第二辑　秀美故乡

故乡闾井老街

地名有时候让人搞不懂，故乡的镇子叫闾井，可为什么呢？

林口河从镇子的北面流过，罗儿河从前街与河那哈儿之间穿行而下，镇子被河流环抱。

镇子街道原先叫陈家街，镇里有两条街，叫前街和背街，街的上半截叫上街，下半截叫下街。镇子的街面向北面一个方向延伸，因为南面再延伸就到山上了。

原先上街有子孙殿、三宵殿，中街有牛王殿，下街有戏楼。三宵殿内供奉着云宵、碧宵、琼宵三位娘娘。我记事的时候殿还在，里面的神像还在，缺胳膊少腿的，挺骇人。不久，也就是合作化的时期，一个个逐渐消失了。

原先，前街是正街，在我小的时候前街的商业比较繁荣。背街很少有商铺，只有一个公家的百货商店，店的后院是收购药材杂货的院子和仓库。现在镇子的前后街满是店铺，店铺平时冷清，街上的人就闲散，只有在逢集的时候格外热闹，店主们就勤快了许多，整个镇子便显得勤快，热气腾腾的。

镇上的人平日里起得很晚，因为村里的人起得很晚，农人起得晚是因为早晨露水过重，不宜下地；镇子里人起得晚是因为农人来得晚，起得早没生意做，还得吃一顿早饭，不值得的。更是那些国营的服务行业，如邮局、银行之类的十点才开门，营业后事情也不多，有时就几天不营业。

现在镇子后街的南头半条街，至今仍是老建筑，平房、木头的门面，抽去那一块块木板就是敞开的铺子。这些铺子像是留恋昔日的美好时光而不愿逝去。我少年时曾经因心仪的姑娘而憧憬过的那个窗口还是老样子，我曾经在那扇窗户下偷听我喜欢的姑娘的声音，但我听到的是童音嘟嘟。

南面老街人家有水井，那些家的人喝井水。其实小河里的水流不过十里长，没污染，水很甜，一般街人是喝河水的。我想，这水井是不是与闸井这个地名有关？我很好奇，和伙伴一起进一家后院去看。那水井井口用石条砌成，被井绳磨得光滑铮亮。往井里看，深不见底，我就心生怕意，招呼伙伴快走。

罗儿河从镇街道的前面流过，河上有座石板桥，常有街道里的妇女在桥两旁的河里洗衣服洗菜。过去的石条桥不见了，代之而起的是水泥桥，桥身高出许多，水泥桥也是一个新景。但河水浅了很多，在河边忙碌的人也少了很多。

河的西面有条巷子，说它是巷子是因为那时没有商铺，这条巷子叫河那哈儿，那哈儿，就是那边，这好像不是地名，那就是说，那是河那哈儿没正规的名字，现在叫河西街。河那哈儿在我的记忆中是回民居住的地方。

街道是夯实的黄土，平时路面坚实而又平整。现在的街面在旧有的街道上铺上了水泥面，那不知是哪届镇领导的政绩，而后来的镇长就有新的政绩方向，于是那些新延长的街道就没铺水泥，还是土路，逢雨逢集时路面泥泞，人在泥汤里跷脚走路。

镇子的后面是一个大草滩，叫背后滩。那时是一个草甸，不种庄稼也不修房舍，林口河从这里流过。林口河是一条较大的河，河水足以打转水磨。于是每隔几百米，就有一盘水磨，来磨面的人家用牛车把粮食拉到磨坊，来磨面是预约的，有时预约磨面要等上十天半个月。那时这滩是牛吃草，马饮水，羊儿撒欢的好地方。现在房屋开始修起，一些地儿也开垦成田地。

镇子背依着堡子，堡子至今依然完好，堡子里面稀稀拉拉住着几户人家，不成村庄的格局，一副沧桑的样子，从堡子外面看，一副雄伟的样子，堡子护卫着镇子也见证着小镇的历史。

镇子街道的最北端，有一大片树林，叫官树园子，顾名思义，那就是官家栽种的，树木一律是白杨树，栽种的很密，看起来是互相挤来挤去的，因此树身纤细，又高大。官树园子有四五亩地，林子里有乌鸦、喜鹊，更多的是麻雀，在林子里肆无忌惮的叽叽喳喳。林子很成气候，独成一景。为什么要种那么一片林子呢？据说是补风水。一看就明白，一条街没依靠可真是个问题。这片林子就是镇子的依靠、护卫。后来这片林子就消失了。那块地儿建起了一堆房子，不成街道，倒也有保持风水的样子。

神秘的狼渡滩

狼渡滩地处岷县闾井东部，茶马公路横穿草原。其草原风光绮丽、神秘。是镶嵌在茶马古道上的一颗璀璨明珠。

说它神秘，是因为它是悬在高山顶上的一块明镜。境内地势呈平原丘陵地貌，山体浑圆，平坦开阔，气候凉爽宜人，河流纵横，草原广阔。

说它神秘，是因为它的名字诉诸文字的时候不知该是什么，我总以为是狼肚滩，那些个沼泽地你是无法通过的，如果你想走过去，它就像狼的肚子一样吞噬你，所以叫狼肚滩，也可以叫狼毒滩。因为在这块湿地上到了夏天遍地生长着一种叫狼毒的植物，所以叫它为狼毒滩也不为过，但现在当地的文字记载中叫狼渡滩，说是这里经常有狼来饮水，狼渡滩因此而得名。

说它神秘，是因为它是故乡动物的天堂。共有 160 多种脊椎类动物在这里生息繁衍，其中国家一级重点保护野生动物兽类有林麝和云豹，鸟类有绿尾虹雉；国家二级保护动物中兽类有石豹、猞猁、豺、岩羊等，鸟类有苍鹰、蓝马鸡、红腹锦鸡等，国家二级保护野生鱼类是秦岭细鳞鲑。

说它神秘，是因为它是高山植物园。狼渡滩共有高等野生植物776种，属于国家重点保护的有6种，其中一级保护植物有银杏和水杉2种，二级保护植物有红花绿绒蒿、紫斑牡丹、羽叶点地梅和杜仲。被列入《濒危野生动植物种国际贸易公约》附录的物种有18种，如苏铁、桃儿七、毛杓兰等。

说它神秘，是因为它有一条神秘的小河。小河在草甸子里飘飘摇摇，像一条彩带，在湿地舞动。狼渡湿地是渭河源头区，这条小河是渭河源头的一个分支，对渭河水资源补给有极其重要的作用。

说它神秘，是因为它是甘肃省第二大沼泽湿地——狼渡滩湿地。湿地南北长20公里，东西宽8公里，湿地南北走向，是典型的高寒沼泽湿地生态系统，具有较强的蓄水调洪、补充地下水、控制土壤侵蚀、净化天然水体、调节气候、保护生物多样性等生态功能。

说它神秘，是因为它有神奇的泥炭。狼渡滩北头拴着草地村，南头拴着林口村，左腰是年家大庄，右腰是锁龙村。靠山吃山，靠水吃水，湿地的河里没有了鱼，采挖泥炭仍然在继续，家家都挖来烧火做饭取暖。附近村民家家户户的墙头院落，都整齐地摆放着一块块的泥炭，狼渡滩的泥炭有的被贩子倒卖到外地做花肥，有的被卖到林场做育苗的土壤，而正是经济利益的驱使，湿地泥炭在不停地买卖，湿地裸露的黑土地也在不停地增加。

说它神秘，是因为它光鲜的历史。据史料介绍，早在五千年前，为西周王朝，秦汉部落牧马之地，三国、魏、蜀多次交战的古战场，是羌汉争霸之地。独特的地理位置推动了多元文化的交融，使得狼渡滩形成了独特的文化特色。三国时期的邓艾引兵从狼渡滩而过出阳关，入陇南宕昌官亭偷袭蜀中；清朝陕甘总督年羹尧将军西征曾屯兵狼渡滩，被贬后子孙流放年家大庄，康熙皇帝御赐闾井古城；明朝时期农民起义军李自成发动洮(州)河(州)之战失利，败走马坞、礼县，曾屯兵狼渡滩；民国期间陕甘回变由吉鸿昌将军平叛曾血战狼渡滩；红二、四方面军北上抗日延理川走过狼渡滩；国民党时期，狼渡滩一直被用做国民政府军马场。由此，狼渡滩成为西安通往青海西藏的一条茶马驿道。

故乡的低轱辘车

从黄帝造车到现在，还未发现任何一部反映中华车文化的书记载这种车，那就是我的老家岷县闾井镇的低轱辘车。起名叫低轱辘车，这是我们那里的文人们近年来才这么叫的，可能是为了文字表述的方便，其实在我的故乡没有给这种车起名，需要用车时说一声"架车去"，那么这车就叫车了。为了表述的需要我在这里也叫低轱辘车。因为没有文字记载，也就不知它产生了多少年了，只是想象中从这里有人开始，为适应环境就该有这种车了，那也该有上千年了。

这种车很特别，除了车轴镶有铁的车瓦之外，全车都用木头做成，没有用一根铁钉，使用木楔加固车身。车轮一眼看去很厚，略显笨重，在现代交通工具日新月异的今天，我的乡亲们还继续使用。在故乡的每一个清晨，低轱辘车的木轮撞击石子发出的喱当声仍然响彻山川。

低轱辘车是相对高轱辘车而说的，我们在书中常见的是高轱辘车。要想用文字表述清楚低轱辘车的样子真有点儿难，这么说吧，在内蒙草原上跑的勒勒车，把它缩小了，就似低轱辘车。低轱辘车车轮直径大约一米多，低轱辘车不单轮小、车身低矮外，它的轮、毂、辕、轭的构造和驾驭的方法与高轱辘车也不同。我就说说低轱辘车的构造吧。

说说车身。车身在低轱辘车叫做车排，是用桦木做成的一个长方形框子，这个框子上镶上几根木条，木条便成排，于是叫车排，车排平置在车轴上，车排的两侧凿孔，楔上木条，再在木条上安上木条成车帮，就成装物的车厢了，这个车厢可以装木头、庄稼，如果加上用竹子编的筐子，就可以装碎东西，比如洋芋等。把筐子上搭上大红帐篷，就是迎亲的喜车了。

说说车轮。车轮和地面接触的是车辋，高轱辘车的车辋是一根木条圈出来的，而低轱辘车车辋是用六段厚桦木削曲、衔接而成，格外厚实。车毂（车轮的陀螺）是用长一尺，直径一尺的桦木削成的圆柱，中间圆孔是车轴穿过的孔，圆柱外侧有十二个孔，是镶辐条的。辐条是十二根粗壮的木橛子，就镶嵌在这个圆柱的十二个孔中。这种车辋因为宽、厚，经受得了石头、冻土的撞击，因此它是牛车里最坚固的爬山、下沟的运输工具。

说说车辕。这种车在辕的前面装上一根衡木，左右各用一头牛拉挽，即双辕套两牛，是两头牛拉的车。牛驾在辕外的两侧，解决了一牛驾辕的不力和独辀服两牛的不稳。

说说车轭。用长五尺的桦木刨剔成中间高、两头下弯的双轭，用经过烧制、扭曲的荆条当绳，将轭绑在衡木上。我见过荆条的烧制过程。把柔软的荆条放在大火里，烧得吱吱叫的时候拿出来，两人抓着两头扭，扭得像麻花时它的纤维就张开了，荆条的木纤维一张开就增加了拉力，如绳索。它的驾驭方法也特别，将牛牵引到轭下，架在脖子上，然后在两个隔桩上用细麻绳将牛脖子拴住，车、牛就不脱离了。两头牛如果搭档时间久了，合作的是很默契的。驾车最好使的牛是一种体型较小的牦牛，我们把它叫小牛儿，特聪明，遇到孩子们抬不动车轭时，它会自己把头伸进去，两只角左右一摆，自己把辕架好。如果遇到慢性子的牛和急性子的牛搭档，车走不快，这时候鞭抽慢的牛没用，反正还是那么慢，只要鞭抽快牛时，牛车就立刻快了，这可能就是鞭赶快牛一词的出处吧。

低轱辘车人称"土坦克"，我的故乡间井镇海拔近三千米，多沼泽地，穿行沼泽不会陷入泥淖，即使车翻，因为牛没有羁绊，车翻了也只是把连接轭的荆条扭断，牛在原地站住，很少有牛人的伤亡。故乡的低轱辘车行走在乱石陡坡上，行走在沼泽烂泥中，行走在无路的"路上"，因此没有任何一种车能在我的故乡被替代，低轱辘车将继续伴随我的父老乡亲，缓缓行走在故乡的山乡，行走在现代的生活中。

去间井镇看看吧。一到间井镇逢集，各条通往镇上的土路上，跑着欢快的低轱辘车。之后间井街的前滩、后滩挤满低轱辘车。拉来的小猪娃、青稞、洋芋等就在车上卖。等往回赶车的时候，空车载人，车主高兴，坐在车排前，手挥细荆条，喊一声"昂起"，牛就小跑着前进。故乡的条条路上，一辆辆低轱辘车染上晚霞流动，就成了一道亮丽的风景。

再到通往山里的路上看看吧。天刚刚亮，走林的车已经出发了。走林是进山砍柴。清晨的鸟叫声中，牛晃荡着车，人躺在车排里睡觉，牛稳稳当当地把人带到林子里。山里并没有路，低轱辘车在乱石堆里、斜坡上颠簸，有时低轱辘车会被石头蹩裂车辋，没有了车辋，就靠辐条的木条支撑，还能继续走，它就是一个不沉的"船"。

一山一山的，一沟一洼的，都是地、都是田。地里竖着收割后捆起来的一排排麦束子、豆捆子，家家的牛车就把这些庄稼往自家场里拉。低轱辘车可以一趟装一百多个麦束子或二三百个豆捆子。

装得高高的麦束或豆捆子的低轱辘车慢而稳地走在田间的路上，一块三亩地的庄稼四辆牛车就能拉完。低轱辘车就这样载回丰收和喜悦，家家户户的场里，麦摞子如金色的塔林，豆子架像高大的黑色城墙，给孩子们布置了神奇的游戏场景。

我今年回家看到，具有讽刺意味的是低轱辘车从生意萧条的汽车站前优雅地走过。无史可靠的一种交通工具——低轱辘车，它在以自己的低碳方式、缓慢的节奏旋转着。我想，只要大山在、深沟在、沼泽地在，现代的大汽车、小汽车、小四轮和大三轮就不能替代它，它将继续存活下去。它也是摄影家、民俗家感兴趣的主题，快去哦，在甘肃岷县东山区。

水磨的歌谣

　　水磨不仅仅在我的故乡存在，但至今仍在运转的水磨可能只有我的故乡了，所以特别记得。

　　水磨房就是建在河上的磨房，柱子墙壁都是木头的，这是为了经受雨水的冲刷，所以水磨房就很特别，像一个另类的美人矗立在河上。水磨房里就是水磨。水磨先由一段引水渠把小河里的水引过来，到水槽里，水槽有一个倾斜的角度，水流到这里就倾斜而下，利用水的落差，打转水轮。水轮是木制的。水轮带动磨轴，磨轴带动磨盘。磨盘就在室内了，在磨房里。磨盘是坚硬的花岗岩，我们村子里的石头就是这种花岗岩，也就是说制作磨盘就地取材。磨盘上下两面，上扇磨盘中心稍偏的位置有一个下粮食的磨眼，上下磨扇咬住的地方是凿好的磨齿。上面的磨盘由木架麻绳吊起，工作时让两扇磨盘稍有空隙而磨碎粮食。下面的磨盘固定在水轮的磨轴上，受水力驱动而转动。磨盘上面有一个盛粮食的大斗，斗的底部侧面有一个孔，待水磨转动时，粮食就在孔中缓缓流出，流到磨肚里被粉碎。粮食流出的多少由插入的木楔控制，可大可小。

　　来磨面粉的人家听磨房主的指导，说用磨盘转动的声音来判断上下磨盘的间距的大小，想磨得粗些，就把磨盘间距调大些；要想给娃娃磨细面，就把磨盘的缝隙调小些。磨房主说你看着，吊着上扇磨盘的四个绳子中间的那一根绳，是调整松紧的，就控制上扇磨盘与下扇磨盘的缝隙，要想磨的快，你就到外面调高水槽闸门，当然提高上扇磨盘磨的也快。磨房主又说，你排到来磨面的这个季节好，水旺，磨盘转动正常，磨面就快。你这是一车粮食，等一个月之后我来看。原来一盘磨一昼夜可以磨面十市斤左右，一袋粮食有八十斤，磨完就得十天，来磨面的一般都是拉来一牛车，三四袋，就是说磨完一家的粮食就个把月，在这个把月里，磨面的人家就吃住在磨房。

水磨转啊转，哗啦啦地唱着童话中的歌谣。到了秋天，我陪妈妈到水磨房磨面，牛车拉着一车淘洗、晾晒干净的粮食，有蚕豆、青稞、燕麦、小麦，因为在水磨坊排一次队不容易，要先到磨房主那里留名排队，等排到时就把几乎一年要吃的面粉磨好。夜里就听着水打水轮的声音。因为水轮的叶扇是手工做的，不规范，水冲着转时就声音忽大忽小，忽高忽低，悠悠扬扬的。大磨盘的磨口扯着绵绵不断的银线，像瀑布垂落，落地后成一圈小山丘，当小山变大时，妈妈把面粉推到一边开始箩面。箩出的第一道面粉，就是头道面。头道面就是精粉。二道面和三道面就是箩过的麸皮再磨成的面粉，稍微显黑，因为有麸皮，富含维生素 B。头道面往往是给客人吃，二道面和三道面才是家里人吃的。

水磨转啊转，唱着一首歌颂人类劳动的歌谣。磨面是件很辛苦的事儿，往斗里喂粮，地板上扫面，然后箩面去麸子，再把麸子装进斗里磨二遍面粉，粉尘飞扬，让磨面人一个个变成了白头翁。磨面多是在冬天，往往在后半夜因冰冻的缘故，水流少，水磨转速慢，就得到引水渠里打冰，保证足够的流水量。磨面是力气活儿，但水磨咯吱咯吱，木架哐当哐当，笭儿嘭咚嘭咚，奏响一部水磨坊的希望交响曲。

水磨转啊转，唱着一支古老的歌谣。大约在遥远的晋代，水磨就开始唱着缠绵的歌。自汉代以来，在中国土地上水磨发展蓬勃，那首歌在中华大地更加悠扬。甘肃的水磨文献较早记载见于唐代，到了宋元两朝时，水磨在我的老家已经普遍使用。在明代为水磨最鼎盛时期，明代河州人王经亦所著《水磨赋》中，有"北临隆庆，东历漳水，渭源东畔，泾水上游。俱有水磨运于中流。予观其气数之盛，制作之优，未有过河州也"。故乡的小河就是渭水的源头之一，可见故乡的水磨有了很多年头了，它伴随着世人走过一个个春秋。

随着现代的电动磨的产生及其功能的强大，水磨逐渐被淘汰。我回老家时寻访那些当年的水磨。我们村子里的水磨因为河水变小，早就冲不转水磨而拆除了，这次我去看离家不到百米远的当年的水磨，水磨房已不复存在，就连引水渠也不见踪影，那里已经盖起了房屋。然后我到闾井河的主河边寻找，我沿河走好一段路，没见水磨，磨房的引水渠依稀可见。虽然我还没找到，但我相信我会找到水磨房的。我顺河而上，再找，先是发现废弃的水磨，但磨坊紧锁，引水渠干涸，水流不再冲撞那水轮，水磨不再发出那悠扬的歌，只听到附近村子里电视的哇哇声在历数现代文明的功德。真的没有还在运转的水磨吗？

我的三妹夫是社里的书记，他和我说社里的水磨房都关了，都用电磨了。我不信他的话，顺着河流而上，寻找我心目中或许还存在的水磨坊。令我欣喜，当我走到上游的张家寨的时候，看见有一座水磨还在转动，水哗哗地流，水磨一圈一圈地转。我高兴地进了磨坊，磨坊里有一个男子在磨坊上忙碌。我看见磨坊的木地板上放着一个斗，它是用作计量粮食的工具。磨坊主按斗数收取费用。这只斗，是岁月的见证，我就想到升子，升子的衡量单位太小了。我又看到筛子、箩、簸箕、面铲子这些磨面的配套工具，是余存生命的温暖。

我很高兴，水磨没有淡出故乡，依然在咿呀呀地转。在磨盘的搅合下，拉出麦索儿、燕麦珍子。这两种食品只有在水磨下才能完成，没有水磨就没有麦索儿、珍子汤。

这扇工作的水磨，它正在拉"麦索儿"。麦索儿制作过程，是把青禾蒸熟，去糠，拿到水磨上碾，把上扇磨拉起比磨面更大的空隙，青禾就被上下扇磨搓成了细绳状，这就是麦索儿，吃时拌上蒜，调上辣椒油，清香可口，可谓故乡的美食。那天我向正在拉麦索儿的中年男子说："把你的麦索儿卖些给我。"他说："不卖。"我不甘心，我又说："我拿些？"他说："你拿吧。"我就拿了足可以让两人够吃的麦索儿回家了。我说："谢谢。"他不吭声。我感叹这男子和水磨一样的性格，诚实、执着。

随后我以自己对水磨和故乡人的感情，拍下百余张照片，这些也许会是关于水磨珍贵的照片。

一条没有石头的小河

记得小时候，门前的小河弯弯曲曲地流，深深浅浅地流。河里因为有大大小小的石头，河水绕着石头流，就形成了漩涡，小鱼就在漩涡中来来回回地游玩。河里有大石头，大石头形成大旋涡，水就很深，鱼儿们在那里群聚、嬉戏的就更多。小河是鱼的乐园。

故乡的小鱼有几种，最有名气的是一种叫间井鳜的小鱼，鳜鱼看起来像外地常见的白条，长不大，十公分左右长，我们当地人不知它叫什么名，就叫它鱼儿，知道它叫间井鳜是我从县志中查到的。间井鳜的肉质细腻、味美，是我们经常扑捉的鱼。

还有一种名字不雅的鱼，它叫狗鱼。有胡须，背部黑黢黢的，样子很凶恶，大人们说它是小鱼们的敌人，专食鳜鱼。大人们又说，这种鱼不能吃，因此没人捉，它就长得大，大出鳜鱼一倍的样子。后来在外地我才知道它也是一种美食鱼。因为没人伤害它，它在河里优哉游哉，慢腾腾的样子。

河里除了有鱼，还有虾米，虾米小小的，比米粒儿长不出很多，但腿脚很多，看起来挺怕人的，我们的小手不敢接触它，便没有人捉，任它在小河里自在的存活，它的家族很旺，翻过每一个石头就见它密密麻麻地在石头上游动。

小河给我们许多乐趣。夏天，我们在小河里钩鱼。不是钓鱼，而是钩鱼。一根细溜、有弹性的箭竹竹竿，顶端拴上一根铁丝弯成钩状，就是钩鱼的工具了。当一群鱼儿在清澈见底的水中游来游去时，看准时机，算好鱼游的速度，摔竹竿进河里，手一颤，竹竿就一弹，恰巧勾住鱼肚子，再向身后一拉，一条小鱼就被摔在了浅草中蹦跶。有时候我们光腿下河摸鱼。方法是先把河水搅浑了，受惊吓的小鱼就藏到石头底下，这时我们双手并拢，轻轻地伸到石头底下，然后十指猛地弯曲，握住小鱼。

我想象中现在的小河是流淌了多年，河床应该很高了，河底应该很深了，鱼虾应该更多了……可我这次回乡看到的却是另一番景象。河里的石头被人捡光了，河水几乎在没有阻挡、没有回旋地直直的流淌着。原来我的乡亲们不顾及小鱼小虾，他们要的是石头，于是纷纷把石头挖了去，砌墙、作基石和垒地埂。于是河道变直了，水流得更顺畅了，河里再也不是小鱼小虾的繁衍栖息地了，这些小鱼小虾们便消失了。

故乡鱼是我童年的伙伴，尽管我们曾经那么残酷地折磨它的时候，它还是愉快地在小河里游弋，陪伴着我们的童年。但在今天，一条没有石头的小河，像一条水渠。面对没有石头的小渠，我总是在探究，故乡的鱼到底去哪儿了？小河今天这个样子肯定不是污染的问题，因为小河从发源到我们村，是第一个流经的村庄，几里外的河源也没有任何污染，河上除了漂几片山里的牛粪和菜叶，河水几乎是清泉的质量。它们是不是顺流而下，去了能养活它们的大河里？那里的大河是否是它们存活的地方？还是小鱼小虾们生气了，就地鱼殇于没有石头的小河里？

我为小鱼失去温馨的家而悲哀，一种生物的消失意味着河流的苦难，自然界的苦难。

一条没有石头的小河是干瘪的小河，是没有故事的小河，是没有生命的小河。

一条没有石头的小河给我无尽的怀念，无尽的感伤。

屋檐下的野鸽子

野鸽子，是一种傍着人群生活的鸟。

如果说麻雀常常在穷人家的矮屋、草房檐下做窝，那野鸽子可是在大木屋的屋檐下做窝。也许是看重屋顶高，狗猫捉不到它们，鹰鹞也接近不了它们，小孩也掏不了鸽子蛋，很安全吧。以前我家的上房很像样，屋檐下就有一窝野鸽子，经常陪伴着我，后来我家的上房被拆了，就没了野鸽子了，我常常到邻家去看鸽子，羡慕人家的房子和鸽子。

鸽子虽然生活在人家的屋檐下，但它还是野鸽子，布封的《鸽子》："要留住鸽子，就必须为它们建筑起外表油漆美观、内部分别隔开的小楼或阁亭。实事上，鸽子既不同于犬马之类的家畜，也不是像囚犯一样的鸡鸭；它们更像是心甘情愿的俘虏"。鸽子如此看重鸟巢吗？鸽子真的是看重作窝，它不是在任何一家的大屋顶下做窝，而是有选择的，谁家主人心善，人缘好，人气旺，就在谁家的屋檐下做窝。鸽子做窝之后是不是常住也要看主人了，鸽子通人情常理，是人类的道德守护者，谁家后人不孝顺，谁家不和睦，谁家不与人友善交往，鸽子就会离去，不管你的房子多么阔气。试想，堂堂一个大堂屋，没有了鸽子坐窝，来人有问，你家的鸽子呢？那是多么尴尬的事儿，那得让主人家念多少年道德经啊。于是人家喜欢这些给人长精神的鸽子，当有客人进院子时，就指指屋檐说，我家有一窝鸽子。

家家炕上烧火盆取暖，冒出的青烟从窗棂中冒出，在屋檐下环绕，但这烟并不妨碍鸽子的生活，鸽子还是卧在窝里，伸出头，憨憨的，嘴里咕咕的，发出男低音般的乐音。一对红眼睛和善友好地瞅着你，也许这些野鸽子也喜欢人间烟火味。

鸽子喜欢停在屋顶上，长尾巴平展的向斜上方翘起，羽毛瓦蓝瓦蓝的，给人类一种温和谦卑、敏锐机警的样子。它是一种自在的鸟，与人同在一片屋檐下，但与人类保持一定的距离，总见野鸽子在天空翱翔，横空出世。野鸽子的领地很大，心胸一定也很大。

野鸽子有一个和美的家庭，当孵化幼鸟时，雌雄鸽是轮流孵蛋的，一只鸽子每天上午出太阳时入窝孵化，另一只则出窝觅食。下午太阳偏西时，另一只入窝孵化，就这样鸽子的爸爸妈妈交替值班，日复一日，直到孵出雏鸽为止。幼鸽孵出后，屋檐下就热闹起来了，乳鸽的爸爸妈妈飞进飞出，觅食哺育幼鸽，幼鸽叽叽咕咕的，一家子很幸福的样子。就这样野鸽子给人家长不少人气。

如是说，野鸽子是人们喜欢的一种鸟。

村里有很多大房子，有很多好人家，就有很多野鸽子，我想家家有大房子，家家是好人，那家家就有野鸽子，村村就有阵容强大的野鸽子群，那是多美的一种乡间景象啊。

第三辑　多彩故乡

我儿时的游戏

在农村，大人们没有望子成龙的宏大愿望，不逼着自家的孩子学，学校的老师也懒得教，没给学生留多少作业，于是我们这些孩子们在整个假期就是个野，就是个玩。有很多玩耍法。

踢毽子。毽子是自己做的，做毽子的材料有麻钱、羽毛、松香、骨签。麻钱两枚，就是铜钱，那个年代各家都有一定数量的铜钱。松香好找，院子里大人们砍来的小松树的树干上就有流出来的像眼泪般晶莹的松香，搬下来一些就够用。羽毛是用狗毛充当的，还得使用骨签，把一根猪腿骨敲碎，捡一根锋利的碎骨头做签，签不能过长，因为它是用来铆两个铜钱的，略微比两个铜钱厚就可以了。制作过程是：先把两个铜钱中间的四方孔对正，塞上狗毛，塞越多越好，然后敲进去骨签，这个过程是关键，一定要塞严实。之后是把松香烧成液态的，淌在中孔的毛和签上，松香有很好的固定作用。最后一道工序就是把底面磨平。这样，毽子就制作好了。说的容易做起来难，我就没制做成功过，我做的毽子踢上几脚就散架了，只好踢别人的毽子。踢别人的毽子好尴尬，于是我毽子踢的很差，轮到比赛时，我就是旁观者。基本踢法主要有"盘""拐""绷""蹬"

四种，用脚内侧踢为"盘"，用脚外侧踢为"拐"，用脚面踢为"绷"，用脚掌踢为"蹬"，用脚趾踢为"挑"，用脚后跟踢为"磕"等。

弹钢镚儿。弹钢镚儿过去是弹麻钱，就是铜钱，我们把家里抽屉里的铜钱搜刮到手里卖到了供销社，挣几毛零花钱，于是就没有了麻钱，但有了钢镚儿，我们的游戏就继续了。钢镚儿就是人民币的硬币，把国徽的一面或者有字的一面摊在手掌上，然后一使劲，手往后一抽，将钢镚儿摔在石头上，凡是翻过身的，就是你赢的。这种游戏更像是一种赌博，也许因为赌资实在太少，大人们不太管，但那确实有赌博的诱惑，一玩就忘记了时间。一天玩下来输赢也就是一角两角的，一个假期有可能赢够五角钱，这就是我一学期的学费了。

打转扭儿。打转扭儿就是打陀螺，转扭儿是木制的，我们多用枇杷木制作，我们那里所说的枇杷不是常见的水果枇杷，我们所说的枇杷后来知道学名叫高山杜鹃，高山杜鹃的木头木质细腻，可以做转扭儿。如果能有梨木、杏木来做转扭儿那就更好了，但我们那里不长梨树、杏树，这种木头很少。它上边是一个圆柱体，下边是圆锥体，有条件的在圆锥最尖的地方再安放一个钢珠，这样旋转就会更好。制作"木猴"都是自己动手，选料、锯、削、磨，每一道工序都做得特别认真。手艺高点的伙伴还在圆柱体的上平面用彩色粉笔再画几笔，这样打起来不仅高速旋转，还能呈现美丽的图案。打转扭儿在冰上打，那时没有水泥地，只能在冰上打，于是打转扭儿就是季节性的，只有在冬天小河的冰面上。寒冬腊月，冰层下面的水破冰溢出，就结出晶莹光滑的新冰面，在这新的冰面上最好打转扭儿。比赛转扭儿，一种是比旋转。抽上两鞭，然后看谁的转扭儿转的时间最长。另一种是比远近，一鞭打出去，转扭儿飞出去好远，落在冰上继续旋转，最远者为胜。

斗拐。一腿独立，另一腿盘屈胯前，双手或单手握脚，使膝盖向双方以膝碰膝，硬碰硬，讲求力道。前突出，以单膝攻击对方。被击的双脚落地或失去平衡倒下的为输。不允许利用头和手，包括手臂、肘关节等部位作为攻击武器。进退或闪跳要靠临场发挥，因此机智、敏捷、沉稳也是决定胜负的重要因素。一种玩法叫晴空霹雳。适用于双方照面的第一回合，经过远距离高速冲刺后，高高跃起将膝盖撞向对手胸部。相持时用泰山压顶，双方对峙中，将膝盖连同大小腿压在对方整个膝上，用力把对方挤压脱手导致双脚着地。其中有种战术叫挑滑车，故意把自己的膝盖放低，诱使对方进攻，然后猛抬膝尖，把对方挑起，掀翻在地。斗拐要有力气，要平衡能力好。实力悬殊，大孩儿总是赢，因此玩一阵就说不玩了，不好玩。

打木猴儿。把小木棍截成两寸长，再削成纺锤形，放在地上，敲击一头，它就蹦起来了，然后用木棍击远，谁击的最远谁就是赢家。这是一种最危险的游戏，飞起的木棍会伤到人的，后来被大人们喊停了。

以上的游戏我都玩不好，斗力气我太弱小，斗灵巧我太笨，我玩得最好的是打仗。我们演武工队或者游击队。小伙伴们分敌我两队，开始打仗，打仗的武器就是土疙瘩，随手捡一块，扔出去，胆小的一方就溃逃，另一方追逐，也有中弹的，打在脸上留一块青。

捉迷藏。一次在堂叔的婚宴上，我们一帮孩子捉谜藏。大院里猜拳行令，吃肉喝酒，加上添茶端菜饭的，满院大人的双腿如林。这场面里最高兴的就属我们这群孩子，我们喜欢这种热闹，我们在大人的裤腿、裤裆里钻来钻去，玩猫抓老鼠。大胆机灵一些的"老鼠"，在人腿中钻来钻去，不被捉就有胜机；胆小笨愚的"老鼠"就只能躲到隐蔽处。我就属于后一种，我周游一圈，就躲到了院里那个给新娘陪嫁的板柜里。

老家的板柜上半截两个抽屉，下半截是柜子，柜子前面镶着可取下的板子。柜子是用来盛粮食的，装上一层粮食再镶高一层板子直到粮满板满，就成了一个完整的柜子。那天柜子是空的，我打开柜子钻进去，又反手镶好一块块板子，把自己藏的严严实实。

我为自己的小聪明正高兴着，心想看你们谁能找到我。随后，我就高兴不起来了，柜子空间狭小，极其憋闷，再后来我就睡着了。等我清醒时，院里一片清净，小伙伴们的呼唤声不见了，只有碗筷盆碟的响声，看来宴席散了。小伙伴们在哪里？我只好一个人踩着黄昏，流着泪水回家……

这次的经历让我明白一个道理，捉谜藏的真谛原来是被捉，否则，是很令人伤心失望的。

可笑的驴

故乡让人最看不起、最失敬的大牲畜就是毛驴了。

毛驴的面相不好，脸很长，人们不喜欢，于是就有"长得像驴脸""拉着个驴脸"之说。有时候不注意听人说话，会涉及到驴毛，如：你耳朵里塞驴毛了！驴毛塞到人的耳朵里会是啥样真不知道，但知道有时说不好话的时候会与驴有关。

毛驴是在大牲口里是最奸猾的一个。每当遇到结冰的小河，看着光滑如镜的冰面，毛驴就驴头只是往后低，屁股只往后缀，随时后腿要跪下，一副死活不过的样子。驴的主人没办法，只有先卸下驴背上驮的东西，然后一人牵着缰绳拽，一人在驴屁股上推，好不容易推过冰面。让毛驴做它不情愿的事儿很难，毛驴就这样很会耍奸。如果我们知道毛驴耍奸时想什么，毛驴一定是偷偷地笑，怎么样？让我干活儿，你还不得保驾我过冰、度险。于是我觉得毛驴是狡猾而聪明的毛驴。

毛驴没有牛诚实，它这个性子会随时表现出来，它会趁主人不注意时甩掉它身上的背负，不管当时驮的是食物还是银子，甩掉之后它夹住尾巴自己轻松地向前跑一段路，偷闲吃几口路边的草。不知道是顽皮还是耍滑，总之那就是毛驴。毛驴没那么有耐力，随时会拉长驴脸站着不走。

毛驴没有马的矫健，跑不过马。毛驴没有马的那般灵性，笨头笨脑，又总是耷拉着脸，一副不死不活的样子。于是人们说"仨钱买头老叫驴"，说的是驴的不值钱。

我小时候喜欢偷偷地骑正在滩上吃草的毛驴。大人告诫我们说，毛驴是鬼驴，骑上去摔下来是会摔断腿的，并说马好骑，有本事你们骑马去。但我就不敢骑马，那时候军马场的牧马人的马几次停到我家院子里让我骑，我看着那匹威武健壮的马，我就怕。尽管备有鞍镫，骑上去肯定安全，但我那时不敢骑，至今都不敢骑。对于毛驴就不是那样了，我相信"捉住驴子当马骑"是句真话，人家能"骑驴看唱本"，我就不能骑吗？

儿时的大牲口常常是放牧的，没人看管。那时我们一放学，往家走的时候，看见毛驴，并没有人管的时候，我们立即放下书包，冲向毛驴。毛驴只吃草，不理我们，我们就往驴身上爬。这时毛驴就极不情愿，撩起后蹄子蹄我们。它虽然踢不到我们，但总是后蹄子朝向我们，我们很难近身，有时也会爬到驴身上，但毛驴几个后撅，就把人摔下来。因为毛驴个儿不高，不会有多大危险，我们的胳膊、腿脚还是完好的，看来毛驴不像大人们说的，鬼不到哪去，我们便把毛驴追赶的满坡跑。于是，我觉得毛驴是个很好笑的动物。

毛驴也有被看重的时候，如借驴说人，骂人如"驴脾气"，肯定是说这人脾气不好；"野驴"，不可理喻、不可调教。看来毛驴有它的用场，在人们表述不雅的时候，在人们调侃的时候。

说了诸多毛驴的不好，说说毛驴的好。故乡养的毛驴比较多，可能它还是一种讨人喜欢的大牲口。

毛驴长得好看，上翘的大耳朵，竖起的不算长但也不算短的鬃毛，有一些威武。尾巴也是长短恰到好处的随意摆动。眼圈周围有白白一圈。更衬出它大大的眼睛，那眼睛总是妩媚地看你，而且不只是看女人。它的肚皮下也是白毛，为了让那片白毛保持清洁，于是它经常打滚，就有"驴打滚"之说。

毛驴体格好，它很少生病，不轻易给主人添麻烦，只要不让它溜冰之类的。毛驴扁平的身子，看似孱弱，实则强壮，别说身上爬几个毛小子，就是让它顺溜时登山爬坡，虽慢悠悠地，但毕竟爬上去的定是驴，而不是马、牛。

毛驴聪明。一个大人讲故事，说有一头驴子不小心掉进一口枯井里，它的主人一个人没法救，于是喊来乡亲想办法，看怎样把驴子搭救上来。可是枯井实在太深了，谁也没办法救它上来，于是人们就决定把它埋掉，囫囵着土葬，也算给驴一个好结果。第一铣土扬下去的时候，驴子叫得更加惨痛了，可当第二铣、第三铣土继续扬下去的时候，驴子却变得安静了，它拼命地将打在身上的土抖落掉，并原地转圈将土踩在脚下。人们明白了驴的目的，知道驴自己想出了办法，于是大家一起猛地向枯井里扬土，最后枯井被土快填满了，毛驴高昂着驴头从枯井中走出。

驴很稳重，从不蛮狂，不像马似的一吃饱就四野里狂奔，撒野，一副不可一世的样子。像牛似的，吃饱了吧唧吧唧地反刍，像谁不知道你吃饱了似的。驴就始终那样儿，吃饱是自个的事儿，用不着宣扬，给世界一个和平。

毛驴"能文能武"，一个比一个嗓门大。除了有点小性子，没坏毛病。只要它乐意，什么活都干，干什么像什么。驴会拉磨，眼睛上戴上黑眼罩，对着它耳朵说，可爱的驴，走吧，前面有好吃的。驴就高兴地甩着尾巴，不声不响的，朝着它的目标前行，实际上是一圈圈地拉磨。直到你一吆喝"得"，它才停下，摘下它的黑眼罩，还感激地扑闪着大眼睛。

常言说，"好马跑不过赖驴"。驴虽然有倔脾气，只要你顺着它的性子，它还是忠心耿耿的，驴能跑，还能犁地，只要事前给它几捧蚕豆，大啃过后，就变得精神百倍，弓起腰拉犁，大汗淋漓，不收工不解劲儿。

天上的鹅肉，地上的驴肉。这又是毛驴的一个好。但我小时候没吃过天鹅肉，也没吃过驴肉，不知哪种肉好吃。俗语又说"卸磨杀驴"，但真没见谁家杀了自家的毛驴，只是毛驴干不动活儿了卖掉而已。

于是有句歌词："我家有头小毛驴，但是我不骑。"

亲爱的牛

有句骂人话："狗日的"。我们闾井人不这样骂，骂作："牛日的"。不是我不文明，一开始就骂人，我是强调牛在我们故乡人们心中的地位。

牛是沟壑最亲善的牲畜。牛没有马的美丽的鬃毛，没有驴的典型长脸，一张平常的脸只有一对大眼睛，放射着诚实、温顺和善良。牛吃草，除了草，牛没有别的嗜好，牛一直吃着草，从远古吃到今天。

早晨它走出圈去拉车。在山野的沟壑里，牛拉着低轱辘车，为山乡增添了风景。在乡间的梯田里，牛拉着犁，编织着田园风光。在男人的吆喝声中，犁铧下掀起的黝黑的田土，女人洒下种子，乌鸦跟随着寻找土里的虫子，田地露出了笑意，山川就欢腾了。

我总喜欢爬在牛的屁股上抚摸牛毛。牛不踢人，一种可亲近、可依赖的感觉。牛有角，但很少角斗。公牛为了争夺情人，也会进行一场争斗，但犍牛都是骗过的，不发情，这种场面极少见。我们那里的公牛是牦牛，几个村子只有一头，很少有牦牛相遇的，如果相遇，就会角斗。我只见过一次牦牛间的比拼，两只牦牛的牛角尖锐地碰撞，发出砰砰的巨大声响，蹄子踩踏的土地像犁过一样，不一会儿，两只牛都大汗淋漓，在人们的隔离下才各自散去。

牛粪是干净的，不臭。在冬天寒冷的早晨，我们去拾牛粪，我们这里的牛是放养的，冬天随处都有冻硬了的牛粪，拾来晒干，填火炕，烧火盆。夏天的牛粪不好拾，留在田野里，就是屎壳郎的家。

小牛犊长大了，该穿鼻孔了，先把牛栓在树桩上，然后几个人把牛固定，抱紧牛头，用竹签猛一下串过小牛犊的鼻孔，然后用麻绳先穿着扎出的孔，这时的小牛犊的大眼睛里流出了大滴大滴的泪水，那定是知道自己被奴役的日子开始了。待小牛的鼻孔伤口长好了，一个鼻圈就从此不离身的圈上了。

我第一次骑牛时，是个十几岁正淘气的孩子，牛很理解我，看我要爬上它的背，那眼里闪动着的依从，当我爬上去的时候，它只是不情愿走，还是站立在原地，似乎告诉我，我不是让你骑的，我是拉车的，你给我架上车，我就拉你。这是黄牛。

有一种叫小牛的牛，是黄牛和牦牛杂交的，浑身透黑的毛，但体型比牦牛小，看上去很威武的样子，我从没想要骑它。小牛是一种敏捷、聪明的牛，它不欺小，但你骑它不行，它绝不让你骑。小孩的我架牛车，很难把轭架在牛的脖子上，但小牛知道，你只要把轭稍稍抬起，能让牛角有个插进去的缝隙，小牛就先插进去一只角，再插进去另一只角，头稍稍一抬一偏，车轭就自己架在脖子上了，然后我用绳子绑牛的脖子，牛车就架好了。

第一次赶牛车，我和哥哥到山里割柴。那时候距村子不到一公里的山上就是次生林，我们把牛车停下后，让牛吃草，牛就在山下乖乖地吃草了，我和哥哥用镰刀割柴，就是人小力气不大，费老大的劲儿也拼不够一车柴，就割下黑刺（荆棘），因为黑刺的枝条凸凸凹凹的，占体积，勉强凑够一车，装好车，架好牛，我哥让我坐在黑刺上，他走着赶车。谁知车被石头一颠，黑刺散开，从前面落下，黑刺扎到牛的屁股，牛受到惊吓，狂奔起来，我就被颠下来，车轮从我的腰上撵过去，我出不了气，我想我死定了，结果我躺了一会儿好了，其实是岔气了。牛没跑多远停下了，哥把牛车赶回来，还让我坐上，我经历了这事故之后不敢坐了，一路跟着牛车走回家。

牛的眼里记录着我们的故事。土改，它们从地主家被分到了各家，人民公社又把它们聚集到一起来，这时的它们就挨饿了，土地分包又把它们分散到各家，它们又饱食了，但无论怎样，它们总是忠心耿耿地为人们服务，直到卧下起不来时。

一头头牛从幼年走向壮年最后走向暮年。从可爱的哞哞叫，到一伸脖颈架起低轱辘车，再到只有缓缓地反刍的力气时，被人们牵出了村子。

其实农民是不杀牛的。老牛耕种了一辈子，年老气衰了，只好忍痛卖给做牛肉生意的。我见过牛被屠宰的场面，老牛被拴在树下，牛知道自己的死期到了，忧郁的大眼睛里流淌着清泪。屠夫磨刀霍霍，开始祭刀，口中念念有词，"怪刀杀，不怪我杀"，然后走向牛。

因为老牛是单个宰杀的，其他牛看不见那个血腥场面。如果见了呢？那就是轰轰烈烈的牛给牛的追悼会就开始了。

有一天，在村子附近的一块地里，狼咬死了一头牛。从践踏起的新土可以知道，那头牛跟狼搏斗过，但终因力气耗尽，被狼咬死了。那块地里有牛反抗、挣扎留下的血迹，血腥味充斥着土地，也飘到村庄。

第二天，牛的尸体被人们移走了，但血迹还在，血迹像是为牛族公告着这里的一场屠杀。不久，这血腥事件先被一头牛发觉了。那牛开始用鼻子闻，接着嘴里发出"呜呜"的怪叫声。这时别的牛听见了，都先后来到这块地里，一个个低着头闻着地面，眼里流着泪，嘴里发出"呜呜"的呜咽声。最后全村的牛都集中在这块地里，一个宏大的牛祭牛的场面开始了。

看到如此真实、感人的场面，在场的人都哭了。

我那时小，我无法知道每头牛都哭诉着什么。大人知道这是个灾难性的场面，牛这样哭下去，一个个将会倒下去再也起不来。于是人们开始驱散牛群，但一赶开又聚到一起了，牛，还是那么伤心地哭。

后来人们终于想出了法子，运来干土，用铁锹分撒在地上，将牛的血迹一一掩盖，当全部血迹盖好，牛嗅不到血腥味时，一个个慢慢地离开，有几头还是站不住了，卧在地上……

记得小时候先是社里的，后是各家的牛是放牧的，晚夕里也放心着，不把牛赶回来。牛一路在雪地里寻草吃，渐渐地就离村子远了，然后村里有人把牛往回赶，让离家近些就行了。现在可是不一样了，因为附近的偷牛贼多，心爱的牛常常被偷走，常常让乡亲们痛不欲生，开始疯狂地先是满山满凹地找，之后是到临县的乡镇里找，有时会找到的，因为自家的牛有记号。而自个的牛找到时，已经无法牵回去了，原因是牛已经被偷牛贼转卖了，现在喂养牛的人家是付了钱的，不是偷，怎么也不同意让你牵走，找当地的公安机关，也是偏向买牛的本地人，就这样似乎牛被偷就无法再属于自己了。

我返乡时，小妹热情地邀我到她家。那天经历了这样一件事儿。一进大门，见小妹夫从偏房里出来迎，手腕上系着一根绳子，小妹一看就训斥他："快解了绳子！"原来绳子的另一头拴着牛。小妹夫年近五十，讪讪地说："笑话了，笑话了。"怎么把牛拴在自己的胳膊上呢？原来近年来偷牛贼更猖獗，圈进棚里也会神不知鬼不觉被牵走，好像那些偷牛贼就堵在每户人家的门口，我的乡亲们实在没办法，就把自己的炕盘在牛圈里，席子被子的搬到牛圈里，和牛一起起居，也有人就像我这个小妹夫，还不放心，就把拴牛绳一头拴着牛鼻子，一头拴着人手腕。牛圈里热炕的温暖，暖和了人，也暖和了牛，牛的咀嚼声就更加欢，人的鼾声也更加响，牛的反刍声伴着人的打鼾声，消磨着漫长的黑夜，催促着明天的太阳。那天我见到的就是小妹夫踏实的笑。

　　我的乡亲们爱牛，就像爱自己的亲兄弟。

　　牛啊牛，亲爱的牛。

击石取火的打火镰

击石取火，在我们那里叫打火镰。说起打火镰，先从一句民谚说起。这句民谚是"把你个白火石"，这句话是什么意思呢？一般打火用的火石是黑色的石头，起名火石，当没有黑色火石的时候，用一种白色的石头替代，这个白色的石头可能叫方解石，很难打出火花来，不太好用，用故乡的一句话说叫不强，民谚中的"白火石"是说你这个人不强、不行。用火石比人，可见火石在当时人们心目中的地位。

火镰，早被洋火（火柴）取代了，在我的童年时期还在使用，而现在却是人们记忆中原始的取火器物。

火镰，由三种物件组成。一是火镰。火镰用熟铁制成，形状酷似弯弯的镰刀而得名。长约5厘米，宽约4厘米，厚约1厘米。用火镰与火石撞击能产生火星；二是火石。火石一般是从河滩里捡来的，质地比较坚硬，在火镰猛烈撞击时能产生火花的石头，多是黑色的，不知学名叫什么，但肯定的是撞击时容易产生火花的一种石头；三是火绒。火绒就是引火的材料，就是艾蒿，因为材料是艾蒿，又叫艾绒。艾蒿是一种菊科多年生灌木状草本植物，在春夏之末，将其叶片采摘凉干或阴干后用手揉成絮状待用。因艾蒿自身具有抗菌、防霉、防虫、镇咳祛痰的功效，因此先人们把它作为点烟的火引子；四是火镰包。一块用皮革或布料制成的小包，小包里装的火石、艾绒。小包上缀着一根好看的绳子，再穿上一枚属相的玉坠或几枚漂亮的玛瑙珠子，这样就显出拥有火镰的阿大、阿爷们对生活的追求了。

我觉得这个火镰特神奇，尝试着打火，可能是缺乏爆发力，总是打不着火。我才知道这里面也有技巧，用力过猛，打掉的火石会很多，火石就不经用；用力过小又是徒劳，我就更高看火镰的神奇。

很少见我父亲用火镰。倒是那些平日里很讲究的人才用，出门时栓在裤腰上，晃荡晃荡的。来我家做客的大男人就用这种火镰，嚓嚓地几下就打出火花，产生的火花点燃垫在火石下面的艾绒，把艾绒放在装好汗烟的烟锅脑子上，使劲儿吸上几口，艾香和烟香的气息随着丝丝青烟弥漫在堂屋里，很是美妙。平常的日子里更多的是见晒太阳的老汉们用火镰。那个青筋暴起的黑手拿火镰用力向下猛击火石，火绒就冒烟了，点燃的艾绒在相聚的男人手中传递，一个个的烟锅脑子上的烟叶吸着了，老汗烟杆子上很快冒起了袅袅青烟，看上去挺惬意的。我觉得这物件挺神奇，挺好玩的，我就期待父亲用火镰，父亲说，那物件麻烦，不用，我很失望。

火镰展示着故乡人们简单原始的生活。击石取火在故乡20世纪50年代仍在使用，现在已很难见到火镰的踪影。上点岁数的人谈起它也只是津津乐道而已，想从哪个角落搜出一副也是不容易的事了。

在历史的长河中人类不断地推陈出新。火镰是一个过去的历史证物，被历史的尘埃封境，已成为记忆。但我们现在想来，它是不是更绿色，更环保，会不会又有故乡的男人们重新捡起它，击石取火。也许……

货郎鼓声

在我的童年，20世纪50年代，乡村是寂静的，在寂静的村子里，货郎的到来让村子热闹、喧嚣一阵。

货郎进村了，货郎一路走着，一路摇着小鼓，"吧咚吧咚咚"，拨浪鼓摇来的是热闹、欢乐，货郎总是满脸堆笑，应付着尕媳妇老阿婆们的纠缠。他总是那么好脾气。

货郎的担子一前一后挑着两只大箩筐，每只箩筐上面各有一个玻璃面的扁扁的方木盒，既做箩筐的盖子，又是存放商品的匣子。盒子、筐子是个百宝箱。匣子里面被分割成几个大小不一的小格子，格子里分门别类地摆放着男人爱抽的香烟和打火机，婆姨们需要的针线和纽扣，孩子们的好吃好玩的。黑白相间的塑料蛇，放在地上就像真蛇一样爬，既吓人又好玩。草编的蚂蚱、青蛙，2角钱一只。叮叮糖，2分钱敲一点，5分钱敲一大点，1角钱就可以敲很大的一块了。有钱，自然好；没钱，就用豆面、燕麦面，女人的长发来换。货郎的箩筐里总是带了几个麻袋，专门装这些乱七八糟的东西，估个价，换点针线纽扣什么的，买卖就算做成了，货郎高兴时敲点叮叮糖送你。

拨浪鼓是召集令。女人们像麻雀，叽叽喳喳汇集到货郎歇脚的地方，手拿针头线脑、几尺花布，与货郎讨价还价。就这样，货郎的一根黝黑的扁担，一头担着乡村的朴实，一头担着女人们的欢笑，这就是乡村货郎，小小的一面拨浪鼓，敲响乡村的朴素和农家的愿望，也敲响了乡村浓浓的乡情。

拨浪鼓是勾魂牌。听到拨浪鼓声，孩子们就奔出自家的大门，胆大的孩子们围绕着货郎，拥挤着、尖叫着、欢呼着，我无声地用惊喜的、好奇的目光注视着货担……

当时的孩子们一般手上只有一、两毛钱，或者根本没有一分钱，货郎会鼓励这些没有零花钱的孩子"以物易货"。货郎要的"物"主要是铜和铝。我们手头的铜，就是从地里捡来的麻钱，不知是何人那么粗心将一些麻钱遗失了，又被堆进粪土里施到了地里。所以，那个时候的孩子会在地里捡来麻钱。货郎挑着的筐，就会分别存放货物和这些碎铜的。

我喜欢货郎的那些颜料。那颜料的颜色格外鲜艳，现在的水彩色、国画色都没它鲜艳，后来我才知道那是矿物质，鲜艳中放射着金属的光泽。我积攒的猪鬃等物，就换些他的颜料。回家后把我的连环画小人书涂得五颜六色的。我还喜欢一种泥响响，叫陶土鸡。陶土鸡有大人们的拇指大，是用黏土捏成鸡样，肛门部位开一个小孔，底座处一个出口孔，文火烤干，鸡身上涂上红绿颜料，人用力往里吹气时会发出"吱吱吱"的声音，好吹，好听。但我不能太奢侈，买了颜料就只能瞅瞅那可爱的泥响响。

女儿们就是换小镜子、发卡、耳环和镯子。妈妈换的较多的是各色漂亮的丝线，那是她闲暇时绣花用的。

货郎是一台戏，货郎是一种风景。货郎从这个村到那个村，从春天走到秋天。"吧咚吧咚咚……"清脆的拨浪鼓声响起在寂静的村庄的时候，人们知道，那是挑来的希望。

　　远去了，乡间的货郎。

杀年猪

故乡给我留下红火记忆的，杀年猪是重要的一件。每年只要一进腊月初八，家家户户就要开始杀年猪，院里院外嗷嗷的猪嚎声，孩子们戏耍的欢叫声，响彻庄子。

在我的记忆中，每年只要一开春，再困难的家庭，省吃俭用也要喂两头小猪。像猫一样的小猪捉回来后，一瓢水一瓢食的喂养，到了年底就可以长成肥猪，一头交给公家，一头就自己家宰杀了。

因此，有猪杀的人家特别荣耀。尤其是在杀年猪的这一天，大清早主人就起了床，把院子打扫得干干净净。大木桶早早搬来了，等屠夫进门。早餐过后，全身沾满猪血垢的屠夫进门了。这时，大人做一盆猪食，用棍棒在盆里不停地搅拌，不停地嘴里念着"猪罗罗罗，猪罗罗罗"，这叫"喊槽"，说是槽喊得好，往后猪就好喂，六畜就会兴旺。但年猪似乎感觉末日来临，哪里肯跑来吃食，只是战战兢兢地偎在猪圈一角。

杀猪对于我们孩子来说比谁家娶媳妇要更期盼和更高兴，我们可以尽情地做几件趣事儿。

第一件事，拔猪鬃。灶房里的大锅把杀猪用的水烧到一定的温度，屠夫检查了杀猪的准备工作，就开始动手。灶房里几个青壮有力的叔叔们就上前，抓耳的抓耳，揪尾的揪尾，很快猪被捆住四肢，扎住了嘴，抬上了凳。主刀的是专门请来的，算不算屠夫，反正自家人对自己亲手养大的猪下不了毒手。只见主刀的手持明晃晃的尖刀，一刀直朝猪脖子捅进去，直刺心脏。一抽刀，血就喷射出来，早有人用脸盆接了，猪的叫声由尖利变弱，慢慢无声息了，接好的血就送到了厨房。杀猪的满手是血，这时他把手上的猪血抹在猪脊梁骨的猪鬃上，开始拔那里的猪鬃，涂上猪血鬃毛好拔。猪鬃就是做刷子的材料，很能卖钱的，这部分就归主刀的了。等主刀的拔完猪鬃，我们孩子们就一哄而上，拔剩下的猪鬃，已经边沿的了，没猪鬃硬，但还是能卖钱的。

待猪不再动弹之后，接着就是烫猪刨毛，在专门杀猪用的大木桶里盛上开水，据说光是开水脱毛不利，再添些冷水，于是大伙儿一个抓头，一个抓尾，将猪在桶里来回的拖动，还不时地用瓢将盆里的开水舀起，浇到猪的重点部位，大约10分钟，一头杀死的年猪就算烫好了。刨猪毛更麻利，如师傅剃头，主刀的帮手拿着缸碴子，擦擦擦，一会儿工夫，猪毛就全部刨光，猪皮白得发光。

第二件事就是看怎样把一头完整的猪大卸八块，变成一条条肉。接着帮手们把拔了毛的猪用铁钩勾住两条后腿倒挂在梯子上，用马勺舀水在猪身上浇，直到猪白净了，主刀的就在猪腿上用刀尖剔开一个口子，他用铁条顺猪腿捅捅，用嘴吹，吹得猪胖起来，然后就先卸下猪头，猪头就收拾起来，按我们的乡俗，猪头待年三十再煮。接着就镟下猪脖子，因为猪脖子杀猪时挨了刀，浸了猪血，腥得很，那是第一件要下锅煮的，再就是打开腹腔，取出内脏，放到早就等待的筛子里，就有一人专门翻肠子，大肠就是第二道肉，那是当日做灌肠用。小肠和附在它上面的板油就收起挂在屋里，平日里切几段炒洋芋用。接着是镟肉，那利刀不深不浅，从上到下，巴掌般宽的猪肉就一条条剔下来了，其中一条又被下锅煮了，最后剩的是一副猪骨架，一顿斧劈刀砍，变成了一堆肉骨头。一条条猪肉和一堆猪骨头先放在缸里，带血腥气少了后用咸盐、调料腌了，挂在屋檐下，那就是我们一年的肉食了。

第三件事是吹尿泡。我们等待主刀的取下猪尿泡就有欢腾了，立即撕掉上面的油，将里面翻出来，这样尿泡就光溜多了，我们立即吹大，用线扎紧口子，就是我们的足球了，我们踢来踢去，满世界热闹。

第四件事，吃肥肉，吃血肠，吃血馍。吃肥肉不是先切成一片片的，而是一块块的，用一只筷子扎住，拿起来就吃，嘴角就流油。血肠、血馍才是切成片片盛在碟里，放上桌吃的。把蒸出的血肠、血馍和洋芋片一起回锅炒了，累了半天的大人们就上炕吃，我们孩子们没有上炕吃的资格，就一人一碗，捧上吃，炕上炕下，这么多人吃得轰轰烈烈，吃得热气腾腾，也就是这么吃肉才能吃出个香来，饱来，过瘾来。

第五件事是送年猪肉。把血肠、血馍、肉块盛一碗，给街坊邻居送。这是我喜欢干的，到谁家都会听到表示感谢的话，还夸我能干、聪明，那是我很自豪的。

年猪，顾名思义，那就是一年吃的猪肉，储备猪肉让母亲要忙活几天。把猪后腿精肉切碎炒成臊子，装在坛坛罐罐里，一年里吃臊子面就靠它了。把一条条的肉和猪骨头用咸盐、调料腌制了，挂在屋檐下，逢节日取下来一条两条的煮了，吃腊肉。把猪的小肠挂起留下，炒洋芋是剪一小截当油，洋芋就会很香。猪身上的板油，在锅里榨成油，平时炒菜时放些，比菜籽油香，又补充了菜籽油不足的问题。

也没有杀年猪的人家，那样的家庭总令人同情也被冷落，这样的家庭总是很少与人来往，难道杀年猪是对一年里对家庭与社会交往的总结吗？

我们家很穷，但总是年年杀年猪，这使我们很自豪，很感激母亲。杀年猪，吃年猪肉，这是最奢侈的一天，等待着吃挂在梁上的肉，一头猪丰富了我们一年的生活。

神奇的泥炭

我到离家五里地的侯治村亲戚家去拜年，我称呼为姨夫的对我挺热情，在炕上点起来火盆，给我烧水熬罐罐茶。那天让我惊奇的是他在炕火盆里烧的是泥炭，我们叫"挖泥"。我一想，知道这里在狼渡滩的边上，挖来"挖泥"很方便。

挖泥有的地方叫做草炭或是泥煤。那些长年被水淹的草丛，草根不断腐烂、沉积，形成有机质的土，这就是泥炭。泥炭是煤化程度最低的煤，是煤最原始的状态。我们这里的的泥炭有两种，一种就是煤化程度好的，看起来不见草根树枝的，颜色黑中透蓝，很密实，能看出来一层层堆积的年轮，烧起来烟少，温度高，他家烧的就是这种泥炭；另一种就像沉积的树枝草根，黑褐色，互相钩钩连连的，烧起来像烧压制出的草根块。

泥炭是沼泽在形成过程中的产物，有沼泽地就有泥炭，狼渡滩、草地、罗儿沟等沼泽地和湿地就有泥炭。泥炭的主要来源是泥碳苔或泥碳藓，死去的沼泽植物乃至于动物与昆虫的尸体，成为泥炭的形成来源。这些物质在死亡后沉积在沼泽地底部，由于潮湿与偏酸性的环境，而无法完全腐烂分解，因而形成泥炭层。

　　姨夫说，这挖泥除了烧火之外，它又是很好的肥料，无毒、无污染，持水、保肥。姨夫一看我对挖泥感兴趣，又给我讲怎样挖"挖泥"。就是先在沼泽地里用锹或者镰刀，切出一条一条的泥炭，码放在没水的地上，码放高了，水就困出，等几天后水困得稍干时，用牛车拉来晾晒在院子里、墙上，等干了就有用场了。

　　从姨夫那里让我更加喜欢挖泥了。后来我知道，近年来人们在发掘新的能源时，充分肯定了泥炭在农业生产的显著效益和发展上的广阔前景。同时，利用泥炭作为化学工业原料，生产各种类型的新产品，如从泥炭中提取蛋白饲料、生物生长剂、植物刺激素、吸附剂、医药制剂等等，还有些泥炭适于制成建筑材料，如钻井稳定剂和稀释剂、陶瓷工业原料调整剂、水煤浆分散剂、污水处理剂、离子交换剂等。

　　近年来提倡环境保护，封山，挖泥炭的人家少了。那些孕育泥炭的沼泽地、草滩不再伤痕累累了。故乡的泥炭，会有一天成为一种珍贵的矿产，我们期待它之后的奇迹。

救命的苦苦菜

我的故乡，百草园中，有的是野菜，其中有野葱、野蒜、野韭菜、马银子、车前子、地地菜、麦麦菜……而苦苦菜，是各种野菜中最好的，和我们的生活密切相关，是我们的家常菜。

苦苦菜，一种非常可口的野菜。刚刚发芽出土的苦苦菜从根部挖出，其在土里的部分白嫩白嫩的，凉拌着吃鲜嫩可口，等出土后的苦苦菜嫩黄嫩黄的，不苦，好吃。

再长大些就苦了，这时的茎叶折断时，乳状的白水从折断处溢出，像是告诉人们它有营养。可那乳汁苦中带涩。我们就有法子让它不苦不涩，先把苦苦菜用双手揉搓，揉搓出那苦水来，然后放入锅中煮，待半熟时捞出，泡在清水里，当清水变成淡褐色时，苦苦菜就不苦了，就可以炒，凉拌，或者在锅里做拌汤。

我们在白菜和苦苦菜中选择一种菜的时候，我们就选苦苦菜，白菜是水性的，苦苦菜就显得充实，能吃饱。

遭年荒时，那苦苦菜就像懂得人心似的，生长得格外茂盛，来补充人们的口粮的不足。1962年8月1日至4日，连续四天冰雹袭击，待冰雹去后，天大晴，烈日把被冰雹打坏的庄稼、绿草暴晒为干草，盛夏时的山野不再是好看的绿，而是呈现出成片成片枯黄的冬景。眼看今年的收成没了，又是饥荒未过的年头，我的长辈们唉声叹气，这时的苦苦菜就赶来救人。苦苦菜的根，横在地下延伸，就叫它横根，遍布田野，横穿于土壤里面，横根所到之处就发芽，雹灾之后地里没庄稼，它迅速繁衍生长，没几天的工夫，苦苦菜便在庄稼的枯枝缝里冒出，胖胖的，绿绿的，成片的，连天的。

当我们吃饱肚子时，我们会为苦苦菜而歌颂，就会说："毛主席吃过我们的苦苦菜"。那是指当年红军长征路过闾井，曾在闾井街住宿过一夜，房东为作为房客的毛主席做了一顿苦苦菜杂面拌汤，毛主席吃了之后大加赞赏，说好吃。当年的军事行动是保密的，谁也不知道毛主席住在哪家，是否吃过苦苦菜，是否夸过苦苦菜，但这并不影响故乡人借长征，毛主席说事，说说故乡苦苦菜的好。

苦苦菜就这么光荣，伟大。

我的童谣

我排行老二，我是哥哥领大的，大妹是我领大的，二妹是大妹领大的。在农村，大人忙农活，整天在阳婆下，在地里，当保姆带孩子就是家里稍大的孩子的事儿。

领孩子确实是一件苦差事，闹心。我领大妹的时候，就一心盼着她睡觉，她一睡觉我就解放了。我把她放在我的腿上颠，哄她睡觉，我嘴里哼唱着儿歌，"哦，哦，哦呀呀，娃瞌睡……"这儿歌是个催眠曲，但她就是不睡，倒是越颠越哭，她不停地哭，我不停地唱，唱得我口干，她不甘心坐在我的腿上，想让我抱她起来，抱起来就更费劲，我不想起来，我还是不停地颠，颠得我满头汗，她还是个哭，我就气不打一处来，我就扇她，她就哭得歇斯底里。

我就比妹妹听话多了，记得母亲在油灯下唱这首儿歌的时候，我一会儿就睡着了，于是我很委屈，我也哭，嘴里还是混混沌沌地念——

哦，哦，哦呀呀，
娃瞌睡，拾麦穗，

麦穗拾得吊吊的，
把娃喂得胖胖的，
打发羊倌告状去。
一告告者罗儿里，
碰着两个瞎子打捶哩，
别打，别打，有我哩。

是我的儿歌感动了她，还是她自己哭累了，就睡着了。我被解放时，我满院奔趟子。后来妹妹长大一些了，喜欢和我做游戏，把她放在我的腿上两个人手拉手，拉来拉去，嘴里唱着——

扯咯吱，割板板，
阿舅来了擀饭饭。
擀白的，舍不的，
擀黑的，羞人哩，
杀公鸡，叫鸣哩，
杀母鸡，下蛋哩，
杀鸭娃儿，跳弹哩，
一跳跳到张家大院里。

咕噜雁，
扯麻线，
一扯扯到间井里，
阿婆想吃油饼里。
油饼柜上放着里，
阿婆肚子饿着里。

阿婆吃了没给的，
给了一张鞠吕皮。
咔嚓咔嚓摇着里，
摇到你家屋里去。
热了锁在柜子里，
冷了搭着脊背里。

鞠吕是公山羊，这阿婆也太傻，一张油饼就送人家一张羊皮？就说上一条，阿舅来了没饭饭，也就太小气。儿歌里总是这样一些想恶作剧似的情节，其实我之所以喜欢这样的儿歌也是因为这个恶作剧的缘故吧。

母亲教唱我们许多童谣。当她在夜里的清油灯下做针线的时候，童谣的旋律就缠绕着我们兄妹。"一二三，爬上山，四五六，翻跟头，七八九，拍皮球，张开两只手，十个手指头。"我们就从被窝里伸出小手忙乎起来了。母亲问，什么好？我们小嘴齐声说，公鸡好，公鸡喔喔起得早。母亲问，什么好？我们说，鸭娃儿好，鸭娃儿嘎嘎爱洗澡。母亲的童谣有时候逗我们乐，说唱中我们兄妹哈哈笑，欢乐充满土屋。

童谣，是童年时期最早的文学熏陶，它常常蕴含着一种智慧，又在潜移默化中教育我们做人处事的一些道德规范。

童谣，是属于宁静的乡村。

童谣，是带在身边的乡情，是陪伴一个人浪迹天涯的真实故乡。

坐上牛车去看戏

鲁迅《社戏》里的小船在他家乡的戏台前碰碰撞撞的；我们的牛车在我故乡的戏台前挤呀挤的。

旧时的戏台对着城隍庙。小时候见过镇上街道的这头戏台在，那头的庙没拆，这肯定不是城隍庙了，因为城隍庙在县城里才有，这是什么庙，里面有神像，但都缺胳膊少腿的，后来就拆了，接着旧式的戏台也拆了，现在我们看戏的戏台是新的，离正街稍偏些，大概为了使戏台前广场更大些。戏台正面一侧是人群站立着看戏的地方，另一侧是停牛车坐在车上看戏的地方，那些住家离街道远的人们就赶上牛车来看戏。那是故乡的六月十五，骡马交易会，会上有戏唱，那是热闹的地方。我家距离戏台只是一里路，用不着赶牛车，但父亲还是热情高涨地赶着牛车在戏台前挤个位置，让我们坐在车上看戏。我们的牛车一停好，父亲就把随车带来的草料撒在地上让牛吃，牛就不顾人群的欢乐径自吃食，拉屎拉尿，车上的人就闻着牛尿味、牛屎味，仰头等戏。

戏台坐北朝南，戏台很高，台面不大，也就只够几人表演，大场面肯定不行。到下午三四点了，台上还是空无一人，没有要唱戏的踪影，等待的人群不耐烦了，就在街上串。街两边摆满小摊，卖凉粉的，卖核桃仁糖的叫声最高。卖麻花糖的，卖小饰品的抱着簸箕在人群中来回窜，挺机灵的样子。

我等啊等，终于戏台上有人了，这时候文班子开始校音，板胡吱勾吱勾的响了一阵，结果这帮文班子又走了，我们白等了。又过了一会儿，武班子上来了，锣打头一响，锣鼓家什一阵猛敲，就把我们的情绪调动起来了。父亲说，这不是开场，这是打闹台，还得等。果不然，那帮武班子敲一阵儿后，坐在那里开始抽烟喝茶了，开戏好像又遥遥无期了，真吊胃口，等戏的过程比看戏的过程还要漫长。

等太阳偏西了，台上终于开戏了，一阵锣鼓不紧不慢地敲过后，扭扭哒哒上来一位古装的中年妇女，据说那就是青衣，她动作不多，尽在那里咿呀呀地唱，我说不好看，母亲说，那不是看的，那是听唱的，唱得好。我听不懂她唱什么，心里就抱怨怎么还唱不完，怎么还不下台？我要看武戏，终于等到武生出场了，一阵欢快的锣鼓声，听见幕后一句人声："耳嗨——"一个身背旗子，手拿马鞭的武生就上场了，上场后碎步绕场一周，旗子在身上飘舞着。我就喜欢这戏子身上的长铐，威风极了，漂亮极了。但他的戏不多，很快就下去了。看了武生的戏，我喜欢的戏也就看完了。我溜下车，在街上挤，看人，看热闹。

因为开戏晚，没等戏演完，很多人过早地架起牛车回家。我们被挤在中间的牛车也就可以走了，反正对于父亲来说排场了一回也该回了。牛车上是竹子编的筵子，我就睡在筵子里的甘草上，车被土路上的石子颠得振荡着，牛脖子一上一下，又使车桅晃悠晃悠的，我就睡着了，走不到一里地的时间，我像睡了长长的甜甜的一觉。

看戏，虽然没有看完，正因为这样，留下的是童年时的红火热闹，如果等到最后戏完人散，留下的将是对萧索的惆怅，我说这样看戏好。

　　这几天学校是放假的，我们跑野了，但大人们有办法，第二天早早便把我们打发到山里去，我就在山里学武生"耳嗨耳嗨"的乱喊，狂奔。

第四辑　浪漫故乡

从旧社会到新社会

大人们总爱说，旧社会如何如何，我现在要讲述的儿时用具，有些就是旧社会如何如何中所提到的用具。

我记事时已经是土改之后的事了，在别的地方旧式家什、家具之类的已经不用了，被新式先进的家什、家具替代了。我们老家因为偏远的缘故吧，一些在其他地方已经消失了那些用具，在我们那里还是顽固地没有退出人们生活的领域。以下我记述几样吃、穿、用，现在看来很落后的，但在我记忆里却很温情的用具。

油灯。先是清油灯，灯具是用烧瓦的材料烧制而成的，也可叫瓦灯。灯台高约20厘米，底下是一个稳固的圆盘，中间是灯杆，上面是一个像勺子似的可盛清油的，突出去的小嘴嘴就是放捻子的嘴嘴，捻子是自己用棉花搓出来的，长长的，盘在灯盏里，然后倒上清油，用洋火点着，黑暗的屋子里就有了温馨的光亮。那时候我们的妈妈就在灯下拉鞋底，讲述吃人婆的故事，那油灯就在故事中慢慢结出灯花，在火苗中亮晶晶，先是结出一个，之后又生出两三个，妈妈就说结油花是好事，明天有亲戚来，亲戚来了有好吃的，我们就盯着油花期盼着明天。多数时间油花预告的不灵，没有亲戚来。后来清油灯就被煤油灯替代了，煤油比清油便宜多了，很快煤油灯就走进了家家户户。先是自制的煤油灯，用空了的玻璃酒瓶子装上煤油，在瓶盖上扎出一个孔穿上捻子，就是一个新式的煤油灯了。煤油灯比清油灯光亮了许多，我们就享受到了时代的进步。

主腰。一种形似马夹的上衣，无袖。大多用白粗布自己家人缝制。主腰下部前面是统一的口袋，出门可以装很多东西，暖和又实用。一般由经常出门的男人穿着，我也有一件，很大，不适合我的身材，那肯定是大人穿过的。那主腰大大的口袋我用来装馍馍、弹弓，很是方便。我们那里太阳大，紫外线强，更适合长袖衬衣，短袖的主腰很快就消失了。

簸簸。这不同于大人头上束头发的簪子。簸簸，字典里解释是"盛筷、勺的竹笼"。簸簸，就是另一种东西了。用来装束女人头发的工具。束簸簸的发型，就像唐装里女人的发式，显得高贵典雅。用簸簸梳头，不能自己完成，得有人帮忙。于是邻居家的大妈就到我家，和我妈互相束簸簸。看出来了，束簸簸是妈妈们拉家常的时间，看见我就从我说起，有时候大妈夸我，说着说着，就说我的不是了。我就赶忙躲了。农家女人没有功夫三天两头地束簸簸，就抹上大麻熬得汁液，主要是为了定型，也显得光亮。这样，十天半个月的不用束簸簸。可平日里顶着个簸簸，睡觉舒服吗？这些只有束簸簸的本人知道。

风趣的捉鱼

故乡见山就有水，见水就有鱼，那些大大小小的河内有一种金斑间齿鱼，又称细岭鲑，我们把它叫做间井鱼。这种鱼体形修长，体表生有红色或金色斑点，那鱼在水里上上下下地游，十分悠闲十分好看，给河水许多情趣。这种鱼肉嫩，味道鲜美，营养价值高。相传明代岷州官员曾向当朝大清康熙皇帝贡献，康熙食用后赞口不绝，间井鱼便而蜚声古今。张淳诗云："西川稞老家家酿，间井鱼肥处处筌。"西川是岷县的西川，与我们关系不大，但诗歌是对仗的，又能反衬出间井鱼的好来，我就引用了。

有鱼又是好吃的鱼就有人捉，捉鱼的法子有好多种，有些纯粹是鱼趣。下面我叙述几种。

打鱼。打鱼真打。天下暴雨了，河水涨了、混了，大概鱼也爱不了那混浊的泥浆，被呛得漂出了水面，有的已经翻着鱼肚，白白的河面一片，这时候你拿着大棒，站在岸上，一棒一棒打过去，碰巧了，打到了一条鱼。

摸鱼。小河弯弯曲曲的流，深深浅浅的流。河里因为有大大小小的石头，石头使河水绕着它流，就形成了漩涡。漩涡有深有浅，小鱼就在水中来来回回地游玩。河里有大石头，大石头形成大旋涡，水就很深，鱼们在那里群聚、嬉戏的就多，小河就是鱼虾的乐园。我们常常在石头底下摸鱼。先把水搅混，吓得鱼群躲藏在石头底下，我们脱了鞋，下到河里，移呀移呀，小心地移步到大石头跟前，双手慢慢地伸到石头下面手和石头之间得留有空隙，手型就是像捧什么东西那样，那石头底下正藏着小鱼，就是要捧小鱼，此时突然将双手合紧，说不定就捧到小鱼了，这就是摸鱼，像瞎子摸鱼。摸到鱼之后大呼小叫的，很有趣的。

钩鱼。没写错，不是钓鱼，是钩鱼。钩鱼有一件工具，用一根细溜、软弹的竹竿，这竹竿就是我们当地山里长的箭竹，家里用箭竹竹竿做农具时常就有。在竹子顶端拴上一只用铁丝弯成的钩，最好是钢丝，钩尖磨尖了，这样钩鱼的鱼竿就做成了。鱼竿长约两米，颤颤悠悠的，然后我们拿着鱼竿来到河边，在漩涡水深处，这样的地方鱼群多，一群鱼儿在清澈见底的水中游来游去，鱼儿像是吃饱了，悠闲地游，快乐地游，我们不管鱼的感觉，看准了，算好了鱼游的速度，摔竹竿进河里，手一颤，竹竿就一弹，有时恰巧勾住鱼的肚子，再向身后一拉，一条小鱼就被摔在了浅草中蹦达。这个提鱼法，显然是一种游戏，而且是需要技艺高超的游戏，不是每个人都能勾到鱼的，勾到者欢呼雀跃，一定比蹦跶的鱼跳得高。

捞鱼。在鱼产卵期，鱼儿就争先恐后地往上游跑，好像挺傻的，挺固执的。竹篮子打水一场空，可竹篮子捞鱼就不空，这时是捞鱼的好时机。把竹篮子拴上绳子，到河道狭窄、水流喘急的地方，把竹篮子慢慢放下去，稍候一会儿，猛然把竹篮子提出来，也许就提上来一条鱼。

挖鱼。在经过冰冻的冬天之后，初春，河谷还被残冰覆盖着，而隆起的河岸已经消化，那河岸的地下有河水，就有鱼躲藏，不知是谁想到的办法，把河岸挖开，就能捉到那下面的鱼。我们就以此办法，选好有漩涡的河岸，用铁锨挖开，抱走整块的土块，就见一窝鱼乱蹦跶。

抓鱼。深秋，故乡的天气就变冷了，开始结冰。夜里河水涨潮时，小鱼就游到了涨水处的石头堆里，小鱼不知道自己是否处在安全地带，等到后半夜，河边的浅水就结薄薄一层冰，呆在河边的小鱼被薄冰阻住了，就回不到河里，那些被阻的鱼，就像农家铜脸盆上浮雕的鱼，静静地呆在那里，成了浮雕。这鱼最好抓了，一脚把冰踩破，伸手就抓住鱼了，一堆堆被抓进了人家的水缸里，这种方法抓到的鱼太小，不值得吃，在水缸里养了几天，鱼终因缺氧而死亡了。

亲历狼

大人们说起凶残的动物时，不外乎虎豹豺狼，故乡里虎豹豺不再有，狼就是唯一凶残、可怕的动物，给我们留下许多故事。

那时候的狼，离人们是很近的，它无论白天黑夜总是闯进我们的生活。记得有一次我们全家在院里围着笸箩吃蒸熟的洋芋时，突然听到小猪吱的一声叫，我父亲反应快，大喊一声："狗扯——"，我家的大狗机灵的做一次嗅物状，一个猛扑冲出院子，父亲接着喊一声："打狼！"冲出院子，我们兄妹也是童声脆脆地喊，"打狼！"一起冲出院子。

此时门外的地头已是热闹非凡。随着我家狗的一声叫，唤起了全村的狗吠，都冲到了地里追狼，一场战斗开始了。敌方，狼咬定了小猪，肩驮着小猪跑。这边领头的是我家那只狗紧追。追得渐渐的近了，那狗一个箭步，扑上去，朝着狼的屁股就是一口。感情是狼被咬疼了，狼就松了口，放了小猪，返身对狗摆出决战的架式，但只是瞅瞅，大概知道寡不敌众，未敢冲过来，稍一顿，夹着尾巴灰溜溜地跑了。这场本该惊心动魄的战斗瞬间结束，一场更精彩的狼狗大战没发生，这让我们孩子们感到遗憾，但那天狼叼小猪的情景，还是让我们兴奋了好半天，也引来了大人们讲述关于狼的精彩的故事。

其实狼是远离人群的一种动物，你不逼急它，它是绝不伤害家禽、家畜和人的。如果它饿急了，把人看作一块肉的时候，那也是人类抢先吃掉了属于它的野鸡、野兔和野鹿。

我没见过更多的狼，见过最多的一次只有三只。那天，父、兄和我在山里犁地，父亲随着犁地和牛翻过了山梁，我们兄弟两人玩的正在兴头，这时有三只狼，个头从大到小，成一路纵队，向我们走来。这时，我家的狗没了往常汪汪的叫声，一味地发出吱吱的哼声，屁股蹲在地上，浑身战栗。这更骇人，我大气也不敢出，也不敢喊父亲救命，当时有种天塌地陷的感觉。

再看那三只狼对我们不理不睬，昂首阔步，悠然地扬长而去。好久，我身子发软，见父亲从山梁犁过来，我已没气声告诉狼来过了，等讲出来已经是后来心平气静的时候。

自那以后我对狼的大气颇为敬重，不只看作是偷吃小羊小猪的凶残动物。

儿时，我的老家有山林、箭竹、清泉、幽涧，有狼出没，有关狼的故事不断出现。但我知道，现在这已是童话般的期待，那里已人少水稀，山高林寡，多年不见狼的踪影了。

羊倌

太阳离山尖一杆子高了。羊倌赶着全村的羊回来了。

羊群在小河上游大石头后面刚一露头，娃们就呼喊上了："羊来了，驮来电了！"于是一溜小跑，屁颠屁颠地跑进民办教师家的院子里，民办教师就抬出他家的黑白电视机打开，娃们就安静了。娃们不知道电视插转台是从这时开播的，羊倌的羊回来的很准时，总是电视开播的时候，全村娃们就知道羊驮回来了。

大羊缓慢地走，小羊欢欢地跳。羊一进村，就像炸开的土疙瘩四散了各奔自各的圈。羊倌蹒跚着罗圈腿，不倒翁似的晃着走。

大羊领着小羊，公羊领着母羊，羊嘴顶开了一扇大门。

门里老子正在骂儿子："你个牛日的，还不放牛去！"儿子不喜欢做作业，却喜欢放牛，于是放下书包赶着牛到村前的草滩去。放牛的娃们一多，就在一起乱扑乱扎，满地打滚儿。羊倌路过，提醒说："当心扭着脖子。"娃们说："不咋的，我们在甩蚊子。"蚊子就嗡嗡地跟着羊倌。

羊倌把几只黑羊赶到了第二家，那家男人正在骂婆娘快做饭，婆娘抱着娃敞着怀喂奶，对男人的喝令不理不采，一个怒一个乐。

羊倌说："就会个骂"。去了另一家。

羊倌把羊赶到各家，就到派了饭的人家去吃饭。一进饭主家大门，年轻女人嘴红红地说："进来，屋里坐。""不了，就这里。"羊倌还是老习惯，院里随便石头、木墩的坐了，端了洋芋面片吃。

年轻女人看着羊倌黑亮、坚硬的胳膊上隆起的肉，就凑过来。"饭好吃吗？多吃点。"又问："山里一个人，寂寞吗？"羊倌哼哼着。

年轻女人捏捏羊倌臂上的那坚硬的肉，说："放羊钱能免吗？"香风在羊倌的耳际呼呼的。

羊倌不动声色，扑通完饭，黑手一揩嘴，说一声："把饭牌给下一家。"就出门了。

村里一帮小伙子出了村，去镇上看镭射电影。见到羊倌，呼拉围上来说："羊倌丢个慌。"起初，羊倌不理，纠缠不过，急急惶惶地说："东山上狼咬死了牛，我急着取菜刀刮肉哩，哪有那闲工夫。"这一说，有几个小伙子奔回家，拿菜刀往东山上去了。

羊倌悠哉游哉地回家，又被一群唧唧喳喳的女子们围住了，说："羊倌，讲个古今。"羊倌顺口说："山上有个庙，庙里有个和尚……"说着拨开姑娘们径自走了。"这球个古今。"身后留下一串串脆脆的笑。

羊倌干完了一天的活儿，上了炕。他往席上躺，听见自各骨头架子嘎巴嘎巴的响声。

夜静了，村头山下一声狗叫，汪。村西山下两声狗叫，哐哐。

春倌

日子到了腊八，过年的味儿就浓了，其中把年味儿搞浓的就是春倌。

春倌真是个官。临县宕昌县有个地方叫良恭，这个地方的人冬天闲着没事儿，大男人就三三两两走出家门，寻点儿光阴，零散着去为附近各县、各镇、各村的人家上门"说春道福"。据说在清朝时，当地的县官觉得这是件为他人报春祝福，自己又能增加收入的大好事，就高兴地把他们说春道福的人封为"说春的人"，于是他们就是官封的"春倌"。

儿时的那年，不知春倌是什么时候进我家大门的，又什么时候进堂屋门的，我就突然听见一种轰然响起的声音。那声音就像是对着空水缸发声，共鸣特别，当那么轰轰然响时，似乎连我家的每件家具都随着那声音发出嗡嗡声。我从这种声音引发的幻觉中清醒过来时，才听出是人声，有人在唱歌。

这是一种奇巧的声带颤动，胸腔的共鸣，口腔的滋润，又从嗡嗡的低音转为尖细、清晰的高音，他们满腔热情地唱着，我听不懂他们唱什么，只觉得唱得好听，后来是母亲告诉我，他们唱的是：

"进得门来喜冲冲，墙上挂的八斗弓。八斗弓来三扣箭呀，养下的儿子翰林院。金堆银砌富贵门呀，养下女子坐皇宫。"

春倌是两个中年男人，一人胸前挂着一头木牛，大约四五寸大，那木牛铮光崭亮的，据说这就是春牛。母亲说："'春倌的牛——麻缠'，快去拿麻线去。"然后将麻线麻缠在春牛身上。据说春倌走后，就会带走麻疹、水痘、天花等疾病，给家家小儿带来平安。

另一人肩上搭着个褡裢，那是施主给面粉时盛面的。春倌刚唱几句，母亲就喊我快给舀面，我就尊令跑到面缸跟前，揭开盖，挖一勺燕麦面。我被春倌的歌声感动，我挖给的是我爱吃的燕麦面而不是我不爱吃的青稞面。春倌笑嘻嘻地接过倒在褡裢里。一经得到赐予，春倌就不唱了。春倌拿出一张帖子，那帖子是16开大的黄纸，印着春倌自己木刻的这一年的24节气和一幅春耕图，这就是春帖。然后春倌高兴地走出大门。

我不满意母亲，我问："春倌刚唱几句你就不让人家唱了。"母亲说："他们也不容易，一家家走，每家都那么唱，累坏他们了。让他们少唱些，节省点体力。"

哦，母亲这么想，使春倌在我的心目中更可爱了。我不甘休，追出去听他们为下一家送春，后来跟的孩子多了，就成了一支浩大的春倌队伍，小村子就涨满了春潮。

春倌送春的声音一直被我记住，经常想那个嗓子是怎么发出那么美妙的声音的。等我长大了，我就学会了春倌的《天宫送财》曲调。词如下：

三寸财门九寸开，天官赐福送财来。一送父母常百岁，二送粮食满箱柜。三送牛羊占山岗，四送骡马成双对。五送五子来登科，六送六畜多兴旺……

女人的小脚

我母亲的脚小，曾经裹过，是那种裹了又放开的小脚，没有残废只是小些。母亲算是赶上了好时候。1919年5月，县成立"天足会"，提倡妇女放足。于是村庄减少了女孩缠足疼痛的哭声，正是母亲赶上了这次运动。但村里和她年纪一般大或者比她大的妇女们却是十足的小脚。

缠足的具体做法是用一条狭长的布带，这布带，我们那里叫"裹脚"。见过母亲的裹脚，那时母亲不穿袜子，出门下地前用裹脚缠好脚。缠足时用这根裹脚，将女儿的足踝紧紧缚住，从而使肌骨变形，脚纤小屈曲。这会是什么感觉？母亲说："缠好以后两只脚可能痛得不能走路，要勉强挣扎着，才能用脚后跟垫着走，走一步痛一下。夜里睡觉时更痛了，痛得睡不了觉，有时痛得抽筋，夜夜疼醒。"

在缠足时，女儿家怕疼，常会偷偷解开缠脚布，或是哭叫闪躲不肯缠裹，母者劝不听，往往拿起鞭子藤条气得到处乱抽，有的时候气极了，故意抽打其双脚，这是不肯裹脚的处罚。缠足有更狠的，用洗衣服的木棍棒槌朝着脚趾用力捶打，敲到脚趾脱臼骨折，这种做法不但容易裹瘦裹小，而且一双脚特别软绵，柔若无骨。由此可知，裹脚，是怎样残酷的一件事儿。

"第一娇娃，金莲最佳，看凤头一对堪夸，新笋脱瓣，月生芽，尖瘦帮柔绣满花。"这是谁说的，赏玩女人的小脚成为癖好。小脚，成为文化人眼里女性美的一个重要标准。文化人有很多对小脚的赞美之词，什么"三寸金莲""香钩"等等，甚至还制定出了小脚美的七个标准：瘦、小、尖、弯、香、软、正，又总结出了小脚的七美：形、质、资、神、肥、软、秀，这般曾经的博大精深，在我们看来真是无聊透顶。

小脚，也就是一双脚，一双生长在我的母辈身上的脚。

试想当年，小脚也曾有过耀眼的光焰，也曾是多少汉子的羁绊和牵挂。

小脚，踩踏的不是地毯，踩过的是石子土路，依偎的是岁月斑驳的门框，陪伴的是鸡屎牛粪。

小脚，曾经叮叮地敲响中国大地，比高跟鞋早荣耀了五百年。曾经被认为是一种时尚，动人、美丽过，但毕竟被一种信仰挤压、扭曲、畸变过，让曾经无数少女痛苦的呻吟。

小脚，是历史的名片，一个光耀抑或是耻辱的名片。踏过晚清，走过民国。

日子新了，然而你的脚印跌落在历史的脚印里，你的梦破碎在一片片的叹息中。

在天足的交响乐中，你演化成一个小音符，也许是一个无声的休止符。有些东西，一夜就可以消失，但小脚却演化成雕塑，一个中华母亲亲切的雕塑。

蓑衣烟雨端午时

端午的日子，是细雨浇来的。在五月初的日子里，白雾扯着雨丝，绵绵的，柔柔的，野草在雨水丰沛的日子里疯长。

端午那天，我早早被母亲用巴掌拍醒，说："起，折杨柳去！"我揉揉眼睛，爬起来穿好衣裤。在端午的烟雨中，在鸟鸣声中走出大门，先用露水洗洗脸，然后去折杨柳。小河边生长着一种灌木，叫绵柳，簇簇丛丛的，我折来绵柳的柳枝插到大门、堂屋门的门框缝里，高兴地喊："过端午了。"

过端午，折艾蒿。我被母亲打发去折艾蒿，地埂离我家的院子不过十米，我在小雨中向地埂走去，那时小草们还没有长高，不会打湿我的裤腿，不会让我在冷雨中瑟瑟发抖。那些翠绿的小草上，凉凉的露珠儿像是在笑，一种微醺的笑，我在露珠里折艾蒿，艾蒿的香先是充满双手，接着是我的衣襟，之后是我家的屋檐，我把艾蒿晾晒到屋檐梁上。

端午的鸟类最欢快，鸣叫最清脆。故乡的端午总在云雾中，鸟叫声就交织在雨雾之中。麻雀成千只聚到一起，叽叽喳喳地叫，布谷鸟咕咕地叫，红鸟婉转地叫，野鸡嘎嘎地叫……这山里的很多鸟无拘无束地叫，鸟叫声组合成大合唱，给浓雾一种立体感，空灵感。

端午，蓑衣烟雨时。我们那里的蓑衣大都是一种叫冰草编制而成，这种草虽然有点儿沉，但很结实，蓑衣就耐穿。羊倌、牛倌总是晴天背着蓑衣，雨天穿着这种蓑衣，蓑衣就让山乡别一番滋味。尽管今天蓑衣被塑料雨衣替代，但塑料雨衣不结实，蓑衣仍被应用，蓑衣的场景、生活依然在延续。

没有烟雨就不是端午，至少是大旱年的端午。

端午总在烟雨中，端午是细润的，端午是充满期待的。

猪狼决斗

在我小时候家乡的狼很多，一听到小猪惨叫，定是狼来了，奔出去一看，狼刁着小猪跑了。那只是狼对待孱弱的小猪，如果狼面对的是母猪，母猪并不甘心做狼的美食，母猪奋力反抗，猪狼就是一场决斗，赢家是谁？是猪，要不是亲眼所见，打死我都不信。

那是一年的立春时节，天上飘着绒绒的雪花。只有春天的雪花才那么飘悠悠的，暖乎乎的。雪花飘呀飘的，土地开始解冻了，我们一群孩子在地里挖蕨麻。不知谁家的几头猪，猪嘴也在忙碌地拱土地，寻找蕨麻吃。

这时突然听到猪的哼哼声和自卫的尖啸声，我们抬头寻找，看见两头母猪和两只狼搏斗。只见两头母猪，屁股对屁股站在地埂的斜坡上，像水浒传里的孙二娘，眉横杀气，眼露凶光，身体随着狼移动的方向转动，一头猪管着180度扇面，两头猪就是360度，一个圆周的防卫。

狼是食肉的野兽，天生凶残，此时看着好肉哪肯罢休，转悠着寻找机会，认为是好机会时一跃扑上去。这时好看的一幕发生了，就见母猪把狼一嘴拱得从地埂上滚落下来。狼又转悠，母猪也原地转悠防备狼的攻击，狼再一次出击，再一次被母猪一嘴拱翻。此番战斗并非水浒好汉大战 36 个回合，而是两只狼滚落了三五个回合就败下阵来，无奈地看看两只母猪，灰溜溜地朝山那边溜了。

我们高兴地冲过去拥抱母猪，拍拍母猪的头，抚慰大英雄母猪。

后来想一想，母猪之所以胜利有几个因素：

1. 母猪的防守战术好，互相顶着易受攻击的屁股，而把头面对敌人，盯住敌人的行动，母猪易攻易守。母猪聪明。

2. 那个地埂被挖蕨麻挖得成虚土，狼跃起扑上去借不上力，虚空里飘着。而母猪四只蹄子插进土中，稳如泰山。母猪占尽地利。母猪机智。

3. 猪嘴比铁硬，这两头母猪已经是生育好几窝猪崽的母猪，多年的护崽子行动更练就了铁嘴。猪狼是 2 比 2 双打，母猪屁股对屁股把易攻击的地方护起来了，一张铁嘴对付狼。母猪勇敢。

4. 这里的猪是放养的，平日觅食锻炼了身体，又采食了人生果蕨麻。母猪矫健。

那时候我就想，要向母猪学习，好好锻炼身体，增强体魄，与敌人战斗终是赢家。

中秋圆月

当四下里听到碌碡碾场的声音，就到了中秋节了，我们把中秋节叫"八月十五"。

在合作化时期，土地还是各家耕种的，从地里收获的庄稼就运到自家场院里碾成的打麦场。我对碾场很上劲，因为要撵出的场地除了是打麦场之外，更是我们的游乐场，又有着对八月十五的期盼。我赶着两头牛拉的碌碡外圈里圈地转，结果里圈就碾不到，我哥就接过去转，很快打麦场就碾好了，打麦场外围一圈是椽子搭的架子，把蚕豆、豌豆、苦荞棵子架在架上。蚕豆架如城墙般把打麦场包围。麦子、青稞、燕麦就在圈内摞成一个个麦垛。这些城堡一样的豆子架，如炮楼般的麦垛，除了呈现一派丰收场景之外，是一个童话世界，是神秘的儿童游乐场。地是碾得平平光光，跑起来得劲，麦垛像一座座迷宫。我们弟兄们在麦场里钻来钻去，尽情玩捉迷藏。

我们心里有个期盼，盼望着在打麦场过八月十五。正当八月十五时，我们兄妹就早早地来到打麦场，把碾过的燕麦草铺平等待着月儿高升。当月亮在东山上开始露脸时，父亲端着筛子进到麦场里，我们就停下来，眼巴巴地注视着父亲用衣服罩着的筛子。父亲就让我们盘腿坐，坐成月亮状，月亮就起来了。

月光皎洁，在山乡晚夕的清凉中显得更加清澈，雾气一缕缕地升腾，前山在背光中更加幽静神秘。那天月亮好极了。

等月亮完全露出脸，父亲喊一声："亮宝了。"就扯去筛子上盖着的衣服，袒露出白天准备的水果。有冬果梨、葡萄、石榴，一个个在月光下闪着晶莹的光泽。

中秋节是个丰收节，在我们那里是个水果节，我们这里天气凉，不产水果，因此对于农家来说，吃水果是一种奢侈，我们一年到头只有在这八月十五才能吃到水果。这就使八月十五格外有意义。

我们一人分到一个冬果梨，一小串葡萄，一个石榴，这些水果在圆月下显得有些珍贵，先吃哪个呢？那就先吃葡萄吧，一粒一粒的，一时吃不完。在葡萄的酸甜中，那天的月亮格外圆，格外亮。

这时父亲的情绪高涨，我想他的情绪高涨是因为他能为自己的子女准备一大筛子水果，有脸面过八月十五。那个时候父亲显得特有文化，故事是成串儿的。父亲给我们先是讲过八月十五节，后来就讲他的上辈人的故事，父亲的爸爸、妈妈，还有他的姑、姨的故事，那个时候父亲在我们兄妹的心中形象也特别高大，特别温馨。

母亲麻利地给猪喂完一天中最后的一顿晚餐，猪们在圈里高兴地直哼哼。她就来场里和我们一起盘腿坐，看我们高兴地吃着水果后她又去忙活了。

麦客子

当我们这里到割麦的时节，临县武山县的农民早已收割完了他们自家的麦子。为了盘光阴，就到我们闾井割麦子。于是那些壮男人结伴儿带着自己的镰刀、褡裢，来我们闾井帮镰，也就是来帮我们收割麦子。我们把他们叫做麦客子。他们头戴一顶草帽，腰挂一把镰刀，肩上搭一口袋，袋里装着一件烂棉袄或一床薄被，三三五五的，结伴来到庄稼成熟的闾井。

麦客子的脸总是黑的。伏里的太阳残忍地炙烤着他们。他们的手精瘦，也是黑黑的。他们不太爱讲话，只是脸上挂着微笑，一旦开口，我们这个窝里的人看来，他们的讲话是很怪的，我们孩子们就围着他们问，听他们讲话，然后开心地哈哈笑。他们要说事的时候，只在他们的圈子里说，除非是找东家，才嘻着脸跟我家大人说话，也有开朗的，一天怪腔不断，让天空、大地充满欢乐。

麦客子赶场，可谓武山人的祖传。"爹这相，娃也这相，习惯了，咋也改不了。一年不出来，总觉得有件啥事没做，全年不得舒坦。""出来闲心不操，一天三顿饭主家管，要馍有馍，要汤有汤。"可让我看来，那三顿饭没啥好吃的，早晨跟我们一样吃顿洋芋拌汤，中午不回来，就带上青稞面馍馍，晚上是一顿洋芋青稞面汤饭。"莫说好坏，人家主人一样吃食也没啥说的。"

割麦子是重体力劳动，必须要能吃饭，所以雇麦客子要先看"吃手"咋样。大碗青稞面，面片端在大手里，吸溜吸溜就是一碗，吸溜吸溜又是一碗，吸溜吸溜再一碗，好吃手，定是好割手。

麦客子已吃过饭就开始磨镰刀。他们的镰刀和我们的不同，我们的镰刀是像弯月似的铁打的镰刀，镶一根木头把子，是常见的那种。他们的镰刀是一饼刀片，插在镰刀把子连着一个木夹子上，这镰刀要比我们的镰刀轻便许多。这时取下刀片，在磨石上打磨，先是用粗石，后用细石，反复磨，又用拇指弹试。他们磨刀就像一种休闲，挺有韵味的。

第二天是个大太阳天，割麦的好天。我从他们磨刀就喜欢上他们，我就跟着下地，看他们割麦。他们割麦就像表演杂耍。一刀挥出去，三行麦子就应声而断，紧接着镰刀往后一捋，割到的麦子就落在左腿的脚面上。三刀就是一捆麦束子，不一会儿成排的麦束子就排成行。像士兵似的列队站在土地上。麦客子每天可割一到两亩麦子，比我们家人快许多。

晚上听麦客子和父母聊天，麦客子说："掌柜的，你这三顿饭不是个好吃的！你看，太阳晒得肩胛子上戳下一层皮。"父亲说："其实你们不下地也得晒着。"麦客子说："晒倒没啥，单怕天爷变脸，刚跌个雨星星，就像石头砸在了心上'害死喽，害死喽！麦割不成喽！'不割麦，掌柜的把饭一停，只得打开干粮袋子吃炒面，或吃平时攒下的干馍馍。你这里条件还好，有炕睡，有的家里就得在草窝窝、树荫荫、牛棚马圈里睡，乏得像死驴一样不知道动弹。这些都没啥，最怕赶不上场。这两年麦客子多，掌柜的少，来一个雇主，蜂一样地围住，步子稍迟就跟不上了。再说人多不值价，早先一亩三五元挣哩，现时，掌柜的胸脯一挺，一亩一元二，谁去哩！没办法，照样跟上走。过一半天，一亩几角，或是光管饭，看看再没雇主，眼见这的麦子快倒完了，走，娘的，挣钱不挣钱，挣个肚儿圆……"

麦客子双臂挥动着，去除了东家的担心。因为收割就是和老天爷抢粮食，老天爷来一场冰雹，麦子就会被砸到了地里，如果连着几天大雨，一年的收成也就烂在了地里。看着麦子成一个个麦束子的时候，我们家的大人会说一句平淡而意味深长的话："我家的麦子收了。"

我家的麦子收了，麦客子走了，我挺怀念他们的。

我的牲鞋

"岷县间井三大宝：猪皮牲鞋细叶草，挖泥砌墙墙不倒，养女跟集跟到老。"谚语是说猪皮牲鞋，其实牲鞋用牛皮做的好，因为牛皮薄，牲鞋就软，跟脚；有用猪皮做的，因为猪皮厚且硬，在水中很难泡软，穿上总是夹脚。我家没有牛皮，我的牲鞋是猪皮做的，是不好的牲鞋。

做牲鞋是把一块长方形或者正方形的猪皮或者牛皮对折了，两头用粗线缝合，然后开口处打上眼，穿上鞋带，就是一双牲鞋。穿的时候把皮子在水中泡软了，在鞋中擩上草，最好的草是燕麦草，它软绵、保温；其次是水草，那是夏天割来晒干备用的。牲鞋既然是皮子做的，就有皮鞋挡风的功效，加之在鞋里擩的是暖暖的草，穿着走路，脚和草的摩擦发热，那牲鞋就像两个暖炉。加上它不易进雪水，又胜过布棉鞋。

第二天要穿，头天就要做准备，脸盆里盛上水，把牲鞋泡进去，待泡软了，穿的时候，泡软的牲鞋是随着人脚改变形状，才合脚。但我总是不能把事情做好，猪皮的牲鞋总是泡不软，待穿时，它还是硬翘翘着，像两只坚硬的木船，由着自己的形状来，穿上就咯脚，我的双脚就像戴上了枷锁，疼痛。我又清早起床晚，急忙中没把鞋里的水困干，等我跑到学校之后，鞋里的水就把擩的草浸湿，脚就很冻，坐在教室里，脚冻得先是疼，然后是麻，很痛苦，我就憎恨那牲鞋。班里穿牲鞋的同学不少，大概他们的境况跟我差不多，冻得直跺脚，老师就很同情我们，给我们时间集体跺脚，一时教室里咔咔的跺脚声热闹非凡。

一到夏天，牲鞋就大有用场了，我们那里多雨水，经雨水浸润的大地吱吱地冒水，这时候穿着牲鞋，不用擩多少草，且总是行走在水地里，皮子自然保持软和，又不怕石头硌，树杈戳，我们穿着牲鞋满世界跑。

牲鞋是一种原始的鞋，也是一种贫穷的鞋，生活好起来的人是不穿这鞋的。现在的故乡很少有人穿了，只有牛倌还偶尔穿穿，保留一些昔日的记忆。

第五辑　故乡短章

看春风

　　春风是看得见的。当春风从山乡吹过，不要去感觉，要去看。

　　每年的第一缕春风要在土坑里看。那是头九的第一天吹的，哥说，一开九，土坑里的鸡毛就会随着地气浮动。我们就找到一个小坑，因为土地冰冻着，挖一个小坑是不可能的，我们把几根鸡毛放在坑里观察，我没有看见鸡毛浮动，我觉得我们的方法不对，但我深信开九的那一天地气开始上升，春风就在那时开始温暖山乡。

　　接着看春风，要在小河上看。一股股春风徐徐地，在村边的小河上吹，春风吹开小河的冰层，咔嚓一声，小河的冰层里裂出几声滚雷，一个冬天胀大的小河开始化冰，见小河里流淌清水，埋藏一冬的小鱼就大口大口地呼吸新鲜空气。

　　再看春风，就在小树上看。温和的春风绵绵地，把冰冻的大地温暖在自己的怀抱里，小河边的绵柳吐出了小芽，接着生出了毛毛狗，绒绒地，绵柳就不再那么光秃，满树繁繁复复的，像妆扮美丽的俏姑娘。

　　再看春风，要在出地里看。春风一缕缕，贴地皮滚，滚开了冰冻的土地，挖蕨麻的镢头闪着春光，一串串红红的蕨麻就拾掇在篮子里。马银子长出叶子，嫩嫩的，这是春风奉献最早的野菜，铲了来做熟了就是可口的饭菜。

再看春风，要在人们的脸蛋上看。当春风开始吹裂人们脸蛋的时候，那是乡亲们在土地上忙碌。当黑色的土地泛出泥土香时，被牛蹄印踩上去，被犁铧翻开，种子撒在土壤里，抢吃虫子的乌鸦也把粪便撒在土壤里，土地一派热闹。

再看春风，就在露珠上看。青稞最先发苗了，一个个嫩黄的苗尖尖上顶着圆圆的露珠，露珠调皮地在苗尖上跳动。青稞苗一天天长，露珠也一天天长，青稞苗就长高了，露珠也长多了，春天就更加滋润了，丰富了。

春风看得见，直到满目春风。

早春的打碗花

阳婆在春风里刚洗净了脸盘，天还不那么暖和，这里还是寒冷的大地，还是寂寥的世界。

它却羞答答地在那阳坡地皮上拱出。没有绿的叶，没有挺的茎，平地暴一朵指甲大的小花。

那形状像豌豆花，也只是淡淡的一点蓝，矮小极了，经不住微风的轻拂；文弱极了，耐不住阳光一时半会儿的烧烤。可它是大地的第一朵小花，开在这初暖乍寒的季节里。

男人们看见了，赶着牛车往地里送粪，鞭花儿一个个脆响，健牛跑得噗噗的喘白气；媳妇们看见了，说是冰刺的河水变柔了，于是在冰眼旁洗衣服，裤管挽得高高的，棒槌挥得乒乒山响。

这花毕竟是属于孩子们的。文弱，文弱得像孩子的自尊心；亮闪，亮闪得像孩子战战兢兢看世界的眸子；娇红，娇红得像孩子红晕的脸蛋。

可它怎么有这么一个名字——打碗花？我想带回家，可怕它真打破了碗，惹了祸，屁股蛋挨大人的荆条。还是捧在手心里，悄悄地带回家，在一个平底的容器里，怕淹了花，坏了根，给一点点水，放在隐蔽处。一时半会儿去看看，可它蔫了瓣，失了色，过早地结束了生命。

我哭了，梦里唤，别摘下，别让它离开大地妈妈；留下它，留下孩子挚爱的心。

我懂了，你名字的含义。

打碗花，记录着一个男孩童年的温情、优柔的一面。

布谷鸟声中

布谷鸟吃了瓤儿的花，口角还粘着雪白的一片。

布谷鸟吃了瓤儿浆果，口角染的红红的。

嘎咕，嘎咕——布谷鸟扯去了山乡夜幕的轻纱，清晰了的屋舍、牛圈、小河、小路。

嘎咕，嘎咕——这声音震荡山川、空谷的叫，像是呼唤的号角，于是炊烟和着一缕蓝雾飘动，升腾。

喳喳喳——家雀们加入进去了，讨论着怎样嫁女。

咯咯咯——雄鸡的叫，高亢、嘹亮，划破了早晨腴润、凝重的水气，至上九霄。

咩——羊也在欢唱，大羊小羊的，挤来挤去的温馨。

黄牛躬躬身，牟———声长唤，抖抖歇息一宿的筋骨，这叫声雄壮、朴实，唱出了山乡的主调。

"走嗷——"孩子们嚷嚷着，背着书包，啃着馍馍跑出家门。

梆梆梆——有位少女在河弯里洗菜，胳膊像藕一样的细嫩，目光漫不经心地四处游弋，寻找着一天的新奇。

蹋蹋蹋——少年郎路过，胳膊腿儿壮壮的，目光锐利，说："妹子，起得早。"

少女脸一红，没有回话，低头给一个怯怯的笑。

她和他一道往山里走，布谷鸟在他俩的头上咕咕的叫着。

牧猪

露珠晶莹剔透的，穗儿的眼珠儿晶晶亮亮的，一个十四岁灵气的女孩赶着一群笨笨的猪去放牧。

后妈生了一个儿子，母猪下了一窝猪娃。后妈爱儿子，母猪疼猪娃。穗儿没人爱，常被后妈打骂。爸爸说你放猪去，山里清静。穗儿就作了猪倌。

穗儿赶着猪进山，穗儿的歌声脆脆的，猪的哼哼声欢欢的，随着晨风，随着白云，在山中飘荡。

猪，放牧到鲜草肥嫩处，一轰而散，把那张出名的长嘴伸向草丛，自顾自，一路喙去，再也不离开土地，身后犁出一条沟。

穗儿采来狗蹄子花编织花环，戴在脖子上。穗儿在水面镜里欣赏戴花环的自己，甜甜的笑，鬼脸的笑，忘了自己，忘了山里好景致。

山里的雨说来就来。天边一团黑云升腾，突然低空一个炸雷，惊得猪们四散逃窜。一头猪找一丛野草，将头扎到草丛里，屁股噘在外面，一副猪嘴平安，世界就平安的架势。

穗儿怕丢了猪，往一起赶。穗儿推猪屁股，穗儿拽猪尾巴，刚拽出一只小猪一放到地上，猪嘴又扎进草丛，穗儿终不能把猪们赶在一起。

穗儿一屁股坐到地上，雨水哗哗地下，穗儿的泪水哗哗地流。

雨骤来骤止。猪们不用吆喝，胜利的聚到了一起。

云，在穗儿的脚下扯开，一大块地，在阳光下像波光粼粼的湖面。湖面变换着，破了，破隙处露出了梯田、村舍。然后云散了，一团一团的，像散开着吃草的羊群悠悠然，在穗儿身旁飘，穗儿感觉像幻入仙境。

天晚了，穗儿一声唤，猪们似逃命，急急地往家跑，穗儿少了赶，却也得拼命后面追，跑散了穗儿的花环，跑颠了穗儿的胸，穗儿给世界一个满脸的羞红。

到了家门，猪嘴顶开大门一哄而进。穗儿突然想，怎么没给小弟弟带回山里的花啊草啊的呢？

穗儿返身往山里走……

第六辑　至亲至爱

外公的腊八粥

外公在我父亲去世后来看他的女儿，我的妈妈。父亲去世时是四十二岁，那年妈妈是三十六岁。

外公一来就在地里院里的忙活，好像没停过手，连给我们逗乐时也是不停手不转头。偏偏六岁的我格外地淘。我往外公的怀里滚，闹着让讲古今，外公急了，就喊一句"阳婆（太阳）照得麦穗喀嚓喀嚓"，那嗓门里呵呵的，发出气泡声。我就笑，笑他没故事，呵呵的像猪哼哼。

外公一定是爱画画的。我家窗上有一支老槎笔，雨天闲着了，外公就用这支笔，用屋檐下滴落的雨水，贱上我用鸡蛋从货郎那里换来的洋红之类的颜料给我们画画。他总是画小鸡。那些小鸡胖胖的，脚蹼又总是朝上的，我说错了，蹼是着地的，外公说你不懂。蹼上画着花儿朵儿的，外公说这样好看，我们也觉得出好看了，妈妈嚷嚷着让我们贴在墙上。墙上就有外公的那些花花绿绿的画。

外公把我带到书店里买书，我们高兴地挑书，外公让我买一本戏文，我不懂戏，不知买什么本子好，无非是武生之类的，我指哪一本他都说行。我没主意了，随手拣了一本买了，外公问："是什么书？"我说："是《吕家正赶齐》。"外公说："是《吕蒙正赶斋》。"外公不识字但知道这个戏名。我就跟他争，这成了我和外公经常争论的话题，他争不过我，就说"狗撵鸭子，呱呱呱"。他让我读给他，他便依词唱。竟管我把有些戏文读错了，他还是依着我的提示唱。我还是觉得他唱戏没有说狗撵鸭子那么逗人。

那时只有在油灯下，大家才有时间聚在炕上。外公在炕里，我偎在他的膝头，我等着外公也会像对我们一样，有很多有趣的话。他却淡泊地看着妈妈，嘴角处的豁沟似动非动的，妈妈也静静地在灯下忙着针线，不知什么原因，此时我觉得挺压抑的，也不那么淘，看着外公一下一下地深呼吸。妈妈补了我们的衣服又补外公的衣服，就有眼泪涌出眼眶。

外公带来舅舅的一张照片。舅舅是志愿军，在上海。照片中的舅舅很潇洒、威武。这让我们羡慕极了，也是妈妈常提到娘家人的话题，这给妈妈极大的安慰。在后来妈妈的心情平静之后，也时常让我们拿出照片看看，她便讲讲娘家的事。我没见过舅舅，那张照片保留至今，那是唯一的外公家人的照片。

外公要走了，是腊八那天走的。一回想，外公来半年多了。腊八是起早的一天，外公大早起来没忘叫起我，我们一道去冰封的小河担水。乡里的说法是腊八那天最早担来的水冻冰，会结出麦穗、豆角的，哪种多，新年适合种哪种庄稼。我们担来的水放在院里，零下十几度的气温，立刻结出图案。外公显出愉快的样子。

妈妈忙着做腊八粥，大米的。那是我第一次见大米粥。那粥不干不稀的。当时我不明白意思，后来我猜那一分稀为过腊八节，那一分稠为外公路上不饿。

吃过饭，外公走了。妈妈念叨：这会儿到边堡山了……这会儿到黄金山了……

在父亲去世的那些日子里外公是妈妈的精神支柱。外公走后，妈妈和我们一样再没见过他的面。妈妈四十多岁去世了，妈妈何时离开人世外公不知道，外公何时离开人世我们不知道。

外公家离我们百十里路。百里路该有多长？在那些偏远的山区、艰苦的日子里。

关于母亲的一副对联

母亲生于哪年我们子女们没人知道，也许她曾经对我们说过她的生日，但从来就没有过过她的生日，我们就对她的生日没有记忆。

母亲的童年相对是欢乐的，父亲健在，一直关爱呵护着她，有三个弟弟，三个弟弟敬重姐姐，因此母亲的童年暖融融的。等她成人之后是艰辛的，母亲一生没有过上好日子。

母亲是在洮河边长大的，用我们家乡的话说母亲是西路人，她的家乡文化氛围浓厚，因此在浓厚的文化熏陶下，母亲非常聪慧，心灵手巧。在我们村里，人人崇敬她，特别是年长的女人们，他们都对母亲很亲。我们时常得到她们送的馍馍、衣物之类的。母亲作为回报，再忙也要为她们做绣花样子，鞋样子的，母亲的人缘很好。

母亲很会做鞋。做鞋最费功夫的要数做鞋底这道工序，做鞋底，要有"布壳子"，母亲总是把那些不用的布条或碎布片儿收集起来，然后铺在木板上用面糊糊到三层，再放到太阳下晒干，最后变成布壳子。接着把各种各样的纸鞋样放在它上面剪成一种"鞋壳子。"最后再把"鞋壳子"加上碎布，上面铺上松软的布片，便可以纳鞋底了。那时候，在夜深人静的时候，母亲先是在昏黄的清油灯下，后来在煤油灯下纳鞋底，哧哧哧，一声声，是母亲的不知疲倦，伴我进入甜甜的梦乡。

当母亲没有结束她的花季的时候，就和她同样的农家女子一样早早出嫁了。母亲嫁的第一个男人是个浪荡子，吃喝嫖赌，那个男人浪荡到最后就把自己的女人卖了，卖给了我的父亲，那时父亲是国民党军队里的一个小官，父亲看中了我母亲的贤惠、书卷气，用一百两白银买下了我的母亲。我父亲、我母亲这其间有没有爱情、恋爱之类的故事就不得而知了。

我母亲和我父亲成家后就被送到一百华里外，父亲的老家即我的老家，从此母亲的生活改变了，改变到一个女人该有的正常生活，耕田劳作，鸡鸭猪狗，锅碗瓢盆，洗洗涮涮，拖儿带女。母亲没有享受到父亲的官福，倒是她一人领着孩子跑土匪、逃兵疫，颠沛流离。我母亲经常讲，她的两个木箱子在跑土匪的时候，留在了临县临村，至今没取，十分惋惜。

父亲后来在解放战争开始，国民党军队溃败时悄悄地回到了家乡。父亲和母亲盖了一院房子，父亲又出门为共产党忙活去了。母亲住在后墙只砌起半截的房子里，除了寒冷，每晚都有狼叫，母亲怕，捅醒我哥，说些话壮胆，其实懵懂中的哥哥只是贪睡，发出哼哼声，就是这个哼哼声增长了家里的人气，母亲胆大了许多，幻觉中立在后墙的椽子倒了，她冒着风雪去看，椽子立得好好的，母亲就一夜难眠。她的子女能给她壮胆，还有温暖的土炕和将要升起的太阳。

不久就解放了，母亲有了自己的土地，可以安家立业平稳地生活了，但艰难和苦难总要伴随母亲，好日子没过多久，家庭就变故了。先是父亲病重，病死。给母亲生活一个严重的打击，她的生活又到了不可收拾的地步。

葬完父亲，母亲很久都不能下地，时常唉声叹气，又气急败坏地诅咒吴家人短寿，没有三代同堂的，这些话和她的状态让我们害怕，我们一家人在她的情绪影响下，饱尝着家庭里天塌的熬煎。两个月后母亲精神状态恢复了，下炕了，开始实施父亲的遗嘱，决定自己孩子们的命运。先把二妹送到了邻家做女儿，让人养着了。不久又把大妹送到十里路外的候治庄子里，其实是做人家的童养媳。让十二岁的哥哥辍学，在家务农挣工分养家。

作为孩子的我，从没想过母亲有什么追求、向往，直到现在的我也无法追溯到她对生活的追求，那时候只知道像每个妇女一样，一天就只是为我们这么一群小猪娃似的孩子们终日忙碌着。

母亲聪明能干，没日没夜地忙碌着，像燕子衔草做巢那样，用她那羸弱的身躯，为我们撑起了一片天。在父亲去世后，她一个人拉扯五个孩子的时候，我们穿衣没有显得比别人差，倒是因为穿着可身，非常长我们的志气。六十年代的大饥荒，村里有人饿死，但我们家的孩子个个囫囵着，个个活蹦乱跳。

她为了孩子的生存，又嫁了人。这个人就是我的继父。继父是个翻砂工，在公社的翻砂厂铸铁锅、铁火盆之类的，因为他每月有几十元的工资，这也许就是母亲选择他的原因，因为我们这一群"小猪"得糊口。继父这是第一次结婚，天天去翻砂厂上班，下班回家很少跟我们讲话，从不教育或者管我们，即使说话也是母亲找他说几句，因此他的到来家里还是和气。他从来不过问我们，一到家很少说话。母亲为他生了两个孩子。母亲去世后他带两个孩子住在生产队的房子里。

母亲善于和人交往。母亲的好友，她的西路同乡是个回民，住在间井街，间或来我家看望我母亲。来时提着竹篮，在竹篮里装的是为我们孩子们准备的吃食，有时另一手提一个包袱，包袱里装的是旧衣服之类的。记得有一次她来，母亲和她拉拉家常后，就忙活着做饭，待母亲一开始做饭她就告辞，提着空篮子就出门，母亲拦挡不住。她走了，母亲很失落，嘴里叨叨，人家是不会吃我们的饭的，不能吃我们的饭的。

母亲从不絮叨叨，叮嘱也是简简单单。也许总是忙碌着顾不了多说，也许是她个性使然，对自己家的孩子如此，对别人也没有多少絮叨，没有那么多家长里短。母亲在乡里的口碑很好。

母亲教育我是用激将的办法。我学农活、干农活不行，母亲就说你得好好读书，长大了做公家人；你不好好学习，你就是要饭的命。在那个困难的岁月里，母亲只让我一人读书，而且要我读成功书，我没有辜负母亲的期待，考取了师范，师范意为着上学时有助学金，吃公家饭，毕业后有工作。上师范离开家的头天晚上，母亲为我擀了一顿长面，擀面时让我在灶房里加火，母亲少见的絮叨，说那里的水不好喝，妈给你一学期寄来五元钱，你买些白糖泡水喝，和同学不要打架，出门注意车辆……母亲的叮嘱感动的我很不是滋味。然而谁又知道，这却是我一生中，最后一次吃母亲擀的长面。

母亲一生生过九个孩子，生第八个孩子也就是我的小妹时，记得家里来好几个赶集的小商贩，母亲还在忙着给客人做饭，她就把孩子像解手似的生下了，她抱进来的是自己刚生的孩子，而不是端进来的饭碗，客人们惊奇不已。像农村这样随便地处置虽然少了许多开销，但也会带来灾难。母亲最后一个孩子夭折了，她也和最后那个孩子一起走的。母亲是难产，那天是1963年元旦，去医院叫大夫，因为过节没有大夫，母亲跟身边的亲人说："没事儿，我一会儿就好了。"母亲经常头晕，头晕厉害时她就躺躺，就又起来干活儿了，也许这次也是，家人等待着。这时她的大儿子已经结婚了，二儿子已经上师范了，出来就是干部，母亲可以享福了，但这次她再没有醒来。那时她45岁。这哪里是生育的年龄，就在那么个农村，这一切却在女人身上发生着，甚至在许多女人身上发生着。

在我结束一学期的学习回到家的时候，那已经是晚上，到家大门开着，我急切地走进院子，厨房里灯光温暖地照射在院子里，我兴奋地去推门，门框上白纸的挽联刺入我的眼帘：

家里丧失劳动母，

队里减少生产力。

我一切都明白了，母亲去世了，我禁在原地长久。

这副挽联不知出自何人之手，但确实用心了，这副挽联是对母亲一生的评价，是母亲的挽歌，我用一生长叹母亲，长叹母亲最后获得的这个评价。

我对母亲的评价是：坚韧、顽强、博大、无私、善良、宽容、勤劳、质朴、勇敢、真诚、真实……所有的溢美之词用上都不为过。

母亲是山，母亲是水，母亲是故乡。

母亲是暗夜里的那一盏明灯，失去了就是失去那一缕光明。母亲给予我的是挫折面前的力量，世界的温暖。母爱是一生相伴的盈盈笑语，留给你的是永远的牵挂，母爱是终生的思念。

父亲的农谚

农谚是认识自然和总结生产经验的谚语，朗朗上口，好记好背，父亲感兴趣的是跟我们儿女们说农谚，这也许寄托着他对我们儿女们的期待，这年的庄稼有个好收成的盼望。

冬至一过，天更冷了，冬至到，我们盼望着春天到，父亲说："一九一芽生，九九遍地青。"大地开始苏醒，我们心里的天就开始暖和了。

父亲不在意阳历，在意的是农历的节气。每到一个季节就会说那个节气的谚语。如"惊蛰寒，冷半年"，"惊蛰刮一风，十颗麦子九颗空"，"冬至晴，万物成"，"清明前后，种瓜点豆"，"立夏燕麦，圪塔练锤"。

父亲抬头看天会说，"天上鲤鱼斑，明天晒豆不用翻"，意思是说天空排列整齐的鱼鳞状透光积云，是明天晴天的预兆。"朝霞不出门，晚霞千里行"，意指朝霞如果出现在西天，晚霞如果出现在东天，表明最近几天天气晴朗。"日晕三更雨，月晕午时风"，说明天气最近要变坏。"星星稀，淋死鸡；星星稠，晒死牛"，"星星眨眼，天气变脸"，父亲不眨眼说出一大串。

父亲知道的谚语很多，比如'水缸穿裙山戴帽'，你看咱家的水缸下半部发潮，湿漉漉的；山戴帽是指山头上有雾气缭绕，要下大雨了。"

"锅墨子着火碗烫手，明日定要雨临头，夏夜煮饭，看铁锅下面附着的烟熏的锅灰冒着火星，再把煮熟的拌汤盛到碗里，一时烫手难端，说明来日就要下雨。"

父亲的农谚中有许多是用来总结种田经验的。"伏天深耕，如同上粪"，那时候显得土地多，有歇地，一到三伏天父亲就扛上犁，赶着两头牛去犁歇地，歇地里长着一尺高的杂草，就被犁铧掀翻压在黑黑的土地里，我就觉得那些杂草就会很快沤成肥料。"庄稼一枝花，全靠粪当家"，父亲翻着门前积攒的粪土，高兴地念叨。"稠苗好看，稀苗吃饭"是指农作物要合理密植，父亲指着稠苗，说："这家人图好看，来年要讨饭"，"八成熟，十成收"，"一年劳动在于秋，麦不到场不算收"，父亲就在屋檐下磨刀霍霍。

在日常生活中父亲说的最多的还是农谚。如"农家第一宝，六畜挤满槽"，"寸草切三刀，无料也上膘"，"鸡放山林不加料，牛添夜草自上膘"，这是说到了饲养家畜家禽的经验。

农谚是人民生活的百科全书。也是父亲教育我们的范本。父亲这样和儿女们说农谚，是为了传授气象知识，及早地培养农民的接班人。

妈妈的一张照片

　　这是妈妈留下的唯一的一张照片。照片为黑白照片，有两寸大。这张照片就成了我们子女永远珍藏的照片。

　　那是在公社化的时期照的。那时候土地归集体，吃饭到队里的大食堂，其实已没有自己家起火的条件了，粮食面粉都交到队里了，铁锅、铁铲，凡是带铁字的家什都在大炼钢铁时上交了。土地归生产队里了，活儿少，少有的空闲，妈妈这才有时间回一趟百里外的娘家。那时候外公在世，妈妈有了这么一次回老家跟父亲团聚的机会，就自己兴冲冲地回老家，回来后兴头不减，约照相馆师傅来我家照相，妈妈就照了这张一生中唯一的一张照片。

　　照相的那会儿，照相师让抬过来一把凳子，那凳子是一把陈旧的条凳，就铺了一张棉毯，让妈妈坐上去。那时候妈妈的表情像是很复杂的，抑或更多的是愁肠，是对生活的担忧。照相师启发妈妈的表情，让笑，妈妈没笑，在沉静的表情中拍照了。

　　照片中妈妈的表情是拘谨的，矜持的，又是虔诚的，就像农家女人不让上炕陪客人吃饭一样，妈妈是那种第一次上炕的诚惶诚恐的样子。因为黑白照片的缘故，妈妈的脸上少了光泽，没了红润，比实际的妈妈要老些。三十几岁的妈妈，平时精力是十分充沛的，动作是麻利的、干练的，总在不停地干活儿、操劳。她给我的印象是脸色总是红润的、光彩的。

照片上的妈妈像是匆匆套上了走亲戚的正装，鞋子没有换，粘着些泥土，照片展现妈妈一生的忙碌。在妈妈的年月里，土地，总是吝啬的不给妈妈更多的收获，不给富足和剩余，让妈妈和她的乡亲们一样地背着太阳，一样地披着风霜，年年服侍它，才勉强收获喂饱一窝孩子肚子的粮食。正是大跃进，才有这张母亲坐着的照片，才让妈妈歇息一会儿，照片留下的是大跃进给她的一些空闲，那一丝的舒心。给子女留下的是她永远安详休息的形象。

当然了，我们会在不同的时期，不同的心境下，从照片中读出不同内容，那是回忆妈妈的唯一物件。

妈妈是村里的巧手，村里人鞋上要绣的花样，窗上要贴的窗花，都是妈妈一手剪成的。妈妈是洮河边长大的，在县城西，县里通称为西路人，那里的刺绣有名，叫洮绣，妈妈正是洮绣地儿的人，自小就喜爱针线活，擅长刺绣。我见妈妈绣的有花枕头、花荷包、花鞋，在上世纪五十年代，我从开始有儿时记忆的时候，还见有穿兜兜儿、缠腰的。妈妈就绣花兜兜、花缠腰。那时候穿袜子，先把袜子改制后再穿。这个改制法是先把袜子底部剪开，缝上袜垫儿，在脚后跟处缝上护根，叫袜溜根儿，妈妈在袜垫儿上纳上图案，在袜溜根儿上绣上花，这双袜子就既好看又耐穿。庄子里的女人总来讨要妈妈的绣花样，总夸妈妈心灵手巧，妈妈总是慷慨地给鞋样、花样。又总是给她们细心地讲解针法，什么平针、挑针、长短针，并讲解色彩的搭配。妈妈的绣花样多见的是牡丹、菊花、干枝梅，色彩总是艳艳的，好看。

妈妈的针线活里还有做娃娃们的虎头帽。这虎头帽想象大胆，十分夸张，让小老虎显出憨厚天真可爱。我没有虎头帽，我哥也没有，问妈妈，说没钱买头上的饰品，那是银子做的，很贵，我们就看着妈妈给人家做出一顶顶威武的帽子。

妈妈剪窗花多是依人家的窗户大小布局而剪的。闾井的房子多是大方窗，好一点的正屋是"虎张口"的窗子，窗子按黄金分割法分上下两块，上面的一块可以撑开，撑开后像老虎大张嘴，因此叫"虎张口"。窗户上的每个窗格是正方形或菱形，简单的窗格少，于是窗格就大，很能够贴窗花。贴窗户纸时最上面一排空格留烟眼儿，就得贴上"轱辘贯钱""对口空心花卉""空心花团"的剪纸窗花。其他窗格贴上白纸，就可以贴窗花了。我家的堂屋就是这种窗户，每年过年，就贴上妈妈剪的窗花，每天睁开眼睛，就是妈妈剪的窗花。

窗花是妈妈的心声，她手中飘出的窗花是对美好生活的追求；在冬闲的时节里，妈妈熟练地完成一张张窗花。在闹春的爆竹声中，窗花就开在白雪皑皑的庄子里，我走过村里的好多人家，他们都贴着妈妈的窗花作品，那时候我好自豪。

我哥

我哥比我大两岁。

说说我哥，也只能是说说他的少年，在少年后来的岁月里，很少和他在一起，也就说不出多少有关他的事儿。

哥上学读书时，功课不错，小学三四年级时是班长，管人的角儿。当他十二岁时，父亲去世了，哥就时读时停，他是家里的大男人，该挑起家庭重担，于是辍学在家挣工分。后来大跃进开始了，挣工分又显得不那么重要了，反正都是在食堂吃大锅饭，哥就又上学了。这时他插入五年级，和我同班。同学就取笑他是留级生，但他很快又是班长了。哥长得英俊，在班里又是岁数大，代替老师管同学应是可取的。但没等到小学毕业，工分又显得重要了，他就又辍学，而且是最终的辍学。

算命的总说是他仪表堂堂，大富大贵，如果上学肯定是有大出息。但他没能在这方面出现大出息，但这并不能抹杀他的才能。

我哥喜欢摔跤，摔跤也是那个年代主要的一项运动，门前的草滩、大麦场都是极佳的场地，我哥总是最终的胜利者。记得有一次我们和村里的伙伴一起下地，开始摔跤，在几个人失败之后终于有人将我哥摔倒，然后几个人扑上去，然后一个个叠压在他的身上，这是庆祝胜利的一种方式。我在旁边看到被压在下面的我哥突然脸色煞白，我马上惊叫着，让开！救命！等我哥起身时，才知道大臂脱臼，剧烈的疼痛让他脸色煞白。他摔嗒摔嗒几下胳膊关节就回位了，后来胳膊吊了两天之后好了，对我说，摔跤就是痛快。

什么样的农活他都学得很快。十二岁，他跟着大人赶着牛车进山砍柴，两只牛拉着的低轱辘车照样威风凛凛的。他也企图教我些农活，比如犁地，但我一握起杠犁时，就提不住，不能让犁头深浅正好地犁地，而是犁头越插越深，以至于整断犁头，哥就只有放弃了教我。

哥学着经商，到几十里路外的林子里买来几张竹编的席子，到另一头几十里外的镇子里卖。几十斤重的席子，在他幼小的脊背上肆虐，但他对自己意愿充满期待，并不昧苦。人家看着一个没有经验的孩子卖席子，有意不予搭理，等集市会散时才压价收买，哥辛苦一场，最后亏本回来，那几十里路程中他咀嚼着失败。想起这件事，我心里就不安，怜惜我的哥哥。

哥是我心中的大山。小的时候不是他欺负我，是我欺负他，娇蛮的我稍不高兴就动手打他，他除了躲避就是憨笑，直到我消气了不再动手。

哥是个乐观的人，在他的嘴里说出的话总是像审理之后的感言。因此人们说他爱说大话，尤其在堂弟中不受过。他的感觉总是那么好。他用大话隐藏了自己的灰心和失意，他用大话给自己增长信心。

哥从来都不把我当外人，只当小孩，他少年的浪漫史都及时告诉我。我哥最成功的浪漫故事就是把我嫂子娶到手。我嫂子还是在充满幻想的少女时，就暗地里瞄上了我哥。大概是她主动的，就像我在小说《表白》中描述的那样，未来的嫂子和她的好友一起帮我哥割麦子。当未来的嫂子割了一捆麦子时，立在我哥捆起的麦子旁，说："你们看，是不是一对？"这一个点明主题，后来我未来的嫂子，就抗拒了家里说定的婆家，来到了我们一个众多累赘的家庭。开始了她勤劳、善良的主妇生活。

大哥的人生算是成功的。那个背席子的人，后来很会做买卖，在镇上的新地里建起了占地600平米的一院子庄廊，前后排房子都临街。前街的铺面，如今做着售摩托车的生意，中间院子里北面一排四间屋，做客房，开起了客店。后排房子住家，开了门就是后街，忙时又可以做铺面。问起为什么能占用这么多土地，大哥说："简单那，算我有眼光，记得不，这里原来是间井的后滩，没有什么住家的，是我向镇政府批了地，开了这个头的，你看，现在是住户连起了排，成了一条街。"我打开后门走出去，是草滩，有牛在吃草，小河缓缓地在滩上淌过。

步入老年，大哥的浪漫依然。那年盛夏，我回老家，大哥带我到地里看看。那天空蓝蓝的，飘着几朵好看的白云，地里的青稞已经黄了，黄橙橙的诱人，青稞可以收割了。大哥挥舞着闪亮的镰刀说："现在的镰刀轻便多了，也锋利多了，可以用它理发呢。"我就想起我儿时笨拙地收割麦子时的情景，现在看着大哥娴熟的使镰刀的样子，我的崇敬心情油然而生。

我巡着大哥的青稞地向远处望去，故乡的青山依旧在，但生活氛围已经和那时大不同。大哥说："过去的年月，土改时，是父亲幸福地种着小麦、青稞、燕麦；现在是我愉快地种着小麦、青稞、燕麦。"大哥好像觉得表达的不够，又补充说："人家是下苦种庄稼，我是快乐种庄稼，那有啥呢？"一副很自豪的样子。

愿大哥永远这么乐观快乐。

第七辑　童年伙伴

四月花

看见故乡小桥的时候，你会不会想象那里有没有阿娇、阿莲？我故乡的小桥上走过的是一位叫四月花的女子。

她脸庞圆圆的，白净净的，没有高原红的样子。一对眼睛细眯着，不笑也是笑模笑样的。在她9岁那个年龄段里个头算是高的，后来长成160左右的个头，亭亭玉立的。

不记得是什么季节了，那天，她来了。正是做晚饭的时间，在我家的厨房里，母亲和面，我在灶头前加火，她微笑着看母亲和面。记得她很少来的，因为她家跟我家有一段距离，现在想不起她来的原因了，大抵是向我母亲要绣花图案来的，我母亲时常给村里妇女提供绣花图案。

她跟母亲说话。母亲就问，做我的儿媳妇行不行？见她不假思索就说，行哩。那就等你长大了做老大的媳妇？她这会儿想了想，然后说，我要做老二的媳妇。

老二是我，我初听脸一下红了，随之就有一种被女孩信任之后荣耀的感觉，那个心理是十分受用的，我感觉到屋里充满阳光，被柴草烟熏得乌黑的灶房光亮了许多。母亲爽朗地大笑了。之后说，那行吧，等老二把书念完，就接你。我们当地把娶叫接。她说，好。

那时我就不过七岁，她比我大两岁。那时我们都无知，生活对于我们懵懵懂懂，她也不知道做人儿媳是什么样子，我也不知道讨个媳妇意味着什么，那仅仅是母亲的一个玩笑。

她也许淡忘了那次的谈话内容，只是我记得，一直记得。

后来她见我还是那种甜甜的而又神秘的微笑。一个农家没上过学的女子对自己的未来会想些什么呢？是否从小接受着为人之妻的教导，多年的言传身教磨成媳。

那时候我一直念书，当别人上完小学陆续辍学时，我仍然在上学。我到外地上学时，她被人接走了，出嫁了，就嫁在我们同村。她夫家大门前的台阶有很多层，高高的，但这高台阶没有把她的生活引向更高层，她还是艰辛地日升而作、日落而息。那时候我回家时见过她，她腮帮处圆圆润润的两块肉，使她看起来有着菩萨的慈祥。她还是弯弯着眼睛笑，又多了一些温柔。我见她时，她背负沉重的蒿草，或头顶上顶着碾场的碎草，一副吃苦耐劳的样子。她说："你回来了？"我说："我回来了。"她说："闲了来家里浪来。"我说："好的。"但我没有去她家。听说她有一对儿女，生活用我们的话说，"就那样"，意思是还算过得去。

我这次回去，听说她已经去世了，没有活到六十岁，令我叹息不已。一个农村女人就这样平平淡淡走完了她一生泥泞的路。但那里山乡如故，人情如故。

我感谢她给我一个美好的憧憬和记忆。

青儿

冬日，我停立在瑞雪中，目光透过纷纷扬扬的雪片，鉴赏着贴在故乡农家小屋窗棂上的那千姿百态、艳丽璀璨的窗花。是这些窗花，提示着春节的来临，揭示着新春的红火，给山乡传播着春天的信息；是这些窗花，寄托着农家女儿对美好未来的憧憬，系着农家女儿的命运。望着一家家，一些些窗花，唤起了我对一位剪窗花女儿的回忆。

我们老家一律把女子叫女儿，儿化音，儿紧连着女字发音。那是 1959 年。她，应该是十六七岁的女儿。她长的俊俏。那被寒风舐得红扑扑的脸蛋上，镶嵌着浅浅的酒窝，一双大眼睛闪烁着明亮、聪慧的光芒。那天我串门到她家，她正在剪窗花，操起剪刀，沙沙沙，鲜红的纸张在她手里舞了起来，随着一阵纸屑飘落，竟魔术般出现一件件玲珑剔透、清新秀丽的窗花。看着她那灵巧、娴熟的动作，我不服气，村里除了我母亲剪一手好窗花，谁会有这能耐。看那稚气的脸上一副严肃认真、像做一番大事业的表情时，我又认定那是经过多少次失败中渐渐地练就起来的。她叫青儿，我们都喜欢她，就叫青姐。可大人们说她憨，叫她憨女儿。

要说憨，可真憨。在这山乡里，像她这么大的女儿该出嫁了。于是人们给青姐选好了婆家，择好了出嫁的良辰吉日。一般地说，女儿离开了生她养她的娘家门不免酸楚，虽然是大喜的日子，也禁不住热泪沾襟。谁知从啥时起，新嫁娘要哭竟成了一种规矩。嫁青姐的那天，喜炮响过后，这位身着喜装的憨姐姐，却溜出屋，咧着嘴儿笑着，正从我们几个土蛋子手里抢鞭炮呢！这可慌坏了循规蹈矩的妈妈，一把扯过去，擒起笤帚，当头几下，打出一串眼泪，强拉硬拽，接去十里外的婆家。

人说憨人有憨福。不久听说，她的丈夫疼她，小姑贤惠，婆婆待她也好。人们称赞这是一桩好姻缘。因此，我这个因失去一位好姐姐而郁闷的、幼小的心灵得到了慰藉。

后来，我离开了故乡去外地读书、工作。十年后，返乡探亲。在故乡的第一个良宵酣睡之后，我看见了青姐的那对眼睛，依然那般明亮、聪慧，只是岁月磨去了脸上动人的红晕。

"青姐，您转娘家来了？"我禁不住久别重逢的喜悦，忙不迭地为欣然进屋来的青姐让座、问候。

"我可比不了你这当干部的，这不是什么转哟，是住，还是长住娘家咧！"

她还是那么干脆，那么笑口吟吟的。当时我没在意她的"长住"的意思，也没料到生活会留给她许多不幸，不久，我才明白了"长住"的含意。

青姐以自己的勤劳和智慧，赢得了婆家乡邻们的赞誉。但是，生活像山涧的溪流，不只是叮咚作响，清流永注，有时会洪水横溢，冲毁两岸的生命。命运捉弄她，生活让她含辛茹苦。结婚多年，她没生孩子，婆婆不满意了，丈夫也瞧不起她了。于是，青姐又回到了娘家……这太好理解了，在老家女人生育这是第一位的，不生育，你就一钱不值；这太让人明白了，不生育，就断了人家的香火，你还不卷铺盖走人，她就被迫离婚回娘家了。

又是一个十年，1979年，新春之际我又回到故乡。政治运动从人们的生活中消失了，大地重逢新春。我看到故乡父辈们紧锁了多年的眉头重新舒展，禁锢了多年的窗花又红红绿绿地贴在各家的窗棂上。看见我妹剪窗花，我的手也痒痒，拿起剪刀，三下五除二，剪了一个形态怪异的似花不是花，似动物不是动物的怪东西，招来一群娃们的戏谑，自己也哈哈大笑。

"哈哈，谁在逗能呢？"青姐像一股风似的飘进屋里，还是那对眼睛，明亮、聪慧，还是那么笑着，露出浅浅的酒窝。

我知道她是个性格乐观的人。从她的面目表情上，很难看出这十年她的生活实情。我想起她过去的遭遇，深表同情地问："你现在还……"我想说你还独身一人，可到底没说出口。"咯咯咯，大干部还翻老皇历咧！——小蓉，过来，见过你叔叔。"说着，青姐从她的胯后拽出个二岁多的小女来。

不会生育的人，难道这女孩……我吃惊了。青姐发觉我在疑惑，便说出了事情的端末：1971年，她同本村的一位男子结婚了，婚后感情很好，一次县里来的晚婚节育宣传医疗小组，同情她的不幸，为她作了一番检查，治好了多年的妇科病，便生出个小女来。

我为她有了美满的家庭，感到由衷地高兴；更感慨我们这个社会的美好，真是苦尽甜来，枯木逢春。我乐滋滋地牵过她的女儿说："小蓉蓉，让妈妈给你生个胖弟弟，好吗？"

孩子怯生，不吭声。还是青姐接上了茬："有一个剪窗花的就够啦！我可不要淘气的小子，会撕了我的窗花的。"

"怎么？"我又疑惑了。

"哈哈，笑话。"

这就是我所怀念的，剪窗花的姑娘，我祝愿她生活幸福，也祝愿所有剪窗花的农家姑娘们生活幸福。

早逝的堂妹

在我的众堂妹中，对她的记忆最深刻。

堂妹 14 岁，总是咳嗽，吭吭的，让人听习惯了的原因吧，那咳嗽像是很正常，正常到那咳像是她生命的一部分。平日咳得白嫩的脸蛋总是红红的。不知为啥，我总是怜惜她，总是希望她的命比别的妹妹们命更好，祝愿她人生路上有鲜花。

她没有上过学，这和我们那里大多数女娃的命运一样，从小不上学，就是上学，也就是读到二三年级就辍学，大人们说能认识自己就行。所谓认识自己，就是认识除了自己的名字之外的常用字就行，但农村多不跟书本、文字打交道，读了一两年学，最终回生了，仍然是个文盲，堂妹是个文盲是肯定的了。没有上过学的她没有经过任何的污染，她的思想单纯得像清澈的泉水。她没有出过村，她眼里看到的是家园和可以望到的村子，她的眼界没有打开，她的眼里是纯粹的、简单的世界。

记忆中她老是依着门框站着，不和我们玩，总是静静地看着我们笑，那笑淡淡的，有着几分凄楚。平日里她的举动总是轻手轻脚的，怕惊动世上什么灵魂似的。有一次她依着门叫我过来。然后她就进来灶间。我去她的灶间，她向灶里煨柴草，无话，间或回头看我，一笑。我无事可干，不知道她说什么，不知道我该说什么。我看着灶膛里火焰跳跃，堂妹眼里的火焰也在跳跃。我看到灶膛里焰火红红的，堂妹的脸蛋也红红的。

直到外面的伙伴唤我出去玩，直到我离开她也没说什么。那时候我没觉得她是堂妹，有着血缘联系，像是亲妹，但我不懂她当时要说什么，我只是认为她是一个人寂寞让我作伴。

堂妹离世得早，是在我离开故乡上学的时候，也就是她还未满20岁的时候就早早嫁人了，嫁过去一两年就因病去世了。什么病？看来她的咳嗽是一种病，那病是不是肺部的，在缺医少药的农村，眼看着一个伶俐的少女让病魔夺去了生命。

堂妹留给我的记忆很少，就一个笑。就那个笑，有着她少女对生活的憧憬，有着对世界的幻想，有着对未来的寄托。就那个笑，给我一个深刻的记忆，

她依着门叫我"你来"，总留在我的心间，她究竟要说什么，我猜了几十年。

她依着门叫我"你来"，她是要我讲讲比家园更远的事儿，讲讲县城有多大，火车有多长，外面的世界有多大。

她依着门叫我"你来"，难道就是她的绝唱，一个生命过早的结束，太阳没有给她幸福，月亮没有给她幸福，这个世界没有给她幸福。

第八辑　童年故事

那时的露天电影

小时候看电影是十分惬意的事儿。那时候看的是露天电影。

放映电影的场子竖着两米长的杆子，挂一面白幕布，杆子很高，比秧歌中的高跷还高，那块幕布就比戏台还高。放映时一个放映员在场地中间桌子上架一个机子，机子放出一束光，机子上两个轮子一转动，通过光束就在幕布上神奇地出现场景，人物、故事就开始了。那时我很羡慕放电影，心里想着，等我长大了我也放电影。

给大家放电影的是公社里雇的临时工，那个人是鹁鸽湾的，我一直记得他的形象，一个个头不高，瘦瘦的男人，没见过他讲话，一放电影就是一头大汗。放电影的人还要兼看发电机，发电机小小的，但突突突的，声音很大。发电机也时常发生毛病，放着放着，放映机就斯地一声停了，放映员就去捣鼓发电机，在发电机再次突突突时，电影就又开始了，但有时发电机不再突突时，一场电影就此让人失望地罢休了。电影放映得时断时续不仅仅是发电机作祟，放映机更娇气，一会儿"嚓——"一声片子划了，放映人赶忙关机，把电影胶片卸下来，往前转几圈，装上再放。我通过看书知道电影胶片以每秒24格画面转动，那一次就要划破一两米长的片子，我想那个片子到我们闾井一放映就算死定了，不知划破了几十米去。

来一部电影片子在我们这里一放就是十天半月的，真不知道那些电影片子是怎么周转的，但他放影次数越多越好，我是场场不落反复地看。电影最初是在街道边的草滩里的空地上放，不售票，后来就在中学、小学的操场上放，这时开始售票，但我从不买票，也从不漏看一场，我带领着庄子里一帮小子，翻墙就进，后来管理的人可能知道翻墙进的人不少，于是就在公社院子里放，公社的院墙很高，跟房子的后墙一样高，但这根本难不倒我，我总有办法找到薄弱处，一个撑一个，一个拽一个，我们一帮小子就翻墙进去看电影。有时电影下到附近村里放映，我们知道消息也去看，来去翻山越岭，踩过庄稼地走直道，来去都是特高兴的。电影里的主题歌看过后能记得一两句，回家的路上大声嚎，主题歌就通过我们的童音，夜晚里在山岭间飘荡。

军马场在他们的驻地古城里时不时地放电影。他们放映的质量就好多了，很少见中断，看得就过瘾。我们想多看，但堡子的墙有丈八高，墙内有藏狗看，我们就看不了不掏钱的电影。但城门口售票的售票员很漂亮，大人说像电影《上甘岭》中的王芳，我们就凑钱卖票，也贪婪地盯盯"王芳"。有一次放《暴风雨来临之前》，银幕上出完片头的字，场景是草原上雷电交加，这时我们的头顶也炸雷轰顶，立时大雨磅礴，**那场**电影我们就看了一个开头。大家在大雨中回家，等踩着泥泞到村口时，天上已经是圆月亮堂堂的了，那个懊恼啊……

一步电影看得多了，**我就**能背下里面的很多对白。比如《羊城暗哨》中解放军摸敌人暗哨时候的对口令："什么人？""打渔的。""新鲜吗？""刚刚打的。"最让人浮想联翩的是《画中人》，也想象着自己有那么一幅画，一个美女下来为我做顿好吃的。战斗片中的

"高！实在是高！""不见鬼子不挂弦。""为了胜利,向我开炮！""看在党国的份上,拉兄弟一把吧！"是我们当时的流行语。

那时候电影中的好人坏人很分明,一看那副歪瓜裂枣或凶险的长相就知道是坏人,那些仪表堂堂、明目大眼的肯定是好人,这种影片分明是专供儿童看的,真正的儿童片,比如动画片,好像是没有看过,我没有什么记忆。

电影中的英雄行为是我们的榜样,看了《铁道游击队》《地道战》《渡江侦察记》《平原游击队》等战争片,我们就模仿。我就带着一帮庄子里的小土匪们在麦田里卧倒,匍匐,打滚。

总之,电影真是个好东西。

我的小学

我排行老二。我上有哥，以小卖小，下有妹，以大卖大。我只要是闲的无聊，不是把这个妹妹捅一拳，就是把那个妹妹来一巴掌，惹得家里大哭小叫的，母亲就给我塞一个镰刀或者锄头，说干活去，把我打发出门，让我少在家里惹事儿。我走向田地，但我干不出活儿，我就想上学。

记得五岁时，我非要跟哥哥去上学，我被哥哥带进教室，让我进屋坐在最后一排。我坐在那里十分恐惧，怕老师骂我。我真看到了恐惧的一幕，那节算数课，算数老师呼啸着让做错题的同学举手，然后他走下讲台，拿着教鞭一个个敲举起的小拳头，那时候举手的动作是手握成拳头，打得啪啪响。于是我很怕上学，但悸动的心又期盼上学。

我的小学是一院很大的骡马店，大概是土改时从老财主手里收缴的。有一座长 12 间的二层木楼，木楼的外墙和隔墙是砖土的，教室在二楼，一楼是住校生的宿舍，二楼的地板是一层木板，木板有缝隙，可以看见一楼室内的情况，一楼是家比较远而住校生的宿舍兼厨房，他们都是用三块砖或三块石头支起小锅自己做饭的，那时怎么不担心失火呢？二楼就是三四年级的教室，能坐三四十学生。学校还有几座平房，是低年级的教室，一座独立的上房，是老师的办公室。一个开阔地，曾经应该是圈马、圈牛的场院，现在作为操场，在操场北边修建一排平房，作为老师的宿舍兼办公室。

我六岁多了，可以报名上学了。在报名的日子里我哥领着我去报名。那个时代在农村上学最小是7周岁，我这个年龄算是早的。记得那天我去报名，老师考我。在那座上房的堂屋里，老师拿着一把尺子，在自己的手里啪啪的敲着，我立时害怕起来，怕那个尺子一旦我说错什么，肯定落在我的头上或者手心上。老师问："天冷得地上裂口子你来不来上学？"我有点犹豫，我见过土地裂的口子，我们那里每年隆冬腊月总是冻得大地爆裂出一条条口子。但我壮壮胆，还是说："来"。老师又问："冻得开这么大的大洞，来不来？"老师用尺子比划出好大一个洞，足以同时掉下去两个大人那么大。我一想没见过这么大的洞，那一定冷死人，我怕，怕冷，怕掉进洞里去，我说："不来"。老师就让我哥领走我，不收。我兄弟俩失望地跑到田里，父亲正在给麦子拔草，我哥对正在田里忙活的父亲高喊："人家老师不收。"我父亲一听连起身都没有，弓着忙活的身子说："再去，就收了。"我们就再去，老师见我们又来了，就嫣然一笑，同意我上学了。问我："官名叫什么？"官名就是大名，我平常家里叫的是小名。我哥说："还没有官名，老师给起个。"老师问我哥的名字，我哥叫正堂，是我父亲起的。老师听了我哥的名字后想了想说："你哥叫正堂，那你叫建堂吧。"从此我上学了，也有了自己的官名，我喜欢我这个官名。

六周岁半，我上学了。教室在平房里。语文的第一课标题是《上学》，正文是《我们上学了》。那时的作业本是自己订，有一种淡黄色的纸，记得叫黄贡川，把纸16开裁了，用线装订好，笔是毛笔，无论数学还是语文都用毛笔写，一天下来，脸上往往被墨汁搞得像小花猫。我们的数学老师很严厉，错一道题就要惩罚。到上数学课时我很恐惧，生怕自己有错题，但还是没有躲过。老师走进教室，讲桌前一坐，把手伸向旁边的火盆烤火，好像很随便地说，现在发作业本，"吴建堂，你上来。"我一听到叫我的名字，灵魂出窍了，我战战兢兢地走向讲台。老师打开我的作业本摊在他的手里，说："你错题没，看看。"我听命探头去看，刚把头伸出去，老师就"呸！"一口唾液啐在我的脸上，我被口水惊得一激灵，打一个颤，老师毅然决然地把我的作业本猛一下撕开，把没写字的那部分装在他的裤子口袋里，把写过字的那一部分摔在我的脸上，同时喊："下去！"那时我体会到的是羞愧、愤怒，我很怕数学课，我只有尽可能不出错。

在我上一二年级的时候，是一个十足的胆小、孱弱、乖巧的小绵羊。上课时诚惶诚恐地听讲，这种诚惶诚恐总是让自己不能专注听讲，只是注意自己是否坐端了，下课时我不敢出教室，仍然坐在板凳上，有时候尿憋了，上课时又不敢给老师打招呼去厕所，就夹尿，实在夹不住就尿在板凳上，好在板凳是木板凳，还能渗进去些，我就用屁股把尿暖干了，直到不易被同学发现时。

上二年级的时候，班里学跳集体舞。那时候班里有一些大龄少男少女，有十四五岁的样子，他们总是我们的大王，有些事他们是我们适龄学生的导师。记得有一个漂亮的女生是我们舞蹈的教练。忘了叫什么名，大概知道她是我们乡政府一位干部的未婚妻。她没上几个月学就退学做新娘了，但给我们教了个集体舞。那个舞就是很著名的《达坂城的姑娘》。记得的动作是双手在头上绕来绕去的。还有就是动脖子，这对于我们这些毫无舞蹈基本功的男生来说，做起来五花八门，十分搞笑。我从此知道"达坂城的姑娘辫子长啊，两只眼睛真漂亮"这样美妙的旋律，进而又想到达坂城的姑娘，我想达坂城的姑娘就像她那么漂亮，那时候我第一次知道女孩是美的。

我的小学老师总是体罚学生，我被老师体罚不止一次。从三年级起，一天写一篇大楷，我学习还算认真。但一玩起来就总是忘记，交不上新写的大楷，放学时就被老师罚站，该到吃晚饭的时间了还不放行，老师就端着他的白面面条在我们的面前吃，故意馋我们。那时候我肚子里直咕噜，嘴里流口水，因为我平时吃不到白面的，又是在肚子饿的时候看他吃白面条。老师惩罚的办法真高明。经历了这种熬煎后，我不敢不写大楷，但还是多次忘记写，多次被罚，看着老师吃白面面条。

我喜欢疯，但惧怕体育课。那时体育课主要是打篮球、打垒球。打篮球是农村学校条件的限制吧，我在班里年龄最小，个头最小，一节课里摸不到几次篮球，很自卑的，也就畏畏缩缩地在场边看。而打垒球，则是当时甘肃各学校的传统项目。我的打垒球水平更差，投手投过来的球，我总是打不到，最好的结果就是投手投四个坏球后把我平安送到一垒，接下来跑垒我还行，我跑得快，是能够为本队得分的。

在我四年级的时候，我从一个小绵羊一下成为土匪样的学生，有这种变化可能是因为班主任老师是个女的了。我的班主任是一位年轻、漂亮的女老师，她叫樊玉仙，她眼睛特别大，脸上时常挂着微笑。上她课的时候，我不想听课了，就伸脚踢前面同学一脚，他夸张地大叫一声，老师问怎么了，前面的同学就出卖了我，老师就顺当地把我撵出教室，等她把新课讲完了，就让我进教室去，我就是不进去，她拉我，我也不进去，她的大眼睛里就流泪了，哭了。这时我心里忐忑了，觉得对不起老师，但还是不进去。在她的心目中我肯定是个坏学生，其实我并不那么坏，但如此对待老师，后来回想起她总觉得愧疚。在我读完初中，去师范路过县城时，和同考上师范的杜淑香、杨怀智去看望她。她那是正怀着孩子，肚子挺得很高，喘气也很费劲，我就小声给同学说，咱们走吧，老师很吃力，樊老师没听到我说什么，看是我动嘴，以为我笑她大肚子，就说："吴建堂还这么调皮。"我当时没解释，我后来后悔没有解释，以至于给她的印象我一直是个调皮捣蛋的坏学生。

到了五年级换班主任了，是个姓杨的男老师，这下管住我了。记得有一次我在教室里疯跑，杨老师大喊："你瞎跑什么？过来，把这张画画了！"他给我一张画让我临摹。我照样画了，就在班级的"五一"墙报上选用了，我很自豪的给人夸。那张画的内容，记得画的是一双大手捧起齿轮和麦穗，很有时代色彩。从此我也就喜欢画画了。

六年级时，是我学习最差的时候。那时候国家有难了，人民挨饿了，我为了糊口经常逃学，那时候数学课上教分数的知识，我基本上没学，只知道分子分母，不知道运算。有一次到校了，数学老师让我到黑板上演算一道分数题。这个数学老师是我一年级时的老师，他怎么就教五年级了？难道学生升级老师也升级吗？他简直是我的克星。他知道我不会做题，偏要叫我上黑板，我面对一道分数加法题，压根不知道什么是通分、约分，我在黑板上用粉笔瞎写了几个数字，老师就开始收拾我，骂我是充军的，军犯。这位老师据说以前当过法官，当时对待我就像对待犯人，竟然是对待军犯，我不知是我头发不及时理像个军犯，还是不会数学题就是军犯。当时我羞愧难当，他还不让我回座位，还围绕军犯大发一通议论，我面对黑板忍耐他的教训。这是我憎恨的唯一一位老师。

等考完六年级的期末考试，拿通知书的时候，就没有班会、校会什么的，老师带话到村里，叫我们拿毕业证，我们就零零散散到班主任老师那里去拿，老师告诉我，你可以上初中了，我就拿到了一张上初中的通知单，对于学习差的我来说是极为高兴的，这是一种被高举了的感觉……我们就这样结束了小学的学习阶段。小学阶段，是一个平常的人生阶段，至于个中滋味，那是后来自己品味了。

吟叹二胡

开始接触二胡出于无奈，少年时假期里因凑不足归乡所需的盘缠，于是那四块钱一把的二胡自然成了我整个假期排遣愁寂的尤物，二胡也由此开始与我相伴。

当初拉出的声音似驴叫，使人不悦。二叔对我拉二胡最为不满，竟然召开了一个家族长辈的会议，说拉二胡是天生要饭的命，并令我不得再动二胡。因为父亲的去逝，家族才有这"专题"会。使我最早知道艰辛，继而又同生倔强与听命的性情，那时候的确是欲哭无泪。往后的日子里，依然与之相守，悲伤时朦胧泪眼伴着苦苦菜渐渐发出迷离之声，后来竟然拉出一些感觉来。直到中年，饱受了更多的世风晨雨后，才发觉二胡像是一位难以割舍的伙伴儿，让我常拥常新，偶自激动时，我心此般喟叹：二胡啊，是你让我看到漆幕中的月亮，是你使我从浑浊中得到清澈，是你在我心慌意乱时送来安详和宁静，你的声音似一叶小舟，在江河中载沉载浮，任凭风荡浪摇，依然从从容容，你的声音又似一支水墨笔，在纤纤宣帛上清清淡淡地描绘出一幅逼真的中国世风图。

和二胡的交道打得多了，也发觉出它的不幸了——那琴声总是如怨如诉，如歌如泣，是表现中国几千年老百姓生活状态的典型音色。瞎子阿炳在二泉边演奏二胡时的悲凉心境，让人体会出一种无欲无望、无天宽地窄的感觉。刘天华的《良宵》未必就不反映夜的悲凉，当代二胡演奏家闽惠芬一曲《梁祝》，幻化出的将是一对孤独无助的蝴蝶。

二胡与我结交了人生的渊源，社会进步使现在年轻的一代已经有幸接触更多的乐器了。抚今追昔，我心中涌现出两个难相一致的期望：但愿今后还能听到如《二泉映月》一样具有现实主义的曲子；也祈愿今后永远不再能听到有为二胡这般音色的乐器，所谱写的反映现实的新作品。

捉蝈蝈

儿时，我天天盼着去捉蝈蝈。

当山刚泛青、水才流绿的时候，我总以为蝈蝈早该满山满洼地叫了。我便想去山里看看，可我得上学，等下一个星期天进山，可又心急得等不到，就天天问大人："蝈蝈叫了吗？"

大人说："小蚂蚱活了，蝈蝈就叫了。"

我听了大人的话，注意着我家屋舍东面的那片草滩。在那马兰花盛开的时节，当我看见蓝莹莹、肥墩墩的马兰花瓣上，跳动着一只绿蚂蚱时，我一阵慌乱，一阵雀跃，捉了一只蚂蚱，去告诉我的伙伴们：蚂蚱活了，山里的蝈蝈一定叫了！

我们走进山里了。一场欢喜，蝈蝈还没有。

我又盼心热切地天天问大人："蝈蝈还没叫吗？"

大人又说："等续续草抽穗了，蝈蝈就叫了。"

续续草有着青棵般的叶，青棵般的茎。当它渐渐地抽茎吐穗了，一天天穗杆由嫩变韧时，便抽了出来，空心的，小头套大头，一根续一根，就编出海螺形的、漂亮的蝈蝈笼。

我依了大人的话，观察着墙头院角的一丛续续草。终于有一天，它抽穗了，穗杆由嫩变韧了。我奔跑在原野里，田埂上，抽呀抽，抽了许多，急急忙忙地编出一堆大大小小的蝈蝈笼，挂满屋檐的椽头，挂满棚架的枝枝叉叉。

我极相信大人的话。他们是过来人，有经验，保准不会错。我回忆着蝈蝈那威武的姿态，那悦耳的叫声，心禁不住突突地跳，脸烧得通红通红。一天，又一天，好不容易熬到了星期天，我们一帮光脚丫的伙伴，各带一把镰刀，诳父母说去山里割草，才放弃了作业，大呼小叫的，蹦跳着进山了。

没有蝈蝈，那山、这山，阴山、阳山，都没有。好失望啊！尽管野蜂满天嚷得凶，因为没有蝈蝈那鼓着翅儿、搅得燠热的空气发颤、逗得心痒痒的诱人的叫声，山挺寂寥，怪冷清，真没意思。

于是我们这一帮耷拉了脑袋，胡乱地割一捆草，去山溪里淹几个"瞎眯"，把水搅混了，这才骂骂咧咧地回家去了。

我不理解大人了。难道他们儿时没捉过蝈蝈？怎么就忘了？靠不了大人，我们靠自己，我们亲自去探知。又是三、两个星期后，哈！我们成功了，我们终于听到蝈蝈的叫声了。这时我们好心急，清晨便光了膀子，裤带上拴了蝈蝈笼，吆五喝六地、踩露水儿去山里了。

蝈蝈"扎扎扎、扎扎扎"不断声地叫着，山山壑壑，掀起时大时小的声浪。我们一帮立刻紧张地行动了。

可这是慢细活。许多的叫声，简直让你分不清是回声还是原声，好一阵搞不清蝈蝈在自个身子的左边还是右边。待判别了大致方向后，脚步轻轻地往前窜，两眼穿过细叶尖、阔叶缝，仔细地往里瞅。怕瞅错了，嘴里无声地念叨着蝈蝈的形态：有草绿的、暗红的、两只鼓突闪亮的大眼，两条健壮有力的后腿，脖子处武士般威武的盔甲，两条长角舞儿舞儿地，翅镜疯狂地抖……瞅得久了，眼球有点胀疼，额头上淌下一串串汗珠，一群长翅的蚂蚱爬上额头吮吸汗水……终于瞅见了，瞄好距离，猛扑过去。捉住了吗？没有。这绿色世界是它们的，早就哧溜进草丛中。我们可发急，猛打一阵滚，压倒草丛，草上撒泡尿——不是恶作剧——扫瞄得准了，惊得蝈蝈跳出来，捉住了。看看翅儿上那发声的小镜，却让尿水击破了。唉，一阵穷忙，就留下一声长叹，一阵惋惜。

也有极好捉的时候，随着天气越热，蝈蝈叫的越欢，顺着草茎爬的越高。爬的很高了，老远就能瞅的见。这回怕伤了翅上的镜儿，伤了腿儿，估准了蝈蝈的哧溜的速度，向下处去捧，捧住了。蝈蝈的两片像蟹夹形的嘴片，便咬住了我手心的肉，又喷出一股绿水水来。疼又疼得钻心，骇又骇得浑身哆嗦，可那高兴劲却是非常大的。我咬牙忍耐着疼，等它松了口，装进笼子里。

捉了一只还想再捉一只，谁会知道，一只笼里便得装着这山那山的，装上好几只。蝈蝈是野惯了的，倘若挤在一起，便要打架，不是咬掉了后腿，就是咬破了肚皮的。后悔吗？这次莫后悔。那些格斗后的胜利者才是真正好种喜叫的哩。把它们留在笼里，挂在草棚下叫，放置在枕边叫。还有那些受伤者，怎么办？放到菜园里，放回到绿色世界去。它们吃了嫩嫩的菜叶，吮了甜甜的露水，伤一定会好的。它们会越过东墙，在叫声中进了草滩。

哦，蝈蝈，你唱了多少童年的梦境，唱了多少繁忙的山景，你唱了多少生命浓浓的欢悦，唱了多少山里孩子对生活执着的追求……

想着这往事，今日兴味更浓。故乡今天的孩子们，你们也喜爱蝈蝈吧？让我这个三十大几的人，也和你们一道去捉蝈蝈吧。

我没忘了，小蚂蚱活了，蝈蝈还没活。盼着蝈蝈的孩子们，切莫急。

我没忘了，当你编好蝈蝈笼时，蝈蝈还没长成，等着听那欢叫的孩子们，切莫急。

等着，山乡的小主人们，等着，那些童稚而热烈的心。

我的破帽子

父亲去世得早，我被斥为有人养，没人教的孩子。在一种被蔑视的环境中长大的。我十分的自卑，像乱石堆中的小草。

在小学低年级的时候，在老师提问时，面对同学们如林竖起的小拳头，我崇拜极了。瞅着别人的小拳头，心里胆怯，不是在想问题，而是在想大家为什么总会，我为什么不会。一次次如此，一次次脸红，每堂课上都颤颤惊惊的。

那时候的孩子总要戴帽子的。我家里穷，买不起帽子。镇上有一个铁匠送给我一顶帽子。（铁匠是西路人，妈妈真正的老乡。）

帽子洗的泛白，没有破，虽然帽沿有点耷拉，戴在我的头上有点大，松松的，但那使我气魄多了。

清明节，照例要蒸白面馒头上祖坟的，那馒头除了掐点儿尖尖儿，撒在坟上让先人尝尝，更多的是让活着的后人吃了。我们这里产青稞、蚕豆、燕麦，很少吃到小麦白面，这是我们一年里唯一能吃上白面馒头的时机。那年分给我的那一个馒头，雪白雪白的，松软喷香的。上过坟，少了尖尖儿的馒头，我流着隔外多的口水，省着吃了一半。另一半，我装在帽子里，用线扎了口，夜里放在枕头边。准备第二天在上学路上吃。当我做了一夜香甜的美梦，清晨醒来一看，老鼠吃了我的馒头不说，帽顶被可恶的老鼠咬了一个洞。

我只好戴着这顶露顶的帽子去上学。这简直是对我的自尊心的一个考验。在我同桌的女同学面前，我不敢把头俯下。她粉白细嫩的脸蛋，神情专注地听讲，流利、准确地回答，永远洁净鲜亮的衣衫，在我们一堆土蛋子娃里，鹤立鸡群，给世界一个美丽，是我的偶像。当她低头看书、写作业的时候，我才悄悄低下头。到她抬起头时，我立即坐正了。高扬着头，那些时候我像被她用一根线牵着抬头低头，因为我怕她看见了破的帽顶，让她看见那该是多丢人的事。

下课了，我不能太失常态，和同学们一起围在教室边瞎闹。这时老师走来了。老师高兴地和我们聊天。微笑着把手伸向我的头，我想，遭了，我等待着老师揭开一个隐秘，送一个嘲笑。老师却轻轻的拍着我的头，爱抚地说："你，吴建堂，是个好学生。"

呀！好学生，我是好学生？在这些上课时眼急手快举拳如林的同学中，在我的帽子露馅露怯的时候！感情不是老师看见我的破帽子时的安慰？

无论怎样，我感激老师的厚爱，我从此更加努力，也就更加自信。我真的成了个学习好的学生，我的学习成绩在班里再没有落到第三名。

惊雷声中听家训

那是在刮共产风的时候。我们家的上房被公家拆了，说是见到街上过共产主义去。因为我家是贫农，理应先享受共产主义待遇，于是我们家的正屋就被拆了。那时候前面一家就只好挤在我家的厨房里。厨房是三间，一头有一堵炕，中间是过厅，这头是锅灶。室内被烟熏得乌黑，又是东房，采阳光要差，屋里阴冷。一家妈妈和我们五个孩子挤在一个炕上。过去有上房的时候是有两个炕的，我和哥哥占一个炕，那是多么舒坦啊。现在挤在一个炕上就像挖出的萝卜摊在一个炕上，挤得难受，那时我们的情绪就不好。

有一次我不愿意吃已经煮糊的青稞面面条，使性子，坐在灶头的麦草上不吃，不起来。妈妈让妹妹劝我，我就把妹妹打跑。后来天黑了，一家挤在炕上晾萝卜了，妈妈忙完活儿，又劝我，我不动。妈妈哭着说："这娃我该怎么办？"我看见妈妈的泪，动心了，想起来，可人一旦艮在那里，想改变也难，还是不动身。个个来拉我拽我，我都不动，后来兄妹们都入梦乡了，至少没人再出声了，妈妈还是在叹，我就那么艮在那里。

我的家在岷县的一个二阴山区，多雨。那天老天在聚集着暴雨。

忽然一道耀眼的亮光从窗户闪进，紧接着一声雷声从窗户传进来。妈妈就说，孝顺听话！不孝顺不听话的人会被雷劈死的。说谁家的孩子不听话，有一天从柜子底下滚出一个火球，烧死了不孝子……听着高天上的响雷和妈妈的教诲，我心怯了。但是不好意思起身，还赖在那里。这时一道惨白的闪电过后，一声炸雷从房顶砸下来，我被惊得一时没了知觉，不知道脑袋是否还在脖子上。妈妈却慌了，不知怎样的一下子扑在我身上，护住我，好半天不出声，就像怕天公听见动静再扔一个炸雷。

我才乖乖地上炕，妈妈再也不说什么孝不孝的了，那晚我睡得很香。

我不知道那个行为是不孝，但我懂得了许多，不再气妈妈，发奋学习。

童年的麻雀

　　山乡的清晨是麻雀叫醒的，我也是被麻雀叫醒的。在睡魔还缠身的时候，麻雀就叽叽喳喳地唤醒我，也唤醒院里的猪羊牛，唤醒故乡的山山水水。

　　麻雀是以人为邻的一种鸟，有的地方就叫家雀。我们家屋檐下常常是一溜家雀做窝。我家是土屋，在屋子土墙与屋顶的相接处，为了挡风塞着燕麦草，这些燕麦草就是家雀做窝的好地方。燕麦草是很柔软、暖和的，想必麻雀是为了暖暖和和地过夜。

　　麻雀给人们呈现的是热烈，成千只聚到一起叽叽喳喳，真不知所谓何事。有一句民谚说"麻雀嫁女，叽叽喳喳"。看来是忙着婚嫁了。麻雀是一夫一妻制，一年一窝生四五个儿女，常常是在屋檐下，大麻雀辛辛苦苦地飞来飞去，做窝、抚育儿女。麻雀是最热闹的一种鸟，给故乡欢乐的一种鸟。

　　家雀的幼鸟没有那么多幸运，小麻雀开始学飞时大麻雀叽喳叽喳地护飞。那些被护飞的幼鸟常常是我们恶作剧的对象，当它被追逐时只是飞一两个来回就飞不动了。我们孩子们抓住玩，被折腾的奄奄一息时，我们放了，但它再也飞不起来了，终于在大麻雀的哀鸣中死去。

这还是单个麻雀的不幸，整个麻雀族经历了千年的不幸。20 世纪 50 年代它吃农民的粮食，被列为"四害"，于是一个消灭麻雀的群众运动泛滥中国。一到夜里，在吆喝声中全村的人出动，捉麻雀。夜盲的麻雀是呆顺的、可怜的被捉，麻雀的数量锐减。

后来，麻雀不再列为"四害"，说麻雀吃粮食但也吃害虫，一只麻雀一年吃掉百万只害虫，这是个怎样的数字？但它的日子也不好过。它不可避免的，和其它鸟儿一样，都同样会遇到的麻烦，那就是农药的毒害，我可爱的乡亲不是故意的，但麻雀还是数量减少了，麻雀吃了拌过农药的种子、成熟的粮食被毒死了。

现在讲环保了，讲绿色庄稼了，麦子啊青稞啊不再撒农药，麻雀健康地吃，麻雀的数量增加了，家乡又热闹起来了。我去年回老家看到一群几百只麻雀在麦子地里飞，悠闲而又欢腾着。我感到欣慰。这就是我童年的麻雀，他们愉快地在老地方繁衍生息着，少了的那几只，就是当年我祸害死的。

狼嚎声中听古今

隆冬腊月，天寒夜冷。母鸡公鸡在屋檐下的架上冻得“咕咕”叫，犍牛雌牛在圈里的干草上暖和的“吧唧吧唧”反刍。

隆冬腊月，昼短夜长。黑暗早早地把人赶到了热炕上。一盏清油灯，照耀着火炕的一角。我的母亲在灯下纳鞋底，我们兄妹钻进被窝里，看着母亲在头发上抹针，听着母亲拉动的麻线发出有规律的好听的“吃吃”声。

隆冬腊月，冰天雪地。动物冬眠或深藏，狼就没食，跑进村子，一看羊啊牛的又是圈着的，于是在雪地上嚎。狼的这种嚎声忽高忽低，曲里拐弯，像是很多狼抑或是别的。狼一嚎，全村的大狗小狗像得令似的立刻狂吠，但狗的汪汪声中却夹杂着怯场的吱吱声，狗们不敢冲出院门。大人们给孩子灌输的概念里，狼哭鬼嚎是差不多的，狗不去追逐，那就是有鬼，狗看不到鬼，也只是胆怯地吱吱。

凄厉的嚎叫声从纸糊的窗户中传进来，黑暗也从屋的四角逼来，屋里充满了鬼魅的氛围，我毛发直竖。于是身上哆嗦，直往母亲腿下挤。

母亲拈大了油灯的灯拈，屋里多了光亮。母亲说不怕不怕，没鬼，这是"七咕狼"。"七咕"，是狼的叫声，其实只有一只狼，它能发出七种声音。狼狗的对抗中，那晚上的狼占着上风，狼没有退缩的意思，狼嚎依旧。

母亲为了给我壮胆，在这狼嚎声中为我们讲古今。

一听有古今，我就觉得小油灯的光就充满温暖，母亲的古今把我们从恐怖中拉回来。母亲给我们讲《吃人婆》。这吃人婆的故事代代相传，我就赘言在后。

很久，很久，以前，在一个山脚下住着一户人家，父亲因病死了，留下母子四人。大女儿叫门槛，二女儿叫门关，小儿子老三叫门闩。有一天，阿妈去几十里外的地方看望外阿婆，临走前给她的孩子们嘱咐，听说有吃人婆吃人，晚上把门窗关好，不要给陌生人开门，记住我的声音和身上衣服的颜色，手上的首饰。说罢她拿着准备的四色礼，提上竹篮去阿妈家了。

门槛阿妈走啊走啊，走得太阳也快搭到山边边上了，还是没有到。她实在走累了，便放下竹篮在路边的一块大石头上休息。这时，走过来一个白发苍苍的老太婆，她走到门槛阿妈的跟前说："媳妇儿，你去那里？"门槛阿妈说："你好，我去回阿妈家。"老太婆又说："你一定走累了吧，你看，你的头发都乱糟糟的。"门槛阿妈说："我早上出门时才梳的，怎么会乱呢？"老太婆又走近了几步说："哎，你的头上有几个虱子在跑，这样子咋回阿妈家，让我给你挤一挤。"门槛阿妈相信了老太婆的话，就把头伸给了她。老太婆随之在门槛阿妈的头上寻起虱子来，带寻带问她家的情况，待清楚了老太婆变成了吃人婆，她露出了青面獠牙，长指尖甲，说："铜指甲铁指甲，一指甲挤出个血啦啦。""金指甲银指甲，挤得脑髓白搭搭。"随即，吃人婆的指甲剜进了门槛阿妈的头，把门槛阿妈的脑髓给吃了，门槛阿妈就死了。吃人婆吃了门槛的阿妈后，她换上了门槛阿妈的衣服，摇身变成了门槛阿妈，提上了门槛阿妈的提篮，向门槛家走去。

　　天渐渐黑了，门槛家周围一片寂静，弟妹三人早早吃过饭，静静地等候阿妈回来，突然听见门"砰砰砰"的响了。"门关、门闩开开来，你阿妈回来了。门槛一想，不对呀，我阿妈去外婆家，不可能当天返回，何况我阿妈走的时候已经告诉我们了，她当天回不来，叫我们看好门。门槛便答道："你不是我阿妈，我阿妈外穿黄，照的半个天都是黄"。吃人婆便把黄衣服边塞进门缝。门关在里面又说："就凭一件黄衣服不能断定是我阿妈，我阿妈里穿蓝，照的半个天都是蓝"。吃人婆便把里面的蓝衣服塞进了门缝。姐妹俩一看对了正要开门，老三门闩却说："阿妈走的时候脚上带着铃铛，手上戴着镯子，叫她在外面响一响，把手伸进门缝让我们看一看。"吃人婆听了便把脚在地上跺了跺，果然能听见铃铛的响声，接着又把手伸进了门缝。正当弟妹三人看手镯时，吃人婆趁机抓住了老三门闩的手，你们到底给阿妈开不开门，弟妹三人没办法，就开开了门，放吃人婆进了屋。

　　吃人婆进屋后问弟妹三人："我的娃们，你们吃饭了没有？"门槛回答，吃过了。吃人婆说："今天不巧，你外婆不在家，我还连饭都没吃呢，肚子还饿着呢，老大，给阿妈抄些豆豆，老二给我倒一缸子水。姐弟三人相互看了看，心里想阿妈的声音怎么有点变了呢？越想心里越害怕，但是又不敢说出。吃的东西准备好后，她又说这里的野外狼比较多，还是关上窗户赶紧睡觉吧。上了炕，吃人婆又说："小的暖怀来，胖的暖脊背来，瘦的暖脚来"。老大瘦、老二胖就睡在炕的下头，让最小的老三门闩和她睡一起，给她暖怀。到了半夜，老大门槛的脚下突然觉得湿漉漉的，还听见有吃东西的声音，她就悄悄的推醒了老二门关，两人都觉得不对劲，就问吃人婆："阿妈，你睡的地方怎么是湿的，你的嘴里在吃什么？"吃人婆惊了一下，说："哦，是门闩把尿尿床上了，我在吃豆儿"，老大、老二问："阿妈，床上这圆楞楞的东西是什么？"吃人婆答道："哦，这是老三耍的毛蛋。"老大觉得很不对劲，就悄悄的用手摸了一下湿的地方后，在鼻子前闻了闻，啊，原来是血！看来老三已经被吃了，这一定是个吃人婆，我得想办法摆脱她，她眉头一邹，计上心来。突然，她大叫道："哎吆！我的肚子疼死，阿妈，我要拉屎。"吃人婆说："你在床底下拉吧。"老大说："阿妈，床底下不行，这样太臭了，我要到外面去拉。"这时，老二也说："阿妈，我也想跟姐姐到外面去拉屎。"吃人婆听见姐妹两个都想到外面去拉屎，放心不下，害怕逃走，就说："你们两个去拿条绳来，把自己绑上，从窗子里出去，外面狼多，有什么情况，我把你们两用绳子拉进来。"就这样，姐妹俩从窗户爬到了外面。到外面后，聪明的姐妹俩就改掉绳子，绑到了窗前的一棵树上，然后她们就悄悄的爬上了一棵大白杨树上藏了起来。吃人婆在炕上等了很久，还不见姐妹俩进来，一试绳子还紧着呢，就问："你们屎拉完了没有？"姐妹俩说："还没完呢。"就这样，吃人婆在不断拉绳子中慢慢的睡着了。

到了第二天，吃人婆发现老大、老二不见了，便出去去找，突然，她看见门前的白杨树影子中有两个人影，她抬头一看，原来是门槛、门关躲在白杨树上。吃人婆问："门槛、门关，你们怎么上去的？"门槛、门关答到："你在树上摸点油，借个筛子，拿个簸箕，你箩一箩，筛一筛，上一上。"吃人婆就找来了清油、筛子、簸箕，按照姐妹两说的来上树。但是她怎么也上不上树，上半截滑下来，于是她又问："门槛、门关，这个办法不行？"门槛、门关又说："你找条绳子来，一头绑在你的身上，一头给我们甩上来，我们拉你上来。"吃人婆就这样准备好后，把绳子一头甩给门槛、门关，让她们拉着上树，就在眼看要接近姐妹两时，突然，门槛、门关同时松开了绳子，把吃人婆从几十米高的白杨上摔了下来，直听一声凄惨的叫声，吃人婆被摔死了。勇敢的姐妹俩终于战胜了可恶的吃人婆。她们从树上下来后，把吃人婆埋在了自家的菜园里。

过了近半月之后，埋吃人婆的地方长出了一片绿油油的灰条菜，姐妹俩便摘回后放在锅里煮后喂猪，但在锅里煮着煮着，突然，从锅里面传来了吃人婆的声音："嘣噔噔，吟噔噔，煮了你阿妈的脚后跟……"。姐妹俩感觉很奇怪，就揭开锅看，又什么也没有，就剐出后倒给进猪槽里，但猪连闻都不闻，姐妹俩就用东西给盖住了，准备第二天倒掉，但到了第二天，她们揭看猪槽一看，啊，满猪槽猪食变成了珍珠玛瑙，姐妹俩非常高兴，就拿出来从路过的小货郎的那里换来了好多丝线和日用品，小货郎得到这些珍珠玛瑙后也非常高兴，背起来就往回走，走着走着，突然觉得背的珍珠玛瑙的背斗越背越重，于是他放下一看：啊，珍珠玛瑙全变成了鬼儿子，这还了得，他赶紧走到一个悬崖边，把这些鬼儿子倒了下去，给摔死了。

母亲的古今充满力量，它把黑暗和恐惧驱走。

母亲的古今充满抚爱。我就在这儿歌声中渐渐意识模糊，没等说完，我们就安然熟睡了。

去二妹家听小曲

那天，我去二妹家，二妹一家在闾井的鹁鸽湾，那真是在一个山弯弯里，背靠的大山上古堡完整，雄踞大山上，总是鹁鸽湾的守护神的样子。

多年不见，二妹很高兴，喝了少半杯白酒，这一喝更高兴，说："你不知道吧？我们鹁鸽湾是有名的小调儿演唱地儿，今天二哥来了，我们高兴，也让村里人高兴高兴，请大班们来咱家，唱一台。"

岷县是花儿的故乡之一，但我们闾井很少听见唱花儿的，也没有花儿会，当野曲不流行的时候，家曲（小调）就很成气候。说做就做，二妹吩咐儿媳麦穗儿："你去把小曲班子请来，说清楚为啥请他们。"又吩咐老公："你把火盆端到炕上，点上火，准备烧茶。"

不一会儿麦穗儿就领来三位大妈，一位大叔，大叔手里提着一把二胡，我知道，这把二胡就是伴奏的乐器了。四位老人一上炕，罐罐茶也刚熬好，先给大叔一杯茶，然后给三位大妈沏茶，他们就喝了，其实那茶杯不比大拇指大多少，嗫一小口就是一杯，罐罐茶浓烈，几罐罐喝下去就来精神了，于是二胡开始定音，有一位大妈也掏出随身带的打击乐，棒子，笃笃地敲响了，于是准备开唱。

闾井的小曲用数字说有上百种，这些小曲风格多样，旋律平稳，音韵协和，节奏变化多样，结构规整，语言朴实简练、形象生动。句式以七字、十字句为主，长短句的也不少；又因能巧妙地嵌用衬词，唱来活泼风趣，听来悦耳感人。

个子高的大妈是领头的，说："先给尕爷唱个《农家十个月》吧。"

一开唱，歌声就飞出屋子，马上吸引来一大堆大人小孩，立马坐满了炕，站满了堂屋。二妹高兴地说："过节，过节，红火，红火。"

小曲班子唱了《十二月花》《十对花》。

领头的大妈说："接着我们给尕爷唱个说我们女人生活的吧，唱——"眼瞅瞅身边的两位，其中一位说："那就唱《放风筝》。"这个曲调曾经听到过，是在母亲的那里还是什么地方，由于曾经灌过耳音，听起来亲切，我也随曲调小声哼哼。

大伙儿渐渐地投入到小调悠扬的氛围中，忘记了我是个贵客，大伙儿平等的，我就感觉左右都有人挤，后背也被贴的热哄哄的。我被融入音乐的氛围中，觉得这样很亲切。

夜深了，一些明天要出门的，要上学的先走了，屋里有了些许清静，唱班子们商量，唱自个心里话。先唱《十学》，之后是《织手巾》接着是《转娘家》，随后是《劝丈夫》。

演唱者自己陶醉在自己的演唱中，诉说中，一个个脸上红扑扑的，像是回到了少女的时代。我真佩服这些小曲的魅力，魔力。

领头的大妈对我说："我们姊妹中真正的领班子是麦穗儿妈，今儿个高兴，说不定会跟你唱一曲，你说，麦穗儿妈，是吗？"

大伙儿都注视麦穗儿妈，期盼的目光在炭火的映照下习习发光。

少顿，麦穗儿妈说："唉，我真的好几年没唱了，今天二哥在，我就唱一曲。唱什么？"麦穗儿妈环顾四周见没人应答，只是期盼的目光，就自问自答说："唱一曲苦曲《南桥担水》吧。"

开始唱苦曲，《南桥担水》哭腔在梁间缭绕：

东方发白着大亮了，

东海里闪出太阳了，

上河里担水路又远，

下河里担水路不干，

南桥下边有十二间泉。

三间吃水三间干，

三间留下饮马泉，

三间留下南玉莲担，

我公公今年五十三，

我婆婆今年四十三，

我丈夫今年二十三，

送在南学把书念……

领头的大妈说："小曲唱的是心里话，诉说着个家（自家）。"

我被南桥担水的凄凉哀怨所震撼，看到了故乡女子们的不幸与有幸，曲折、艰辛的人生路。

那夜的小调伴随着鹁鸽湾的不眠夜，伴随着女人们跳动的心。

第九辑　乡情乡愁

离别故乡

几个信息告诉我，故乡，不是我长大后的生存地儿。

重病卧床的父亲对母亲说："这个儿子不是你的儿子，长大后远远地把他送出去，越远越好。"母亲似乎记住了父亲的这句话，母亲对我说："给你哥说媳妇，就不给你说媳妇，等你长大后出门自己挣去。"于是父母给我灌输的概念就是我必须早早地、远远地离开家，离开故乡。

而这个离开家的前提必须是考学，而不是去流浪，那个时代流浪意味着去讨饭，而我绝不愿当个乞丐，我就拼命学习。初中毕业考学的时候，我报考的是高中，因为我学习好，家族里就希望出个大学生，一定要我报考高中。进县城考试前，有同学说："你考高中能上得起吗？"那时父亲已去世了，母亲拉扯我们已经很不容易了。同学说："你还是报考师范吧，师范有助学金，上学时可以维持生活，毕业出来大小有个工作。"我就听了这话，通过老师改了志愿，放弃了上高中。我如愿考取了师范。记得我的考分不高，语文78分，数学44分。在我们县里，考分整体不高，师范录取的名额是15人，结果只录取了4名，其中三名就是我们一个学校一个班级的。

考中了师范，就可以转户口了。转户口就意味着吃皇粮，吃皇粮就先交粮，只要缴 120 斤粮食，就可以转了。我和哥哥立马把一百多斤豆子推到粮站缴上，就转上了城市户口。

这样，十六岁那年的秋天我就惆怅地离开了家。记不得是谁送行的，好像没有谁来送我，我和同学坐上作为班车的解放牌大卡车离开家。

我所上的师范是临洮师范，临洮比较我家地儿干旱，到临洮后，当我看着赤裸的黄山时，我很想家，想那青山绿水，想一家人在一起的温馨。在第一个月里，眼睛因为过多的思念、焦虑而看不清东西，大白天的我眼前一片朦胧。我很想逃跑回家，但我知道那是断然不行的，我得为生存而忍耐，而接受无尽的乡愁。

后来当我适应了环境，关于喂饱肚子就是个大问题了。每月的31 斤粮，总是不够吃。那时我总是抱怨母亲。离开家时，母亲说："外乡的水喝不惯，以后给你寄点钱来，你买点儿糖冲水喝。"当我吃不饱肚子的时候，总想着回家抱怨妈妈，谁知道她再也听不到不孝儿子的埋怨了。后来我想，其实我每走远一步，就给母亲加深一份牵挂，在我离开老家的那个学期里，她总是逢人就流着泪说起我，说我不该这么早就离开家。

放假了，我没有路费回故乡，留守学校，音乐老师是个女的，有着一颗慈母的心，她很理解我，让我挑些乐器在假日里消遣，我就在乐器室里把弦乐器、管乐器、键盘乐器，只要是能拿出去的一样一件，就是这些乐器在那个寂寥的假期里跟我一起咀嚼乡思。当明月当空的时候，最是二胡的乐音扯着故乡的月，扯着故乡的风，扯着我的心，我的眼泪交织着二胡的声音。我总觉得唯有二胡的乐音才能表达故乡的情，于是我苦学二胡，想通过它演奏出故乡之音。

我真的不是好儿子，那个忧伤的第一学期，母亲就去世了。家里没有告诉我。没有告诉我是对的，要不我就立即辍学了。

后来，我在困难的时候，身后时时有母亲关怀的眼神。后来，我总是冥冥中和母亲对话。故乡是谁，故乡就是母亲。

土墙和胡须

村子的构成少不了土墙，土墙都是干打垒的墙，故乡的土地是黑土地，刚打出的新墙黑黑的，没多久就被风雨侵蚀之后变得苍桑，发灰。土墙头顶上长出草，土墙就顶着生长得不怎么旺盛的毫草，毫草随着季节变换，在夏天里润绿，青春；在深秋里枯黄，苍老。

那些土墙圈着村子的一个个农舍，一个个牛圈，一个个菜园，形成一个个巷道。那些土墙反射着各户人家的童声老腔，纪录乡音。土墙关注着农家一个个故事，牛群一声声喘息。那些土墙注目着菜园一畦畦荣枯，青稞一块块青黄。

土墙下，总有几个老人在闲坐，这是故乡的一个传统，无事时闲坐、闲聊，我们把这叫做"谝闲传"。老人苦了大半辈子，腰遢了，背驼了，气衰了，不再下地了，有事不干了，儿女们让他们闲着，他们就聚集阳坡边，土墙下，闲谝。

闲谝的老汉们总是在一定年龄段留胡须。至于到什么年龄段留，都是自愿。这时聚集的几位老人长须飘飘，或白，或灰，像挂在墙头的毫草，有风动动，无风也动动，呈现一份土墙般的安静。

他们许是已经无话可说了，互相不吱声，就土墙似的沉默着。

他们传播着寂寞，回忆着尘封的青春、岁月。也许是岁月磨砺了他们的锐气，吃尽了身躯的活力，一个个像懒散的老牛，在喘息，在反刍。也许是光阴让他们看破了时世，洞察了红尘，不热衷时事，他们以一种安闲、消沉应对生活，人生。

现在土墙多了，说明住户多了；住户多了，村里的孙子就多了，村子里的孙子多了，爷爷也就多了，于是村子里的胡须也就多了。

我回故乡时重温那一堵堵、一道道土墙。回忆一个个、一段段旧事。景仰一溜溜、一丛丛胡须。那些胡须们不认识我，沉默着瞅着我，我就在那土墙中穿行得不自在。

我走过土巷，到大哥家。寒暄之后说起胡须，刚六十出头的我大哥嚷嚷着要留胡须，这个主意立即遭到了他儿女们的反对，我也微笑着说："不留为好，留下还得经常打理，那多麻烦。"

走过故乡时，我想，我也不再年轻，我也会颓然老去，当我面对那些土墙，当我面对那些昔日的玩伴，今日不识我的老爷爷们时，我是否也该考虑留下胡须，在风中飘逸，或在风中零乱。

我在思考……

后记

在昼里夜里，总会想起故乡，想起山丘、小河、梯田、麦地、家园、土墙、小路。想那沼泽地里的野花，早出的乡亲，牧归的羊群……

故乡从草丛和森林里走出不过几百年。在县志里有记载也就寥寥数语，记录的只是那年那月跑土匪，那年那月遭灾荒。这里好像没出什么可以上县志的名人，只是出了一个写县志的，自然算载入史册，成为寥寥的名人。

故乡的山林是次生林，长着红桦、青冈、杂柳，昔日的次生林已经被砍伐殆尽，小山从林山变成草山，草山又被梯田层层包裹，故乡越来越是梯田的世界。

故乡有老土房，水磨坊，昔日的老堡子，似乎一些景物总是不变的，不变出传统、陈旧。

因为近年来青年人外出打工的多了，村庄显得更加冷清。巷子里是沉默的老人和在这种氛围下也相对沉静的留守儿童。

故乡，是一种美好的记忆，常常在你失意的时候浮现。故乡的音乐就是秦腔，娱乐就是秧歌，野曲就是花儿，家曲就是小调，闲暇就是讲古今、唱小曲，过年时踩高跷，扭秧歌，唱船歌。

　　故乡，是童年的等同词。因为生你养你的地方，你才有故乡的概念，而老家，在通常意义上是父母的老家，而你压根就没去过，只是在父母的嘴里听说。我的童年占用很大篇幅，我以为我的童年，也是我们那一代闾井人的童年，那一段闾井人的故乡记忆，那一段岁月的记载。

　　故乡，是一种精神、理念的积淀。我以故乡人不屈不挠的精神跟软弱抗争，不管我是衣锦还乡，还是行囊空空，故乡永远会张开双臂，迎接我的归来。

　　故乡，是一份痛，一种伤感，每次我回家的时候，六妈（六叔家的）问我，你为什么总在叹气？我在叹气吗？六妈一问我这才注意了一下自己，我确实在叹气，不仅仅是叹气，看见苦难的妹妹和她们的孩子们，我总是禁不住流泪，尽管我是很少流泪的男人，我觉得生活在那里太艰难了，太不容易了。我单身在外，故乡的一山一草一木，总勾起辛酸的记忆。

　　无论在哪里，我们总觉得故乡的饭菜才是最好吃的；无论在何时，我们总觉得故乡的云烟才是最美。故乡那顶着露珠的麦苗，高高大大的豆架，袅袅的炊烟，灿烂的乡亲们的笑容，串起隽永的动画。

　　记忆故乡美景，一个把心思留在记忆里的地方，记录故乡生活，回忆童年快乐。故乡，很远，也很近。

　　我写故乡的各种生活，是穷人的生活，因为我家的生活是穷人的生活，好像也没听说过故乡是谁富，就是现在，全乡镇也没见一家是小二楼，一律的平房，道路也只是在主街上有半截水泥硬化的路。

　　童年，是故乡时代的依据。通过一代代人的童年生活故事，串起故乡的历史。

　　故乡的时光，守候着几株杨树，守候着老土墙围裹的家园。杜甫《和裴迪登蜀州东亭送客逢早梅相忆见寄》："幸不折来伤岁暮，若为看去乱乡愁"。乡愁是什么，是梦里喃喃的语，是心里隐隐的痛，是笔下绵绵的情，是我瑟瑟的苦。

故乡的一个生活片段，那些生命里的一些感动，儿时的一个游戏，一份平淡的幸福，关于父母的点滴记录，隽永的感恩，甚至脚下的一颗石子、一条路，都能够令我的文字沉在其中，以及那些曾经的过往，那些生活的遗憾和那些日子的感恩，总萦绕在心间。

远离了故乡，我们才明白，原来，故乡的鸡啼、犬吠、猪叫、驴吼、蛙鸣都是歌。远离了故乡，我们才明白，原来，故乡的一山一石、一草一木、一人一物皆是情。

那山，那水，那树，那花，那乡土乡俗，明常伦《望山有怀故人》诗："高高见西山，乡愁冀倾写。"总想写故乡，总是写不出。总想表述，总是表述不清。断断续续，前前后后，笼笼统统，写了大半生。

我写的故乡主要是写我的村子罗儿村，因为这是我最熟悉的，也是因为我们村的人和事，仿同于他村，一个村，也是一个乡镇的缩影。

请原谅，故乡，因为我对你理解不深；但我相信母不嫌儿无作为，故乡还是谅解我的。

故乡，一本永远写不完的书，使我活到老写到老。把创作过程的思考集在一起以作后记。

感谢文联主席、著名作家王国虎在百忙中为我做序，感谢资助我的县政府领导，感谢读我的拙作的朋友们。

汇蓝巧筑

陈长明 主编

王金云 著

柳堂敝帚

团结出版社

UNITY PRESS

图书在版编目(CIP)数据

柳堂撖帚 / 王金云著. -- 北京：团结出版社，
2022.6
（汇蓝巧筑 / 陈长明主编）
ISBN 978-7-5126-9370-8

Ⅰ.①柳… Ⅱ.①王… Ⅲ.①散文集–中国–当代
Ⅳ.①I267

中国版本图书馆 CIP 数据核字(2022)第 056990 号

出　　版：团结出版社
　　　　　（北京市东城区东皇城根南街 84 号　　邮编：100006）
电　　话：(010)65228880　65244790
网　　址：http://www.tjpress.com
E－mail：65244790@163.com
经　　销：全国新华书店
印　　刷：长沙印通印刷有限公司
装　　订：长沙印通印刷有限公司

开　　本：142 毫米×210 毫米　　　　1/32
印　　张：40.5
字　　数：476 千
版　　次：2022 年 6 月第 1 版
印　　次：2022 年 6 月第 1 次印刷

ISBN：978-7-5126-9370-8
定　　价：398.00元(共九册)

自序

中国人历来对出书看得很重，人在一生中能出一本书是一件受人尊重，自己光荣的事。很幸运，我们现在时逢盛世，党和国家重视文化建设，为个人出书提供了优越的条件。我的这本书如沐春风，沾了大光，在此，我要衷心地感谢，感谢今天这样的一个昌明繁荣的美好时代；感谢永靖县文联的支持和永靖县政府的资助；感谢出书发起人孔令莲老师的热心操办。

出书写序，按照惯例，本应请有相当文化造诣和社会影响的名人写，然而，名人不闲，多数资深年长，就难以开口向名家求助了。就这样，写序的事，只好自己勉为其难了。

我是1950年生人，1970年工作，2010年退休，到今天算是过70岁的人了。由于历史的原因，初中未毕业就进厂当了工人，没有受到过正规良好的教育，文化底子差。但工作逼人，时代催人，为了适应工作的需要，除了带薪脱产上电大以外，剩下的就是自学。如此磕磕绊绊的一路走来，才走到了今天这般地步。

有人说，散文易写难工，我是认同的。易写，是因为散文取材的广泛性、多样性、随意性，以及写法的不拘一格。几乎天文地理、人情世故、古往今来、天南地北，甚至吃喝拉撒睡，油盐酱醋茶，都可以拿来去写；题材可大可小、篇幅可简可繁、笔法可正可欹、风格可雅可俚，选择余地大，表现方法多。难工，是说你在一定的意图（文章所表达的主题、旨意）下，如何在俯仰可拾的素材面前，甄别遴选出比较适合文章主旨的典型而有意趣的素材，并用最相宜的方法表达出来（写法上是由题而文。即按照主题表达的需要选择素材，确定写法）；或者说，你在看似平淡无奇的素材面前，能否挖掘出新颖独特的有意义有价值的潜质呢？能否透过形而下的具象事物达致形而上的抽象认知呢？（写法上是由文而题。即从稀松平常的素材中开掘、发现、提炼、升华出新颖独特的旨意）这是一难。同样，根据由题而文、由文而题的两种逻辑选择，你又用怎样的视角、维度、结构、语言等手法来表达成文，这又是一难。"成也萧何败也萧何"，散文的易写，恰恰也是散文难以写好的原因。

我的这些所谓的散文随笔，怕就是发于"易写"而失于"难工"的。本来，我的写作（如果可以称为写作的话）并没有一个明确的目的性和一个系统长远的写作规划，临近退休的那几年和退休后的10年里，网络上混的时间比较多，一时兴起，率性而为，趴在键盘上敲出一些文字来，随意发在QQ或博客里，并未在选材、手法和意境上着意讲究。倒是对一些纪实性文章中的事实和数据，以及涉及到的史料的筛选，还是采取了比较严肃认真的态度。即使是这样，仍然有可能存在着一些纰漏和差错，尚请读者教正为盼。

怀着一颗忐忑的心，回头整理过去的文字，电脑前十来天时间，拢到一起竟也有诗、文各百篇（首）之数目，仍然觉得没有值得出书的作品。"矬子里边拔将军"，这才勉勉强强凑了一些，就是今天这本书的模样了。

这本书里不收诗词，大多数是散文随笔式的纪实性内容，少数是随显随灭的一时感想，写了从七八岁刚懂事起的60多年里的一些所见所闻，以及个人生活经历的片段。无非是些自然景观人文风貌、如烟往事孩童琐忆、家长里短世俗情怀。文章的结构、叙事的方法、语言的调遣，都比较随意率性。正因为，既没有确立有意识的写作方向，也没有制定有规划的内容取向，更不用说要试图表达一种重大的主题和价值，所以，都是一些拉杂平淡的文字。这样的状况，也就难以将文章分类划块，也难以拿一个总的书名，来统领全书了。

《柳堂敝帚》中的"柳堂"，仅仅是附庸风雅的堂号而已，别无意思；"敝帚"，不就是一把立于门后的破笤帚嘛。笤帚，是家家户户都有的卫生工具，它是洒扫庭除、清洁环境的必备之物。人，不仅要天天打扫环境的世尘，也还要日日拂去灵魂的心尘。灵魂，也是需要一把笤帚的呦。古语说，敝帚自珍，在外人眼里，也许是一把破烂不堪的秃笤帚，在主人心里，却是承载着过往生活的亲密伙伴，即便敝帚，也是轻易舍不得丢弃的。

王金云

2020 年 12 月 20 日于三柳堂

目录

兰州萃英门甘肃举院

　　说起今天的兰州大学，或者是它的第二附属医院，至少在甘肃，是有很高知名度的，但要是提起至公堂来，相信没有多少人，会知道他的前世今生。

　　这座古建筑，第一次进入我的视野，是缘于2011年3月家人的一次住院。那时候，兰州大学第二附属医院一号楼刚建成不久，穿过一号楼，向北行五六十米，再拐向正东大约三十米左右，有一座陈旧的单体古典建筑，这便是至公堂。至公堂再往东百米左右，在同一中轴线上，还有一座规制与至公堂差不多，但略小一点（面阔短十二米左右）的单体古建筑，叫做观成堂。

　　这两座经翻修后的古堂，风雨百年历尽沧桑，被掩隐在密密匝匝的现代化楼林之中，像两个深居陌巷闭门不出的前朝遗叟，鲜为世人所知。正是这么两座不起眼的破旧建筑，却是晚清甘肃举院珍贵的建筑残存，是中国科举乡试场所在甘肃的实物遗存，在经历了一个多世纪的风雨后，他们像两位垂暮的老人，在默默地倾诉着过往的沧桑。

　　清光绪年前，甘肃未设举院，科考之事陕甘两省合闱，两省士子，均去西安的陕西举院参加乡试。当时甘肃行省的辖境，包括今甘肃省全境、宁夏大部和青海省东部地区，以及新疆东部的乌鲁木齐和哈密地区。就是离西安最近的庆阳、平凉、天水、武都一带，到西安也得好几百里；稍远一点的兰州一带，需要走一千多里；更远的河西一带，就是三四千里；到最远的哈、乌一带，就要走上五六千里了。参加一次乡试，来回少则一两个月，多则三四个月；费用少的也得数十两银子，多的百两银子也不止。大多士子家境贫寒，参加考试花费的时间和资金就成为一个巨大的负担。交通和经济的制约，使甘肃有资格参加乡试的士子中，仅十之一二可参加乡试，绝大多数人，只能皓首穷经因无法乡试而饮恨寒窗。

陕甘合闱时，两省共取62名举人，陕西占据天时地利人和，自然，绝大多数录取的是陕西士子，这对甘肃士子的不公平，是显而易见的。

清同治十二年（1873年），陕甘总督左宗棠上奏朝廷，请甘肃与陕西分闱，在省城兰州设场解试。清廷准奏，光绪元年（1875年），在兰州城西北隅郊外的海家滩子，建成了甘肃举院。光绪十一年（1885年），陕甘总督谭钟麟又将其增修。

说来甘肃举院的兴建，是在极其困难的条件下完成的。当时的甘肃，社会动荡，民生凋敝，财力枯竭，地方财政无力修建贡院。左宗棠找到了兰山书院山长吴可读，倾其苦衷，希望吴可读出面募集资金，吴可读欣然从命，动员各方力量众筹募集，经历了常人无法想象的艰辛过程，终于劝捐到白银50万两，这才成就了举院的建设。甘肃举院兴建之时，吴可读壮怀驰奔，为举院写了一副长达192字的长联，这副楹联被称之为"中国贡院楹联之最"，可惜真迹无存，流传下来的只是情怀激荡的文字：

"二百年草昧破天荒，继滇黔而踵湘鄂，迢迢绝域，问谁把秋色平分，看雄门四扇，雉堞千寻，燕厦两行，龙门数仞，外勿弃九边桢干，内勿遗八郡楩楠，画栋与雕梁，齐焜耀于金戈铁马之后，抚今追昔，饮水思源，莫辜负我名相怜才，如许经营，几番结撰；

一万里文明培地脉，历井鬼而指斗牛，翼翼神州，知自古夏声必大，想积石南横，崆峒东蠹，流沙北走，瀚海西来，淘不尽耳畔黄河，削不成眼前兰岭，群山兼众壑，都奔走于风檐寸晷之中，叠嶂层峦，惊涛骇浪，无非为尔诸生下笔，展开气象，推波助澜。"

联语典雅丰瞻，气势恢宏，状写出举院的宏大规模，甘肃的壮丽河山，以及举院的设立对甘肃文化教育事业发展的巨大进步意义。

当时的举院，基盘纵140丈（约合187米），横90丈（约合120米），外筑城墙，内建棘闱。中心建筑物是至公堂，堂西为明远楼，南北为考试的号舍，可容纳四千人参考，明远楼以西为龙门、三连门、大门，其南北两侧为点名厅、搜检厅等检查考生的场所；至公堂以东，依次为观成堂、衡鉴堂、雍门、录榜所，其南北两侧，为监试道署等考官的办公场所。举院西南角开城门，左宗棠题额"为国求贤"，人称举院门。整个甘肃举院建筑群，气势恢宏，主次分明，功能齐全。

甘肃举院的建筑规制，是遵循当时中央政府统一规定的，与全国其他贡院一样，但规模相对宏大，是甘肃最大的建筑群之一。清代共有十七座省级举院，其中最为著名的四大举院是顺天、江南、广东（又称两广举院）、河南举院。在多数省级举院都已灰飞烟灭的现状下，云南举院和甘肃举院的至公堂，能保存下来，就是历史的幸运。尤为难得的是，甘肃举院是单体建筑存世最多最好的，而且至公堂，还保存着原汁原味的陕甘分闱后，甘肃首次乡试监临官左宗棠题写的"至公堂"匾额和木制对联。

至公堂，是监临（用大员监临，以纠察关防总摄闱场事务）、外帘官（在考场提调监试的官员）办公的处所。建筑制式为十三檩五脊悬山顶，面阔 7 间，21.7 米，进深 12 米，青砖五花山墙，琉璃筒瓦屋面。前檐下悬挂青底金字巨匾一块，上面是用左宗棠先生行楷镌刻的"至公堂"堂名，上款刻"光绪元年孟秋月吉日"及阴文小篆"千古大文章"压角印；下款刻"钦差大臣太子太保东阁大学士陕甘总督一等恪靖伯加一等轻车都尉左宗棠书"及阴文小篆"左宗棠"，及阳文"东宫太保恪靖伯"两方印。堂内金柱悬挂左宗棠撰写的楹联："共赏万余卷奇文，远撷紫芝，近搴朱草；重寻五十年旧事，一攀丹桂，三趁黄槐。"上联写批阅试卷，选拔人才（紫芝、朱草），不使人才埋没；下联回顾左宗棠自己科举道路的坎坷不平。"一攀丹桂"，写他参加一次乡试中了举；"三趁黄槐"，说他会试三次都名落孙山了。2011 年、2013 年，本人两度到二院就诊时，睹见至公堂的匾额和金柱上的对联在风吹日晒下模糊不清。2018 年 4 月再次就诊，复临堂前，已是修葺一新。

明远楼，是闱场监视之所。三层楼居高临下，全闱内外形势悉在眼中，监临、监试、巡查官，登楼眺望，稽查士子有无私相往来，及执役人等有无传递关通之弊。1919 年，兰州名士刘尔炘，将明远楼移至五泉山公园，改名万渊阁。

观成堂，为外帘官办公处所。悬陕甘总督谭钟麟于光绪十一年监临举院时撰书的匾联："秦陇分闱以后会聚教训，偻指十年，几番星使搜罗，得士期为天下用；国家吁俊之序经策诗文，扃门三试，休道风檐辛苦，吾曹亦自个中来。"上联回顾甘肃设立举院十年来，为国家选拔了许多人才的过程；下联从乡试的考试程序（考三场。考四书五经，即八股文，策论，试帖诗），写到自己，也是通过乡试中举人，进而会试考中进士的，用以激励考生。

衡鉴堂，为考官校阅试卷与各官办事之所。光绪元年，左宗棠书"衡鉴堂"匾，考试官湖广道监察御史刘瑞祺撰书楹联曰："丹新承文治开启千秋运会；朱衣默鉴辛勤念三载功夫。"上联写皇帝下诏同意陕甘分闱，意在长期实行文治。下联写考官要秉公阅卷，因为试子苦读多年，才能在乡试中考中举人。

光绪元年，甘肃举院落成后，左宗棠奏请甘肃取士40名，朝廷只准30名。光绪二年，左宗棠复奏，准奏再加十名。自此每科乡试，可考取40名举人，其中特设回族举人一名。

据史料记载，甘肃举院，从光绪六年至二十九年，共选取446名举人赴京会试，考中进士者116名。其中有光绪朝上书弹劾李鸿章和李莲英并直指慈禧太后的"陇上铁汉"安维峻、有编纂《重修皋兰县志》的张国常、求古书院山长天水刘光祖、重修五泉山的刘尔炘、兴办实业的河州邓隆、"公车上书"的李于锴、翰林办厂的哈锐和书画名家范振绪等杰出人才……由此可见，甘肃贡院所举人才，对当地乃至全国影响之一斑。

光绪二十八年（1902年），清廷实行"维新新政"，陕甘总督崧蕃（字锡侯，瓜尔佳氏，满洲镶蓝旗人），率先在甘肃举院东北部，创办甘肃省官报局，专印《甘肃官报》《辕门抄》。光绪三十一年（1905年）九月，清廷下诏废除科举制度，举院结束了历史使命，成为地面上的历史陈迹。光绪三十二年（1906年）五月，彭英甲利用赋闲的甘肃举院，设立劝工局厂，用机器生产方式，制造轻工业产品，开甘宁青地区近代轻工业之先河。

彭英甲在举院东部创设绸缎、玻璃、织布、栽绒四大厂，以及制革、卤漆、木器、铜器铁器、纸笺纸盒等小厂，生产绸缎、白布、毛毡、刀具、枪带弹夹、皮箱、皮鞋、桌椅、量尺、指南针等物品。

这一年,彭英甲还在举院南北点名厅、搜检厅开辟农事试验场,引进、试验、培育优良农作物品种,以备推广。光绪三十三年(1907年),彭英甲在举院北号舍,创办甘肃全省中等矿务学堂和甘肃全省中等农林学堂,之后,还在矿务学堂西创建甘肃全省巡警学堂。这三所学堂,为甘宁青地区培养了最早的采矿、农林技术人员和巡警。

光绪三十四年(1908年),陕甘总督升允,在举院东南部创设甘肃督垦总局,掌管全省农垦和水利事务,1913年,兰州大学的前身——甘肃公立法政专门学校,从候府街(今张掖路中段)迁入举院,校址在明远楼、至公堂、观成堂以北的北号舍、监试道署等地,即晚清的矿务学堂、农林学堂、巡警学堂旧址。1916年,甘肃督军张广建,将设在兰州畅家巷的兰州制造局,迁至甘肃举院。1917年,在衡鉴堂及其以东,建立了甘肃省立甲种农业学校。1936年农校移往何家庄,甘肃省立工业学校旋即迁入举院。同年,兰州绅士刘尔炘,呈准省署,在举院最西部,建祝楠别墅和潜园,内建校舍、楼、教室等,将皋兰县兴文学校迁入。后来,祝楠别墅成为甘肃学院的花园——静观园。

1926年,甘肃督办刘郁芬,将天水造币厂机械设备运至兰州,在甘肃举院内制造局西工厂及潜园之地,建成甘肃造币厂。为补建材之缺,将明长城十里店墩、拱星墩及东关同庆仓的砖瓦木料拆运至举院,用于建造炼铜车间、熔银车间、碾片车间、舂光车间和大烟囱。甘肃造币厂,于1927年11月建成,开工铸造以袁世凯头像银元、孙中山头像银元为主的银币。

1928年,甘肃公立法政专门学校与甘肃中山学院合并,创建为兰州中山大学。刘郁芬将带砺门改题为萃英门。次年兰州中山大学改名为甘肃大学,1931年又改为甘肃学院。这是甘宁青地区,最早的一所大学，先后设有法律系、教育系、文学系、文史系、政治经济系、银行会计系以及国文、艺术等七个专修科。甘肃学院将至公堂改名为中山堂，作为礼堂使用，将观成堂改为图书馆，还建有教室、宿舍、实验室、印刷所、运动场等。

1942年，甘肃制造厂迁往土门墩后，在原举院厂址，成立甘肃学院医院。1946年，甘肃学院与西北医学院兰州分院（校址在上西园），合并为国立兰州大学，甘肃学院医院改为兰大医院。新中国先后改为兰州医学院附属医院，兰医附属二院门诊部以及现在的兰州大学第二附属医院。

新成立的国立兰州大学，设文学院、理学院、法学院、医学院，下设十八个系科，成为甘宁青新四省最大的一所大学。但因原甘肃学院所占239亩的校址太小，由省府决定，将举院内省参议会、工业试验所、地质调查所、面粉厂、省银行印刷厂、西北盐务局、省立工业学校和省立助产学校等八个单位迁出，以备兰大扩建。几经努力，除工校及助产学校外，其他六个单位相继迁出，兰大顺利扩建。先在举院东北部建成三座教学楼，分别命名为天山堂、祁连堂、贺兰堂。辛树帜作《三山堂记》，其铭曰："立上庠，邦之央。作三堂，育元良。萃彦英，自四方。建边疆，固金汤。瞻天山，瞻贺兰，抚祁连。追前贤，横且坚，亿万年。"对创建兰大的意义，做了精粹的阐述。1958年，以此三堂建为兰州十六中，后演变为兰州民族中学。观成堂仍为图书馆，至公堂辟为阅览室，在两堂之北建二层楼，题名积石堂，作为图书馆办公及陈列之地。在至公堂以南建五座二层楼，作为学生宿舍，分别题名衡山堂、嵩山堂、华山堂、泰山堂、恒山堂。1948年，又在举院西北部修建昆仑堂，因其工程浩大，到新中国建立前夕，此堂尚未完全竣工。1957年，兰州大学从萃英门举院，迁往兰州盘旋路新址，即现今的兰大。

时至今日，甘肃举院遗留的两堂，只是偌大兰医二院内的两座小小古迹而已，举院的其余建筑，除迁往五泉山的明远楼以外，都已荡然无存。面对现代高楼大厦缝隙里的矮古董，真有崔颢"昔人已乘黄鹤去，此地空余黄鹤楼，黄鹤一去不复返，白云千载空悠悠"的历史苍凉感。然而，苍凉情绪的深处，却暗流涌动，涌动着汹涌的历史波涛。

任何一件成为历史的事，我们必须把它放在当时的价值坐标中去评价，方能客观公正。甘肃举院这件事，如果放在当今中国政治和经济环境里，不过是一件微不足道的事而已。然而，甘肃举院，不仅是我省人文思想的发祥地，是我省不可撼动的文脉搏动之处，具有无可替代的历史人文价值，而至公堂和观成堂，作为甘肃举院的主要建筑物，从1875年（光绪元年）建成至今，已有整整143年的历史，这一个多世纪，是中国近现代史上变化最大的时段——由晚清到"中华民国"到中华人民共和国，纵贯三朝，结束了两千多年漫长的中国封建社会，经历了资产阶级民主革命、新民主主义革和社会主义革命，由中华人民共和国取代了"中华民国"。一百多年来，举院内发生的一系列新生事物，大都是甘、宁、青地区最早的新生事物，这些新事物，以缓慢的脚步，推动了这个地区近、现代历史的进程。至公堂和观成堂，自始至终，见证了这100多年的风云变幻，见证了甘、宁、青地区近现代这段历史的开化。

沧桑百年，物是人非，然而回眸这段历史，我们不能忘记的前贤也许不少，但最值得铭记的，应该是陕甘总督左宗棠。

左宗棠，为晚清时期的湘军首领、洋务派代表人物之一，在西征期间，他十分重视推动文化教育事业的发展。每到一地，只要社会秩序恢复正常，他就要敦促地方官，恢复和兴办各种书院，发展文教事业。在驻守兰州期间，他新办或修复、重办书院 30 余所，创设各级各类义学 320 余所。他每年都要给兰山书院捐资 2000 两白银，给众多学生刊发资料。在甘肃举院的第三次乡试中，他还给 62 位考生捐赠路费，并给甘肃举人，捐赠去北京参加会试的路费。如果不是左宗棠力奏陕甘分闱，偏远的陇右之地上的这段历史，将会荒凉很多……我们在善待至公堂们的同时，最不能忘的，就是左公之恩啊，陇人应当世代铭记。

2018 年 4 月 14 日

难圆的胡杨梦

十月初的河西走廊，天高云淡，秋清气爽。过了乌鞘岭，南望祁连，峰顶自东向西一线戴雪；北眺大漠，一马平川浩瀚无垠。汽车就在这一块戈壁、一块绿洲交替更迭的西部风景里，疾驰在连霍高速公路上。我们一路向西，到了酒泉下高速折向北行，又驶上了酒航一级专线。

车上的人们，带着浓浓的胡杨情，要去一千多公里以外的远方，圆一个胡杨梦。

沙漠绿洲是诱人的。如果不是这一块一块的戈壁提示我们，我们还以为是江南水乡呢！的确，河西的绿洲，不是江南胜似江南。

君不听，河西走廊素有"金张掖，银武威"、"甘州不干水团团，凉州不凉米粮川"的美誉。据说20世纪70年代，时任中国副总理的陈永贵，在视察甘肃河西地区时，以他农民的眼光认为：甘肃只要把这块地方种好了，就够全省人民吃了。河西不仅美丽，而且富庶。

绿洲尽管诱人，但它被大片的戈壁沙漠所分割包围，威逼得透不过气来。生态之脆弱，沙漠化威胁之严重，是我们每个人，都能强烈感受得到的。

从酒泉北行几十公里，出了鼎新便是茫茫戈壁。两百多公里的路上，满目黑石滩，犹如瀚海铺向天边。在天地交汇的地平线上，热浪蒸腾，像火焰抖抖跳跃。一路上别无景致，天上没有飞鸟，地上不见走兽；偶遇几处生命力极强的骆驼刺和红柳，统统没了葱茏气，棵棵株株都是历尽风沙沧桑，干枯颓败的惨怪模样。

这就是河西走廊，这就是闻名中外的丝绸之路，这就是昔日匈奴迁徙放牧的水草丰茂之地！

水是生命之源。水与人类的生存和文明息息相关，水与自然界的一切生命生死攸关。

幼发拉底河和底格里斯河，孕育了巴比伦文明；尼罗河，孕育了古埃及文明；恒河，孕育了古印度文明；黄河是中华文明的摇篮。同样，祁连雪水维系着丝绸之路上的河西走廊。这一切，都与一个"水"字有不解之缘。黄沙、戈壁之下埋藏着煤炭和石油，这不正是"兴衰成败皆由水"的佐证吗？

在额济纳旗的几天里，我们看见了当今世界上仅存的几处规模较大的野生胡杨林的地方。第一天，在二道桥，我们为这片胡杨硕大粗犷的风格和金光灿灿的色彩所陶醉，晚上归来，兴奋的久久不能入睡。第二天，慕名前往怪树林。那里一波一波的沙丘连绵不断，大片的千年胡杨，在沙漠中枯死，变成了胡杨的墓场。阴霾的天空中，风沙叫嚣着，四处弥漫，面对眼前的惨烈景象，我们的心情如同死寂的沙漠，昨天还是阳光喜悦，今早一扫而光。

躯干扭曲、枝杈歪斜、粗皮爆裂、狰狞怪异、黄沙滚滚、枯枝遍地，这些也许最能唤起人的欣赏趣味，然而，所谓"活着一千年，死了不倒一千年，倒了不朽一千年"的胡杨，并非别的东西，而是一种曾经辉煌过的生命。久久不肯倒伏的躯体，就是胡杨生命活体的标本，仿佛诉说着自己与命运抗争的故事。

我举起相机，沉默中，为它们拍下了一系列悼念式的镜头，作为永久的留念。

金色的胡杨，已经不再灿烂了。我们专找一些"阴暗面"拍摄，谁都不再多说话。

我相信，一个人的心灵受到震动、内心矛盾激烈的时候，往往会寡言以待。我也相信，我们这些专拍"阴暗面"的朋友们，心里一定不平静。

水是生命之本，胡杨的死，完全是因干渴而死！

额济纳旗的水源，来自黑河。黑河水发源于祁连山，由大小二十六条河水汇合而成。几十年来，黑河水量并未减少太多，但靠黑河水生活的人口，却比过去增加了五十万，土地，比过去多开垦了一百万亩。位于黑河上游的张掖，筑起了有二十四扇闸门的水坝，于是高台、高台之下也相继筑坝蓄水。但是，位于黑河下游的额济纳旗，水量骤减，由原来的每年五至十万立方米，减至两万立方米。从瑞典人海定斯文在 20 世纪初拍摄的照片来看，处于黑河末端的居延海，水草丰茂。20 世纪 90 年代初，居延海还有水，到 1992 年，黑河再也没有流入过居延海。如今，那里是一片沙海，美丽晶莹的居延东西两大海子，从地球上消失了。

据说，近年来出现在北京、天津、上海，乃至韩国、日本的沙尘暴，就扯上了居延海。

去年，我有机会去了新疆，沿沙漠公路进入塔克拉玛干，也是大面积死亡的胡杨，原因同样是缺水。我国最长的内陆河——塔里木河，自大西海子水库建成后，由于上、中游过量用水，下游断流 320 公里，号称世界上最大的一片野生胡杨林死得只剩下三万亩面积。这是何等悲哀的惨象啊！

塔里木河下游，原可以捕鱼，现在却要打三十米深的机井，才能从地下抽出水来，而且水质恶劣到可以晒盐！

黄河的断流，早已为世人所知。1997年断流226天；1998年出现跨年度断流，只有五天入海，山东全境断流，农田减产，人畜饮水困难，大量家畜死亡，损失130亿元，原因还是过度用水。新中国成立前，黄灌区只有两千多万亩，到今天扩大到七千多万亩，黄河怎么能不干呢？

黄河断了，塔里木河断了，黑河断了……我们做得好多事，过于粗疏随意，过于急功近利，过于顾此失彼。

人类同其他动、植物一样，都是地球上生物家族中的一员。我们不能仗着自己是地球生物链的顶层，而肆无忌惮的祸害地球。我们人类从根本上讲，也是自然界的一部分，我们照样逃脱不了自然法则的安排。你可以遵循自然规律去办事，但绝不可以（也不可能）为所欲为地破坏我们赖以生存的环境。否则，我们在极力提高自己生活水平的同时，可能在为我们自己极力地挖陷阱、下套索……

带着浓浓的胡杨情，去圆一个胡杨梦，我们的梦圆了吗？

2001 年 11 月 14 日

我的斋号

中国传统文人，大概都有一个斋号或堂号什么的，有的还不止一个，名号多到几十的，也不乏其人。时代走到了 21 世纪的头上，中国人的名号遗风，依然是延绵不绝。风气之中，你或多或少总会受到一些熏染和诱惑的。我老早就曾有过为自己取一斋号的念头，但彷徨了近十年。

彷徨什么？老实说，顾虑是有的——怎样的才学，何等的地位，多大的文名，才有资格配有斋名雅号。这在过去的社会里，虽然没有明文的法律规定，但一定存在着约定俗成的潜规则。目不识丁之人，不学无术之徒，如果给自己轻狂地安上个儒雅的堂名斋号，别人不偷着笑才怪呢！在下虽然还归不到目不识丁的文盲白痴之列，但才疏学浅德行不淑，你说我给自己的门脸上挂个"匾牌"，心里不虚脸上不热？

终于耐不住了，在文友的好心撺掇之下，也斗胆给自己取了一个"卷舒斋"的斋号，并且在一次机会中，厚着脸皮，请陇上撒拉族书法名家董戈翔老师提了匾。说来也是附庸风雅贻笑大方。

"去留无意，观天上云卷云舒，宠辱不惊，看庭前花开花落"（也有别样的写法）。"卷舒"二字由此而来，喜欢其中旷达自在，一任屈伸的意境。又因为句中的"云"字，正好与我名中的"云"字相契合，也就乐而为之了。

过了几年，又想把"三柳堂"三个字拿来做堂号，但有点儿踌躇不决。一念"三柳堂主人"便让人联想到"五柳先生"，那可是大名鼎鼎的"采菊东篱下，悠然见南山"的陶渊明之雅号啊！心想，别招惹他人说我轻狂了，于是又彷徨了起来。转头又想：他东晋的"五柳先生"离我"三柳堂主人"要差几千年呢，再说，我这柳，不是比他老先生还少两棵吗，于是乎彷徨减退了。为什么已经有了卷舒斋，还要来个三柳堂呢，其实没有什么过深的考量，不过是书法题斋名，文字签堂号罢了。

冯友兰先生，自号"三松堂"。三松堂，就是冯老在北京大学燕南园的家属宿舍，在那里，他们一家一住就是三十年，其女宗璞，曾将那里名之曰"风庐"，因而跟他老爸说，既然已经叫做"风庐"了，为什么不就题此书（指《三松堂全集》序）为风庐自序？冯老对他女儿说："余以为昔人所谓某堂某庐者，皆所以寄意耳，或以松，或以风，各寄所寄可也。"（《三松堂全集》第一卷三松堂自序）冯老还是按照自己的意思办了。毕竟，就像宗璞是自己的女儿，总不能把别人的女儿拉来给自己当女儿一样。风庐虽好，那是宗璞的。

我手头的一套《三松堂全集》，是河南人民出版社出版，2001年1月第二版的版本，连同年谱初稿共十五册，每册平均按照55万字粗略计算，十五册就是825万字。书中涉及的年代，起自19世纪90年代，止于20世纪80年代，内容涉及社会（讲环境）、哲学（说专业）大学（论教育）、展望（表信心）四大块，无论从内容还是数量来看，均不失为洋洋巨著。

堂庐斋号，无非是寄托主人的某种精神意趣而已，各随其意，

"各寄所寄"，当然就是最合理的了。

我的情况，却有点牵强。我住在十二层的小高层里，并不像青砖黛瓦雕梁画栋的传统四合院——庭院中往往种花栽树，有几棵老柳古松繁槐疏桐，烈日下遮一地清阴，晨暮间传几声啁啾。然而，我的楼头，却实实在在地长着县政府挂了牌子的三棵古柳，三人围抱才能合拢。这样的古树，在城镇化进程中，惨遭厄运的不在少数。为了保护这三棵柳树，我住的这栋楼，少盖了一个单元。从厂里扩大住宿的角度看，这应该是一个不小的损失，但以保住三棵古柳为代价，这件事的意义，可就非同寻常了。我个人也基本上是个环保主义者，我之所以钟情于"三柳堂"，也是有这样一层原因的。

冯老的庭院内，三松朴茂，雨雪风霜高洁如斯；冯先生又是风雨一生，历久弥坚，如松似柏，以其立号，比之"风庐"形象而含蓄，无论于实于虚，全然贴切。可我这现代集约化养殖鸡笼似的钢筋混凝土楼房，且无庭院可供种花栽树不说，仅就是千篇一律死气沉沉方格子，再弄一个什么堂号，实在是有点儿别扭。楼头之柳，与你单元内的一家有何相干？从实的方面看，已经失之贴切。但转头一想，毕竟楼头公共的院子里还是有柳嘛，而且真就是三棵古柳呢，要不县政府挂个保护的牌子是吃饱了撑的？他陶老先生的那五棵柳树，据说不也是种在宅边门前的嘛！

还是那句话："所谓某堂某庐者，皆所以寄意耳，或以松，或以风，各寄所寄可也。"

这我就没有太多的彷徨了。

2010年9月8日

酒与水

　　酒，在天赐之物里，应该算是最神奇莫测的东西了。老天，把这种纠缠着是非褒贬苦乐恩怨的液体，自从赐给了人类，人类生活的浪涛，便激荡了许多，人类形体生活和精神生活的层面，也因此更加立体多面了起来，色彩也变得更加的丰富绚烂。

　　然而，酒性激越复杂，酒形却与它的激越复杂内质，极不相称，形成典型的反比关系：酒性越激越复杂，其形越沉静单纯。这种情况，可以依次从高度的白酒、低度的色酒中见得。白酒纯度越高，越是无色透明。酒形简单到了这般地步，也就脱了色相，似乎着了禅意，表面上看去，就是一杯白水了。除白酒以外的杂酒，如葡萄酒、啤酒、黄酒、搀兑加叠而成的鸡尾酒，还有名目繁多的这酒那酒，它们就各显了自己的一点颜色，多少带了一些世俗的意味，连那假象的禅意，也就荡然无存了。

　　水，无色、无味、无常形，其性其形内外合一，它的内质，简单而永恒。水利万物，居下不争，这是水德。俗话说，水往低处流，水的泛滥成灾，就是正在居下寻驻的实际行动。这正好印证了水不著情的无功利、无作为、无是非本性。人言水患多有谴责，是站在人的功利立场上的评判。这是用有为的眼光去看无为的事物,两者格格不入。倘若要想变害为利,也只有实施符合水性的疏导治理才行。

表面上看去是像一杯水,这是酒的狡猾之处。

有人誉酒为清纯般若汤。一瓶白酒,看着倒是清纯,与那观世音菩萨净瓶中的水,看起来毫无二致,但是,是否真的"般若了",就不好说了。

中国士大夫阶层,讲究诗酒生活,兰亭雅集的君子们,在近两千年前,就借着酒,弄出了一番风流韵事。那一天,他们饮酒赋诗,曲水蜿蜒,犀角滥荡,随流而转,停到谁的席前便举觞而饮,王右军为此雅集,创作了《兰亭序》。不料,为后世奉作天下第一行书,传为千古佳话,惹得皇上都金殿难寐。君不听,李白斗酒诗百篇,魏晋之"竹林七贤"就更不用细说了。那个不好好咥饭,却往死里喝酒的刘伶,做了中国酒鬼的鼻祖,照样还是放浪形骸,风流倜傥;还有那个阮籍,两斛小酒一下肚,便是一双白眼翻世界,好不狂狷!可是,酒之于这些风流才子、高人逸士,似乎还多少有点般若的意思。

酒,对另外一些人,可就大不一样了。咸丰酒店的曲尺形柜台上,穷酸落魄、邋遢长衫的孔乙己,一溜排下九文大钱的神气,还没有来得及消散,那绍兴黄酒,就已经在破衣烂衫包裹的皮囊里旋转乾坤,五指罩在茴香豆上:"不多不多! 多乎哉? 不多也。"一向卑微的阿Q,也让那酒,烧得傲气冲天想入非非,竟敢与赵太爷论起了本家,招来一个免费的大嘴巴。阿Q顽性不改,略一沾酒,又去调戏土谷祠的小尼姑,指头上滑腻的感觉还没擦掉,又要跟吴妈"困觉",真是酒壮屎人胆。

现在日子好了,时不时喝点小酒,已经不是十分犯难的事,吆五喝六,是司空见惯的,人生百态,尽在酒桌之上。拳高量大者,自然占尽酒场威风，那得意自信飞扬跋扈的气焰，烈烈灼人，二两辣汤下肚，便自封酒官："我拳打兰州城，脚踏尕西宁，喝遍河西无敌手，黄河上游的一酒神，我是那西北五省的酒主席啊（兰州口音）。"惹得哄堂大笑。火上浇油火更旺，这西北的酒主席，烧（sháo癫狂之意）劲儿上来了，要一拳双杯，过一个十三太保的通关哩！酒量小的，吓了个半死，展页子新的尕西装，顾不得拿，便逃之夭夭了。几瓶清纯什么汤，到了肚里，整个人，就让酒给当了家，上重下轻舌根硬，两眼发直腿打软，抓住话筒野狼嚎，要回家时找不到门。

这样的清纯般若汤，只能说，让食色百姓们也张狂了一回，不过是给他们的人生，再胡乱涂抹上几笔杂色而已。

酒与水，形同而德不同。我看这酒的德行，倒和孔方兄有点类似，几乎就是一个无所不能的能能儿，这一点上，酒和钱高度契合！酒的狡猾之处，就是巧借至善至德的水形，大行其"无所不能"的酒道。

酒，管束不严则遁，遇着火时即燃，年头长了醇厚，时间短了扎薄，搁到瓶子里定定的，喝到肚子里胡跳弹。它乐与鱼肉为伴，鄙弃清贫寒酸。酒，英雄饮了更豪气，屄人喝了也壮胆。酒还有点儿欺软怕硬的脾性，好喝的，八两一斤不醉，不能喝的，一盅子立马放翻。酒，也有"马太效应"哩，高兴了越喝越狂，颓废了越喝越丧。这酒，你有时候想喝还喝不着，有时候不喝还由不得你。好两口的，不喝了嘴馋，喝多了乱噇，喝醉了就是麻缠。酒，少喝些养生，喝多了伤人，适可而止有精神，醉天晕地见吐神。杯觥交错，国宴上显示的是国风。大碗筛酒，绿林里弥漫的是匪气。猜拳行令，商海里算计的是金钱。推杯移盏，官场上透露的是心机。团聚碰杯，洋溢的是亲情、友情和爱情。执壶敬酒，表达的是尊敬、感激和孝顺。祭酒神坛，那是佛爷们嘴馋，俗人们乖巧。灵前奠酒，是活人寄托哀思。法场赐酒，是断头台前人道的诠释。鸿门宴上暗藏杀机，桃树园里英雄结义。一杯酹江月，仰天长啸感人事，三杯壮行色，沙场醉卧君莫笑。

......

酒是放大镜，就是催化剂，就是鸦片烟，酒是敲门砖，就是火上的油，就是雷管的捻，酒是情义酒是德，酒是邪恶酒是魔，酒是发面的酵头，酒是办事的由头，酒是武松的铁拳，酒是西门庆的色胆，酒是李玉和的革命精神，酒是鸠山的阴谋诡计。

只要活着还有感觉，你就会发现，酒的身影到处游荡，酒的气息四野弥漫，酒的灵魂昼夜摇晃。想回避酒，比登蜀道还难！

2009 年 11 月 27 日

童心如昨

好久，没有凝视过天空了。

儿时的我，经常用清澈的双眼，盯住深邃的天空出神。那里是哪里？是谁的家？为什么是蓝色的？云儿飘在天空会掉下来吗？鸟儿为什么不去云头上落息，偏要在树枝上担惊受怕呢？

八月晚夕的麦场上，小伙伴们躺在刚碾过场的麦草堆里数星星："青石板石板青，青石板上钉银钉……"秋天的夜里长空雁鸣，伙伴们一起仰起头拍着手，唱着奶奶们口里传下来的童谣："咕噜雁咕噜雁一溜溜，何家湾里炒豆豆，你一碗，我一碗，打破砂锅我不管。"

一晃眼，就是几十年。儿时的光景，早已遁入身后的天边，时光的动车，永不停息，载着生命之躯，在人生的轨道上飞驰，它越过高山跨过平原，风雨兼程昼夜不息，总是朝着旅途的终点驶去，我们，却顾不得一路的风景。人，自打懂事进入社会以后，就慢慢淡忘了自己头顶的那片天空，把纯真无邪的目光，从深邃神秘的苍穹，移向善恶杂陈的地面。

悠忽60个春秋已成故事，在人生节奏放慢的时候，才又不时想起久违的昼天白云和夜空繁星，像孩子似的，安坐在河岸的树下，静静地凝视大河西去，白云悠悠。每当此刻，我这颗被岁月腌渍了太久的心，总会有一阵轻轻地抽紧后的舒缓。

　　童心并未泯灭，只是被我们不经意地落在了昔日的麦场上。当我们不再战天斗地，为自己的人生目标，疯狂执着地超速运转的时候，躲在麦草堆里的那颗童心，便会轻轻地呼唤我们。当我们应声趋前直面相视的时候，它就像一个久违了的好友，不期而遇，让你眼光发亮，心跳加快，于是，童心找回了我们，我们也找回了童心。

　　童心如昨，他那银铃般的清纯妙音，就响在耳边。倘若不再纠缠于纷乱的世事，你那颗苍老的心，依然是那样的清纯、依然是那样的天真。

2008 年 10 月 5 日

漫话刘家峡

一个被历史尘封了太久的弹丸之地，在进入 20 世纪 70 年代时，又进入了公众的视野。

因为一座伟大的水电工程，这方曾经在五六千年前就闪烁着马家窑彩陶绚烂光芒的热土，在沉寂了 60 个世纪后，又焕发出迷人的青春活力。中国世纪工程的伟大光环，引得全世界的目光，都投向这里，于是，刘家峡，一个名不见经传的名字，惊醒了世人。

一

刘家峡，地方虽小，名声却大。

这绝对不是故弄玄虚的噱头，更不是空穴来风的炫耀。

你到外地，去随便问问阅历不深的年轻人，或者是足不出户的老者，总会有些人，不一定准确无误地知道兰州，却未必不知道刘家峡。

八九十年代里，还有一篇描写刘家峡水电站的游记，被选入我国小学语文课本。可以想象，十多亿人口的国度里，会有多少孩子和他的家人们，在课本里游览过刘家峡呢？仅就一篇课文，就足以令刘家峡，成为妇孺皆知的明星，更不必说强势的媒体宣传了。

这里建成的那座电站，在我国众多的水电站里，它被誉为黄河上一颗璀璨的明珠。它在我国水电史上，力拔头筹，占据了总装机容量最大、单机容量最大、变压器容量最大、输电电压等级最高、砼重力坝最高，以及多项新技术的中国第一。是国人引以自豪的"四自"（自己设计、自己施工、自己制造安装、自己运行管理）工程，也是世界对中国人刮目相看的标志性工程。

它的轰动效应，似乎不亚于人造卫星上天。因此，它幸运地独享了一段骄人的历史荣耀。

二

刘家峡地方虽小，却并不平庸。

刘家峡，在自然地理概念上，是指后来建成那座电站的那个峡谷；在行政区划上，又是指刘家峡镇、太极镇之一大部分。但刘家峡镇和太极镇的地域，远比自然地理概念上的刘家峡要大得多。自然地理意义上的刘家峡指称，始终没有改变，而作为行政区划的刘家峡却是变化发展的。

刘家峡镇、太极镇不说，这是严格而清晰的行政建制。但社会上老百姓们，约定俗成的概念则更为模糊宽泛。说宽泛，是因为无论刘家峡镇、太极镇，还是刘家峡地区，甚至刘家峡水电站，人们都可以笼而统之地以"刘家峡"称呼。不仅包括了南岸的刘家村、罗川、魏川、白川，而且，也包括北岸的小川、大庄、上下古城、中庄、大川等许多地方。说模糊，也还是因为指称的笼统和不确定。在不同的语境下，张三说的刘家峡，可能就是指现在的刘家峡镇；李四称谓的刘家峡，也许是整个地区；王麻子所说的刘家峡就是指刘家峡水电站了。

刘家峡地区，是首尾两个峡口收束而成的一个地区，好像人的胃：居上的刘家峡出口，是咽喉之下的贲门，在下的那一个牛鼻子峡，便是胃的幽门了。

在这里，黄河颠覆了"大河东去"的常态，反其道而行之。

原本向东的黄河，自打炳灵峡进入刘家峡水库后，便与前来会师的大夏河、洮河开了个"遵义会议"，共谋前途方向。"三军"会师后，屯扎在龙汇山背后的"大肚子"里蓄势待发的"黄河大军"，拐过了山头便猛然转向，在刘家峡大坝的出水口，喷涌而出，挥师西进。

整条河流分三股下泄。一股，从右岸崖头上的溢洪道口，腾空而起，再跌入深邃的下游河谷。如天河倒悬雷霆万钧，隆隆之声十里可闻，水雾弥天随河风飘散，润湿了半个河川。

另一股，则从左岸的泄水道，喷泻而出。这股经受百米高压的水，一经释放，千钧之势无可收束。其势如冲天的火箭，又似阵前的战马，直捣黄河故道，掀起千寻浪。

最后一股，则是发电做功后的尾水。这股水，在深藏坝内的巨型水轮机叶片上，展现了撼山的风采，释放了动地的激情，把能量转化成电流，最后流入下游时，已是气力耗尽的乏兵疲将。

黄河，它的这个180度大动作，急促而凶猛。转过了这个弯，便猛劲儿全消，一路从容淡定，向西逶迤而行，在肥沃的两岸平川间，行出了一个美丽的太极图形。

三

刘家峡地方虽小，但小而不陋。

中间一条河，蜿蜒向西流，南北两绺川，夹水显风流。

南岸，是刘家村打头，往西，紧接着的就是罗川。罗川的地盘，看上去要比接壤的刘家村和对岸的小川、大庄，更宽展一些。

黄河一忽悠，将龙一样的身子，甩向北岸的金河湾一带，于是，一个优雅的半圆弧平川，从罗家洞佛爷的脚下，向河岸边伸展过去。弧线的上一端，接着刘家村，弧线的下一端，却插进了浸在黄河水里的百丈丹霞峭壁中。

罗川，真是一块风水宝地。背靠丹霞绝壁，怀抱良田千畴，任黄龙游走，凭仙鹤引颈。

南岸的平川，到这里被斩断了。一道齐碴的百丈板崖，像是大地的胸膛，硬是将朝西南迎头撞来的黄河之水，生生地挡回了正西。

这排崖壁，在刘家峡地区，算是人迹未逮的处女地，向来是大型猛禽和水鸟的栖居藏身之处。晴好天气，站在对岸的太极岛上，拿高倍望远镜观察，大鸟们栖居在悬崖上，警惕而悠闲。堆积在岩碴上的鸟粪，顺岩壁留下一绺绺灰白的印迹。

不知何时，突然发现，在这约莫1公里长的悬崖脚下，修了一条尚未正式通车的路。雨季，时有房大的巨石，从绝壁滚下，岿然挡住了去路。路一修通，喧嚣所至，神秘原始的环境气氛，便也荡然无从。大鸟们离去了。

在这尊处女崖脚下，还没有开路的时候，从小川到尤家塬，再向西岔向魏家坡下去，就可以抵达魏川、白川。其实，魏、白川，就紧接在栖鸟绝壁的西端。从崖下新路过去，也就一公里多一点。

魏、白川，是一片独立的川地。黄河到了这里，就不和山脚厮磨了，径直独自西行。

魏、白川，大是大，但并非都是适宜耕种的良田，几乎一半的土地，成了滩涂湿地。这是下游盐锅峡电站蓄水后，形成的新地貌。沿河到处是水生的芦苇，滩涂上方方块块，尽是掘池蓄水的鱼塘。

也有些滩涂，并未充分开发。这里倒是仙鹤、鸬鹚、河鹳、鱼鸥和野鸭们的天堂。

"关关雎鸠，在河之洲"。涉禽们，悠闲地在芦苇丛中涉水觅食。吃饱了，便在岸滩或浅水里歇息。长腿的鹤鹳，总是喜欢抻颈昂首，单腿立定，神情警惕而悠闲，身姿优雅而高傲。乌黑的鸬鹚，和那些短脚的野鸭水鸡，却没了那份气质和逸趣。它们总是叽叽喳喳、忙忙碌碌地争夺跌绊。倘若有点闲工夫，就将那扁嘴大脑袋，往翅膀下一塞，或蹲或卧地在太阳里丢盹。

它们的庸碌和小气，是天生的，而它们的懒散和粗疏，却是一种小聪明。它们凭借天性谨慎的大鸟们放哨警戒，还操那么多闲心干什么？这真是庸鸟自有庸鸟福啊。

多年前的初冬，我曾在这里钓鱼，被一处河中岛上的景色迷住了眼，竟让上钩的鱼儿，把鱼竿拽入河里，也浑然不知。当时，我也有小诗三首，描写眼前的美景：

一

沙黄水碧太极洲，柳叶落去芦花稠。

苍山斜日湖影碎，潜鸭破水乍露头。

二

冬阳融融暖沙坡，河风飒飒动芦叶。

薄雪浅印鸿爪痕，方塘杂闻野鸭歌。

三

孤雁望风择高登，苍鹰旋空窥残羹。

白鹭独立瞅鱼鸥，群鸿窝脖养元神。

站在魏家坡的山峁上瞭望，大河悠悠，山影绰绰，西坠的残阳，镶嵌在牛鼻子峡口。晚霞映得南边远处的丹山，更加火红。树梢上、鱼塘里，罩上了一抹迷人的金色。村庄的屋顶上，家家户户摊晒的玉米和晚收的红枣，在夕阳的余晖中，更加鲜亮明艳。袅袅炊烟，冉冉盘桓，在黄昏的画卷中，挥洒成一幅浓浓淡淡的长河秋晚图。

北岸与南岸不同。南岸，除了刘家村和罗川的东边开发为城区以外，其余基本是一派迷人的田园风光。北岸则不然，依托开发黄河三峡旅游区的战略，围绕太极岛的热点，沿小川、大庄、上古城、下古城、中庄，到大川，一溜渐次开发下去。

小川，是永靖的县府所在地。永靖县历史久远，在刘家峡水电站未建之前，县府之地，位于黄河与大夏河交汇的莲花古城。一俟水库蓄水，莲花城将要淹没时，永靖县府便迁往现在的小川。县府所在的黄河两岸，也就渐渐发展成为如今规模的新县城，也就是而今的刘家峡了。

在临夏州的各县城里，我敢说，刘家峡，是最具现代气息的一个。甚至可以说，在全国，黄河穿城而过的县城，恐怕也只有刘家峡了。

一个城市，只要依山傍水，便要注定添几分姿色、多几成韵味。依山，会深幽静谧；临水，则钟灵毓秀。更何况刘家峡，是南北依山中间夹水，山叠嶂、水旖旎，雄奇而柔秀，尽得山水之蕴养。

从四面山头入境，刘家峡的现代气息，便扑面而来。城镇的格局是，依黄河两岸，东西延伸开来，再横向渐次朝南北山坡，排铺上去。弹丸之地，二十多层甚至于三十几层的高楼大厦，也不罕见。

刘家峡的美，莫过于夜幕降临，华灯初上。夜幕降临，一切都活泛了。上到南山头，登高眺望，是一片错错落落、姹紫嫣红、蜿蜓穿插的光彩世界。临水而建的高楼店肆，依山排铺的公院民宅，流光里熙熙攘攘的车水马龙，夜空中骤然绽开的烟花礼炮，路灯广告，店铺招牌，一切都隐去了白日里呆板硬朗的质感，幻化出夜色中瑰丽浪漫的神韵。彩灯彩带，极尽所能地勾画出建筑物虚灵活泛的轮廓。

光影，投射在宽阔平缓的河面上，就是一幅绝妙的水彩画。河水幽幽，光柱摇曳，灯影抖抖，扑朔迷离，水面变成了斑斓迷幻的梦境。人的眼光，一旦被这片梦境迷住，就再也不想往别处看了。

白天是真实的，到了晚上，便消解成一片抽象的虚幻；岸上是真实的，映在水里，就化作了一条如梦的彩带。

彩带蜿蜒而去。渐渐地，渐渐地，融化在远方的夜幕中。

刘家峡镇，南北两条滨河路，顺水延伸，上下两座桥，遥相呼应。路连着桥，桥通着路，绕一圈，两公里多一点。

位居上游的桥，是两座并行的混凝土单跨拱桥，一老一少，在讲述着各自的故事。

老桥是电站的配套工程，建成于20世纪50年代末。当时建这座桥，可不像现在这么简单容易。光那些水泥、钢材等建筑材料，要从远在百里外的兰州，从山间崎岖难行的便道上运进来。这是何等艰巨的任务啊。撇开当时的技术水平不说，仅生活条件，施工环境，就相当恶劣。一次垮塌事故，据说就有二十多名工人葬身黄河。

血色的工程，往往涂抹着豪壮骄人的色彩。

这座单跨桥，竟成了黄河单跨第一桥！他像一条彩虹，将天堑隔绝的两岸，连接起来，默默而忠实地，承载着南来北往的车辆行人。四十余年，从不懈怠；四十余年，从不休假。风霜雨雪，历尽沧桑。现在，它带着岁月刻上的痕迹，"退休"了，但依然守在原来的岗位上，连自己的"儿子"，都没让他顶替，继续见证着和黄河一样滚滚流去的历史。

身旁服役的新桥，有着与老桥一模一样的身段跟长相，它就是桥老爷的桥儿子。他虽然没能在父亲的原岗位上顶替，但就在老子的身旁、老子的眼皮底下，子承父业，红红火火地干起了属于他自己的青春事业。那意思是说："哼，老爷子，您就在那儿瞧着吧！"老子无言，心里说，"小子哎，好好干吧，老子我白日晚上地瞧着呢！"

下游的桥，叫太极桥，是 20 世纪末新造的吊桥。它一头连着太极广场，一头直通县府门口，也连着永靖人引以为豪的太极岛，还有岛上的那个太极镇。

太极岛，也是一个含混的叫法，多半是泛指从金河湾连着上下古城、中庄和大川的一大片川地。沿河的低洼处，多为湿地，其余都是黄河水自流浇灌的良田。名曰太极岛，其实是黄河 s 形走向分割出的河川形状。

太极岛，无疑是刘家峡地区，最美丽最富饶的地区。近十年时间，因旅游而声誉渐起。

随着永靖旅游事业的走红，太极岛成了旅游热点。每年五到十月，是旅游旺季，省内和邻近省份的游客，都喜欢到这片湿地上休闲。

沿北岸的滨河路过去，到了金河湾，便是一座彩门。彩门上镶着一副对联。这副对联告诉人们，太极岛是一个美丽的水乡泽国。

岛内芦苇广生。开春，幼芽从枯黄的植株下萌出，刚刚入夏，便郁郁葱葱，窜成一人多高。有的密密匝匝齐整匀称；有的墩墩丛丛疏密参差。长喙短尾的翠鸟，扁嘴蹼脚的野鸭，细巧精灵的水鸡，雌雄成对的鸳鸯，还有不知其名的鸟儿，咯咯嘎嘎，喧闹成一片。

芦苇丛中，堤柳在清风里摇曳，轻慢温柔。柳下堤岸上，总会发现野雉婆，带着几只毛敦敦的雏子，碎步越过一条小径，又消失在另一片密密的苇丛中。

远处的枣林中，斑鸠们谈情说爱——咕咕咚咚，咕咕咚咚，一回一应，一应一回。

湿地里，到处是水。有水的地方，大抵都有鱼塘。

无论什么时候，绚丽多彩的遮阳伞下，鱼竿总是起起落落。起落在朝晖里，起落在晚霞中。尤其一到周末，各色车辆，摆满塘岸，老将新手、捍男弱女、达官贵人、草民百姓，暂且剥下了身份地位的面具，抹去了平日里的矜持和疲倦，逃离了官场商海里的较量与搏击，到这青山绿水间的池塘边，缓缓劲儿，透透气儿。

太极岛最迷人的，莫过于阡陌连片的荷塘莲池。拐过阳光度假村的前湾，映入眼帘的，便是"荷叶田田、其华灼灼"的景致。一塘又一塘，一池接一池，缀连成上百亩的一片。

带边的莲叶，像一个个绿色的托盘，浮在水面。黄绿色的池蛙，蹲居其上，把它当成了自己的盆盆船。硕大艳丽的花朵，灿烂的像汉族少女的脸庞；含苞欲放的花骨朵儿，羞涩得像是顶着盖头的回族女孩。荷叶擎起一顶顶的阳伞，微风中嫩绿的叶凹里，晶莹的大颗露珠像水银般滚动。

晴朗天气，游人如织，塘埂上、马路边，涌满了赏荷的红男绿女，花红柳绿的阳伞，与池中出淤泥而不染的菡萏，争奇斗艳。

跳出此界，稍远处侧旁一看，是一幅活脱脱的仲夏太极赏荷图：人在画中游，莲动下渔舟，小丫采荷处，立蜓惊飞走。

平日游人少时，便有影楼摄影师，为即将成婚的新人们，拍摄外景婚纱照。素纱红颜的新娘和西装英俊的新郎，在摄影师的创意调度下，衬着满塘荷花和荷影下的鸳鸯，演绎出百般新颖甜蜜而又圣洁高雅的造型姿势。

人生的甜蜜瞬间，便在这"映日荷花别样红"的背景里，凝结成永恒。

色到极致，便是黑白；事到极致，便是阴阳。新人们黑白相映，阴阳和合，圆满达成你中有我，我中有你的一个整体。

这使我联想到一个图形，一个知白守黑，知黑守白，阴阳交泰，虚实相生，双向同体，涡漩互动的千古图形——太极。

四

刘家峡虽小，物产丰富。

刘家峡，尽得黄河之利，盆地内，大部分都是水浇地。土地肥沃，日照充足，特产骄人。

这里的红枣当属第一。

川塬沟岔里，长满了枣树。五月，杜鹃啼血时，迟开的枣花，像缀满枝头的米兰，满世界飘溢着枣花的幽香。中秋一过，鲜嫩的枣子，染红了街市，一筐筐一箱箱，煞是可爱，煞是馋人。刘家峡的枣，种植历史久远。由于气候、水土和长期选种培育的缘故，品质格外好。个大皮薄，色艳体圆。鲜枣脆嫩多汁，甘甜适口；干枣则油润柔软，香气馥郁。如果将挑拣过的鲜枣，再制成酒枣，那可是春节期间的抢手货啊。

如今，借助刘家峡大枣的名声和太极岛的水乡风光，大川沿山靠河的枣林里，开满了枣园农家院。新造的农家乐，大多也是传统的农家四合院式样：大堂屋，高台阶，宽廊檐，松木立柱，雕梁画栋；墙砌青砖，地铺卵石，圃种牡丹芍药，庭栽百年枣树。身入其中休闲，便是活神仙。

陇上江南，当然是鱼米之乡。

米，是珍珠米。颗粒紧圆，晶莹透明；造饭筋固，稻香浓郁；产量少，质量好；市售的少，送礼的多。差不多成了稀罕的贡品。

鱼，产量可观，品种也多。最有名的，当属黄河红尾鲤。体形优美，鳞甲光亮。无论清蒸、醋熘、红烧，还是弄成本的特色的浆水鱼，都是同样的鲜美可口。游客一到刘家峡，在餐桌上，往往点的就是这遐迩称誉的黄河鲤鱼。

你到兰州的集市上去转悠，眼光盯住那草莓、珍珠西红柿，甚至于家常的蔬菜看时，贩子忙不迭地忽悠："这是刘家峡的草莓！"本来三块钱的东西，立马升值为四五块！其实，大多是别的地方的产品，不过打着刘家峡的旗号而已。

这就是刘家峡的名声，当然也是刘家峡的品牌效应。

登高一望，太极岛有三大景观：一是纵横交错的鱼塘；二是阡陌连片的荷花；三是那白花花连垄接埂的温室大棚。

这大棚里，不知有多少时令果蔬，源源不断地运往外地，成为城里人餐桌上的美味佳肴。又不知多少菜农的心血和汗水，浸透了这片古老而殷实的黄土地。

刘家峡，有几分像是一个勤谨吃苦的治家汉，又有几分像是一个贤惠节俭的管家婆。他（她）总是迈着坚实殷勤的步伐，紧跟着时代前行的节奏。

他变得更加明智了。不再是低头赶路，不看方向，顾此失彼，目光短浅的莽汉。他不会为了自己的一点宽敞，去把千年的古柳掘倒，让酸人得了一个堂号的名头；他不会在农家院的墙根下，刨掉百年的枣树，因此，出现了墙包树、树钻房的奇观；他不会处心积虑地想在河心岛上，开一个有钱人的乐园，因此那里，依然是茂密的柳林，依然是"关关雎鸠"的"在河之洲"。

2008 年 11 月 11 日

读沙河老《趣说汉字》有感

流沙河先生，国学造诣颇深，学养丰厚而性格恬淡幽默。沙老的《趣说汉字》，我逢之必读，读到妙处，敬佩的同时会心一笑，学而有获，乐在其中。

有一篇文章，他开篇说"火"字，由"火"而深入到"黑、熏、焊、燎"等字，从甲骨卜辞到篆文说开去，一路《诗经》《周礼》《尔雅》《广韵》地挥洒下去，旁涉彝家火塘、"七月流火"（《诗经》里的星名）、火树祭天的民俗文化和四川"烟子櫕眼睛"、"柏枝櫕腊肉"的蜀人方言，让人从一个司空见惯的"火"字，进而了解到了"黑、熏、醺、熏、焊、燎、僚"等一串汉字的丰富含义。

这何止是几个汉字的问题！其实，就是关于中国人火文化的精彩演绎，也是从一个角度，对华夏文明的一种阐发。中国文字的独特性和高明处，就在于此。任你翻开一部中国的文字学著作，比如东汉许慎的《说文解字》，对着中国的古汉字追根溯源，揣摩研究，就会有一段段鲜活的文典和历史被钩沉。说来《说文解字》并非历史书籍，而是古文字学著作。但研究中国文字，你就可以了解到中国历史，认识到华夏文明。世界上的几大古老文明，都中断了，唯独华夏文明一脉相承，延续到今，似乎中国六七千年的文明之珠，就是仰赖方块汉字的一根金线，连缀不断。汉字不灭，中华文明不绝，这确乎是华夏文明史告诉我们的事实。

堪忧的是，受时代发展和西方文化的影响，当今和今后，会不会有不少国人，愈来愈荒疏对祖国汉字的深入学习研究？现代的人，尤其是年轻人，已经到了离开电脑就不会写字的地步。对于汉字，无论是书写还是表意，似乎都与先人的技巧、热情和效果不能同日而语。

今天是清明节，自然想起杜牧的诗来："清明时节雨纷纷，路上行人欲断魂，借问酒家何处有？牧童遥指杏花村。"如果将这首诗写成英文诗，它的意境和画意，会是怎么一个样子呢？如果将杜牧的这首诗，用毛笔在宣纸上挥洒成一幅中国书法，抑或是水墨丹青，那又会是一种什么样的意蕴呢？

汉字啊，伟大的汉字，你让人畏惧让人爱，让人痴迷让人恨。你的博奥精深和无穷魅力，既让人踌躇盘桓，又让人勇往直前。没有你，中华文明何以亘古悠远，何以如此光辉灿烂。

2009 年 4 月 6 日

品味秋蕴

立秋过后，秋意，便在天地间弥漫开来，花儿谢了，草儿萎了，树叶的把柄也松了。不经意间，秋风肃杀黄叶，幡然落地，我的心，被这飘零的落叶触动了。

秋日的天空，一改夏季的喧嚣热烈，单纯了许多，文静了许多。云薄了，也纤巧了；天清了，也深邃了；风凉了，也轻柔了。大地，慢慢卸下彩色的容妆，渐露素颜；山川，告别夏日的热烈喧嚣，明净而辽远。中秋一过，便寒禁蝉鸣，树木萧索。雁阵，用柔美的身影，在蓝天碧笺上抒写着秋水斜阳的诗行。云过无迹、鸟过无痕，但秋天总会留下一些什么的吧，是什么呢？是季节的手势，还是自然的脚印？

山林园圃里，不管有无欣赏者，缀于枝头的果实，用色香味，宣示着自己的成熟，把硕大丰满的浆果奉献给口舌生灵，期望大快朵颐之后，留下孕育得成熟饱满的子核，奉献给来春的大地；都市城镇里，女人们用天赋的心机，为秋之画，涂抹着亮丽的色彩，把自己营造成风韵万般的人肉果果，在落叶飘飘的路上，洒满了诱惑。

秋天，树上的果实成熟了，地上的女人们也成熟了。未来勃勃风骚的春，就这样被丰满性感的秋，孕在怀里。秋是孕妇，春是产婆，待到春来的季节，便是生机勃发，姹紫嫣红的时候。

"蒹葭苍苍，白露为霜"。朦胧的诗意，从远古走来，弥漫在一片片水域。霜降之后，芦荻瑟瑟苍苍，凄凄迷迷，附在氤氲简约的苍山背景上，晕染出一轴清雅淡远的水墨丹青。

"所谓伊人，在水一方"。秋姑娘，从古典中走来，在诗意中化开，虽然同棱角分明的现代造物比肩而立，但依然是一位在水一方的秋水伊人，依然是一首远山叠嶂的青黛之诗，依然是一曲近水徜徉的碧绿之歌。夕阳里，低翔的水禽，撑着弯长的颈，捯着细直的腿，在如镜的水面上，顾盼着自己的倩影。这难道是王勃"落霞与孤鹜齐飞，秋水共长天一色"的水墨写意？

车马喧嚣的夏日光景，早已远离了荷塘。塘水落浅，残荷静默。但是，花开花落寻常事，花开，不就是为了花落，花落，不就是为了花开吗？花开花落，有什么两样？就像人的睡觉和起床一样。繁华落尽，便是厚重，喧嚣褪去，自显清净。况且，残荷不残踏实自在，生命的希望和厚重，就安然地托付在两头——上有莲蓬擎天，下有莲藕立地，残荷寂寞吗？残荷落怜吗？残荷真残吗？

"留得残荷听雨声"，这只是诗人们的情怀，与残荷有何干系？但秋雨还是缠绵如丝，似断还连。不去残荷听雨也罢，且立在梧桐树下，聆听秋雨在桐叶上婉约而迟暮的演奏，雨滴敲过桐树的键盘，便跳落在我的心弦上，奏出一个季节的音符，激荡出一片清凉世界、一个清纯般若的天地。

秋，是深刻的；秋，尽管斑斓绚丽，却是朴实无华；秋是春因的果，又是春花的因。品赏秋之美景，我想不难；品味秋的意蕴，却不那么容易了，需要一颗高远空灵的秋心，君不见秋心为"愁"？愁即是悲，用悲悯之心，品味秋的意蕴，那不是禅慧是什么？

可惜，我没有那么好的禅心慧根，期待下一个秋雨的时节，再去梧桐树下洗心开悟。

2014 年 11 月 3 日

一盏枣茶慰寒冬

茶，的确是个好东西！深受人们的喜爱，以至于形成了系统而丰富的茶文化。你到祖国的大地上走一走，就会发现北至漠河，南达三沙，东临沧海，西抵葱岭，不同的地域，不同的民族，都有饮茶的习惯。茶分五色，依发酵程度和制作工艺的不同，形成了颜色各异的黑、红、白、黄、绿五大种类，相应地也就有各自不同的功效、口感和烹煮饮用方法。

若论好茶之士，他们对于喝茶这件事，更是讲究，其规矩近乎严苛。譬如，什么季节、什么场合、什么客人、什么情况下，喝什么样的茶，用什么样的茶具来搭配，用什么样的水，怎样的方法烹煮，遵循那些饮茶礼仪，作为饮者又是如何品茗，都有一套一套的讲究。他们这时已经把喝茶从解渴的生理需求上升到心理享受的精神文化层面。

然而在现实生活中，有相当多的人，只是把茶当做平常解渴保健的饮料而已。除了考虑茶叶的口感偏好、适用性和经济性以外，并不十分在乎所谓的茶文化。但遗憾的是，也有不少人，对茶叶知之甚少，甚至一无所知，只要是茶，抓起来就喝。

喝茶喝出茶文化固然是好，按照简洁、健康、适宜的原则喝茶也不错，唯独这盲目胡喝，是不值得提倡的。

盲目喝茶，是愧对茶叶的。多少没有一点与茶相关的知识，作为一个中国人来说，不仅是一种缺憾，甚至喝劣质的茶、喝有悖自己体质的茶，还会有害于健康。好多档次不高的中小餐馆里，免费提供的茶水，多数就是品质低劣的茶饮。与其喝那样的茶，倒不如来一杯无色无味的白开水更好。

我是那种普通的饮茶者，各色茶都备一点，根据自己的口味、体质、季节，适当的变换组合茶品。更多的时候，只在乎一下口感和营养，或者，纯粹就是顺合一个地区的饮茶习惯。

比如枣茶，就是我所喜欢的一种。这是我们本地流行的茶饮。我的几个在县上工作的朋友们，是喝枣茶的行家。他们的窍门是选择自然长熟、色泽深红、个大体圆、尚未彻底干透而油性十足（捏起来手感柔软）的红枣，放在炭火烤箱或红外线烤箱里烘烤。当烤到外表刚要焦时，立即取出，趁热用手撕裂，放凉后盛入器皿中待用。大小适中的茶杯中，云贵的春尖新茶，配以三四枚烧枣，也可以加一两枚桂圆、几粒枸杞、几块冰糖，冲入开水，浸泡两三分钟，就可以享用了。枣茶色泽金黄略深，新茶的清香，混合红枣的焦香，口味馥郁诱人。红枣，是公认的滋补佳果，富含营养，尤其称道的是各种维生素和果糖。

喝枣茶的习俗，在甘肃乃至整个西北，并不少见。誉为河湟重镇的临夏地区，处于汉藏交汇地带，是古丝绸之路上的茶马互市之地，自古盛行喝茶，尤其偏爱红枣桂圆冰糖茶。有客人上门时，讲究的是三泡台碗子。四合院里，坐北朝南的大堂屋，砖雕木刻的宽廊檐，四六绵毡的满间炕，四方椿木的大炕桌。主人殷勤招呼客人进门脱鞋上炕，这是待客的规制。顷刻间，炕桌上摆得严严实实：

馓子油香、干果瓜子……一副青花三泡台碗子里，必有云贵春尖、岭南桂圆、塞上枸杞、西域杏干、油制冰糖和河湟红枣。殷勤好客的主人，用炕边烤箱炉上咕噜噜翻滚不停地"牡丹花"开水，一冲二泡三点头，碗子里的世界，立马就活泛了。随着客人"吱吱"刮碗子（手持茶碗盖贴着碗口刮拨茶叶的动作，也演化为喝三炮台碗子的别称）的声响，那红绿金黄的色泽，便先夺了人的眼目，缕缕茶枣香气，就氤氲弥漫在暖堂中。嗑瓜子、吃手抓、嚼油香，碗子刮得吱吱响，这时候，便是一阵馋人的"嘘嘘"声。客人眯眼接唇"嘘"一口，主人持壶掀盖一滴溜。于是心性活泼的"饶"（ráo 意为幽默有趣）人们，谝下的笑话跌破个碗子哩！

喝枣茶可简可繁，繁者，如同八宝三泡台；简者，就是茶叶一撮、红枣仁俩、开水一杯。枣茶，一年四季都可以喝，但最适宜的季节，莫过于冬季。冬令时节，盘坐于火炕上，围坐在火炉边，喝茶聊天，身暖心热。一盏枣茶慰寒冬，是最惬意不过的事了。

多喝枣茶，可以补血益气、养颜健体，但这并非枣茶的全部内涵。一碗枣茶里，恐怕不完全是口感和营养，那里浸泡出来的，还有浓酽的亲情和友谊，洋溢着一种，暖暖的人文情怀，透露出一种，迷人的地域特色和民族风情。

2009 年 11 月 24 日

道光年间的

20 世纪 60 年代初，一切社会问题，加起来也抵不住饿肚子这一件事。"仓廪实而知荣辱，衣食足而知礼节"，所以，在那个饿肚子的年代里，巧夺豪取在所难免，但巧夺豪取却有行为上的文野之分。

不信？我讲两个小故事给你听。

一个叫花子叩门乞讨："阿姨——，吃得么给上些。"门缝里递出一块不大的馍馍，将要转身离去时，嗖的一下，馍馍到了身后另一个叫花子的手里，立马"呸呸呸"吐上了几口吐沫。算是前面的叫花子，给身后的叫花子学了一回雷锋，这身后的花子，给前面的叫花子当了一回黄世仁。

还有一个故事是听来的。说一伙人聚餐，摆上了三四个家常菜，这已经是相当的奢侈了。无奈"狼多肉少"，四盘菜被立刻秒杀精光，只剩一个老磁盘子里还亮着一底残汤。诱人啊！饥饿可以让人灵光闪现，席上一"雅士"曰："哎呀，好精致的青花盘呀，我看看是哪个朝代的老古董？"话音未落，盘子已端到自己胸前，顺手翻转，汤水自然倒进了自家的碗里！"噢，道光年间的。"——眼光直勾勾盯在盘底的圆圈里，余光却早在碗里了。这可真是"倒光"

（道光）年间啊。

　　雷锋和黄世仁，是人，直截了当的和拐弯抹角的，也是人。人，是这么一类一样要吃饭，却不一样干事的动物；反过来看，那不一样的干事，都是为了一样的吃饭啊。

2008 年 12 月 3 日

烟民百态

最近，有消息说，国家要加大力度限制吸烟，这无疑是一件好事。也由此让我想起了过往种种抽烟的一些细节片段。不说烟之害，也不谈烟及吸烟的历史流变，更不探讨如何限烟戒烟，只想闲话几句关于吸烟里有趣的人生百态。

我对吸烟现象的接触和认识，是从懂事就开始了的。其实，刚一生下来就已经接触到了吸烟的事实，因为我父亲和我父亲那一代人似乎都爱吸烟，谁都不在意吸烟的危害，也没有现在的这样一些健康理念。

我家老爸，在新中国成立时，就是 90 多元的工资，这在当时是为数不多的高薪。他抽烟牌子较杂，新牌子出来总要试试，但抽得最多的还是"大前门"。

在我的印象中，大前门香烟的盒子漂亮极了，内衬厚厚的锡箔纸，半透明的白蜡纸粘贴其上。那时的烟是不带过滤嘴的，一律软包，二十支装。

他抽烟，我收拾盒子。总喜欢将空盒的口搭在鼻子上嗅那烟草的气味。这也许是从小"熏陶"的结果，小孩子，对烟草味儿竟然那么着迷。

老爸抽烟，自然也是一副十分惬意的样子。他打开烟盒，非常马虎，胡乱撕开就完事了。取烟，倒是讲究，先用中指弹烟盒的底部，使某支烟从排列整齐的队伍中跳出，然后抽取出头的那一支，在桌面上竖直撴三四下，就像电视剧里的老干部；有时是在拇指的指甲盖上撴，撴得不偏不倚。这种撴法并不多见，显得新奇。撴完了，叼到嘴里，用火柴点燃，便吞云吐雾地享受起来。此时，他总是搭着二郎腿，一直有节奏地抖动。

他抽烟又猛又快，这个抽烟的习惯，一直延续到了他 70 岁戒烟的时候。同样喜欢抖腿、抽烟快的还有我，就像基因遗传一样的有意思。

不知什么时候，我突然发现，抽烟猛而快的人，一般性子急，干活也麻利，效率高，性格基本外向爽直。下意识抖腿的人似乎也是急性子。

我的老爸，就是一个干活不要命，动作快如风，心直口快的汉子。我，大抵也是如此。莫非又是基因遗传的缘故？

我在儿时，十分好奇、顽皮；十二三岁，就经常偷父亲的香烟，拿出去发给小朋友们分享。

那时，农村抽的烟，是自家种的旱烟叶。烟管，是一个"羊角把"（羊的小腿上的一根骨头，除去骨髓，在一端安装一个金属或木质的烟锅）。将旱烟渣子填进烟锅，用像筷子一样粗的"火绳"（一种易燃的草绳）点燃旱烟，瘪着腮帮子，吧嗒吧嗒地抽，边抽边用拇指肚压紧燃烧的烟渣，抽上三四口，就翘起一条腿，朝鞋底上磕去烟灰。配套的，总是一个吊在烟管上的山羊皮烟袋。抽完了烟，将"羊角把"插入袋内，一收口，细绳子绕几圈，顺手搋进了扎着布条腰带的衣怀里。

也有抽水烟的。

铜质的水烟壶，长长弯曲的烟嘴，里边灌了水，抽起来"咕噜噜"地响。讲究一些的，用剥了麻皮的麻秆，在清油灯盏上，燃着了再去点烟。麻秆精白，折成一样的长短，整整齐齐地插在罐子里备用。会抽的水烟的人，只抽两三口，最后一口烟，是憋在肚子里，提起通过套管插在水壶里的烟嘴，"噗"地一口，不轻不重，一团烟雾缭绕中，烟锅里烧败的烟灰，就被吹到罩在上面的手心里，然后再抖搂在地上。不会抽水烟的人，不是吸进一口洗烟水，就是吹出一股洗烟水。

这种抽法，在农村是极有品位的，按照现在的话说，就是上了档次的。我们也许在影视剧里看到过，地主老财，王公贵族，大都有这样的派头。只是配以绸缎的长袍马褂、八仙桌子太师椅，旁有乖巧妩媚的丫鬟侍候，方显正宗；如果是大襟衣衫绑腿裤，圪蹴在墙根里，端个绣花锦缎套的水烟瓶，那就看着十分别扭。若论般配，大襟衣衫绑腿裤，圪蹴在墙根里，倒是非"羊角把"莫属；再如果是西装革履水烟瓶，那一定是滑稽透顶，非叫你喷饭不可。

农村的人，见了"大前门""黄金叶"之类的香烟，就稀罕的不得了，比我们现在的草根，见到"大中华"还要兴奋。

那时，有个顺口溜说："省中华，县前门，公社大队抽宝成，贫下中农卷筒。"这是烟里的社会等级和经济差别，是那个时代的管中窥豹。

因此，我拿着大前门，自然就有了炫耀的资本，总有一些小朋友，围在身边屁颠屁颠地转。

时间长了，偷烟事件自然败露，招了训，挨了揍不说，闹心的是，断了烟的路子。"白纸棒子"抽不上了，就听羊倌老汉的忽悠，用报纸卷干柳树叶子瞎抽，还抽过野兔子粪呢！那滋味怎能说得出口来，统统是上了歪嘴拴牢（嘴是歪的，奶名叫拴牢，一个村上的光棍混混儿。）的当！

不过，儿时的吸烟，纯粹是好奇，闹着玩儿。但也为后来真正的吸烟，埋下了祸根。

参加工作至今，我与烟的关系，更加密切了。屡次戒烟，屡戒屡败，但没有学败军之将的前例——屡败屡戒，也就一任自然，不管了。

我的检修班老班长，祖宗三代同堂而抽。那时他二级工，工资是五十块八毛九，养活着一大家子人。工资一发，他就去买烟。专拣最便宜的，九分钱一包的"经济"烟和一毛多的"双羊"烟，一买就是十几条，规模相当可观。两毛多的"燎原"烟，那是他的"高档货"，一般是逢年过节或台面上待客用的。

老班长抽烟特凶！工余时间，大家在休息室里抽烟，他是一支接一支，水泥地面上，只见一摊烟灰伴着黏糊糊的痰液，临末了，只有一个烟蒂。不了解情况的，非常纳闷。

何以这般？他是接烟的高手。烟抽到两厘米长，就从怀里再摸出一支新烟，悄悄地、不露声色地，首尾相对接到烟屁股上。这接烟的动作和过程，是在说话走路的情况下，下意识完成的。这样的抽法，你从何处去寻第二个烟蒂呢！

话到此处，插一段更好玩的趣事。

我的一个同事，20年前到上海出差，在淮海路上边走边抽。当时的上海，是不容许随地扔烟头的。有一个戴着红袖箍，当街监督的老太太，发现有人在大街上走路抽烟，便尾随观察。我的这位仁兄，一支接一支，老太太盯梢都快一站地了，硬是不见烟头丢在地上，只好无功而返。

老班长，他抽烟一般是不让人的。也难怪，经济负担重而又抽得凶，让不起啊，是不是？

但也有让得起却不让，反而是专等别人让烟蹭抽的。

这类烟民的烟，一般是不会摆在明面上的。他自己要抽时，转过身，找个没人的地方，从隐蔽处麻溜地拽出一根烟，自顾自地抽。抽归抽，抽的是自个儿的烟，怕啥！然而，总是抽得遮遮掩掩，就像做贼似的难受。

这种烟民，多数情况下，是和大家聚在一起等人发烟的。那接烟的姿势，倒是谦恭殷勤——双手接烟，躬身相迎。如果是时间长了没人发烟，他就会一个人跑到厕所里过瘾。

最有心计的抽烟人，一般是怀揣两三种烟，各有专藏之处。自己抽的是一种；请人抽是另外一种，其中必有一种是高档烟。他们把人按照利害关系，分成三六九等，区别对待。

见了有用之人，便是好言相敬；见了有用的权势人物，更是另一副模样：忙不迭笑呵呵地凑上去，一脸的真诚、热情和谦恭，麻利地从那个兜里掏出"大中华"（掏哪个兜是绝对不会乱的，这是长期练就的硬功夫，请你不要小觑），躬身哈腰，递上一支烟，还没等人家叼在嘴上，他的防风打火机"啪嗒"一声，凑到了面前。这种火候，你原本不想抽的，也就下意识地凑上去点着了。

如果是在有桌儿的地方，他们的烟，哪怕是只抽了一支，临走时绝对的健忘——不会小里小气地把烟从茶几上揣走。

还有一些人，更有心计。让旁人一看，尽管其社会地位、个人身份相差悬殊，但他好像跟要害人物，关键领导关系非同一般，似乎是那种"有难同当，有福共享"的铁哥儿们。

他让烟，是漫不经心的路子。大咧咧地掏出烟来，随意递上一根，眼睛却往别处看，甚至还和边上的人，有一搭没一搭地聊天呢。这时候，接烟的人，也就慢条斯理地顺手一接。接着，他在身上几个兜里，摸摸索索地找起了打火机，正当人家快要掏出自家的打火机点烟时，他却不失时机地凑到了烟头上，"吧嗒"点着了，另一只手还在挡风呢。

这是看似随便，其实是不露痕迹的经营安排，足见其心机之精巧，心思之缜密，手法之高超。

此种妙景，往往见之于官场和商海，其他场合亦有，然而少见，也逊色得多了。

中国文化里，有豪放派、婉约派、浪漫主义、现实主义之分。依我看，这在抽烟方面，似乎也有豪放婉约、浪漫现实之别。

有人抽烟，非常讲究烟盒、烟嘴、打火机。香烟也比较讲究牌子和包装。抽烟的姿势仪态，优雅大方、富有情调。光跷二郎腿还不算，令人欣赏的是，猛一张嘴，浓浓的烟刚从口里喷出，不等化散，他又瞬间倒吸入口中，再从鼻孔里徐徐喷出，顺下去把烟灰弹入烟缸，动作神态，依旧是潇洒、优雅。

这类人抽烟，已有一些文化意味的做派在里面；另有些人，抽烟纯粹是为了刺激、过瘾，并无风度、仪态可言。

他们烟瘾犯了，急忙掏出烟来，无论捞到怎样的火源，点着就是了，然后吸溜地抽起来，一口烟憋到肚子里，半天不愿吐出，生怕浪费了那一口难得的宝贝。

有些人抽烟，动作天生小气，毫无观赏性。缩着脖子，蜷缩着身子，拇指食指掐着烟屁股，半眯着眼睛，嘬着嘴吸进去，再嘬着嘴吹出来。吹出来的烟，也是小里小气，一股又细又长的烟路，哪有吞云吐雾，冉冉弥漫的气势。

如果烟瘾犯了，没有现成的烟抽，他们还会捡拾地上的烟屁股，撕开烟纸倒出烟丝，用报纸手工卷成喇叭筒再抽。这是我亲眼见过的，并非杜撰。

我当学徒时，就偷着抽烟。厂里规定学徒期间是不准抽烟的。一次正在宿舍抽烟，班长突然造访，我来不及熄灭，只好反握着烟，把手缩进袖筒里藏起来。不料烟从袖口边里丝丝冒出，班长见状，用河南腔说："拿出来，别把袖筒给烧着了。"我只好红着脸，顺手把烟掐了，再给班长恭敬地让上一支烟。

还有一次，同宿舍的工友，睡在床上瞎聊，想抽烟了，拿着火柴，却找不到火柴擦皮，干着急。这时一位颇有阅历的师弟说，有办法，我们立刻背心裤头的爬起来，将门后的拖布把，一脚踹成两截，把一截横过来，快速地在竖着的另一截上往复摩擦，不到一分钟，火柴在上面一擦就着了。这简直就是原始人的钻木取火嘛。

抽烟者的众生百态，难以书罄。烟酒不分家，原意是消费不分你我。可是我觉得，烟和酒好像一家人，共同之处太多了。烟在中国的人际关系中，扮演着几乎与酒一样重要的角色。借着烟的舞台，人生的表演就丰富多彩了许多。

小小的一支烟，竟有如此大的魅力，如此微妙的能耐，承载着如此大的社会意义和文化含量，实在是人类吸烟肇事者们，所始料不及的事。

2010 年 5 月 13 日

酿皮子

酿（发音 rang，方言中声调不一）皮子，西北一带的一种特色传统小吃。甘肃居多，其次是青海、宁夏，陕西则少见。陕西的地盘上，大行其道的是与酿皮子相似的"擀面皮"。

酿皮子，这种富贵不弃、贫贱不移的小吃，原来是由麦面和成团，放入清水中揉搓，分离出面筋（蛋白质）、面汤（淀粉），而后沉淀滗水，再盛平底盘上火贴水蒸制而成的传统美食。

这样的平凡小吃，却有着非凡的生命力。总体而言，其性如外向活泼的女孩儿。口味明朗爽利，酸、辣、辛、冲、香，各司其职，清晰而又和谐的作用在口舌的各个部位和嗅觉的上鼻腔；黄亮殷红的色相，极具视觉效果。配器也颇为讲究。酿皮子，最不适合杂器盛装，只有在矮足广口的青花小碗，抑或青花瓷盘里，方能显示出独具魅力的文化意蕴和饮食特色来。这样的搭配，让人很容易揣测到，清朝的长袍马褂大辫子瓜皮帽们，立在摊前，手端青花瓷盘吸溜吸溜吃酿皮子的世俗情景。话说回来。如果东家是头戴"号帽"，胡须整齐的男穆民，或者是盖头围面，洁净麻利的女回族，那就更是正宗的正宗了。

你看，青花碗盏铜调羹，水蒜辣油芝麻酱，冲鼻通天的芥末汤，一盘酿皮子，再配上几片蒸面筋、一撮绿豆芽，均匀地泼上秘制调料，抖搂几下，其色、其香、其味，立马撩拨得口舌难熬，馋涎欲滴。酿皮子的食客多数是中青年人，尤其深得年轻女孩的青睐。有种说法，兰州姑娘漂亮，就是酿皮子给吃出来的。你到兰州的街面上瞅瞅，打扮前卫时髦的大姑娘小媳妇，往往是酿皮子摊的常客。牛仔裤、半截衫，高跟皮鞋卡肩包、金头发、红嘴唇，小小手机胸前挂，长睫毛，大耳环，十指如葱珠光闪。这样的女孩，细腰长腿，走起路来，婀娜的风情自不用说，光听那高跟鞋在马路、厅堂里敲击的"哒哒"声，就是一首美妙的打击乐。就是这样的姑娘们，若是见到了酿皮子，可就什么都顾不得了，一屁股坐在长条矮凳上，忘我地享受。辣油染得朱唇越发地油光鲜亮，本来就面如桃花的两颊，更加白里透红。你说这酿皮子，能不让姑娘们靓吗？

这酿皮子，怎么就这么深受女孩们的喜爱呢？对了，其性如女孩，女人不爱谁爱？

自小养成的饮食习惯，终身难改。坊间传说，袁世凯做了皇帝，吃完正规的御膳，还私下里叫人再弄一碗河南老家的糊糊面过瘾。他当了皇帝，自有那皇帝的面子和排场，但是这面子和排场，无论多大，照样拗不过一碗家乡面条的诱惑，因为骨头里，已经刻上了小时候的口味习惯。我的孩子在东北上大学，他和同学们放假坐火车回兰州，一出站口，就直奔牛肉面馆，咥上一碗（有时候竟然是两碗！）"老牛"，这才心满意足地回家见老爸老妈。更有邪乎的！我的甘肃籍同事的亲戚，到上海谋了一份差事，怀孕了害口，天天打电话，嚷嚷想死酿皮子，世界上美食千千万，她啊，就是专宠这一样，独害这一口。酿皮子，在这类食客的心里，一旦成了杨贵妃，注定是六宫粉黛无颜色。无奈，兰州的家人，买了最好的酿皮子，专门购置了大号的保温罐，搁上冰块，托人从飞机上捎了过去。让人想死的馋物刚刚到手，害口的小媳妇，如风卷残云一般，一扫而光了。

小而不漏，简而不苟，不乏精致，饶有情趣，这就是酿皮子！你走在西北的甘、宁、青的城乡大地上，每到一处，总会有酿皮子的飘香冲击嗅觉。小小的摊位上，生意红火，各色食客，不嫌其陋，却能唏溜溜地吃出各自的精彩来。

这东西，就这么馋人，可是，制作起来步骤繁多、工艺复杂，是需要经验和技巧的。别小看了它，小玩儿里，其实蕴含着大学问。

这种小吃，是名副其实的小吃。首先，小在小摊位、小桌、小凳、小盆罐、小碟盘，摆得匀实，但不排场；其次，小在量少；第三，最有意思的，是张扬着小民小户、小打小闹、小本小利、小家碧玉、殷勤踏实的精神文化，不仅东家是这样，就连那食客，亦是如此。可是无论在哪个大城市、小城镇，有谁见过三层大楼的酿皮子饭店呢？倒是好多洋派的星级饭店的餐桌上，也常有黄红透亮的酿皮子闪亮登场。谁说酿皮了登不了大雅之堂，但它仍然是以"小"而跻身大酒店的。

贫富兼顾，适应大众，快捷方便，经济实惠，以小立足，遍及在大城小镇、村头巷尾，这是属于酿皮子这类小吃的大道理。凭借这样的道理，弄出个以小逗大的本事来，这就不足为怪了。

丰富扎实的小事，大而空洞的"伟业"，朴素低调的格局，好大喜功的排场，你究竟喜欢哪一个？事不同而理通，酿皮子，不仅仅是我们的口舌之福，它还是我们的精神支柱呢！

2009 年 11 月 25 日

地锅锅

一

人类的生存本领，是艰苦环境给一步步逼出来的。其水平，起初应该是原始粗陋的。随着不断地变化演进，而由原始粗陋的蛮荒状态，逐渐走到了如今精深博大的文明境地。

别看现在中国人的饮食文化，灿烂的足以让全世界咂舌，喟叹中华五千多年饮食文化积淀之深厚。可是，险恶生存状态下的老祖先，在茹毛饮血的时代，他们的衣食住行，肯定是没有今天这般的有趣和浪漫，更谈不上有多么精深和灿烂的文化。

即便是在人类文明快车驶进 21 世纪的今天，我们仍能见得到原始生存方法留存至今的一些痕迹。

二

比如叫花鸡。顾名思义，就是采用叫花子方式制作的鸡。叫花子，就是穷困潦倒、无家无舍、四处流浪的乞丐，偶然得到一只野禽，怎么吃？最合理的吃法，就是因地制宜：在土地上刨个坑，捡来衰草枯枝，作为薪柴，寻找泥巴，将野禽连毛涂裹，投入火中烧烤，待到薪尽泥干，敲开泥壳，只剩下退去禽毛的肉体，拽住两腿一扯，顺势倒出内脏，就是狼吞虎咽的美食了。我还设想，如果一时找不到泥，怎么办呢？恰巧就有一头牛，在土地里撒了一泡尿，说不定那餐美食的身上，就有这泡牛尿的重大贡献哩，也说不定会成为一道经典流传的名菜呢。

我所想象得到的"叫花子方式"大抵如此。

就这样，在今天看来，如此简陋的方法，我想，恐怕也不是那个叫花子的原创发明，而应该也还是原始先祖的专利贡献。

这是博大精深的文化吗？似乎不太像。这是闲适温馨的浪漫吗？似乎也不太像。如果说，这是山顶洞人的生活方式，倒是合情合理。

但是，上了菜谱的叫花鸡，经过中国厨房的改进，除了裹泥烧烤的基本制作方法保留下来以外，它的选料、腌制、烤炉、烤制等工艺和工具条件，已经完全不是昔日的情况，最终演变成了中国的一道名菜。当你华服烁烁地安坐在弥漫着轻音乐的饭店里，干净麻利、彬彬有礼的服务生，将托盘送到您的席面上时，这时的叫花鸡，已经不是原来意义上的叫花鸡了，而成了体现中国博大精深饮食文化的载体，由原始野蛮上升到了现代文明。

但是，仍然有一些原始古老的饮食方式，还是被原原本本的传了下来。

三

比如，在我们甘肃中部地区的一些农村，有一种烧地锅锅的风俗。这种风俗原始古老，绝对不是新的发明，你说它已经存在了一万年，似乎也不奇怪。料想，这种风俗肇始之时，大概是不会赋予有如今天这样的文化意蕴和心理趣味的。但它延续至今，深得农人，尤其是农村十来岁孩子们和现代城市里年轻人的青睐，这倒是事实。

地锅锅，这名字听起来，就如同洋娃娃、小手手、过家家的称谓一样，稚趣温馨的叠词，让人感觉到童真和野趣。倘若你抽掉一个字，把它叫成"地锅"试试，那味道就变了样儿。

中国文字就这么神奇，一字之差，意蕴骤变。臣子率兵打仗，屡战屡败，报奏朝廷时，说成了"屡败屡战"，这"战""败"二字一旦颠倒，原本失利的无能败军，一跃而成为败不言败、愈败愈战的顽勇之师。

四五十年前的农村生活，并不像现在宽裕，多数家庭都会有青黄不接的饥荒时段。一年四季，只要口粮够吃，也就十分欣慰了，你还能奢望什么享受零嘴的吃食呢？除了短暂而稀少的时令果蔬以外，多数人家是不会有糖果点心之类的零食，堆在那里让你随便吃的，至多是办点节令食品或者炒点大豆、黄豆、麻麦，要么是干果瓜子之类的，哄哄小孩的嘴巴而已。于是，孩子们就想着法子在野外解馋。

惊蛰一过，野地里就会有嫩绿的生命萌动，至清明前后，黄花啦（蒲公英）、牛耳朵（车前子）苦苦菜、白荚（枸杞）芽、灰条、苜蓿等，各样的野菜陆续进了农民的厨房。赶到美味可口的榆钱、槐花刚刚一破蕾，精贼顽皮的孩子们就疯了，纷纷窜上树去，将下大把地榆钱往嘴里塞，等吃够了，再退出两只衣袖，顺手折取柔韧的枝条或剥下枝条上的树皮条儿，将袖口扎住，再左一把右一把地往袖筒里塞榆钱、装槐花，带回家去倒在簸箕里，妈妈和奶奶细心地拣去杂质和蠕蠕的虫子，过水洗净，拌上面粉上笼子蒸熟，就是一顿甜香柔软的困困饭。

然而，野菜并不是孩子们的解馋之物，孩子们最喜欢的，还是地锅锅里的烧烤货。最适合烧地锅锅的，莫过于洋芋、糖萝卜、苞谷棒子和上了颜色的枣儿之类的东西。当然有羊肉、鸡肉之类的，拿来淹上调料，包上锡箔纸，那也是非常奢侈的地锅锅美食。不过，锡箔纸包肉烧地锅锅，在我们这里，也是近10来年里逐渐兴起的吃法。小时候，只要地里的洋芋长到鸡蛋那么大，只要苞谷灌了浆不老黄，只要枣子染上了红斑，只要能弄来麻雀野鸽，这些东西都是可以拿来焖烧地锅锅的。

说来说去，这地锅锅究竟是怎么回事儿呢？

在野地里寻一处两三尺高的土坎，仿照过去农村的土灶式样，在土坎立面上开出灶门，顶面向下挖口径一尺左右的鼓腹圆坑，然后用拳头大小的土块疙瘩，叠垒成清真寺穹顶的样子，就算完成了建灶的工作。这个环节的关键，在于垒顶，垒不好，顶子就会塌陷；即使垒起来了，留不出土块之间的烟火道，也是枉然。

土灶垒好了，就顺着灶门点火烧柴，约半个小时的大火把灶上的土块烧焦了，就不再续薪。此时要用火棍摊匀灶膛中的炭火灰，接着将洋芋、苞谷、糖萝卜之类的东西装进灶膛，快速用土封堵灶门，最后弄坍拱顶，倾入灶膛覆盖在食物上，覆土踩平夯实，就大功告成。

此后，该干啥的干啥去。一两个小时之后，四散的人们重聚在这里，用小铲或者是捡来的木棍扒开灶膛，拾出外黄里嫩的烧烤之物，于是苞谷、土豆特有的浓郁烧烤味，在周围弥漫开来。禁不住馋虫挖挠的人们，捡起烫洋芋吹吹浮土，就左手右手的倒来倒去，等不及降温，就哈哧哈哧地吃起来。

实话说，烧烤的东西，就是比水煮的要好吃；地锅锅烧出的东西，又要比家里烤箱烤出的东西好吃。什么原因呢？主要原因是接地气的火塘密封保温，温度将周围土壤中的水分汽化，起到了连烧带蒸的独特作用。让食物不至于损失太多的水分，而且持久稳定传递匀称的温度，可使表层烧成厚厚的黄壳，黄而不焦，如同俄罗斯的大列巴一样，焦香馥郁，诱人口舌。另外一个原因，恐怕就是亲友相随，返朴野餐特有的氛围吧。

四

叫花鸡、地锅锅之类的饮食方法，应该原本是人类文明初开时的惯常饮食手段，而又像我们现在一日三餐一样平常的事情。但它毕竟是处在蛮荒愚昧、艰苦恶劣的生存环境中，因而承载了远古人类太多的险恶、艰辛和困顿。

现代人吃叫花鸡、玩地锅锅，根本不是生存条件的使然，而是一种追求新鲜的生活体验，更多的是，精神层面上的猎奇或怀旧。虽然在形式上，与远古人相差不大，但承载的文化和心理感受，以及口味的调制，却有着天壤之别。前几年，我在手机上看到一则短信，记得其中的意思是说，现在是野菜比家菜贵，骨头比肉贵，瘦肉比肥肉贵，杂粮比细粮贵。可是，这在二三十年前，恰恰是相反的。野菜和杂粮，是过去穷苦人民维持生命的"贱"东西；如果有肉，当然就是骨头越少越好，肥膘越厚越好，因为总是缺粮少油啊。

现在之所以野菜比家菜贵，骨头比肉贵，瘦肉比肥肉贵，杂粮比细粮贵，那是因为现在物质和文化生活水平大为提高，人们有条件来讲营养、讲绿色、讲质量、讲健康，有条件变换口味，有心情追求趣味。物质条件决定思想观念，思想观念反过来影响生活方式，这真是一点儿不假！

人们为什么还要在现今如此舒适地生活条件下，去重演原始人的生活方式呢？除了人类天生的好奇心和由富足产生的闲情逸致外，是否还有隐藏在更深处的微妙心理和压抑情绪呢？

返璞归真，向往原始简单，是不是折射出潜藏在文明人类心理深处的原始精神基因？是不是现代人类腻烦了越来越严重的快节奏、高密度、功利化、繁杂化，而渴望释放压力、消解束缚感和紧张感呢？

其实，真有许多值得我们认真反省的地方。因为人类文明中的一些体制和机制，就像操纵木偶的绳索，驱使人类不由自主地趋向价值目标。太过的追求、太过的谋划、太过的经营，究其根源，就是人类太过的自私、太过的贪婪和太过的妄自尊大。果真是这样的话，最后的逻辑是什么呢？是不是会搬起石头砸自己的脚呢？

不管什么原因，对今天的人来说，既然烧地锅并不是非烧不可的被逼行为，尚且，早已褪去了蛮荒艰辛的本色，陡增了不少返璞归真的乐趣，还有人类潜意识里的原始情愫和我们基因里沉淀的原始本能冲动，那么，我们不妨以休闲的方式，投入到山野的怀抱，本真自在地欣赏远古的炊烟，弥漫在当今的天空。

我期待着洋芋丰满的时候。

2010 年 3 月 14 日

跟狼还是跟狗

我经常在书画圈子里听到这样的声音：这幅字有肉无骨，写成墨猪了；那幅字有骨无肉，好像干柴棍。这还算好，因为在书法艺术上，还有一个普遍认同的审美价值标准，那就是"有骨有肉，刚柔相济"的字是好字。然而，往往有不少所谓行家的点评，他似乎说得头头是道，明明白白，可是你照样听得糊里糊涂，不得要领。

面对一幅行书，他说："这八字的一撇一捺，应该左短右长，这写成啥了，是右短左长嘛！这提手旁的一横写得太高，再降下来一点就好了。"在草书作品面前他又说："有点方为水，空挑却是言"嘛，可你这"天高云淡"，写成"天高云谈"了。"这一笔太斜，那一笔太正；这一点太小，那一横太粗。等到学生下一次改过来时，写低了一点的那一横，他又嫌太低。这倒也罢了，最怕的，就是他肯定你哪个地方写得好。这一鼓励，你就上心上劲儿，越发地朝那个方向走，走下去的结果，是苦心费力地培养了一身顽固得改也改不掉坏习气。

但凡多少有一点灵性，懂一点书法的人，都知道那是怎么回事儿。这样的评论或指导，只见树木不见森林，只看现象不抓本质，只谈技术不说法理，就事论事不显规律。说白了，就是在沾沾自喜地传授呆板固执的匠人恶习。这样指导人的"专家"，如果是那号真真的半吊子野货，也就算了，可偏偏，他就是那入籍的"正规"书法家呢，这让人情何以堪？

跟了这样的"严师"，学生只有盲目地完全仿照他的字去写，而且越像越好；或者是，完全按照他的指点亦步亦趋，遵循他的好恶决定取舍。否则，在他高师的眼里，你永远是不合格的朽木一根。

不过这样的老师不跟也罢，算你走运，要不然，你一个好端端的大冬果，就给日塌成了一个吃不成的酸巴梨。

好的老师，重在讲法，次在讲技。即便是讲技，也是以法统技，以技彰法，达到举一反三、触类旁通的目的。

刘存惠老师，在CCTV《书画频道》里讲课，我听来听去，他讲的，都可以归到哲学层面上去，都可以认为是方法论的东西。围绕大写意，他讲黑白、干湿、浓淡、枯润、虚实、快慢、大小、远近、立破、先分离、再重叠、后并列等一系列对立统一的概念。他讲笔法、墨法、章法的具体技巧，也是以法统技，以技彰法的。比如，笔毫的大小软硬，笔锋的圆扁聚散，运笔的轻重缓急、抑扬顿挫和顺逆止侧，墨色的焦润湿干，色阶的深浅浓淡，色调的冷暖老鲜，墨色的和谐搭配与黑白对比，构图的疏密错落、远近大小与出入进退，画法的勾皴点染，画幅的宽窄圆方，纸张的生熟厚薄，等等，无非都是为了盯住"写意"的宗旨，实现绘画的艺术效果和审美意趣。他，并不是轻视具体的绘画技巧，相反，他不但讲，而且讲得很全很细很具体，但是，醉翁之意不在酒，讲技巧，并不是为技巧而技巧。照他指导的去学，除非你是真正的朽木一根，否则，你最后就会逐渐进入有法而无法的境界，就会从必然王国到达自由王国。你作画时就会信手拈来，随意挥洒，仍然是法度不失，意趣盎然。

　　事不同而理同，我们也可以举一反三、触类旁通。书画是这样，书画以外的事，恐怕亦是如此。授人知识，是应该大加推崇的善举，没有几个老师是故意往坏里教学生的，但动机与结果未必能够吻合。我们不能一味地责怪老师，老师要选择学生，其实学生也在选择老师。关键在于，根据自己的特点，善于择师。选对选错，都是你自己的问题，这绝对不能怪罪到老师的头上去。

　　跟狼还是跟狗？决定着你吃什么；跟的是狼还是狗，就看你如何选择。

2010 年 4 月 16 日

待诏

待诏，在我家曾经寄居过的洮河岸边的那个唐汪川，就是专职剃头匠。皇宫里，有画家等称作待诏，也有专门的御用理发师排在待招之列，这是待皇帝之诏，而专为天下至尊服务的，当然就是名副其实的待招了。可是这专待皇上之招的宫廷理发师的"官"帽，怎么给戴到走村串乡的剃头匠头上了？有点儿蹊跷。

常言道"待诏的担子一头热"，虽然形容的是"我有情你无意"的意思，但待招的担子，的确是这样：一头是一熥小火炉，炉上煨着一壶热水，壶上扣着一个铜盆；另一头是一个油渍斑驳的小木柜，里边装着剃头梳洗的家什。小柜边上还系着一条两寸宽、半尺长的弹刀皮条，油光锃亮。

花上一两毛钱，让待诏剃个头，这是老汉们的舒坦事，却是娃娃们的惧怕事。20 世纪五60 年代，学生娃子和青壮年人，大都紧跟时风，不屑于剃刀，用起了先进的推子，弄一个三七开的小分头，抑或齐茬的尕平头，要要个人哩！

俗话说：有钱没钱，剃头过年。年关将近，村头麦场上的背风处，就红火了起来，春意融融的阳洼旯旯里，总有一伙老汉、娃娃，围着待诏的担子喧关嬉闹。

剃头匠，先用铜盆里的热水，把老汉的头发焖湿温软，再将喜鹊翘尾（yǐ）巴的剃刀，在皮条上有节奏地往复弹磨——啪！啪！啪！几个来回，就把剃刀弹得飞毛利快。手起手落，一刀紧挨一刀，白净的头皮，便从脑壳中间裸露了出来，酷似康拜因联合收割机在麦田里收割庄稼的光景。随着娴熟的刀法，一窝烦恼丝，5分钟就被削得精光，出落成一颗白净光亮的脑瓜儿，那过年的喜气，也就立刻从这光头上凸显出来。剃光的头，还要焐上一条热气蒸腾的毛巾。热毛巾缠着秃脑袋，受活得老汉家眯着眼睛睡着了，那个舒坦劲儿啊，简直就要渗到骨髓里去了！

我小时候，理发多半是用推子，爹妈操持的。请待招剃头，仅有一次，还有一次，是我家老爸这个土待招干的。着实疼！遇到待诏进村，我喜欢在旁悄悄地观察。心里总是嘀咕：头发比头皮上的肉硬多了，为什么头发被剃掉了，头皮却刮不破呢？奇怪！有一次，我的玩伴二郎保的爷爷剃头，头皮给割了一道口子直流血，爷爷指使在旁的孙子，赶快跑到自家的香炉里抓些香灰回来。香灰撒在伤口上，立刻被血洇透，鲜血带着香灰，在清白的头皮上，走出弯弯曲曲的路径，就像两三条红蚯蚓趴在那里，我看到流血，心里膈应，就转身跑掉了。

据说，一个手艺利索的待诏，也是苦练出来的。先是帮师傅打杂、磨刀，后来在菜瓜上练手，刀刃贴着瓜皮走刀，不能削下绿皮，就算是过关。再后来就是在贱客头上试刀，三载寒暑，方能出徒。可见这剃头的待诏，在过去也是技术含量不低的行当。

用刀剃头，对于孩子，简直就是酷刑。细皮嫩肉上，哪能经受得起刀伐之苦呢！刀子还没挨到头皮上，那孩子就像杀猪似的哇哇直嚎。不是大人强摁硬拽，绝对是剃不下去的。自那以后，我一看到屠夫杀猪，立刻就想到小孩剃头；一看到小孩剃头，便联想到了屠夫杀猪。

昔日的待诏，就是这样一副光景。

现在的高级美发店，设备、工具、技术、卫生、美发用品，样样都好到天上去了。店里，挂满了俊男靓女的发型照。造型师们，男的蓄着高森森的鸡冠发，西装革履，奶油小生；女的粉腮朱唇，娥眉秀发，短裙高跟。店面的招牌，是请广告设计公司用电脑修图出来的，时尚气派的门脸上，起一个"角度"的美名，在旁用小一号的字标上"58度半"，真是新潮高深，不知所云。这样光怪新潮的门店，常有孤陋胆小之人，怯怯地徘徊张望，轻易不敢移步进门，让愚钝的寡识之徒，看了那个58度半，心里直犯糊涂。如此的派头，给人的感觉是，虽然也是"剃头"，但我这剃头非同小可，剃出了时尚，剃出了文化，剃出了现代文明，剃出了世界水平。

我虽然不是什么时尚之人，却也能装模作样地，昂首阔步地进到这种店里，矜持地安坐在高级理发椅上，享受当代发型师的新派服务，但心里总潜藏着儿时的待诏情结。坦然的装逼，掩饰不住浑身的不自在。虚晃晃的形式感把一个简单的理发搞得如此变形，习惯了简单处事的老梆子们，能安然自在吗？

麦场暖阳里操持喜鹊翘尾巴的待招，早已成了故事，却像是老太奶烙在外曾孙心中的一首童谣，挥之不去：

"噶当噶，踩和子（"踩"，就是踩织机；"和子"，一种厚重的羊毛手工纺织品），乡里来了个老婆子；脚又大，嘴又歪，屁股像个水磨台。杀母鸡，母鸡下蛋哩；杀公鸡，公鸡叫鸣哩；杀鸭子，鸭子跑到花园里；杀鹅哩，叮叮当当过河哩；杀骆驼，骆驼高着够不着；杀狗哩，啊舅听着了就走哩；啊舅啊舅你不要走，我给你捞一根狗骨头……"

2010 年 2 月 4 日

货郎

货郎，这是六七十岁的人所熟知的旧行当。说白了，就是一副担子，挑着针头线脑、脂粉香皂、糖瓜玩具之类的东西，一手扶担、一手拧着拨浪鼓，走乡串村的买卖人。"蹦噔楞蹦、蹦噔楞蹦……"这拨浪鼓的声音，就是货郎的职业语言。

我小时候，老爸给我们哥儿几个，买过一把玩具拨浪鼓，一起买来的，还有一面据说是京剧班子使用的小铜锣。这拨浪鼓，就像黄教寺庙里喇嘛做法事用的鼓，只是个头小多了：圆形双面，在木质鼓边系上长不过鼓面半径的细绳，绳的头里是一个疙瘩，算是鼓槌。鼓下中心，垂直装着一柄木把，扭动鼓把的时候，带动绳锤正反敲击鼓面，就会发出"蹦噔楞蹦、蹦噔楞蹦"的声响来。

好像是古代的哪位大画家，作了一幅货郎图，流传至今，图中景象活灵活现，依稀可见那时的民风民俗。看来这拧着拨浪鼓的货郎行当，也很是有些年头了。

20世纪五60年代，商品匮缺，其交流也是滞塞不畅，农村尤为突出。你要想买点生活日用品，必须跑到城里或者乡镇的国营商店里去。这时候，挑着担子送货下乡的货郎就有了用武之地。他们担子里的货，全是针头线脑一类的小东西，花样多、成本低、体积小、分量轻，既满足了农村的日用需求，又适宜于灵活地走村串户，简直就是一个担在肩上的流动百货小店。

只要拨浪鼓响起，巷道里就热闹了起来。大姑娘、小媳妇、娃娃崽，还有捣着三寸金莲的老奶奶，都从各家各户追到巷道口，叽里呱啦地围着货郎担子挑东西。大姑娘小媳妇，捧着上海产的百花面友和香胰子（香皂），直往鼻子上凑，眼睛却直勾勾盯住五颜六色油光丝亮的绣花线快出水了。娃娃家的眼里，似乎只对包着花花纸，几分钱一只的把把糖感兴趣，嗦着指头跟他娘闹哩。当妈的拗不过，只好抖抖索索地破财免闹，买了一只把把糖，小哥儿俩你一口我一口地轮着嗦。老奶奶们的心里有数，瞅准一只纳鞋底的锥把儿讨价还价，别的不管。

这拨浪鼓的声音啊，最被诱惑的，就是婆娘、娃娃，但拨浪鼓有时候也诱惑男人们哩！女人们买了东西，就说说笑笑地各自散了。正当货郎收拾场面转移的时候，总有年轻的汉子，匆匆过来，小声说话的当儿，朝四周警惕地瞄上一眼，一手交钱，一手将那花蝴蝶的发卡和香喷喷的胰子麻利地揣进了口袋，头也不回地走了。

这汉子的发卡和香皂，如果是给了老婆，也算是夫妻情分，然而，从那鬼兮兮的神态看，多半是用来讨那心上人的欢喜了。

货郎担一起一落，一落一起，从一个巷道口走到下一个巷道口，屁股后面总是追着一帮顽皮的孩童，这帮小子，朗朗齐声地喊着不知从何处学来的口溜溜，货郎也懒得哄散，说不定还巴不得呢，这不是在帮他做免费的广告吗？

"蹦噔楞蹦、买线来，三八三九的运动鞋（hɑi），三福来的媳妇穿上着我见来。蹦噔楞蹦……"这娃娃们的肉拨浪鼓还没响上两遍，隔院闻声的三福来，青筋暴跳地窜出了自家的双扇院门，小子们见状逃窜，连影子都没留下，担担客货郎，呆呆地停住了手中的拨浪鼓，直对着悻悻的三福来傻笑。

三福来的双扇大门"哐当"一声，重重地关上了。"蹦噔楞蹦、蹦噔楞蹦……"花花绿绿的货郎担子，渐渐地淹进了夕阳中牧归的羊群腾起的尘土中。

2010 年 2 月 8 日

也谈"被国人误解了千年的六句话"

最近，网络里传着一篇文章，题目是《被国人误解了千年的六句话》这六句话分别涉及《论语》《庄子》《道德经》，几乎都是家喻户晓的先秦诸子经典。好在只有六句话，先录在下面。除了一句民谚而外，其余五句都是古文，所以先去了标点：

或曰以德报怨何如子曰何以报德以直报怨以德报德——《论语·宪问》

子曰兴于诗立于礼成于乐民可使由之不可使知之——《论语·秦伯》

吾生也有涯而知也无涯以有涯随无涯殆已——《庄子·养生主》

相濡以沫不如相忘于江湖——《庄子·大宗师》

天地不仁以万物为刍狗圣人不仁以百姓为刍狗——《道德经》

量小非君子，无毒不丈夫——民间谚语

这六句话，问题出在哪里？我看大致有两个方面：其一，是句读（duò）造成的问题；其二，由于文化上推演扩展而形成的不同理解。

先看第一个方面的问题。中国古文，就像现在的书法家写字一样，一码的汉字垒到底，文句中间并不加标点符号，如同上面那五句古话的样子。阅读中国古文，首先要断句，即所谓的"句读"，就是将原本没有标点断开的语句点顿开，然后理解文意。同一段文字，采用不同的断句，便会造成不同的文义理解；有时候甚至会出现两种截然相反的意思。比如：

"子曰兴于诗立于礼成于乐民可使由之不可使知之"

这句话可以断成两种形式：

第一种：

"子曰：兴于诗，立于礼，成于乐。民可，使由之；不可，使知之。"

第二种：

"子曰：兴于诗，立于礼，成于乐。民可使由之；不可使知之。"

照第一种断法，孔子的意思是说：诗、礼、乐这三样东西是教育民众的基础。如果人民掌握了诗、礼、乐，那就由着他们发挥这些东西；如果老百姓不知其为何物，那就要设法让他们懂得这些东西。这符合孔子"有教无类"的基本思想。

第二种断法，关键在后一句话。这意思就成了"百姓，只可以驱使他，而不能让他们知道太多的东西"，是典型的愚民意识。文革中，就是把这句话当做儒家愚民思想，来批判的。

再看第二个方面的问题。

这方面的情况比较多，也比较复杂，但有意思。如：

一、"天地不仁以万物为刍狗圣人不仁以百姓为刍狗"

标点之后是："天地不仁，以万物为刍狗；圣人不仁，以百姓为刍狗。"

这句话的关键在一个"仁"字和一个"狗"字上，原意应该是说：天地不情感用事，对万物一视同仁；圣人不情感用事，对百姓一视同仁。那意思就好像是说：天地圣人理智，不戴有色眼镜，不拿个人的情感好恶来看待事物和人，把一切的事物和人，统统看作一块石头（刍狗）一样，没有贵贱之别，不分高低上下。符合老子的思想精神。

可是，还有这样的理解：天地不仁不义，把万物当成了草野里狗一样的畜生；圣人不仁不义，把百姓当成了草野里狗一样的畜生。好像拿贱民不当人，文面上看也是顺理成章的。你说这意思和前面的意思差到哪里去了！

二、"或曰以德报怨何如子曰何以报德以直报怨以德报德"

标点后是这样的："或曰：'以德报怨，何如？'子曰：'何以报德？以直报怨，以德报德！'"

意思是，孔子的一个弟子问他："老师，别人打了我，我不去打他，反而对他好，用我的道德和教养让他悔悟，行吗？"孔子立刻反对："以德报怨，你拿什么去报德呢？你应该是有德报德，有怨抱怨才对。"那意思按现在的话说，就是把对不住你的人，你要拿起板砖拍他！

然而，"以德报怨"虽然与孔老先生的原话意思不合，但其基本精神应该说是一致的，孔子不也讲仁义礼智信吗？也算是一种继承基础上的发展吧。有时候应该不主张以德报怨，而应该照直贯彻孔圣人的教导，但以德报怨，的确是令人敬仰、难以抵拒的人格品质。

三、"量小非君子，无毒不丈夫。"

这句民谚本来应该是"量小非君子，无度不丈夫"，但怎么就演变成了"量小非君子，无毒不丈夫"了呢？对，你看出来了，"度"字换作"毒"字，原本一个大度的大丈夫形象，立刻就蜕变成一个戴着"君子"、"大丈夫"冠冕的狠毒之徒了。

四、"吾生也有涯而知也无涯以有涯随无涯殆已"

加上标点就是："吾生也有涯，而知也无涯，以有涯随无涯，殆已。"

庄子的意思是说我的生命是有限的，但认识的对象是无限的啊，要以有限的生命，去追求那无涯的知识，可能吗？还是算了吧！庄子不认为一个人能强过自然，这是他一直不变的思想观念。

当然，由此生发出人生苦短、学海无涯，不可虚度光阴，抓紧学习的精神来，变庄子的消极思想为积极精神，也是一种文化的发展吧。

五、"相濡以沫不如相忘于江湖"

加标点后就是这样的："相濡以沫，不如相忘于江湖。"

意思是：与其绑在一起相濡以沫地生活下去，不如干脆洒脱地分开，在江湖上各自听天由命！

我们现在的观念往往是，相濡以沫白头到老。与老庄的原意大相径庭。但我们哪有庄子的放达和逍遥啊。靠着相互濡以唾沫才能支撑下来，这种情况下如果相忘于江湖，岂不完蛋得更快！相比之下，还是相濡以沫直到生命结束，更加人性一些。

2010 年 4 月 20 日

东乡手抓

　　朋友聚会,两人斗嘴说笑话,东乡人说:中国的羊肉,甘肃最好,甘肃的羊肉,东乡最好。逻辑圈子里的意思是,中国最好的羊肉就在东乡。这口气和自信,真是够可以的。东乡人正美呢,永靖人不服气了:全世界的羊肉中国最好,全中国的羊肉甘肃最好,全甘肃的羊肉永靖最好,全永靖的羊肉塔什堡最好,你东乡的羊肉,能好过塔什堡的吗?幸亏靖远人、山丹人不在边上,否则还不知道会闹成个啥样儿呢!这接话茬儿发言的人,正是永靖塔什堡人。你看看,永靖人就这么歪(厉害的意思)。这个塔什堡人,把范围上下扩展了一个级别,几乎就把话给说绝了,面对塔什堡人大到天边边,小到山窝窝的大话,东乡人急得干抓挠,挖破板筋硬是搭不上话茬。

　　说笑归说笑。实话说,永靖的羊肉和东乡的羊肉不相上下,但各有特色。

　　习惯吃羊肉的地方,尤其是西北地区的少数民族区域,羊肉是最尊贵、最重要的美食。去过这些地方的人,如果稍加留意,就不难发现,穆斯林餐馆的门头上,标上"东乡手抓"的招牌,为数不少。这些招牌,和外地餐馆的招牌,在感觉上大不一样:蓝底白字,一弯新月当空,就凸显了独特的西部穆斯林风情。这招牌就是品牌等于告诉人们：正宗的、最好的羊肉在这儿呢！东乡手抓，从选料、宰剥、用水、调料、烹煮、分解熟肉，吃法等一系列环节上，都具有自己的一套独特讲究。

首先是选料。

东乡手抓，选料严格。正宗的东乡手抓，在选料上，一定是使用自己培育并且成长在东乡本土山川的羯羊。什么是羯羊？小羊羔生下来才几个月，就专选公仔阉割后的就是羯羊；等尕羯羊生长到一岁左右，就不外放了，拴在自家的羊圈里，好吃好喝供养，这样的羊，当地叫做"站羊"。一岁左右，经过早期阉割的站羊，这才是东乡手抓里最最理想的原料了。

甘肃的东乡，永靖、临夏、积石山等县，隔山隔水，相互毗连，除了黄河、洮河和大夏河两岸是平川以外，其余都是岭高沟深的山区。这里干旱少雨，山上生长的，都是经过亿万年自然选择的耐旱草品，这些草品，其中，混杂着许多中草药和野葱野韭。这些耐旱耐寒的草，多数盐分含量偏高，尤其是野韭菜，味道尖钻，这可能是本地羊肉好吃的原因之一。

当地人为自己的羊，编了一个荣耀而有趣段子，说，这里的羊吃的是中草药，喝的是矿泉水（山泉水），拉的是六味地黄丸，是从小听着"花儿"（西北甘宁青地区的一种民歌，有诗经味道，曲调高亢悠扬）长大的。你说这样的羊能不好吗？

随着东乡手抓经济的发展扩张，在原料上，已经不大可能严格地挑剔，尤其不在东乡本地开的"东乡餐馆"里，要完全做到本地羊、本地羯羊、本地羯站羊，显然是不合现实的奢望。但东乡人仍然是慧眼识羊，总能挑选出比较适合东乡手抓的羊来。

近十几年以来，满大街都是羊羔肉的招牌，据我的羊肉美食家朋友透露：其实几个月的羊羔尚未成年，骨软肉稚，斤头也没有长足，从口感、味道、分量上看，羊羔肉还是赶不上一岁到两岁的羯豁羊，这是行家谙熟的道道。一般人认为，羊小了就嫩，便稀里糊涂地钻进羊羔肉的饭店里甩票子。不过萝卜白菜，各有所爱，并不存在是非之分。

你到东乡三六九、二五八或者是一四七的集市上转转，观察一下行家是如何选羊的。先是在羊的背脊上抓捏几下，然后掰开羊的口齿观察。脊梁上拿捏的是肥瘦，门牙上查看的是大小。这才是真正的"揣摩"和"论齿"呢。

看准了羊，接下来便是讨价还价。先是牙行（买卖中介人）与卖方在袖筒里，或者是大衣遮蔽之下，捏指头协商沟通（以指头数传递价码），牙行再还价，在袖筒里秘密传递给买方。如此讨价还价几个回合，不成交则已，如成交，立马交钱拉羊。牙行从中抽取份子钱，各有所得，皆大欢喜，就算是完成了这桩交易。

这种交易场上的古风，从大范围来看，已经非常罕见，如果到新疆，运气好的话，可以在集市里偶尔遇到。从实质上看，通过中介人，在袖筒里捏指头，并不比现代交易方式差到哪里去。其优点显而易见，一是让买卖双方，有回旋的余地；二是可以免除买卖失败的尴尬，是所谓"买卖不成仁义在"。尤其是对于经常打交道的一方熟人来说，保全双方的面子，更有利于维持和谐长久的人际关系。

其次是宰羊。

穆斯林群众，是恪守伊斯兰教规和讲究本民族习俗的民族。他们不食死亡的牛羊鸡，不食未经宰剥放血的牛羊鸡。就是宰（穆斯林说"宰"不说"杀"），也要请具备宰牲资格（条件）的穆斯林操办。一个熟练的宰牲者，行刀，剥皮，开膛，断头蹄，三下五除二，二十分钟就告罄。一人操作，干净利索。在旁观看，简直就是一门纯熟的表演艺术，与庖丁解牛，有异曲同工之妙。

记得 20 世纪七八十年代，一个宰羊者得到的报酬，就是那羊的一张皮子，慷慨一点的，再搭上一付头蹄下水，这在当时是不菲的回报。现在如何？不得而知。

第三是烹煮。

穆斯林在日常生活中，讲究流水（活水）浇洗。煮前倒挂宰好的羊，大水壶浇洗羊身的外表，冲去沾染的血渍和脏污。一般不会砍块后丢入水中淘洗，那样就有悖于穆民流水冲洗的习俗，也会损失营养，煮出的羊肉在口味上大打折扣。

东乡手抓煮肉用的水，最讲究东乡当地的井水或山泉水；沿河两岸的，用河水煮肉，也是非常不错的。

洗好的羊肉，整羊凉水下锅（现在大块分解下锅的也多）。武火开锅后转文火煮。开锅前，就有人专注地守候在灶前，不断地撇去汤里的血沫子。这道工序非常重要，关乎肉的颜色和汤的清浊。这样的操作，一直持续到锅开后的十分钟左右，直到血沫子打撇干净，方才罢手。

东乡手抓，讲究调料的使用。在调料的使用上，并非多多益善，而是寡水淡煮，是所谓的"白水肉"。也有根据口味要求加调料的，但以少见长，一般是生姜、花椒、咸盐就足够了。

我尤其欣赏白水肉，原汁原味，朴素清淡，和调料杂陈、口味咸重的靖远羊羔肉，形成明显的风味差异。这样的煮法，恐怕与东乡羊肉的品质相关，这就是，东乡羊肉最大的优越性，是不膻。羊膻味是羊肉口味品质的大问题，是食客接受不接受的关键所在。

所谓不膻，其实并非绝了膻味，羊肉纯粹没有膻味，那就不是羊肉了。膻味是羊肉的本味，区分羊肉品质高低的标准，不在有无膻味，而在膻味的轻重浓淡程度。一吃就知道这是羊肉，但感觉不膻，加上肥瘦相宜、细嫩适口，这是上品。羊肉膻味似有似无，淡而不冲，反而是一种香，这就是羊肉的香。吃到口里，膻味比较明显，让人感觉不太舒服，辅以大蒜等除膻味的佐料，仍然可以享口福的，这是中品。这类羊肉，在市场上数量最多。最差的羊肉，膻味浓重强烈，一进店门，便扑鼻而来，让人下意识掩鼻躲避。这种羊肉的膻味，叫"臊"，在未经阉割的老公羊身上，你就会有深切的感受。膻之极谓之臊。臊羊肉最易引发旧疾，打退食欲，让人嫌弃，一般为食者所不取。

煮肉讲究火候，是人所共知的常识，但东乡手抓，特别懂得其中奥妙。凉水下锅，逐渐升温，可使温度渐次向肉体由外向里传递，不至于因高温，骤然使肉的外部紧缩而令肉中的残血难以排挤渗出，也不至于使羊肉的蛋白纤维收紧变老，影响到熟肉的颜色和口感。东乡手抓，煮到断生，血色刚刚消失就熄火，但不急于出锅，而是将肉在汤里浸泡一些时间，再将肉捞出待用。

经过这种方法煮出的羊肉，脂白肉粉，汤色清亮，口味纯正，肉质嫩而富有弹性，口感滑而不干渣。

这东乡手抓的煮羊之道，我思忖，也应该是煮肉的通法。但凡肉煮得好的，恐怕都离不了此道。

还值得一提的是"羊肉发子"。发子的做法，在羊肉烹制加工里极具特色。选取羊的精肉，还要加入心肝肾之类的羊杂和土豆，调入当年产的新花椒和葱姜、精盐、味精，上砧板剁碎，成黄豆粒儿大小即可，然后盛入小碗上笼蒸制。然而，也有另类的做法：还是将剁碎调配好的肉料，卷入本羊的"幔肚油"或装入本羊的大肠中，入汤与肉同煮。边煮边用牙签在大肠壁上扎眼排气，否则就会炸开，散入汤中。

这种羊肉发子，肥瘦相济，营养全面，口感嫩爽，味道尖钻。老好家百食不厌，初品者一沾不忘。我的好吃羊肉的朋友里，都喜欢吃羊肉发子；有的人发子泡花卷，一咥就是两碗！吃得嘴油肚儿圆，满福得脸盘子成了个日头花（向日葵）。

第四是吃法。

吃，还有啥说的？煮熟了谁还不会吃？这你真还想错了。东乡手抓有一套完整的进食程序：主角未露面，配角先登场。

桌子上事先要摆上春尖、枸杞、红枣、冰糖齐全的三炮台茶碗子；红辣油、白精盐（或椒盐）、绿芫荽、紫蒜瓣是必不可少的佐料，尤其是大蒜，犹如雀巢咖啡之奶屑，是不可或缺的羊肉伴侣。再摆上油香馓子、花卷锅盔之类的面食，就算是配角基本齐全了。

小的不算，大的吃法有两种：全羊席是一种吃法，"平和"又是另一种吃法。

全羊宴席，一般是先上一道发子，其后是手抓。手抓是主菜。手抓，就是徒手抓而食之。羊脖子、羊胸岔、羊肋条、羊背子（大椎）、羊前腿、羊后腿、羊尾巴、羊心羊肝羊腰子，分盘轮番上席。最后，是一碗漂着香菜、蒜苗末的羊肉汤，或者是羊肉汤揪面片子，端上了桌面。

砧板上，刀工斩钉截铁，切面骨茬，整齐匀称，块条大小相当，码到盘子里体面受看。尤其是羊心、羊肝、羊腰子等小物件，装盘特别讲究，既要照顾到人人有份，还要看起来不能小气寒酸。于是，盘里码排得像寺庙顶上的瓦片，首尾叠搭，一盘两行，令食者举箸蹰躇，不忍心破坏盘中的造型。

到穆斯林家中做客吃手抓，一般会有些小小的禁忌，在外餐馆吃饭，倒也十分讲究不得。伊斯兰家庭的席上，一个是烙好的面饼，客人不能擅自掰破，应该先由主人履行规矩掰开后承让取食，一只手帮助进食，另一只手的手心在下承托，防止馍馍渣掉落，掉入手中的食屑，要再送入口中吃掉。另一个，就是吃手抓肉，一定要啃净连在骨头上的肉，不能挑肥拣瘦，不能骨头连肉地丢在桌子上。现在情况有所变化，实在不能吃某样东西，也不必勉强，跟主人说几句抱歉的话，也就可以随便了，主人并不为怪。第三，落座还是要论长幼尊卑的，各安其位，是起码的人理道德。当然，这些讲究并不局限于吃手抓，但凡到当地穆斯林家里做客，都应该如此。

说起来，这些讲究的内质，也还是"一粥一饭，当思来之不易，一丝一缕，恒念物力维艰"的节俭美德和国人明礼持节的传统观念。真善美的东西，往往是各民族共同的道德价值观，并非某个民族的专利，不过在具体仪规和表现形式上，有所差异罢了。

吃"平伙"最有意思，体现的是更公平随意、更具人情味儿、更平民化的一种饮食文化。

比如十个人吃一只羊，按照人数大致选定羊的斤头，羊价平均分摊。但在谁家活动，主家免摊，落得个头蹄白吃。其实也不是白吃，茶水馍馍、锅碗瓢盆、调料零碎、蒸煮洗涮、耗工费时，真是白吃得一点儿都不白。

平伙，是把煮好的整羊，进一步按照脖子、胸岔、肋条、背子、前腿、后腿、尾巴等各个部位分割，顺序摆放在大案板上，然后再按照参与平伙的人头，在羊的每个部位上各取一份，合成均等的份子。所谓"平伙"，就是大伙合起来平分而食的意思。这是典型的

AA 制，年轻人多不知晓，以为 AA 制是"舶来品"，殊不知国人原本也是有 AA 制的。

平伙的最大特点，是吃光分净。参加平伙的人，分肉以后再吃一碗羊杂碎汤，或者是一碗羊肉汤烩菜，或者是一碗羊肉汤揪面片子。份子肉一般是不会一人独吞的，还要带一部分回家去给家人分享呢。

你看，平伙平伙，就是平和。大家聚在一起吃一顿肉，行为中彰显的，却是公平共享，热闹和合的精神氛围。

平伙，是短缺经济状况下，穷人改善一下生活的妙招。偶尔"平伙"一下，就像逢年过节似的，热闹而隆重，其重视度、满足感，不比当下脑肥肠满的人们吃一次山珍海味逊色。

我小时候盛行的吃平伙风俗，现在偶尔在我东乡和永靖朋友的微信朋友圈里喜见晒图，但总的趋势是日渐衰微，恐怕不久的将来，平伙就会淡出历史，成为明日黄花。

然而，这平伙的精神，会不会万世流传呢？公平、和合、喜气、节俭，这些优秀的精神内涵，已经融入中华民族的文化传统中，它的传承已经不是我们所担心的问题了。

2009 年 12 月 21 日

甜醅子

世上的万事万物，单独拆开来看，总有缺憾，然而联合起来看，这世界几乎是完美的。老天无为而公平，万物皆为刍狗，所造之物不管莨莠，并不去刻意存毁，而是"物竞天择，适者生存"。事物属性的丰富性，往往可以相互冲销弥补。比如酒，就是一样很有争议的东西，毁誉参半，纠缠着无尽的是非曲直。于是，老天就要创造出另一样东西，来弥补它的缺憾，这就是甜醅子。

甜醅子，是西北地区，以甘、青、宁为主的一种传统小吃。采用小麦、青稞、大燕麦煮熟晾温，调拌酒曲，保温发酵而成。若论品相口感，刚好倒过来，应该是燕麦为上，青稞次之，小麦第三。与甜醅子相类似的小吃，大概还有南方人称作酒酿的醪糟吧。

这东西天生纯洁，整个蒸制发酵过程中，从原料器具的处理到操作环节，要绝对干净；如果掺入杂菌，本来酒味醇香甜糯的美食，就会变成酸腐的腌臜货。

甜醅子的营生，与流行于西北的另一样小吃——酿皮子，颇为相似。大多数为穆斯林家庭经营，依然是号帽、盖头的穆民着装，依然是青花盆罐、青花碗勺，依然是独有韵味的吆喝，依然是极具亲和力的热情招呼。围餐用的桌儿，上档次的应该是老式的明清式样的桌凳，伊斯兰风格的伞盖蔽护其上，地域、民族风情的元素，就完整了。但是，现如今好多摊铺用新式的桌凳和餐具，大大减弱了地方小吃文化的特色韵味，就像身着西装，头顶瓜皮帽，脚踩凉麻鞋的"四不像"，显得别扭滑稽。

甜醅子的食客，照样是年轻人，尤其是年轻女性居多，小孩也是甜醅子碗里搅勺子的常客。我的孩子出生在兰州，幼年生长在兰州的姥爷姥姥家，是外奶奶心尖尖上的一疙瘩肉，是姨舅们开心的小宠物，自小就让甜醅子给吃上了瘾。我们带他上街，到兰州西关十字甜醅子摊前，他就腿软的走不动了，用一口地道的兰州腔提要求："妈妈，我们咥一碗甜醅子了再浪哟，我奶奶说着哩，这个马爷家的甜醅子是兰州城里最好吃的一家。""最好吃"的"最"字被拖得长长的，就像一串口水。嘿，这小子吃油了，我心想。其实我们也是好吃这一口的。

吃完这似醉非醉得甜醅子，还捎带了三四碗，是给姥姥他们吃的。这时候我才发现，我儿子彰着个小酒脸，高喉咙大嗓门地满大街乱喳喳，动作也不老实了，好像吃了酒糟的羊羔子，扯着缰绳，撅着尻子胡炝蹶子哩。当街现事，我俩的尴尬自不待言。我问他娘，平时好着呢，怎么今儿个就吃醉了？他娘说，刚才咥了一碗不够，我又给添了小半碗！哦，我这才明白是咋回事了。

还有一种吃法。一次多买些甜醅子，放入冰箱里冷藏保存，夏季热天里回家进门，取出盛上一碗，加点冰凉的白糖水或者是蜂蜜水，喝上一碗，那才叫个过瘾。

甜醅子吃多了也醉人，但是，和那白酒的醉法是两码事。甜醅子的醉意，是微微的醉意，是那种温敦绵柔的醉意，这样的微醉，让人愉快而不张狂，让人兴奋而不迷糊，半个小时后醉意就消退了。

白酒可就没有如此的温柔敦厚了。

我试着把复杂的问题往简单里看。中庸，其实就是自然法则，人们对这种自然法则的主观认识，便是中庸思想。人们对这种中国儒家的思想精髓，历来解释庞杂精微，注疏汗牛充栋。以我浅陋之见，中庸就是自然界的一种稳定和谐状态，在人的思维和行为方式上，就是不走极端废偏激，坚持和合弃乖戾，居中守度而兼善两头。

中庸并不是所谓的圆滑、和稀泥。和合守度不偏激与圆滑、和稀泥的区别，在于前者是尊重客观讲原则，后者则是主观随意无原则。差之毫厘失之千里！

依我看，甜醅子就是中庸之物。他在酒与水之间，扮演了居中守度、兼善两头的角色，去了酒的激越峻烈，得了酒的醇厚绵长，又不失水的寡然淡定，空相禅味，这不是中庸是什么？

物以类聚，人以群分，社会中的人，如果按照平常、非常的标准分类，在分布上，也应该是橄榄形的，就是中间大两头小。大的，就像甜醅子，小的，好比那酒和水。像水的，是圣人圣德，"绚烂之极归于平淡"，其境界高不可攀，并非常人能力所及，是人生崇尚的理想境界。像甜醅子的，就是数量居多的人格健康的良民百姓，是支撑社会运作发展的主力军，是经过正常教育修养就能实现的人生归宿。像烈酒的，情况就没有那么了然，复杂了许多，难以用一两句话表达清楚。然而，如同在酒类的世界里，如果缺少了烈性的白酒，这酒的世界，也就有了缺陷一样，人类的整体内涵和色彩体系，在其完整性和丰富性上大打了折扣。

如此说来，对中庸之道，这个形而上的哲学理念，我们还可以借助甜醅子这个形而下的具象事物，来加以理解。

2009 年 12 月 2 日

揭起尾巴亮相

社会圈子里，听人家古今中外天文地理的侃侃而谈，的确是一种享受。我有时乍然兴起，也是眉飞色舞，舌根子乱搅，唾星子四溅。说到得意处，犹如羊痫风发作，全然不给别人跃跃插言的机会，弄得人家恨我擅言霸道，太不像话。

然而，有时我却兴趣索然，提不起说话的情绪，在一边打蔫儿；要么，就会莫名其妙地自卑起来，频频饮茶，寡言以待。

兴趣索然，是因为很复杂的原因和心理感受。总之一言难尽。

一言难尽，一半是因为，有些话题言不对路难以合众，有时候，则话不投机与自己的心性不契，有些话题，又沉重得让人心痛，有些，则难以说得清楚。另一半，则是不便言明，许多话，说白了反而吃力不讨好，不如不说。

那为何自卑呢，倒是应该剖析一下。

可是，说是容易做时难。好多人给别人动手下刀，面无难色，痛快淋漓，是一个熟练老到的"外科手术师"，一旦轮到给他自己动刀子，哪怕是一颗小痛，可就不是那么回事儿了。我尚且不是那久经皮肉刀场的"外科"大夫，还要壮着胆子自我剖析，实际上也是多少需要一些勇气的。

自愧阅历平凡、见识不广、知识贫乏、头脑呆木。这是我的第一个自我剖析。

我的人际圈子里，接触到的多数人，你说他是学富五车纵贯古今的饱学之士，不免言过其实，但要说他们崇文尚艺、幽默风趣、博闻强记、学有专长、知识丰富，也还是比较靠谱的。相比之下我就相形见绌了。

脱开圈子再往大里看，我就更惭愧了。

就读书而言，仅仅我身边的朋友，接二连三的出书，光接收高雅的馈赠，就已经几十本了，就再不要说家里的存书，和书店里摆满四壁书籍的了。但是我读了多少？系统地读了几本？读进去了几本？这还真得打上几个大大的问号。

现在，号称"只有你想不到的，没有你找不到的"网络，丰富宏大得难以言说。进到里边，真像是刘姥姥进了大观园，眼花缭乱，好像在不着边际的太空中漫游，又像是跌入了知识的时空隧道。你失重，不仅连进书店发晕的那种感觉都找不到了，就连熟悉的时空感也全然迷失。

互联网，不仅是信息的海洋，知识的天空，而且各路神仙大显神通，他们的知识，无所不有，不拘一格，思想观念开放多元。他愿意咋想就咋想，愿意咋看就咋看，愿意咋说就咋说，只要他乐意，别人管不着。内容、体裁、手法、文风，多样新奇，不受成规约束，各辟蹊径，自有路数。一句话，那是一个现代化的信息文化"超市"。

这网络信息超市，正如实体超市一样，无所不有的商品中，也照样混杂着不少的假冒伪劣。

我们整天耗在里面，东瞅瞅西瞧瞧，阴阳难分、真假莫辨。一天下来，退了电脑关了手机，却是乱糟糟满脑子的空虚。可也大增了见识，只觉得"度娘"肚里装天下，没有她不知道的东西。天下有学识，有能力的人太多了，才知道我的陈旧和寡陋，不是在一般水平上。有感于此，我自觉落伍了，知识和情感都黯然失色，哪能不自卑呢。

我的第二个自我剖析，就是自愧天资愚钝、记性太差。

人活一辈子不容易，除了吃喝拉撒睡，你总得接受一点知识吧。虽然比不上别人那么优秀，但绝非胸无点墨，目不识丁的那号"白痴"，也不是饱食终日，醉生梦死的游手好闲之徒。

平心而论，我还是一个比较愿意学习的人。最舍得花钱的就是买书。十几次搬家，没有别的值钱东西，就是捆扎箱装的破书烂本子。搞得人家搬运工扛着死沉的纸箱子，心里纳闷，这里面装得到底是啥"宝贝"。

有一次，从兰州搬家，竟然丢了四个大纸箱。对我而言，是一些损失，然而对急于"找光阴"的他们来说，不免大为失望——打开箱子一看："娘的，穷屄，把个烂书扎得严严实实当宝贝哩。"一脚踢到阴沟里了！

人家博彩失赢，用一句歇后语说：孔夫子搬家——尽是书（输），如果不按歇后语理解，倒是符合我的状况。可是这有什么用呢？你勤奋半辈子，不如爹妈给一个好脑子。

我是相信这句话的。人家脑袋好使的，功半而事倍；我却是功倍而事半。

我经常惊奇于朋友的博闻强记、羡慕其知识储备的丰富厚实，连那话题涉及的人名、时代、生平、著述、术业，甚至是名言佳句，都记得清清爽爽。可是我读的书哪里去了？过不了几天，大部分都还回了老师（书籍）。

但大家谈起某个话题的时候，我的记忆里，隐隐约约似有庐山浮出。这说明，尽管健忘，到底读和不读大不一样，学和不学大不一样。你不去庐山，怎能见得庐山真面目？至于你到了庐山，能不能识得庐山真面目，就看你的悟性了。"不识庐山真面目，只缘身在此山中"，那是另一种当局者迷的境界，可作别论。

因此也可以说，记忆不好的人，不要忌讳，你只管读书就是了。

我跟个别朋友私下聊过，我这辈子，唯一值得欣慰的，就是啃啃巴巴的自学经历。我们这一代人，轮到扎扎实实学知识的时候，却轰轰烈烈地闹了革命，应该上大学深造的时候，却任劳怨地工作了。干的那活，连现在的民工都不想接手。但是时代催人，工作逼人，需要知识怎么办？只有自学。

1982年，看到山西大学开办刊授大学，就联络了几个"臭味相投"的"热血青年"报了名，上起了刊授大学。

五个人商定好学习哪些内容，每周几去谁家集中讨论，如何如何，都做了认真仔细的安排，搞得相当严肃认真。那时孩子尚小，工作繁忙，动辄加班加点。就这样，锁定的学习计划，仍然雷打不动。在凌晨两点就寝，是家常便饭。住在靠我家窗户的三楼的一位厂领导，可能注意到了这一点，在几次会上，拿我说事做榜样。1984年，有了上学的机会，西北电力职大和甘肃电大都报考了，结果全都考上了。在甘肃省电力局教育处的抉择下，上了电大的"党政干部专修科"，21门课，学分制。当时不理解为什么不让我去西安上职大，偏要在兰州学习党政干部专业。后来才知道，这是组织的考虑，说白了带有专门培养的性质。其实，报考时，并不像现在的程序——考试和现在是一样的，必须要考，而且还要及格，但前提是，组织推荐才能去考。

我上学，学习的态度自不必说，仅就是方法，完全是在书本上向先辈学习加上自己摸索的。记得最清楚的一本书，叫做《学人谈治学》，它就是我难以忘怀的好老师。有人评论，我做的卡片、笔记，长于归纳，文字图表并用，脉络清晰，逻辑顺畅，皆得益于此。上电大期间，有一门谭浩强编著的《BASK语言》，是必修课，我是英语白痴，硬是靠死记硬背攻下来的，还能靠BASK语言逻辑，编一些简单的程序，在PC1500上，玩得不亦乐乎，居然拿上了甘肃省省级计算机证书。现在拿出那些编程和厚厚的学习笔记，以及画满道的课本来看，都常常令自己感动。

我感受最深刻的是，大学不仅是传授知识的场所，更重要的是培养学习习惯，教给你学习知识、研究学问的方法的殿堂。大学还有一种其他地方没有的作用，这就是"大学气味"对一个人的熏陶，让你身上沾染上知识分子气质。

一个人的知识结构固然重要，但我认为还有更重要的东西：这就是习惯和方法。古人云："授人以鱼，莫若授人以渔。"就是这个道理。世界上的知识太多了，而且千变万化层出不穷，你能在大学里学完吗？因此教给你方法，养成终身学习的良好习惯，你就不会没"鱼"吃。

好多人不太重视哲学和逻辑学的学习，逢难而退，只要应付拿上学分就行了。殊不知，这是天大的缺憾，它可能影响到你的一生。这绝对不是夸张，我深有体会。所幸的是，我恰恰对哲学、逻辑学感兴趣，下了一些功夫。现在回过头来看，对我的思维方式乃至其后的人生大有裨益。

我要剖析的第三个问题是，自愧术无专攻、业无专精。

我看书较杂，兴趣较泛，是周汝昌先生在《红楼柳影》里说到的那种。好处是所谓的"博"，弊病是杂，也就是缺乏专精。

学人告诫我们，由少到博，博而返约。我却没有做到。我是一个懒散的人，曾几次想着对准一个目标专攻一下，无奈性格使然，杂惯了，难以专精，也就一任自然了。

正因为，我学无专攻，到现在一事无成。一会儿捉蜻蜓，一会儿捉蝴蝶，惶惶然一个"小猫钓鱼"。人家看我是"多面手"，实际上是一个不折不扣的"万金油！"

我还可以继续剖析下去，但如果再这样剖析下去，恐怕就可能"体无完肤"了。现在都给自己美化包装，哪有自己撩起尾（yi）巴献丑的。好吧，就献这一回。

2010 年 5 月 21 日

己丑七月初七吧咪山庙会及挂匾仪式略记

七月初七，是甘肃永靖县吧咪山金花娘娘道场的庙会。2009年8月24日，即农历七月初七，我们一行九人有幸应邀参加了"吧咪山挂匾仪式"。

我们从水路进山。自刘家峡大坝西岸乘船，绕过龙汇山，进入洮河口沿茅茏峡逆水行一个半小时，就到了池庙码头，再步行五公里，就到了目的地。一天时间，目睹了庙会的热闹景象。

沿途舟车繁忙，旅游者和香客，怀揣各自的祈愿，百里之外，甚至千里迢迢地从水、旱两路，奔赴吧咪山池庙。通往池庙的路上，人们扶老携幼不绝于道，行人中妇女、老者居多，平时罕见的玛尼奶奶，捣着三寸金莲，荷物扶杖而行的情景让人十分感动，十华里崎岖的陡坡山路上，铺满了苦行者的虔诚，精神力量的作用可见一斑。山门、金花菩萨殿、送子殿、山神土地殿、灶王殿等处，游人、信徒云集，千百盏青灯齐燃，香火填满鼎炉，云烟缭绕，遮殿蔽阁，钟鼓之声回荡于四岳。随处可见唱经礼佛的人群，声调平和悠扬，一人领唱，众人合之。这是当地庙会的一大特色，别处恐怕没有。斋院里造饭的厨工，二十余人，两三口3尺大锅终日烹煮不歇，就这样，动作迟缓者竟不能得食，只好取供坛上的食物果腹，好在菩萨慈悲大度，笑看众生食性俗相，悲悯智慧之光，从佛眼暖暖的普照着人间。

在如此闭塞，偏居一隅的荒山沟里，三天竟然引来几千人观光朝拜，一年招揽五十万人次的香火供奉，实在是令人欣慰。看来，这个明代出生在兰州金儿街，羽化在吧咪山的金花娘娘，实在深得人心。无论在神界，还是人间，都有很高的威信和知名度，拥有众多"粉丝"，维持着良好的神际关系和神人际关系。如此看来，金花班子的地位和吃喝，恐怕是不会有太大的问题了。

据庙管会会长介绍，改革开放以来社会稳定，经济繁荣，党的宗教政策正确高明，本已凋敝，香火无续的明代古刹，盛世之际，枯木逢春，尤其是近十余年间，池庙建设发展显著，投资已有数百万元。近几年，每年旅游进香者达五十万人次，结束了远走他乡，托钵化缘的历史，坐地收入一年也有四五十万。会长展望前景，无不自信地说，预计花一千多万，就有一个相当大的规模了。据说，道路建设、引洮上水绿化工程，已在规划中，不久就会见到成效。我们大家听了会长的介绍，无不为之欣然。

借庙会之际，吧咪山楹联牌匾张挂仪式，就在山门前举行了，其余各殿匾牌，等庙会结束后一一挂就。这项活动无论从宗教，还是旅游的角度看，都是一个善举。此前，永靖县旅游局张法泽、王有莲两位领导，召集王汉臣、焦玉洁、杨保福、孔令莲、王金云（本文作者）等几位热心人，为吧咪山撰联。联语内容经县上审定后，分别由王汉臣、焦玉洁、杨保福、王金云四位先生执笔题翰，卫圣武先生描摹契刻。这是一项算不得重大的事情，然而其意义却并非疏淡：首次为当前的吧咪山庙观，配上了最具中国文化特色的楹联匾额，提升了吧咪山胜景的文化品位，提高了吧咪山建筑和文化的协调性与完整性。

作为刘家峡水电厂的一名老员工，在永靖居地近四十年的一个公民，我为能够参与这样一件有意义的工作而感到欣慰。

2009 年 8 月 26 日

钉匠

饭后清洗餐具，失手跌破碗盏的事，相信家家都有遇到过。"哐当咔嚓"，一只青瓷兰花的景德镇细瓷碗，摔成了八瓣，咋整？扔呗！然而，这事如果搁到20世纪六70年代，可就不是一扔了之的事了。

我家是住在乡下的城里人——手里捏着城市户口，实际住在乡下，过的却是农民的日子。我从七八岁开始，就要经常帮大人们干一些家务活：打扫庭院、收拾屋子、劈柴填炕、烧灶火拉风匣、抱娃娃哄弟妹、拔草拾菜、喂猪放羊、洗锅涮碗、担水劈柴，这些活计，样样都得干。大一点的弟妹们也是如此。

在我的记忆中，洗洗涮涮，是我最讨厌的事，我宁可去拔草放羊，干别的活，也不愿意蹲在灶台上，黏叽呱哒地泡汤水。你想想，十岁出头的碎娃娃，三尺啷当的矮个头，趴在齐胸高的灶台前，尺半大的铁锅里，扎满了碗碟勺筷（家里兄弟姊妹多），孩子家谁愿意干那样的活儿呢？我是经常踩在一个小凳子上，吃力地干这活，实在支撑不住了，干脆跳上灶台，蹲在上面。等洗刷完了，前襟和红领巾，都被灶门的锅煤子染成了黑色，招来同学们的嗤笑和老师的批评。嗤笑的是，三尺男子汉干了女儿家的活；批评的是，少先队员的红领巾变了颜色。十岁左右的孩子已经多少懂得一些丢人现眼窝面子的意思，尤其受不了女同学们的那种眼神。

这倒也罢了，最关紧的是，失手砸破了碗碟，酿成"严重事故"。随着当啷咔哧的声响，老妈的脚步，在第一时间风风火火地到了"事故"现场，言语责骂不说，有时候还得挨上几巴掌。这实在不是母亲不慈，谁家的娘老子不疼自家的孩儿呢？只是几毛钱买一只碗，对当时每月四五十元钱的工资，可养活七八口人的家庭经济状况来说，实在不是一件能够宽容大度得起来的事。有些瓷器家当，是几十年甚至几代人传下来的老东西，毁于一旦，问题就更麻缠了！

那时候，农村的家庭，一般是不会购置多余的东西的，基本上就是一人一碗，当然我家要好得多。我记得村上的邻居，家里来了亲戚客人，总要跑到我家来借家什。现在的年轻人，哪里晓得当时一只碗的分量呢！

万一砸了瓷器，如果对起茬来，还是完整的，就一定要仔细地收存起来。

一到逢集日（四乡八里的集日是错开的。有的定为一、四、七；有的是三、六、九；还有些是二、五、八。都是按农历算。）乡下的人们，就像过年似的，男女老少、鸡羊猪兔，从四乡八里往集市上赶。过了逢集日，人们就各司其职，整天在土地里刨日子。这个时候，总有钉匠、待诏和货郎哥走乡串村。

钉匠，在我们寄居的那地方，也叫毂辘匠，老兰州称作碗碗匠。就是拿着金刚钻，专修破瓷器的匠人。

碗碗匠背个箱子到处转。工具简单：一把钻杆，一块皮子，一把鸭嘴锤，一盒钻油，几十枚铜质的骑马钉而已（据说也备有银钉子的）。在临夏的东乡地面上，这些人，多数是东乡族的穆斯林工匠，面孔清癯，髭须分明，白号帽黑衣装，灰蓝的眼球，表现出撒尔塔的血统。这些人的祖先，据说在元代，是属于二等公民的色目人，是元代军队里的能工巧匠。至今留存在东乡县的一些地名，如免古赤、伊哈赤，翻译过来就是"银匠"、"碗匠"的意思。

碗碗匠进村，一年总有好几回。只要一到村里，几声吆喝，便招来了生意。跌破的瓶瓶罐罐，盆盆碗碗，不管新旧，都要拿给钉匠修复。这钉匠，从容而熟练地拿出吃饭的家伙，安坐在箱子上，再将那块黝黑的皮子，往两条大腿面子上一铺，就算是工作台了。

这腿上铺皮子，据说不仅仅是防护衣服，更重要的目的，还在于那颗小米粒般大小的金刚石。俗话说"没有金刚钻，不揽瓷器活"，可见钉匠吃饭，靠的就是那颗命根子般的金刚石。金刚石安装在钻头的前端，在钻孔时最容易脱落遗失，铺上一块皮子，以便金刚石脱落时容易寻找。再细心一些的匠人，还要选一块干净平实的地方，方才开始工作，防止金刚石落地难以找回。

这钻的形制，是所谓的扯钻。一根硬木的钻杆，下端接上镶着金刚石的金属钻头，上端打磨圆滑，操作时钻杆顶上扣一个涂有油脂的酒盅，作为滑动轴承并施加压力；一把竹弓，弓尖上拴系一根柔细的皮条，弓根作为握持的把柄。使用时，将皮绳往钻杆上同方向缠绕一两圈，然后把绳头捏牢在持弓的右手里，像拉二胡似的往复推拉，钻杆就来回旋转起来了。

一只破瓷器，将碎片原位对好茬口，按照骑马钉的口宽尺寸，沿缝子左右各钻一个不透的孔洞，一对孔洞里，跨缝钉上一个骑马钉。每条缝子上，视裂纹情况确定骑马钉的密度。如此的方法，破瓷器就被修复了。

这种破而复整的瓷器，经巧匠之手，又获得了新生，恢复了往日的功能，继续发挥着自己的作用，只是落下了一份残缺，平添了几多坎坷。天长日久，污渍填塞在缝隙里，天成的痕迹，越发显亮了，在靠钉巴处，也渐渐地生成了厚厚的包浆。这是瓷器中的断臂维纳斯，是古董里的残破彩陶罐。这时候，你再去端详那大开片似的裂缝，非但不为诟病，反倒越发地显示出经世弥久的老瓷所蕴涵的残破古拙和沧桑厚重。

如此的东西，如果是梅瓶，或青花胆瓶的话，只配摆在背景衬以禅寺隐掩、清溪淙淙、古木萧疏的水墨画轴的明清老宅的几案上。

2010 年 2 月 1 日

毡匠及毡

2004 年秋，我去新疆拍风光，在白哈巴目睹了图瓦人擀毡的情景。

它是以民俗表演的形式出现的。蓝天白云之下，青草茵茵的坡地上，是两顶一大一小的蒙古包。边上露天里，架着能煮一头牛的广口深腹铁锅，蒸汽腾腾，两个漂亮的图瓦姑娘，在细长的木桶里加工牛奶。一排身着图瓦民族盛装的男男女女，趴跪在蒙古包前不远的草地上，双手往复搓滚一个卷着羊毛的竹蓆帘子圆棍子。其实，这仅仅是表演整个擀毡工序的一个环节，不过是最具表演性和观赏性的片段罢了。

真正的擀毡，的确是一个复杂而吃力，但蛮有技术含量的劳作过程，也是一门精湛的民族手工工艺。这种工艺，随着社会工业化的进程，大多处于濒临失传的境地。

我国民族大家庭中，以牛羊为生的游牧民族，和西北地区的汉民，有不少是擅长擀毡的把式，只是他们的擀毡工艺和方法，各具特色而已。

我所比较熟悉的，其实并非图瓦人（蒙古族）的擀毡，而是甘肃中部山区的东乡族毡匠的手艺。

东乡族，是中亚一带萨尔塔的后裔。信奉伊斯兰教（逊尼派），是虔诚勤劳的穆民。因其传统所致，多有各色能工巧匠。毡匠就是其中之一。

他们一般是两到三人一伙，工具简单而独特：一叶细竹蔑编成的大帘子，几根上好的竹条或西北特有的红柳条，最值钱也最具特色的，便是弹羊毛的那张大弓了。

到了雇主家里，先说定毡的规格尺幅和斤头。比如四六、三七（指市尺的长乘宽），或者其他规格，分量是几斤，随着主人确定。

接下来就开始干活儿。

首先，是将春毛和秋毛按比例掺和。所谓春毛，就是开春天气刚热时剪下的毛。这一季的毛，是上年剪过后经过一个冬天长起来的，细密绵绒，是擀毡用料的上等品。秋毛，是经过夏天长到秋天的毛，自然毛粗绒少，远不及春毛。如果物力不及，只好两种毛混合使用。这也是不得已而为之的法子。也有另一种说法，说是只有混合毛才能赶出好毡，也许是吧。

其次是捡毛。剪下来的羊毛，一般是原样贮存起来的，粘着草棍羊粪之类的杂物，首先要把它给剔除干净。

第三步，用手将粘结成团块的毛疙瘩撕开。接着把羊毛摊在地上，开始拿红柳条左右手交替轮换着抽。

抽，就不同于打。打是一条子下去再径直抬起来就是了；抽是一条子下去，随即往后一拽，将隐入羊毛的条子从羊毛里顺顺地抽出来。这左右手交替抽毛的动作协调优美，富于韵律感。条子从空中落下时，"攸攸"的声响听着过瘾。抽毛的目的，是让粘结的羊毛解体、初步蓬松起来，便于下一步深加工。

第四步，上床弹毛。此床非彼床也，实际上是一个床板一样的平台。这一步和下一步，与其说是繁重的劳作，倒不如把它看作是一种艺术表演。

在用架子支起的床板或从门框上临时卸下的门板上摊铺上羊毛。将大弓悬挂在摆平了弓身离羊毛约三五寸的虚空，弓背靠身体的左前，左手握持弓背的中部偏向身体一点的位置，扭动弓背，用来随时调整弓弦与羊毛的接触分寸。弓弦向右前方斜对着胸脯的方向，右手用拨子来回弹拨弓弦。弹拨的时候必须将牛筋弦贴到要弹的羊毛上，使羊毛受震动而松蓬绒绵。

这弓的架势，真可以称得上是"气势恢宏"！就是弯弓射大雕的成吉思汗，他那张名垂青史的战弓，在这张弹（tán）弓的面前，恐怕也是小巫一个。这弹弓，绷上牛筋弦的弓口就足有五、六尺宽。有弓，就该有弹弓的拨子。这是一个类似孩子们打鸟弹（tán）弓的玩意儿，只是弹弓叉子被一截硬木棍替代，在木棍上端中心，向下约一厘米的位置钻孔，将细绳索穿过孔，绳索的两头，连接在一块护胳膊肘子的宽大皮革上。操作时，把相当于弹弓炮碗的地方，套在胳膊肘上，将牵着绳索的拨子，握在虎口里，用拨子的上头部分，来回有节奏地弹拨弓弦。

"噔冈噔，噔冈噔，噔冈噔冈噔冈噔"。一旦有毡匠在谁家弄出操作的声响来，孩子们首先就呼喊着"噔冈噔"来了，"噔冈噔"来了！拢聚在一起看热闹。我那时就是娃娃堆里最着迷的一个，看得进入状态了，连家都忘了回。有几次，是被老妈现场"截获"，揪着耳朵押回家的。

只要边上有欣赏的"观众"，这"演员"的劲儿就不由得张狂了起来。于是，"噔冈噔，噔冈噔，噔冈噔冈噔冈噔"的节奏越发的稠了，恨不得把那根生牛筋的弓弦，给"噔冈"崩了！

随着富有节律的弹拨，毡匠前弓后箭式的身架姿势，俯仰离合，在这种舞蹈音乐式的劳动中，羊毛在弓弦上蹦起了迪（那时的中国还没有迪斯科呢），蹦得东家的心里填满了一腔子舒坦，匠人的身上尽是舞蹈和音乐，尕娃们脸上娆成了个牡丹；羊毛，被弹成了一支歌，弹成了一首诗，弹成了天上一片洁白的云彩。

第五步，摊毛造型。把弹好的羊毛，虚虚地架在筷子似的两三根长竹棍上，右手用另两根竹棍挑落拨匀在竹帘上，一层一层的，直到摊完全部羊毛为止。这是完全靠经验、凭手里拿捏分寸来把握的；否则，薄厚均匀和方方正正的形状是难以控制到那么高的水平的。

也曾听说过，摊毛时还要掺入一些麦麸子，不知道那是为了什么？

第六步，擀毡。先在摊好的羊毛面上喷水洇湿。现在，有各式的喷壶，那时候，传统的喷法是用口含水喷洒。"噗——"地一口，水雾散落在了羊毛上，虚花花的羊毛，让水给泯塌成一块。这也是一个技术活儿，不会喷的"二把叉"，喷出去的不是雾，而是像粗孔花洒里洒出的水。经过喷水后的雏形，塌实了许多。这时候，将衬在下面的竹帘，连同羊毛一起滚卷成圆梱状，置于平地上，面对面站着两三个人，用脚往复蹬搓，直到羊毛结成整体。经过这一道工序，松软的毛毡雏形已经形成。接下来，两人同坐在一条高高架起的老式长条木凳上（现在已经不多见了），在用木板搭成的大约三十度左右的坡面上，俩人手中各牵一条缠绕在毡梱子略靠两头的引绳，用双脚蹬搓而下，再用引绳牵滚而上。脚不离梱，往复搓擀，如此重复几十个循环，便要将毡梱辗开一次。

那展开的动作协调一致，极为潇洒：松绳的同时四只脚一蹬，那毡坯子就辘辘辘地辗展了。

然后再在毡面上浇碱水，打捆再擀。随着手脚的动作，在碱水（当时还没有洗衣粉；有了洗衣粉之后，也有用洗衣粉的）的洗涤下，肮脏的黑水，被沥沥挤出。展开，卷拢，再展开，再卷拢，一次比一次成型，一次比一次白净。

擀毡的最后一道工序，是收拾。具体说，就是整形、搓边。手工产品，在几何形状的规矩上，总不及工业机制产品。擀好的毛毡，四条边线进进出出，四边由内向边缘逐渐变薄，四角也是很不规矩，这就是最后需要收拾的地方。

对边线的修正取直来说，是借用一个细小的铁钩，穿进凹进的地方向外牵扯；凹进轻微的地方，则直接用手扯拽。就这样，在一周的四条边线上，一点儿一点儿的修整找齐，而且，还要做出像样的90度角来。这道工序完成后，再用双手搓边，将四条边线依次向里推揉，直到四边有大约1厘米宽的圆弧卷边向上卷起，才算是大功告成。

一叶展飒飒、新崭崭、毛茸茸，散发着羊毛味儿的绵毡，就等晾干后主人收起派用场了。

东乡族人擀的毡，因其花色多，致密绵软，经糟耐用，而久负盛名。讲究一些的，在制作时，还要用黑色羊毛搓绳镶嵌出富有特色的花纹图案来，铺在炕上，也是颇为养眼的一道风景。

西北甘、宁、新、青的农村，在过去，甚至是今天，也还有铺毡的习惯。尤其在临夏地区，"四六的绵毡满间的炕，一溜的炕柜面对着窗，花花的被儿哈炕脚头叠，椿木的炕桌哈炕当中放"。这是典型的临夏地区农村的铺摆。

有炕，就有烧炕的情况。厚厚的绵毡，最适宜于火炕——冷则不冰，热则不燥，整年不撤，四季皆宜。既经济实惠，而又体面美观，还厚实耐用隔潮气，（土炕不烧时返潮，初烧时会"出汗"）与炕柜、炕桌、花被搭配起来，洋溢出浓酽的地域民族风情。

毛毡，并非无情的死物，它从毛到毡，就心贴心、肉挨肉地见证着人生的一切，白日黑夜的承载了太多的离合悲欢和阴晴圆缺的人生故事。

一叶毡片慰晴雨。羊毛出在羊身上，这是不用再说的废话。可是农牧民伺候羊群的日子，却是极为辛苦的。一年四季风雨无阻，酷暑严寒昼夜无明地操心。风来了、雨来了、霜重了、寒冷了，都得靠一叶随身的毡片来挡护。羊是长嘴吃喝的活物，它们的命运，就靠人的饲养，人的命运，却又依赖着羊的兴衰。

一叶破毡走天下。旧社会，穷苦的西北汉子，为生计所迫，年纪轻轻的，就背井离乡。家里穷得叮当响，只好光棍身子背着一条文物似的破毡走四方。

那毡上，密密麻麻地写满了落怜辇障，里里外外渗透着辛酸熬煎，沉重的背也背不起来。

一叶红毡入洞房。新人是戏水的鸳鸯，红毡是那鸳鸯戏水的池塘。相爱但恨夜不长，相亲只怕出太阳。夫妻恩爱，同舟共济，生儿育女，白首偕老。不知这多情宽容的红毡，隐存了多少人世间千姿百态的亲情和爱情啊。

一叶绵毡共生死。绵毡对草根百姓而言，没有老少男女、贵贱高低之分。

新生命问世的第一声啼哭，是在绵毡上发出的。一声啼哭之后，他便在绵毡上，吮吸母亲的乳汁；在绵毡上，把父亲当马儿骑；在绵毡上，揪拽爷爷的胡须；在绵毡上，缠住奶奶讲那遥远的故经（故事）；在绵毡上，撒尿拉屎；在绵毡上，撒欢嬉戏。

上学了，绵毡上的炕桌，便是文史地、数理化的一方天地，是贮备知识、修炼人生基础的校场。

人长大了，一叶扁舟荡江海，风高浪急身心疲。倦鸟知归，当你回到家里的时候，绵毡热炕，就是你缓神解乏的家窝、调养身心的港湾。

生老病死，人之常情。老来染疾，绵毡仍然是疗理将息的暖巢，是家庭孝悌关照的阳光草坪。也许，你的人生无论是蹉跎坎坷，还是光绚灿烂，绵毡可能还是你画上生命句号的终点站。

一叶绵毡融人情。年头节下，总有亲友走动互访，殷勤好客的主人，必然是躬身相迎。客人一进堂屋的门，主人便忙不迭地催请客人上炕歇息。无论平时再穷，待客必倾其所有，自然是少不了传统的礼数：绵毡上早就安顿好了四四方方的炕桌，干枣、瓜子、油香、馓子、锅盔和三炮台茶碗子之类的东西，一应俱全。茶过两巡，手抓羊肉、羊肉汤或烩菜，相继端上了炕桌。这时候，客人们肚子里垫了底，主人就开始双手圆盘六个盅，毕恭毕敬地敬酒；席上的人六杯下肚精神旺，满口的喜话挡不住，幽默风趣。

这绵毡上承托的，不是炕桌，不是美食美茶美酒，是浓酽的人情世故，是醉人的人文情怀。

"提起我的家呀，我家在临夏，家家绿荫荫呀，人人笑哈哈，白布的尕汗褥呀，青布的尕夹夹，过路的客人们呀，请到我的家，喝上一杯尕青茶，拉拉家常话……"

　　你听，曲儿里唱不尽的人情，都在那绵毡上流淌演绎。毡匠们和他们弄出的事情，就这么深沉，就这么厚重，就这么蕴藉。深沉得不见底，厚重得掂不起，蕴藉得挖不透。

2010 年 5 月 6 日

朵娃塞给着缸空里

收完了庄稼，拉回地里的包谷杆子，再翻地灌上冬水，就算是真正的冬闲了。墙挨着墙、顶连着顶的庄户人家，可以暂时消停消停，喘口气了。村头巷尾，支上摊子抹牛九的、用折（zhé）折（shé）的草棍棍和养粪蛋儿地上下方（一种横竖各五根线或者是七根线90度交叠画成封闭的网格，玩法类似围棋）的、玩"喇嘛围和尚"的、踢毽子的、扯猴的、板子棍打毛蛋的，都热闹上了。这时节，常有瞽蒙艺人背个长把子三弦，走乡串村混光阴。1958年，我还是八岁的孩子。记得是深秋的一个晚上，月朗星稀，廊柱上挂了一盏马灯，马灯的周围稀稀拉拉旋舞着还没来得及冻死的蝇虫。在村首祖庙的正殿廊檐台子上，一个盲人靠着柱子席地而坐，手把弦轴"嘣邦——嘣邦——"地调弦。台下婆娘、娃娃、老汉小伙们，就地蹲得蹲，坐得坐，黑压压占了半院场。

忽然一声大喊："哎——"，但见瞎老汉左手抚弦上下滑窜，右手掰指来回拨弹，豁朗朗三弦声起，脖颈仰后，白蒙蒙两只大眼睛瞪圆，扯开声嗓便吼："哎——，撒拉（们）duàn（读若"段"，不知其字如何写。）给着（读若"者"）乡村里，朵娃（们）塞给着缸空里。""嘣邦嘣邦嘣邦嘣……"两遍过门之后，又是一声：

"哎——，撒拉（们）duàn 给着尖山子呀，牛肉么揪的是面片子——
嘣邦嘣邦嘣邦嘣……"

院里一片笑倒。

奇怪！我孩子家从来没听过这样唱的！人明明在这里，怎么就
duàn 到尖山子了？尖山子离这里还有二十里路呢。duàn 到尖山子，
你就说尖山子的事呗，怎么又莫名其妙地在牛肉汤里揪上面片子
了？撒拉 duàn 到乡村里，你也不能把尕娃哈塞给着缸空里呀！小
孩的逻辑哪里管用。

当地有 duàn 撒拉的习惯。撒拉，是当地的一种民间传统弹唱
艺术。duàn，我的揣摩，就是弹唱的意思。至于为什么叫撒拉，还
真不知道。

民间艺人的说唱，一般是"讲"一段历史故事，描述一个事件，
大都有一个心口相传的"本子"。比如《韩起功抓兵》《杨家将》
等等。但还有些内容，是随形就势即兴编来的。

传下来的唱词，相对固定，唱词中往往虚实结合。有的开场就
直入正题，而有的，开头几句未入正题，也要制造一点轻松幽默的
效果，先弄些气氛出来。

但凡即兴创作，就不大可能有充分的时间，来字斟句酌，推敲
逻辑。民间说唱的即兴创作，就更随意。随意归随意，但整个即兴
说唱，会有一个结构松散的说唱指向。正因为根据说唱对象现编现
说，一虚一实，虚实结合的措词命句法，就有其合理性——虚词可
以以虚托实，也可以乘虚的当儿，匀出一点时间来考虑意义衔接的
实词组建。

眼前看到的，随时想到的，看似风马牛不相及的，只要上口押
韵，都被拉来说唱，并不刻意在乎唱词之间的意思关联度。（但有

些表面看起来并不关联的上下句，内里藏着一定的逻辑联系，或具有象征意义，或具有比兴的作用。）往往这种不经意随机拈来的"风马牛"词句，会有意想不到的审美情趣。比如，现在网络诗里有这样的句子："鞋子提着马路跑"，大概是拟人化了的意象吧，应该是现代诗的一种荒诞化修辞操作。没有人不明白鞋子和马路，谁提着谁，他都跑不了。但是，这些写"歪"诗的诗人，就是要让他跑，你说荒诞不荒诞？

黑白混搭，甚至荒诞不经的事情，一经强拉硬拽地"拜天地"，那种轻松夸张，荒唐滑稽的效果，就自然立显了。

越是不协调，越是犯逻辑，越是荒诞不经，就越有一种难以言说的艺术魅力。

2010 年 5 月 22 日

给力的津巴布韦文化之旅

————2011 年中国文化聚焦·甘肃现代摄影学会赴津巴布韦摄影文化交流纪实

　　根据中华人民共和国文化和旅游部、外交部"津巴布韦 2011 年中国文化聚焦"活动计划，为加深中津两国文化交流和互相了解，应津巴布韦共和国政府旅游部、文化教育体育部的邀请，由 12 名中国摄影家组成的"中国甘肃现代摄影学会赴津巴布韦摄影文化交流团"，在甘肃现代摄影学会主席赵广田先生率领下，于 2011 年 4 月 5 日至 11 日，在津巴布韦进行了为期 7 天的摄影文化交流活动。

　　活动期间，首先在津巴布韦首都哈拉雷，举办了"2011 中国文化聚焦·中国西部民族风情摄影展"。之后，相继在国家平衡石公园、石雕公园、旺吉野生动物园、马托坡景区、维多利亚大瀑布和黑人部落等地，进行了一系列摄影采风活动。交流团圆满完成了在津国的交流任务，十二名摄影家带着依依惜别之情，承载着两国人民的深情厚谊以及津巴布韦丰盛的自然、人文摄影成果，于 4 月 13 日返回兰州。

　　7 月 6 日，借兰洽会之机，在兰州的甘肃画院，适时举办了"中国摄影家眼中的津巴布韦摄影展"，8 月 10 日至 16 日，"中国摄影家眼中的津巴布韦摄影展"在哈拉雷举行；同时，该摄影展还在甘肃的白银、定西、天水和临夏回族自治州的刘家峡地区巡回展出。

几经周折匆匆七日，跨越赤道迢迢万里，赵广田、牟德厚、卢刚、刘蔚、戴净、王恩送、马五德、赵军、朱耀武、李勇辰、秦德生、王金云等12位摄影家，肩负着中津文化交流的光荣使命，在中华人民共和国驻津巴布韦共和国大使馆文化处处长李华先生（也是甘肃现代摄影学会的会士）的全程陪同引导下，采访了津国往返2000多公里的大好河山和独具特色的民族风情。交流团给津国人民奉献了中国西部风土人情的视觉大餐，也为中国人民带来了津巴布韦壮美纯净的山川画卷和瑰丽神秘的人文图景。难忘的津巴布韦文化交流之旅，尽管短短一周，却演绎出了种种充满着欢乐和谐、热情友好、惊险意外、创作采风的故事。

津巴布韦共和国，位于非洲东南部，是一个典型的内陆国家。国土面积只有39万余平方公里，东邻莫桑比克，南毗南非，西和西北，与博茨瓦纳、赞比亚接壤。大部分是高原地形，平均海拔一千多米。主要河流有赞比西河和林波波河，分别为同赞比亚和南非的界河。津巴布韦，属热带草原气候，年均气温22℃，年降水量从西南向东北，由300毫米递增到1250毫米。津巴布韦全国分为8个省，下设55个区，14个市镇。口约为1238.3万人（2008年7月），其中，黑人占99%，而黑人部族中，主要是绍纳族（占79%）和恩德贝莱族（占17%）占绝对优势，白人占0.5%，亚裔约占0.41%，其余为混血人种。人口密度为33人/平方公里，排名世界第170位。英语、绍纳语和恩德贝莱语同为官方语言。过半的人口，信奉基督教，不到一半的人口，信奉本土原始宗教，只有1%的人口，信奉伊斯兰教。津巴布韦对外奉行不结盟政策。推行睦邻友好方针，努力稳定周边环境。中津两国，于1980年4月18日津巴布韦独立当天，建立了大使级外交关系。建交以来，中、津两国政府间签有经济技术合作、贸易、投资保护等协定；签有文化协定、高等教育合作协定和航空协定。两国关系发展顺利。

奇石平衡叠摞草原 "津巴布韦" 名不虚传

交流团从北京搭乘埃塞俄比亚国际航班，经埃塞俄比亚中转，于津巴布韦时间 4 月 5 日中午 12 时许抵达哈拉雷。南部非洲的异国风情，令交流团的成员们群情激奋，长途跋涉的劳累顿然消失，未及休息稍事整理后，就迫不及待地前往位于哈拉雷近郊的平衡石公园和石雕公园参观采风。

"津巴布韦" 在班图语中是 "石头城" 或 "石屋" 的意思，是非洲古老文明的象征，津国国名亦起源于此。境内已发现的 "石头城" 遗迹多达 200 余处，其中 "大津巴布韦" 遗迹最为著名。举世闻名的津巴布韦鸟，就发掘于 "大津巴布韦" 遗址。说起津巴布韦鸟，也有一段曲折离奇的故事：津巴布韦鸟，原本由鸟身和底座组成，高约 50 厘米的石柱底座竟于 1890 年 "丢失"，尔后流落到德国，使津巴布韦国家和民族象征的国宝，身首各异。2000 年 2 月，津巴布韦和德国，签署了关于这块石柱底座的 "永久租借" 协议，使它几经辗转后，与其上半部的 "津巴布韦鸟" 重新相聚。原本属于自己的东西，却要从别人手中租借，而且是 "永久租借"，真是滑天下之大稽，这也应该算是一段历史留给后人的国际玩笑吧！不过，我想 "租借" 也许是德国保留脸面的外交辞令。如果说是 "归还"，这就意味着承认了某种行为。

可见，津巴布韦是一个以具有众多奇异石头而著称于世的国度。

平衡石公园就是其中之一。说是公园，它既没有绚烂的花卉，也不见秀丽的风景，略有平缓小山的原野上，怪石散立，高低远近，形态各异，有的状如蘑菇，有的形似小帽，还有的酷似海岸搁浅的木船；小的重达数吨，大的则有几十吨、上百吨。这些石头，尽管千姿百态，但有一个共同特点，就是表面光滑，叠磊在极小的支撑点上，危危乎摇摇欲坠，但历经了亿万年风雨沧桑，而始终保持着自己的平衡不倒塌状态。难怪，平衡石公园里的船形巨石，被印制在津巴布韦纸币和旅游册子上，成为津巴布韦的国家象征之一。平衡石名副其实，并非虚传，真是天地造化之奇巧，令人叹为观止。

单是如此纯粹的自然景观，也就足以让人们瞠目了。可是，锦上添花的美事来了，一群当地原始部落的黑人男女，身着草裙，在巨大的平衡石前面，跳起了狂放恣肆的原始舞蹈，木棍、弓箭、手鼓，加上"呕喽喽"的吼叫，一幅活生生原始部落狩猎的场景，就惟妙惟肖地还原在我们的眼前。身处这样的境地，原本感性敏锐、热爱自然、崇尚大美的摄影人，憋了许久的创作热情，发生井喷，沙地上没有正形的摄影狂们，长枪短炮、俯仰侧正、单摄连拍地在非洲热带草原下午的低色温中，用"咔咔咔"的快门声，赞美着津巴布韦的自然和民族之魂。情到浓处自忘形。拍着跳着，不觉时间已到，壮美的平衡石景观和黑人朋友的身影舞姿，浓缩进了中国摄影家的存储卡，刻印在了中国摄影家的脑海里。

但凡玩命的摄影家，大概很少有所谓的"欣赏疲劳"。于是，大家匆忙告别大自然的石头构架，便前往石雕公园，再去领略津巴布韦人民的小石头杰作。

津巴布韦被誉为石雕之国。其雕塑作品题材，来源于生活，弥漫着古老神秘的宗教色彩，在艺术风格上，强调夸张变形，极具抽象简约之美，带有浓郁的原始风情，具有不凡的艺术品位和极强的装饰性。据说，毕加索等艺术大师，都很钟情于收藏津巴布韦石雕，从中获得了无穷的艺术灵感。

当代非洲艺术，远离和超越其过去的草莽血腥和现代的功利焦躁，而成为流布世界的艺术奇迹。越是在现代的人群中，越是能得到最虔敬的礼遇。在美国、法国、韩国的国家艺术馆里，非洲艺术成了迟到的贵族，备受尊崇。在非洲艺术花园中，南非石雕，独领风骚。其中津巴布韦石刻，最具匠心，丰饶多姿。这些近乎天成的雕刻艺术品，遗留着生命原初的蛮性。这生命的蛮性，把远古的诡秘多情和现代的心识，交织纠缠在一起，在我们隔世的目光下，"野蛮"化作高贵，"狰狞"变成嫣然。据说，津巴布韦石雕的原始自然主义和抽象风格，在西方现代艺术选择新方向的过程中，发挥了非常重要的作用。

许多津巴布韦石雕艺术家，大多出自邵纳（SHONA）族。他们好像生来就是为雕刻石头的。一块石头，一把锤子，几把凿子，就是他们艺术生活的全部。许多雕刻家并未受过正规教育，但是他们要雕的一切，都在他们的脑子里，依附于古老的、神秘的部族精神世界，技巧与生俱来，随心所欲，风格朴拙原始，表达的就是他们自己的心灵感受和强烈情感。

津巴布韦石雕的石材，其色泽多种多样，黑色、墨绿、绛红、浅黄，色彩斑斓，纹理自然。其雕刻的独特造型避开雷同，宽泛的题材丰富多样，加之石材本身丰富的色泽和质感，晶莹剔透与粗犷质朴相映成趣，原始性灵与现代文明，穿过时空完满结合。

摄影和雕塑，都是艺术。不同的是，雕刻家利用石头锤凿，来成就自己的艺术愿望；摄影家则借助照相机，攫取眼前的光影世界。而相同的是情感、性灵、信仰、精神和文明的传承积淀。艺术既是民族的，也是世界的，但凡优秀的民族文化，都为世界所欣赏，所接纳。津巴布韦人民，具有古老的文明传统，五彩斑斓的石头，承载着津巴布韦的民族精神和美学价值。交流团成员们，作为具有六七年文明历史的华夏民族的子孙，在津巴布韦石雕里，同样切身感受到了人性、灵慧、信仰和生命之光。也许，在他们所拍摄的津巴布韦照片里，就已经注入了津巴布韦石雕的灵魂。倘若是这样，此行，就不仅仅是一般意义上的摄影文化交流，而是涵盖摄影在内的民族文化交流。他们为此而欣慰。

"西部风情"隆重开展文化交流正式启幕

5日下午6点，"中国西部风情艺术摄影展"，在哈拉雷庆典艺术馆举行开幕式。津巴布韦文化部部长考塔特，出席并宣布展览开幕。参加开幕式的，还有津巴布韦国家艺术委员会主席毛耀、津巴布韦摄影家协会主席马利兰及摄影家代表、中国驻津巴布韦大使馆武官及大使馆的全体工作人员、津巴布韦大学孔子学院全体老师和合唱团全体成员，共计两百多人。

开幕式上，津巴布韦文化部部长考塔特，对中国文化代表团的到访表示热烈欢迎，并对"中国西部风情艺术摄影展"的展出表示祝贺。他说，去年（2010年）他率津巴布韦文化代表团访问中国期间，对中国留下了美好的印象，津巴布韦的石雕展，在中国受到了热烈欢迎，展览举办得很成功。他希望，中国文化交流团在津巴布韦访问交流期间，用手中的相机，记录下津巴布韦美好的东西，为增进两国之间的友谊，谱写新的美好篇章。中国甘肃现代摄影学会赴津巴布韦摄影文化交流团团长赵广田（来自兰州），致答谢词。他对考塔特部长出席本次展览开幕式，表示衷心感谢，对中国驻津国大使馆的工作人员，能在不到半天时间内将展品布置得非常到位完美，也表示由衷地谢意。他说，通过这次展览，将会使津巴布韦更多地了解到中国，尤其是中国西部的风情也会让中国的摄影家，用镜头更多地记录下津巴布韦的美丽风光和独特风情。让更多的中国人了解津巴布韦，将为加深中津两国的相互了解，发挥积极作用。

本次展览，共展出中国三十五位摄影者的 60 幅作品。这些作品都是经过甘肃现代摄影学会从送展的几千张照片中精心选出的。参展照片以丰富的内容，从多角度、多方面展示了中国西部的风光和风情。庆典中心的负责人琼斯女士看后，赞扬地说："她是首次看到如此精美的摄影作品。"

在开幕式上，赵广田先生还向考塔特部长，赠送了 2010 年津巴布韦文化访问团在甘肃访问交流期间为他们所拍摄的一本精美摄影纪念册。代表团成员刘蔚女士、王恩送先生（兰州唐颂文化传播公司老总），还分别向考塔特部长赠送了他们各自的摄影作品集。朱耀武先生，向考塔特部长赠送了一幅自己创作的中国书法作品。考塔特部长很高兴地接受了礼物并为参展作者签署了参展证书。

中国驻津巴布韦大使馆，对此次访问交流极为重视，除了经办交流团外事手续，联系航班订购机票，组织完成布展以外，还对交流团访津日程和生活，做了非常细致周到的安排。

"远方的朋友请你留下来，留下来……"津巴布韦大学孔子学院的学生们，用中文深情演唱的中国歌曲，为开幕式画上了圆满的句号。在异国他乡听到如此优美的"家歌乡音"，团员们倍感亲切温馨，顿时拉近了大家的距离，气氛立刻活跃了起来。在其乐融融的展厅里，无论是黄皮肤、白皮肤、还是黑皮肤，都抛开往常的矜持，化解了陌生，俨然老朋友的样子，相互召唤合影留念。

此次影展的作品，将在展览结束后，留存在中国驻津巴布韦大使馆。除组织到津巴布韦其它城市展出外，还将在中国驻津巴布韦大使馆内做长期展览。

海外相逢甘肃老乡吴志亮先生豪爽接风洗尘

4月5日晚，团员们正在展厅参加中国大使馆举行的晚宴酒会，沉浸在展览成功的喜悦中，甘肃省建公司驻津巴布韦海外公司的吴志亮老总，专程赶赴现场，一定要宴请远道而来的乡亲们接风洗尘。盛情难却，团员们只好留一份肚子，欣然受邀，赶往甘肃省建公司津巴布韦海外公司的驻地聚会。

候在那里的甘肃老乡，早已摆好了正宗的中国酒宴，大家一见面，便热情地握手拥抱致意。熟悉的相貌肤色，熟悉的国酒国菜，熟悉的待客之道，熟悉的国语乡音，让大家忘却了置身在非洲南部的时空现实，恍如家中会友。

吴志亮先生，是地道的甘肃汉子，敦实干练、豪放热情。他代表东道主发表了热情洋溢的祝酒词，按照国人的待客之道，他首先为大家敬酒三巡。偌大的酒杯，杯中白酒盈盈，吴总丝毫不打折扣，杯杯都是扬上空。广田主席起身代表交流团表示感谢，并举杯回敬志亮先生等海外公司的朋友们，也是杯底朝天先干为敬。宴会场面顿时活跃了起来，宾至如归，气氛自然轻松而热烈，大家也就无拘无束、争先恐后地相互敬酒，平时能喝不能喝酒的，今夕都成了酒家。有朋自远方来，不亦乐乎！杯觥交错中，已是醉意三分，温文尔雅的山东汉子广田主席,乘着酒兴,表演了他的山东快书。真看不出来,平时忙忙活活的摄影活动家,一介白面书生,一旦激情涌动起来,也是浑身的才艺细胞,真是"椰风挡不住"啊;卢刚老师(来自兰州)的"桑吉卓玛"备受欢迎,声情并茂,极具夸张幽默之效果,令人捧腹不已。来自刘家峡水电站的秦德生和王金云二位,原本是一个单位的老搭档,岂肯等闲观望,此时早已跃跃欲试,没等卢老师"谢幕"就"登台"亮相,一个演唱一个表演,直把河州花儿的《尕老汉》弄了个底朝天,搞得大家笑疼了肚子,才被副团长牟德厚(来自兰州)推下了场。好戏往往在后面。全程陪同交流团,为大家联系采访、安排食宿行程、充当翻译的中国驻津巴布韦大使馆文化处长李华先生,被拽了起来。李华也是我们幽默旷达的甘肃汉子,他为人热情厚道,态度谦逊低调,处事敬业周全,外交谨慎灵活,学识见多渊博,是一位优秀的外交人才。据说,几乎每年都是大使馆的先进人物。他的英语水平自不必说,岂料兰州话也是如此纯正地道。李华先是来一段兰州方言的幽默"段子",惹得大家差点岔了气。李老师的兰州腔段子,酷似曾一度风靡兰州大街小巷的张保和,也使我想起了20世纪七八十年代流传的兰州腔快板:"提起那马大哥呀,说呀说不得,脸上的那个麻窝窝一个摞一个,若要买煤球呀,不用手推车,一个窝窝装一个,能装一吨多。"哇!这个麻子马大哥"一个窝窝装一个,能装一吨多",绝对超麻!兰州快板的幽默夸张也是够邪乎的!

　　时间在欢乐中悄悄流逝,夜深了,欢宴结束。交流团就下榻在甘肃海外公司的驻地。

热带草原充满生机野生动物繁衍生息

正如前面的介绍，津巴布韦位于非洲东南部，是一个内陆国家，属于热带草原气候。广袤的热带草原，就是野生动物的天堂，津巴布韦境内分布着二十六个国家公园和野生动物保护区。大家熟知的《动物世界》等电视节目中的许多场景，就来自非洲南部。

能够感受狂野的非洲，能够拍摄非洲的野生动物，是摄影人梦寐以求的心愿，在大使馆李华先生的努力下，这一心愿变成了实现。

4月7日，交流团驱车从哈拉雷赶到九百公里以外的津巴布韦最大野生动物园——旺吉。一路上大家亢奋、激动，憧憬着野生动物园内的狮子、大象、长颈鹿、犀牛等非洲特有的野生动物。到旺吉已是当地时间晚上九点多，大家稍事休息便去就餐。餐厅在户外，茵茵的草坪上小桥流水、曲径蜿蜒，几处茅草亭和野餐式炊饮，彰显出浓烈的南部非洲风情；在一座稍大的亭子里，几位穿着白褂子的黑人师傅，见有黄皮肤"老外"到来，便殷勤了许多。团员们各自取了一些自己喜欢的食物吃了起来。这里的食物，主要是当地的一些野生动物的烤肉、烤肠和大多数叫不上名堂的蔬菜。汤，是番茄酱做的汤，玉米是他们的主食，也有米饭和面包。一位黑人女厨师，殷勤地给客人盛了一些像蚕蛹虫草且颜色发黑的食物，说实话，团员们大多数都难以入口。天水的老赵，一看到那玩意儿就恶心，饿意全无，随便要了杯热茶，吃了几口面包就算完事。

因劳累，更需养精蓄锐，大家顾不上体味非洲原野夜晚的深邃与宁静，便早早冲凉休息了。

次日五点半，晨曦微露，白银的李勇辰先生"骚扰"老赵。本来预定是七点集合，经这一骚扰，他睡意全无，索性起来转转，拍拍就餐的地方。一抹早霞从森林后淡淡的映出，勾画出迷人的剪影效果。不错！"早起的鸟儿有虫吃"。隐隐听到远处森林中，不知什么动物的吼声，令人毛骨悚然，但望去还有人在活动，几个白种人在做早操，老牟也早就溜出去开拍了。天上的红霞越来越出彩，朝霞彤彤，树影绰绰，顺势向林子靠近，发现一棵树上有几只大鸟静憩之上。在一独枝上的两只大鸟，一只睡意正酣，另一只却已飞出去觅食，这大概是树上的"老赵"和"老李"吧！一缕红光抹在它们的身后，正是难得的入镜画面啊，老赵、老牟他们正拍在兴头，不料有人喊出发了，只好依依不舍地和大树上的大鸟说再见。

我们12个人乘坐两辆专门改造过的吉普车，向稀树草原进发。出营地不远，前边便有人喊："狮子！"放眼望去，几只懒洋洋的狮子，大模大样地横穿空地，时不时还打量着我们这些不速之客。拍呀拍，人在动，车在晃，互相错让着拍了几张很不理想，大家当即决定，索性两辆车分头搜寻拍摄。老牟、"老爷子"（刘家峡的老王，因他在团里年龄最大，有人戏称他为"老爷子"）、朱耀武、赵军、卢刚和刘蔚同车一路。将要分头出发之时，恰巧又有一只雄狮走了过来，过路时，还回头张望着镜头和镜头后面的人，摄影家们屏声敛气，一顿狂拍，心头的快感，随快门频频释放。狮子渐行渐远，车向森林深处寻去。

在一处比较开阔草地上，一群东非秃鹳，悠闲地栖息觅食。这种鸟个头硕大而体形优美，修长的腿和脖颈，说明它是一种涉水禽，长而弯曲的项颈上，一抹丹羽格外漂亮。中国有丹顶鹤，我们不妨称它做"丹颈鹳"。"丹颈鹳"双翅伸展开来足有两米来宽。摄影家们的长焦镜头，一起对准这群稀罕的造物，快门响成了一片。大概是受到了惊动的缘故，天生警惕的大鸟们纷纷飞走，多么优美的飞姿啊，在阵阵快门声的欢送中，大鸟们退出了视线。行进不远，迎来了许多大羚羊和狒狒，光影斑驳的林间草地上，羚羊们安静而警惕地享用着鲜嫩的早餐，横卧的树干树枝上，猴子和狒狒们窜来窜去，跳着、叫着。

黑人司机带领摄影家们继续前行，摄影家们着急地比画着要找长颈鹿、大象和犀牛，司机会意，便用他特殊的吼叫声呼唤着大象和长颈鹿们。在一堆粪便前，车停了下来，司机比划着，意思好像是说：附近就有犀牛。满怀着希望，一路走去，蹄印、粪便，粪便、蹄印，就是不见犀牛的影子。正在大家失望地四处张望时，司机又比划着大象的样子，突然司机停车喊了一声，顺着他手指的方向远远望去，有一只庞然大物，在树丛中隐约晃悠，果然是只大象，遗憾的是还没来得及拍好，大象却早已掩进了林子，拍摄机会失之交臂。司机好像又说着长颈鹿，一听要找长颈鹿，大家的情绪又来了，然而走下去照样是蹄印、粪便，粪便、蹄印。有人调侃说，看来犀牛和长颈鹿与我们这辆车无缘啊！空气真好，即便拍不到犀牛、长颈鹿，在东非的大氧吧里吸氧也值啊。正在此刻，一只大象沿林边走来，司机几番调整方向，正对着大象向我们走来的朝向，那长鼻子甩来甩去，两只大耳朵前呼后扇。又是一顿"机关炮"，拍完照，司机再次比画着长颈鹿，并用对讲机和其他同事联系，打听长颈鹿的踪影，所有山塘水洼都走遍了，就是不见长颈鹿的踪影，司机也懊恼，最后，他站在车顶上，拿起望远镜四处张望，此时，坐在车厢里的"射手"们，一看他这架势，晨光下犹如一个长长的"大"字竖在车顶。干脆，拍不到长颈鹿，就拍他长腿人了。惹得黑人兄弟自己也笑了。

时间过得真快，还要继续赶路，司机和摄影家们都有些无奈。

就这样，旺吉的采风活动，在略带遗憾的满足中结束了。世上毕竟没有十全十美的事，好在还有东非秃鹳的倩影、热带草原大象的雄姿和丛林狒狒的风流韵事记录了下来。

维多利亚气势磅礴赞比西河风光旖旎

维多利亚大瀑布，位于津巴布韦和赞比亚的界河——赞比西河上游和中游的交界处，是非洲最大的瀑布，也是世界第二大瀑布。维多利亚大瀑布，被赞比亚人称为"莫西奥图尼亚"（或译为"莫西瓦图尼亚"），而津巴布韦人则称之为"曼古昂冬尼亚"，两者的意思都是"声若雷鸣的雨雾"或"轰轰作响的烟雾"。据说，曾居住在维多利亚大瀑布附近的科鲁鲁人，因惧怕那条瀑布而从不敢走近它；邻近的汤加族则视大瀑布为神物，把彩虹看作神的化身，往往在东瀑布举行仪式，宰杀黑牛作为祭祀。

维多利亚大瀑布以其美丽和壮观名列世界前茅，其宽度约为1700多米，最高处108米，1989年被列入《世界遗产目录》。津巴布韦旅游业，是国家的主要创汇行业，而维多利亚大瀑布，则是津巴布韦最主要的景点，慕名观光的游客从全世界来到这里，每天络绎不绝。

从踏入津国的那一刻起，观瞻维多利亚大瀑布，就成为中国摄影家心中的另一个梦想。有人想象，它或许像黄河壶口那样的奔腾狂放，或许似黄果树那样的流长秀美，可是到达维多利亚大瀑布的那一刻，一切想象都被撕裂，统统显得那么的苍白乏味。

大家都被这眼前的天地造化震撼了，震撼得喘不过气来。宽阔平缓的赞比西河，陡然跌入深邃陡峭的玄武岩峡谷，激起弥天水雾直冲云霄，水雾中阳光折射形成的瑰丽彩虹，横跨大峡谷两岸，二十公里开外就能看到。低沉浑厚的声音，如万里雷鸣，那是江河与大地接吻发出的呻吟，是天宇中万钧雷霆演奏的旋律。

瀑布所在的峡谷，绵延近130公里，七道峡谷蜿蜒曲折，成"之"字形，是罕见的天堑。为了一睹瀑布正面，大使馆李华先生在津、赞两国的关隘处进行协调，我们一行十三人（包括李华）匆匆赶到位于赞比亚大峡谷的一座集人行、公路、铁路三通的大桥上，看着峡口雄浑壮丽的瀑布，那七彩飞虹，一道道环环紧扣，同仁们耐不住诱惑，拿出摄影工具一顿拍摄；从东到西，生怕落掉什么。

瀑布的正面在津巴布韦境内，为了仔细领略全貌，李华让大家穿上事先备好的雨衣雨鞋，沿津巴布韦一侧谨慎前行。当团员们零距离接触大瀑布时，心的跳动，似乎停止了，咆哮、狂放、冲天的雾柱，随阵阵气浪倾泻在人的身上，令人生畏，令人窒息。人在这种自然力的面前，犹如将要遇到海浪冲击的木船，一不小心就有被推出去的危险。李华早早就告诫，在这样的环境里，一定要注意自己的安全和相机的防水，尽管如此，大家还是挡不住壮景的诱惑，冒着相机进水的风险，抓住一切时机，留住这世界上独一无二的壮丽图景。

老赵的脚，不知什么原因，突然在这千载难逢的时刻出了问题。未能与大家一同前行，他独自一人留在出发点，徒留下深深的遗憾，大家也为他的"不幸"而惋惜。事后他有一段感人肺腑的文字：

"偏偏不知是雾水还是汗水，拖鞋滑落，我的脚这时不听使唤，怕耽误大家的时间，只好请求原地待命。同仁们走了，聆听着狂吼的瀑布声，不由自主地朝相反方向走去想看看这瀑布的真面目，到一处地势较低的地方，赞比西河一泻千里，犹如冲出了牢笼的神骏，对面高处的赞比西河水缓缓地流着，是那样的秀美，几位黑人划着小筏，在河中漂流，俊逸、潇洒。顺势走去，大峡谷在那密密的树林后忽隐忽现，唐人"日照香炉生紫烟，遥看瀑布挂前川，飞流直下三千尺，疑似银河落九天"的佳句迸现眼帘。到崖边，那瀑布犹如一缕缕挂在崖上的珠帘，滋滋地叫着落入谷底，忘记了拍照，只是尽兴地放纵着心情，缓缓而去，偶遇几位白人朋友，打个招呼，各行其道，忘了自己也是外国人。

一棵面包树下，水柱从谷底弹起，那挂在树叶上晶莹剔透的雾珠，点点滴滴天露般的掉在地上，水渗在铺在路上的石板缝里，那露珠掉在石缝里激起小小的涟漪。那一刻的感受，仿佛什么都不存在，旁若无人，剥去雨衣，赤裸着身躯，让这雾珠、甘露、天水洒在身上，玉皇老儿在瑶池也不过如此。张开手臂，大字形的立在维多利亚大瀑布的面前，没有害臊，没有羞耻，享受大自然的恩赐，被陶醉在"只缘身在此山水，悠游碧海自得意"，见证了大自然的神奇之美。大自然的博大、宽厚，无形、有形，道家的无为而有为……在脑海里翻腾遐想着。不知时刻，当领悟到来干什么时，相机再也打不开了。电池没电了，第一反应就是快出去换电池，赶到景区门口，和门卫比划了片刻，因对中国人的好感，他同意了，可当我换了电池往回走时，同仁们已经出景区闸口门了，自是一番唏嘘、感叹，唉！只好留得来生了……"

老赵的感悟，为津国的山水赋予了老子精神，这又是一回深刻的广义文化交流！老赵的遗憾是如此的深切，把弥补遗憾的期盼，寄托在遥远的"来生"，多么感人的情怀啊！天水人遇到了"天水"，这是天作巧合的人生奇遇啊。

要想全面领略津巴布韦大瀑布的壮观气势，只在地面上转悠，还是远远不够的。次日上午，阳光灿烂、碧空如洗，非洲的天空，纯净得如一块毫无杂质的蓝宝石，在国内，除了西藏等地外，恐怕难以遇到如此的天气。摄影家们经过称重，验证身份等手续后，在候机棚内等待登机。登机前赵团长要求每人一句感言。最有意思的是秦德生先生的感言："津巴布韦非常美丽，维多利亚大瀑布更加壮观美丽，今天我们飞上蓝天，要把壮观的景象记录下来！外噻！"临摹一句不土不洋土洋结合的"外噻"最为经典。

漂亮的小型直升机席位不多，除飞行员外，副驾驶1人，后排3人。航拍的团员们分成两组，两个架次都是从津巴布韦一侧起飞，绕大峡谷逆时针飞行一周。李勇辰、王金云、秦德生、刘蔚同乘一机，第二个架次起飞。老王被夹在后排中间，其余3位尽得位置优势，飞机在空中盘旋，急得老王顾不得礼节，靠在一位男同胞、一位女同胞的背上对准身下壮观的瀑布左右"开枪"。事后同事们调侃说，老王左右逢源占尽便宜。老王闻言反觉得意，喜形于色自不必言。

是啊，留下遗憾的何止是老赵！匆匆一日半，如此短暂的时间，我们能充分领略了维多利亚大瀑布的壮美吗？我们能参透维多利亚大瀑布的精神内质吗？人的一生，如果可能的话，至少应该再来一次。壮美的维多利亚大瀑布，我们还要再来拜谒你、品味你、拥抱你，虔诚接受你的伟大洗礼，让人们的灵魂变得纯净起来，让人们更像是一个真正的人。

下午，交流团乘坐游艇游弋在风光旖旎的赞比西河上。宽阔的水面，平坦的河岸，温文尔雅而宽厚的大河气度，无论如何，也难以让人同狂野不羁的大瀑布相联系。天地造物，就是如此的神奇不可测。狂野和温柔，水性的这两个极端特质，在极小的时空状态下，就这样被阐释得淋漓尽致。临近傍晚，彩霞渐起，河马在洒满金色的河面上露头吸气，立刻引来摄影师的镜头。夕阳落下，天边的彩霞，紧锣密鼓地演绎出种种醉人的童话世界。深蓝的天幕上，变幻着绛红的晚霞，低色温、低光位，为大地罩上了一层柔和的暖色调，映照得岸上的建筑物显示出硬朗的明暗对比，树木、游船在河水亮光的反射下，被简化成单纯的剪影。一切都是摄影人极力追求的境界。赞比西河上旖旎迷人的晚景，一定是中国摄影家日后反复欣赏的兴趣之作。

正逢黄昏抵达首都 偏遇红灯汽车遭袭

告别维多利亚大瀑布，次日一大早就踏上了到哈拉雷的返程。尽管津巴布韦的公路基本上是平坦的原野公路，但说实在的，路面偏窄而且疏于养护，路况并不太好。在这样的路上，日行 900 多公里还是蛮紧张的，需要连续快速行车。开车的是位彬彬有礼的黑人司机，着装整洁，沉静寡语，见面总是微笑相对，开车速度较快，一看便是那种敬业的职业司机。车上全是交流团的成员，后排座位和倒数第二排码放着摄影器材和旅行袋，人员分坐在靠前的座位上。

"上车睡觉，停车撒尿，到了景点就拍照，回到家里啥也不知道"，这是对国人旅游现象的幽默讽刺。然而，我们这批国人，似乎并非如此，在车上总是保持着饱满的精神状态，一路上玩笑不断，幽默段子满天飞，刚刚学到的当地班图语"马噶地"（"你好"的意思）成了大家随口即出的流行语。沿途多有荷枪实弹的军警，盘查过往车辆，总是耗费时间。有人高兴起来了，把原本到点就餐时要喝的白酒，直接打开在车上分享。这些酒，是从国内带来要送给大使馆李先生他们的礼物，李先生却并未留下，而是奉献给了大家。

酒助兴，一点不假，大家越喝越活跃，越喝越兴奋，遇到军警示意停车检查，大家就齐声高呼"马噶地"，军警见状，被车上的友好气氛所感染，一听是中国客人，查也不查，就微笑着挥手放行了。

"马噶地"成为大家的流行语，说来还得感谢来自兰州的马武德先生。马武德在团里是"尕弟弟"。为了便于记忆，老王突发奇想，指着武德说，他就是"马噶地"（马尕弟）。此后团里的马武德变成了马噶地，直至今日只要遇到武德，总有人"马噶地"的喊个不停。武德光荣啊，一趟津巴布韦之旅，在他的身上，津巴布韦的文化承载的最多！

傍晚时分，车子驶进了哈拉雷市区，在一条树木遮蔽的大道上等待红灯放行，暮色中，车内已经看不清车外的景色。"嘭——，嘭嘭"随着几下强烈沉闷的撞击，车厢侧后窗的玻璃被砸破了，钢化玻璃球，飞溅在后面几排的座位上。没等大家缓过神来，靠近车窗的两个摄影包，被人拽出了车窗。此时，大家下车查看，劫匪已经跑得无影无踪。随车的大使馆李华先生当机立断，一面向大使馆通报突发事件的情况，一面寻找就近的警局报案。

津巴布韦曾是非洲最富裕的国家之一，但从20世纪90年代后，津巴布韦政府改革措施不当，导致经济连年下滑。2000年以来，金融政策实施不当，又导致通货膨胀率激增。2008年7月21日，发行面值1000亿元的津元钞票。从2008年8月1日起，实行货币改制，在原津币基础上，去掉11个0等于新津币1元，即100亿旧津元，相当于1新津元。2009年，发行一套最大面额的新钞，成为世界之最！这套面额在万亿以上的新钞包括10万亿、20万亿、50万亿和100万亿津元四种。按2008年7月的官方统计数字，通胀率达到231,000,000%。津巴布韦经济大幅缩水，导致该国经济崩溃。2008 年年底，财政、金融和税收等关键部门，基本停止运转。全国至少80%的人口陷入贫穷，面临生活基本物资大量缺乏的窘境。2009 年 2 月，联合政府成立后，积极采取措施，整顿经济秩序，迅速并有效地控制了通货膨胀，市场供应明显改善，经济形势有所好转。2009 年，津巴布韦经济出现了 12 年来第一次增长。但 2011 年，仍然是世界上通货膨胀率最高的国家。

中国自古有民穷不可治的理念，津巴布韦经济崩毁，恐怕是社会治安混乱、盗匪四起的主要原因。据说抢劫游客钱物的情况屡有发生。他们认为日本人有钱，就把抢劫的目标，多锁定的日本人身上。从外表看，亚洲人都是黄皮肤黑头发，在津巴布韦人的眼里，难以区别日本人和中国人，于是中国人就跟着日本人"沾光"了。后来，他们认为中国人也有钱，抢劫中国人就成了顺理成章的事。但是据忻顺康大使说，这次抢劫中国人，在他任职期间还是首次。

作为中国大使馆，得知文化交流使团被劫的消息后，非常重视，立即通过外交等多种渠道，谋求尽快妥善解决。中国驻津国大使馆文化处长李华先生目击现场，为遭遇这样的事件而深感痛心，他寝食不安，在处理事件中，更是首当其冲，经常穿梭在外交与公安司法部门之间，甚至利用关系，连民间私访暗查都未放过。中国使馆遭劫，不是大使馆的过错，但中国使馆在事件发生后积极行动，尽了保护中国公民在海外人身和财产安全的义务，充分显示出中国政府对国民的保护和负责。同样的事件，发生在本国内和发生在国外，感受和意义是大不一样的。在不同的政治司法文化背景下，对一个在异国他乡的人，受到他的国家的驻外使馆的保护，不是一件纯粹个人的私事，而是一个关乎国家形象、国际地位、国家道德、国家价值观的重大政治问题。

交流团如期回国了，事件的处理，则留给了大使馆。在忻顺康大使的直接领导下，大使馆武官、文官，仍在积极奔波解决问题。经过一段时间的周折，事件终于得到妥善解决：案件告破，在逃人员被津国警方缉拿归案，经过司法审判，主犯被判处八年有期徒刑，价值六万多元人民币的被劫物品，除价值约8000元的摄影包、数码伴侣、相机存储卡和价值一万人民币的美金而外，都已完好无损的追回。之后，李华先生想方设法寻找物归原主的办法和途径，最终交由甘肃省建驻津巴布韦海外公司的吴总，随身带回兰州。当失主从吴总手里接过心爱的摄影器材时，异常惊讶和感动！惊讶的是，不敢相信这东西竟然会失而复得！感动的是，大使馆的重视和负责，李华先生的敬业和友谊，吴志亮先生付出的心体劳动。感动之余，事件发生后同事们的眼神、态度、心情和举动从失主的心头依依浮现。

路遇红灯汽车遭袭之后，大家的心情，一下子如维多利亚大瀑布跌入深渊。广田和老牟，心情最为沉重。据失主老王说，当时广田团长眼里闪着泪花，安慰老王不要着急、稳定心情，相信大使馆会尽力解决好这件事的。他自言自语地说："这事偏偏发生在老王的头上，要是发生在我的身上就好了。"广田团长就是这样一个关心别人胜过关心自己的性情中人。他一向是以热心为大家服务，把整个身心献给现代摄影学会而远近闻名的。随团的朋友们，都纷纷安慰老王。他们还"密谋"为老王捐款弥补损失的事，大家当场表态要慷慨解囊。后来此事传开，被没有去津巴布韦的兰州影友得悉，老朋友王建新给广田主席说，他也要给老王表达一下心意。"密谋"被老王"识破"后，他给广田主席表示，对朋友们的真心好意，深表感谢，心领了，情记了，他自己的经济状况还可以，再买些新的器材没啥问题，不需要朋友们破费了，就这样，捐助的事被老王婉言谢绝了。只收下了刘蔚送的一只360G未开封的三星移动存贮盘，盛情难却啊！

津巴布韦遭劫事件，是坏事也是好事，整个事件中反映出来的同情、互助、友谊、善良远比昂贵的摄影器材更有价值，也充分表现出甘肃现代摄影学会的文化道德精神和会员们的可贵人品。

对津巴布韦遭劫事件，我们没有必要过多的指责津国方面，但透过事件，折射出了人性的假恶丑和真善美。他们伸出黑手掠夺别人，却没想到他们不但没有得到想要的东西，反而在自己的人性上遮蒙了一层厚厚的污垢，那么，就让强盗们留下假恶丑吧；而真善美，却毫无含糊地属于为解决事件而付出情感、心血和劳动的一切正直善良的人们。

马东古达黑人部落一夫多妻儿女成群

津巴布韦总人口的99%是黑人，而黑人中的绝大多数，则分属于绍纳族和恩德贝莱族两大部族。由于历史和传统的原因，津巴布韦广大农村中，至今还存在着许多完整而原始的黑人部落。相当多黑人信奉本地原始宗教。原始宗教认为，人死后灵魂不灭，只是离开躯体而已，人们只能通过巫师或酋长，与祖先灵魂联系，祖先则通过巫师，给病人治病或发出各种指示、警告。大部分部族，还保持着图腾崇拜的传统。津巴布韦法律允许"一夫多妻"。农村地区，是以血缘关系为基础组成的农村村社，酋长和头人是村落的领导人。绍纳族的酋长和头人，实行兄终弟及，弟终再由长房长子继承的继承顺序；恩德贝莱族社会的酋长和头人，实行父死子继的制度。酋长和头人管辖其领地和村民，拥有一定的神权和世俗权力，在农村地区影响较大。

我们前去拜访的是一个山区小部落。交流团事先采购了大量的面包、糖块、饮料和药品等礼物；团员们还从国内带来了不少的小礼品，都是为了和当地人打交道时的馈送之用。大家扛着礼品，顺着公路边的一条下坡便道进入村落。沿途受到了村民们的友好礼遇。或许是事前得知我们前去造访的消息，村民们盛装出迎，聚集在马东古达酋长的宅前。说是宅，和我们中国的宅，大相径庭，其实就是一座圆形的尖顶茅草屋，其形状和中国的蒙古包相似，但和蒙古包相比，要原始简陋多了。屋内是半地窝子，简陋的木头长条凳和卧榻，围着中央的一处火塘，火塘上架着可供烧烤的铁架，室内设施仅此而已。我们被邀请进入酋长的家里，稍事寒暄，送上礼物，大家便告辞出门，来到村民中间交流拍摄。屋内简陋，但村民们的穿着崭新、漂亮、干净，甚至新潮，与主流社会的时代水平，并没有太大的差距。同我们国家的少数民族一样，尤其是妇女，也都喜欢颜色艳丽的服饰。这个部落的黑人，算是黑人中比较受看的人种，儿童和年轻妇女的皮肤，质感非常好，细腻而光亮，真称得上是漂亮！他们性格温顺，眼光里流露出原始的清澈与质朴，在客人面前不亢不卑，总是一副天真无邪的微笑。

为了迎接造访的客人，他们组织了土著舞蹈欢迎仪式。酋长手持权利和身份象征的权杖坐在中心位置，其余族人围在酋长的周围。据现场了解，这一大群人里，其中有酋长的七个老婆，27 个子女。这个年轻的酋长才 37 岁啊，正值雄性荷尔蒙分泌旺盛的年龄，其后的日子里，这七个丰满健美的年轻女人，还不知道要制造多少个生命，他们的儿女，又不知能生下多少个儿女的儿女。想到这里，令人哑然失笑。这虽然是一个小酋长领导下的一个山区小部落，但他的社会涵义和政治涵义，无异于一个国家组织。不同民族、不同地区，甚至不同国家，其实有着许多本质上的相同点。

在一片欢乐的歌舞中，非洲原始居民的狂热情绪，逐渐高涨了起来，性格活泼而又年轻的女人们，扭动着丰满的腰肢，迸发出人类原始生命的火花。疯狂的歌舞，激发了黑人的激情，却也忙坏了全副武装的摄影家们。摄影家们将相机调整到连拍模式上疯狂拍摄，不知一个非洲部落的异族风情，谋杀了多少菲林和 CCD 空间！这里拍够了，摄影家们又转到附近的集市上拍摄。

集市上，也同样表演着舞蹈，不过更为原始，似乎充满着神秘的宗教色彩。酷似女巫的婆婆们，身着草裙，手持木棍，在激烈的鼓点声中，演绎着古老的原始舞蹈，酋长则怀抱他的小儿子，从兜里抓出大把大把的糖果，朝着他的"臣民"们，抛向空中再落到地上，任凭大家哄抢。这也是统治者对他的子民们的恩惠表达。时间渐晚，摄影家们同酋长及酋长的婆姨儿女们合影留念，好在回国后在朋友面前炫耀一番——"我也当了一回酋长。"

中国大使热情接见海外游子如归家中

津巴布韦共和国时间 4 月 10 日，文化交流团一行十二人，迎着晨曦早早就起床了。团员们个个心情激奋，在广田团长的率领下聚集在一起，急切地等待着前往中国驻津国大使馆的车辆。

四月的非洲南部，刚刚进入旱季，蓝宝石般的万里碧空，在晨阳的映照下显得格外湛蓝。汽车在林荫大道上驶向使馆区，当中华人民共和国国旗、国徽映入团员们的眼帘时，大家齐声欢呼：我们到家了！随同的中国驻津国大使馆文化处长李华先生，接着大家的话茬说："中国大使馆，就是中国海外游子的家。"

大家在门厅和接待厅里，欣赏着装饰和摆设。牡丹国画、战国编钟和"海内存知己，天涯若比邻"的中国书法，展现出独特而浓郁的中国文化元素。不到五分钟，中国驻津巴布韦共和国特命全权大使忻顺康先生，精神抖擞地来到接待大厅，他热情地同团员们一一握手致意。忻顺康先生的潇洒英俊、稳健敏捷和儒雅开朗，让我们强烈地感觉到，他代表了中国政府和中国人民的良好形象，为我们中国人增了光、添了彩。

赵广田团长简要的通报了我团在津国的文化交流情况和印象感受。忻顺康大使仔细在笔记本上边听边记。听了赵广田团长的汇报后，忻顺康大使说："这次甘肃现代摄影学会，代表中国到津巴布韦展出摄影作品和采风，是津巴布韦"2011中国文化聚焦"的活动内容之一。交流活动中，津国文化部部长亲自参加了影展开幕式，发表了热情洋溢感言，对影展给了了高度的评价，认为通过影展和交流，令津国人民对中国有了更多地了解和认识。"大使先生接着说："通过摄影宣传中国，尤其是宣传甘肃，是非常好的交流形式，因为来津巴布韦的中国人毕竟是极少数；另外，你们这次在津巴布韦拍摄了不少图片，归国后一定要给我国文化和旅游部和甘肃省有关部门汇报情况，建议在北京、甘肃和津巴布韦，举办津巴布韦摄影展览，同时，还要在国内媒体上，广泛宣传这次交流活动，大使馆提议出版一本津巴布韦摄影画册，让更多的中国人民和中国公司了解津巴布韦，到津巴布韦观光或投资。忻顺康大使最后表示，对来津巴布韦的中国公民和公司尽力提供方便和帮助。"对忻顺康大使的讲话，全体团员报以热烈的掌声。

讲话结束后，大使同各位团员在前厅国徽前合影留念，原本预计十分钟的接见，不知不觉延长到了半个小时。由于大使先生还有其他的外交活动，团员们不得不挥手告别。

回国后，按照甘肃现代摄影学会的安排计划，分别写了几篇小稿，其中就有一篇大使接见交流团的文稿。为了核实情况和口径，作者将这篇稿子，通过因特网传到中国驻津巴布韦大使馆审核。忻顺康大使对这篇稿子看得非常仔细，连落款时间年份 2011 年误写成了 2010 年，他都看了出来。大使先生非常肯定这篇稿子，并且于 2011 年 4 月 16 日，专门给作者恢复了电子邮件。通过电子邮件，我们可以从另一个侧面，更多地了解海外使馆的工作情况。现将大使先生的电子邮件全文转录如下：

王金云老师，谢谢你给李华发来的稿件，他将稿件转给我了，从稿件中可以看出，我们在使馆做好国内来访团组工作是多么重要，我们的一言一行，都会给你们留下深刻印象。在这里，我要代表使馆向李华表示感谢，正是由于他的出色工作，周到安排，倾力付出，无私奉献，才使得全团同志对到使馆有到家的感觉，才对津留下深刻美好印象（东西被抢除外），他的一席话："中国大使馆就是中国海外游子的家。"更是道出了中国驻外使馆的真谛。他讲得多好，我们的确要管好使馆这家，发挥好这个家的作用，用这个家，接待好来自各地的朋友同事。感谢李华为大家做出了榜样，也感谢他给我提供了一个和甘肃摄影家朋友接触的机会，介绍津情况的机会，宣传中国驻津使馆的机会和展示驻外人员风采的机会。我其实做得很不够，恰恰是你们的感悟和评价，使我感觉到，今后要更加注意善待国内团组，用好国内团组，服务好国内团组，帮助好国内团组，共同为中津关系发展，做出各自贡献。感谢王金云同志这么用心，小小活动写下这篇感言新闻稿，不仅记录了人生的经历，而且对我也是一次激励。请转达我对他的问候和代表团全体同志的敬意。谢谢你们，欢迎你们再来津巴布韦。只是发稿件的时间年份写成 2010 年，可能是笔误。

忻顺康

2011 年 4 月 16 日

归去来兮硕果累累津国风采尽显影展

津巴布韦文化交流之旅硕果累累。回国后，从十三位（包括中国驻津巴布韦大使馆文化处长李华先生）摄影家拍摄的万余幅津巴布韦作品中，精选出了 150 幅，组成题为《中国摄影家眼中的津巴布韦》展览，在有关部门的支持下开始展出。

首展借兰洽会之机，于 2011 年 7 月 6 日，在兰州的"甘肃画院"开幕。开幕式由甘肃省副省长咸辉女士主持，中共甘肃省委书记陆浩、省长刘伟平及津巴布韦副总统恩科莫、津巴布韦驻中国大使等嘉宾，出席开幕式。陆浩、恩科莫发表了热情洋溢的讲话。最后各位中外贵宾为展览剪彩并参观展览。与影展一并展出的，还有津巴布韦石雕艺术。展厅内津巴布韦题材的摄影和津巴布韦石雕艺术相互映衬，突破了以往单纯一种形式展出的格局。此次展出的摄影作品，透过甘肃摄影家的眼睛，从自然风光、野生动物、城市风貌、民俗风情等多内容、多角度，展示了津巴布韦的自然景色和风土人情。让中国观众透过华美瑰丽的照片，间接领略、感受津巴布韦悠久的历史文化，和南部非洲热带草原的独特魅力。

展览仅仅三天，便受到了社会各界的广泛关注和好评。许多媒体进行了及时地宣传报道。据悉，如此高规格的影展，在甘肃摄影史上还是空前的。

按照 2011 年中国文化聚焦·甘肃现代摄影学会赴津巴布韦摄影文化交流计划，应哈拉雷津巴布韦大学孔子学院的邀请，由甘肃省博物馆副馆长、甘肃省现代摄影学会荣誉副主席王裕昌、研究馆员王琦、职员万建国，一行三人组成的文化代表团，于 2011 年 8 月 10 日至 8 月 16 日，前往津巴布韦举办了《中国摄影家眼中的津巴布韦》摄影作品汇报展览。展览仍然在哈拉雷庆典中心举办，8 月 11 日下午，举行了展览开幕式，中国驻津巴布韦共和国特命全权大使忻顺康、津巴布韦文化和旅游部文化司司长、国家文物局局长、津巴布韦大学孔子学院院长、有关部门官员、中国驻津巴布韦大使馆部分人员，约 150 人，参加了以酒会形式举行的开幕式。开幕式上，甘肃省博物馆副馆长王裕昌、津巴布韦文化和旅游部文化司司长、中国驻津巴布韦共和国特命全权大使忻顺康、津巴布韦大学孔子学院院长分别致辞。

《中国摄影家眼中的津巴布韦》摄影作品，深受广大津巴布韦观众的喜爱，展览受到了津巴布韦人民的热烈欢迎。作品反映了津巴布韦的悠久历史、独特风情和绮丽丰富的自然与人文景观，表现了非洲大地原始的唯美与宁静，强调了生命的本质与内涵，具有极强的原生态艺术气息和很高的美学欣赏价值，给人以极大的视觉冲击和心灵共鸣。其中维多利亚大瀑布、平衡石公园、马托坡景区、赞比西河、旺吉野生动物自然保护区、原始部落民俗风情和当地人民热情奔放的歌舞，给参观展览的观众，留下得十分深刻的印象。有些津巴布韦观众，看完展览后感慨地说，想不到我们津巴布韦竟然如此美丽。

为了响应党中央推动社会主义文化繁荣发展的号召，落实甘肃省委"建文化强省"的指示精神，进一步扩大中津两国文化交流成果的影响，使甘肃人民更多地了解津巴布韦原始壮丽的自然风光、独具特色的民族风情和悠久灿烂的历史文化，由甘肃省文化厅、中共白银市委、白银市人民政府主办，甘肃省现代摄影学会、中共白银市委宣传部、白银文化出版局承办，白银市群众艺术馆和白银市摄影家协会具体实施的《甘肃摄影家眼中的津巴布韦》摄影巡展，于3月9日上午，在白银市文化中心隆重开幕。

参加开幕式的有白银市委、市政府、市政协、省文化厅、省博物馆、省现代摄影学会、定西广电局的领导，以及展出作品的作者和白银摄影工作者100余人。开幕式由白银市文化出版局安进宝局长主持，中共白银市委常委、宣传部部长高鹰讲话，甘肃省现代摄影学会会长赵广田致答谢词。

白银展是《甘肃摄影家眼中的津巴布韦》摄影巡展的第一站，其后还将在甘肃的定西、天水和临夏回族自治州的刘家峡地区陆续展出。

2011年中国文化聚焦·甘肃现代摄影学会赴津巴布韦摄影文化交流活动的主体部分，早已完满结束，后期的延展活动也正在陆续地进行中。这次活动，既增进了中津两国的文化交流，也历练了一批甘肃的摄影家。文化交流的意义，并非完全局限在文化本身，他将以软实力形态，还会影响到社会经济乃至政治的层面。对摄影家来说，最为明显直接的启示是，摄影，不仅是一般性的生活娱乐方式，更重要的是，通过摄影文化丰富人生的内涵，为社会文化和文明的交流发展，发挥其独特而积极的作用。相信甘肃现代摄影学会，在这条前景广阔的道路上，将会有更大的作为。

2012年3月25日

去莫高窟朝圣

那天夜里，窗外月色朦胧，屋里没有开灯，连电视机也关小了声音。你握住我的一根手指，眼光朝着闪烁的屏幕，轻轻对我说：等秋天的手，拿起画笔在调色盘里旋转的时节，你带我去莫高窟，去莫高窟点燃一盏佛前的青灯。

哦，一起去，一起去点亮那盏佛前的灯。

我们一路走过，寒来暑往风雨兼程，携手度过了人生最美好的时辰。

大半辈子，我们穿梭来往，飞起飞落，是花丛间联羽翩跹的两只蝴蝶，目染了太多的姹紫嫣红。

大半辈子，我们漂洋过海，翻山越岭，是一对贴着苍穹迁徙的候鸟，见识了天地间奇妙的风景。

大半辈子，我们碌碌忙忙，出出进进，是两只穿梭在废墟草丛间的甲壳虫，光顾了无数的砖头瓦块和水泥钢筋，饱览了纷繁流变的世故人情。

我们在无极时空的坐标里，东游西荡，在芸芸众生的步履间消费人生。当盘点旧账、运定筹码的那一刻，我们才惊愕地发现，人生的支票将要透支，换来的，却是一张永无返程的票证，留下的，是一片缥缈模糊的图景。

轰轰烈烈的人生，难道就是一场醒来后永远捞不起的遗梦？

好！去大漠，去大漠追赶丝路的历史风云；去敦煌，去敦煌莫高窟拜佛朝圣。

用两掬万年流沙，将一双百年素手涤净，选一个三世俱存，天地犹在的窟洞，去点燃供奉在曼荼罗上那盏属于我们的佛灯。祈请那一缕如豆的明光，拱起穹顶的飞天之梦。

跪拜在芨芨草编就的蒲团上，勿欲勿念，垂目观掌，罔思罔虑，气和心平。让心头升起胡天皓月，让耳边响起西域梵玲，留住佛陀的禅意，敞开自己的胸襟。

掀起如斗大石的弥天黑风，托起残阳里促促暮归的雁阵，用心灵去触摸戈壁旷逸，大漠雄浑。

唤醒消形匿迹的边城，寻觅孤独的狼烟土墩。他是一粒粒断了线的残珠，让岁月磨砺得面目朦胧。关碟虽颓，记忆犹新。黑风刮不走西天取经的行僧；岁月洗不去叮当千年的驼影。

流沙神泉牵着祁连雪峰，见证了阅尽千年的丝路风情。鸣沙山一钩弯月的明镜里，至今还贮存着西域胡人的杂技，和反弹琵琶的舞魂。

神秘诡异的魔鬼城，旧景如初，"街巷店肆"空无一人，雅丹的歌喉里，依然是杨柳怨曲胡笛哀音，还有那游魂野鬼的呜咽悲鸣。

敦煌城外的古战场上，马蹄搅起的滚滚沙尘，悄然落定，匈奴汉唐往事似烟，铁马金戈故迹如云。春风杨柳羌笛怨，空留下壮士豪歌，诗人高吟。

千佛洞里佛陀无语，三危山下河水息声，佛国清净之地，流沙狼粪壅塞窟洞，东方文明宝藏，屡遭战乱血腥。

藏经洞里的百年故事，悬壁画上的烟渍刀痕，诉说着道士的愚陋无奈，和官府的腐败无能，谴责着"斯大人坦因"之流的文化盗行。

长髯飘飘的张大千，伴着飘飘长髯的于佑任，两个美髯公，在每个洞窟中盘桓驻足，看得出神。仁人志士一拍即合，敦煌亟须保护，敦煌亟须研究，成立国立敦煌艺术研究所的谋划，将要成真，于是母子离散的莫高窟、榆林窟又找到了自己的母亲。大千稚柳书鸿，率领他们的弟子家眷和雇工，同身披袈裟的塔尔寺喇嘛们一道，在寂寞的岁月里，抢修世界文化奇迹，使莫高窟重见天日，敦煌声名再震。

1949 年的秋天，五千年华夏古木逢春，风流人物在天安门城楼上，发出了庄严地宣告："中华人民共和国中央人民政府成立了。"——这是一代伟人毛泽东的声音。西入胡天的鸿雁，还有度过玉门关的春风，将这震撼世界的宣告，传到了三危山顶。垂暮的敦煌久逢甘露，迎来了千年后的新生。常书鸿段文杰樊锦诗，他们用自己的青春，输血给敦煌的生命，拯救古老的文明，一干就是大半生。敦者大也，煌者盛也。曾经的敦煌如今更大更盛。

……

哦，起身吧，再看一眼那盏佛前已经燃起的青灯。掬一口从雪域高山淌下来的圣水，让凡俗的五脏六腑，变得凉爽清净。双手合十空心虚掌，虔心叩别宕泉河沿千年的沙门。躬身退去，退回到道士塔前空旷的戈壁滩上，卧沙抵膜，执子百年双手，轻轻地，轻轻地摩挲，直到残阳西坠，彤云灭寂，三危消尽！

2011 年 11 月 23

探母散记

2012年10月7日，我携夫人千里自驾探母。

上午7时10分，从刘家峡出发，自兰州河口上连霍高速，一路向西，于傍晚6时抵达酒泉家中。很幸运，连霍高速兰州至河西段，竟然没有遇到国庆长假免费的车流高峰，我们既享受了高速顺畅的驾驶乐趣，还免交了近300元的过路费。

在家住了几天，我和夫人及弟妹们，萌生了带老母去额济纳旗旅游的念头，但老母是82岁的人了，患有腰疾，而且生性不喜欢外出，想拉她出远门，可不是一件容易的事。经过我们的几番软磨硬泡，老母扛不住，终于答应出去走一趟。这下可把我们乐坏了，兄弟姊妹们商量好去的三辆车：我的奇骏三人，后排铺褥垫被，放上高枕，搞成一个老母专享的"软卧"，由我自驾，夫人伴驾；我大妹他们的车，由大外甥驾驶；大弟的车，由他自己驾驶。大弟王金龙，可是老道的专业司机，开了一辈子车，什么类型的车，他几乎都开过。他背地里称我是"二把倒"。在专业司机面前，我只能是二把倒啊，技术不高，一把倒不过来，不倒二把你有啥办法？他们的两辆车，每车四人，载的是大弟媳妇、大妹、二妹、二妹夫、三妹和小妹。车上都满载着各家准备好的吃喝，丰富得很。

13日晨7点20分，我们从酒泉出发，沿航天路径直向北，中午11时多，完成了近380公里的车程，到达了目的地——内蒙额济纳旗的市区。这一路平坦笔直，要经过赫赫有名的酒泉航天基地，就是路面偏窄。金塔的鼎新之前，大车特多，都是从内蒙古、宁夏北线过来的，小车都怕这种车，鼎新之后车就少了，尤其是讨厌的大货车更少了，驾驶比较轻松。

我的大外甥志强，20多岁，应付社会一副驾轻就熟的架势，住宿、门票、线路，都是他事先搞定的。

经熟人指点，下午我们驾车从二道桥马路北侧向北深入五六公里，进入景区深处。这里平日对游客不开放，胡杨枝繁叶茂，金光灿灿；而一至八道桥常规开放的地区，已经是寒风里残叶伶仃的景象了。再说，我到额济纳旗已经有过前两次的经历，时间跨度13年，每次都是在一至八道桥两侧1公里左右的地盘上转悠。这次对我而言，是旧客逢新景，而又巧遇晴天，光线更适合摄影。

我的老母行走困难，到点下车就地看看，就被安坐在倒伏的树身上，静观四野。我们小辈们，徒步深入林中观景。回头从远处看着由她营造出的温馨画面，心里有说不出的幸福和爱意。我跟一起的弟妹们调侃："你们看，独自坐在胡杨树干上的老母多像是一个可怜巴巴的孤寡老人。"大家哄然大笑。

其实，她可幸福着呢！她的五男四女的九个子女和儿媳妇女婿们，虽然都是波澜不惊的烟火百姓，走的却是踏踏实实的人生正道，个个都成了人，人人都孝敬老人。她在经济上不匮乏、不困顿，精神上不空虚、不孤独，人生无大憾。年轻时，她和老爸为操持这个家，为把我们拉扯成人，可是吃尽了苦头。如今，我们都早已成家立业，有的甚至都做了爷爷奶奶，她的艰辛，得到了应有的回报，正是安享天伦之乐，颐养天年的时候。

"她的艰辛得到了应有的回报"，这一句话说得轻松，可是和如山似海的父爱母爱相比，我们做儿女的付出再多，又算得了什么？父母恩重如山，我们就是付出的再多，也永远报答不了父母的养育之恩。

感到欣慰的是，到如今，老母除了高血压和腰椎弯曲以外，身无大恙，而且精神状态一直很好，思维清晰，开朗而健谈，喜欢与人交往，脑瓜好使得连我们都自愧不如。她打麻将，一坐几个小时，面无倦容，精明灵活，想沾点她老人家的"便宜"，好像门道儿不大！她的大儿媳妇感叹："老太太如果再有点文化，可就不得了了！"她虽然年轻时没学到文化，却对新知识、新事物感兴趣，乐于关心社会事态、精于观察人情世故；她理智讲原则，通达不自私，处理家事慎始善终，公平周全，为人处世正直尊礼。老母的精明能干，自食其力，干净利落，不沾人光，不让人说她长短的性格，始终未变。如果谁无辜伤到她，她发起火来也是烧人得很呐。

我的老母，起先是直接掌管着有九个子女的大家庭（我家的排行不分男女，依生养顺序排行序。我是老大，下面四个弟弟四个妹妹。我和最小的老九相差 20 岁）。那时候国家不富，百姓贫困。我老爸 119 元的月工资，在当时来说算是高薪，但要维持这样一个大家庭的生活，并不算太富裕。但我老母精于筹划，勤俭持家。心灵手巧的她，自己裁剪料子，踩缝纫机，做衣服，毛衣也打得漂亮。女红饭食缝补浆洗，样样都不在人后，任何时候，都把我们兄弟姊妹打理得头面光鲜，屋子里始终清爽整洁。在她的操持下，我们家的日子过得还算殷实，连当时前卫时髦的"三转一响一咔嗒"（三转：自行车、缝纫机、手表；一响：收音机；一咔嗒：照相机）基本有了（只差一咔嗒）。后来，我们兄弟姊妹陆续成家，她就成了"联合国"常任秘书长。到目前连老母家、儿女家、孙子家算在内，一共是12个家庭33口人（老爸是离休人员，已去世四年，享年88岁），都非常和睦。街坊邻居有口皆碑，都羡慕这么大的家口，这么复杂的关系，能过得如此美满、相处得如此融洽，实属少有！是啊，换了是你，你能玩得转这个"联合国"吗？别人我不敢妄言，反正我是肯定赶不上老太太的。

老母真是伟大！

晚上，十一口人住在一套两厅三卧一厨一卫的家庭式旅馆里。

类似这样的家庭旅馆，在这里挺多，这原本是当地人的住家，只是在旅游季节暂时腾出来作为家庭旅馆，搞一点经济收入而已，到了旅游淡季，又复归居家。在额济纳旗这地方，一年中旅游的时间，主要是集中在国庆长假期间，人们都是慕胡杨之名而去的，那短短的十几天里，小小县城塞满了来自全国各地，乃至世界各地的游客，食宿极度紧张，一个床位高到七八百元，令人咋舌，需要提前预定，否则，只能交地皮费，支起帐篷露宿野外。

有人说，既然宾馆效益那么好，为什么政府和个人投资者不多建宾馆赚钱呢？你想错了。就是有资金建起了足够的宾馆，一年又有多少人去住呢？又有多少时间有人去住呢？额济纳旗的旅游特点，决定了他的旅游接纳方式的灵活高效，不仅为当地的旅游业解决了困难，而且为当地人民带来了收益上的实惠。

第二天一大早，不到六点，大家都起床了。有几个抱怨说一夜没睡好。我问：是换了环境？我二妹说：你深夜两点多起来摸摸索索找水喝，谁能睡得着啊！看来是我搅了他们的美梦。

吃了自备的早餐，便兵分两路。一路直奔70公里以外的居延海观光；另一路径向枯树林拍照，去枯树林拍照的是我和老伴，其余九人拥着老母去了海边。

我们夫妻俩没去居延海而去枯树林拍照，是因为去年所拍的枯树照片被电脑故障吞噬得一张不剩。既然今年又来了，就得补上这个遗憾。

到了枯树林，买了两张门票，便四处拍照。天气真冷！手被冻的生疼。偌大的林子里，只有三个人。夫人见景，兴奋得连连叫好，一再声称，这里绝对值得一来，而我只是含糊应对，心里却是另一番滋味。

才一年的光景啊，我有印象的许多树木造型，已是面目皆非，有的还留下了锯口。

我的老母一行九人，到了居延海。观景拍照，投食喂鸟。按照约定，他们于中午11时返回到枯树林停车场，与我们会合。我的车早已等在那里。"南北两路军"一见面，我的几个妹妹争着要给我俩讲"故事"呢。

老母在酒泉出发前，曾承诺负担这次大家旅游的餐饮费。但是人老了记性不好，忘了放票子的确切位置，只摸索到了五百元人民币，又不敢贸然啃气，生怕引起误会，造成不愉快。俗话说，手中缺粮心里发慌。老母亲躺在后排的"软卧"上沉不住气了，才嚅嚅地道出了找钱的经过。坐在副驾驶上的大儿媳妇说："你担心个啥呀，我这儿有钱呢，借给你一千元（我们料到不说借给他，她是不会收下钱的）不就得啦。"这才解除了老母的后顾之忧。

到了居延海要买门票，故事就来了。有人开玩笑逗老太太："老娘掏钱买票。"你听老太太咋说："我只管你们的吃饭，谁管你们的观光？"她的反应又快又幽默，儿女媳妇们笑成了一堆泥。

　　居延海自古闻名，史称"居延泽"。黑河是中国第二大内陆河，位居塔里木河之后。它发源于祁连山东麓，全长八百多公里，流经张掖向西而北入酒泉的金塔，到了狼心山又分成东、西两叉（史称东河、西河。蒙古语称作额木讷高勒和木仁高勒）向漠北方向并行，最终归宿在额济纳旗的东、西居延海。额济纳河（黑河下游的称谓）离不开祁连山。每当春季，暖风吹化祁连山上的冰雪，汇成奔腾的河流，冲进巴丹吉林沙漠；雨季到来后，沿途雨水进入河流，河水宛如一条晶莹的飘带，向额济纳旗北端延展。飘带的尽头系着两颗晶莹的"蓝宝石"，一颗是嘎顺诺尔（西居延海），另一颗是苏泊淖尔（东居延海）。这也就是史料记载的弱水流沙"居延泽"。

　　历史上，黑河滋润着沿线七八百公里的片片绿洲，成为繁荣丝绸之路和孕育河西绿洲的生命之水。额济纳三角洲，是巴丹吉林沙漠和大戈壁之间的狭长通道，是河西走廊丝绸之路通往漠北的必经之路。这里曾经是水草丰美，驼羊成群的绿洲。据传，昔日的居延海，一望无际，芦苇密生，周边千年胡杨连片无垠，是蒙古五畜的乐园，南北水禽的天堂。黑河水成就了神秘的黑水城，也埋葬了这个盛极一时的沙漠明珠（据说黑水城的消亡，是因为敌方在黑水城上游拦坝断流而造成的）。真是"成也萧何败也萧何"。可见河流与自然生态和人类文明的关系，就好比是饭食与人的关系。

　　总之，从人与自然的关系上看，地球原本就有自我"管理"的机制，在人类没有出现之前，地球早已自生自理，不需要自作聪明的人类给它帮什么忙。因此，我们要敬畏自然，道法自然，慎重对待发展，要警惕发展中的伪科学。地球只有一个，不要以为它是多么的坚不可摧。其实脆弱得很呐，需要我们用爱心认真呵护，否则，就是给人类自己掘坟墓。

值得欣慰的是，党和国家在黑河上设立了黑河管理调度机构，人为调控黑河水，使得早已干涸的居延海，又渐渐恢复了生机。这是意义久远的大善举，虽然会招致一些世俗利益的非议和抵制，然而，终究是对道法自然的理性回归，是对盲目垦荒屯田、筑坝引水的反思，是对人类自私轻狂的检讨。

据我的弟妹们说，海子里的水虽然不够多，但湖面上碧波荡漾，芦苇丛生，水鸟翩翩飞翔。迷途知返，让我们看到了希望，找到了正路。

退回来，不是简单的倒退，是带着理性的归正。这样的"倒退"其实是真正的进步！

中午，我们踏上了返程的路。我扶着方向盘，哼唱着《世上只有妈妈好》，老母躺在自己的"软卧"里，笑眯眯地听。

是啊，世上只有妈妈好，有妈的孩子是块宝。我们有八旬老母在堂，我们就是俺娘的一块宝。前不久，中央电视台搞了一个节目，主题是：你认为什么是幸福？他们没有采访我，我心中的答案是："有妈就是幸福，做老妈妈的宝，就是幸福中的幸福。"

2012 年 10 月 26 日

登山归来话雾宿

一

要去登一座山，一座一出家门就能翘首仰望的山。

人往往舍近求远，花钱受累地想阅尽天下名山大川，却对自家门前的那条河，自家身后的那座山，兴趣索然，置之不理。有时候，反倒是外地人，风尘仆仆地跑来旅游，惹得当地人笑话这些脑子里进水的人，不在自家大城市的甜窝窝里享福，偏偏大包小包地跑到这山旮旯儿里活受罪。

我在这里生活工作了几十年，也听说过身后有座雾宿山，只是左耳进右耳出，从来没有往心里站过。后来因为摄影的缘故，才对身后的雾宿山动了的心思。

甘肃的永靖县，因境内黄（黄河）、夏（大夏河）、洮（洮河）、湟（湟水）四水交汇，炳灵峡、刘家峡、盐锅峡三峡连缀，炳灵水电站、刘家峡水电站、盐锅峡水电站三站断黄，而成为奇特的黄河三峡风景区。近几年，黄河三峡风景区，以"陇上江南、西部水乡"的美称，成为闻名遐迩的旅游品牌，被分别列为甘肃"丝绸之路精华旅游线"和"千里黄河风情旅游线"。然而永靖的山，除了"大禹导河"的小积石山有些名气外，其他的山，大多与名头无缘。

二

今天登临的雾宿山，就是这样一座默默无闻的山。

它不是山之领袖，也不是岳之翘楚，而是山中的凡人百姓，是淹没在人群里的你我他。它没有华山的险峻之貌，没有泰山的王者霸气，没有庐山的那种神秘莫测，也没有云雾中黄山的影影绰绰。他不张扬，不做作，远离喧嚣，脱去美艳，只是静静地延亘在那里，讷讷地袒露在那里，纹丝不动地摆到如今。它的生命里，压根儿就没有激越张扬的秉性，也没有妩媚邀宠的基因，因而，不为世人所瞩目，也就是极

其自然的事了。

然而，一方山水养一方人，有谁不说自己的家乡好？这里的人们，深深地爱着自己的家乡，爱着怀抱家乡的这座大山。生生世世，大山是这方水土上生灵的父亲，它用宽博仁厚、无私坦荡的胸怀，拥抱着、护佑着它的儿女们；大山的儿女们，也安然自怡地依偎在父亲的怀里，生生世世，不离不弃，生死相依。

地上行走，无处不是路，登雾宿山亦是如此。但有两条进山的路，常为驴友和一般游玩者选行：一条是由东向西的红柳沟路线；另一条就是庐子沟路线。自南至北沿沟漫上的便道，窄窄弯弯地通向沟垴，直抵山脚下的五龙道观山门，这便是庐子沟路线。我们这次走的就是这条道。

三

我们一行八人，齐聚到五龙观正殿的阶下，早有道长在殿前笑脸相迎，我的好友掏出百元大钞，放在右侧的供桌上，算是替大家

给菩萨、太上老君和金花娘娘们的香钱吧。

中国人进庙烧香，见佛磕头，对多数普通人而言，只是一种习俗，这与真正的信仰并无太多的关系。于是我们焚纸燃香，跪趴在蒲团上纳头便拜。三叩三拜的程序完成了，才各自四处溜达。

五龙道观，没有顾得上仔细了解他的历史。大致从外表看去，分三级台阶，依陡山缘石而建，逐级排列呈三角形布局。这五龙道观的处所，酷似永靖吧咪山池庙的地形，简直就是小一号池庙沟壑。它没有像吧咪山左狮右象、青龙白虎那样的称谓，只是将一条条山岭人文成"五龙"，五龙道观，因此也就有些说头了。

我窃想，道观选址，为什么如此地相似，这在西北地区还不算是特例。难道与道家，抑或是佛家、儒家的风水理念有关系？你听那左狮右象、青龙白虎，多为道家说辞，以至于深深根植在中国文化的血脉里。

四

寺庙道观，就大多数而言，都是建在山青水碧、钟灵毓秀的清静之地，可是这座道观，孤独地矗在裸露的灰色山岩上，三角形的布局也嫌生硬固执，全然没有依山就势的和谐气氛。不见幽林掩映，无闻清泉响涧，偶尔听到的，也是那一两声空谷回荡的子规啼鸣。这"布谷、布谷"的鸣叫声，若是在村舍边的田野林间，倒也平常惯闻，亲近热闹，立刻渲染出一派浓烈宜人的乡间野趣。偏遇到在这样的环境氛围中，这杜鹃的一啼一鸣，就有异样的感受，不由得平添了一丝惆怅、几多寂寥。世事艰难，世道迷离，孤独寂寥是隐藏在人们心底的潜质。

道观里寂寞冷清，不见香客的影子，佛神不言，静观世间人生百态，菩萨、老君做何感想？只有他们自己知道。这样的环境，杜鹃也只能如此凄凄而鸣；这样的山谷，也只配杜鹃泣血的回应。

五

拾级而上，几十米处是一座佛堂。堂门紧闭，山风习习。不经意间，恍惚有什么东西，瞬间触动了我的心灵。定睛一看，原来是一簇芍药，独自盛开，这让我诧异，让我惊喜。我躬下身去，凝视着它动人的容颜，心想，她形质堪比荷花，本与牡丹为伍，原是富贵之地的尤物，可是它居然没有因为身处荒山僻壤而自卑，也没有因为离群索居而郁郁寡欢，立显出为人的卑微渺小和曾经有过的患得患失。

我没有白来这里。佛堂紧闭有什么关系？佛不就在眼前吗？"一花一菩提"。芍药大概是离水旱生的莲吧，对！她就是曼荼罗上的那只莲！下一世我愿做那斋饭素衣的护花人，要么化作佛坛上长明的那盏青灯，永世映照佛面莲心。

六

石阶戛然而止，前路山石突兀，盘曲迷离。似乎岩石蓬草间到处是路，却又不知哪里是路。幸好前有同行朋友的带领，倒也不至于乱石迷途。但我本来患有高血压症，头天晚上贪杯晚归，影响了睡眠，明显感到血压增高，呼吸吃力，同行的一老兄伴我五步一停，十步一歇，我失去了信心，便对他说："你先走吧，我慢慢爬，实在爬不上去了，原路返回，在下边等待你们凯旋。"他先行了。我仍然吃力地蹭蹬在最后。忽然，上头巨石上朋友们挥手齐声呐喊："王兄，慢慢走，我们在这里等你，你一定要登顶。"

我的这帮朋友，情如手足，义比同胞。真情实意是巨大的动力。于是，我也就打消了半途而废的念头。和先行等我的"二方面军"会合了，"一方面军"还在更高的地方跋涉呢。我，还有伴我同行的两位朋友，算是"三方面军"吧。

七

雾宿山朴实不张扬，但弘厚宽博；雾宿山单纯袒露，但不乏内涵。其实，他的全部外质、内涵是本有的，并非外部赋予。只是我们用怎样的眼光视角，去发现认识而已。

嶙峋参差的岩石缝里，土壤薄而不匀，这是陡峭石山上水土流失，植被退化的缘故。即便如此，杯土捧沙，也会是生命的乐园。

山上最多的，是芨芨茅草，还有点葱茏之气。那一蓬一蓬的柴草，大多是干枯模样，和我们在戈壁沙漠里见过的植物差不多。它们应该是多年生草本植物，枝多叶小，耐晒耐旱。新枝新芽从上年枯败的枝干间抽出，昭示生命的顽强与活力。这类东西应该有名，只是装在当地上了些年纪的人们的脑袋里罢了。

墩墩丛丛的柴草下，岩石错成的沟缝里，身上红黑相间的百足之虫，成群结队的慢慢蠕动；贴地的小黄花，只有香烟屁股那么大，下面长着两三片叶子，总高也不过两三厘米。这样的小黄花，稀稀拉拉地连成一片，其间点缀着稍高稍大一点，样子像菊的紫色小花。紫色花朵上，总会有一些树皮色的小蝴蝶飞飞落落。这些小花，完全不同于缺乏生气的柴草——小巧、精致、娇嫩、纯艳、明丽，不由得让人怜爱心疼。

这座山，干旱少雨，海拔又高，年积温低而适宜生长的天头也较短。荒荒的山，会在一夜春雨后陡然生绿。小草、毛刺一旦发芽，便抓紧一切时机长叶、开花、结果，快速完成一个生长周期，以便实现基因传承的使命。

城里人，往往讥笑乡下人，发达富裕地方的人，总是瞧不起落后贫穷地方的人。看到衣着朴实，手里端着大海碗，圪蹴在自家门前，扒饭喝汤的山民，便生怜悯之心：这地方这么落后，这么穷，太苦了，他们怎么就祖祖辈辈的安于现状，真是可怜而愚昧啊……大有哀其不幸怒其不争的意味。比起饭来张口，衣来伸手，分不清麦苗韭菜的那些人来，他们是苦，生活水平是低，可是乡下人的吃苦耐劳精神，顺天认命的秉性，以及满足感、幸福感、生存的技巧能力（包括生命的耐力），似乎普遍不低于城里人！较之浮躁不安压力重重的城里人，山民可能会更加适应艰苦多变的环境，在文化和心理上，自然表现出恬淡自足。这实在不是一个简单的麻木愚昧、观念落后的问题。

其实，廉价轻薄的怜悯，是富人自作多情的好心，不如给一点实实在在的帮助，哪怕是一分钱、一件衣，或者志愿当一名乡村教师，给山上乡下的黑娃子们教点知识。

无论是山草或是山民，他们自有自己的生存机制，自有自己的生活方式。生存条件造就了生存的方式与技巧，这可能不单单是这些植物的专利，恐怕是自然界的普遍法则。达尔文是真正伟大的人，他的"物竞天择，适者生存"的科学结论，至今无人撼动！

我们应该把雾宿山半山腰的那一小方土地，当作是一个大世界；我们更应该将那些没有姿色的柴草和精灵般的小花，尊为老师。

八

大家一片欢呼，在海拔2700米的山巅，挥舞着鲜艳的户外休

与世界文化的交流频繁密切。他们，虽然不像西方人那样，讲究节日的仪式感和正式性，但显然是在精神层面上，受到了这种外来文化的熏染。

感恩，是爱对爱的回应，是善与善的拥抱。感恩的文化，是人类知恩图报的美好情愫，是文明的清流。无论哪个民族的文明，只要是闪烁着真善美的精神光芒，它就不会永远滞留在它的本土上。优秀的文明遗产，其身份往往是地产性的，而意义和价值则是世界性的。任何真善美的东西，都是整个人类共同的精神财富。

父亲节、母亲节、情人节、感恩节，还有中国的春节、元宵节、清明节、端午节、中秋节、重阳节……多么美好的节日啊。这些节日，是一种仪式，是一种符号，更是一种载体。它承载着的，是爱，是情，是美，更是善。这些节日，是一盏盏人类文明驿站上的明灯，看起来，是那样的渺小单纯，其实，却又是那样的温暖光明。这些节日，承载着深刻的天道节理，洋溢着浓酽的人文情怀，映射着美好的心灵关照。这些节日，浮在表层的是世俗温馨，内质却又是那么的神圣庄严。因为，它那温暖柔软的手，已经触摸到人类最博大、最深刻的道德精神和生命意义的层面。

我们活在这个世界上，就一定要怀着一颗感恩的心才对。有了感恩之心，我们才能更多地品味出生活的美好滋味，才能感觉到阳光的温暖明丽，才能体会到为人的幸福心境，才能感悟到生命的厚重平实。

忽然发现，在这个万象丛生的大千世界里，最珍贵的东西竟然都是免费的：阳光、空气、信念、梦想、情感，还有朋友和家人。

我们往往对那些越有金钱价值的东西，越视为珍贵，而对阳光空气之类无偿享用却又须臾不可离的东西，反而习以为常，麻木不仁。我们的生活中，可以没有汽车，没有高档家具，可以没有现代网络和计算机，但是，绝不可以没有空气，没有阳光和水，绝不可以没有父母，没有兄弟姊妹和亲情友情。没有了它们，这世界便成为死寂的沙漠。

因此，我们首先要谢天谢地，对我们赖以生存的环境心生感激。

这样的感激，绝非那种礼节性的谢谢，而是怀着一颗虔诚的敬畏之心。

在大自然的无私慷慨面前，总有一些疯狂不羁的身影和贪婪奢侈的面孔，他们放肆地开采掠夺，无度地挥霍浪费，率意地处置垃圾，蔑视法律与道德，破坏着大自然和谐稳定。

从环保的角度来说，现代文明应该承担起对自身的反思与自省的责任。我们人类的生活质量一天比一天高，占有的财富一天比一天多，物质享受一天比一天好，我们为了自己的富裕和舒适，千方百计地向大自然索取。只有几千年文明史的小小人类，在亘古久远的地球身上弄得千疮百孔：大气污染、臭氧层穿孔、地球两极冰盖融化、海平面上升、物种消亡、生物链缺失、气候变暖、植被衰退、海啸地震、大地沙漠化……这一切警示现象，都与我们人类的价值观、道德观和行为方式息息相关。就人类而言，根子，恰好就是缺失尊重自然的价值坐标和敬天畏地的感恩情怀。

我们还要真心感恩的，是我们的父母长辈。

是他们给了我们生命，哺育我们茁壮成长，培养我们成材成人，帮助我们成家立业，支持我们发展事业。他们把我们养大成人不说，还要在垂暮之年佝偻着腰身，颤颤巍巍地帮助我们，抚养教育属于我们自己的子女。他们像一个饱满硕大的马铃薯，让子女在自己的身体上发芽生长，直到供完一身的养分，耗尽一世的生命积蓄，直到枯萎消失。他们何曾要求过子女的感恩回报，何曾计较过自己的苦乐得失？没有。

世界上最伟大、最感人的爱，难道还有超越父母之爱的吗？我们尽管不能做"父母在，不远游"的孝子贤孙，却可以做到带着老婆领着孩子，常回家看看；我们尽管不能代替他们的生老病死，却可以经常关照他们的生活起居；我们尽管不能成为滋养父母的一捧土壤，却可以做那一堵可依靠的"驮树墙"。

即便如此感恩戴德，我们照样无法报答父母。那么，还等什么呢！

天地父母值得感恩。然而，我们还要感谢授予我们知识、教给我们做人的老师。

还要感谢相聚在春天花季里的生死恋人，感谢守定在秋季夕阳中的糟糠夫妻，感谢昌明的政治和太平的盛世，也感谢为昌明政治和太平盛世做出牺牲的英烈和仁人志士。

我们还需要感谢的是，关照和帮助过我们的每一位亲朋好友。

在感恩的名单里，我们也要感谢务农者耕种了粮棉瓜果，感谢做工者搭建了广厦暖舍，感谢商人的百货流通，感谢厨师的美味佳肴，感谢战士的保家卫国，感谢文人的精神食粮，感谢医生的救死扶伤，感谢法官的公道正义，感谢公职的勤政为民，感谢干部的奉公守纪，感谢领袖的天下为公……

感谢祖冲之的圆周率，感谢牛顿的万有引力，感谢门捷列夫的化学元素周期表，感谢爱因斯坦的相对论，感谢袁隆平的杂交稻。感谢孔子和老子，感谢亚里士多德和柏拉图，感谢张衡和郭守敬，感谢达尔文和爱迪生，感谢扁鹊和李时珍，感谢希波克拉底和南丁格尔，感谢司马迁和曹雪芹，感谢莎士比亚和荷马，感谢李政道和杨振宁，感谢维纳和申农……

　　总之，我们要感谢天地的慷慨馈赠，感谢国家的行政管理，感谢社会的互助共生，感谢政治家们的社会改革，感谢科学家们的发明创造，感谢文哲史家们的精神滋养，感谢领袖伟人的召唤引领，更要感谢草民百姓的社会支撑。

　　……

　　人的生命总是那么的脆弱短暂，如果我们蒙受恩惠却浑然不知，或者是泯灭了一颗感恩的心，那我们就失去了肉体的灵魂、为人的资格。如果我们老是怀着一个忐忑不安的感恩心愿，却疏于立刻的实际行动，那我们将会内疚自责、抱恨终生。

　　我在我的电子邮件上自动附带这样的一段话：

　　"就时间而言，过去和未来远不如当下重要，做好每一个当下的取舍，就是塑造过去和把握未来。就人我而言，人比我重要，但有时我比人重要。就人生而言，最重要的不是众生趋之若鹜的名利地位，而是健康、知足和感恩。天大地昊昊，万物共焉，广厦洋洋，只卧一榻；锦衫熠熠，只著一件；美味泱泱，只食一盘。万物本公，无有私属，时光有序，永无止境，何必营营，自苦终命。有道是：银不在多，小康即可；名不在噪，附实就好；位不在高，安分是本；知足常乐，健康是福。常怀感恩之心，谢天谢地谢父母，谢您谢他谢大家"。

　　是的，常怀感恩之心，谢天谢地谢父母，谢您谢他感谢大家。

2013 年 12 月 3 日

佛国之行

    中国甘肃现代摄影学会摄影代表团，一行十四人，在团长牟德厚先生、领队卢刚先生和翻译李华先生的率领下，于2012年12月28日至2013年1月4日，对尼泊尔进行了为期八天的摄影访问交流。1月5日，代表团载着文化交流的成功和喜悦回到了兰州。

    这次访问活动，是应尼中文化交流协会的邀请而举行的。

    组成代表团的成员有：牟德厚、李华、卢刚、王金云、秦德生、马东林、孙宏志、张玉伟、李勇辰、朱毅、马武德、王恩送、刘蔚、戴净。

    2012年12月27日17点15分，十四名代表团成员登上了兰州中川机场CA4208次航班，于18点45分到达了成都双流国际机场，当晚下榻川港国际酒店。28日10时50分，在双流机场搭乘中国国际航空公司CA437航班，飞行不到三小时，便抵达加德满都。途中越过青藏高原，时遇晴天，壮美的世界屋脊，在轩窗里清晰可见，雪山峥嵘，云海滚滚，有幸在一万多米的高空，见识了贡嘎山和珠穆朗玛峰等超过8000米的数座世界高峰，拍到了一些珍贵的照片。真是好运开头，个个喜不自禁。

    12点40分，代表团抵达加德满都国际机场，尼中文化交流协会的主席哈利仕先生，和尼泊尔华商会会长张会长等人接机。

午饭后，哈利仕先生陪同代表团，参观尼泊尔印度教最大的神庙——帕斯帕提那。这里实际上是一座历史悠久的烧尸庙，焚尸台沿河岸排列，烧尸活动 24 小时不间断进行，类似中国的火葬场。但这似乎是一种火水相结合的葬俗，先是在焚尸台上烧尸，然后将骨灰推入河中。我们不知道尼泊尔人的出生方式，却在这里见识了尼泊尔人走出这个世界情景。

从神庙出来，匆匆赶往尼泊尔最大的佛塔——博哈达大佛塔。据说，该佛塔始建于公元 600 年时候，相当于西藏的松赞干布时期，一直以来，博哈达大佛塔与藏传佛教有着密切的关系。

在尼泊尔的第一顿晚餐，是地道的尼泊尔餐。团员们在品尝尼泊尔晚餐的同时，也领略了独具风情的尼泊尔民族舞蹈。晚餐后下榻牦牛饭店。

29 日一早，参观久负盛名的斯瓦扬布那特寺。这是一座被联合国教科文组织命名为"联合国人类文化遗产"的藏传佛教寺院。庙里聚集着众多的猴子，与游人混在一起，上蹿下跳，非常活泼顽皮，因而被中国人俗称为"猴庙"，也是情理中的事了。

下午参观拍摄"世界自然文化遗产"——帕坦老王宫和加德满都老王宫。王宫门口有世界著名的廓尔喀士兵守卫。廓尔喀人骁勇善战，世代为兵，常为英国招募，为其服务。意想不到是，在皇家玛丽神庙，巧遇了极富传奇色彩的活女神，一部分运气好的团员，亲眼看见了一位十几岁美少女（活女神）的出场仪式和美丽容姿。晚上，中华商会的张会长，在中国餐馆设宴招待代表团。

30 日，长途远涉，前往尼泊尔国家森林公园——奇特旺。途经四个小时的山路，崎岖难行，但也见识了沿途的自然风光和尼印边界白若镇的集市和海关景致，大家的相机里，也多了一份尼泊尔的山水和印度边民的风情。之后匆匆赶往不远的奇特旺，已是下午时光。

奇特旺，是一个沿河的谷地。首先，大家乘坐十人左右的独木舟，晃晃荡荡，颤颤巍巍地顺流而下；独木舟长而窄，不到十厘米，河水已到独木舟的边沿了，大家望着河岸上的大鳄鱼，大气都不敢出。阿弥陀佛，终于上岸了。松了一口气的团员们，对准岸上割草的女人一顿狂拍，整得人家羞涩难耐。弃舟登岸，到森林里参观野生动物，所乘交通工具，便是这里温顺的大象。象背上架了一座四方的木制平台，周围有低矮的护栏，一头大象，勉强跨乘4人，各把一角，两腿夹着角上的立柱相向而坐，真是没有一点儿活动的余地，还得忍受大幅度地晃悠。不过，看着被鞭笞驱使的大象忍辱负重的样子，再想想我们凡人骑跨在"神"背上的情景，反倒觉得与佛国精神格格不入，心里顿生罪恶之感。

奇特旺国家森林公园里，生活着斑马、羚羊、豹子、长毛熊、猕猴、灰叶猴、犀牛、鳄鱼、印度野牛、野猪以及多种珍稀飞禽，奇花异草。我们见到了小鹿、猴子、鳄鱼、野猪和犀牛，运气还是相当不错！值得一提的是，晚饭后，在这里我们欣赏到了塔鲁族表演的棍子舞。无管弦伴奏，仅长鼓咚咚木棍咔咔，倒也节奏清爽，旋律古朴，与奢华的大型管弦表演相比，另是一番风味，更显简约古朴的原生态之美。

31日，是2012年的最后一天，我们的新年，是要在佛祖释迦牟尼的故乡蓝毗尼过了。在佛祖的故乡过年，这在人的一生中，恐怕是难有的机缘，我们有幸结缘了。在由奇特旺通往蓝毗尼的山路上，路窄弯急，可见度不过十米，但是司机白热布驾技精熟，在大雾里避让腾挪，缓稳行驶，一路倒也安全。中途，车到当尼，便云开雾散，晴天豁朗，大家在这里喝了咖啡奶茶和国人习惯的"达杜巴尼"（尼泊尔语，意为白开水），拍了当尼的百姓生活。到达蓝毗尼吃过中饭后，大家怀着敬仰的心情，去释迦牟尼的出生地蓝毗尼花园朝圣。

据记载，公元前 7 世纪时，现在的蓝毗尼，是释迦族的迦毗罗卫国的所在地，王后摩耶夫人，手扶婆罗双树从右腋下生出乔达摩·悉达多王子，这便是后来的释迦牟尼佛祖。王子 35 岁时，在现在的菩提迦耶的菩提树下，悟道成佛。

大家到了蓝毗尼花园，便集中在圣园中心，参观马亚德维庙、阿育王柱、普卡尔尼圣池，还有霍霍有名的千年菩提树。只见僧人盘腿坐在菩提树下，旁若无人精修苦练。据说，如有佛缘，可从普卡尔尼圣池的水中，映出自己前世的模样，不知找团中的哪位有此缘分？

到了蓝毗尼，不能不到中华寺去拜谒。蓝毗尼这片土地，是印度平原上一片海拔 60 米的肥沃土地。世界许多佛教国家，都在此建了寺院，中国也不例外。中华寺占地宽敞，典型的中国南传佛教建筑式样，赵朴初先生的匾额题词，金光灿灿，儒雅清秀。进到中华寺，仿佛是在自己的祖国，倍感亲切。在翻译李华先生联系下，找到了管事的中国大和尚，大和尚在边上的禅房，接见了远道而来的中国同胞，请我们喝茶、吃水果。期间，我们给中华寺赠送了我们自己创作的摄影图册和我毛笔手抄的般若波罗蜜多心经一幅。感到欣慰的是，一本画册里有一张甘肃永靖罗家洞（藏传佛教洞窟，建于明代，是甘南拉卜楞寺的属寺）的照片，讲的是尼泊尔王子潘唐娃，东渡中国云游到这里，认为是他的修行福地，便在这里开窟造像，日夜修行，与当地一位供养斋饭的村姑结为喜善之缘，双修成佛的故事。这张照片承载着中尼友谊的历史美谈，送到中华寺里不是非常有意义吗？

还有一段有趣的细节：端来的水果不够多，这位和尚便将佛前的供果笑呵呵地取下，拿来给我们吃。这个举动让我心头微微一震，佛不仅仅是可敬的，而且是可亲的。人人皆有佛性，是不是可以做这样的理解：人佛同根同源？人即是佛，佛即是人。所不同的是，人有真善美便是佛，是佛的化身，是普度众生的活菩萨；人有假丑恶便是恶魔，他根本就不是真正的人，而是魔鬼和孽畜的化身。还有一点，佛教的一个基本精神，是众生平等，如此说来，笑呵呵地吃一个原本是给佛的供果，佛是不介意的，应该是乐意的。这给我们一种启发：但凡世界优秀的文化，都具有一个共性，无论是哪个民族的，哪个宗教的，他们的文化价值观都具有真善美的价值取向。有些人认为自己高人一等，神圣不可侵犯，谁要是动了他的面包，就立刻给你颜色看，是多么的无知虚妄和自私丑恶啊。

朝圣归来，下榻蓝毗尼花园宾馆，晚餐是新年"年夜饭"，自然有酒，大家开怀畅饮，情到浓时载歌载舞，欢快的气氛直线上升，他国异乡的陌生感顿然消失，大家拉着餐厅的尼泊尔服务生唱起了"莱森比里尼"。这是一个令人难以忘怀的新年之夜。

我们迎着2013年元旦的曙光，驱车五小时，到达了西方嬉皮士的乐园——博克拉。又是一个晴朗的天气，没来得及进宾馆房间，便直接去欣赏费瓦湖上喜马拉雅山的落日美景和喜神的金色小庙。一切都是另一番感触。

2日的早晨，赶往撒朗科，拍摄喜马拉雅晨晖。有一段一公里多的陡峭山路，是需要徒步完成的，最后的200米，如果再多出10米，有人就爬不上去了。艰难，但是值得，在制高点拍摄美景，就得付出一些艰辛啊。

在山顶上看，鱼尾峰、安娜普纳峰、道拉吉里峰、玛纳斯鲁峰等世界高峰的壮丽雄姿，一线排开，让人惊叹大自然的鬼斧神工。这里应该是杀片最多的景点，大家应该不虚此行。

早餐后，踏上了回加德满都的路程。这段路程，行驶了近9个小时，天黑了才到达加德满都的东山的宿纳加宾馆。

东山，也是一处拍摄喜马拉雅雪山的好地方。次日，大家直接在房间的露台上架机拍摄。珠穆朗玛峰、希夏邦马峰、洛子峰、马卡鲁峰、卓奥友峰、玛纳斯鲁峰等世界著名高峰就在眼前，可惜雾霾遮蔽，通透度不够，多数没有拍出期望的好片子。

下午参观尼泊尔三大古城之一的巴德岗。巴德岗始建于公元12世纪，是尼泊尔保存最完整的中世纪古城，被联合国列为世界文化遗产。这里保存了完整的古代建筑群落，布局错落有致，式样古朴多样，木石（砖）结构层层叠叠，特别是采用大量精致繁密的木雕，为世界罕见，是最具尼泊尔特色的古代建筑群，体现了尼泊尔人民的高超智慧和尼泊尔民族建筑文化的精髓。

巴德岗归来，应邀拜访了哈利士先生的别墅。据哈利士说，他家面积有3000多平方米。家里摆设，现代时尚中浸透出尼泊尔风情。哈利士夫人，以上等的奶茶和水果点心款待中国朋友。借此时机，为表达对哈利士先生的谢意，我将国内带来的一本摄影画册和我的一幅书法作品，赠给了哈利士先生和夫人；哈利士先生为代表团成员，每人回赠了释迦牟尼佛像一尊。

哈利士先生的家庭，看得出是一个殷实而又有文化修养的家庭。先生是一位中国通，是中国人民的好朋友。他本人早年在中国留学，

起来的大海，大海是平躺下去的高山。

天是高高在上的，只要能与苍天相连，就一定会有与苍天相接的高度，无论这个高度是站立着地还是平躺着的。不是吗？

人类似乎也是一样。有些人权高位重，是叱咤风云的一代伟人，在历史上留下了难以磨灭的丰功伟绩，名垂史册。综其缘由，他们的品质，无非就是一个"高"字。因这一个"高"字，他们如日中天，光芒四射，煌煌耀世。世人崇拜他们，就得扬起脖颈，如观天上星斗。这就是大师说的"与天相连，与天等高"啊！

我们看中国的嬴政、刘彻、李世民、赵匡胤、朱元璋、爱新觉罗玄烨、爱新觉罗弘历、孙中山、毛泽东；再看外国的亚历山大、斯巴达克斯、彼得、华盛顿、列宁等，不都是仰面观天吗？

那么，默默无闻，低调处事，却胸襟开阔的像大海一样的那些人呢？那些人，也许平凡如草芥，平凡得好像是沙漠里的一粒沙子，有的甚至一生潦倒，形同乞丐。可是他们的胸襟，不因他们的地位声誉和处境而狭隘偏私。

世上没有比心更小的东西，也没有比心更大的东西。

猥琐、自私、阴暗、狭隘。我们不用对他们正眼相看，只要穿透其伪善的护心甲，藏在里面的龌龊狭隘，便会昭然若揭。

平静、深邃、清澈、宽阔。我们不用对他们仰面而视，然而，远处的地平线上，就是大海与高天拥抱的地方。

正是在波澜不惊的凡人宽阔胸襟里，却包纳着宇宙乾坤！这让我们震惊，顿时低坦的大海翻然而立，竖起了一座顶天立地的"珠穆朗玛峰"。不由得让我们仰面观天，心生敬佩。

面对高大如山的英雄伟人，我们顶礼膜拜的同时，多了一份敬畏和距离；面对胸襟似海的凡人百姓，我们心悦诚服。大德如沐亲若父兄的情感里，内心的太阳却高高升起，温暖了周身，融化了灵魂。

2013 年 5 月 1 日

玛曲的黄河

1200 多年前，李白迎风高吟"黄河之水天上来，奔流到海不复回"，当代诗人余亚飞，也诗意而形象地刻画了"黄河浩荡贯长虹，浪泻涛奔气势雄；石障山屏难阻挡，千回百转总流动"的豪壮气势。还有那首气震山河的《黄河大合唱》。

诗人们借助黄河，抒发的是情感，展示的是胸怀，表达的是一种勇往直前、锐不可当的精神气魄。但是现实中黄河，其汹涌险急桀骜不驯，的确就是最具代表性的自然特征。面对这种自然秉性，相信没有多少人会认为，黄河是温顺驯服的。仅 3472 公里的上游河段，落差超过 1200 米。从青海龙羊峡到宁夏青铜峡段，就有龙羊峡、拉西瓦、李家峡等 20 多个峡谷。高峡深谷，两岸峭壁千仞，悬崖百丈，其险峻，令石羊怯步、岩蛇畏途。狭窄陡急的河道里，水流湍急惊涛拍岸，声闻数十里。

然而，上溯到河曲之地的玛曲，黄河就不是那样的黄河了。

从青藏高原的巴颜喀拉山北麓的卡日曲一路走来的黄河，流经青海、四川，进入甘肃的玛曲，便在这青藏高原与黄土高原的相接处，回转成 180 度的大慢湾，把神秘美丽的玛曲草原，拥抱在被誉为"天下黄河第一湾"的怀抱里，绘成了草原上举世无双的壮美画卷。

"玛曲"一词，是藏语中的"黄河"。玛曲的黄河，从容优雅，宽厚大度，与其下游汹涌险急，桀骜不驯的性格，截然不同，展示出黄河多重性格中的另一种仪态和气质。

站在玛曲黄河大桥的桥头上极目远眺，青山叠嶂，绿草如茵。苍茫间，银光粼粼的大河，从蓝天白云和青山绿草的接缝中生出，浸润在草原的毫发中，从容而来，逶迤而去。宽阔平缓的河水似驻还流，一任舒缓从容地在草原的绿茵里，左一个右一个地甩出优雅的大弧度身段。没有一处是憋屈的闷怨，没有一处是压抑的奔突，没有一处是乖戾的暴怒，没有一处是鲁莽的冲撞，没有一处是狂躁的咆哮，也没有一处是孤傲的张扬。就这样，它静静地来，默默地去，悠悠地入，缓缓地出……

汇聚在同一片天空下的造物，应该都是和谐的。玛曲的水性是这样，玛曲的山性，何尝不是如此？

山，虽然不算太低，但大都是圆浑的曲线，无论是过渡交替，还是层叠复照，都是自然曼妙的衔接和应对，除了修路的残痕，再也看不到矺折和突兀，也很难见识到险峻和逼仄。

湛蓝深邃的天，透透的，像是毫无瑕疵的蓝宝石；团团白云，俨然悬浮在低空的棉花朵儿，摩挲在朦胧氤氲的山顶上；藏牦牛、河曲马、欧拉羊，状如散落在碧毯上的黑白珍珠，安静悠然地享用着这片土地上肥美的青草。

喝这样的水，爬这样的山，看这样的景，被这样的山水灵性滋养出的人，照样有着和山水一样的人性。

山坡上，溪水边，公路旁，总会有一大一小的黑白毡房，静静地独自扎站在那里。他们远离喧嚣的市井，过着一家一户清净而简单的游牧生活。世世代代生活在这里，他们还是那样的安然自在，并不觉得苦闷孤寂。这使我想起一段话来：不必把太多人，请进生命里。若他们走进不了你内心，就只会把你的生命搅扰得拥挤不堪。孤单，并非身边没有朋友，只是心里无人做伴。都市里，遍地是一群群的热闹身子，和一个个的孤寂灵魂。来来往往的行人，不过是命中飘零的天涯孤客。越热闹，越冷清。

据说深色的大毡房，是父母的住处，是一家人白昼起居的地方；白色的小毡房，是成年少女的闺密之所。这里是追慕女孩的男子在暮色中勃发爱情的圣地，也是试播种子生根发芽的处女地。

清晨，缕缕炊烟从毡房顶冉冉升起，在晨曦中袅袅娜娜，男人们，懒洋洋地站在草地上张望远方，吮吸着清新的空气，要么就是侍弄自己心爱的摩托；女人们，不是忙着在牦牛肚子底下有节奏地双手交替挤奶，就是沉浸在牛粪燃烧的气味中，为家人制作香浓的酥油奶茶和青稞糌粑。

迎着清晨的一缕阳光，牛羊已经在草地上流淌成一片白云。放牧的年轻人，任凭牛羊悠闲自在地吃草，自己会坐在一个合适的位置，静观天地两极的云卷云舒。偶尔，也会有年轻的小伙和姑娘，在草地上追逐嬉戏，就像两只暧昧的蝶儿，追来追去，当两点合作一处的时候，只见烂漫的绒草中，滚动着一团簇锦。

如果与陌生人相对，他们只是用天真无邪的目光看着你。不言语，不掩饰，也不热衷于表现，只是微笑着默默地，看着你。

是啊，不仅玛曲的黄河恬淡无邪，内敛安静，处处尽显顺其自然，随遇而安，乐天知命的般若秉性，就连这片土地上的一切似乎也是这样。

2013 年 9 月 5 日

红枣情结

去年春节前夕，单位给我发了不少的年货，其中有靖远大滩红枣一箱。这箱大枣，个大且匀称饱满，色泽深红光润，口感软糯，滋味厚重。应该说是甘肃出产的红枣里的上品佳果。别的年货，吃几次就不愿吃了，唯独这箱大枣，每天装盘摆在茶几上，无时无刻地顺手抓两颗，丢进嘴里咀嚼，竟也陆陆续续地吃光了。

说实话，我这样爱吃红枣，并不是自觉红枣的营养价值和滋补功效。是因为我小时候没什么零食可吃，能吃到的零食里，就数红枣好吃，久而久之，养成了一种无法舍弃的口味偏好和挥之不去的儿时情结。如同大鱼大肉的时代，好多过来人还是想吃一口妈妈的菜浆水一样，纯粹是自小养就的口味习惯和生活情结而已。

我工作之地刘家峡，乃至上下游河川地带也盛产红枣，其品质并不次于靖远大滩红枣。每年国庆前后，夹河两岸的鲜枣，成筐成袋成箱地用汽车运往外地；当地的市场上，也是一街两巷尽是红光油亮的枣儿。每当这个时节，我总是禁不住自己的心情，不管三七二十一，买他个二三百斤再说。大部分当做礼物送给兰州的亲戚们了，剩下的百八十斤红枣，自己家吃。我们一家两三口人，哪能吃得了那么多的鲜枣，吃不掉的，就摊在楼下院子里或是落地窗前的阳台上晾晒。如果适逢连续的阴雨天，鲜枣是肯烂的，大约熬过半个月的时间，就渐渐熟软缩皱了，到了这种程度，再晾晒十天半月，就成了可以储存的干果了。

我自小就生长在唐汪川的照壁山村。那里是洮河汇入黄河的茅龙峡上口的河川地带，土地肥沃，可得洮水灌溉之利。不能惠及河水的沟叉、沙地，几乎都是枣树的天下；适宜耕种的旱沙地及其田埂上，是枣树；不适宜耕种的沟叉山坡上，也还是自由自在生长的枣树。经过世世代代的栽培，加上自然繁衍，枣树能不多嘛！

我猜想，枣树应该是先民们最先培育的果树吧。这种树，外形干倔，树干桎梏粗糙，枝条生硬拐曲，一副沧桑弥久，处事不惊，张牙舞爪的模样，《芥子园画谱》里画树的技法，有鹿角一说，用在枣树身上，再也合适不过；枣树的生存条件要求不高，朴实无华，随遇而安，耐寒耐旱耐贫瘠，生命力极为顽强。枣树的管理几乎是没有的，只要有一株苗子生发出来，剩下的就还是自生自长，哪里像现在种植园里的苹果葡萄，定期施肥浇水，剪枝授粉，疏果打药。有条件的，在下雨的时候，引雨水滋润一下就是福分了。生在田地和田埂上的，自然命好了许多，犹如投胎到富贵人家的宝贝，可以养尊处优。

但不管怎么样，枣树就是天生的"贫下中农"品格。

枣树安苦安贫，对自己不挑剔，却对别人福惠多多，这应该是它的优秀品质吧。

茅盾先生到西北来，看到钻天杨的气势，就感慨得了不得，创作了《白杨礼赞》，成了现代文学的范文。我想，如果茅盾先生看到的不是白杨而是枣树，那他还会礼赞白杨吗？

枣树的另一个宝贵品格，也值得赞扬。这就是醒得迟，长得快，睡得早。

桃李争春，蝶蜂狂舞的时节，唯有枣树，我行我素不露神色，仍然收敛住自己的心性和身体。在清晨将醒的梦中，继续涵养着自己的生命，待到阳历的五月，枝节上才会吐出嫩芽来。这种自然现象，让不知情的人觉得奇怪。

枣树醒得迟，却长得快。芽尖没露几天，米兰似的碎花，密匝匝的缀满了叶柄，淡淡的枣花香，便飘散在四野里。嗡嗡的蜜蜂，在枣花的乐园里，采酿着甜蜜的事业。转眼之间，碎花落下，露出了米粒般的幼果；又转眼间，幼果长成了羊粪蛋大小的模样，孩子们迫不及待地开始偷吃这青涩的小果果。我小的时候就是这样，从羊粪蛋大小就摘来吃，一直吃到渐渐长大、成熟、晒干，吃到第二年再长出新的"羊粪蛋"来。待到国庆节前后，缀满枝头的红枣下树了，变成了农人们房顶上、家园里、麦场上的"红地毯"，变成了人们仓箱里的宝贝。

我家客居照壁山的十来年里，是我人生中最苦焦，也是最幸福的时光。童年生活的艰苦就不必说了。

枣子红了的时候，约上小伙伴，跨上背篓，说是去给牲畜拔草，其实是借着拔草的机会，大清早跑到沟里去吃"露水枣"。

咦！啥叫露水枣？中秋前后，昼夜温差加大，经过一夜，枣儿上生成了露水，经过露水浸润的枣儿，吸收了天地的精气，更加的酥嫩甜脆。孩子们爬到树尖上，就像鸡在粮食堆上刨食吃，在累累果实中，专拣中意的枣儿往嘴里塞，吃饱了，再装满衣兜带回家让家里人品尝。

吃露水枣，已经远远超出了单纯的口舌之福，吃得也不是一个简单的果实，而是享受着一种生命过程，一种童真的人生乐趣，和天真无邪的孩童友谊。

20世纪五六十年代，我家住在照壁山祖庙的三间厢房里，进门正中一间，是白天活动的空间，左右两间，盘上了满间炕，是晚上做梦的地方。在靠北的大梁上，用粗壮的麻绳吊了一个大背篓。这是一个连大人都无法背起的超大家伙，里面可以装进两、三个十岁左右的娃娃。就在这个大背篓里，差不多每年都要存储三四斗的干枣，这就是我们五六个弟兄姐妹从冬到夏的吃头，但不能像现在的孩子想吃就吃，最多每天每人分得十几个，少的时候连十几个都没有。孩子们天生嘴馋而且顽皮，枣香弥漫在炕上，谁能抗住那样的诱惑？睡到半夜里，我们大的两个，偷偷爬到背篓沿上，摸出几把枣儿，捂住头在被窝里偷吃，渐渐地枣儿少了，趴在背篓沿上也摸不着了，怎么办？办法是有的，在一个铅笔粗的竹竿上，绑上缝被子的大号针，一个一个地往上扎。过了好长时间，老娘惊奇地发现，背篓里的"宝贝"少了，就拿我们几个大的问罪，还有小的出来揭发告状呢！到了年前要大扫除，翻开我们睡的炕上的毛毡一看，墙边遛满了枣核，足有一碗。

时至今日，我对红枣，无论大小优劣，只要是枣儿，总有一种莫名的亲切感，总有一种抓起来要放到嘴里的冲动。

我离开照壁山43年了，43年来，再也没有吃过铁馒头沟里的露水枣，再也没有约上我的玩伴，跨上背篓去沙地里拔苦丝蔓，再也没有大背篓里的红枣，让我们去偷吃。

40几年来，常常面对水果摊上的枣儿，我的眼里却满是沟叉里的枣树，满是醉人的枣花和枣花上采蜜的小蜜蜂，满是油光亮闪的枣树叶，满是坠弯枝头的大红枣和落在树尖上啄熟颗子的鸟儿……

渐渐地，"露水"浸湿了我的眼球，世界模糊一片，朦胧中，仿佛嗅到妈妈端来了一碗热气氤氲的小米红枣粥。

2013 年 4 月 24 日

砟子

我们生活的这个星球，是七分水三分土，不管多大的陆地，都是漂浮在汪洋中的岛屿而已。因此，人类的每一部历史中，满是与水争利避害的故事。

秦始皇修筑灵渠、西门豹治邺（漳河开渠）、李冰父子建造都江堰，都是中国古代治水的著名事例。及至近现代，借助炸药、钢铁、水泥、电力、石油、机械、计算机等高端现代科学技术筑坝拦河、围堰挡海，已成家常便饭。美国的胡佛，埃及的阿斯旺，巴西的伊泰普，罗马尼亚的铁门，日本的八场，苏联的英古里，墨西哥的阿瓜密尔巴，瑞士的大迪克桑斯，加拿大的丹尼尔约翰逊，中国的刘家峡、龙羊峡、葛洲坝、三峡等，多得数也数不过来。几乎世界所有的河流都布满了大大小小的水坝电站，而且好多河流上还不只是一两座水坝，而是一串。就拿我们甘肃来说，是西部干旱省份，只有黄河及其支流洮河、大夏河、湟水等河属于长江流域，其余像石羊河、黑河、疏勒河等都是河西走廊的内陆河。

人们与水争利避害的行为，由来已久。这使我想到了砟子的故事。

我小时候住在洮河边上，家里吃饭喝水洒扫浆洗，都要到一公里外的河里挑水。但是往水桶里汲水，实在是件颇费周折的事情。水涨水落岸无定形，在平缓的泥沙岸边，舀到水是非常困难的，而且马勺触底，原本不十分清澈的河水，愈发地被搅浑了。只有在砟子头上，将水桶迎着激流倒栽下去，才能顺畅痛快地提取到一桶清水。

在砟子上取水也有乐趣。时常会看到一拃长的小鱼，首尾相连地逆流而上；在砟子头上，往河心抛甩扁平浑圆的石片，和小伙伴们比赛"三点水"游戏，看谁的石片在水面上跳跃的点数多；盛夏，在正午的炎炎烈日里，趁大人们午休纳凉的当口，偷偷跑到砟子头上凫水；寒冬，嘴里哈着白气，在砟子边上的冰面上"擦溜溜"。就这样，我结识了砟子，并且喜欢上了砟子。

砟子是顺着水流方向，斜着伸进河水里去的一道石坝，大小没有定数，视水流冲击的力道，也就是流量和流速的大小而定；其角度也是根据水流抵着河岸的角度确定的，以便将水流顶向对岸，又不至于因阻力过大而冲毁砟子为宜。可见砟子是一定要建在水流顶撞的地方的，迎斜面而来的激流撞在砟子身上被反顶回去，水流改变了方向，奔突到对岸，这就是砟子的功效。

水性无常，却是有规律可循的。水的行止，虽无意识却有机制。常言道，人往高处走，水往低处流。当水流遇到阻挡时，反作用力就会使水流向相反的方向流去。可是，水的这种运动机制里，往往有不利于人类的一面。比如：淘走了良田，冲毁了村舍，破坏了财产，掠走了性命。于是人们就想办法实行干预。

修砟子的意图，就是把淘走自己田地的水流阻向别处，保护自己的土地。河对面也是同样的人，当然也要"以其人之道还之其人之身"，用同样的方法达到同样的目的。如此挡来挡去，一河两岸对着干，砟子的情形就复杂了起来，一身背负了物理和社会的双重性。

可以想见，砟子就是矛和盾的结合物，既是防御工事，亦是进攻手段，虽然原始却也科学。砟子不同于一般的护坡护岸，一般护岸只防自己一侧，不伤别人的一边，而砟子它的防御就是进攻，利己必损人！

其实，造砟子的本意在于防御，将迎面而来的水流顶撞到对面，并非造砟子的人的主观意愿，而是砟子本身的机制使然。明知利己的同时会必然损人，但为了维护一己的利益，也就顾及不到别人的损失了。砟子不过是一道被人利用的石头墙而已。

水就是这样行动的。它们无为无私、无畏无知，纯粹是天理使然。然而，人却是有为有知的，他们对水，确立了趋利避害的价值观，因而对水也就满怀着复杂的爱恨情仇。

拦河筑坝，是趋利避害；堆一道砟子，是趋利避害；砟子头上取水，是趋利避害；顺着砟子游泳渡河，也还是趋利避害。

己和非己的概念，应该是相对的。己，可以是一个人，可以是一家人，可以是一个集体团队，当然也可以是一个地区，一个国家，甚至是一个星球。不管小己大己，为了自己而趋利避害，甚至争利嫁祸，似乎是出自人类本性的普遍价值观。

我们没有办法消弭人类的利己本性，从人类生存的角度看，利己，甚至具有其存在的合理性和必要性。其实整个自然界的生物概莫能外。但是，就人与人的关系来说，我们是否更应该克制“小己”狭私，而更多地向“大己”宽私的维度取向呢？就人与自然的关系而言，我们是否可以采取同样的克制态度，尊重自然、敬畏天地，把自己看作自然的一部分（原本就是自然的一部分），而不是把自己当做自然界的主人，从而和自然对立来。

但愿河上再也没有砟子。如果非有不可的话，那就把河对岸也看做是自己的家乡，把河对岸的人也认作是一家人，给此岸修一道砟子的同时，也给彼岸修一道砟子吧。

2013 年 8 月 1 日

自力更生创奇迹黄河明珠耀华夏

——记刘家峡水电站 40 载辉煌春秋

展开中国地图，我们发现正好镶嵌在神州大地的腹脐上——东经 103° 16′，北纬 35° 59′。黄河就在这"丹田"上横穿而过。

一、莫立基业

翻开中国水电史页，我们惊奇的发现，解放前几乎是一片空白。不时为人们传说的那个"小丰满"，也不过是日伪时期的造物。

新中国成立初期，百废待兴，中华人民共和国的缔造者们，夜以继日地描绘着新中国的建设蓝图。在这张宏伟的蓝图上，最浓重的一笔，莫过于"根治黄河水害，开发黄河水利"。建设刘家峡水电站，便是这浓彩重笔的精妙之处。

公元 1955 年 7 月，人民代表汇聚北京，庄严地做出了根治黄河水害，开发黄河水利综合规划的决议。这一重大决策中，刘家峡水电开发项目，被列入了第一期工程。

1958 年 9 月 27 日，刘家峡枢纽工程宣告破土动工，古老、神奇、幽闭，沉睡了千百年的深山峻峡里，终于炸响了划时代的一炮。

1960 年 1 月 1 日，大河截流成功，恣意放纵的黄河，遵从人的意愿改道而行。

1966 年 4 月 20 日，第一块混凝土浇筑，人造钢骨石块植入了地球的身躯。

1968 年 10 月 15 日，水库蓄水，高峡出平湖。

1969 年 3 月 29 日，第一台机组并网发电，从此，刘家峡水电站，把光明源源不断的播向祖国大地。

1974 年 12 月 18 日，5 台机组全部建成投产，电站枢纽工程宣告完成。

刘家峡枢纽工程的建设，历时 13 载，耗资 6.35 亿元，填挖土石方 1895 万立方米，浇筑混凝土 182 万立方米，安装金属结构和机电设备 31293 吨。

13 年，在历史的长河中，仅仅是短暂的一瞬，但中国人民白手起家艰苦奋战，打拼了 13 个寒暑，历练了 13 个春秋，以前所未有的恢宏气概，克服了世所罕见的困难，创造了一项惊天地泣鬼神的人间奇迹。

奇迹，奇就奇在它谱写了一系列中国水电之最，填补了一个个中国水电空白：

——中国第一座百万千瓦级水电站；

——中国最高的混凝土重力坝；

——中国最大的地下厂房；

——中国第一台 30 万千瓦双水内冷水轮发电机组；

——中国最大的有载调压变压器；

——中国第一条 330 千伏超高压输电线路；

……

奇迹，还奇在它具有显著而持久的功惠和效益：

——电站年设计发电量为 57 亿千瓦时，比 20 世纪 50 年代初期全国的发电量还多，它一天的发电量是中华人民共和国成立前甘肃省1年发电量的3倍！

——蓄水后的高峡平湖烟波浩渺，140平方公里的水面上，既得舟楫之利，又收养殖、旅游之功；沿岸提水灌溉，使500多公顷的旱塬、山地变成了水浇良田。

——57亿立方米的库容，可削减万年一遇的洪水，使下游免受洪灾之害。

1981年9月，施工中的龙羊峡电站遭遇了200年一遇的特大洪水，刘家峡水库总入库流量，达到每秒6260立方米，下游美丽的兰州市面临汛险，人民的生命、财产受到严重威胁。在这危急关头，刘家峡调洪削峰，保证了下游沿黄两岸安全度汛。

——57亿立方米的库容，还可以蓄洪补枯。不仅使下游梯级电站保证出力提高了50%，而且提高了防洪标准；不仅使下游甘、宁、蒙106.6万公顷的土地，在枯水季节得到及时补水灌溉，而且保证了下游工业和人民生活用水。

——限水防凌，河套从此无冰患。1950—1968年，包头一带因冰坝造成黄河决堤8次。刘家峡电站建成后，使得刘家峡至青铜峡以下800公里的河道不封冻，每年3月凌汛期间，控制下游兰州流量不超过每秒500立方米，有效地防止了冰凌雍塞之灾。

——刘家峡水电站建成前，甘肃仅有3个孤立的中、小电网，电站建成后，不仅把永昌、天水、兰州电网连接起来，而且初步形成了以刘家峡电站为骨干的陕、甘、宁、青4省区西北电网的大构架。电站发电初期的电量，占了西北电网总电量的1/3。

数字，读起来的确枯燥乏味，然而数字里有奉献、有牺牲，数字里有成果、有精神，数字里有幸福、有苦痛，数字里有伟大、有志从，更可贵的是，数字里彰显着民族魂、中国心。

在这一组组数字的背景上，飒飒飘扬着的，是五星红旗，巍巍屹立着的，是东方巨人，横空飞腾着的，是华夏民族之龙。刘家峡水电工程，无疑是中国水电史上最伟大、最恢弘的伟业之一。

治国莫过于治水。兴水利，除水患，这似乎是千古不变的经国大略。

新中国建立后，党和政府更是把治理黄河摆在了重要的议事日程，给予高度地重视。

毛泽东主席坐在黄河堤岸上，瞩目地上悬河，立下雄心壮志："一定要把黄河的事情办好！"

周恩来总理，在1955年全国一届人大二次会议后，邀请有关专家齐聚西花厅，共商刘家峡的库容和泥沙问题，敦请专家们尽快拿出解决办法。1968年，日理万机的周总理，亲自主持国务院业务小组会议，专题研究刘家峡水电站左岸导流洞的堵漏工作。

1966年4月，邓小平、李富春、刘澜波亲临工地视察工程进展情况，其后40余年间，党和国家领导人相继视察了刘家峡水电站。

70年代中期，作为新中国自力更生的建设成就，刘家峡水电站向世界开放。在"不见黄河不甘心"的外国人眼里，巍巍高坝、奔腾泄水着实展示了中华国威和民族气概。

刘家峡水电站，无疑是中国经济建设宏图上的大手笔，更是新中国政治棋盘上一着高棋！

二、修炼壮大

神州大地西高东低，据说是因共工怒触不周山天柱折而地势才倾斜的。大禹倒是利用了这个有利条件，因势利导，才将黄河导入东海。可是到底有多少人真正理解治水者的艰辛呢？大禹治水凡13年，三过家门而不入，足见其心底无私，立志高远。无独有偶，刘家峡水电站自发电至今，已播撒光明40载，煌煌业绩的背后，除了数万电站建设者们奠立基业外，还有"立足黄河、扎根山区、勇于拼搏、争创一流"的电站管理者和运行维修者们，一代又一代，一拨又一拨地，继续用自己的青春和生命，饱含着汗水和智慧谱写着普罗米修斯式的伟业春秋。

1960年，丰满电站的43名干部和工程技术人员，走出白山黑水，转战黄土高原，在刘家峡安营扎寨。从那时起，刘电一边集结队伍，一边组织生产，从无到有，从小到大，从弱到强，一干就是40年！

他们就是"刘电人"的老根子。43人的老根子发芽抽枝，如今已是枝柯参天的大树了。

首创意味着新生，新生就缺乏成熟。从新生到成熟，是一个不断自我完善的过程。

1969年建厂到1975年，处在电站机电设备安装和移交时期，设备安装调试、移交接收交织在一起。随着发电机组相继投产运行，设备设计、制造、安装的问题，接连暴露出来。安全生产频频告急：水导轴瓦一再烧损，风扇断裂刮坏线棒，出现接地跳闸，变压器、电缆头、电流互感器等也不甘寂寞，一股脑儿跳出来捣鬼。事故此起彼伏，接连不断。

刘电的创业者们，面对如此严峻的形势，心急如焚：建国刚20年白手起家，就建起了这样一座举世瞩目的形象工程交到我们手上，我们总不能任其病魔缠身日渐衰微吧！我们何以面对人民，怎么向党和国家交代！

于是，向安全生产进军的号角吹响了。1969年，一场历时8年的设备整治战役打响了。

关键时刻方显英雄本色。中国工人阶级的奉献精神、吃苦耐劳精神、团结友爱精神、不畏艰难敢啃硬骨头的精神，在这个特定时期，表现得最为突出，彰显得最为彻底。

前方后方，一线机关，到处都摆开了大打设备翻身仗的战场。干部、工人、技术人员"三结合"，组成攻关小组攻克技术难题；四五百人，面对如此繁重的任务显得人手不够，就学习"大庆精神"，老婆孩子一起上；有好多人，十天半月不出厂房，饿了吃口家里送来的粗茶淡饭，困了拉来稻草袋子，往冰冷的水泥地上一躺；有的同志，亲人病卧在床，但依然坚守在一线岗位上；有的同志，接到远在家乡的老人病危告急的电报，狠狠心，把电报往兜里一塞，不言不传地又投入了工作；有的职工，不顾重病在身，赶到一线，自愿为师傅们扫地、烧水，管工具，干点力所能及的事情；有的年轻人，一再推迟婚期；还有不少人，一年不休一天假；更有甚者，他们的工作日一年等于400多天啊……

那个时期，国家百废待兴，人民生活艰苦，工薪阶层工资少，物资匮乏，是典型的票证分配时代，大家毫无例外都吃定量。起初几年，还要搭配30%的粗粮。家在农村的职工不少，一旦家属到厂里探亲，吃粮就是大问题。听说哪个农村的大嫂、师娘来探亲了，大家凑个百八十斤粮票，表个心意；哪位同志有急事困住了，大家从仅有的几十块钱里抠一点出来，以解燃眉之急。那个时候，职工自发搞起的互助金制度，也起了大作用。班组的职工每月从工资里拿出几块钱，大家凑到一起就有几百元，推举一两个同志管起来，谁有急事，就从互助金里解困救急。

有这样一支队伍，还愁什么事情办不了呢？

从 1969 年到 1977 年，八年苦战，解决了一系列技术改进和安全发电问题。从为厂家提供设计修改意见解决风扇断裂问题入手，相继解决了水导轴承烧瓦、线棒电晕腐蚀、可控硅励磁调节器运行不稳定、发电机电压摆动、主变温度过高、主变高压引线接头开焊、主变静电板漏磁导致的严重发热、晶体管保护误动、铁芯过热、励磁引线过热绝缘损坏、快速闸门充水阀过小延长了开机时间等一大堆卡脖子问题。

这些问题的解决，其意义不仅在于强化了刘家峡水电站的设备可靠性、恢复机组出力、提高经济效益和社会效益，更重要的是为国内众多机、电生产厂家和科研设计单位提供了设计、制造改进的经验依据，推动了当时我国电力科技的进步。这是刘电在实验意义上，为中国电力发展作出的历史贡献，当然也是刘电区别于其他水电站的特殊之处。

1969 年至 1977 年，在刘电发展史上称之为"发电初期"。这一时期的使命是重点提高强化设备可靠性、稳定性，初步恢复机组出力。这个目标实现了。紧接着刘电的历史跨入了"完善化时期"——1978 年至 1985 年。历史的这一步，一跨又是 7 年。

1978 年 5 月，《刘家峡水电厂科技发展规划（1978-1985）》出台了，规划囊括了 40 项重大任务。

发电机汇流排改进，是开局之战，1978 年 3 月，首先在 1 号机上动手，温度过热问题解决了。到 1983 年，五台机的"高烧"全都退了下来，恢复了正常"体温"，逼迫长期限制出力的问题，到此已成为历史陈迹。

此后，发电机引出铜排改进、水导轴承油盆改进、220 千伏高压开关更换、刘海线出线改进、刘建线后备线改进、厂用变改进、防水淹厂房和电站防火工程的实施、工业电视监视系统的增设、备用变压器和备用水轮机的制备等工作，都陆续完成。

翻开《刘家峡历年机组运行统计表》一看，问题就显出来了："完善化时期"七年的发电量，是395亿多千瓦时，平均每年发电量是49.37亿千瓦时，比投产发电以来40年的平均年发电量还要高出5.607亿千瓦时。

这就是成果，这就是效益，是经济效益和社会效益的双重硕果！

历史的脚步，走到这个节点上，刘电人可以无愧地告诉世人：共和国交给他们的百万千瓦级水电长子，经历了两番修炼后，已成长为一个伟岸的水电骄子！

三、嬗变新生

科学技术最讲规律，进入壮年，就意味着老之将至。经过20年的运行出力，设备老化问题日益凸显出来：绝缘老化、过流部件严重汽蚀磨损，许多技术工艺落后于时代的发展步伐……大规模的技术改造、设备更新势在必行。

1986年到1988年，水电部规划小组几次在京会商刘家峡检修和增容事宜。年元旦，2号机组改造的合同签订，这标志着历时17年的大规模增容改造工程拉开了序幕。

1994年4月，2号机增容改造宣告竣工。

继2号机之后，刘家峡的增容改造工作全面铺开了。到2002年4月，五台机组增容改造全部完成，历时17年。

艰辛地付出，必有丰厚的回报，全厂发电容量由116万千瓦增加到135万千瓦，增加19万千瓦！

19万千瓦，这不就相当于一座中型水电站吗？建一座中型水电站，按当时的投资水平，大约需要 20 亿元的人民币，刘电的这 19 万千瓦，却只用了 4.29 亿元（当然有一个前提，这就是利用电站原有的水库、大坝等基础设施）。其投入产出的经济性，是显而易见的。

17 年，仅仅是刘电增容技改的一个大致的断限，他并不意味着刘电技改脚步的戛然而止。为了提高电站整体系统效应，使增容改造效果最大限度地发挥出来，为了适应电网的新发展、新要求，就不能对送出受阻，泥沙磨损、库容淤积，尾水抬高等问题等闲视之。

为解决水库坝前淤积和过流磨损问题，经过长期的科研论证和立项，洮河口排沙洞工程于 2006 年 5 月 30 日正式开工。这是一条南起洮河口对岸，北至拱桥以上 300 米处，横贯南山的一条直径为 10 米、长为 1486 米，流量为每秒 600 立方米的隧洞工程。目前工程正在施工中，已完成主体工程总量的 60%，预期 2010 年年底竣工。

该工程概算投资 2.65 亿元，但预期效益十分显著。除了排沙以外，将利用排沙水量发电，设计安装两台 15 万千瓦的机组。从长远来看，对减缓库容淤积，延长水库使用寿命，减少过机磨损，增加发电经济效益，应该说都具有长远恒久的意义。

2005 年以来，随着兰州电网改造，220 千伏系统负荷逐步消减，刘电电量的送出，基本由五条出线中的刘炳和刘联Ⅰ、Ⅱ回线承担。由于系统潮流分布的原因，大部分负荷只有刘联Ⅰ、Ⅱ回线承担，因此，送出面临过载运行的隐患，无法满足 N–1 的运行方式，刘联Ⅰ、Ⅱ回线被迫将负荷限制在 1200A 以下，刘电总出力被限制在 1050 兆瓦以下，限制出力达 300 兆瓦，严重窝电，制约了刘电的经济运行和省网的经济效益。

为了解决刘电的送出问题，采用了南瑞稳控公司制造的一套稳控装置，该装置投用的第二天，刘电五台机出力，在历史上第一次达到了1350兆瓦的满负荷工况。2007年8月8日，刘家峡双回线路过载判据稳控切机技术应用项目，通过了由甘肃省科技厅组织、甘肃省电力公司主持的科技鉴定。

之后，刘电在改善、优化送出电量上又跟进了一个大动作。

2007年8月28日，刘家峡水电厂GIS330千伏开关站，一次启动成功。10月28日，在刘电1720平台举行了隆重的竣工庆典。刘家峡水电厂GIS330千伏开关站，是甘肃首座GIS330千伏开关站。该站的建成投用，极大地改善了刘电负荷送出问题，优化了甘肃电网，确保了系统安全运行，标志着刘电的生产力水平又上了一个新的台阶。

刘电的尾水抬高，也是影响发电效率的大问题。多年来都在积极酝酿解决的可行方案。将来这一问题的解决，必将是刘电发展的又一个亮点。

四、历史启示

1993年金秋，刘电为了做一个系统性、总结性的宣传，邀请杨闻宇、张弦、林希、叶廷芳、张抗抗、林贤治、孙荪、筱敏、高红十等10多位在国内有影响的作家，齐聚刘家峡举办"刘电文学笔会"。企业办如此高规格的文学笔会，这在当时的西北，是一件轰动的新鲜事儿。企业搞文学笔会干什么？有很多人不理解。这次笔会的宗旨，就是对刘电的历史，做一次人文关照和精神梳理。其后，笔会文章连同往日抒写刘家峡的新著旧作，以《在一部巨著面前》为名，由百花文艺出版社结集出版。

作家们将刘家峡水电站看作是一部巨著，看作是一部天书。这并不过分，回首历史，40 载春秋的步伐，难道还不能踩踏出一部沉甸甸的巨著页码？

"这是一部天书、大书、立体的书、复杂的书、读不尽的书。"它的体系庞大，内容丰富，社会、政治、科学、技术、管理、人才、经济、文化、精神、物质，艰难曲折、辉煌伟大无所不有尽在其中。

我们将这部巨著展现在面前，试图解读它的时候，才发现难以把握它全部的内涵。然而，无论如何难读，人们也还是能够读懂它的灵魂的。

刘家峡水电站的勘测、设计、施工、运行管理、发展壮大，终为人力所致，无不浸透着几代人的心智与血汗，他们背井离乡抛家别妻、殚精竭虑呕心沥血，不畏艰难困苦，默默无闻地在这深山峡谷里，把毕生精力和生命献给了刘家峡，献给了祖国的水电事业，截至 2009 年 3 月底，整整 40 年，为大西北的经济建设和人民生活提供了 1750.52 亿千瓦时的廉价电力，创造了 124.6595 亿元的产值，相当于电站投资的 20 倍。这是何样的贡献？这是何等的伟绩？

刘家峡水电站的历史，是一段发生缘起的历史，更是一部发展壮大的历史；它既是共和国百万千瓦级水电站的成功处女作，也是改革开放 30 年的新成果。昭示着生产力发展是社会进步的根本动因的真理，印证了"发展是硬道理"的那句名言。

"水利比上天还难"。这是周总理对这部书的诠释。根据这一诠释的启示，我们不难发现："刘家峡的经验都有参照价值，启示作用以至于示范意义。弥足珍贵的是，它显示出了一种比具体工程、比经济效益更伟大、更深远的东西。中国人民有自力更生开创前途的毅力和能力，有自艰难中抗争的意志，有在水电事业中为民族夺得一席之地的志气。难于上天依然要上，而且一定要上到高处，这

才是中国人民的内质与本色"。（杨闻宇《播撒光明三十载》《人民日报》1999 年 3 月）

1971 年 9 月 17 日，中国文坛泰斗，全国人大常委会副委员长郭沫若陪同柬埔寨王国首相宾努亲王参观刘家峡时，电站的宏伟气势和人文精神，激荡着诗人的情怀，在"风驰过洮口"的快艇上，诗人再也抑制不住澎湃的诗情，即兴赋下了那首广为传颂、脍炙人口的满江红词章：

成绩辉煌

叹人力真真伟大

回忆处

新安鸭绿都成次亚

自力更生遵教导

施工设计凭华夏

使黄河

驯服成电流

兆千瓦

绿水库

高大坝

龙门吊

千钧闸

看奔腾洪水

何殊万马

一艇风驰过洮口

千岩壁立疑巫峡

想将来

高峡出平湖

更惊讶

如果说"水利比上天还难"是周总理对刘家峡这部天书的哲睿之解的话，那么郭沫若九十三字的满江红，便是对这部天书的诗意含蕴了。

一部刘家峡治水发电的历史，还将继续下去，乃至千秋万代功惠后世。然而历史的启示昭然若揭，它所蕴涵的民族气概、华夏精神，被无数事实所证实、所演绎、所升华。数日前，中华人民共和国60华诞盛典所显示的国威军魂，不就是再一次集中向世界展示了"中国人民有自力更生开创前途的毅力和能力，有自艰难中抗争的意志，有为中华民族夺得一席之地的志气，难于上天却依然要上，而且一定要上到高处"的精神气质吗？

2009 年 11 月 19 日

鱼塘闲话

日子好过了，人们就变着花样玩儿。琴棋书画、吹拉弹唱、耍拳跳舞、打球照相、游山玩水、遛狗逗鸟、猜拳行令、养花钓鱼，玩啥的都有。但我喜欢玩的，除了写字，照相，逛逛美景以外，就是钓鱼。

20多年来，在鱼塘边混过的日子，也不算少，鱼塘的故事，也见得多了，形形色色玩家，在钓场上演绎了不少的世俗趣味。且写几个片段：

钓场上的老手菜鸟，一看便知。

老手稳坐钓鱼台，不紧不慢，一旦鱼儿咬钩，小则飞鱼上岸，潇洒入户；大则左右逗留，任凭鱼竿弯成一张弓，他也只是双手把定鱼竿末端，左右牵摆，从容对峙，绝不慌张，待到大鱼精疲力竭，白肚朝天了，便一网抄出。引得同池的钓友和陪钓者，投来关注和欣赏的目光。

生茬儿的菜鸟，则不然，激动而性急。越是不见鱼儿上钩，越是心浮气躁。打窝子不惜工本，成碗地往塘里抛洒。一会儿东边甩几竿，一会儿西边抛几钩，整个一个小猫钓鱼，惶惶无定。一旦见浮漂动作，不辨信息真假，便迫不及待地慌忙奋力提竿，警惕的鱼儿吐钩而去，空竿飞线，绕在了头顶的树梢上，拽拽扯扯，一地的树叶。如果是鱼儿上了钩，他强拉硬拽，不是断线就是损竿，赔了夫人又折兵，一副手忙脚乱，垂头丧气的神态，实在是既可怜又好笑。

更有意思的是，抛钩不得法，不是钩住了自己，就是挂住了身旁的钓友，痛得人家嗷嗷直叫。我亲眼看见惊险的一幕：有一个钓者，扬大鞭似的从后向前甩竿，忽悠——鱼钩挂在了一旁垂钓的小女孩的手上。倒刺入肉，不能摘钩。有经验者，将钩把用钳子掐断，再狠心顺钩尖刺穿肉皮，牵引而出。旁有多嘴小伙轻声揶揄：水平真高，不钓大鱼，专钓小美人鱼。逗得围观的钓友掩口而笑。

人是虚荣的动物。四五年前，我和几个要好的钓友，一大早来到鱼塘。运气不好，个把小时，谁都不见咬钩的动静。忽有角上的朋友，钓上了一条大草鱼，同钓者装作没发现，他便东遛遛，西逗逗，别人还是装作没看见。他索性将鱼竿扛在肩上故作拉纤状，在岸上边走边唱，惹得满塘的人狂笑不止。"妹妹你坐船头，哥哥我岸上走，恩恩爱爱纤绳荡……""咔嚓"一声，鱼竿给"荡"折了！"妹妹"带着半截竿稍窜入池塘"深闺"，"哥哥"却晾在了岸上，空举着半截残竿，尴尬地傻笑。此时，满场爆了锅，有人笑得差点掉入池塘。

我是钓迷，多数情况下，钓友见我中钩，总要捧场恭维几句。我也乐得顺杆子往上爬。得意十足，忘形却无。

人也是友善的动物。多数人在小小的成果面前，是不会无动于衷的。他们一句恭维的话语，一个关注的眼神，一个掌声，一个笑容，你还真不能简单地认为是虚伪的逢场作戏。它是友谊的表征，心灵的会意，善意的流露，无聊的排遣。这时候，人的一点小小虚荣心，便有了阳光的扶梯。有了扶梯乘势往上爬，就是一种自然，就是一种正当，就是一种合理。

2014年8月6日

相见时难别亦难

大风堂藏品的丰富和高档，是世所称道的。但据说，张大千先生，也有不得已而将心爱之物流失的情况。因为心爱，便在流失藏品的不起眼处，拓上一方"别时容易"的印章，方寸之间，承载了珍爱之物拱手让人的伤逝之情和藏品流失的割股之痛。"别时容易"是否还暗含着"容我在以后的某个时间点上再将心爱之物赎回"的心愿？

"别时容易"？看了李后主"无限江山、别时容易见时难"的词句，才恍悟，这明言后头的暗语是"见时难"。莫说是生死与共的大家珍藏，即便是朝夕相处的茅菴敝帚，真要丢弃时，恋旧之情怕也难以割舍。

李后主的江山，是从先帝那里传承下来的，这无限美好的江山丢了，的确是"别时容易见时难"。后主痛失江山，愁肠寸断，却连在"失物"上"盖"一方"别时容易见时难"的闲印的资格都没有，只好仰天悲歌："问君能有几多愁，恰似一江春水向东流"；相比之下，大千先生就幸运了许多，还可以将李煜的悲情词句，掐头去尾地押印在字画上，让易手之物，载着原主人的信息，陡添了世事难料，物是人非的生命感。

　　其实，不管是皇帝老子的锦绣江山也好，大方之家的稀世珍藏也好，还是黎民草根的锅碗瓢盆也好，真正的情形是，"相见时难别亦难"。一方面，是因为一丝一缕恒念物力维艰，一粥一饭当思来之不易；另一方面，则是多年朝夕相处的环境、物件，哪怕是一枚已经不用了的旧钥匙，失去了使用价值，却也抹不去它承载着过往的一段生活经历和情感流变，抹不去它背负着的特定的人生故事。对于个人而言，日积月累，新新旧旧的这东那西，合起来，就是你的一连串丰富的人生历史印记。

　　我因为工作变动，先后搬过十几次家，仅婚后大的动作就有八次。每次搬家，总舍不得大刀阔斧地处理一些没有多少使用价值的东西，仍然有些东西，被拖拖累累地保留了下来。至今，在刘家峡和兰州的两套房子里，不伦不类地塞满了新旧物件。家里人也时常埋怨房间壅塞，无用的东西太多，影响房间功能和美感。其实，这样的结果，是生活在同一个屋檐下的人共同造成的，爱物如人的恋旧和伤逝之情，并非我一个人独有啊。

　　很幸运，20世纪70年代末，我要结婚时，厂里分给我一套从水电四局接收过来房子，是四局领导干部曾经住过的带卫生间的楼房。连睡觉、吃饭、方便的地方统统算起来，只有四十多平方米。屋里的家什摆设，说给现在的年轻人是不会相信的：仅一张双人床、一个床头柜、一对木箱、一张简易折叠圆桌、两把简易折叠椅和两只方凳而已。床和床头柜，是用几根旧木料自己做的，做好了，打磨、上色、刷漆也都是自己整的；折叠椅，是夫人婚前在西安交大学习时买回来的——这是唯一花钱买来的家具，她以八十斤之柔弱身躯，在西安近四十度的高温天气里，扛着两把椅子，从火车上回来，的确是难为了她；简易折叠桌，是我的一个师傅借给我撑门面的；一对木箱，是我父亲的大徒弟，一个远在东乡县的叔叔送给我的结婚礼物；两只方凳，自然也是公家的，就那样拿来据为己有了。再后来，自己还制作了一对简易小沙发。

为什么会这样呢？当时月工资只有五六十元钱，除了自己生活，再给家里添补一些，就成"月光族"了。退一步说，就算你有钱，在当时物资匮乏凭票供应的时代，也不是可以随便买得到东西的。

第一次搬家，就是从这里搬到新建的黄河边平房（现在的三号楼楼后河边位置）。那是1981年。一句话，得来全不容易，没有一件是无用可扔的东西，根本就谈不上忍痛割爱的问题。

黄河边房子也是不大，共三间40多平方米。搬家后，在门外河边的一小块空地上，又搭建了一小间厨房和储藏室，总共不过10平方米；另外的一小块空地，也有10平方米左右，铺了土种菜种花。但这是新建的带有上下水和暖气的独户小院，加上院场和门外的地方，我家的生活空间，就达到了近100平方米。这在当时厂里，是令人羡慕的最先进的住宅，照现在的话说，好像就是一个小别墅。就这样，在这处度过我儿子美好童年的院落里，一家三口，足足生活了13年，享受了我人生中最充实、最美好的一段光阴。期间，生活水平改善了许多，发生了质的变化。冰箱、洗衣机、照相机、电视、卡带录音机、电烤箱、自制电热水器、变速自行车（两辆）陆续都有了。先是按照自己的设计，请南方木工打了五斗柜、小书柜、小食品柜、写字台、一大一小两个茶几。1990年，又亲自设计图纸，找到口碑不错的木工师傅，请他做了一组三米长的组合书柜。后来，还买了一组当时算是时尚的光明衣柜。

这13年，正处于80年代到90年代初，是中国社会变化最明显的一个时段。人民充满活力，社会急剧转型，人人都在寻找机会创业，进行原始积累，推动了前所未有的物质增长速度。然而，企业工资水平，还不足以支持全部购买正规的成品，除了家电商品而外，家具类生活用品的生产，还没有形成大规模多元化的商业模式，家家购买木料，按照自己的喜好，请江湖木工制作家具，就成为当时社会的一种主流做法。

那是一个家家请木匠制作家具的年代，到处都是心灵手巧的外地木匠。我的这组书柜，设计之新颖时尚，制作之工精料真，曾引起当时的追捧，连图纸都辗转复制，最后让木工师傅拿走了。

可以说，这样的日子，在十几年前，是无法设想的。砖混结构的新宅院、进口家电、新式家具、席梦思、沙发，十几年后竟然都成了现实。但还是那句话：得来全不容易。

1995 年秋天，由于工作调动又要搬家了。

搬家那天，厂里派车派人，朋友忙里忙外，一天就拉到了地方。真正艰苦繁琐的事，是搬家前的收拾归整、装箱打包。紧锣密鼓，日夜忙碌，整整折腾了十天时间，才算就绪。

归整家里物品，样样都得亲自经手，目睹多年深藏久违的旧物，别一番滋味泛上心头。见物思状，件件物品皆成故事，样样东西都藏气息。最触动思绪和情感的，也还是那些衣服、儿子的玩具、书本、照片等不起眼的小东西。过往的喜怒哀乐、阴晴圆缺，过往的人事交集、生活境遇，过往的天伦之乐、执子之情，过往的工作经历、学习苦乐，过往的春花秋实、冬阳夏荫，一幕幕都汇成了一条翻着浪花的激流，不知奔向何方。

什么都舍不得丢弃，就像自己生养的一群鼻涕邋遢并不光鲜的孩子，走到天涯海角，都是自己身上的一块肉。思来想去，最终淘汰掉的，仅仅是一对自制的小沙发，而且淘汰方式不是现在常见的扔进垃圾箱，而是送给了一位我熟识的农民朋友，就好像是自己的姑娘找了一个好婆家似的，心里多少有了一点慰藉。真是"相见时难别亦难，东风无力百花残"。

从1996年底到2008年，又有从兰州迁回刘家峡、厂里拆迁过渡、小套换大套等四次搬迁。房子越搬越大，东西越来越多。这后来的几度搬迁，算来也是12年间的事。

这12年，又是一个大变样。最大的变化，就是有了小汽车，增加了电脑、空调、部分厨用家电、一些健身设备和医疗保健设备，其他老家电则更新换代，基本已经数字化了。1995年第二次搬家时的老家具，在搬到兰州后的两年内，基本做了替换。此后，一路下来，家具除了增加大电视柜、大茶几和一组书柜外，就原分照旧地用到了现在。

就是这样的淘汰，也没有一件东西，是抬到垃圾箱的，多数送了亲戚朋友。替换的电视、电脑送给了一个小学；那组当时受到追捧的三组合书柜，将两组送给了我一位同部门多年共事的好朋友，一组至今还在我的卧室里，不伦不类；摩托车也算是送给了认识的人；三人小沙发、光明衣柜、最早的五斗橱、小书柜、写字台、茶几、单人床等，统统送了朋友或帮我搬家的老乡。

这下应该将"历史垃圾"清除干净了吧？非也。

书籍、本子、照片、摄影资料、字画、集邮品，这些东西，虽然都是不值钱的东西，但能丢吗？不用说，书籍，除了送人和送乡下文化室及学校的近百册以外，其余部分放在两处住宅里。我不算读书人，但我爱书。明知这些书我也不可能悉数读完，甚至连子孙都不一定去读；也明知互联网时代的人们，对书籍的依赖大大降低，但就是舍不得丢掉那些占据了很大空间的书。奈何？三十多年搬家十多次，增增减减，按常理早该淘汰的一些东西，却奇迹般地"活"到了现在：1978年单身时买的一口小铁锅，还在使用，一日三餐都少不了它，而一大堆先进技术下制造的炒锅、汽锅、蒸锅、火锅、阿迪锅、高压锅，却在一旁"睡觉"；1978年自制的一只白蜡杆小擀面杖，还在使用，油润色亮，不但好使，而且好看；1984年通过关系买来的松下电冰箱，尽管耗电大，但还在使用；1979年结婚时，我父亲大徒弟送给我的一对木箱、我结婚时的礼服——上海陪罗门手工西装、婚前妻子从西安扛回的两把折叠椅，都还保存着；儿子小时候玩过的五六十个汽车模型、六七十个奇奇怪怪的打火机和他用过的小被、小手绢，都像宝贝一样地收藏着。当然，老婆的柜子里到底还有哪些"古董"，这还是个秘密。

现在的城市甚至乡镇里，随处可见的垃圾箱、垃圾站，里面无所不有。说是垃圾，其实，好多东西都完好可用。有些所谓垃圾，说好听点，是更新换代的淘汰物；说难听点，就是喜新厌旧的牺牲品。现在是经济社会，商品时代，为了追求金钱，产品刚上市就有新品紧追其后。有好多商品，好像是一次性的消费品，赶时髦的人们买了丢，丢了买。就这样，形成了人不惜物，疯狂消费资源的恶局。

德国人造的东西，享誉世界，原因在于注重质量，其耐用性是重要指标之一，"桃李不言下自成蹊"，如果这家的产品寿命高于其他同类产品，那就是这家公司值得炫耀的资本和骄傲，人们自然就会去买这家的东西。难道德国社会就不图发展吗？德国人不愿赚钱吗？

我们不仅要调整政策，优化结构，更重要的是，要从国家和个人层面上，都要进行哲学思考，站在战略角度，真正确立和谐的价值观。这些价值观，包括人与自然、当前与长远、生产与消费、消费与积累的价值观，也包括适度的开发、适度的索取和适度的享受等一系列观念文化。

地球只有一个，后代还会繁衍。地球资源枯竭了，向太空伸手也许是可能的，但不要过分天真和依赖。善待我们的地球家园，顾及我们的子孙后代，收敛我们的享受欲望，继承我们的优良传统，健全我们的民族人格，理清我们的价值观念，调整我们的发展战略。

别人可能耻笑我的生活态度，嫌我老套落伍怀旧保守，那就让他们去笑吧。

"相见时难别亦难，东风无力百花残，春蚕到死丝方尽，蜡炬成灰泪始干"。我便是我，依然我故，永远不会忘记道法自然、天人合一、凡事有度、物力维艰的古训，一直到丝尽泪干。

2015 年 4 月 15 日

云屏纪游

有朋自云屏游归，给我发来了微信。我这才知道，在我们甘肃两当的云屏这块古老神奇的深山老林里，竟然深藏着一处令人神往的世外桃源。10 月 17 日至 19 日，我自驾奇骏，带着家人，从刘家峡经兰州驶上东去的高速公路，到天水下高速入国道，经徽县县城和两当县城，直达目的地云屏乡。

此时已暮色苍茫，依山而建的农舍，散落在林木掩映的山坡小块平台上，犬吠鸟啼入耳，炊烟缭绕触目，草木花香沁人肺腑，近 600 公里路途的疲劳顿然消失。我们直接住进了事先预定好的棉老村的长寿客栈。

云屏三峡景区，在精准扶贫政策的助力下，近几年开发旅游资源，名声渐起，现已成为陇南十大名牌景区（点）之一。即使是如此，这里的自然景观和风土人情仍未受到太多的扰攘，基本保持着淳朴的原始风味。历史上，此地曾置"黑水县"，有诗曰："黑水城，四道门，通巴蜀，噤秦陇。"当地的大阳山，是西汉水与嘉陵江的分水岭，云屏河属于嘉陵江水系。云屏三峡，高岭连绵，秀峰耸立，重峦叠嶂，云雾填壑，山涧清沌，碧潭映翠，雄关险隘隐布其中，独特的山水风光集北国之雄奇和南国之秀丽于一身。

云屏人文历史久远，河沿岸有许多古栈道遗迹，历史上就是一条由关中及西北内地入川的蜀道之一，特别是在明清时期尤为繁荣，商贾接踵，骡马连帮，驿站密布。安史之乱时，唐玄宗在南逃成都途中的江山与美人之间的抉择痛苦，在历经1200多年后，依然萦绕在今日的云屏寺和西姑峡而不肯消弭。

从火地村起至广金方向的大阳山顶，要依次经过土地峡、观音峡、西沟峡，人称"云屏三峡"。峡谷全长约100余公里，方圆400平方公里。壁立千仞尽显雄奇的大山上，覆盖着千年的云杉、冷杉、红豆杉和银杏等珍稀名贵树种，形成朴茂密集的原始森林。其中，充满传奇色彩的高山草甸、天池、牧场、瀑布、溪流、溶洞等自然景观，和颇具人文色彩的庙宇、寺院、古树、石塔、佛洞等大小30余处景点。

有心的云屏人，将云屏三峡的自然风貌和人文景观，概括为"一寺二门三峡四洞五崖"。一寺，即云屏寺；二门，为天（铁）门、虎牢门；三峡，是土地峡、观音峡、西沟峡；四洞，指龙洞、黄崖洞、水帘洞、狗头洞；五崖，乃姊妹崖、鸡公崖、尖嘴崖、棒棒崖、蜡烛崖。

云屏三峡山高谷深，地形逼仄，峰回路转，道不宽直，驾车需小心谨慎。拍照的最佳时间仍然是一早一晚，尤其是清晨，太阳的光芒从西姑峡方向的山巅初露，浓雾填壑，一切景物沉入雾海，逐渐浓雾升腾流散，紧接着又是一茬浓雾笼罩，如此三番四次后，草木大地的露水大都已蒸发，散雾消失，只留下一条白色的雾带平飘在半山腰，形成美轮美奂的"翠屏缠玉带"景观，这是风光摄影人追求的效果啊。

10月中旬的云屏，秋景绚烂，淡黄的银杏，纯净而明丽；不知名目的灌木，像一簇簇燃烧的火，热烈而浪漫。360度饱览云屏，便是满山偏野姹紫嫣红。记得有人形容九寨沟秋色，是上帝调色盘的泼彩。从天宫俯视，九寨沟和云屏不就在一起吗，也许，上帝的袖子轻轻一抖，一半泼在了九寨，一半撒在了云屏。我正被眼前的美景陶醉时，一旁的云屏人却淡淡地说："这还没见颜色呢，再过十天半个月你来看，满山红叶，那才叫个好看呢！"我憋住了一口气，心头涌上了诗句"看万山红遍，层林尽染，万类霜天竞自由"。当时我做了决定：明年的11月上旬再来拜云屏！

云屏的美，不仅是外在的张显，更是内质的蕴涵。因此，它不仅仅是摄影人追逐色彩的乐园，更重要的，它是人最适宜生活的环境。空气清新，含氧量高，负离子多。据说在全国负离子最丰富的十个地方中，位列第六位。民风淳朴厚道，物价不高，食宿经济实惠。一顿早餐，三个人才10元，有馒头、稀饭、面皮、小菜，应该是说是够便宜了。吊于梁下的熏猪肉，和山野间觅食的土鸡肉佐以竹笋、蘑菇、木耳等野生山珍，经当地传统手艺烹制，是难得朵颐的佳肴美味。一盆土鸡，一碟辣子炒熏肉，两盘山野菜，一壶明流子，矮桌低凳，侧有花犬摇尾、檐下明月相照、树上秋虫唧唧，与房东把盏话桑麻，浅酌慢饮，也算是做了回云屏的活神仙！

在喧嚣污浊的城市待久了，回归到清净安然的山野，躺在客店的竹床上，透过窗户只见银河灿烂，三星斜列，漫天繁星，勾起我儿时躺在麦场草堆上数星星的情景。在城市拥挤的马路上呼吸浊气，在现代化钢筋混凝土格子里栖身的人们，多么渴望天下都是云屏啊。

2015年10月29日

铁花绽放耀盛世妙手抛洒满天星

——戊戌正月十二永靖古城王氏"打铁花"小记

2月27日，正值农历正月十二，非物质文化遗产——永靖古城王氏"打铁花"，在永靖县黄河南岸的文化广场，向人们展示了这项古老民俗的文化和艺术魅力。

傍晚时分，已是车水马龙，人群如蜂，广场四周密密匝匝，水泄不通。在民警的疏导维持下，激奋的观众们踮脚引颈翘首期待，期待铁花绽空、光耀黄河的精彩时刻快快到来。

晚上8点整，主持人宣布活动开始。依照传统，首先举行了对先祖和神灵的祭祀仪式，之后，随着象征"花开盛世，春满人间"的第一棒铁花腾空而起，神秘的铁花表演便绚烂地拉开了序幕。

在优美的"天蓝蓝水蓝蓝"的乐曲声中，寓意"一帆风顺"、"二龙戏珠"、"三阳开泰"、"四季平安"、"五谷丰登"、"六六大顺"、"七星高照"、"八仙祝寿"、"久长富贵"、"事业兴旺"的一勺勺滚烫的铁水，在王氏生铁冶铸传人的机巧棒击下，借着杠杆的力道，窜上夜空，形成一束束恣意绽放的铁花，继而变幻成一颗颗耀眼的星星，从天际坠落，如稠密的流星雨，流泻出千条万缕耀眼的金线，洒落在地上，溅起一地火花，将曾经在此岸春夏盛开的郁金香的生命与灵魂，熔铸在铁水的高温中，涅槃成不死的精神，升华为冰雪中的春讯，启动了天地间永续不竭的生命，周而复始的轮回。

永靖王氏"打铁花"，是以小的冶铁炉将生铁冶化到1600℃～1700℃高温后，把熔好的铁汁注入事先准备好的"花棒"（撬棍）中，再用木槌猛击花棒，将铁水弹上虚空，或将坩勺抛出的铁水用木铣击散腾空，形成璀璨绚丽的"铁花火雨"的景象。

打铁花寄托着吉祥美好寓意：一是祈求风调雨顺，家业兴旺，寄托镇宅辟邪、增祥瑞保平安的美好愿望；二是讨吉利，利用"花"与"发"之谐音，取"打花打花，越打越发"之意，期盼生意红火、事业兴旺；三是展示生铁冶炼行业的气派，愉悦民众，以展示王氏生铁冶铸技艺之实力。

永靖王氏生铁冶铸技艺，是永靖县三项国家级非物质文化遗产之一。王氏工匠铸造的铁器，尤以法器名扬西北五省。先辈工匠们在冶铁铸造辛勤工作之余，逐渐衍生出了"打铁花"这一包含祭祀、祈福、意愿、娱乐的活动，代代相传，久而久之渐成风俗。王氏"打铁花"技艺中断了20余年，埋在深闺人未识。近年来，永靖县大力发掘弘扬传统文化，积极推动文化事业繁荣发展，使永靖王氏打铁花民俗技艺这颗埋在土里的夜明珠，在沉寂了一段时间后，又绽放出了新的光芒，值得文化界和永靖人民击掌称贺。

"东风夜放花千树，更吹落、星如雨。宝马雕车香满路。凤箫声动，玉壶光转，一夜鱼龙舞。

蛾儿雪柳黄金缕，笑语盈盈暗香去。众里寻他千百度，蓦然回首，那人却在，灯火阑珊处。"

在这首千古吟唱的《青玉案·元夕》中，被辛弃疾描写的南宋某个元夕花灯耀眼，丝竹盈耳的盛况，借助王氏冶铸传人的技艺，在千年后穿越时空，上演在了黄河水城刘家峡，给因刘家峡水电站而声名鹊起的小城，平添了几分古老的中国传统韵味。在一片铁花璀璨，黄河梦幻的良宵美辰中，实现了一次现代文明与古老传统的文化融合，成就了一次当今小城百姓与古代先民的精神对接。

永靖因地处河州（临夏市）之北而俗称北乡。自古地接中原与西羌，为藏汉地缘之分界。所谓"天接昆仑，地控河湟；西崎积石，东障皋兰；北挡雾宿，南望雪山；大河中流，吞夏河，纳洮水；物华天宝，人杰地灵；诗化山水，妙造自然；有古丝绸之路和唐蕃古道穿境而过"。这就是对永靖诗意的刻画描写。永靖现有国家级非物质文化遗产三项，省级两项，州级三项，县级十七项。古拙神秘，底蕴深厚，令人神往。

一个古老深厚、丰富多元的永靖，将会逐渐撩开层层面纱，完整地将他固有的内涵特质和现代气息，毫不吝啬地呈现给世人。

2018 年 2 月 28 日

石磨

　　现在网购，一部手机坐在家里，就可以把天下搞定。什么淘宝、天猫、京东、拼多多，网购平台多得眼花缭乱。只有你想不到的，没有你买不到的。最近做面包，总是做不出甜点店里的那种样子，怀疑是面粉不对路。上网一搜，长了见识，光这小麦制成的面粉，品种极为繁细。仅就用途而言，什么拉面粉、饺子粉、馒头粉、面包粉，应有尽有。

　　在我的印象中，四五十年前的麦面，只有白面和黑面（又叫"二面"，大概是相对于头茬的白面而言吧。）两种，剩下的就是喂猪、喂羊的麦麸子。为何有如此大的差别呢，当然是加工设备和技术的不断进步形成的。这使我想起了过去的石磨。

　　石磨，是石匠用整块花岗岩借助錾子錾出来的圆形磨盘。分成上下两扇，上扇略厚，其厚度，应该是以重量能足以将颗粒状的粮食，磨碎成粉末为宜而考量的。上下两扇相对的平面上，各沿着磨膛边缘，分区錾刻出风扇形的磨齿曲线，还要在其圆心位置，凿出半透的圆孔，下扇的圆孔里，安上枣木桩子，将上扇的圆孔，对准倒扣其上，推磨时，上扇依木轴旋转，粮食靠下静上动的两扇磨盘之间的碾磨而成粉末。上扇离圆心一拳的位置上，还要打一个上下贯通的圆孔，这是粮食进入磨膛的通道。外圆的立面上，在合适的位置也要打上一两个孔、钉上木桩、套上绳扣、插上杠子，这就是推把。

石磨的制造，是一种繁重的体力劳动，但它又不是那种只用蛮力的体力活，技术含量很高。石匠一旦掌握了关键技术，就会垄断于己，秘不示人。

一次村里请来石磨匠人，供着吃喝修复旧磨磨老的牙，旧磨錾出新牙后，匠人走了。磨官开始磨面，发现磨缝的一边尽出囫囵颗子。有人指点，石匠的酒没喝好吧？磨官赶紧使了一个能说会道的灵光人，再请石匠过来。一顿酒肉伺候，老石匠抹着油嘴，围着石磨转圈圈，就是不掀磨扇。在旁的聪明人见状，使了个眼色，让大家离开。过了一根烟的功夫，石匠从磨坊里出来，说："好了。"后来听人说，其实就是在某条磨牙处，凿一两錾子的事，可是外行怎么知道在哪里凿又如何凿？

石磨，有人推的、也有牲畜拉的、还有水力运作的。人推的石磨，操作简单，双手扶杠，抵住上腹，边推边扫磨物（老乡把磨面的粮食叫"磨物"）就是了。

最有意思的，还是牲畜拉磨。一头老驴，尾后拉着一根连着磨盘的杠子，脖子上撑着一根杠子，双眼被眼罩扣住，头尾在严格的束缚中，不能随意摆动。你想想看，这可怜的老驴，沿着永远也走不到头的路绕圈子，在黑暗的世界里，经受着看不见，却闻得着香味，馋得直吧嗒嘴，口水沾满了嘴唇，顺着嘴笼直往下滴答。一架磨下来，好一点的东家，给一点粮食打个牙祭，也算是犒劳这头驴了。

石磨靠水力推动，算是半机械化了，在古老的粮食加工工具中，应该是省工省力效率较高的先进工具了。水力驱动的石磨，我也见过两种：一种是桥式的；另一种是船式的。桥式的，几年前我在和政的某个地方见到过，已经退出使用，空摆在溪流沟渠上的陈迹，桥棚凋敝，石磨残破，平卧式转轮更不知去向。

我自小就熟悉船磨。洮河边上，不仅有提水灌溉的水车，硕大的轮盘上，挂着水斗，整天吱呀呀往半虚空的渡槽里车水，而且，沿河两岸，也有好几盘在急流里颠簸晃悠的船磨。

船磨，就是安装在船上的磨。这样的磨，在木制的船体甲板上，搭上遮风挡雨的封闭式木棚，棚内安装着石磨。船体中间甲板下两侧船帮上，横穿一根粗大的木轴，轴的两头伸出船外，竖着装上乍方还圆的大水轮，一侧一个，轴的横向中心偏外对应着上扇磨盘拨牙（当地人将木质齿轮上的齿牙叫拨牙。）的位置，也竖着安装上一个木质的齿轮，这齿轮与上扇磨盘周边立面上凿孔插木而形成的齿轮相啮合，带动上扇磨盘转动，就形成船磨的格局了。

船磨是一艘可以移动的船，宽约 4 米，长约 8 米，由结实的钢绳拽住，固定在岸边的树木或地锚上。泊船的位置选在水流有力而稳直的水路上，一旦这样的水路变化，就要随时调整泊位。通往船磨的路，是从岸边搭向船头的独木桥，中途立上几个马架支撑住就可以了。

到船磨上磨面，按照规矩，是要家家户户排队的，不管春夏秋冬、刮风下雨、白天黑夜，轮到哪里算哪里。有一次，我家搞了一些粮食，要去船上磨，恰好轮到晚上。那时我大概是十一二岁，借了居住地的一头毛驴，驮上"磨物"，往二三里地外的船上赶。老爸是个风风火火的急性子，他走在前面，要去船上联系，只留我一人，在漆黑的夜里赶路。平日里听来的鬼故事，在这伸手不见五指的夜里"显了灵"，风吹草动、黑坎树影，皆成鬼魅；屋漏偏遭天下雨，毛驴见我一小孩，就欺负上人了——赶也赶不动，牵也牵不走。驴口不言，心里有数，走走停停，停停走走，一柳树条子抽过去，尥蹶子，把粮食口袋给撂了下来。在这又怕又急的无奈时刻，只见远远地一个黑影走来，突然听老爸喊我小名，我心里的一块石头算是落到了地上。

扶上驮子，到了河边，哗哗水声迎面而来，独木桥，在银白色的月光下，依稀伸向船头，船磨在水流里摇晃。磨客子（负责管理操作船磨的人，相当于汽车司机。）下船背上磨物，稳稳地上船了，我紧跟老爸上了十来米长的独木桥，没走几步，就吓得蹲在桥中间不敢站起来。这哪里是桥嘛，两三截曲流拐弯的木板，架在三个马架上，噘尻子翘尾巴，上下左右乱晃荡，一失足掉下去，就不知道有没有后半生了。

船磨的启动和停止，全凭一个固定在甲板上的皮绳套，套绳的安装位置，恰好就在横轴中间那个齿轮转动方向相反的一侧。安装在大木轴上的拨牙中，有一到两个是格外粗壮结实的，磨客子双手拿好皮套绳，瞅准大拨牙转到合适的位置，“啪”的一下，不失时机果断无误地套住了转动的齿轮，随即，制动的惯性，令船身骤然大幅度前仰后合地晃动起来。这套住拨牙，真是高风险的动作，相当于高速行进中的汽车制动，惯性大而猛，掰断拨牙，水磨失控的事是常有的。所以，除非是磨物完了接不上茬儿，一般是不会栓磨的。磨客子就是凭着这手技术和胆量豁上命吃饭的。

几家人的磨物凑到一起，达到相当的量，才要开磨一次。连续运转中的磨，不能空转，它的工作节奏，是不能人为控制的，只能人去适应它。上料、罗面，头茬、二茬，都要紧锣密鼓地跟上高速旋转的节奏，是一项相当紧张苦劳的事情。

这罗面的急不可待，还有一个真实的故事呢。一家的爷孙俩去磨面，眼看着装面的口袋不够用了，爷爷让孙子赶紧回家取口袋，情急之下，原本结巴的孙子，在奶奶跟前说不出话来。奶奶急了："我的娃唱着说。""奶奶！磨上么磨物多——，给个皮胎了说——"孙子这悠长的一唱，唱没了结巴，唱来了皮胎，唱出了故事。

　　船磨已经像前朝的一片云彩，被吹到了天的那边，藏进了后人的故事里。我们今天吃的面，正如船磨一样，依然从各式各样的机磨里流淌到饭桌上。喝着羊肉清汤，嚼着白面炕子，追忆洮河上遥远的船磨图景，咔哒咔哒——那巨大磨扇的隆隆声中，清晰透出的老奶奶弹面的节奏，仿佛就在耳边。

2018 年 9 月 18 日

汇蓝巧筑

陈长明 主编

翟文伟 著

故乡情

团结出版社

UNITY PRESS

图书在版编目(CIP)数据

　　故乡情 / 翟文伟著. -- 北京 : 团结出版社，
2022.6
　　(汇蓝巧筑 / 陈长明主编)
　　ISBN 978-7-5126-9370-8

　　Ⅰ. ①故… Ⅱ. ①翟… Ⅲ. ①散文集–中国–当代
Ⅳ. ①I267

中国版本图书馆 CIP 数据核字(2022)第 056991 号

出　　版 : 团结出版社
　　　　　　(北京市东城区东皇城根南街 84 号　邮编 : 100006)
电　　话 : (010)65228880　65244790
网　　址 : http://www.tjpress.com
E-m a i l : 65244790@163.com
经　　销 : 全国新华书店
印　　刷 : 长沙印通印刷有限公司
装　　订 : 长沙印通印刷有限公司

开　　本 : 142 毫米×210 毫米　　　　1/32
印　　张 : 40.5
字　　数 : 476 千
版　　次 : 2022 年 6 月第 1 版
印　　次 : 2022 年 6 月第 1 次印刷

I S B N : 978-7-5126-9370-8
定　　价 : 398.00元(共九册)

我俩的情结

安永国

我比较喜欢翟文伟的文章。他的诗歌散文有的已见诸于报端，有的刊登于杂志，有的雪藏于他的书斋中，今天能拨云见日，结集出版，实为文艺界的一大幸事，值得庆贺。

我和翟文伟结识已是三十年前的事了。那时我们都在兰州龙尾山下的西北民族学院（现西北民族大学）读书，他当时是在管理科学系学习，我在汉语言文学系学习。尽管我俩学的专业不同，但我俩又同住在同一栋宿舍楼上——西北民院男生宿舍东楼，就这样每天见面的机会较多。因我俩是乡亲，都是从积石山县农村来的，我比他高两级，也比他大几岁，所以他就习惯地称我为"安老哥"。那时经济条件较差，我们农村来的学生没有特长，每到星期天大家就觉得没地方去。还好文伟和我是同一栋宿舍楼，每天下晚自习后他就到我的宿舍里，我们坐在床头一起谈学习，拉家常，听我拉二胡。就这样两年的共同生活，共同爱好，使我们结为挚友。毕业后，我留校工作，他被分配到永靖县基层工作。后来由于各自工作的变动，见面的机会少了，但用书信和电话经常联系着，我们的距离被现代化工具拉得很近，拉得很紧。

　　文伟出身农村寒微人家，由于儿时艰苦岁月的磨砺和父母敦厚淳朴性格的影响，养成了他为人低调，不爱张扬，达观从容，逍遥自适，处事稳健，谦和待人，勤勉好学的品格。那时候我们在西北民院读书时他写的一些小文章就已经在院报和院广播站上刊播，从内容上看，多是校园风情，游记杂说，时代风云变幻，社会人文走向，以及当代人的思想情结等等。他以优美的语言，独特的思想见解，清淡的文体，很快在全院师生中引起共鸣。当时我还猜想：他若勤耕不辍，必定会出成果。今天捧着他《故乡情》的书稿，读着那篇篇发烫的文字，庆幸被我言中了。

　　故乡，是生我们、养我们的地方。因此，历代文人总有割舍不掉的情结。古有李白"举头望明月，低头思故乡"，杜甫"露从今夜白，月是故乡明"；今有席慕蓉"乡愁是一棵没有年轮的树，永不老去"，余光中"乡愁是一枚小小的邮票，我在这头，母亲在那头"。所以，思乡之情，不会因为时代的变迁，年轮的增长而有所消减，反而如陈年老酒，愈久愈香。

　　文伟诗文集《故乡情》，把故乡作为一个叙事空间，围绕故乡的物和事，品味故乡，游走远方，感悟乡愁，抒发对故乡的眷恋之情，漾溢着游子内心的感恩情怀。他眼中的故乡的路："弯弯曲曲，窄窄宽宽，一直向远方延伸，是人与世界沟通的脉管，是历史与现实长短的牵挂……世上的风景有无数，最美的就是故乡的路，故乡的路，像一幅美丽的山水画，每个游子从这条路走出去，留下的是回忆、是乡愁，升腾的是信念。"他眼中的故乡的喜鹊窝："是童年放飞梦想的地方，守护着许多遗忘的故事，传唱着千年不变的歌，所有的记忆，这窝里都装着；故乡的喜鹊窝，是游子回家的路标，只要胸中有它，路就不会走错。"他笔下的故乡是多彩的，如写刘家峡大坝："这不就是一片见证祖国水利事业发展和沧桑寰宇变迁的历史的天空吗？寰宇有影，银河留声，苍茫峨峨巨龙行。极目万里苍穹，千野川河，云卷云舒，潮起潮落。日月之行，若出其中；星汉灿烂，若出其里。在这片天空，人类的智慧使我们坐地日行八万里；在这片天空，历史使我们巡天遥看一千河。"又如写刘家峡近年来的发展变化："一城春色半城花，刘家峡也在追赶美"等等，这些诗文构成了一幅幅写满乡愁的画卷，使人移不开眼。

故乡，是我们年少时想要逃离的地方，是我们年老时想回可能已经回不去的地方。所以，无论何时，无论何地，无论经历了多少岁月变迁，故乡，都是我们心底最深的惦念。文伟的很多诗文表达的是一种很独特的愿望——长大后我要回家。这种精神上的回归，就是对养育我们的文化、历史的一种致敬。

见月思乡，已经成为我们这些出门在外漂泊的游子经常的经历。思乡之痛，说不上是苦是乐，其中有追忆，有惆怅，有留恋，有惋惜。流光如逝，时不再来。好在文伟用文学的形式试图找故乡的永恒，在微苦中实有甜美在。

人类对故乡的怀念是一种与生俱来的东西。世界上任何一个民族都在经历一个现代化的过程，一方面我们要拿到通向未来的通行证，另一方面我们又要坚守自己的乡愁，这可能就是故乡的意义。

本来已经咬牙对他宣布不写了，我也给他说过自己不是名人，水平也不行。但文伟多次来电话，好像等得痛苦，让我一定要写。我心一软，就写了这千字文以作我俩的情结。文章束尾不再赘言，祝愿他的《故乡情》被更多的人读到。

（作者系西北民族大学离退休处党委书记）

自序

　　故乡，是我们每个人梦想开始的地方，也是我们每个人收获成长、收获幸福的地方。故乡，是清明的那炷香，是中秋的那轮月，是春运时的那张车票，是不经意间流露出的口音。故乡是屈原的秭归，那里有楚国宗祖，"洞庭波兮木叶下"；故乡是卡夫卡的布拉格，虚幻又现实，欲说还休；故乡是木心的乌镇，"五十年不闻乡音，听来乖异而悦耳，麻痒痒的亲切感"。

　　我的故乡有三个地方：我出生在积石山县，上世纪90年代迁移到高台县，工作后又生活在刘家峡，可以说陇原的山、台、峡都是我的故乡。世代人们在这里种植着希望，收获着喜悦。故乡的路弯弯曲曲，向远方延伸；故乡的喜鹊窝，传唱着千年不变的歌；故乡的田野上山花开不败，"花儿"不间断……

　　当我们终于不知疲倦，山一程，水一程，渐行渐远，才发现，故乡是根本剪不断脐带的血地，断了筋骨，连着血脉。故乡，是起点，是终点，是即便永远回不去，也依然是故乡的那个地方。

　　在文学的世界里，有太多关于故乡的描述。"举头望明月，低头思故乡"，那是一份想念；"停船暂借问，或恐是同乡"，那是一份亲近。当有一天我们走得很远，走得很久，会发现故乡就像是妈妈缀扣子的针线，穿透了我们的心胸。在我们每一个人的心里，都会有一个或若干个故乡。地域的故乡，安放我们的身体；精神的故乡，安放我们的灵魂。

《故乡情》就是在那不经意间，勾起我对故乡的眷恋。正是那久违的乡情打动了我漂泊在外的心灵，浓郁的思乡之情包裹着我、感染着我、带领着我寻找对故乡的记忆。那里有太多的欢声笑语，太多的美好回忆，那片热土早已成为我生命中不可或缺的一部分。

《故乡情》这本小册子是我在20多年的工作和生活中写下的一些故乡的物和事。我以散文和诗歌的形式记录在卷，装订成册，是时间给了这些文字以"美感"，它意味着已经度过的日子，走过的路，它是对过往生命的一次次"截图"。

这本小册子里有自己的成长。成长，总是要经历"阵痛"的，我们赞叹珍珠的光芒时，别忘了，那是贝壳的眼泪，是用疼痛磨砺出来的璀璨。疼痛的时候，哪怕有再多的依恋，心依然要向前方。成长，总是要接受变化的，只要坚守初心，便可以在平淡中保持真实的自己。

这本小册子里更多的是怀旧。不管是什么样的因与果，岁月里总有一些东西要留下一些痕迹，它成为一抹淡淡的人生回味。我想，总有一些东西，逝去之后永远不再回来，于是，我把自己的故乡情和感悟心得编辑成册，付梓印行，与各位朋友分享。或许是上帝格外眷顾我，让我用文字的形式实现故乡的永恒。

我的故乡是多彩的。"奇景看不定，提笔写真难"。我感恩生逢伟大的时代，感恩党的教育培养，感恩我前行路上曾经关心帮助过我的那些人。

你的故事，我的记忆，我们一起收藏。

是为序。

目录

CONTENTS

历史的天空

星期天的早晨我送客人走上刘家峡大坝。站在高高的坝顶眺望峡谷中的县城，昔日稀稀落落的青瓦小院消失了，红砖平顶两三层"火柴盒"已无踪影。黄河两岸米黄、乳白、粉红色的高楼如新竹抽笋，满眼生辉。

我的目光落向穿城而过的黄河。黄河，从青藏高原流出，一路奔腾着，咆哮着穿越雄伟的积石峡谷，经刘家峡大坝后以"S"形平缓地流过永靖县城。她见证了刘家峡水电站的第一批建设者们劈山开路、破冰探水，为实现"中国梦"而探寻水力发电的艰难历程，目睹过20世纪60年代工农大众用独轮车苦战黄土岭的建设场面，从千百年的惨淡哀愁里淌过，一直淌到欢天喜地的新中国，又和刘家峡大坝一道目送着陇原儿女迈上幸福路。

在刘家峡水电站建立以前，如果外地人在甘肃人面前说到敦煌，说到彩陶，他们就会扬眉吐气，因为甘肃是飞天的故里，是彩陶的故乡。如果外地人在甘肃人面前谈论到陇原的生活条件，就会让甘肃人神情黯然，因为甘肃缺水缺电，父老乡亲们每晚都点着一盏煤油灯，嘴里衔着一根烟锅子，趴在炕沿上，"吧嗒吧嗒"地抽着烟，盘算着第二天的生计。许多年轻人沿着父辈们曾经走过的那条路，不是下四川就是走西口，踏上了背井离乡漂泊谋生的路。

甘肃人民的水利开发之梦，也牵动了党中央、毛主席的心。

1952年10月，毛泽东主席视察黄河，发出了"要把黄河的事情办好"的伟大号召。1955年7月5日至30日，第一届全国人民代表大会第二次会议审议通过《黄河综合利用规划技术经济报告》，确定刘家峡水电站为根治黄河水害、开发黄河水利建设的第一期工程之一。于是，甘肃人民就结束了面对大河长川望洋兴叹的历史，迎来了开发水利的光明前景。1958年9月27日，刘家峡水电站伴随着震撼山岳的爆破声在永靖县刘家峡正式开工。这一天，中国水电开发史上一场气壮山河、波澜壮阔的建设大会战在黄河岸边打响。电站建设的炮声唤醒了沉睡的黄土高原，从全国各地抽调的勘测、设计、施工人员鏖战陇原大地，吹响了向黄河要电的号角。老一辈建设者们为了实现根治黄河水害、开发黄河水利建设的梦想，他们把美丽的青春融入祖国的山河，"守山餐、伴山眠、风梳头、汗洗脸"，在那段激情燃烧的岁月里，利用肩挑手抬和独轮车的方式，与艰苦环境斗、与泥沙洪水斗、与技术难题斗，昼夜奋战在工地上。1969年4月1日，刘家峡水电站第一台容量22.5万千瓦的机组终于投产发电，1974年12月，水电站五台机组全部顺利安装完毕投入运行。至此，全国第一座装机百万千瓦级的大型水电站——刘家峡水电站在黄河上游傲然挺立，为当时一穷二白的新中国开创了水电建设的先河，积累了水电站建设管理的宝贵经验。从此之后，新中国的水电事业在甘肃区域以黄河三站傲立，刘家峡水电站、盐锅峡水电站、八盘峡水电站作为国家名片在中国水电里程碑的星空里熠熠生辉，卓尔不凡！

河水出刘家峡大坝拐弯后缓缓地向西奔流而去，在阳光下泛出点点金光。粗犷而厚重的黄土高原在黄河水的滋润下变成了一块块绿地，漫山遍野的绿松红叶迎风摇曳，散发出淡淡清香，仿佛在给人诉说这里的故事。站在高高的拦河大坝顶上，我的思绪在时空里追溯，我的眼睛在现实中寻觅。脚下是烟波茫茫、水天一色的高峡平湖，眼前是纵横交错的高原沟壑，那一座座高压输电铁塔拔地而起、高耸入云，一条条银灰色的电缆线输送着强大的电流伸向远方，发出阵阵的"嗡嗡"声……于是联翩的浮想，竟使我痴立于龙汇山前，久久挪不开脚步。这里曾经蕴藏着如此丰富的水利资源，可是，历代统治阶级为何没把黄河的"巨大气力"利用起来？直到1949年以前，刘家峡还是个荒凉贫瘠的山村。这不就是一片见证祖国水利事业发展和沧桑寰宇变迁的历史的天空吗？寰宇有影，银河留声，苍茫峨峨巨龙行。极目万里苍穹，千野川河，云卷云舒，潮起潮落。日月之行，若出其中；星汉灿烂，若出其里。在这片天空，人类的智慧使我们坐地日行八万里；在这片天空，历史使我们巡天遥看一千河。

回眸人类文明进程，凝视山河近70年巨变，深感祖国水利建设成绩辉煌，叹人力真正伟大！[1] 刘家峡水电站无愧于新中国水电建设的摇篮，它与人类文明相伴，与社会发展同行，与中华民族伟大复兴共进！

（原载《民族日报》2013年12月30日）

---

1 "叹人力真正伟大"出自郭沫若词《满江红·游览刘家峡水电站》。1971年9月17日，时任全国人大常委会副委员长郭沫若和夫人于立群一起，陪同柬埔寨王国民族团结政府首相宾努亲王一行抵刘家峡水电站参观时作《满江红·游览刘家峡水电站》词一首："成绩辉煌，叹人力真正伟大。回忆处，新安鸭绿，都成次亚。自力更生遵教导，施工设计凭华夏。使黄河驯服成电流，兆千瓦。绿水库，高大坝；龙门吊，千钧闸。看奔腾浅水，何殊万马。一艇风驰过洮口，千岩壁立疑巫峡。想将来高峡出平湖，更惊讶。"

"花儿"与炳灵寺

最初认识"炳灵寺",不是佛,不是菩萨,也不是喇嘛和尚,而是一首流行在民间的关于炳灵寺的花儿:"寺沟里麻了者雨来了,身带的草帽儿忘了;半路上遇见尕妹了,手拿的礼当儿忘了"。这里的"寺沟",又叫大寺沟,由于著名的炳灵寺石窟位于这条沟里,故得此名。这首花儿是年少放羊时从老羊倌那里学来的。

"花儿"是黄河三峡人最喜爱的民歌。"花儿"被当地人称为"少年""山歌""野曲"。相对于宴席曲这样的"家曲"而言,它是不能在村子里唱的。河州人禁忌在庭院、村庄及有"避辈"处唱"花儿",这就形成了许多花儿山场,又叫"会场"。炳灵寺的花儿会一般在每年端午节前后三天举行。

黄河孕育了五千年的华夏文明,炳灵寺是黄河与佛教第一次相遇的地方,也是一座有着近1700年历史的佛教石窟寺,在中国佛教史、考古史和艺术史上都占有相当重要的地位,与敦煌莫高窟等石窟并称为中国六大石窟寺。难怪有人称炳灵寺为"深山幽兰"。她以清冽的芬芳,吸引着国内外成千上万的游客;他(她)们或怀着考古的愿望,或怀着好奇的心情,或怀着游山玩水的情趣,或怀着顶礼膜拜的虔诚;他(她)们具有不同的肤色,说着不同的语言;远渡重洋,不惜重金,千里迢迢,跋山涉水,瞻仰炳灵胜景。从中吸收营养,充实精神,饱尝眼福,怡情娱性。炳灵寺有上寺、下寺之分，方圆十几公里，周围青山碧水，风光旖旎。炳灵寺也是一块"花儿"的乐园。佛教文化和"花儿"这种传统的民间文化在炳灵寺找到了结合点，揉合成了独具魅力的炳灵寺"花儿"。炳灵寺"花儿"属河州"花儿"，其传唱曲调主要有"河州大令""河州二令""河州三令""尕马儿令""尕妹妹令""尕姑舅令""白牡丹令""水红花令""马营令""二梅花令""好花儿令""二牡丹令""三拉拉令"等。与其他地方的"花儿"相比较，炳灵寺的"花儿"被赋予了太多的佛教哲理，它往往大多以炳灵寺的山水景点或历史人物起头，然后才转入正题。可以这样说，"花儿"在炳灵寺攀上了佛教这棵大树，开放得更加艳丽多姿，而"花儿"使佛理通俗化、民间化，以一种人们乐于接受的方式传播其惩恶扬善的教义，进而达到教化育人的作用。

1959年6月12日，兰州电影制片厂和长春电影制片厂在炳灵寺附近联合拍摄了一部以反映永靖人民战天斗地，为改变干旱面貌而劈山开石、引黄上山、大规模兴修水利工程为题材的电影《黄河飞渡》。镜头中汹涌澎湃的黄河浪涛和高耸入云的积石石林，伴随着"花儿"次第涌出，令人心旷神怡。

> "左边的黄河右边的崖，
> 手扳住栏杆了过来；
> 远处的尕妹我跟前来，
> 手扳住胳子了唱来"。

《黄河飞渡》在"花儿"的故乡一炮走红，这首《白牡丹令》也随之成了妇孺皆知的流行歌。

在炳灵寺有些"花儿"流传几辈人经久不息，可谓是炳灵"花儿"的经典之作，如：

"炳灵寺峡里的药水泉，

桦木的勺勺啦舀干，

喝上个药水百病散，

高兴者漫了个少年。"

炳灵寺的"药水泉"很有名气，有十多处，其中比较有名气的是水帘洞"药水泉"和龙虎沟"药水泉"，史书多有记载。如唐代名僧释玄恽所撰的《法苑珠林》载："炳灵寺东岭上出于醴泉，甜而且白，服者不老。"宋代李远在其著《青唐录》中写道："环寺皆山，山悉奇秀，有泉自石壁中出。"清代《河州志》卷四也记载："炳灵寺地产檀香，导药，泉水洒落，沁人心脾。""花儿"歌手们借物抒情，既赞美了炳灵寺药水的神妙，又把"花儿"比成喝炳灵寺的药水一样，可消除百病，真是寓意深长。

再看下面的两首"花儿"：

"大佛爷坐的是炳灵寺，

背靠了崖，

面对了一座（地）花山，

阿哥们唱的是曲不是，

尕妹妹听，

劝话把人心的爱了。"

"炳灵寺坐的是仙巴佛，

喇嘛爷念经者哩；

阿哥们走了者没法子活，

心口里流血者哩。"

"炳灵"一词是从藏语中音译而来，即"仙巴本郎"，意为"十万佛洲"。仙巴佛也就是弥勒佛，前一首里的"大佛爷"和这一首里的"仙巴佛"，均指炳灵寺171龛的唐代弥勒大佛，高27米，世界排名第九，国内排名第五。"花儿"歌手们往往触景生情，以大佛作为"花儿"的开篇，引导出内心的真情，又如：

"大佛哈凿地者石崖上，

咒言哈刻地者心上；

你把你良心哈放公当，

我把我的身子哈舍上"。

这首震撼人心的"花儿"可谓是炳灵寺"花儿"的代表作。在这里，歌手们以"花儿"为媒，以佛为证，对佛起咒，在佛祖面前许下了至死不渝的爱的誓言，表达了忠贞的爱情，令人震撼。这首"花儿"与流传在河州大地的一首颇有名的"花儿"，"花儿本是心上的话，不唱是由不得自家；刀刀拿来头割下，不死是就这个唱法"，有着异曲同工之妙。

我以往也读过流行在炳灵寺一带地区的花儿唱词中那些动人心魄的片段，比如"哭下的眼泪调成个面，给阿哥烙给个盘缠"，再比如"拔过个肝花了心留下，心里头有两句话哩"。歌者心甘情愿地让情人拔过肝花，但求将心留下。之所以要将心留下，是因为心里还有对情人说的两句话！但在西北高原的山沟和草滩，亲耳听到那些老百姓生动的语言和歌唱时，我还是一次又一次地感受到中国西部贫困乡村所谓"文化人"及其文化的苍白。至少，在对爱的表达上，"花儿"鲜活而直抵人心的语言。

炳灵寺的花儿，内容丰富多彩，演唱形式多种多样，曲调优美婉转而享誉国内外，具有很高的艺术价值，也引起了许多国内外专家的极大关注。2002 年 7 月 14 日至 15 日，联合国教科文组织和中国民间文艺家协会保护中国民间文化遗产 2002-2003 年行动项目组专家专程到永靖县收集采录这些广为流传的民间文化。项目组专家先后深入到炳灵寺附近的王台镇塔坪村实地聆听了"花儿"歌手们优美的唱腔，并采录收集了大量的歌词和其他有关资料。

炳灵寺的"花儿"为什么这么红？如果说唱出生、唱生死的"花儿"是西北高原汉、回、土、藏、撒拉、东乡、保安、裕固、蒙古等民族人民的歌魂，那么它不仅是一种音乐方式，不仅是一种生活方式，而且是中国西部民族的一种生存方式。

"长河边我只看了你一眼，一眼就是千年。"炳灵寺，太值得珍视、钟爱和眷恋了。

（原载《河州》2003 年第 1 期，转载《甘肃风采》2003 年第 3 期）

连环画的记忆

连环画，也叫小人书，俗称"画书"，是中国20世纪六七十年代流行的一种用木刻版画印制发行的少儿图书，曾红遍祖国的大江南北。从那个年代走过来的人们，都不会忘记连环画曾有的风光，它以特有的方式在几代青年人的记忆里打下深深的烙印。它带给我们童年的快乐，帮我们认识事物的真善美、假恶丑，给我们留下了难忘的乡愁和童年记忆。

20世纪六七十年代的农村，可以说是一穷二白。那时我们兴奋的是几个月看一场露天电影，每天放学回家帮大人干完农活后剩下的时间就是看连环画了。几个人围坐在墙角下头碰头地挤在一起，拿着连环画轻轻地吟读着，有时还会为里面的故事情节争吵或评论一番。那声音时而缓和宁静，时而汹涌澎湃，时而还引来阵阵喝彩声。大伙都陶醉在其中，看得津津有味，完全忘乎所以，完全入迷在连环画的情节中。在连环画的世界里，没有市场竞争，没有环境污染，没有金融危机，也没有现实世界中的爱恨情仇，有的只是美和爱、真和善、好人与坏蛋。

那时候的小孩，不认识字就看画面，总要问认识字的人，这个人是不是一个好人，那个人是不是一个坏蛋。连环画里面的人物，好人长得英俊漂亮，坏人则长得满脸横肉、贼头贼脑，画面上一看就能分辨出谁是好人，谁又是敌人、坏人，连环画就像一个不说话的长者，给了很多孩子真善美的鲜明标准。你喜欢谁，又不喜欢谁，爱这个恨那个是没有争辩的，不像现实世界的好人坏人真假难辨。

小时候的连环画，反映抗日战争和解放战争历史题材的最多，如《铁道游击队》《智取威虎山》《小兵张嘎》《地道战》《平原枪声》《飞夺泸定桥》《百万雄师过大江》《四渡赤水》《血战湘江》《突破乌江》《刘胡兰》《江姐》等等；也有中国"四大名著"隋唐宋史题材的，如《草船借箭》《三顾茅庐》《火烧赤壁》《长坂坡大战》《孙悟空三打白骨精》《红梦楼》《薛仁贵征东》《薛刚反唐》《精忠报国》《满江红》《穆桂英挂帅》《大破天门阵》《李逵下山》《水泊梁山》《武松打虎》等等。每本连环画的定价一般在一毛钱左右。可是，那时候的一毛钱非常金贵，一斤生羊肉才七毛钱，经济条件一般的农村家庭是很难给小孩一毛钱的，只有等到过年时才给上二毛钱的鞭炮和糖果钱。那时候像我一样生活在一个贫困农民家庭的小孩，如果平日里有谁开口向父母要一毛钱时，内心里肯定少不了勇气。因为那时挣钱实在是太难了。没有钱，就没有"画书"看。记得那年是1979年的夏天，我牵着骡子跟着爷爷去吹麻滩赶集。到达后，我和爷爷先去了东面河滩的粮食市场。在那里，爷爷询问了一下粜粮食的市场行情，然后我们又来到了一个百货商店门口，爷爷让我牵着骡子在门口等着，他拿着布票进商店扯布。没过多久，爷爷手里拿着几尺蓝色的华达呢和黑条绒棉布就笑呵呵地走了出来。爷爷望见我说，再灌几斤醋东西就买完了。于是，我们沿着街道往北走。爷爷边走边用手给我指着说，前面拐角处有个卖醋的回族老汉，是个瘸子，方家村的人，他的醋最好，是麦麸子淋的老陈醋。一会儿，我和爷爷就来到了那个醋摊。爷爷和那个回族老汉见面后就亲热地搭起话来。这时，我看见那个醋摊的后边就是卖连环画的新华书店，我迫不及待地问爷爷"钱够不够，我要买个画书？"爷爷说这里没有卖画书的。我给爷爷指着说前面那个铺子就是新华书店，里面有画书。于是，爷爷就给了我一毛二分钱，爷爷让我自己去买画书，顺便再买上一个洋糖，回家的途中口渴了吃。因为爷爷不识字，他把新华书店也当成了百货商店。当我走进新华书店时，什么《岳母刺字》《水浒传》《杨门女将》《白蛇传》等各种连环画，全都摆满了书店的玻璃柜台，在众多的连环画中，我最喜欢的却是《孙悟空三打白骨精》。小时候听人们说书，孙悟空有一双"火眼金睛"，手执如意金箍棒，能呼风唤雨，上天入地，一路斩妖除魔，保唐僧去西天取经，听着总是激情喷涌，心旷神怡。此刻，一看到《孙悟空三打白骨精》，心里无比激动和欢喜。于是，我急忙跑过去问了一下书店营业员，她说那本连环画一角六分钱，是前两天刚来的书，是彩色的。这可怎么办？钱不够呀！我急忙跑出去向爷爷要钱。爷爷说那个商店主人看见我是个小孩就哄着哩，平时一本画书几分钱，这次怎么是一毛六？比三斤醋还要贵！于是，爷爷把骡子拴到了醋摊前的一个电线杆上，并对那个卖醋的老汉嘱托了几句，就领着我去了新华书店。爷爷进去后问了一下营业员，然后对我说这个书太贵了，我们过几天再来买，说不定还会降价。这时，我硬缠着爷爷要买，爷爷见我非买不可，就开始掏衣兜，先从衣兜里掏出了几张布票，再掏出一枚五分的硬币塞在我的手心里，我捏着那枚硬币跑进书店，买下了那本我爱不释手的《孙悟空三打白骨精》彩色连环画。现在回想起这件往事，爷爷让我很感动，几次泪水涌出我的眼眶，我心中可有愧。说来也巧，那次跟着爷爷赶集，我也无意中发现了药材公司。我发现街道旁边的一个铺子门前放着个台秤，专门收购地骨皮、柴胡、甘草等那些坡里的野草。由于年幼好奇，我就跑过去问了一下铺子里面的主人，才知那些不起眼的家乡的野草，原来是治病的草药，晒干后也能卖钱。我立刻茅塞顿开，兴奋不已。回到家后，就顾不上吃饭，立即把这一喜讯告诉了庄上的其他伙伴。于是，我们决定每天放学回家后就上山采草药，用草药换来的钱去买连环画。就这样，我和几个伙伴每天利用放学回家后的时间扛着镢头、提着竹篮就上山采药，几周后再拿去卖给药材公司，用挣来的钱去买连环画。那时我们买连环画看连环画可以说都经历了一个艰苦的过程，卖草药时我们几个小伙伴都去，买连环画的时候几个人商量着买，回来后再交换着看，可以说那时的连环画是凝聚着友谊和情义的物品，它不仅凝聚着我们的兴奋和梦想，也凝聚着我们那些伙伴的纯洁情谊。

连环画，是具有中国特色的文化产物。精彩纷呈且只有巴掌大小的连环画已成为我们那个时代美好童年的回忆，那尘封已久的连环画有着我们童年时代的小快乐和大幸福。到现在，我家里还放着那时的《三国演义》连环画一套，共6本，是由郝幼权编文，王云鹏、张亚力、于敦厚、鲍太祥、戴春起等人绘画，每册图112幅，64开本，每本定价0.18元，1981年9月吉林人民出版社出版，封面为彩色，里面为黑白木刻版画。

那时的连环画，构图确实很精美，那些美术大师们以一种"将强烈的审美加入严格的学术和科学中的独特绘画风格"记录了中国社会的发展变迁，使中国的木刻版画达到了鼎盛。随着现代科技的迅猛发展，彩色印刷也在前进，但用木刻版画印制的连环画已退出了我们的视角，今天我们在各大城市的书店里已看不到过去那种黑白木刻版画印制的连环画了。看着今天胶版印制的连环画不如过去木版印制的连环画时，不由得自己感慨万千。今天胶版印制的连环画存在的缺点是细部不清，锯齿状，油墨不黑，肉眼可看出由微小颗粒黑点组成的线，还有纸张不柔等缺陷，过去木刻版画印制的连环画非常清晰！可以说过去那些美术大师们的刻作之精细和黑白分明的艺术语言，真教人过目难忘。

如今的许多年轻人都喜欢看那些多媒体玩意儿输送的快餐式"碎片化"文化，不太喜欢看像连环画那样的书籍了。这个年代，大家都倾向于用一些简洁的语言来概括事物，体验这玩意儿是独一无二的，但语言描述或其他多媒体，只能使你无限接近，却无法让你真正明白。

　　那些浸泡在岁月记忆里的连环画，不仅仅是一本本小人书，它还是我们的生活。现在想起来，那些小人书总在穿越自己的心灵，它的力量多半不源于它自身，而源于它介入我们生活的那个年代。

　　世界上大多数事情，若想要体会到其中的真谛，都需要学习成本，包括快感本身。有时候我在想，当一个人将要离开这个世界的时候，总结下来，赚到的是什么？我以为，快乐的时间多过痛苦的时间，那就是你赚到的。想到这些，我格外怀念一种纯粹，怀念一种快乐，这或许是童年时期的连环画带给我的一种乡愁记忆吧。

　　感谢那些连环画，让我记住童年，记住乡野。当我在都市生活中心灵染满尘埃时，连环画唤起我童年的回忆，让我的心地一片清明。

2018 年 4 月 12 日

遗失的故乡

　　"故乡的山，故乡的水，故乡有我幼年的足印；他乡山也绿，他乡水也清，难锁我童年一寸心……"每当这首歌在我耳边回响起时，就多次勾起我对故乡的眷恋和父老乡亲们的挂念。

　　我的故乡坐落在巍峨的积石山下，是胡林家乡东部一个小小的村落。故乡的一草一木，故乡的亲人们永远是我珍藏心底最美好的记忆。在那块亲切的土地上留下了我童年的欢笑，留下了少年青春的梦想，还有那些过往的思念和回忆。可是，故乡毕竟是太贫穷了。山大沟深，交通不便，缺水缺电，十年九旱，故乡已无法满足乡亲们的生活之需。于是，响应国家的号召，父老乡亲们便开始了他们有记忆以来的第二次大迁徙。有的人去了青海，有的人去了瓜州，有的人去了兰州秦王川，什么地方有移民安置都可以，只要离开故乡，都是为孩子们创造良好的生活环境，比起守望故乡更为迫切。受这种思想的驱使，我家从1993年开始在几位堂叔的帮助下，先后用三年时间全部迁到了张掖市高台县。于是，故乡就成了我们翟氏家族心中永远的回忆。

　　不管离开故乡多久，总有一些怀念永远无法摆脱故乡的牵绊。虽然我们离开故乡后，许多年来在异地如浮萍般随波逐流，但我知道疲惫时总有故乡接纳我，伤痛时总有故乡的亲人抚慰我，故乡之于我，亦如同《飘》的女主角斯嘉丽永远的塔拉庄园。

怀着对故土的眷恋和先祖们的怀念之情，2016年清明节，我又一次踏上了去故乡扫墓的路。那天太阳照着，春风吹着，从刘家峡坐车走了四个多小时就到达了故乡。下车后，我迈着沉重的步子，背着烧纸和祭品向爷爷和奶奶的墓地走去。

爷爷奶奶的坟墓在村子一块五亩的地里，坐北向南，癸山丁向，居南低北高的地理方位上。离坟墓向东二百米处就是我原来老家的庄寨。那时的村子里有20多户人家，在上下两个坪上分散居住着，村子前面也有一条小河，但从我记忆起，河水并不丰沛。过了汛期，小河总要沉默一段时间，那些裸露的硕大巨石和干涸的河床，也是我们嬉闹的好去处。在我儿时的记忆里，那曾经是一个最适合洗衣服的地方，那时，附近的人都喜欢吃过早饭去河边洗衣服，我的母亲也是。有时，我会跟着母亲来到小河边，母亲洗衣服，我则一旁玩耍。那时的风景很好，总是有红彤彤的太阳照着我们，慢慢地爬升，给人温暖。母亲她们在河边洗衣服是很热闹的，大家把自己昨天碰见的、听见的，家里的、高兴的、有趣的都统统地说了出来，越说越有劲，不知不觉都把衣服洗好了，一个个高高兴兴的回家了。

坪上的村庄从小河边远远望去宛如嵌在水墨画中那样雅致。故乡那缕在屋顶上缠缠绕绕的炊烟，好像是故乡头顶上飘逸的丝巾，装点着故乡娇俏的容颜。当家家户户的烟囱里缓缓升起轻轻渺渺的炊烟，此消彼长的唤儿声便在故乡的上空回荡，一声声亲切、温暖地呼喊着：长寿哎——、尕旦哎——、桂香哎——，多年前，爷爷大声的召唤也夹杂在那些深情的呼唤中……

如今，所有那些过往，已经沉淀为我童年记忆里最鲜活的梦了，有梦总是幸福的。当我离开故乡很长时间后，再一次踏上魂牵梦萦的那块土地，却被故乡的孤寂、静默惊吓了。

熟悉的乡间小路没有了，故乡的兄嫂们没有了，大块大块的土地荒芜了，昔日的院落杂草丛生，院墙几近坍塌，故乡变得一片冷清。

几度潮水平

以往的环境依然在梦中

他乡山也绿

他乡水也清

难锁我童年一寸心

故乡的土

故乡的人

故乡有我一颗少年的心

几度风雨走

几度雪飞春

以往的欢笑依然在梦中

他乡人也亲

他乡土也好

难锁我少年一寸心

故乡的爱

故乡的情

故乡有我青春的歌声

几度芳草绿

几度霜叶红

以往的同伴依然在梦中

2016 年 4 月 5 日

品味唐诗里的咏春绝句

春天，是一个大地复苏，万物勃发的季节。回归途中的大雁，给人们悄悄送来温情和暖意，送来鸟语和春风，经历了寒冬的人们又将在阳光和雨露中换上万紫千红的华装。在我国浩如烟海的文人诗词中，上自《诗经》《楚辞》《汉赋》，下到唐诗宋词元曲，咏春的篇章多如星辰，难以数计。或许是自古诗人容易怀春悲秋的缘故吧，相比夏荷冬梅，春天的花、秋天的叶也许更能引起诗人的感慨。现择其唐诗中的几首咏春绝句，与诸君共同欣赏。

在小学课本里选的两首咏春的唐诗是孟浩然的《春晓》和白居易的《赋得古原草送别》，"春眠不觉晓，处处闻啼鸟。夜来风雨声，花落知多少？""离离原上草，一岁一枯荣。野火烧不尽，春风吹又生。远芳侵古道，晴翠接荒城。又送王孙去，萋萋满别情。"这两首诗用喜悦的心情描绘出一幅早春气象，告诉人们万物在等待春风化雨——这一重要时机，一旦春风化雨，野草的生命便会复苏，花木的生机就会勃发，春天就在眼前。在诗人看来虽然古原上道古城荒，但青草的滋生却使古原恢复了青春。大地回春，古原上清香弥漫，绿草沐浴着阳光，秀色如见。在这样的环境下送别友人，似乎每一片草叶都饱含着送别的愁情，那真是"离恨恰如春草，更行更远还生"[1]。这是一幅多么富有诗意的春景送别图啊！启人心智，

1　见五代李煜《清平乐》

导人遐想，给人以无穷的审美感受。与孟浩然和白居易的诗相比，岑参竟然用一首"忽如一夜春风来，千树万树梨花开"的咏雪送人之作，把塞外八月的"飞雪"和江南三月的"梨花"作比拟，为我们呈现了一幅北国的壮美意境。在诗人看来，江南的梨花比塞外的"梨花"要逊色的多，至少，在开放的速度和面积上。颇富有浪漫色彩。更绝妙地是诗圣杜甫用一首"迟日江山丽，春风花草香。泥融飞燕子，沙暖睡鸳鸯"的小诗，生动地描绘了春天的景色。诗人从事物的动态细微处着笔，把紫燕衔泥筑巢、成双成对的鸳鸯浮出水面，游到沙滩上晒太阳的神态刻画得惟妙惟肖，活泼有趣。这是诗人对春天有声的诗意、无声的歌咏。读着这些咏春的诗句，我们感觉春天真好。

历代文人骚客都喜欢江南水乡迷人的春光，可以说到了痴情的地步，诗人白居易是其中的代表，如白居易《钱塘湖春行》"乱花渐欲迷人眼，浅草才能没马蹄"把江南春光描绘得如诗如画。杜牧在《江南绝句》中，不仅用"千里莺啼绿映红，水村山郭酒旗风"描写了江南依山傍水的美丽村庄，随处可见酒家迎风招展的旗子，而且把江南春光的多姿和妩媚描写得淋漓尽致，最后用"南朝四百八十寺，多少楼台烟雨中"作结尾，把诗作由写自然景观转移到了写具有人文特征的庙宇，巧妙地将唐朝的繁荣富强和人们信仰的宗教文化揉进了历史的沧桑中，大大丰富了江南水乡的内涵。

草争春色花争红，春天到处是绿草如茵、鸟语花香的美景。唐诗中对春花的描写也很有特色，如王维的《鸟鸣涧》"人闲桂花落，夜静春山空"、李贺的《南园》"花枝草蔓眼中开，小白长红越女腮"、刘禹锡《春词》"行到中庭数花朵，蜻蜓飞上玉搔头"等。春天是百花争艳的季节，春天里桃花也没少开放，写桃花的唐诗也自然不少，如白居易的《大林寺桃花》"人间四月芳菲尽，山寺桃花始盛开"，还有李白的《访戴天山道士不遇》"犬吠水声中，桃花带露浓"。崔护有一首《题都城南庄》"去年今日此门中，人面桃花相映红。人面不知何处去，桃花依旧笑春风"，四句诗里两次提到桃花，从中可以看出诗人对桃花的喜爱之情。这是一首即兴诗，它给人的只是两个简单的画面，桃花相映的人面，人面去后的桃花，然而诗中对诗人初遇的含情、别后的相思、深情的重访、未遇的失望等复杂感情通过映照对比的方式都或隐或现地表达出来，全诗自然浑成，犹如从心底涌出的清泉，清澈醇美，令人回味不尽。诗罢此诗，诗人崔护寻访的急迫和寻而不遇的惆怅与寂寞全曲折尽致地流露出来，引起读者对往事的美好回忆。当然，花开得最起劲、最好看、最给力的当属杜甫笔下的《江畔独步寻花》"黄四娘家花满蹊，千朵万朵压枝低。留连戏蝶时时舞，自在娇莺恰恰啼"。试想，路边开满了五彩缤纷的鲜花，千万朵硕大的鲜花沉甸甸地把枝条都压弯了，花丛中成千上万只彩蝶在翩翩起舞，因恋花而"留连"不去，自由自在、漂亮娇美的黄莺唱着婉转动听的歌声，将沉醉花丛的诗人唤醒，这是何等的浪漫！怎不教诗人流连忘返呢？读着这首绝句，仿佛我们也走在千年前成都郊外那条通往"黄四娘家"的路上，和诗人一同享受那春光给予视听的无穷美感。当然，春天是少不了花的，读着唐诗里咏春的这些绝句，我们感觉花就开在眼前，连心情也像是在花丛里浸过，散发出浓郁的芳香。

春天中往往也充满相思之苦，诗人王维的一首《相思》诗"红豆生南国，春来发几枝？愿君多采撷，此物最相思"，千百年来令多少少男少女醉在其中而不能自拔。全诗洋溢着少年的热情，青春的气息，诗人满腹情思始终未曾直接表白，句句话儿不离红豆，而又"超以象外，得其寰中"把相思之情表达得入木三分，这就是这首诗的绝妙之处。

春天是万物萌芽生长的季节，也是耕耘的季节，春天充满着生命和希望。俗话说得好，"一分耕耘一分收获"，对于由寒转暖的大地来说，"春雨贵如油"。春天雨后放晴，阳光沐浴大地，万物得到润泽，春雨润绿了希冀。诗人杜甫把农民期盼春雨的心情在《春夜喜雨》中也写得很独特："好雨知时节，当春乃发生。随风潜入夜，

润物细无声。"读着此诗，我们也仿佛看到了乡野田间一片忙碌的
景象，扶犁挂锄的农民正在抓紧节令备耕积肥，撒播良种。

自古文人多怀春，多愁善感的诗人又何尝不是，有人说诗歌是
春天的灿烂笑容和明亮眼睛，也有人说诗歌是春天的轻盈脚步和美
丽灵魂，那么，就让我们在暖阳下轻轻翻开一本《唐诗三百首》，
在唐诗中品味诗意的春天，在唐诗中回味生机勃勃的春天。

幸福就是这么简单。

1999 年 5 月 19 日

观棋

古今名人，没有不爱好对弈的。他们把棋盘视为大地，把棋道视为兵道，在没有硝烟的战场上排兵布阵，在楚河汉界中一争雄长。

也许是自己平生喜欢棋的缘故吧，到老干局后，每天我总是抽时间到老干部活动中心去看一看，我最爱看老同志们的对弈布阵。有时候，站在他们的身旁一看就是一两个小时。

弈如其人。许多从领导岗位上退下来的老同志们在相互对弈的时候也非常敬重比自己年长的老同志，他们总是让年长者挂帅，自己为将。一边是红帅，一边是黑将，棋桌上排兵布阵。一次，我在看两位老同志的对弈。他们曾经是同一个单位工作过的老搭挡，一位是部下，一位是班长。那位曾经的老部下下棋如打仗，刚猛、锐利、寸步不让。他的老班长走当头炮，他也打出当头炮，摆出一副力战的架势，看来他的胆量和善于缠斗的能力要高出老班长一筹。见状后，老班长不慌不忙，轻轻捡起棋子，在格线上左右移动。那位老班长下棋如处事，稳健、周全，后劲十足，他经常在比拼耐力中取胜。两位老同志的对弈风格还集中体现在他们吃子儿的手法上。老部下吃子儿，必将自己的黑子儿高高举起，然后狠狠地砸在红子儿的头上，发出"嘭"的闷响，最后再心满意足地将吃掉的子儿从下面抠出来放在一旁，摆成一溜，像观赏战利品一样慢慢欣赏着；老班长则不然，他总是用红子儿朝黑子儿一推，取而代之，然后轻轻掂起，非常珍惜地放在棋盘角里。

卒子未过河只能任人宰割，一旦过了河，威力就大了。一局棋的胜负往往取决于兵卒的运用是否得当。中国象棋的兵，到了对方的底线，就变成"老兵"，起不了什么作用；卒也一样，却千万不能成为"老兵"，一成老兵，战斗力就消失了。在对弈中兵卒也往往成为换取胜利的牺牲品，这一点又颇令人有"一将功成万骨枯"的感慨了。

是谁发明了对弈，我并不清楚。但对弈是古今名人普遍爱好的一种文娱活动。在战争岁月，对弈是我们的先民常常演习韬略的一种沙盘战术；在和平时期，对弈又成为老同志寻求快感的一种特殊文化养老形式。

观棋者有的看门道，有的看热闹，不管门道还是热闹，首先那得是一盘棋。如果透过一盘小小的棋，看到人生浮沉起伏，看到世事炎凉难料，看到名利得失，看到人情冷暖。这样的心态最好别去看棋。观棋毕竟是市井小民特有的生活乐趣，无须那样深刻那样沉重。

观棋者有的看门道，有的看热闹，不管门道还是热闹，首先那得是一盘棋。如果透过一盘小小的棋，看到人生浮沉起伏，看到世事炎凉难料，看到名利得失，看到人情冷暖。这样的心态最好别去看棋。观棋毕竟是市井小民特有的生活乐趣，无须那样深刻那样沉重。

人生如棋，你有你的谋划，我有我的套路，常常是你进我退，你争我夺，世世相传，输赢却没有定论。谁也不能摸清对方的心思，谁也不能占领先机，都是在一来一去间彼此试探。生活的意义往往就是享受过程，看淡输赢，一切随缘！

2014 年 8 月 20 日

聆听新时代的钟声

新时代的钟声响了，铿锵有力，雄浑深厚。钟声里，昆仑山的青松又添了一道年轮，万里长城又增加了一份雄伟，13亿多中华儿女又添了一份成熟，我们伟大的祖国又掀开了新一页光辉的历史！当新时代的钟声叩响亿万人喜悦的心扉时，我们用心中积攒的歌声、鲜花和欢乐，在同一时刻释放、绽开和播撒！神州大地，如歌如潮，三山五岳，翩然起舞。在欢呼和礼赞下，在鼓乐和鞭炮声中，我们站在新时代的起跑线上，迎接第一轮初生的太阳，迎接又一个新的春天。

聆听新时代的钟声，炼钢工人加足燃料炼出又一炉新钢；又一辆动车拉响汽笛向前飞驰；观礼人民共和国69岁新年的各族群众从祖国四面八方正向北京出发……

聆听新时代的钟声，我们仿佛又看到了南湖红船上那跳动的灯光和井冈翠竹中掩映的星火；仿佛又听到了延安窑洞中那撼人的号角和淮海大地上连天的炮声……

新时代的钟声穿过漫天飞雪，为春天的到来奏响；新时代的钟声透过万里云层，划破时代长空，带着伟大领袖毛泽东主席站在天安门城楼上向世界庄严宣告"中国人民从此站起来了"的嘹亮声音，带着习近平总书记"让中华儿女共享幸福和荣光"的时代强音，带着永靖儿女建设幸福美好新永靖的共同心愿。钟声像亮晶晶的阳光照进深度贫困的山村，像温润润的春雨洒向渴望丰收的农田，像暖融融的春风轻拂改革开放的征程，像甜美的歌声发自姑娘和小伙子的胸腔……钟声里，我们聆听着一个文明古国走向伟大复兴的昂扬气概，我们为祖国的发展自豪，为伟大的新时代自豪！踏着春风，让我们以一颗潮涌澎湃的心，去热爱每一个分分秒秒；以一双跋涉四季的脚，去体验前行中的风风雨雨；以一双睿智的眼光，去感受新的喜悦和辉煌。

聆听新时代的钟声，我们把感恩的心语献给党，献给人民。让我们加满油，鼓足劲，用真心去创领"两个百年"梦想。

看，美丽的吉祥神女来了！看，慈祥的东方圣母来了。看天上人间——流光溢彩花团锦簇，看神州大地——千山歌唱万水欢呼！我们高歌人民共和国又一个灿烂的春天，我们共企愿，同相祝——

伟大祖国繁荣富强！

各族人民幸福安康！

2017 年 12 月 31 日

走进春天

春，沿着北回归线向我们走来。阳光像玫瑰灿烂地开放，田野里，小草伸展着臂膀，尽情地吸吮着雨露，创造的大手正在撒播新的生活。

大地变绿了，衬托着红、白、黄、紫五颜六色的野花，多美呀！那星星般闪动着的一点点红、一点点黄、一点点粉、一点点紫，也温柔着人们的视线，惊喜着人们的目光。无论是破土而出的，还是含苞待放的；无论是慢慢舒展的，还是缓缓流淌的；也无论是悄无声息的，还是莺莺絮语的，它们都用自己独特的方式向大自然展示神奇的活力。

蔚蓝的天、洁白的云、青青的草、嫩绿的叶、五颜六色的花，构成了一幅壮观美丽的画卷，织成了一个五彩斑斓的春天。

那些被人们收割后的草木茬上，也倔强地冒出了新芽。春风吹来，那清新的花草气息直往人心里钻，无论是谁都会深吸一口气，像痛饮甘露一样畅快。鸟儿在枝头欢快地歌唱，唱得人心舒畅；蜜蜂出来采蜜了，它们从这一束花飞到那一束花。最快乐的当然是阳光下的孩子们，他们追逐跳跃，唱歌跳舞，还在蓝天上放飞起梦想的风筝。

走在故乡黄河边的路上，沐浴着温煦的春光，清新的空气令人心仪神旷，感觉春如梦境，一切只若初见。一会儿，一阵略带湿气的微风从身边掠过，我仿佛领略到了春天的气息里包含着的一种柔情，这种柔情让人感动，让人觉得大自然就是一位奇特的母亲，她选择万物萧条的冬天的尽头将千姿百态的生命孕育而出，让它们踏着那最为柔媚的第一缕春光，把无限的生机带给人间。其实，在大自然的怀抱中，每一种生命都有自己特定的形态，而每一种特定的形态都包含着特定的生命信息，无论高大还是弱小，无论引人注目还是平淡无奇，都要遵循着春天的时令在自己的生存空间里完成一段生命的壮举。无论是否有名有分，也无论生在富饶的家园还是长在贫瘠的沙上，所有的所有，所有在春天萌生的万物，都要用尽自己全部的热情谱出一曲生命的颂歌。

春天来了，让我们一起走进春天，感受明媚的春光，尽情地享受春天吧。

（原载《甘肃农民报》2018 年 3 月 1 日）

春满山河换了人间——再读毛泽东词《沁园春·雪》

北国风光，千里冰封，万里雪飘。望长城内外，惟余莽莽；大河上下，顿失滔滔。山舞银蛇，原驰蜡象，欲与天公试比高。须晴日，看红装素裹，分外妖娆。

江山如此多娇，引无数英雄竞折腰。惜秦皇汉武，略输文采；唐宗宋祖，稍逊风骚。一代天骄，成吉思汗，只识弯弓射大雕。俱往矣，数风流人物，还看今朝。

这就是冠绝古今的毛泽东词《沁园春·雪》。我初学这首词时1986年初三年级的语文课本里，那时候老师给我们讲这首词时说它的上阕写景，下阕抒情。全词通过对雪景，雪下山河的描写和对历史人物的评论，表达词人毛泽东对祖国大好河山的赞美之情，进而表达对江山主人——人民大众的爱慕之情。到了高中，临夏中学的范宝平老师在一次给我们讲有关"咏雪"的古诗词时，他用比较的方法给我们详细讲解了这首词的写作背景、写作方法及历史意义。从那时起，这首词就给我留下了深刻的印象。30多年后，当我拿起那时读过的课本，再次朗读这首词时，字里行间仍充满着老师的教诲，那伟人的风采、历史的风云仍令人心潮澎湃；字里行间寻访当初，仍让人思绪万千。

《沁园春·雪》这首词是毛泽东1936年2月在陕北袁家沟的窑

洞里写下的。当时红军长征胜利到达陕北，正组织东征部队准备东渡黄河对日作战，部队挺进到清涧县高杰村的袁家沟一带略事休整，遇上一场纷纷扬扬的大雪。毛泽东目睹了北国雪景，整个秦晋高原银装素裹，平日奔腾咆哮的黄河冰封玉砌，顿时失去了滔滔水势，心有所感，就提笔在袁家沟的窑洞里写下了这阙千古绝唱。

1945年秋，毛泽东来到重庆与国民党进行和平谈判时，应柳亚子索要诗句之请，10月7日他把自己的《沁园春·雪》一词重新抄录后托人送给了柳亚子先生。毛泽东在给柳亚子先生的信中写道："初到陕北看见大雪时，填过一首词，似与先生诗格略近，录呈审正。"

柳亚子展读之余，惊叹不已。得意之际，柳亚子很快以原韵和作了一阕，题为《沁园春·次韵和毛润之初来陕北看大雪之作，不能尽如原意也》词云：

廿载重逢，一阕新词，意共云飘。叹青梅酒滞，余怀惘惘；黄河流浊，举世滔滔。邻笛山阳，伯仁由我，拔剑难平块垒高。伤心甚，哭无双国土，绝代妖娆。

才华信美多娇，看千古词人共折腰。算黄州太守，犹输气概；稼轩居士，只解牢骚。更笑胡儿，纳兰容若，艳想浓情着意雕。君与我，要上天下地，把握今朝。

写完和词，柳亚子就把毛泽东的原词和自己的和词一并交给中共在重庆公开发行的《新华日报》社，要求发表。《新华日报》社的同志向在重庆的周恩来汇报，周恩来认为在国共两党和谈的关键时刻，不宜贸然发表咏雪词。怕一些别有用心者以此为借口，恶意攻讦。但在柳亚子的极力要求下，《新华日报》采取折中办法，于11月11日发表柳亚子的和词。

柳亚子的和词一经发表，引起读者极大兴趣，都想一睹原词风采。于是 11 月 14 日重庆《新民报·晚刊》第二版副刊《西方夜谭》上刊出了毛泽东的咏雪词，标题是《毛词·沁园春》。编辑吴祖光特意在该词后面加写了一段按语："毛润之先生能词，似鲜为人知。客有抄得其《沁园春·雪》一词者，风调独特，文情并茂，而气魄之大乃不可及。"这是毛泽东词首次在报纸上与人民大众见面。接着，重庆《大公报》采取剪辑办法以醒目的位置并列推出了毛泽东原词和柳亚子的和词，短时间内，重庆十几家报刊也纷纷转载。

从 1936 年 2 月毛泽东写成《沁园春·雪》到 1945 年 11 月 14 日发表，长达 9 年的时间里，没有人知道毛泽东曾写了这首词，因为毛泽东从没有向任何人提起过。直到 1945 年 11 月 14 日，这部尘封已久的作品才浮出水面，得以展现在世人面前。

毛泽东这首词公开刊登后，轰动了重庆山城朝野，以至在重庆思想文化界引发了一场"欲与天公试比高"的两大阵营、两派文人的笔墨斗争。

"数风流人物，还看今朝。"蒋介石看到这首词后，大为震怒，也大为不安。他认为毛词里有春满旧山河的景象，蕴藏着变革乾坤的意境。还说什么"毛泽东有帝王思想，柳亚子有从龙壮志"。为了将毛泽东咏雪词造成的影响压下去，国民党内部也暗中搞了个与毛泽东的《沁园春·雪》比高低的活动。并告知，他们将在写得好的《沁园春》中选出几首意境、气势和文笔好的，以国民党主要领导人的名义公开发表，将毛泽东的《沁园春·雪》比下去。通知下达后，虽然征得数量不少的《沁园春》词，可都是些平庸之作，没有一首能超过毛泽东的。

殊不知，毛泽东的这首词气势恢宏，语言铿锵有力。他把雪放在特定的环境里，把它和长城、黄河、高山、莽原结合起来写，从雪的装点写到在雪装点下的江山，再从江山写到为美好江山折腰的英雄，从古代英雄写出真正英雄，抒发自己热爱祖国江山、保卫祖国江山的情怀，表达这壮丽江山必将为其真正主人——广大劳动人民所掌握的理想。用"数风流人物，还看今朝"一句慨然作结，真有千钧之力。

毛泽东词《沁园春·雪》蕴含着一个深刻的真理，那就是"人民，只有人民，才是创造世界历史的动力"[1]。这首词，在中国人民解放战争的关键阶段问世，好像嘹亮的号角，召唤着人们向解放的路上迈进，去争取中国新民主主义革命最后的胜利。

读着毛泽东的《沁园春·雪》，让人感受到时代前进的足音，我们仿佛看到当年中国人民解放军发起渡江战役，百万雄狮过长江，解放全中国的壮观场面；也仿佛看到中国人民解放军炮击"紫石英号"英国军舰，打垮帝国主义和蒋介石反动派的革命精神和英雄气概。历史也告诉世界，人心是最大的力量，中国人民是不可战胜的。中华人民共和国的成立，使中国人民成为国家、社会和自己命运的主人，实现了中国向人民民主制度的伟大跨越，实现了中国高度统一和各民族空前团结，彻底结束了旧中国半殖民地半封建社会的历史，彻底结束了旧中国战乱频仍，任人宰割，一盘散沙的局面，彻底废除了外国列强强加给中国的不平等条约和帝国主义在中国的一切特权，使一大批中国的洋人也看到今日上海的华街民巷不再是昔日华人与狗不能入的地方。特别是中国人民在中国共产党的领导下，经过改革开放40年的伟大实践和中华人民共和国成立近70年的持续探索，开辟了一条中国特色社会主义道路。"这是一条适合中国国情的发展道路，是一条通往复兴梦想的康庄大道、人间正道。"[2]中国人民

1　毛泽东：《论联合政府》（1945年4月24日），《毛泽东选集》第三卷，人民出版社1991年版，第1031页。

2　中共中央宣传部编：习近平总书记系列讲话读本（2016年版），人民出版社，2016年4月第1版，第11页。

沿着这条道路走过了从站起来到富起来的光辉历程。今日之中国，已进入新时代，全国各族人民在中国共产党的领导下，以新姿态踏上新征程，正在劈波斩浪朝着实现"两个一百年"奋斗目标、建设富强民主文明和谐美丽的社会主义现代化强国而奋勇前进，中华民族迎来了实现伟大复兴的光明前景。

今日之中国，春满山河，换了人间。

2018 年 3 月 9 日

杏花心灵的露珠

在乡村，早晨走在田埂上，或者山道上，都会看见赶在桃花之前争先开放的杏花。太阳爬上来，晨光中整个村子掩映在一片白色的杏花之中，远处，一缕缕缠缠绕绕的炊烟缓缓升起，清楚如碳素笔画上的。好像是春鸠的鸣声和耀眼的杏花吵醒了静的睡眠，使得农民在家里呆不住了，他们有的拿着斧子去修剪树枝，有的扛着锄头去察看渠水的通道。

身处都市的我，一颗疲累的心，也在随风飘落的杏花中浮上一片蒙蒙水意。陶渊明远离喧嚣的都市，隐居田园，锄豆南山，月夜归来，写诗道"夕露沾我衣"，我想，那不是露珠，应该是杏花吧？

是的，我一直觉得，杏花是带着一种露珠的水意，带着一种泥土的香味的。因为，在陇原，杏花是开得比较早的一种花，它是最先感觉到地气的。唐朝诗人王维在《春中田园作》诗中说："屋上春鸠鸣，村边杏花白。"就是最好明证。三月走乡村，我进入一朵云的内心，被清风打开了心扉。

小雨淅淅沥沥地下个不停，一夜枕上听雨，辗转不能成寐。清晨推窗望去，雨却停了，空中仍飘浮着若有若无的雨丝，天地间弥漫着一层湿漉漉、静悄悄的青黛色雾霭。田野里，一块块冬麦青绿、油亮，层层梯田中，清晰地闪着几棵粉红色的花树，给这雨后冷寂的山村增添了不少生气。

呵，才是三月，在这春寒料峭、乍暖还寒的时节，什么花开的这般艳丽？

沿着田间被雨水润白的碎石小路走去，迎着扑面而来的春风，我猛地记起了南宋诗人志南的咏春诗句"沾衣欲湿杏花雨，吹面不寒杨柳风"。那该不会是杏花吧？走过去一看，果然是杏花。这是五棵杏树，分列在窄窄的田埂上，树只有一人高，花却开得十分繁茂。花瓣有白色和粉红色两种，色泽鲜润，凝脂一般，隐隐地逸出一股清香。

早就听说杏树是边开花边结果的一种植物，花与果并生枝头，十分壮美。如今看来，果真如此。这满树密密层层的花果，真像是一个姊妹比肩的大家庭，在从花到果的生长过程中，呈现出变化微妙的千姿百态——有的蓓蕾婷立，含苞待放；有的半开半含，微露金蕊；有的翩然怒放，喷红流彩；有的花瓣已落，子实新萌；也有的花萼圆鼓鼓地胀起，果实已初具规模，挺在枝头随风摇曳。

站在雨后的田埂上仔细地欣赏着这些大自然的奇观，顿然觉得周围山头像矮了一截，满目灿烂，清香弥漫。是呀！春雨滋润了一方土地，传递着春天的温暖和抚慰。一会儿，一阵微风从我身边吹过，我感到片片花瓣携带着水珠洒落身上，仿佛给自己落了一身"杏花雨"。顿时，我浮想联翩，在这最美的时光里，我们不期而遇，难道说这是果儿们的泪水吗？水珠洒落地上，地上是一片落花的世界。是的，果儿洒泪是在向落花依依惜别，是在感激落花的深情。落花静静地躺在大地的怀抱，那么坦然，那么安宁，红色的花瓣在雨水中浸得发胀，将黑黑的泥土染成一片绯色。我第一次注意到落花景象是这般壮观，一种内在的温暖涌上我的心头。昨天，也许那些花瓣还在枝头上为花蕊挡风遮雨，那艳丽的容貌，芬芳的呼吸，引来蜜蜂，传送花粉，孕育新生。今天，新的生命开始生长了，为了让果实得到更多的阳光和养料，它毫不留恋枝头的繁华，亮不夸耀自己的功绩，在寒风细雨中翩然飘落。躺在地上，它还在翘望枝头，看着萌生的果实，依然显示着生命的美好，它放心了，落而无憾。它放心了，却没有忘记自己的归宿。春风细雨中，它将自己和朴实的大地融为一体，又在准备滋养明年的花了。"落花不是无情物，化作春泥更护花。"龚定庵的心和落花可谓相通。人常说：开花结果。殊不知，花落了，果实才能成熟。从这个意义上来说，落花正是新生的标志，值得我们眷恋。

乡村的山坡上，杏树全都开满了花，山沟里流淌着花的色彩，山顶上织成了一顶顶花的帽子。我赞叹这树的海洋，花的世界。可以说，此时此刻，我完全沉浸在这一片安宁祥和的春光中，一切都是那样的活泼亲切，如此便是仙境啊！真是乡村野趣，触目菩提！

村庄里唤儿的叫喊声打断了我的遐想，又是几片飞红飘落下来。啊，万物都是朝向星空，即便那被唤醒的，也不仅仅是乡愁。所以，时光并不改变什么。山河不老，生命绵延不绝……纵然岁月如梭，但在这碧水涵养的大地上，我依然相信万物都将在自己的生命里发光。

"落花辞树虽无语，别情黄鹂告诉春。"多情的落花委托黄鹂向春天嘱咐什么呢？请明年再到枝头上看吧，那满树的繁花硕果就是答案。

2017 年 3 月 26 日

一城春色半城花

深秋时节，端坐在太极湖畔黄河花堤绿荫蔽日的石凳上，静心吮吸饱含负氧离子的清新空气，吐泻肺腑中淤积的二氧化碳，深切地体味自然界的原生态。清晨，迎来一缕绿叶滤洗过的清风；黄昏，送别一轮落山的夕阳。

绿树红花，草木葱茏，层层叠叠，过滤掉闹市车水马龙激起的尘埃，吸收了城市喧嚣中的高分贝噪音，屏蔽着商业往来的世俗烦躁。这是城市里的一片净土。黄河岸边的清风，郁金香丛中的香泽，步行道上的惬意。枣树林中览万物峥嵘，牡丹亭前赏国色天香，水车园中寻黄河魂魄，马鞭草丛中听琴弦，什样锦园里话缠绵。

城中有园，园在花堤，独特的一片天地。一城春色半城花。享受着这份宁静，由衷地感谢当地政府给生活在钢筋水泥丛林中的人们精心打造的这片绿色休闲文化之地 – 十里黄河花堤。黄河花堤历时三年建成。每年种植颜色各异、不同花期的花卉植物，形成景观植物层次丰富的美丽景观，展现五彩缤纷的花海世界，打造三季有花、四季有绿的景观特色。

早春，这里的郁金香就开了，花一开就收不住了，像夜空的星星，一颗变两颗，两颗变四颗，眨眼间就生出十万颗，随后，那些风信子、四季玫瑰、牡丹、马鞭草、唐菖蒲、大葱花、天人菊、万寿菊、飞燕草……你追我赶，竞相开放，超过流水。有辣椒红、雪花白、菜花黄、牡丹紫、杏花粉。那些花三朵五朵簇拥着，伴着清风微微摇曳。多少蜜蜂忙碌着，不失时机地嘤嘤嗡嗡采蜜。花丛中还有莺儿啼、燕儿舞、蝶儿飞……

当然，花海中最妖娆勾人的是黄河边上的芦苇，你听：

> 蒹葭苍苍，白露为霜。所谓伊人，在水一方……
> 蒹葭萋萋，白露未晞。所谓伊人，在水之湄……
> 蒹葭采采，白露未已。所谓伊人，在水之涘……

多么清瘦的诗人，多么稠密的相思，密密的芦苇啊你知道吗！这是《诗经》里的芦苇，柔软，温暖，谦和，这是相思的芦苇，诗意的芦苇，爱情里的芦苇。我也想身着布裙，足踏木屐，与这样的芦苇站在一起，让人怜爱，爱得缠绵沧桑，爱得恍恍惚惚。

可是，花堤里的芦苇就不。它肥硕，张扬，无敌，有点野，有点霸气，齐刷刷地不管不顾，你拔你的节，我抽我的穗，各自长得盛大，各自霸占地盘，如火如荼，浩浩荡荡绵延数里，悄无声息就绿到沙滩边上，使强悍的沙碛越不过浅浅一道水，翻不过一绺瘦瘦芦苇。多像底气十足的人们，总将眼光伸向远方，总想让脚步迈得更远。

夕阳西下，水波粼粼，芦苇摇曳，百鸟翔集。芦苇丛中，一只天鹅起飞了，长长的脖子向前，双腿一伸，翅膀一展，就离开了地面，那身段，那双腿，那翅膀充满了力量，力之美。紧接着，一行白鹭上青天了，它们渐行渐远，消失在红日西沉的霞光里，带给那些摄影师眩晕甚至短暂的窒息，他们踏着晚霞，举着手中的相机奔向天鹅翻飞的地方，脚下溅起片片水花。

激情广场上的男男女女翩翩起舞，舞步轻盈而曼妙。极富感染力的肢体语言表达，加入悠扬曲调的伴奏，释放出舞者的情怀，张扬出舞者的个性，调理出灿烂晴空中的愉悦心情，让情绪荡出拘谨，让感情飞出心窝，跳出了生活的节奏，舞出了生活的旋律。一曲终了，笑语飘悠，整个公园的花草似乎都充满着笑意……

（原载《民族日报》2018 年 11 月 13 日）

故乡的路

故乡的路，弯弯曲曲，窄窄宽宽，一直向远方延伸，是人与世界沟通的脉管，是历史与现实长短的牵挂。

很多年里，我用时间的长短来判断路途的远近。比如，刚刚记事的年龄，爷爷抱着我骑在骡子上去吹麻滩赶集。现在看来只有三十多里的距离，在当时的时间概念上被拉长到了前一天晚上。不只是孩子们激动得睡不着觉，庄子上的大哥大嫂，也提前说好了明天跟赶集带两斤醋这样"重要"的事情。

早早醒来的我，总是抱怨奶奶行动缓慢，对于那个遥远集市热闹情景的想象与急切盼望，让烧一壶开水的过程变得漫长。尽管我不时的用鞭子抽打着牲口，但"嗒嗒嗒"的快跑蹄声，还是追不上路边树梢头上高高升起的冬阳。终于临近集口，电影院大喇叭的高声播放，还有从四面八方挑着担、拉着架子车、牵着牲口聚集而来的赶集人，让心里的焦急，变成了无比激动。我不知道今年的粮食粜了多少钱，但从大人们从扯布、进馆子、拉家常的表情里可以看出今年的粮食多收了三五斗。

将整整一天的时间用在赶集上，这样遥远的距离感，一直到我上了吹麻滩初级中学、自己骑着自行车每周往返于两个乡镇之间。那时才觉得三十多里路原来这么短——和同学们说笑着蹬着自行车，只不过是一个多小时就到了家。

很多次回家的路上，我用楼房与平房的区别来判断窗外是城市还是农村。上高中第一次到城市，看见临夏汽车西站的三层小楼时，我在身边同学们的大呼小叫中，感受到了同样的狂喜。因为那时受各种条件的限制，农村的学生没出过远门，每当人们谈论起河州城、兰州城时，总觉得那是一个很大的地方。站在车站的站台前，用惊喜的目光，望向车站对面仅有的几栋三四层高楼，望向临夏市中心广场东面民族商场高楼顶端的大型钟表，那时，我把矗立在广场的高楼与大钟，认定为城市的标志。后来才知道，不只是我，八坊人自豪地向农村来的亲友们告知自家住处时，也总会以大钟为坐标。

参加工作后，我也上了楼。坐在办公室看城市的那些现代标志性建筑，总让我下意识地与第一次看城市的那几座高楼联系起来。

从老家山村到临夏市，从临夏市到刘家峡，不同路线的延长，早已远远超过我还是孩子时心目中三十多里的时间或距离概念。现实中的景物改变，总飞速超越着固有观念。

当我坐在通向老家的客车上，透过车窗望去，安集乡辉光村山坡上铺满了太阳能光伏发电板，吹麻滩集市的十字路口，陪伴我初中三年时光的那个照相馆、那个电影院，已经以两座二十多层的大厦相对而立，见证着今天的热闹。

当我不再是骑着自行车、不再是坐着班车，而是搭着出租车来到舅舅家新盖的别墅门前时，人们看到出租车的眼神，与看到别墅的眼神，都同样没有过多的惊奇。村里现在的年轻人，不只是人手一辆车，而且一辆比一辆名气大。村里人盖的新房，已经不再是我传统认识里的五间大瓦房，而是随处可见宽敞明亮、外贴瓷砖的三层小楼房。家家户户的门上贴着红彤彤的春联，春联由以前手写的毛笔字，变成了从印刷厂制作的烫金大字。内容由过去的"六畜兴旺""五谷丰登""风调雨顺""年年有余""吉星高照"变成了"四季发财""适逢盛世""大展宏图""前程似锦""事业辉煌""鹏程万里"之类的。透过春联这张面孔，我能清晰地感受到时代的变迁、家乡的变化，家乡人对美好生活的追求和向往。

很多次来回于城市与乡村的身份定位转换中，我是以对外面世界认知的差别，来判断城里人还是农村人。我也得再次承认，这也失败了。就像现在，舅家我的侄子辈嘴里说的是网上购物、上微信、青海挖虫草、新疆摘棉花及厦门"扶贫车间"做雨伞的事。在他们这样的孩子面前，我不得不承认生活在城市的自己，在适应能力上已远远落后了。

当我沿着熟悉的山路，回到熟悉的村庄，使我淡化了城乡差别成见的，除了电子商务、吃饭、购物等生活所涉及的方方面面，还有在熟悉面容里透出的新的自信。现在的自信，不是今年地里又多收了多少粮食，不是也像城里人一样在城市里有了自己的楼房，不是手里挣的钱比"坐办公室"的更多，而是去看一看外面的世界究竟有多精彩，他们透出的是一种自信而强烈的生活幸福感。

世上的风景有无数，最美的就是故乡的路，故乡的路，像一幅美丽的山水画，每个游子从这条路走出去，留下的是回忆、是乡愁，升腾的是信念。

（原载《民族日报》2019 年 3 月 15 日）

赏荷

仲夏时节，荷花开满塘。赏花兴趣涌动心头，我和几位朋友相约，于周六一起走进刘家峡太极岛的荷花园中。

太极岛的荷花园，荷塘一个连着一个，方圆千亩。荷塘里荷叶铺满了水面，绿叶丛中，亭亭玉立的荷花如同沐浴后的少女，娇艳含羞，时而还散发出沁人心脾的清香，是那样的清纯，那样的雅洁，那样的妩媚。晶莹的水珠在圆形荷叶上滚来滚去，忽聚忽散，聚在叶心的水珠就像一窝泛波的水银，在阳光下一闪一闪的，圆润，光亮。此情此景是如此的惬意，让人目爽，心静，神怡。"天地有大美而不言"，悦赏荷塘风韵，心灵会因这段岁月而温暖。日月如梭，光阴荏苒，唯有手中的镜头可将这份美丽定格。

我们沿着池塘边的石堤来到一座靠近黄河边的荷塘。这座池塘不大，有一亩地左右，东岸杨柳垂拂，柳荫下碧荷凌波。西岸芦苇丛中藏着两条小艇，颇有乡野之趣。站在池塘边的石堤上，荷花就在眼前，就在衣边。荷塘里那些伞盖似的荷叶支在茎上，多么秀气挺拔，当真是"亭亭"的。小小的蓓蕾长在茎梢，活像一个个婴儿的指头，伸出水面五六寸，有的白白的，有的红红的，可爱极了。最妙的是，跟前一枝花茎斜向水面，白色花蕾顶端开着棋子大小的孔眼，花心藏着戒指大小的莲蓬，嫩黄色，淡淡的香气从小孔中往外喷涌。荷塘中心盛开着一朵大大的红荷花。那儿水面空阔，红荷花身边伴着一片叶子和一个蓓蕾，更加显出她的孤洁。她一身红衣，照水默立，似与尘世全无牵连。那片叶子也好到极处，叶缘挨着花蒂，斜阳正巧将红荷花的影子投在水面；叶背映在水中，脉络那样清晰、精致，没有一处缺陷。顿时，我心里升起一种难以形容的吉祥庄严。"绿盘红朵绝尘埃，应是仁心佛手栽""嫁得南风清韵漫，吸露自成仙子胎"面对荷塘即景，我禁不住赞叹这夏荷神韵。

　　荷，也叫莲或芙蓉，多年生草本植物，通常于夏季开花，花淡红色或白色，味香色美。由于荷生于浅水或污泥之中，而开润泽洁净之花，从古至今，不少文人墨客，无不对荷大加赞赏，留下了大量的名篇佳作和丹青画卷，丰富了花的文化和人们的生活，加深了人们对荷的认识。唐代诗人杜甫在《晚际遇雨》一诗中吟道："竹深留客处，荷静纳凉时，公子调冰水，佳人雪藕丝"。诗人在夏天竹林纳凉赏荷，唤妻子切些嫩白如雪的藕丝，叫儿子调些冰凉的冻水，调和一起吃食，以消散心中的暑气，纳凉时吃藕赏荷平添不少情趣。宋朝王安石《晚楼闲望》一诗，又有另一种韵味："四顾山光接水光，凭栏十里芰荷香。清风明月无人管，并作南来一味凉。"诗人在夏日的晚上登楼四眺，十里莲湖与远处的山水以及清风明月一起，形成水天一色，写出了莲湖夜景的壮丽。荷香阵阵，景情相融，尽赏了大自然之乐趣，从中赞美了荷花。杨万里在杭州西湖观莲时吟道："毕竟西湖六月中，风光不与四时同，接天莲叶无穷碧，映日荷花别样红。"他看到六月的西湖，莲叶铺满湖面，荷花盛开，无边无际，水天一色，写出了西湖气势磅礴的"无穷碧"莲景，更有那夏日非一般艳丽的荷花，游客哪能不神魂颠倒、心旷神怡？

　　这三位古代诗人对荷的描写，各有特色，然都是写荷的外表，内涵和本质触及不深。

　　在我国众多的文人诗词中，写荷最好最有特色的应是北宋周敦颐的《爱莲说》。

　　这篇古文文字精炼，构思奇妙，寓意深长，对莲抒发了深厚的爱慕之情："水陆草木之花，可爱者甚蕃……""予独爱莲之出淤泥而不染，濯清涟而不妖，中通外直，不蔓不枝，香远益清，亭亭净植……"仅118字的文章，看起来似乎太短，但寓意深远，情意交融，把莲形象化，经物喻人，卓然一格。周敦颐是北宋有名的哲学家、文学家，为官清廉，发书言志文如其人。他是中国第一个称"莲为花之君子"的人。这就是此文千年不腐，让人百读不厌，越读越香，引人入胜的原因。

旁边的荷塘里，大朵大朵的荷花也艳丽地开放，有的如棉花般白净，有的如童子面般嫩红，风姿绰约，撩人眼目。那碧绿的荷叶映衬着太极湖的湖光山色，美轮美奂，如诗如画。在如此迷人的自然风光里，这荷，即使不是人为的赋予它某些人性化的品格，也是让人赏心悦目的。你看，它与众不同地开在水面上，独得水的润泽和灵气，天生丽质，娇媚可人。那无穷碧的荷叶，随风摇曳时仪态万方，暑热之时让人见了，顿生出清凉舒爽之感。这里的荷，也是非常平民化的。她不像牡丹，有国色天香的富贵气；也不像兰花，总是被才子佳人置于案头以示风雅。你瞧，她不避烈日风雨立在田野池塘之中，文人雅士可对之饮酒赋诗，樵夫渔妇可对之闲话家常，最喜小儿鱼跃其间，若隐若现，采荷叶以当笠。荷之如此洒脱、容众，是什么名花所能比？

荷还有一种十分奇特的特性。任何东西，一刀下去总是两断了，所谓一刀两断，就是断开的两段之间，也就没有了任何联系。只有莲藕是例外，一刀切下去，汁液流出后，莲藕明明已经分成两截了，可是把两段被切开的藕移开，已经分开的两段藕之间，仍有无数细丝，联结着已分开的两段，是藕断丝连呀！联结着两段断藕的细丝，看起来晶莹细弱，在阳光下还会闪闪生光，凝视着这些细丝，可以发现它们颤动着，在尽它们最大的努力，像是想把已分成两段的藕，再重新组合在一起。看来莲藕是心有灵犀的，其他的动植物，断了，就是断了，不会连着点丝的。莲藕被挖掘，在被利刀切开身体的一刹那，莲藕的想法才算曝了光。当然，它永远不能达到目的，那是大自然的奇观，也是大自然的悲剧。

荷，从花开到叶枯再到莲藕的成熟，可以说它完成了一次生命的壮举。莲藕的成熟，是荷在淤泥里长达数月时间历练成长的结果，是以叶枯花凋为代价的。有人认为，这是荷的自私，它在生命最后时刻的自毁，不想把美丽芬芳长流人间。岂不知，荷从花开到叶枯的生长过程，就像人生，看似从蓬勃走向衰败，其实却于内心收获满满。凌空的花，水面的叶，泥底的藕，三者是同一个生命，却是不同的表现形式，就像理想，现实与结果，人不可贪心，能得其一，已经足矣。

荷，是活在真实中的一种植物。赏荷，需要用心去看，去融化，方能领略其美。

2014 年 7 月 28 日

明月里的中秋情怀

"今夜月明人尽望，不知秋思落谁家。"一年十二度月圆，总是中秋佳节时最美。中国人爱月，咏之赏之，思之叹之。诗人们对月感伤了千年，也欢喜了千年，这份悲和喜，其实是借着月亮圆一个相思梦。

历代皇帝们对中秋节非常重视，因其性格差异，文化素养不同，过节方式也各有千秋，演绎了一个个流传千古的故事。据《唐逸史》《龙城录》《太平广记》等文献记载，唐朝开元年间，八月中秋之夜，月色如银，温柔地洒下层层清辉。唐玄宗李隆基与方士罗公远在宫中饮酒赏月，广袖舒展，琴弦笙歌。望着皎洁的月光，玄宗不由地说："此月普照万方，如此光灿，其中必有好去处。嫦娥窃药，奔在月宫，既有宫殿，定可游观。"说到此处，玄宗仰面长叹："只是如何得上去？"

罗公远说道："启禀皇上，这有何难？"说着，掷手杖于空中，即化为一座银色大桥，直通月宫，"皇上请御驾启行。"于是，玄宗与罗公远二人移步踏上银桥，直上青云。过了桥，走上10余里，见到一座城阙，露下沾衣，寒气逼人，面前有座玲珑四柱牌楼。抬头看时，上面有个大匾额，乃是六个鎏金大字"广寒清虚之府"。罗公远说："此乃月宫也。"玄宗从大门走进去，但见庭前有一棵大桂树，扶疏遮阴。仙女数百，素衣飘然，婀娜多姿，随音乐翩翩起舞于广庭中。

玄宗看得如痴如醉，默默记下仙女们优美的舞曲。回到人间后，玄宗即命令伶官依其声调整理出一首优美动听的曲子，然后配上模仿月宫仙女舞姿的舞蹈，这就是闻名后世的《霓裳羽衣曲》，唐明皇夜游月宫由此成为千古佳话，月宫从此也有了"广寒宫"之称。

随着唐明皇夜游月宫的传说，月亮时缺时盈，引发着人们对月亮的兴趣和感情，八月十五的月亮开始被赋予更高价值，成为"不寻常"的月亮。正如栖白《八月十五夜玩月》诗中所云："寻常三五夜，不是不婵娟。及至中秋满，还胜别夜圆。清光凝有露，皓魄爽无烟。"八月十五，中秋恰半，天高气清，月色最好，月亮也比平常显得更大更圆。这样的月亮引起了普遍的兴趣和观瞻，很快形成了八月十五玩月的社会风气。张南史《和崔中丞中秋月》诗云"千家看露湿，万里觉天清"，王建《十五夜望月寄杜郎中》云"今夜月明人尽望，不知秋思落谁家"等，都反映了这一风气的普遍流行。

八月十五玩月，是节日时间与节日习俗的有机结合，也意味着中秋节的初步形成。此后，中秋节的地位迅速提升，深为世俗看重。

"八月十五月儿圆，西瓜月饼供神前。"人们除了玩月，祭月、吃月饼也是中秋节的重要习俗活动。在宋代，都城人家的小孩子，从刚刚开始会走路的，到十二三岁的，不论贫富，不论男女，都穿上成人的服饰行拜月之礼，"各有所期：男则愿早步蟾宫，高攀仙桂。女则愿貌似嫦娥，颜如皓月。"中秋节的民俗活动也随之丰富多彩，其中绝大多数都与月亮有关，也因此，中秋节的习俗活动大多发生在晚上。"素月分辉，明河共影，表里俱澄澈"，一轮明月不知为中秋增添了多少浪漫与诗意。

同时，明月很早就与思恋亲人、怀念故乡联系在一起。而中秋月，既圆且明，又处于万物开始变得萧索的仲秋季节，更容易触动人们的心弦。由天上月圆延及人间团圆，在中秋节兴起之初即成为人们萦绕难去的情怀。宋代以后，中秋节更径称为团圆节，成为我国最具团圆意味的一个传统节日。至明清时，中秋节已成为与春节齐名的中国主要节日之一。

月亮，这方霓裳飘动、仙气充盈的乐土，也承载了古今中外文人墨客太多的情感和诗意。

那金灿的地方实在凄凉

高悬夜空的月亮

并不是当初亚当见过的情形

人们无数世纪的凝注使它积满了泪水

看吧，它就是你的明镜

这首诗名叫《月亮》，是阿根廷著名诗人、小说家博尔赫斯的作品。这首诗是写给他那比他小47岁的妻子玛丽亚·儿玉的。

博尔赫斯被誉为作家中的作家，他的小说千回百转，魔幻如迷宫，读起来像诗一样耐人寻味；他的散文外表简洁、散淡，却有感人至深的情节和跌宕起伏的悬念，读起来又像小说能让人酣畅淋漓；而他的诗奇想联翩，意境飞翔，文辞精妙令人叫绝，又有散文的宽泛和广阔。"联系这三者的，是他睿智的思想。"

儿玉是日裔阿根廷人，12岁时认识博尔赫斯。当时，博尔赫斯声名赫赫，但却只差1岁便是花甲老人。儿玉由于受父亲的影响而喜欢诗歌，这，便是她与博尔赫斯之间暗藏的缘分。

儿玉中学毕业后，进入大学哲学文学系学习，常常和博尔赫斯在一起研究盎格鲁——撒克逊文学，学习冰岛文。博尔赫斯带着原版文学书，玛丽亚·儿玉则抱着一本语法书，耳鬓厮磨，彼此间加深了感情。

1985年，儿玉带博尔赫斯去日内瓦治疗肝癌，她见博尔赫斯孤苦伶仃，且病入膏肓，于是心仪博尔赫斯已久、已经40岁的儿玉，于第二年嫁给了87岁高龄的博尔赫斯。然而这对情投意合、举案齐眉的夫妻的幸福，却终止于上帝的嫉妒，就在他们结婚后刚8周，博尔赫斯便去了天堂。

虽然博尔赫斯与儿玉令人艳羡的婚姻戛然而止了，但博尔赫斯在自己 86 岁时写给儿玉的这首《月亮》，却传遍了全世界。

月亮，也感寓乡愁。李白的"床前明月光，疑是地上霜。举头望明月，低头思故乡。"可谓妇孺皆知。直白的语言，拙朴的描写，淡淡地倾诉出明静醉人的思乡情愫，使人百读不厌，回肠寻绎，故而传诵至今，也"妙绝古今"。

在大自然的景物中，月亮是很有浪漫色彩的。遥挂天上的月亮，人们就会想起中国关于月亮的神话传说，就会想起唐明皇夜游月宫的故事，就会想起博尔赫斯与儿玉的爱情，特别是中秋的那轮月，它很容易启发人们的艺术联想。一轮新月，可联想到羞涩初生的萌芽事物；一轮满月，可联想到美好幸福的团圆生活；月亮的皎洁，让人联想到光明磊落的人格魅力。

中国人安土重迁，崇尚亲戚相守，更将节日里的团圆视为人生乐事，但无论何时，总会有人因为求学、经商、仕进等种种原因告别亲友，离开故乡。于是，鹊飞露重里的寂寞，清秋朗月下的孤独，他日相守相聚时相知相契的温暖与欢乐，此时此地不能共享良辰美景的惋惜与遗憾，种种滋味都会酝酿发酵成化不开的情思与乡愁，在中秋节期间抒发出来。武元衡怀念从兄，不由感慨"地远惊金奏，天高失雁行。如何北楼望，不得共池塘"，李群玉怀念家乡，竟然"泪逐金波满，魂随夜鹊惊。支颐乡思断，无语到鸡鸣"，苏东坡怀念子由，更吟诵出千古名句"但愿人长久，千里共婵娟！""千里共婵娟"，升华了团圆的含义。团圆不再仅仅是面对面的把酒言欢，亦是同一轮明月下的天涯共此时。天上的圆月，不仅引导人们将中秋节过成一个团圆节，更为分离的人们提供了一种隔空团圆的慰藉。

"举头望明月""千里共婵娟""月是故乡明"，纷纷都是望着月亮想着家；阴晴圆缺、人生起伏、时光流转，映照的都是悲欢与离合。

中秋的那轮满月，于家于国，都是一个温馨的提醒：团聚，才是最好的节日礼物。

2018 年 9 月 12 日

一声祝福

这是一个祝福的夜晚。夜晚是梦想的时分。灿烂的星辰铺成无边的星海，闪烁的星语泛起满天的星辉，浓缩成一幅夜的封面。每一粒星子认真地写着祝语，每一片星光都是灵动的签名。今夜是2018的月台，迎接我的祖国搭乘高铁飞至，进入人民共和国70年；今夜是2019的看台，看我的祖国搭乘"北斗三号"两颗组网卫星，向梦的天空翱翔。迸射的烈焰，在夜的封面狂草出一行金红色的书名——拥抱新时代。

这是一部关于奋斗的史册。把岁月装订成册，把愿望打包快递，把祝福献给我的祖国和人民。

当千家万户的窗迎着2019年第一缕曙光的时候，当万水千山回荡着新中国70年的欢呼声和鞭炮声的时候，当共和国的每一寸土地都浸透了新的惊异和幸福的时候，华夏天空的每一片云彩都显得那样的辉煌灿烂。

改革开放的强音，响彻大江南北；团结奋斗的号角，震撼整个世界；市场经济的大潮，卷起神州致富的浪花。在这70年里，面对风霜和雨雪，面对悬崖和峭壁，面对挫折和失败，祖国人民从未屈服过；在这70年里，祖国人民流下了多少汗水和泪滴，从未放弃过对美好生活的追求；在这70年里，祖国人民始终上下求索锐意进取，既"摸着石头过河"又加强顶层设计，成功开辟出一条中国特色社会主义道路,取得了令人瞩目的成就。经济建设取得突飞猛进的发展,人民生活水平显著提高,军事装备日益完善,工农业及各项事业均取得前所未有的飞跃。中国始终不渝奉行互利共赢的开放战略,加强同各国人民的友好往来,努力构建人类命运共同体,特别是"一带一路"发展战略的实施,让科技创新成果为更多国家和人民所及、所享、所用,成为世界经济增长的主要稳定器和动力源,为人类和平与发展的崇高事业作出了中国贡献。

在五星红旗辉映下,"一国两制"的构想,促成了紫荆花旗、荷花旗在香港、澳门升起。中国人民用双手书写了国家和民族发展的壮丽史诗。

坚定的道路自信,坚实的理论自信,坚劲的制度自信,坚韧的文化自信,中国梦的四梁八柱深植在坚固的大地。中国特色魅力独具,中国风格傲骨卓立,中国气派蔚为大观。

国有梦家有盼,民有梦国有望。大树有大树的风景,小草有小草的春天。愿我的故乡不再有贫穷,梦里依晞说丰年,乡下的姐妹年年有花衣;愿我的街坊兄弟天天有欢颜,每一束目光都真诚,每一缕空气都清香;愿每一个"扶贫车间"都孵化出一个大的订单,每一个利好指数都嗖嗖地攀升,每一条惠民政策都落地生根枝繁叶茂。

今夜是梦想时分,今夜是祝福时刻,站在2019的眺台,满天繁星铸金樽,一腔真情作玉液,我祝福我的祖国,永远年轻!祝福祖国人民,好梦成真!

(原载《甘肃老干部工作网》2019年1月21日)

扎尕那之行

享受一处优美的自然风光，领略一处奇特的人文景观，往往就如同会晤深交一个朋友，还要有一种机会或缘分。机会不成，缘分未到，你纵然是魂牵梦绕，心仪已久，也难以相遇更难以相知，甚至会失之交臂。我之于扎尕那的亲密接触，我的扎尕那之行，恰恰正是这样。

扎尕那是甘肃省迭部县境内的一处自然美景。没去过扎尕那之前，我读过西方探险家约瑟夫·洛克曾说过的一段话："我平生未见如此绮丽的景色。如果《创世纪》的作者曾看见迭部的美景，将会把亚当和夏娃诞生地放在这里。迭部这块地方让我震惊，广阔的森林就是一座植物学博物馆，绝对是一块处女地。它将会成为热爱大自然的人们和所有观光者的胜地。"约瑟夫·洛克是第一个到甘南境内探险的西方探险家，他指的美景就是迭部的扎尕那。迭部是甘肃省甘南藏族自治州的一个县，距离刘家峡也不过五百公里的路程。就是这样一个在现代交通条件看来近在咫尺游览的高原美景，我却足足等了十来年，这大概正是机缘难得的缘故吧。

2020年7月30日，是广大穆斯林群众的传统日子——古尔邦节，根据临夏回族自治州条例的规定，我们临夏地区的各族干部群众放假三天。于是，我和单位的几位同事决定去扎尕那游览。那天，我们从刘家峡早上7点钟出发，开着自租的越野车去扎尕那。车过临夏，经双城，合作后沿着广阔的草原向扎尕那方向驶去。透过车窗，望着无边的草地，牛羊、马群、蓝天、白云，就像一幅美丽的画卷，一点点在眼前展开，恨不得再长出十几双眼睛来，把这高原美景看个够。那些曾在梦里出现的镜头，一望无际的草原，悠闲的牛羊，低头吃草的马儿，一朵一朵的白云，就这么猝不及防地来到眼前。

也许，草原的绿色，自然的大美风光，已深深地融进我的同事老陈的血液里，她坐在车里摇下车窗，情不自禁地叫唤着"哎呀，美极了，舒服！"看来这位见过许多名山大川的中年人，来这里才真正找到了感同身受的滋味儿。

"好看是好看，可惜忘了带相机！"我们给老陈逗乐打趣。还是那位江苏来的朋友反应快，她听着大家给老陈逗乐，就接过话茬说："相机我带啦，我给你们拍，看技术行不？"说着她从包内取出手机不停地拍摄这眼前草原的壮美风光，并把拍好的照片发送给大家分享。

"技术好，实力也不凡。"坐在车前排的老王一边看着那位江苏朋友刘发送来的照片，一边逗着说。

一路上你一句，我一句，大家都相互逗着玩，忘记了疲倦。中午 12 点许，车到了碌曲县城。我们下车，步行，准备吃午饭。夏日的碌曲县城非常热闹，街道上，既有三五成群穿着长裙、露着一条胳膊的藏族人，也有许多戴着白帽行走的回族人，更多的，是来来往往旅游的外地人。

我们在一家四川人开的面馆里吃了饭后沿着街道慢慢前行。街道两侧，都是古香古色的店铺和大大小小的宾馆。我们在一家店铺门口站了十几分钟，细细地去看那些色泽绚丽的各种挂件。店里的许多商品都充满了异域的气息，文玩、非洲鼓、手工绒布、铜灯、绿松石、牛角梳、做工精巧，造型独特，让我们留恋，欢喜，感动。

下午 1 点 30 分，我们从碌曲又踏上了去扎尕那的旅程。车徐徐地向东方向驶去，高原上阳光灼热，强烈的紫外线直往人的肉里钻。我们不得不打开手机，微闭着眼睛听音乐。车行约两小时左右，我们就到了郎木寺。没去过郎木寺之前，我还以为它是一个寺，到了，才知道那是一个地名。

到达的时候，一条狭长的街道已被各种车辆塞得满满的。天空蓝的让人心疼。街上的人都迈着悠闲的步子，好像一到这里，世上的一切都远去了似的，即时最匆忙的人，也会停下脚步，望一望无比纯净的天空，或在某个街角处发一会呆。

小街深处，路忽然分界。路的南侧，属于四川省若尔盖县的格尔底寺，我远远地看了一眼，寺的金顶在明亮的阳光下熠熠生辉。右侧是一条长长的缓坡，坡的尽头就是金碧辉煌的赛赤寺。熙熙攘攘的人流，顺着坡道涌入寺内。

半山坡上，那一座座宏伟的建筑静静地矗立着，随风飘动的经幡指引着人们朝拜的路，在这里，过往的行人可以自由游览和朝拜。坡有点陡，游览完大经堂后，我觉得有点累不想再向里走了。

我们在郎木寺稍作休息，然后就沿着白龙江水边的公路，一路跟随着白龙江水向扎尕那走去。下午5时许，我们就到了游览目的地——扎尕那。下车时，天下着小雨，也很冷。高原的天气真是令人无法预料，太阳一出来，蛰的人皮肉生疼，冷雨一淋，又似乎一下子就到了秋天里。听当地的导游说扎尕那东边的山峰景点多，有老虎嘴、一线天、瀑布、仙女湖、神王庙、石林、石城、大峡谷、通天洞、仙女滩等，风光优美。于是，我们就在停车场停了车，每人买了一张观光车票，坐电瓶车顺着山路往上走。夏天的扎尕那是花的海洋，一块块金色的油菜地，把藏乡小寨裹在一场又一场金色的梦里。路的两旁，长满了高高低低的野草，深红色的灌木丛，被雨一淋，更有几分古意。

观光车在山谷中行约半小时，就到了景点瀑布处，到了此地后因石林中山路崎岖，车再不能往上爬行，也就是车到终点站了。要想看其他景点，从这里要走羊肠小道，要么步行，要么骑马。我们下车后，几个藏族妇女和年轻小伙牵着骡马向我们走来，问我们骑不骑马去神王庙和仙女湖看看？"神王庙和仙女湖在哪里？"我们问他们。

"在上面。"一位牵着马的小伙子用手指着回答。

"上面风景咋样？"

"壮观，好看！"

"骑马多少钱？"

"每人一百元。"

接着，那几个藏族妇女牵着骡马便向我们围拢过来，那个年轻小伙开始与我们讨价还价。

这时，雨下大了。两个穿着藏服的女人，从山路上慢慢地走了下来，他们的背上背着两捆小小的木材。她俩用一双淡定的眼光看着我们，沉默地从我们身边走过去，长裙上，沾满了泥浆。看着那两个藏族妇女远去的身影，我们也觉得天下雨，路滑，不能再爬山了！于是，我们决定不骑马，就站在亭子前看瀑布、看雨景。雨中的扎尕那，风景优美独特，地形既像一座规模宏大的巨型宫殿，又似天然岩壁构筑的一座完整的石城，雨水像断了线的珍珠往下落，落在天然岩壁上就瞬间形成了千万条小瀑布飞溅而下，亭子西面数十丈高的峭壁上，泻下一弯瀑布，像少女一般，没有气势磅礴，却有着文静幽雅和端庄秀丽。站近了，瀑布上飞溅下的水滴落在身上，如同千万颗珍珠向我们抛来。山顶山云雾翻滚，瀑布周围烟雾缭绕。细雨中的扎尕那，似乎更多一份柔媚。放眼望去，就像加了柔光镜拍出的山水图，朦朦胧胧，又像隔着一层纱帘看人，感觉到她的姣美典雅，风情万种，却无法把那层纱帘撩开看个真切。扎尕那的雨景真美，它时现时隐，似有似无，它像幅中国山水画，像首诗，还像一个又美丽、又朦胧的梦……正当我完全陶醉在这里的美景时，突然，一阵风吹过，我猛地一惊，心里总是担心这景色一下子就会逝风而去再也看不到了，我贪婪地欣赏这好像一幅湿淋淋的水墨画的美景，久久不愿离去……

下山后，我们在扎尕那西边的村子——东哇村的一家饭馆里吃了晚饭，晚上住宿在一对年轻藏族夫妇家里开的旅馆里。

东哇村，几百户藏族山民人家，错落有致地挤在一面山坡上。在冷雨中，晚上村子显得十分安静。来之前听说过，这个村子的人，过的是一种原始而平等的日子。在这里，既没有太富有的人家，也没有过于贫穷的人家。旅游业，是村子的支柱产业，家家都开旅馆。在旺季，家家开业，到了淡季，实行轮流制。轮到的人家招待客人，其他的人，种田放牧，互不耽误。这样的日子，在我们的生活中，几乎是不存在了。

第二天早晨，雨停了。我们起床后就在东哇村——这个藏族山寨转了一圈。雨后的东哇村被重叠的山峰包围着，村子坐落在半山腰里，一条水泥硬化的小路，蜿蜒着向村子里伸去。

村民们对于来往的行人熟视无睹，没有刻意的笑容，也没有媚俗的讨好，手握玛尼筒的老阿妈，缓缓地行走，她们在村子拐角的转经筒前站定，随着经筒的转动，慢慢向前走。在藏地，宗教已深深地渗入到人们的生活中，念经拜佛，已经成为人们生活的一部分。

在这里，一切都是缓慢的。木质的房屋，雕刻着花纹的门檐，或是在风中飘动的一面经旗，老旧的墙壁上，令人无法理解的图案，掺杂在土里的植物，房前屋后，一摞又一摞的柴火堆，卧在泥浆里的藏香猪，高高的青稞架，高入云天的树木，或是瑟缩在冷雨中的一只鸟，都是这里独有的，在这里，天、地、人、物和谐而神秘地结合在一起，即时你再想和它们亲近，想走近它们的内部，都是不容易的。

太阳出来了，雾从山头走下来，落在村子里牧民的屋顶上，有佛乐从一藏族人家的窗口里飘出来，还有藏歌，是降央卓玛的《请你喝一杯下马酒》：

"洗去一路风尘
来看看美丽的草原
远方的朋友
远方的客人
献上洁白的哈达
献上一片草原的深情
请你喝一杯下马酒……"

我们听着佛乐，听着藏歌，踏上了返程的路。

啊，扎尕那，神奇的扎尕那，美丽的扎尕那！请你张开双臂迎接你爱慕者的来访吧。

2020 年 8 月 3 日

走进母校相约 2019——高中同学毕业 30 年聚会活动

　　2019 年 9 月 28 日，方奎元同学从深圳打来电话，告诉我临夏的几个同学正在筹备"临夏中学 89 届高中（2）班同学毕业 30 年聚会"活动，他们在微信群里已向外地同学发出了邀请函，能参加活动的同学都在微信群里回复了。因他知道我没上微信，可能不知道情况，就打电话问我知不知道同学聚会的事。他在电话中说，赵天石老师和他的夫人要从浙江宁波专程来临夏参加这次 30 年聚会活动，北京的朱子君、马朝春也要来，他已买好了来临夏的飞机票，他问我国庆节放假期间回不回张掖老家？如果能不回行，就先不要回了，最好能参加一下，和同学们见个面。他在电话中还告诉我负责这次筹备活动的其他同学的联系电话及聚会的有关事宜，让我能随时和他们联系。我很高兴地答应了奎元同学的邀请。如果奎元同学不告诉我，我还真不知道同学聚会的这件事。因为我一直没换过手机，我拿的不是智能手机，是老式机子，经常用电话或发手机短信的方式联系着。因机子没有微信功能，所以有时他们发在群里的东西，我是不知道的。看来，我是真落后了。

　　这次"临夏中学 89 届高中（2）班同学毕业 30 年聚会"活动是由临夏工作的李星海、谷见辉、牟小平、张国庆、包春芳、金临红、范元朝、张建华、林永涛等同学和班主任赵天石老师发起的，他们精心研究制成了活动方案，成立了活动小组，组织了接送车辆和活动路线，向外地同学发出了邀请函。因考虑外地同学来临夏回家或探亲的时间，他们把聚会活动的时间定在 10 月 5 日至 6 日，活动时间定为二天，外地同学全部安排在临夏饭店。10 月 5 日上午 9 点钟，我们在临夏中学门口集合，然后在老师的带领下统一进母校参观，并合影留念。那天，我们临夏中学 89 届高中（2）班的 30 名同学，在徐也农校长、赵天石老师、崔学林老师、胡辉先老师、范容蓉老师、李维忠老师的带领下，缓步走进百年母校——临夏中学，亲身感受毕业 30 来的发展变化。我们跟随着老师的步伐，先后观看了母校的教学楼、图书馆、学生宿舍楼、实验室、学生食堂、学校花园等院内教学条件，然后我们全体师生在当年高中 89 届（2）班同学栽下的那颗塔状松树前合影留念。

参观完母校后，我们坐中巴车去北塬花卉观光园区、八坊十三巷、临夏商贸会展中心等地方观光游览。下午 5 时许，我们在临夏市百合花园宴会大厅举行"临夏中学 89 届高中（2）班同学毕业 30 年聚会"活动开幕式。开幕式由班长李星海同学主持。70 多岁高龄的赵天石老师在大家一片热烈的掌声中发表讲话。他说，今天我给 89 届高中（2）班的同学送一首杨慎词《临江仙·滚滚长江东逝水》作为我们这次毕业 30 年聚会活动的开场白。

"滚滚长江东逝去，浪花淘尽英雄。是非成败转头空。青山依旧在，几度夕阳红。白发渔樵江渚上，惯看秋月春风。一壶浊酒喜相逢。古今多少事，都付笑谈中。"

他说，今天大家都步入了人生的中年，大家在事业上都取得了一定的成绩，但是在面对人生不同阶段的时候，我们都应该学会成长并懂得一些道理。子曰："人到五十知天命"。大家在步入人生的中年后，要笑对接下来的人生旅途。在知晓了世事之后，更应该做到和自己打好关系。平日里再不能和以前一样加快步伐，应该是脚步要放缓一点；要平复心情，知足常乐，遇事不钻牛角尖；要学会进退自如，不再苦于与自己较劲，而要学得潇洒一点，淡然一点，快乐的过好每一天。每个人五十岁正处承上启下的关键点，他勉励大家要注意身体，加强身体锻炼，要减少不必要的应酬，保持身体健康。

赵老师讲完话后，在座的徐也农校长、胡辉先老师、崔学林老师、范容蓉老师、李维忠老师都一一进行了发言。他们结合各自的教学，高度评价了赵老师教书育人的成果和临夏中学89届高中（2）班同学团结进取的精神，以及深厚的师生情谊。

老师们发言完毕后，赵老师让在座的每个同学都发言，先从北京、深圳、兰州来的同学开始。接着，朱子君同学、马朝春同学、方奎元同学、拜力平同学……同学们一个接着一个的进行了发言。大家回顾30年前在临夏中学读书学习时的情景，毕业后的工作生活，以一颗感恩的心向在座的老师致敬！祝愿母校的明天更美好！

金秋时节的大夏河畔百合花园里鲜花吐艳，果子压弯了树枝，宴会大厅里灯火璀璨，洋溢着喜庆的节日气氛。同学们个个端着酒杯向老师敬酒，向同学碰杯，圆桌上觥筹交错，谈笑风生，个个脸上流露出欢乐的笑容。不知不觉，已皓月当空，星稀月明……

我们吃过早点，从临夏饭店坐车去和政县松鸣岩森林公园、法台山景区、和政古动物化石博物馆、肋巴佛革命纪念馆等地游览。晚上在临夏市后古城村的一个茶园里举行聚会活动结束仪式。宴会上，赵老师代表全体师生作了这次高中（2）班同学毕业30年聚会活动的总结讲话。他说，短短两天时间的聚会活动，今晚就要结束了，明天大家要回各自的工作岗位，在开幕式上我给大家送了一首杨慎词《临江仙·滚滚长江东逝水》，同样在闭幕式我再给大家送一首词，这首词是苏轼的《水调歌头·明月几时有》，与大家共勉！

"明月几时有，把酒问青天。不知天上宫阙，今夕是何年。我欲乘风归去，又恐琼楼玉宇，高处不胜寒。起舞弄清影，何似在人间。

转朱阁，低绮户，照无眠。不应有恨，何事长向别时圆？人有悲欢离合，月有阴晴圆缺，此事古难全。但愿人长久，千里共婵娟。"

赵老师说，他用这首词作总结，是勉励大家在今后的工作和生活中要珍惜当下，认真地过好每一天。

赵老师讲完话后，坐在他一旁的徐也农校长站身起来对大家说，赵老师刚才送给大家的苏轼这首词里的"婵娟"，原来指"月亮"，这里语意为"美好的祝愿"。他说，《水调歌头·明月几时有》这首词是苏轼思念自己的弟弟而写的，不是思念自己的爱人，是对人生中无不散之筵席的感叹。听完徐校长的讲解，大家对浓浓的师生之情、同学之情无比的珍惜和眷恋。同学们个个端起酒杯，站起身来齐声高唱《难忘今宵》，以表达深厚的师生之情、同学之情。

30年，在历史的长河中，只是沧海一粟；而在我们人生的刻度上，有多少个30年？屈指可数。

啊，这就是"临夏中学89届高中（2）班同学毕业30年聚会"活动，这就是我们的老师，这就是我们的同学。

30年同学聚会很简单，用最真挚的情感，用最朴实的语言抚慰人心。2019年，同学友情依旧，师生情谊依旧，初心不改。

2019年10月12日

农民有了"丰收节"

    春种一粒粟，秋收万颗子。秋天不仅是美丽的季节，也是一个丰收的季节，自2018年起我国将每年农历秋分日设立为"中国农民丰收节"。今年我们将迎来第三个中国农民丰收节。

    2020年9月19日至20日，中共永靖县委、永靖县人民政府在刘家峡镇城北新村举办"迎国庆、庆中秋、话丰收、颂党恩"为主题的第三个中国农民丰收节。参加这次庆祝活动的人员有，县上邀请的省州领导，永靖县四大家领导，17个乡镇、县直各单位的干部职工，勤劳致富模范和刘家峡镇城北新村的群众，约2千余人。这次庆丰收节活动的内容有，农产品展示展销，百户"勤劳致富模范"表彰，名优产品评选，"三农"摄影展，书法临帖展及书法研讨会，文艺汇演，广场舞比赛，拔河、篮球等文体比赛，省文联"送文化下乡"文艺演出，美丽乡村休闲体验行，"舌尖上的绿色"采摘文化节等。活动内容丰富，文化趣味性强。

    19日上午，会场周围几十面旌旗迎风招展，悬挂着红底白字条幅的十几个气球高高飘扬，烘托出喜庆的节日气氛。会场两侧的展销厅内各种蔬菜、瓜果、中药材等农业新特产品依次陈列，琳琅满目，集中展示永靖县农村近年来发生的深刻变化和新时代农民的精神风貌，以及精准脱贫、新农村建设等方面取得的丰硕成果。

    上午9时40分许，举行永靖县"庆祝第3个中国农民丰收节"

活动开幕式。开幕式由县委常委、县委宣传部长石克政主持。会上，县委副书记宋冰作了重要讲话，表彰奖励了100名"勤劳致富模范"。会后，举行文艺汇演，参观农产品展览，名优产品评选等活动。我作为永靖县市场监督管理局的一名工作人员，有幸参加了这次县上举办的庆祝"中国农民丰收节"活动，感触颇深。

中国农民丰收节的设立，体现了党和国家及全社会对广大农民的尊重和对农业农村的重视。

千百年来，农民们把丰收寄托于"天"，希冀老天爷"风调雨顺"。我家乡的西高庙、五山庙、大庙山、吧咪山等庙宇，都是历代先民们祭祀皇天、祈求五谷丰登、风调雨顺、国泰民安的地方。然而，天有不测风云，"望丰收"的结果，也正如诗人白居易在《杜陵叟》中所云，"三月无雨旱风起，麦苗不秀多黄死。九月降霜秋早寒，禾穗未熟皆青乾。"

在旧社会，即便丰收了，农民的日子也不一定好过。叶圣陶《多收了三五斗》，就反映了江南农民"丰收成灾"的悲惨命运，以及农村急遽破产的现实。"长吏明知不申破，急敛暴征求考课。典桑卖地纳官租，明年衣食将何如？"就是旧社会农民生活的真实写照。

"麦浪滚滚闪金光，十里歌声十里香，丰收的喜讯到处传，家家户户喜洋洋……"一首《丰收歌》，唱出了翻身当了主人的农民面对丰收的喜悦之情。然后，当时丰收的标准很低，《1956年到1967年全国农业发展纲要》中定出指标是，全国几个主要不同地区的粮食，"争取每亩平均产量分别达到400斤、500斤、800斤"，广大农民还是在温饱线上徘徊。

中国的农民确实很苦，一年四季把一根根神经绷得紧紧的，裤脚高高卷起，一双双老茧横生的手掌终日出没于泥土，辗转于犁耙，他们挥汗如雨，起早摸黑，面对丰收，都不敢有丝毫懈怠。

首届中国农民丰收节的设立，正值中国改革开放40周年之时。中国改革开放是从农村开始的，安徽省小岗村农民那鲜红的手指印，开启了中国农村改革开放的大幕。"大包干"极大地解放了农业生产力，粮食产量大幅度上升，"交了国家的，留足集体的，余下都是自己的"，这时的农民才真正有了丰收后的"获得感"；解决了温饱后的农民开始在提高种田的效益上做文章，"万元户"应运而生，这是丰收的概念已从"吃饱肚皮"向"鼓起钱袋"延伸；随着种子、肥料、栽培技术的进步，广大农民从"面朝黄土背朝天"中解放出来；免除农业税、农村经济结构调整，精准扶贫精准脱贫……丰收就是农民们"创造价值、提升价值"的体现；脱贫攻坚，农业供给侧结构性改革，实施乡村振兴战略……让今天的"丰收"一词，成为乡村振兴、迈向全面小康社会的代名词。

农民有了"丰收节"，心情总是美好的。父亲随我已进城好多年，还惦念着那块三亩地的麦子，麦子是父亲的希望。父亲还有翻看农村黄历的习惯，该播种了，该施肥了，该锄草了，该收麦子了，这些，他都一直记在心上。无论种与不种，每一次季节轮回，在父亲的心里都是一场深刻的记忆与过程。

今天，这一切连同儿时的记忆，又一次变为我前行的动力。但愿中国的农民年年都风调雨顺，五谷丰登；但愿我的故乡不再有贫穷，乡下的姐妹年年有花衣；但愿我的父老乡亲们每天活得有尊严，每天过得有味道，梦里依唏说丰年！

于是，我情不自禁地捺亮台灯，写下了以上文字——在枣子飘香的季节里，在盛世欢歌的时代中……

2020 年 9 月 20 日

读书随想

　　人生快乐的要点，离不开一个"趣"字。古人造字遣词颇为考究，"趣"字，乃"快步趋之，必有所取"。往往与"乐趣"并用同行，意旨乐是趣的追求，趣是乐的源头。这样的论学，道出了乐与趣的天然联系和辩证关系。林语堂曾在《论趣》一文中说："人生快事莫如趣"。一个人的兴趣和情趣，无一不体现在他的爱好、习惯和生活取向之中。人们常说，兴趣是人生的第一老师。人有了趣的引导，便有了做事的激情和动力。

　　有的家长时常感叹孩子不听话，让孩子学的东西没能认真学好，做的事情没能努力做好，直到后来才醒悟，自己要求孩子学的做的，恰恰是孩子不感兴趣的。事实上，凡是在各行各业有所成就的，大多受益于"趣"的引导，得益于"趣"的支撑。趣对人生具有无可比拟的价值和意义，人们往往因志趣而择业，因情趣而结缘，因意趣而抒怀，因妙趣而探索，因兴趣而执着……在一定程度上说，"趣"是人生快乐的主宰。

　　人生漫漫，岂能无趣？一个人把握了"趣"的真谛，用"趣"激励心灵和行动，就能把对生活的无限憧憬，对生命意义的不断探求，转化为真善美的情结和旋律，让内心深处的琴弦发出动听的天籁之音。生活因趣而丰富多彩，日子因趣而有滋有味，情感因趣而深刻隽咏，人世间因趣而美丽动人。有趣的人生绚烂多彩，无趣的人生索然寡味。我们每个人都期盼人生充满趣味。发现"趣"，启发心智；

理解"趣"，倾听心声；拥有"趣"，永逸身心。为此，人一生要树立读书的兴趣、生活的乐趣、学习的妙趣、锻炼的意趣、事业的志趣、为人的情趣，让自己的生命在"趣"的伴随和激励下绽放缤纷绚灿的光芒。

人生有种种乐趣，读书是其中之一。人的大部分知识都是从书本中汲取的，人的大部分成果也是在书本中保存的。我们每个人从咿呀学语、看图识字开始，书就伴随着我们成长。书的魅力在于，她能够给我们提供智慧和力量。青年时代，读书是人生进步的阶梯。中老年时代，读书是健人之身、养人之神、强人之心、提人之气的良法。古人曾说："少壮不努力，老大徒伤悲"。在我看来，人活到老，就要学到老。要多读书，读多种书，用多种方式读书。世界是一部无字天书，生活是一本精彩小说，山水是一卷大块文章。读书不仅能提高人的气质和修养，而且能滋养人的精神。现代生活的压力越来越大，而读书能让你在短暂的休憩中缓解一天大部分的压力，心情自然会舒畅。无论你在工作上、个人交际中或者生活中其他事情方面承受多大的压力，当你沉浸于一本好书的时候，一切压力都能变为浮云。特别是贤哲之书、经典文章，真是字里有乾坤、词里有日月、墨里有天地，它们往往以言简意赅、含蓄隽永的语言为世人称道，更以其丰富的思想内涵传承于世，经久不衰。徜徉其中，我们常常被书中那美妙的故事所吸引、美丽的语言所打动、美好的思想所震撼，并思忖感悟，受益终生。在工作和生活中，我记住和记录了一些名言警句，常以此自省自律自奋、开导自己、解脱自己、提升自己、淡泊名利、抵住诱惑、放弃偏见、为人宽容、精神愉悦，有时也用这些名言警句劝慰他人、助人向善、排除郁闷、纾解委屈。

花，离开泥土就会枯萎、凋谢；人，离开书籍，就难免庸俗，失去生活情趣。如今，在人人都离不开网络的社会中，手机似乎成了人们的必需品。尤其是年轻人，它们习惯于抓住一切空当刷刷手机，以为这样就可以毫不费力地知晓天下大事。但可惜的是，由于手机上接收的信息往往是碎片化的，很多人没有时间去仔细探究信息的内涵，甚至连辨别真假的功夫都没有，缺乏自己独立的思考与判断。渐渐地，有些人发觉自己接触到的信息越来越多，但学到的知识却越来越少，陷入了思维碎片化的困境。

如何走出这种困境？或许，读书能够破解。

读书使人专注。闻一多读书成瘾，一看就沉醉其中，在他结婚那天，亲朋好友都来登门贺喜，花轿快到家时，忽然发现新郎不见踪影，急得大家东寻西找，结果在书房里找到了他，只见他仍穿着旧袍，手里捧着一本书入了迷，早已忘却了今日是自己的大喜之日。可见，读书能够培养一个人的专注力。"读书不觉已春深，一寸光阴一寸金。"当你愿意静下心去感受文字时，你的思绪也将安定下来，所有的注意力都会被书中的文字所吸引，眼下的文字在这安定思绪的作用下与记忆中的事物结合碰撞，在作者的带领下，我们在他的思维之路上畅行，与此同时，我们也会产生自己的思考与感悟，开出属于自己的"思想之花"。此时、此刻、此地，只有你与书。

读书促人思考。尼尔·波茨曼在《娱乐至死》这本书中谈道："阅读过程能促进理性思维……阅读文字意味着要跟随一条思路，这需要读者具有相当强的分类、推理和判断能力。"相对于简要的告知类信息、视觉性强的图片、有趣的视频来说，书籍更能锻炼人的思维逻辑。为了使整个故事脉络变得清晰，读者在字里行间中寻找情节发展的前因后果，追溯书中人物的所思所想，预测着下一情景的出现。读者在对整体文字的把控过程中完成了一次思维的锻炼。

"书卷多情似故人，晨昏忧乐每相亲。眼前直下三千字，胸次全无一点尘。"读书是一种情怀，更是这纷繁世界中保持清醒的良药，尤其对于长期居于网络世界中的年轻人而言，十分需要读书这一份情怀，这一剂良药。

读书可以养气。俗话说，人活一口气。"气"貌似虚无的，缥缈的，但少了它，人就没命了。看来，人世间，虚是不可或缺的，虚实是手心手背，实则虚之，虚则实之。实，代表着物质，虚，则是精神的象征。人若缺少了精神，就立不起来，缺少内涵的充盈，人就是一个皮囊，就是一个干瘪的影子。常言道：不蒸馒头蒸口气。缺了一口气，馒头就不能称其为馒头了，人若短了心气，或是丢了一撇，或是遗了一捺，就不能像翠竹那样立在山野了。气是需要养的，如何养呢？读书便是一条养气的终南捷径。因为，读书可以改变人的精神容颜，腹有诗书气自华。古人云，三日不读书，面目可憎。我在县档案局工作期间，通过馆藏史料常读到一些纸片发黄的老照片。当我读民国时期一些文人的老照片时，便能感受到那股儒雅之气。我记得朱自清先生有一张照片，戴着金丝眼镜，目光平和，面容沉静，嘴角微翘，斯文中透着刚毅，如一泓深湛的清潭，面对，便会感觉到被一股无以名状的气场所吸引，滤去心头的凡尘，人一下子安静了下来。想先生宁愿饿死，也不吃美国的救济。气贯长虹。可见，读书养气，养的是如水的品格。利益是一个人品格的试金石，许多人在利益面前，往往会不自觉撕去伪装，显露原形。世间的事，纷纷扰扰，如一树杂乱的落英，乱花迷人眼，不见树木。想看清楚一些事，需要时间，需要静下心来读书。生活中许多练达之士虽能分别处理细事或一一判别枝节，然纵观统筹、全局策划，则非好学深思者莫属。

读书足以怡情，足以傅彩，足以长才。读史使人明智，读诗使人灵秀，数学使人周密，科学使人深刻，伦理学使人庄重，逻辑修辞之学使人善辩，凡有所学，皆成性格。

读书，既要读有字之书，也要读无字之书。在社会大学里，往往是大家都在睁眼观望，却并不等于都能看清社会的一切；大家都在捧书而读，却并不等于都能读懂书中的真谛。读书补天然之不足，经验又补读书之不足。用书之智不在书中，而在书外，全凭观察得之。要拜众人为师，集百家之长，方能成一人特色。

读书，能使一个人的心灵充实，精神富足。读书学习可以让人们开阔视野、增长知识、了解人世间的趣味和提高生命的质量。

人在书中，心在性中；智在字中，自始至终。读书贵在坚持，成事在天，谋事在人。

读书，不需要表白与誓言，让读书成为习惯。

2013 年 7 月 20 日

疼痛有时

　　说起疼和痛，人人都有无法质疑的发言，谁没有体验过呢！痛，与我们每个人的生活相生相伴。我们每个人出生是痛，死亡也是痛。我们从出生到死亡的整个生命历程中，痛苦和欢乐仿佛是生命的两极。沿着痛的隧道战胜痛苦，得到的就是欢喜。

　　我生命中所经历的疼痛很多，但记忆中最难受难忍的疼痛是2018年6月25日得的急性胆囊炎伴胆结石疼痛。那次汗流夹背，肢体立不起来，那种疼痛是非常钻心的。我在县医院住院治疗了10天，效果不佳，医生说要做胆囊切除手术。无奈，我不得不选择大一点的医院接受手术治疗。7月9日上午，坐着轮椅的我在护士长和麻醉师的接送下走进了兰大一院的手术室。我躺在6号手术台上，药物麻醉中失去了疼痛。经过医生两个多小时的手术后，我又在昏迷中回到了病房。等我晚上醒来时，伤口的疼痛极其剧烈，一支30公分左右的流管插入我身体胸部的右侧。因疼痛难忍，呼吸困难，守护在一旁的弟弟忙着呼唤值班大夫。不一会，一个外科医生走进了病房，他手里拿着从我的胆囊里取出的一颗约2公分左右的结石。他将这颗结石装进一个药瓶里，交给我。医生看了一下流管的血汁，测了一下血压，然后让护士给我打治痛针。我问医生"这些结石有什么用吗？"医生说："什么用处也没有，只是装起来给你看看。如果结石是牛的，那叫牛黄；如果是狗的，那叫狗宝；如果是蚌的，那就叫珍珠。至于你的嘛，那什么也不是，只是病。"我捧着这颗结石感慨："它昨天还是我身体的一部分，随我一起走动和思考，一起被宠幸或忍受屈辱。因为医生这温柔的一刀，它现在已经舍我而去，成为独立的物质了。"我不忍心将它丢到垃圾堆里去，而是将它带回家里，放在书架上，与那些线装书和平装书为伍。于是，我躺在病床上，只要有闲暇，就端起瓶子来看。久而久之，我终于发现这颗结石还是有些用处的——它是我过去的一部分，是生活的赐予，是情感的郁结。每一小粒结石里，都藏着一个旧年的故事。

一周后，刀口开始结疤，医生让我出院。我和家人下午办完手续后，就带着几盒口服药走出了兰大一院普外一科33号病房。这次疼痛，让我开始意识到这具肉体是我的，它的一切喜乐都和我息息相关。

人们常说，患难之中见肝胆。但很多时候我们并不知道，在身体中，有一个极其重要的没有痛感神经的器官，它就是肝脏。肝脏的重要性，无需多言，它勤勉而辛苦。但只有突然发现某些它应该承担的任务没有完成时，我们才会去关注它是不是出了问题。疼痛是身体里的发条，人许多时候惰性深埋，必须由疼痛来提醒，才会知道并且珍惜。人生没有多余的疼痛，有痛的人生，是有盐、有钙的人生。

生活中许多人对疼痛很是害怕，面对疼痛，我们仍还幼稚。其实，疼痛并不可怕，疼痛是文学作品中描述的一种身心感受。穿越痛的方法，是要经历它，是要战胜它，认识疼痛到底是意味着什么。我们要真诚地接受疼痛，不要把疼痛拒之门外，正如普希金说的那样"不要害怕痛，不要害怕它的打击"。这样我们的生命才会有意义。

（原载《甘肃老干部工作网》2018年7月26日）

吧咪山行

吧咪山，是陇上名山，因金花仙姑的故事而名扬陇原。很多次我想去吧咪山看看，可是，因交通等各方面条件所限，我几次都没有去成。戊戌年农历七月初一，青海西宁的姑姑来我家，恰好是吧咪山的庙会时节，于是我就问姑姑想不想去吧咪山？姑姑高兴地说："去，到刘家峡不去吧咪山，那是心中的一大憾事！"

这天，我们从刘家峡码头乘船，沿炳灵湖溯水而上，船剪开一线水波，缓缓地向洮口驶去，但见那碧绿色的湖水宛如一条长长的玉带镶嵌在黛青色的峡谷中，两旁石峰峻嶒，如猛兽奇鬼，森严可畏。那些栖息在岩洞中的鹳鹤，被船声惊起，突然冲过峡谷，飞向蓝天白云深处。我静静地坐在船头，一种淡淡的思绪伴随着蓝天白云和碧浪清波，进入渺远的遐想之中。芸芸众生，来到这里，每一个人都怀着不同的梦想，而我，也只是因今生的一个梦，想知道吧咪山这个充满神秘色彩的地方，到底是个什么样子。

行约数里，石峰中断，阳光灿烂，忽听人声沸然。定睛看时，清浊分明，洮河出现，在这河湖交界处，洮河以一种牛气冲天的气势一头冲进炳灵湖，顿时，这里乱流如注，静水动流相互搏击而翻卷，浊浪碧波相纠缠而起伏，游船、汽艇牛吼着，晃荡着、颤栗着前进。左右两边突然逼拢的山岩也奇形怪状起来：似雄牛站立，似猛虎下山，似大象疾走……它们蹲伏于河口水面，颌下、脚下到处飞转着起灭莫测的漩涡，不时发出短暂、低沉而吓人的声响，望着那一尊尊森然欲搏人的狰狞神态，我真怕它们靠近船儿……原来，船已进入洮河口了。一路左冲右突，奔腾不羁的洮河，在这里一头冲进黄河的怀中，然后又悠然自在地喘了一口气，便和黄河水一道进入刘家峡大坝，把古老的黄河装扮得更加秀丽多姿。

峰回水转，船进洮河，溯水前行。这里与黄河峡谷相比，山高峡窄，壁立千仞，河床坡度大。河水在崇山峻岭中蜿蜒奔腾，滚滚急流，船行进在这幽深的峡谷中，真是"抬头一线天，低头急浪翻"，景色无比壮丽。也许是距天太近吧，水的感光度灵敏、细腻，有那么一块飘然而至的白云，将红霞从东边天空倾映而下，红霞便火一样烧红了水，简直是水晶宫里一时失慎而掀翻了一座钢水浩浩的大烘炉，彤红的钢水漾溢开来，忽然间泼染了两岸的山崖，山岩上的铁兽们竟像饮了醇酒似的，胭脂红晕了脑额……我站在船头凭栏眺望，映入眼帘的景象简直是巧夺天工的画匠下意识地着力一笔，我禁不住赞叹这造物主造化大自然的神奇！

船儿一直朝前走，秋色渐入佳境，听清泉叮叮作响。那峰峦叠翠、云雾升腾的灵秀，在大山深处渐渐凸显。于是，我忍不住内心的激动就用手指着给姑姑说："姑姑，你看！那座高山烟雨蒙蒙，那山会不会是吧咪山吧？""嗯，就是，我30年前来过一次，我能认得。"姑姑低声回答。"快来看呀，玄鹤童子领路来啦！"不知船上的那位游人喊了一声。我听后心里为之一震，循声望去，只见不远处的山崖上伸出着苍松翠柏，山谷里流淌着清澈的泉水，飞瀑顺着山崖倾泻而下，一只展翅鸣叫着的黑鹤从水面上飞过，像领路人一样把游船引到了吧咪山脚下。

船靠岸后，我们跟随着几千名游客沿着弯曲的山路向吧咪山主峰攀登。仲秋的吧咪山，草木葱茏，山花绽放，湛蓝的天空中飘动着大朵大朵白净而厚软的云朵。秋风阵阵，叶摆云飘，山花飘香，清新的空气令人心旷神怡、心驰神往，真是个天蓝云白，好个秋高气爽的宝山！虽然山路有点陡，可是虫儿在草丛中叫个不停，似在招呼客人进路边亭中歇歇脚。嗨！大自然的声音最是慰人——慰被生计压得丢了从容、丢了睡眠的悲苦人。山路两旁坡地零散地长着灌木和夹杂随性的野树，野树间此起彼伏着鸟叫。可以说，这里的每一座山边都散发着原始的韵味。

我们沿着山谷中的崎岖小路登约一小时，就到了吧咪山池庙的院前。藏在大山深处的这所道观——池庙，在吧咪山主峰的半山腰处。这里群山环抱，苍松叠翠，鸟声幽扬，清风成韵。两尊石雕狮象分列山门两旁，门顶上镶嵌着"吧咪宝山"四个金色的大字。进山门后，西面是土地神殿，东面是山神殿，后面是依山而建的三间二十八柱三转五式的金花仙姑大殿，巍巍壮观。殿内莲台上端坐着金花仙姑的鎏金铜像，高约3.2米，慈眉容颜，俯视苍生，神静气闲，心怀悠远。两旁是站立的善财童子铜像。大殿双龙戏珠驻顶，兽踞四角，雕梁画栋，盘龙飞舞，檐角挂铃，风吹铃响，逸若丝弦。殿前青雾缭绕，香客焚香化表，祈福跪拜，神情俨然。院内还有水晶宫、三霄殿、灶王爷殿、神泉、线杆神树等庙宇景观。这院里的一池泉水，水质清洌甘甜，不管春夏秋冬，严寒酷暑，它都在潺潺流淌，滋养着山里的万物。据说，这池泉水的泉眼直通大海，人们把这池泉水叫"神泉"，池庙因"神泉"而得名。这里，白墙灰瓦的宝殿，袅袅升起的香烟，云雾缭绕的山峰，把池庙紧紧地拥在吧咪山的群山怀抱中，人行其中，宛如仙境。

池庙里人来人往，游人络绎不绝。那些远道而来的香客中，有麻绳捆背香表的老大爷，也有手握念珠的老阿妈，他们都虔诚的依次围着金花仙姑大殿缓缓行走。吧咪山池庙是河湟地区道教的主要道观之一。可以看出，在甘青河湟地区，汉族群众对金花仙姑的信仰已深深地渗入到人们的生活中，每年有几十万人来这里烧香祈愿，已成为河湟地区汉族群众生活的一部分。因此，这里的一座山，一棵树，或是角落里一朵小小的野花，都充满着一种令人无法言说的神秘感。

大山深处，仙姑殿沐浴甘露，晨钟暮鼓，仙姑把普渡众生、慈悲佑民的甘露播撒给万民，使每个游子在这里都或多或少的收获一份内心的喜悦。

看到台阶东边一处冒着炊烟，寻了去，原来是搭有戏台的院子。院子一侧，是灶房，里面转着圈盘了六七口大锅，二十几个人正热火朝天的忙碌着，灶房里吐着浓浓香味。灶房前的空地上和斋堂里几十张桌子蜿蜒铺展。此时，那些远道而来的游人人声鼎沸，他们（她们）都围坐在斋堂里、院子的茶树底下，喝着清茶，吃着素食，笑谈着古今事。这别样的景致呀，是祝福，是祥和，也是盛世朴素的民心。

从外面请来的乡间演出队，正在台上表演节目。这时一个老汉迎面走过来看着我们说，你们是从远路上来的吧？找个地方歇会，进去素饭吃上些。顿时，一种温暖涌上我的心头。这是大山特有的声调，声调里特有的热情。我不再怀疑，我走进了一个真实的山寨，充满情味的山寨。于是，我和姑姑谢过那个老汉的心意，问他是不是这吧咪山附近寨子的人，他点了点头。那个老汉得知我们是从远方来的，他笑着说，你们要是春天来，这里到处都是花，比现在还好看。

半山起了云雾，云雾似从池庙水晶宫里吐出，而且越吐越浓，最终吐成万千气象。俯瞰吧咪山，五岭绵延，草木繁茂，松涛阵阵，万亩绿海，如涛似浪。游人们三人一伙，五人一团，成千上万人像一条彩色的长龙蜿蜒盘旋在长约十公里的山体上。山路两旁，摆列着香表、饮料、摆件等各种摊点，草地上、松林里，到处是一片欢乐的海洋。多么惬意啊，游子归来，在吧咪山松林里，唤醒了久违的乡愁。

轻轻的我走了，
正如我轻轻的来。

我轻轻的招手，

作别西天的云彩……

　　归途中，我默吟着徐志摩的《再别康桥》，远眺秋日夕阳下的吧咪山，只见峰峦如聚，层林尽染，云聚云散，是一派盛世气象。而此时，我仿佛看见一个人，从滚滚红尘中转身，寄情山水，让满怀愁绪化作清风朗月，一地秋声。

　　夕阳西下，两岸石壁耸立，五色交相辉映，河中鱼儿浮出水面，空中鸟儿啼声四起，一江秋水送别远行的小船。傍晚天空中那片七彩的云霞，把我无尽的留恋裹进了秋日的暮霭……

（原载《河州》2019 年第 2 期）

北乡"花儿"

　　"花儿"是流行于甘肃、宁夏、青海、新疆等广大地区的一种山歌，是当地汉、回、土、藏、撒拉、东乡、保安、裕固、蒙古族等民族群众的口头文学形式之一。因其流布地域、音乐特点和歌词格律的不同，分为"河州花儿""洮岷花儿"和"六盘山"花儿三种类型（六盘山花儿也称"关陇花儿""山花儿"）。其中，"河州花儿"普遍流传于甘、青、宁、新四省区，"六盘山花儿"流传于甘肃、宁夏交界处的六盘山地区，"洮岷花儿"主要流传在临潭县、康乐县的莲花山、岷县的二郎山一带。"洮岷花儿"为甘肃独有。河州是临夏的古称，临夏是"河州花儿"和"洮岷花儿"主要的发源地和故乡。永靖地处河州之北，素有"河州北乡"之称，所以流行于永靖的"花儿"，人们又常常称之为"北乡花儿"。北乡花儿属"河州花儿"，其传唱曲调主要有"河州大令""河州二令""河州三令""北乡令""撒拉令""马营令""尕姑舅令""尕妹妹令""白牡丹令""二梅花令""尕马儿令""咿呀咿令"以及"三啦啦令"等。

　　与其他地方的"花儿"相比较，"北乡花儿"结构工整，每首一般为四句，分上下两章。前段比兴，后段本题，前后两段字数相等。长者十字一句，短者七字一句。"北乡花儿"的唱词语言、格律、声韵、音节要求严格。韵脚是"北乡花儿"的灵魂，逻辑和感情的重音非常突出。北乡花儿的"长令"拖腔长，速度慢，倚音花彩多，有高亢辽阔之特点。"短令"拖腔短，节奏明快，刚健激越。曲调随歌词而变，"花儿"歌唱用北乡方言，具有浓郁的地方气息。

"花儿"是北乡人最喜爱的民歌。唱"花儿"被当地人称为"漫花儿"。无论农民、牧人、脚户、筏子手都善于触景生情，即兴编唱"花儿"来抒发情怀。唱"花儿"者不分民族、男女、老幼也不受时间的约束。一年四季，农活忙不完，"花儿"唱不缓，山花开不败，歌声不间断。耿直爽快的庄稼汉们，在农作间隙，以歌代言，倾吐心事，诉说衷肠，赞扬政策，憧憬未来，用生动的语言和朴实的情感，描绘着农村广阔的发展前景。

"花儿"被北乡人称为"山歌""野曲"。相对于宴席曲这样的"家曲"而言，它是不能在村子里唱的。河州北乡人禁忌在庭院、村庄及有"避辈"处唱"花儿"，这就形成了许多"花儿"山场，又叫"花儿会场"。"花儿会"是花儿歌手展示歌喉、才能的一种平台，是交流情感的一种民间集会活动。在河州北乡"花儿"山场有十多处，流传至今，规模较大的"花儿"山场有炳灵寺、罗家洞、白塔寺、岗沟寺四处。其中炳灵寺和罗家洞"花儿会"久负盛名。在这些地方的"花儿会"上各族群众有着对唱或独唱"花儿"的久远习俗。每逢农历三月十七、三月廿七、四月八、端午节、六月六等庙会节日，永靖及周边东乡、临夏、积石山、青海民和县的群众便汇聚在一起，成千上万人组成盛大狂欢的"花儿会"。花儿会上歌声如潮，对唱、独唱的擂台赛一浪高过一浪，男女老少为之狂欢。白牡丹、红牡丹、黄牡丹、山丹花、野菊花、刺玫花不加修饰的遍地开放。不论田间、地头、山林、深沟，都能听到扣人心弦，如痴如醉的"花儿"。人人是歌手，处处是歌台，封山封不住唱把式的歌喉，禁令禁不住四面八方的歌手。"花儿本是心上的话，不唱是由不得自家；刀刀拿来头割下，不死是就这个唱法"，"白牡丹白的（者）耀人哩，红牡丹红的（者）破哩"。这就是北乡"花儿"的风采和魅力。

1959 年 6 月 12 日，兰州电影制片厂和长春电影制片长在炳灵寺附近联合拍摄了一部以反映永靖人民战天斗地，为改变干旱面貌而劈山开石、引黄上山、大规模兴修水利工程为题材的电影《黄河飞渡》。镜头中汹涌澎湃的黄河浪涛和高耸入云的积石石林，伴随着"花儿"次第涌出，令人心旷神怡。"左边的黄河右边的崖，手扳住栏杆了过来；远处的尕妹我跟前来，手扳住胛子了唱来"。《黄河飞渡》在花儿的故乡一炮走红，这首《白牡丹令》也随之成了妇孺皆知的流行歌。

北乡"花儿"内容非常丰富。有传统的经千锤百炼而流传下来的歌词，也有触景生情、随口而出的即兴之作。传统的北乡"花儿"唱词中，以表现男女爱情和反抗封建婚姻制度为主题的最多、最生动。由于这类"花儿"产生得最早，流传的时间最长，在流传过程中经过众多的传唱者反复加工修改，数量多而质量高，是北乡"花儿"中的精品，历来为人们所喜爱。如歌唱赞美的北乡"花儿"唱词："阴山阳山的山对山，好不过挡羊的草山；尕妹出来者门前站，活象是才开的牡丹"；"天上的星星星对星，天河口里的亮星；尕妹妹眼睛毛墩墩，尕嘴红，模样儿咋这么心疼"；"大路边上的好香柳，走过时香喷喷的；糯米牙齿樱桃口，说话时憨墩墩的"；"天上的星宿出全了，太阳的光气（哈）压了；尕妹的模样儿实全了，眉毛（哈）香头（啦）画了"；"长把梨长在树枝上，我当成包核的杏了；尕妹妹走在地边上，我当成照人的镜了"。又如歌唱追求的北乡"花儿"唱词："大马上驮的是五彩的布，尕马上驮的是枣儿；尕妹妹好比梅花的树，阿哥是探梅的雀儿"；"三星儿上来单站下，七星儿摆八卦哩；叫声尕妹妹你站下，我给你说两句话哩"；"园子里长的是绿韭菜，不要割，就叫它绿绿的长着；尕妹是阴沟阿哥是水，不要断，就叫它慢慢地淌着"；"青石头根里的药水泉，担子担，桦木的勺勺（啦）舀干；要得我俩的大路断，三九天，青冰上开一朵牡丹"；"太子山高不过积石山，细细看，一堆者一堆的草山；一年（呀）三百六十天，细细算，我把你没忘过半天"；"井里打水绳断了，霜打了九月菊了；我俩的好事拆散了，娘老子作主者坏了"；"大燕麦绿的水钻了，胡麻的骨朵们烂了；尕妹的肚子里鬼钻了，你听了高人的话了"。再如歌唱训诫的北乡"花儿"的唱词："隔墙院里的白牡丹，叶叶儿扯在个路边；年轻的时节都一般，哪一个不唱个'少年'"；"京娘连赵匡胤出了城，一晚夕要站个店哩；维人的恒心你拿稳，不稳是要落个贱哩"；"梁山上一百单八将，英雄不过的宋江；维人是不在（个）吃穿上，只说个心好（嘛）义长"；"大豆开花白加黑，小豆开花象紫葵；人家的尕妹薆眼黑，她本是草尖上的露水"等等。北乡"花儿"的内容，涉及了爱情生活的各个方面，朴实忠厚的北乡人在农作间隙，用"花儿"代言，寄情达意，借以抒发种种不同类型的情感。无论何种类型的情感，北乡"花儿"鲜活而直指人心的语言，总表现得那么大胆、那么直露、那么真挚、那么有血有泪和撼人心肺。北乡"花儿"的内容除感情浓烈的爱情"花儿"外，也有富有特色的社会生活"花儿"。如北乡"花儿"唱词："八坊里扎的是韩起功，十墙上钉钉子哩；眯眼睛不是吃粮的人，硬抓者顶名字哩"；"果木的树根里有虫哩，绿叶叶变黄者掉哩；立逼的阿哥们当兵哩，尕妹妹把谁人靠哩"。这两首"花儿"反映的是在1948年蒋马匪帮的统治下，韩起功抓兵连孤寡盲人也不放过的情形，揭露了马步芳统治西北给甘、青各地带来的灾难和造成的破坏。又如："雷响了三声天地动，千里的路，上来了解放的大军；赶走了马匪救咱们，受罪的人，活象是扁石头翻身"；"千年的黑暗万年的雾，红太阳照，风吹者不见个面了；吃人的光阴血泪的苦，毛主席救，才爬出无底的坑了"。与前面的花儿相比，这两首"花儿"反映了人民解放军解放大西北这一历史事件，而且把军事行动的胜利同人民的社会处境相联系，表现了河州北乡人对毛主席和人民军队的爱戴和歌颂。

新中国成立后，北乡"花儿"被赋予新的内容，山间、地头、广场、茶园到处传唱，不仅搬上了舞台，还唱到了北京。内容中不仅有歌唱爱情，还出现了歌颂共产党、社会主义、民族团结、小康建设等新时代的内容。如北乡"花儿"唱词："路是湾湾湾湾是路，大路上响铃铛哩；金黄的麦子翻波浪，麦浪们闪金光哩"；"青稞大麦啦煮酒哩，麦麸子拌两缸醋哩；小康的大路要走哩，人前头争一口气哩"；"高不过蓝天深不过海，俊不过太阳的光彩；幸福的大道共产党开，好不过开放的时代"；"白葡萄搭架颗连了颗，果果儿圆，大红枣挂哈的串串；胡主席和人民心相连，免皇粮，老百姓记在了心间"；"太子山高来黄河水长，临夏是花儿的故乡；感谢习主席感谢党，领我们走上了小康"等等。

在永靖，"花儿"歌手更是层出不穷，水平不断提高。1971年，青年"花儿"歌手张佩兰、杨培梅，被临夏州歌舞团选为专唱"花儿"的演员。1979年，回族花儿歌手李贵洲被省、州选调至北京演唱"花儿"，博得好评。1985年，在莲花山举办的全州"花儿"会大奖赛上，永靖花儿队荣获集体一等奖，李贵洲和汉族歌手刘莲梅等荣获男女独唱、对唱一等奖。1998年，永靖回族歌手李贵洲和汉族歌手姬正珠应新西兰惠灵顿国家艺术剧院邀请，在歌剧《路易·艾黎在中国》中担任中国"花儿"的独唱和领唱，并博得好评。2004年10月，永靖花儿歌手孔尕扎参加中央电视台"非常6+1"一周年特别奉献节目——首届"梦想中国"歌手大赛，获西北五省第一名。12月，时任临夏回族自治州人民政府州长黄选平和永靖花儿歌手李贵洲在中央电视台西部频道、音乐频道演唱"花儿"。2013年8月26日在临夏市举办的首届中国西部"百益杯"花儿艺术节大奖赛上，永靖花儿歌手孔维芳荣获原生态比赛个人三等奖。近年来，涌现出的北乡花儿优秀歌手还有祁福录、司福莲、潘尚光、朱德云、魏登贤、罗进华等，这些歌手均以各自独特的风格，在全省、全国的民歌演唱中获得好评。

北乡"花儿"也引起了国内外许多专家的关注。2002年7月，联合国教科文组织和中国民间文艺家协会保护中国民间文化遗产2002年-2003年行动项目组专家先后深入到刘家峡和炳灵寺附近的王台镇塔坪村实地聆听了"花儿"歌手们优美的唱腔，并采录收集了大量的歌词和其他有关资料。2003年12月，中国民间文艺家协会、联合国教科文组织北京办事处编印的《中国少数民族无形文化遗产保护》一书出版，该书收录了永靖歌手李贵洲、孔尕扎、司福莲演唱的三首北乡"花儿"。2004年10月，永靖县被联合国教科文组织确定为"民歌考察采录地"。"花儿"登上了艺术的高山，望见了花儿的平川，从山野民间走向了世界。令人欣喜的是，2009年9月在阿拉伯联合酋长国首都阿布扎比召开的联合国教科文组织保护非物质文化遗产政府间委员会第四次会议上，"甘肃花儿"与我国其他21项非遗项目一同进入联合国教科文组织"人类非物质文化遗产代表作名录"。"花儿"成为甘肃省第一个世界级"非遗"项目。这不仅是我们甘肃人的骄傲，也是"花儿"文化圈各族人民的荣耀。"花儿"申遗成功，为北乡"花儿"这株民间奇葩更加茁壮成长，更加繁荣发展创造了巨大的空间。我们衷心祝愿，北乡"花儿"这朵生长于黄河边的"野花"灿烂怒放，与祖国艺术大花园中的奇花异卉争芳斗妍！

（原载康建才主编《永靖县史话》甘肃文化出版社出版，2015年3月）

北乡"财宝神"

北乡财宝神，也叫太平歌，是产生并流传在河州地区汉族群众中的一种说唱艺术。表演形式古朴，以给人们送来吉祥幸福的财宝神贯穿演唱活动的始终，深受汉族群众喜爱。

财宝神是送财送宝的神，属民间信仰中的"喜神"，是历代劳动人民用敬仰崇拜的爱国爱民的历史人物塑造而成的。将历史人物及其事迹上升至神化的境界，表达着人们永久的缅怀之情，也反映着人们摆脱贫困、向往富裕的良好愿望。据说，财宝神是苏武之子。传说汉使苏武奉诏出使匈奴，被匈奴单于强留，多次威胁劝降，但他始终未屈服，最后被放逐北海牧羊。他在荒漠野地饮冰雪吞草毡，栖身于野猩猩洞中，被母猩猩强迫结合，生下了善通人意、浑身长毛的一男一女，取名苏金、苏钰。后来汉匈和好，苏武在荒漠上度过19个春秋后回到了汉朝。苏金也在匈奴长大成人，因想念父亲，千里寻父，来到中原。苏武引着儿子去拜见汉昭帝。因苏金似人非人，相貌丑陋，使满朝的文武大臣望而生畏，汉皇忙命人推到斩仙台斩首（也有说用金钟扣死）。苏金冤屈而死，冤魂不散，便刮起了一阵阵狂风，"刮得碌碡满场滚，刮得枯树翻了根，刮得黄河水倒流，刮得皇宫东西里奔"。汉皇为求安宁，急封苏金为"财宝神"，叫他"三十晚上投手本，初一子时降凡尘，普天之下访善人，各家门上送财宝，百姓家里受香灯，各庄村里贺太平。"从此以后，在春节和其他喜庆的节日里，人们便装扮成苏金形象的财宝神，演唱太平歌，流传至今。

传说来自哪里？确也无从考证，既不见史书记载，也不见稗官野史，就是作为主要根据的《昭君和番》《汉史》《二十四史》等史书中，也没有如此完整的故事。也许是人们对忠臣良将的缅怀，也许是人们祈求有降吉降祥、赠财送宝的财神而杜撰了如此完整的故事情节，由故事情节引发了唱词和玩财宝神的活动。

那么财宝神的演唱究竟创始与何人？起源于何时？至今仍无据可考。如前所述，既不见于经传，也不见于史实，更无任何文字记载，不过从普通的唱词中，我们完全可以推断出它是进入明代以后人民大众创作的一种口头演唱文学。如"叫我走遍十三省，各州府县送太平"，"亲戚的当人大得醮，名声传到北京城"等内容来看，财宝神唱词明显地反映着明代的气息。因为在明代以前，我们的祖国统一时期，没有在北京建都，省府州县的完整建制，也是从明代开始的。另外问起这里人们的祖先根源时，大多数人都说是从南京大柳树巷迁来的。据传明洪武年代，大批移民到边塞，分封这里的土地，并分民地和屯地两种，这都是明代移民的"痕迹"。因为民地为人民群众所垦所种，屯地系军垦，以后都变为民种，但其异样缴纳赋税的比例，一直延袭到20世纪30年代。这些情况也说明在明代以前，不可能有如此的演唱活动。从另一方面看，在财宝神颂唱的历史人物中，俱皆在清代以前，从未听到过赞颂清代的事情和人物，这也是现实中所存，而且是耳闻目睹的。和政县买家集乡石嘴村的群众把唱财宝神又称为玩"刘督爷"，并说"刘督爷"治理河州时每年纪念王昭君和苏武，玩财宝神是从那时起始的。查《河州志》[1]，历史上政绩卓著的镇守河州"刘督爷"为明朝永乐四年（1406年）的

1　嘉靖四十二年（1563）吴祯编修《河州志》。

河州卫都指挥使刘钊。"刘督爷"即为民间的俗称。民间艺术是古今结合的，人们在演唱财宝神的时候歌颂当时的清官刘钊，是结合当时现实的即兴创作，从这里也说明，财宝神在明代永乐年间就已经很流行了。

财宝神在长期的流传过程中，形成了一套独特的演唱习俗。唱财宝神事前必须以请柬相邀，得到对方的应允并约定时日。是时，邀请方以香表灯烛虔诚相迎，谓之接财宝神，被邀方谓之送财宝神。此种迎请仪式，一般都在夜晚进行。送财宝神的一方，四人反穿皮袄，腰系红绫，手擎鸡毛掸子，并配有鼓、钹等响器。接财宝神的一方，衣冠整洁，神情严肃，手秉点燃的香，至村口迎候。待送财宝神的一行人到达，迎者便齐鸣鞭炮，焚化黄表。双方接头后开始对唱："炮声不绝响连天，出了鞑朝到中原。""听见云端的马蹄声，双手拦住马缰绳。""普天下之救万民，你拉我的马绳为何情？""风不调来雨不顺，老幼虔诚接财神。"于是，迎方缓缓地退，送方慢慢地进，边走边唱。宾主对唱到家门口，要进"财门"了，就得按一定的规矩，唱词讲究也多："上古穴居而野处，并无大门也无户。""你是真人真马真财神，什么手里开财门？""夏禹治水天下平，平土而居开财门。"就这样唱着迎，答着进。进院中，宾主俱跪于早已设好的香案两侧，行念钱马、浇奠酒的程序。迎送双方对舞一遍，这才被请到席上，敬之以茶酒，奉之以菜肴。敬财宝神饭菜或茶酒，都以唱酬的方式："高茶贵饭无半分，黄河临近水半盅。"受之者以赞美和谦恭的唱词答谢："三十年的老酒大碗轮，财宝神喝了个醉醺醺。""鲤鱼尾巴跃龙门，满汉宴席待我们。"酒饭之后，东道主虽然一再挽留，财宝神还是唱着辞别。临行前还要按程式和规矩，进堂屋给东家赏宝号，以了却东家的凤愿："东家哈赏给个紫荆梁，那时昆仑山生来昆仑山长，你盖了土方盖瓦房。"出门时亦有尽扫病痛灾难之类的唱段，使得宾主皆大欢喜。

"财宝神没有本，三年五年唱不完。"这是群众对财宝神演唱内容的形象概括。上下五千年的各类知识都有涉及，因为演唱者多是上过私塾、精通四书五经（俗说九经八书）的秀才、痒生等文墨高深之人，他们唱古论今，见啥唱啥，见相作赋，其内容是非常丰富的，唱词也是非常精美的。财宝神的曲目共有100多个，内容可分为五个方面：（一）神话传说。以三皇五帝、寻根问源等内容为主，故事情节较简单，如《三皇五帝》《财宝神根源》《门神根源》《问八仙》等。（二）祝福恭喜。这是财宝神的主体，将人们祈福、消灾免罪、济救生灵的心情表现得淋漓尽致，如《十里长亭迎财神》《财宝神不是凡间人》《订结经》《念钱马》《浇奠酒》《封财门》《赏宝号》《麒麟送子》《八仙庆寿》《秦晋良缘》等。（三）历史故事。用人们熟知、喜爱的历史人物的事迹和历史故事的精彩片段构成唱词，如《姜子牙封神》《苏武牧羊》《昭君和番》《关老爷出五关》《二十四孝》《唐僧取经》等。（四）生产生活。主要反映与农耕有关的内容，如《二十八宿》《二十四节气》《日月星辰问答》等。（五）恭维夸赞等杂项。以褒扬东家和财宝神相互问答，多为奉承之作，如《真财神到门前》《上庙降香曲》《告别曲》等。财宝神的唱词讲究朗朗上口，尾字押韵。曲调结构常由衬腔起头，唱词由上下两句完成。曲调既高亢激越，又优雅含蓄。在长期的流传过程中，财宝神唱词深受文人雅士影响，既有用典丰富、词意优美的高雅之风，又有纯朴生动、通俗易唱的民间艺术之味。如东家赞扬财宝神的唱词：

堂堂营门三重叠，

大队人马六路行；

颜曾思孟打彩灯，

齐伯擂鼓追后营；[1]

马上将军多威风，

1　这里指战国时齐国著名军事家孙武和孙膑。

　　紧随的士兵赛蛟龙；

　　五岳弟子似猛虎，

　　抱印文官打先锋；

　　功德同济赛尧舜，

　　感应光泽超禹殷；

　　张老母黄表火上焚，

　　王老祖清香续三根。

　　用颜渊、曾子、子思、孟子喻掌灯官，将鼓钹手喻为军事家孙武、孙膑，帮唱的人称为"五岳弟子"，前面联络的人被称为"抱印文官"，财宝神被喻为"马上将军"，语言形象典雅。后面的两句，引用了民间掌故–"火焚的""黄表"是由张老母创留的；"续三根"的"清香"是王老祖发明的。句句有典故，层层有比喻、雅俗共美，耐人寻味。又如财宝神对东家的赞词：

　　荞麦三楞麦四节，

　　大雅堂上歌一歌；

　　象牙筷子多齐整，

　　满汉宴席待我们；

　　山珍海味说不清，

　　鲤鱼尾巴跃龙门；

　　龙肝凤髓子驼峰，

　　熊掌猩唇在其中；

　　提起香茶名望重，

　　蒙山顶上的雀舌真；

扬子江中水有名，

陆羽喝茶成了圣。

用农作物起兴，用世间奇珍夸奖东家的食物，从"龙肝凤髓"可以看出演唱者奇妙的想象力。将茶叶比喻为"蒙山顶上的雀舌"并用喝茶成圣的典故烘托引申，语言逼真，富有强烈的艺术感染力。

财宝神的唱词多用比兴手法。唱胜不唱败，唱喜不唱忧，唱好不唱坏，对唱重谦让，是演唱财宝神的基本宗旨。不论是春节期间的正规唱，还是喜庆宴会上即兴唱，都是唱喜不唱忧，唱胜不唱败，只能唱吉祥如意、万事亨通的赞语，忌讳任何不吉利的语言和不雅观的动作。在河州人的心目中，财宝神来了就意味着神灵来了。它的整个演唱过程包括接待应酬也始终体现了当地的人文精神，这就是宣扬神的意志，祈求神灵护佑四方，年保吉庆月保平安。

财宝神作为载歌载舞庆贺的一种习俗，它的一个重要功能，是娱乐功能。多少年来，广大农村群众由于文化生活贫乏，经常寻求聊以自慰的娱乐方式，尤其在喜庆佳节之时，尽量创造和采取这种演唱方式，表达内心的快乐情绪，藉以寄托迷茫的精神生活。唱财宝神总是在喜庆宴会上出现，特别是在丰收之年的春节上，庄庄村村普遍有送财神接财神的演唱活动，所以不容置疑，这是一种鼓腹歌谣、欢欣讴歌、庆祝太平景象的娱乐活动，也是广大农民所喜爱，特别是老年人喜爱的文娱活动。我们经常可以看到唱财宝神者多以老年人为主，中年人辅之。擅长于唱财宝神的中、老年人，绝大部分心宽体胖，怡然自得，在大庭广众之中，纵酒高歌，按歌唱的旋律摇摆舞蹈，如果没有内心的欢愉，怎能喜形于色，付之于行动呢？另外，财宝神是一种欢快团结，认真严肃的祝歌，不论在春节上有规律的唱，或是在平日喜庆嘉筵上唱，都是在村庄和院落中举行，不像"花儿"在野外唱。在河州地区人们的心目中，财宝神是大雅之堂的"阳春白雪"。

　　财宝神的演唱，不论是唱古代，还是唱近代和现代，都是赞颂正面的史实和歌颂正面的人物。如唱"三国演义"时，只唱刘、关、张，决不唱曹操，即就是偶尔稍带一半句，也是用贬词。更重要的是唱正面人物的胜利，决不唱其失败，只颂唱关云长出五关斩六将，决不提及夜走麦城。即使有失败的历史事实，也要杜撰成胜利。如唱《昭君和番》时，从毛延寿奸贼给单于偷献美人图，直到昭君出塞，都是在单于的雄兵猛将围攻京城的逼迫下，无奈中才献出昭君出塞的。如"隔城墙吊出王昭君，汉刘王城头恸哭声"，"怀抱琵琶泪纷纷，昭君娘娘出雁门"。同时还传说王昭君身穿由仙人所赐的金针宝衣，使单于王多年未得沾身，以后趁修桥还愿之机，投河自尽，"白洋河里浪滚滚，昭君娘娘回西京"。这些情况说明，财宝神文艺体现出一种刚健自强的精神，具有激发民族自尊心、自信心和民族自豪感的伟大作用，激励着人们奋发向上，不断前进，坚持与内部的邪恶势力和外来的侵略压迫者作不屈不挠的斗争。可以说，财宝神具有的精神激励功能是财宝神文艺的活的灵魂。

　　据有关史料记载，清朝光绪年间，河州城春节期间在街道上扎灯棚，邀请各地的演唱高手挑灯夜歌，经常通宵达旦，高潮迭起。民国时期，永靖白塔寺川（现已被刘家峡水库淹没）的北乡财宝神，东乡河滩一带的东乡财宝神，临夏北塬、积石山一带的西乡财宝神，和政、康乐一带的南乡财宝神也很活跃，已形成各自不同的风格和流派。长期由男人演唱的活动中也出现了女性。据传上世纪40年代初，在永靖莲花一带有个女人大胆地唱着向秧歌队的财宝神演唱者提了个问题，逼得演唱者仓促应战："我本是财宝神的老师尊，没见过妇道人问财神。"那个女人又上场追问；"你是财宝神的老师尊，财宝神的阿娘是何人？"问得"老师尊"难以应对。这个妇女为女性们赢得了唱财宝神的权利。长期被禁锢的妇女们也进入到演唱财宝神的行列中。从这件事中，也可看出当时的演唱活动已经有很大的普及性和广泛的群众性了。

1958年，临夏县李永滋创编，并与李明、徐星三、徐绍文等共同演出的财宝神小剧《共产党比爹娘亲》，用财宝神的演唱形式和简单剧情，表现了农民劳动生产的情景。他们先后到临夏县、东乡县、临夏市等地演出。1959年到兰州参加了"甘肃省第一届群众文艺汇演"，被评为"优秀节目"。1966年后的十年中，演唱财宝神者遭到批判，财宝神演唱活动也随之沉寂。1978年以来，财宝神演唱活动逐步恢复。1980年国家开展十大集成志书工作，财宝神得到初步的搜集、整理。业余文艺爱好者脉冲先生编印出《大家欢唱财宝神》唱词小册子。随后，《临夏民歌集》《甘肃和政民间歌曲选》《河州北乡秧歌》《永靖秧歌文化》《中国民间歌曲集成》《中国曲艺音乐集成》等文化丛书入选了一部分财宝神唱词和唱腔音乐，原始古朴的财宝神正式跨入中华艺术殿堂。

北乡"财宝神"属于民间文学，它由民间集体创作，并口口相传。财宝神的传说不见于经传，纯为劳动人民的艺术创造，名在唱神，实在娱人，是产生、流传在河州大地上的一种说唱艺术。

（原载《丝绸之路·文论》2008年第3期）

茶：一片树叶的故事

甘肃是茶的故乡，茶与我们的日常生活密不可分。陇原大地也流行一句禅语："茶味禅味是一味。"那么，为什么会有"茶禅一味"之说呢？一片树叶，它的背后又有怎样的故事呢？

茶，属山茶科，多年生常绿木本植物，原产我国。茶在古代有很多不同名称，如：茗、荈、茶茗、葭萌等。一般认为"茶"字在唐以前的古书中还未出现过，陆羽撰写《茶经》时，将"荼"减去一横，发明了"茶"字，把茶、槚、蔎、茗、荈皆统称为"茶"，就此确定了茶的形、音、义，"茶"之一字从此流传开来。中国是茶树的原产地，因而也是茶叶的故乡，是世界上饮茶制茶最早的国家。数千年前就在我国的云南、贵州、四川等地发现了野生茶树。茶圣陆羽曾说："茶者，南方之嘉木也。"陆羽在《茶经》中说："茶之为饮，发乎神农氏。"战国时期的《神农本草》上说："神农尝百草疗疾，日遇七十二毒，得荼（茶）而解之。"以采集野生植物为主要生活来源的原始氏族公社，至神农氏时期，已累积发现有72种有毒中草药，又在偶然间发现用野生茶树的鲜叶汁，可解这72种有毒中草药的毒。自此以后，中原先民们就以喝茶来解毒，此即用茶的开始。可见最早的饮茶是从药用开始的。陆羽之所以伟大，在于他把茶从药用、食用提高到了品用。他所创造的一套茶学、茶艺思想，将饮茶提升成了一种道、一种文化。陆羽强调茶人要"精行俭德"，以茶养身，以茶养心，以茶养德，将饮茶提升为精行俭德之道。煮茶、饮茶由此一步步进入寻常百姓家，这也是后人将陆羽奉为"茶圣"之缘由。

茶与佛教的关系历来相当密切。佛教修行之法为"戒、定、慧"。"戒"，即不饮酒，戒荤吃素；"定、慧"，即坐禅修行，要求坐禅时头正背直、不动不摇、不委不倚，而进入专注忘我的境界。此种耗费精神、损伤体力的坐禅，正好以饮茶来调整精气，故饮茶自古以来受到僧人们的推崇。坐禅是佛教的重要修行内容之一，而坐禅与饮茶是密不可分的。僧人坐禅，又称"禅定"。惟有镇定精神、排除杂念、清心静境，方可自悟禅机。而饮茶不但能"破睡"，还能清心寡欲、养气颐神，故有"茶中有禅，茶禅一味"之说。意指禅与茶同为一味，品茶成为参禅的前奏，参禅成了品茶之目的，二位一体，到了水乳交融的境地。对僧人普遍饮茶的习俗，唐代诗人陆容有诗咏道："江南风致说僧家，石上清泉竹里茶。法藏名僧知更好，香烟茶晕满袈裟。"

随着饮茶之风的兴起，中国佛教寺院也出了许多饮茶大师。如唐代陆羽，曾是竟陵寺僧人，嗜茶且精于茶道，后被誉为"茶王""茶神"，其所撰《茶经》是世界最早的一部茶叶专著；唐代著名诗僧皎然善烹茶，能诗文，写下许多有名的茶诗，他的《饮茶歌诮崔石使君》云："一饮涤昏寐，情思朗爽满天地；再饮清我神，忽如飞雨洒轻尘；三饮便得道，何须苦心破烦恼；此物清高世莫知，世人饮酒多自欺……"他把茶说得神乎其神，虽不免有些偏颇，却不难看出僧人与茶的密切关系。可见，"茶禅一味"之说，其寓意都是净心灵。

茶与禅事本是两种不同的文化现象，它们之所以相生与共，是有历史渊源的。佛教在汉代传入中国，这恰好与茶在中国被广为栽培同时；佛教兴盛于唐，与饮茶习俗遍及中国几乎同步。从地理环境看，高山峻岭终年云雾缭绕，空气湿度大，最适宜茶树生长。同时，高山密林远在红尘之外，是追求"远避尘世、静宜诵颂"的佛教建寺庙的理想之处。茶与禅事基于各自理由，一同扎根于高山。纵观茶史，首开茶树培植先河的，大都是寺院的僧人。浙江天台山国庆寺是我国佛教天台宗发祥地，素有"佛天雨露，帝王仙浆"之誉的名茶"天台云雾"就首创于僧人之手；现今仍享有盛名的西湖龙井茶，也是南北朝诗人谢灵运从天台山带去的；四川雅安的蒙山茶，相传是西汉蒙山甘露寺禅师吴理真所栽，称为"仙茶"；庐山云雾茶是晋代名僧慧远在林寺所植；福建武夷山出产的名茶"武夷岩茶"，以寺院采制的最为得法，僧人们根据不同的时节采摘的茶叶分别制成"寿星眉""莲子心""凤尾龙须"三种名茶；武夷山天观寺所产大红袍，也是寺院名茶；江苏洞庭东山碧螺春茶，是北宋洞庭东山水月院山僧所植并制。

以茶道闻名于世的日本，原来并不产茶。在唐代，日本留学僧从中国广州明惠禅寺、宁波无童寺把名茶籽带回日本，种在梵释寺等院，弘仁六年（815），嵯峨天皇到梵释寺品茶，十分高兴，就下令推广茶叶种植。从此，中国茶叶在日本扎根，对推动日本饮茶起了很大作用。

中国浩瀚无际的长江、黄河，孕育了中华博大精深、瑰丽多姿的灿烂文化和民风民俗。茶，作为中华民俗礼仪的使者，在历史的长河中，既有宫廷的华章，又有庙堂的雅乐，它渗透到社会生活的各个领域、各个层面，融文化、哲学、宗教、社会学和民俗学于一炉。千百年来它美化人生、雅俗共赏，源于民间，长于民间，又服务于广大民间，因而最为广大群众所认同、接受。

（原稿刊载于《丝绸之路》2003 年第 3 期，收入本书有删节，题目另拟）

存钱不如存健康

人的一生中，最值得珍惜的东西是什么？不同的人有不同的答案，有的说是快乐、有的人说是金钱、有的人说是家庭。我觉得，真正明智的人，在积累财富的同时，更注重储存健康，只有健康，财富才会给你带来欢乐、幸福和满足。

那些只顾工作，只顾财富的追逐而忽视自身存在的人，往往为了工作而投入大量的精力和时间，无暇休闲、运动和注意自己的健康，再加上常有的患得患失之心，精神上的压力很大。这样的情况，正是培养慢性病的温床。疾病不会因为你是富人而迁就，也不会因为你是穷人就同情。试想：一个生命垂危的亿万富豪，躺在病床上奄奄一息，即使拥有豪宅美酒，功名利禄恐怕也无福消受，转眼间一切成为过眼云烟。

沉迷于追逐功名利禄而赔了健康的牺牲未免太大，也似乎本末倒置。财富的最大功能，就该是改善生活、提高社会地位、实现理想和抱负。否则，财富只是存在银行里的数字而已，对自己对社会的贡献都谈不上。若想拥有财富，就要认识财富。其实，财富的本钱就是我们自己，就是我们的身体。无论岁月怎样轮回，人们越是储蓄金钱，你就越要储蓄健康。在人们拼命升官发财的今天，明智者应该投资健康，让自己在滚滚红尘中活得越来越有味道。在网络上，曾经有一个"A4纸上看人生"的热门贴子：以75岁的平均年龄计算，人生不过是短短的 900 个月，用一个 30×30 的表格来呈现，一张 A4 纸就足够了。如果人生每过一个月，就把一个格子涂上颜色，许多人突然发现，原来人生已过大半，时间来去匆匆。

有人认为，现代生活的一个标志性特征，就是将原本属于黑夜、属于休息的时间纳入人的活动时间。技术的进步、日常生活的丰富，拉长了传统意义上的白天。同样是 900 个月，现代人所能占有的有效活动时间，一定比古时候要长很多。然而在快节奏的现代生活中，即使再长的时间也往往被安排得满满当当。人们终日忙碌，却少有时间停下来思考，什么样的生活才是真正有意义的生活。事实上，时间本身包含丰富的维度，而其中最重要的可能既不是长短，也不是快慢，而是如何让每一分每一秒都更有价值。在这个意义上，人生最重要的不是速度，而是质量。

有一句格言说："有两种东西丧失之后才会发现它的价值——青春和健康。"但青春逝去，未见得活力不在、睿智不在、优雅不在；而失去健康，即使青春犹在，年轻于你何用？财富于你何用？时间于你何用？

我特别赞同瑞士心理学家亚美路对健康的洞见：健康是一种自由——在一切自由中首屈一指。

你可以像"潇洒走一回"那首歌中唱到的那样"我用青春赌明天"，但你可千万不能"用健康赌明天"。实践证明，在亚健康的时候来关爱自己，投资自己的健康，做自己喜欢的、擅长的事情，而不要人云亦云、心浮气躁；不要去跟别人攀比，做最好的自己，足矣。

人类真正健康来自"营养——工作——休息——运动"的协调平衡。科学合理地安排饮食、工作和休息，并适当地进行体育活动。树立正确的健康观念，重视疾病的预防和保健，树立积极的心态。这样才能获得健康的本质，储蓄金钱会获得一定的利息，而储蓄健康会得到生命的延续。

当然，选择自己心之所属并坚守，有时可能并不是一件容易的事，但如果你能做到这一点，你将会有更多的淡定和从容，更多的积淀和突破，更多的喜悦和快乐。

存钱不如存健康，对健康进行的投资才是最高的回报，也是你最明智的选择！

2018 年 6 月 23 日

葵园农夫

我喜欢读人，也愿意被人阅读。有一年春天，几个外地的记者朋友来刘家峡，我陪他们去太极岛的路上，有个朋友突然问我一句话："你的笔名取葵园农夫有何用意？"他捕捉的问题很准，这说明我时刻也在被人阅读。我回答说："我喜欢葵，也愿意做一名种葵的葵农，就取了这个名字"。

读人与被人读，是灵犀的碰撞与融合，无论同向还是逆向，都具有和读书一样的乐趣。但这种乐趣，偏爱中老年人，因为人只有到了成熟的季节，目光才有 X 射线般的透视功能。用久经修炼的火眼金睛，去玩味一下假面君子。当然，自己也要经受得住别人目光的扫描：如果胸怀磊落，非鸡鸣狗盗之徒，那么，被人反复阅读，则更欢乐无穷。

我喜欢葵，是因为葵花是朵朵向太阳的，它每天心怀阳光，努力成长。不仅如此，葵还能改善土壤。葵的根系很发达，在贫瘠的土壤里最能生长。它指导着人心向善，指导着你大象无形、心中始终要有星空。所以葵是我们这一代人生命和激情的长歌。

我们要始终学习葵的精神，向葵那样，带着梦想和期待，不争不抢，向阳向上，在清浅的时光中，开出属于自己的一片风景。

人生如花，还是淡着香。

2015 年 6 月 15 日

后记

这是一个追逐梦想并能实现梦想的时代！

《故乡情》这本小册子收录的是我在 30 多年的基层工作和生活中以散文和诗歌的形式写下的一些反映家乡社会发展变化的文学作品，共 45 篇。这些作品大部分散见于《民族日报》《甘肃农民报》《河州》《甘肃风采》《丝绸之路》《甘肃党史》《时代学刊》等省内报刊和官方网站，部分入选《河州北乡秧歌》《永靖县史话》《永靖秧歌文化》等地方文化丛书。这些作品是我对乡愁的一段记忆，每篇小文都藏着一个旧年的故事。试想，如果不把写下的那些人和事，整理到一起保存下来，生怕不小心丢了什么再也捡不回来。为此，我斗胆把自己的《故乡情》编辑成册，付梓印行，与朋友分享，是圆一个自己的文学之梦和留一段乡愁记忆。

我要感谢西北民族大学离退休处党委书记安永国先生，他既是我民大时的同学又是我的好友，他是西北民族大学 93 届汉语言文学系毕业生的佼佼者，又是西北民族大学的高材生，基础扎实，功力雄厚。与我民大同学时，就以待人诚实、直率，学业勤奋优异而成为西北民族大学的明星，更成为我的偶像。毕业后，他留校工作，担任过西北民族大学教务处科长、学生处副处长、文学院党委书记等职务，但是他没有丢弃勤学的美德，没有停止奋斗的脚步，待人处事更加真诚坦率，令我敬佩至止。他身为西北民族大学离退休处党委书记，手头的事情很多，但是当我向他求序时，他推卸了几番后，在我的要求下欣然答应，认真审阅了我的文稿底样，并以最快的速度，写就了一千多字的序文给我。而且是写得激情涌动，文采飞扬，见地深刻，评论精当，虽有溢美过奖之词却不失一篇难得的美文，令我的这些平庸之作悄然生辉。感谢甘肃省肿瘤医院院长郝明先生，甘肃金发建业集团董事长王永平先生，在我家人患病治疗期间他们给予了许多的帮助，使我终生难忘；感谢永靖县市场监督管理局局长吴龙俊、副局长王国玺同志在本书出版的过程中给予了大力支持和帮助，给了我实现这一心愿的机会，通过他们的鼓励和帮助，把这本小册子送到了故乡人和青年朋友手里；感谢我的好友唐致玺、刘电能、孔粮来、张守恒等人，在本书的编辑中他们付出了辛勤的劳动，并且是无偿的，令我感激不尽。

选入这本集子里的作品，编印时都做过某些文字润色，跟最初在报刊上发表和自己原著出版的样子已经有所不同。这一次选编的时候，我对各篇又做了一番程度不同的修饰。尽管如此，它们的缺点仍旧会存在，欢迎读者的批评。

作者

2022 年 2 月

何世彩 著

迎春风育桃李

汇蓝巧筑

陈长明 主编

团结出版社

UNITY PRESS

图书在版编目(CIP)数据

迎春风育桃李 / 何世彩著. -- 北京：团结出版社，
2022.6

（汇蓝巧筑 / 陈长明主编）

ISBN 978-7-5126-9370-8

Ⅰ.①迎… Ⅱ.①何… Ⅲ.①散文集-中国-当代

Ⅳ.①I267

中国版本图书馆 CIP 数据核字（2022）第 056993 号

出　　版：团结出版社
　　　　　（北京市东城区东皇城根南街 84 号　邮编：100006）
电　　话：(010)65228880　65244790
网　　址：http://www.tjpress.com
E-mail：65244790@163.com
经　　销：全国新华书店
印　　刷：长沙印通印刷有限公司
装　　订：长沙印通印刷有限公司

开　　本：142 毫米×210 毫米　　　　1/32
印　　张：40.5
字　　数：476 千
版　　次：2022 年 6 月第 1 版
印　　次：2022 年 6 月第 1 次印刷

ISBN：978-7-5126-9370-8
定　　价：398.00元（共九册）

目　录

情怀校园

　　1941 年，正值全世界硝烟弥漫、炮火连天之时，我很不逢时地降生在祖国南方的一个小山冲里。虽然是小山冲，地处偏僻，也未逃脱过日本鬼子的蹂躏。在那个岁月里，人民成天诚惶诚恐、胆战心惊，一听到日本鬼子来了，就互相转告，大家携儿扶老逃进深山林中。我的童年就是在兵荒马乱中度过的。日本鬼子投降后，山冲逐渐恢复了平静。村里办起了私塾，我幸运地进入了私塾学校读书。私塾学校借住一个私人一间空闲房屋，摆上几张桌子，供七八个人读书。私塾老师那时称先生，是村里仅进过一年经馆的读书人。私塾先生的俸禄由学生家长自报公议捐赠摊派的。半年有的出一斗、两斗的，多的也有出五斗谷的，我家只出了一斗谷。私塾读的书是《三字经》《四书五经》等。私塾只背书识字，早上点书，跟着先生读几遍，随后就自己读背，中午写毛笔字，下午认"个子"，"个子"是一张纸条写出当日点书中的生字，逐个认读，认读完了就放学回家，认不出字就打手板，一个字打一板。第二天点书前就背书，只有能背诵读过的书后，才能点新书，背不出就打屁股，打了屁股还要继续读，直到能背诵。每月初一、十五就复习背诵以前所点读的书和认长"个子"。打手板、打屁股，有轻有重，对学习好，认真读的就打得轻；对总是认不出的就打得很重，有时打得痛哭流涕。那时也有奖罚制度，如早上到校到得很早的一、二、三名就可以免打一板或两板手板。我读书很崭劲，经常早到学校得头名，又可减免打手板。因此我读私塾时，很少打过手板和屁股。

一唱雄鸡天下白，1949年解放，新中国成立。

1950年村里办起了小学，教室先同私塾一样，借到私人一间较大的空闲房屋。第二年，村民就拆除村属神仙岭庙的砖瓦，在村南面起建了小学校舍。小学课桌由学生各自按统一规格添置。村里小学是个复式班，一、二两个年级。我因读了几年私塾就编入三年级。不在本村小学读书，就到附近的尹家联校读书。联校设在尹家祠堂里，开设三个班，每个班的教室很狭小，仅能容纳二十多个人，光线暗淡、黑咕隆咚。我属于最高年级的一个班，全班二十多个人，年龄悬殊，有十七八岁的大哥哥大姐姐。和我同龄的有好几个，但都是最小的，学习水平也很参差不齐。特别算术是新开科目，学三年级的算术就必须先学习一、二年级算术。我很喜欢学习算术，除上课认真听讲外，在课外也爱学习。记得学习一位数乘法时，一次走亲戚看到叔叔正好学习两位数乘法，我就好奇地问叔叔，叔叔告诉我两位数乘法的方法，我熟记方法后，回到学校学习两位数乘法时，我就成了小先生了。从此以后我就经常在学习新课之前，先预习新课，学习效果很好。学习总是走在别人的前面，学习成绩好。每次考试后，同学告诉我，你又得到一根扁担，两个箩了（即100分）。

1953年初中毕业后，虽然家乡在三黄庙新办了一所高小，而自己却很自信要到条件较好的老牌的油麻中心小学读书。结果一报名经考试竟如愿以偿被录取了。两年后又考入了县二中读书。那时全县仅有一所完全中学，一所初级中学。

在初中读书时，我看了不少课外书，其中《钢铁是怎样炼成的》《我的一家》《把一切献给党》给我很大的教育和启迪。

1958年，我初中毕业。恰巧郴州地区在原仅有一所师范学校的基础上又新办了耒阳师范学校。我被保送到该校读书。

到耒阳师范学校读书，第一个学期，校舍还没有建成，就借住在耒阳二中。那时读师范不要钱而读普高要交钱。相比较而言，师范学校的学生的饮食要比二中学生的饮食要好一些。记得 1959 年元旦，二中学生过元旦没有会餐，而师范学生却会餐。吃了肉，每人还吃了一个鸡蛋。这与二中相比，真是天壤之别。二中学生写出打油诗：二中和师范，一起过元旦。二中吃萝卜，师范吃鸡蛋。虽然如此，但读高中的人总比读师范的人好像要高出一等。而读师范的学生也见异思迁。为此，为学生牢牢树立专业思想成了师范教育的中心课题。三年的师范教育，使自己树立了专业思想，毕业分配时，我的志愿就是服从党的需要，到祖国最艰苦的地方去，忠诚党的教育事业，把一切献给党。

永兴县悦来乡是永兴县的贫困乡，教育落后，办学条件差，师资缺乏。1961 年我师范毕业后就分配到悦来乡三黄完小任教，三黄完小设在三黄庙，庙房就是校屋。和开办时没有两样，一年后又调到悦来乡悦来完小任教。悦来完小校址设在玉泉董家，校舍是由畜牧场改装的。我和江俊芬老师同住一个寝室并同睡一铺床。床板由 10 几块大小不等、长短不一的小木板拼凑而成。同事戏说为"雕花床"，凹凸不平、缝隙不一。那时有不少教师因工资少、待遇低、条件差而离开教师队伍。我则毫无思迁之意，整天埋头在教学工作上。每天早上起床就和教师们做早操，操后集体办公。上午、下午上课。上课时，课堂教学执行凯洛夫的五环教学法：组织教学、复习旧课、传授新课、复习新课、布置作业。空堂课就备课，批改作业。放学后就家访或休息。晚上照常办公，办公后就集体读报，然后就寝。每天都是如此，基本上没有空余时间。有时，学生作业未批改完，还要加班开夜工。每周工作五天半。星期六下午还要开周末总结会。星期日下午务必赶到学校。那时，全乡仅有三个完小，没有初中学校。每年升入初中学习的人数总是屈指可数。

1964年，永兴县创办共产主义劳动大学。悦来乡也适应形势发展，创办了悦来乡农业中学。调我到农中任教并要我担任农中校长。校址设在玉泉水口庵，两年后在玉泉董家建成农业中学校舍，招收一个班四五十个学生。实行半农半读，农闲多学、农忙少学。学校有水田20亩，生产劳动任务大，师生都很辛苦。但当看到自己亲手种出的稻谷丰收时，心里有说不出的高兴。1968年农中停办，从农中毕业出来的学生都成了社会上有用的人才。有的参了军；有的参加工作当上了国家干部；有的还被提拔当上了领导干部。如农中学生欧阳亮明还当上了郴州地区商业局副局长。

1969年上期大办教育，实行就近入学。乡（公社）办高中，大队办初中、办小学。当年下期整顿高中收回由县举办。乡（公社）初中合并为两所初中，第二年两所初中又合并为悦来初级中学。校址设在农业中学，我调到悦来中学任教。两年后，中学迁至悦来墟新建的校舍。全乡各小学也先后建成了土木结构的校舍，采光良好，但下雨天漏雨，教师住所有所改善，每个教师有间10平方米的寝室。

1976年恢复高考，以后又提出小学教师要有中师学历，初中教师要有专科学历。高中教师要有本科学历。我曾担任高中课教学，为了胜任工作，我参加高师函授学习，并随后取得了大专学历文凭。1984年我担任悦来中学校长。

1987年全乡普级初等教育，初中学生倍增。此后，乡中学大力改善办学条件，至1995年悦来中学旧貌变新颜。土木结构的房屋全都换成钢筋水泥结构的平顶房屋。教师住房都是带厨房卫生间的套房。校园绿化美化成了园林式校园。现代化的教学设备相继配齐，学生人数也激增。最高年度，初中在校学生达1600余人。全乡普及了九年义务教育，学校教育已从应试教育转为素质教育。学校出现前所未有的蓬蓬勃勃发展态势。教师待遇也越来越好，教师工资一涨再涨。教师这个职业已成为社会上令人最羡慕的职业之一。

2009年共和国60岁了。我这个年近古稀的老人伴随着共和国的发展而成长。驻足在一个边远山区教育岗位上，经历了 60 多年的风云变幻。看到了一批又一批含苞待放的花儿茁壮成长不胜欣喜。而今，我退休了。肌体虽离开了朝夕相处的净洁圣地而魂留教学讲台，梦幻课堂，情怀校园！

理　想

　　我生在旧社会，长在红旗下。个人的成长过程伴随着祖国日新月异地发展，虽然不是那么的异常艰辛，但也不是一帆风顺。

　　人要逢时，生来筋斗要栽得好，我被村里人所羡慕。出生在一个中农家庭里，舅舅还是大革命时期的英烈。唯有姐姐嫁给地主的儿子，这虽是美中不足，但未影响我的思想进步，因为在那个时代，我从小就与其划清界限、断绝关系，不与来往。

　　我的进步是很显然的。读高小时，学校开始成立少先队组织，就首批被批准为少先队员；初中学习优秀，特别是数学成绩，在数学比赛中获得第一名。初中毕业时，就以优秀的成绩被保送到师范学习，在师范更是出类拔萃。特别是政治表现，三年时间，班上众多人申请加入共青团，只有两人能如愿以偿，我就是其中的一个。共青团是党的后备军，加入了共青团，入党就大有希望了。从那时候起，我就立志要把一切献给党，为共产主义奋斗终生，做一个光荣的共产党员。

师范毕业在分配自愿上我就曾写道："听从党的安排，服从祖国的需要，到最艰苦的地方去工作"。领导看到我的自愿，十分欣赏，就把我分到永兴一个边远贫穷的山区任教。那时，那个边远山区还很穷，办学条件极差，校舍几乎全是庙宇祠堂，又阴森又破烂，不避风雨。下雨天，外面下大雨，里面下小雨，外面雨已停，里面还在滴答滴答。大家都不愿意到这个地方去，除非是犯了错误被"充军"。一个好端端的人，到这里来，真是太可惜。我则不以为然，认为条件差，可以锻炼人的意志，"不受苦中苦，难为人上人"。就这样，我二话没说，挑起简朴行李就奔赴工作岗位。

刚开始工作，还是很不顺心，但很快就适应了，并且工作越干越有干劲，因而成绩也越来越可观。几乎年年被评为先进工作者。党组织也把自己列为发展对象，经常组织上党课，学习党的知识。农村进行社会主义教育运动，我成为社教的积极分子。社教结束后，我被提升为悦来公社农业中学校长。但遗憾的是没有加入党组织。从那以后，工作就更加积极肯干，要求入党更迫切，每个学期都要向党递交入党申请书。党组织的回答总是好好地工作，加强自我改造。我总没有灰心，遵照箴言，加强自我修养，斗私批私，在灵魂深处闹革命。业务上也加紧自学，完成高师函授学业，取得大学文凭。工作上刻苦认真，成了教学骨干，以前只能胜任小学教学，后来还能胜任高中数学课教学。政治思想表现好，但加入党组织却杳无音信。

日月运转，物换星移。转眼就是二十多年，在这些岁月里，我梦寐以求加入党组织。

1978年党的十一届三中全会结束了"以阶级斗争为纲"的历史，吹响了改革开放的号角，一匡天下，祖国蒸蒸日上。第二年10月，根据中共中央《关于地主富农分子摘帽问题的决定》，中共永兴县委给全县3560名地主、富农、反革命坏分子摘帽，改为社员成分。我姐夫喜悲交集地告诉我这个消息，我却不屑一顾，认为你摘你的帽，跟我何干。可不久，有人告诉我，地富摘帽了，你的入党问题大有希望。果然，1984年秋，我荣幸地加入了中国共产党组织，成了一个光荣的共产党员。入党是我政治生命的升华。有人以为我会借机调离，而我却愿意再坚守，实践自己在最艰苦的地方工作的诺言，况且改革开放后，穷山区也旧貌变新颜。因此，我入党后，仍然在原地工作，一直"坚守"到退休。数十年来，做教育工作，年复一年，不厌其烦地"人之初""ABC"。没有轰轰烈烈的动人事迹，只有送走了青春，换来了白发，但是党和人民却给我至高无上的荣誉。1991年被评为优秀共产党员，1993年被评为优秀知识分子，1997年、1998年连续两年被评为县先进工作者，并荣记三等功。

我虽然退休了，但是思想却没有退休，我总是以一个共产党员的身份严格要求自己，遵守党的章程，牢记实践入党誓词。前几年，有人为了让我少交一些党费，要我将党组织关系转到农村支部去，被我谢绝了好意。交纳党费是党员的最基本要求，有资格交纳党费，是一个党员的最大光荣和自豪。去年，我按上级的规定，全额全年交纳了720元党费。我的举动又赢得了更多的崇敬和爱戴！

人民教师要做到
自重、自省、自警、自励

　　江泽民主席在庆祝中国共产党成立八十周年大会上的讲话中告诫各级领导干部都要自重、自省、自警、自励，始终注意讲学习、讲政治、讲正气。肩负着培养社会主义事业接班人和提高民族素质的使命的人民教师更要做到自重、自省、自警、自励，始终注意讲学习、讲政治、讲正气。

　　教师要做到自重，就是要做到自己尊重自己，自己重视自己。人民教师是人类灵魂的工程师，是受人尊重的群体。教师要热爱教育工作，忠诚人民的教育事业，脚踏实地扎扎实实地做好教书育人工作。传道、授业、解惑，既要言教，更要身教，打铁还需自身硬，时时、事事、处处为人师表，做一个高尚的人，一个纯粹的人，一个有道德的人，一个脱离了低级趣味的人，一个有益于人民的人。

教师要做到自省，就是自己要自觉经常运用批评和自我批评的武器，开展自觉反省检查自己在工作、生活、社交上有无过失，有无越轨行为，有无私心杂念。人无完人，金无足赤。人非圣贤，孰能无过。知过即改就不错。把过失减少到最低程度，把私心苗头扼杀在念头中。

教师要自警，就是要经常向自己敲响警钟，为人民，完全彻底，做好事不怕嫌多，做坏事半点不能为。在教育走向市场经济的大潮中，要经得起金钱的严峻考验。不要经不住用糖衣裹着的炮弹的攻击，在糖衣炮弹前打败仗，成为金钱的俘虏。金钱是人生存必不可少的东西，没有它将一事无成、寸步难行。有了金钱好办事，但也并非万能。金钱多了不一定是好事，有时金钱多害人害己。我们要树立艰苦为荣，艰苦为乐的思想，工作上向积极的看齐，生活上向水平最低的看齐。君子爱财，取之有道，非分财不想，别人的财不要，国家的财不贪。在金钱上，不少人已丧失了人格，要钱不要脸。堂堂正正的人，却沦为金钱的奴隶。教师历来被美名为无私、穷儒。我们教师要永远确保这个美称，永葆教育这块净洁圣地不遭玷污。

教师要自励，就是要自己勉励自己，不断进取，树雄心，立壮志，赶超先进。矮子上楼梯，步步升高；百尺竿头，更进一步。切忌教学不认真，备课敷衍了事，得过且过，做一天和尚撞一天钟，年年老一套，因循守旧有余，开拓创新全无。不做无所作为的教书匠，要当标新立异的排头兵。甘作春蚕吐丝尽，愿为红烛照人寰。

教师要做到四自，就要讲学习、讲政治、讲正气。

讲学习就是要讲学习马列主义、毛泽东思想、邓小平理论，深刻领会"三个代表"重要思想内涵，学习科学文化知识，用现代科学知识武装自己。给学生一杯水，教师自己要有一桶水。21世纪是信息社会，是知识大爆炸的时代，各种学科互相渗透，知识更新加快，人类知识量飞速增长。因此教师必须具有科学家的强烈的求知精神，认真读书学习，像海绵吸水一样，从人类生活和科学发展中吸取一切优秀的东西来丰富自己的头脑。这样讲起课来才能高屋建瓴，才能满足不断提出各种问题的学生的求知欲望。不吃老本，要学新知识，虚怀若谷，永不自满。

讲政治，就是要讲党性，讲政策，讲原则，讲共产主义信念，永远忠于党，忠于人民，忠于社会主义祖国，认真贯彻、实践"三个代表"重要思想，做一个忠诚的共产主义战士或同路人。

讲正气，就是举红旗，走正道，堂堂正正做人，老老实实做事，不搞歪门邪道，不传播小道消息，头脑清醒，是非分明，不盲从，不随大流，有骨气，有人格，不信邪恶，坚持以科学的理论武装人，以正确的舆论引导人，以高尚的精神塑造人，以优秀的作风鼓舞人。

一切沐浴着党的雨露阳光的人民教师，都应该也一定会积极行动起来，响应江主席的号召，自重、自省、自警、自励，为培养有理想、有道德、有文化、有纪律共产主义接班人而贡献自己的应有的光和热。中国革命的红旗，如同一轮光芒四射的红日，破云涛，万里红，乾坤赤。

试谈学生管理人员的素质能力要求

　　一个学校学生管理人员的主要职责是通过各种有效的活动组织、动员、说服、监督、规劝学生自觉或不自觉地去执行学校各项指令、完成学校所拟订的教育、教学任务，达到培养人才的崇高目标。学生管理人员开展的各种活动，是否有效，虽然与学校领导的科学指导和全体教职工的大力支持分不开的，但在个体责任范围内，很大程度要归结于个体自身素质能力的高低。因此、学生管理人员要管理好学生的学习、生活、纪律。必须具备一定的素质能力。

　　一、要有能吃透上级指示精神的素质能力。上级指示，特别是学校的计划、规章、制度，是学生行动的准则。作为学生学习生活、纪律的辅导者，应要吃透掌握其精神实质，并坚决及时宣传贯彻执行不走样，决不能节外生枝，另搞一套，更不能阳奉阴违，各唱各的调，各吹各的号。要求能在校长统一的指挥下，各部门相互协调，使整个学校机器和谐正常运转，体现校长运筹帷幄的指挥功能。

二、要有吃苦耐劳、身先士卒的优良素质。学生人员众多、活动范围广、一天经历时间长。要规范每一个学生有秩序地休息劳作，这本身就是一个艰苦烦琐的工作，并且作为一个学生管理员理当要劳作学生之先，休息于学生之后，要求学生做到的，自己首先要身体力行。教育学生，既要言传，又要身教。身教重于言传，身先士卒、事半功倍。要这样做就得吃苦，没有吃苦耐劳的素质品德，是不能胜任此项工作的。

三、要有善于将强制遵纪行为变为自觉遵纪行为的素质能力。在学校管理学生要靠严格的纪律制度，让学生在具有科学纪律制度的约束下，做到管而不死，活而不乱，这就需要管理者将学校的规章制度变为学生的自我要求。有了自我要求，就能变被动为主动。使每一个学生都认识到：在学校读书就应该自觉遵守学校纪律，否则就贻误青春年华。推而广之，学生在学校的遵纪磨炼是学生人生的起点，走向社会后的遵纪守法行为乃是学校遵纪规范的延续。因此，学生遵纪行为要注重素质的养成。要抓紧、抓严。教不严，师之过，一定要全力以赴、不能等闲视之。

四、要有防患于未然的超前意识素质能力。学生来源于社会。社会中不正之风，每时每刻都会向学生幼小心灵袭击，玷污青少年学生灵魂，这是造成学校不安定因素的社会根源。学生管理人员对此应该有充分的思想准备。管理人员务必要深入学生生活实际和学生交朋友，经常给学生打预防针、防患于未然。如对偷盗现象，在没有出现偷盗现象之前，就要告诫学生不乱拿别人的物品，自己的东西自己保管好，特别是钱，不要帮别人代管，这就能避免在学生中过早过多发生不该发生的不愉快事件。学校一些安全隐患，也要多加注意，做到未雨绸缪。亡羊补牢，乃将事倍功半。

五、要有发挥群体效应的素质能力。①要充分发挥学生自身群体的功能，积极培养学生肯干精神。放手让学生自己管理自己，自己教育自己，在学生中弘扬正气，让学生在学校生活得自主、快活、轻松有趣。②要协调各部门之间的关系，做到及时了解学校各部门如教学、后勤等对学生纪律的要求、意见和建议并随时将学生的合理化意见、建议向领导或有关人员反馈。求得各部门和衷共济、步调一致，这样群策群力，优良的学风、校风则水到渠成。

六、要有关心爱护学生的优良素质。管理好学生就是要关心爱护学生。对学生没有真诚的爱，是不能管理好学生的。爱生如子，是一个教师的天职。教师是父母心，这是社会对教育工作者的高度评价。教师教育学生，管理学生，如能从爱入手，什么问题都可以迎刃而解，什么困难都能克服。从某种意义来说，没有教不好的学生。

七、有好学上进、执着追求的优良素质。管理学生是一个做人的工作。而学生正处在长身体、长知识的黄金时代。天真烂漫、朝气蓬勃。然而也容易产生是非。这就更需要我们用正确的道德观去陶冶、去启迪。特别是在今天这个科技飞速发展的伟大时代，面对祖国未来的希望，我们要用现代化的科学知识，武装青少年一代，就必须学习。学习新经验，研究新情况，用现代教育科学塑造新型人才，决不能墨守成规。

一个学生管理员必须具备上述素质能力要求。一个优秀的学生管理人员还需更多的素质能力要求。而这些素质能全赖于自身的不断努力实践、学习。

浅谈学生座位编排的艺术

教室是学生学习的主要场所。科学地编排学生坐的座位，关系着学生的身心健康。因此编排好学生座位是实施素质教育的一项值得重视的工作。一个有经验的班主任，是非常重视学生座位的编定，从不马虎的。决不会放任学生自行抢占座位。笔者认为，要编排好学生座位，需要考虑和做好以下几方面工作。

排足课桌位置。根据教室大小，班级人数多少，确定课桌数量，尽量做到不留或少留空座位。课桌行距间隙适度。课桌位置初定后，还要测定每个座位的光线强度。如不理想，则再进行调整。让每个座位的学生观看黑板板书，银幕都很清楚。在这个基础上，尽量做到前一排位置远离黑板，最后一排位置尽量靠近黑板。了解学生高矮程度。学期初，对学生测量身高或让学生按高矮次序排队，记录学生高矮顺序。一般情况，在编排座位时，矮的坐前面，高的坐后面。男女一视同仁，无须另眼相待。

了解学生对座位的要求，一个教室，几十个座位，虽无明显差异，但学生挑选座位的现象时有发生。在教室座位未编定以前，对学生自选座位的情况，班主任要心中有数，并知道学生为什么要坐这个位子，以便有针对性地做好学生座位异动思想工作。

了解学生家长对座位的要求。当今，家长对子女关怀备至。有些对子女的座位也要提出要求。对无正当理由而提出更换座位要求的，就要及时做好思想工作，说服家长，请家长支持学校工作，听从学校安排。

了解学生身心的特殊情况。有的学生有眼病、耳病。在编定座位时，根据其特殊情况，将其座位编排到适当的位子。对于一些特殊性格的学生，也要作考虑。如性格内向的和性格外向的混杂，这在心理和生理上可起到互补效应。

在掌握学生一些特殊情况后，需要将其座位作技术处理时，配置相应的高矮凳子，让高个子坐前面不显其高，让矮个子坐后面不显其矮。

建立定期轮换制度。座位编排后，还要定期轮换。一般一个月交换一次。做到行与行交换，先两边行、中间左右行交换。后将中间与两边行交换。同时进行排与排交换：一排和二排交换，三排和四排交换等，对于有眼耳疾的学生，如果属方位定向的，则不宜随意更换。轮换时，最好征求医师的意见。

座位定期轮换符合面向全体学生的教育思想。有利于调节学生身心，取得课堂教学的良好效应。因此，它是一门很值得研究的艺术。

五岭广场抒怀

正值人民欢庆千禧龙年来临之际，素有五岭明珠之美称的郴州，辟就了一个新广场。人民欢呼雀跃，奔走相告，竞相领略广场风貌。

新广场位于郴州市城区南面七里洞，燕泉路与郴资路之交汇处，临 107 国道东侧。取纳日月之光辉，凝聚五岭之灵气而被命名为"五岭广场"。

五岭广场纵横约 400 米，被其宽敞的两条道路分割成一个主广场和三个三角形的次广场。主广场面积近 7 公顷。形采天圆地方之说，截成外方内圆状。地面平坦，中部微凹陷，像玉盘飞碟，好盛珍宝，又宛如郴州人开放的坦荡胸怀、虚怀若谷。广场中央太阳形舞台，凸显广场平面。站在舞台上，广场风貌尽收眼底。绿化美化融中西园林之精华，文化装饰、公用设施展现现代科技成果。人民喜来聚会，迎接嘉宾，健身游玩，皆流连忘返。在这俗有"八山半水分半田"的五岭明珠宝地上，建就成具有现代化气势的广场，这是郴州朝着开放的现代化大都市又迈进了一大步。人民无不为之骄傲自豪，可喜可贺！

喜贺的人群一来到广场，就沉浸在欢歌的海洋。在陶醉天伦之乐的同时，深深感悟时代前进之脉息。人流如潮，车流如梭，来也匆匆，去也匆匆，节奏在加快，科技在加速，不分昼夜，形势喜人，更是逼人，催人奋进！

忆往昔，伟大领袖毛主席带领红军长征经过这里，五岭逶迤腾细浪，乌蒙磅礴走泥丸，消灭蒋匪帮，建立了新中国。而今，江泽民主席率领 12 亿 5 千万中国人民，高举邓小平理论伟大旗帜，才开放开发了沿海诸省区，捷报频传刚挂硕果，又挥戈直指西部大开发。

郴州是连接沿海与中原内地通往西部的要道，这又是千载难逢的机遇，机不可失，时不再来，让我们脚踏实地、忠于职守、全力以赴、义无反顾、勇往直前。为郴州再造辉煌，让五岭明珠更加熠熠生辉。

站在五岭广场上，仰望迎风招展的五星红旗，群情激奋齐歌唱，歌唱五岭明珠蒸蒸日上，歌唱我们伟大祖国繁荣富强，人民幸福安康！

东江桥

东冲，属永兴县悦来乡尹家行政村的一个自然村。村东有一条小溪，名曰东江。江上有座桥，称为东江桥。东江桥是东冲村村民出入必经的要道。前不久，东江桥已更新为钢筋水泥桥。东江桥没有武汉长江大桥的那样雄伟壮观，更没有北京立交桥那样婀娜多姿，却饱经风霜，令人思绪万千！

孩提时，东江桥还是一块石板桥。桥下虽不是万丈深渊，却至少也有三、四米深。稍有不慎掉下桥去，总不是一件好事。每天上学，母亲总要送我到桥头。遇上刮风下雨，特别是下雪结冰，石桥上结了厚厚的一层冰，大人都站不稳，何况小孩。是母亲教我趴下，鼓励我勇敢向前！在母亲的开导下，我终于爬过了桥。尔后，读完了学业，走向了社会。

岁月沧桑，石板桥被一场洪水冲垮了。

对于东冲村来说，东江上不能没有桥。三个皮鞋匠，赛过诸葛亮。村民商议，就地取材，伐木架桥，一根不行，就伐两根，桥面想要多宽就可以架多宽。东江石板桥换成了大木桥。宽宽的桥面，给人以安稳。过桥，再不会担心掉下桥去，更不用爬行过桥了。

然而，好景不长，树木架桥，极易腐烂。一年两换，三年四斲。所伐的桥木，一次比一次要长，一次比一次要粗。人民开始意识到伐木架桥，得不偿失。石桥到底要比木桥经久牢靠。

在那时，架石桥又谈何容易。上山取石，虽有无偿的劳力，可购买炸石块所需的炸药费也无法筹集。山重水复疑无路，柳暗花明又一村。还是群众有办法，他们将村前的几块桅礅石挖出架桥。正巧，桅礅石长短粗细刚好够用。祖先有灵，又为子孙后代造了一件福。村里的几位长老出来劝阻，说桅礅石是文物。原来在科举年代，村里有人中了举人，就在村前竖立栀子树。举人去世后，栀子树就立即焚毁。而夹栀子树的两块石礅就遗留下来。新中的举人竖立栀子树要立新石礅。因此，村里每出一个举人就有一对桅礅石。桅礅石就成了村庄出了举人的历史标志。青年人好破旧立新，毫无顾忌地古物今用了。长老的劝阻犹如瞎子点灯——白费蜡（啦）。

改革开放的号角响彻山村，要想富，先修路。山村通了公路。东江石桥太窄，村民在石桥旁边绑搭了几块建房剩下的水泥预制板，敷衍能过轻型小车了。这可是一个划时代的变化。

从前从东江石板桥木桥爬出离开村庄的人微乎其微，寥寥无几。而此后，借助着车轮的神奇，走出村庄的人与日俱增。大学生、中专生一个又一个，一批又一批，年年接踵不断。未考上大、中专回村的知识青年，也跟着车轮走南闯北，成了打工仔打工妹了。

从这座桥上走出去的打工仔打工妹为沸沸扬扬的社会，奉献了无私的光和热，也给村庄带来了生机。村民们的生活一年年富起来了。

富起来的人民与外地交往就更为频繁。频繁的交往，给东江桥增加了压力。满负荷甚至超负荷的工作量，常常压得它喘不过气来，回报村民的就是添麻烦、出事故。

东江桥的痛苦何止来自日益繁重的倾轧。人们肆无忌惮地对东江摧残，上游的水土流失，下游沉积泥沙的淤塞；东江沿岸群众随意往江里倒抛废物垃圾，河床升高。一遇大雨，水魔冲击桥身，山洪溢过桥面。东江桥摇摇欲坠，危在旦夕。

一走近东江桥，就好似听到东江桥的呼救声。

无数次的呼救声，终于唤醒了民众。村里决定集资修桥了。村民们打心眼里高兴。大家都纷纷慷慨解囊，你50元，我80元，互相争高功，谁也不愿落后。

修桥的第一步集资，可算旗开得胜了。没多少工夫，就筹集了一笔可观的数字。到后来，不少人一捐就是几百元，村里几个首富还捐上了数千元。第二步就是动工建桥了。村里把这件事当作大事。成立了建桥委员会，设了设计组、施工组、材料组、经费组……真可谓麻雀虽小，肝胆俱全。

素有土工程师著称的何茗同志被推选为设计组组长。他一走马上任，就带领几个人又是调查江水涨落情况，又是实地考察历年来东江洪水浸没痕迹，测量江面宽度。然后才着手设计桥的高度和宽度，绘制图样。为了万无一失，何茗同志还自费专程进城，请教桥梁专家。他的真诚感动了桥梁专家，免费帮他修订了建桥图样。

村里建桥，村民迫不及待。特别是搞过桥梁工程的打工仔更是格外热心，他们把电话号码告诉村干部，并再三嘱咐，桥一开工，不要忘记通知，他们将随喊随到。有几个打工仔干脆不外出，留在家里，等待动工。现在图纸设计好了，他们立即争先恐后报名参加义务建桥。这个说建桥我施过工，那个说建桥我最内行。为了争得榜上有名，他们还拿出建桥执照证件，来证明自己确有建桥的过硬本领，有能力为村里作贡献。真没想到，为了几个建桥工，也像考状元一样隆重。

被选中的人，个个兴高采烈，马上投入了建桥施工中去了。工地上顿时欢歌笑语，热闹非凡。

由于人多、心齐、技术娴熟、材料优质，东江钢筋水泥桥提前竣工了。

东江桥竣工了，村里长老的心事放不下，他们留恋旧物。开始建桥时，他们就一次又一次打招呼不要把原来架桥的桅礅石搞断毁掉了。现在桥架好了，他们又建议把桅礅石竖起来。此时，村民都欣然同意，七手八脚很快把古迹复了原貌。

东江桥正式通车了，村民们特别是青壮年人都主张要热热闹闹庆贺一番，大放鞭炮、花炮。村干部得知后，迅速做好群众工作，讲述有钱不放炮，放炮既是浪费又污染环境的简单道理。并通告大家，新桥通车庆典严禁放鞭炮花炮。

一日风和日丽，村民们欢聚在东江桥边参加庆典。在外地的打工仔、打工妹，有的乘坐摩托，有的乘坐微型车，有的乘坐中巴陆续来了。村里的首富小刚从广州驾驶自己的桑塔纳也来凑热闹，在海南打工的小春乘坐飞机也届时赶到了。

我夹在欢乐的人群中，享受着山村的神奇。古风新貌好幽雅，流水倒影桑塔纳，新屋高楼逐豪华，煤气电脑进农家，文化教育大发展，人才辈出走天涯，昔日难寻桃花源，如今农村美如画……

庆典的歌声使我收敛了思绪。崭新的东江桥，点缀着东冲，使东冲村更加富饶美丽，东冲人民通过东江桥，走出东冲，走向世界。

垂钓便江

　　春节过后一个艳阳天的下午，我漫步永兴便江畔，苏轼的《惠崇春江晚景》：竹外桃花三两枝，春江水暖鸭先知。蒌蒿满地芦芽短，正是河豚欲上时。不觉脱口吟出。江面上没有鸭群，江岸上倒有一老翁在垂钓，可印证了正是河鱼欲上时。

　　老翁的钓竿一根根稳插在江岸人行道内侧绿化带边草丛土壤里，钓竿一节一节被拉长有好几米。钓线从线盘卷儿拉出，沿着钓竿爬上杆尾端点，又向江心飞去，横过人行道，跨越河边铁栏杆，坠落在江水里。在阳光照射下，数根钓线银光闪闪，形成了一个宽敞别致亮丽的垂钓篷。行人在垂钓篷内穿行，畅通无阻。我驻足于垂钓篷内，见到渔翁喜形于色，我迎着渔翁和善的目光笑语道："钓鱼好呢！""钓鱼好！"渔翁并没有因为素不相识而拒不搭腔，而后还继续接着说："退休了，没有事，出来玩玩！"

"你这么年轻，就退休了？"我接着问。

"我还年轻，在部队 20 年，在公安 20 年，今年 65 岁了，还年轻！"

"哦，你是部队出身，身体素质本来就好，难怪现在看来，你的肤色气质，只看得出是个五十出头的人，一点老态龙钟的迹象都没有。"

"是的。不发胖就是钓鱼的最大收获！"

"是吗？"

"说实在的，感谢党和政府，退休了，工资照拿，无忧无虑，自由自在，没有案牍之劳神，经常来到河边，吮吸天然精华，让人体回归大自然。现在我感觉比以前工作时，精神是要好一些。"

我朝岸边看了看，未发现第二个垂钓者，就说："我们城里钓鱼的人还是很少！"

他马上就说："现在不少了呢！你到北大桥以下去看，那里钓鱼的人就很多了。有时一排就有好几百副钓竿。"

"啊，那就成了群钓便江热了"，我接着问："你们这么多人钓鱼能钓到鱼吗？"

"经常来钓，总有机会能钓到鱼！"

"最大的能钓多少斤？"

"前几天，下面有人钓上来了一个 8 斤的，昨天有人又钓上了一个 3 斤重的鱼"。

"这些鱼从哪里来的，是放养的吗?"

"现在人工还没放养，听说这些鱼是从湘阴渡鱼种场跑来的。自永兴第二电站蓄水关闸后，水位升高，河鱼比以前更多了，如果不用电打、水雷炸，光钓是能够满足需要的。"

就在这时，一叶扁舟顺流而下，时而马达扑嘟扑嘟，时而偃旗息鼓，一人坐在船头，一人坐在船尾，享江上之清风，揽山间之明月，耳得之而为声，目遇之而成色，取之无禁，用之不竭，悠哉，乐乎!

渔翁立即告诉我，看，他们对江里的鱼类破坏性很大，他们用电打鱼，用雷管炸鱼，杀伤力很大，大鱼小鱼都不能幸免，据说按国务院规定这是不允许的。

不一会，又一扁舟朝河边驶来，大有撞击钓鱼线之势，渔翁在大声疾呼，注意! 注意! 船上的人似乎没有听到喊声一样，我行我素，渔翁从早备好的卵石堆里拣了一块卵石，就准备朝船投掷，见那船又转向朝江心，渔翁才松了一口气，把卵石放回原处，告诉我，这堆卵石就是专门对付他们的，我问:"对他们已经动过了几次干戈了?"渔翁笑了笑说:"真正动干戈，我还没有开过张!"

江面顿时平静下来，江水碧绿见底，水似不深，鱼钩钓饵沉浸在水中，依稀可见，我想目睹鱼上钩之乐。等了片刻，未见鱼来，雅兴锐减，很不耐烦。而渔翁却若无其事，在钓篷里走一走，坐一坐，心情非常安适。

一会儿，一群鱼游过来了，游到钓钩旁边，又似乎未见到钓饵，竟毅然离开钓钩，扬长而去，游向远方，喜悦的心情顿时消失。

一会儿，又来了一群鱼，鱼群来到钓钩旁，似乎在争抢吞食钓饵，不多时，一个浪花，鱼群又突然不见了。

渔翁告诉我："这群鱼不贪食，贪食的鱼就容易上钩。"

渔翁还告诉我："江水清澈见底，很不常见，一般比较浑浊，江里鱼儿是看不到的，钓饵有没有鱼吃，很难知道，要待到鱼被钓钩钩住，挣扎跳动时，急速拉动钓线，摇曳钓竿，拉响钓竿上的响铃，才知道，鱼上钩了。这时，不要太快，要慢慢地牵收钓线，鱼儿则会随着钓线被牵游到岸边。起水时要快要猛，把鱼悬抛上岸，如果大鱼，就要准备渔网，将鱼从半空中接进渔网里。

时间过得真快，漫无边际的闲聊，一个下午很快就到了夕阳西下。听到有人喊吃饭了，我们转过头来，见一老媪在楼房的阳台上喊。"我就住在楼上，那是我的老伴。"

渔翁说着就着手收回钓线，把残剩的钓饵连同钓钩取下来放在路旁，将拉长的钓竿收拢。

就在这时，一个游人从钓篷里大步走过，一脚踏在放置路旁的钓钩和钓饵上，又毫无反应地朝前走了。我告诉渔翁："有人踩着钓鱼钩了！"渔翁随接骂道："瞎了眼睛！"骂语刚出口，又觉得骂得太粗鲁不文明，马上收敛说："有什么办法呢？又不能找他的麻烦，和他吵架。"说着，将钓鱼之类的工具统统收集装进一个袋子里，有好几十斤，他提着袋子就准备回家了。

我看到从河边到他的住房，被一堵围墙隔开，没有通道，我就问："你回家从哪里去？"他说："河边这排房屋有1多里路长，以前从河边通往东正大街有几条人行道，现在都阻住了，我们单位在河边围墙上开了一条后门，来往行人从后门出入，我单位院子就成了一条人行通道了。现在这条后门也封住了，如果从这里走大道上，南从跃进路口拐弯，北至北大桥干劲路拐弯，到家里确实要半个多小时，我就想了个办法，图个方便，爬围墙回家。"

"你爬围墙！"我很惊讶。

渔翁说："我借着楼梯爬围墙。看，那是我的短楼梯！"他一边说，一边用手指着横卧在草丛里的楼梯。随后就提着那个大袋子，搭着楼梯从河边绿化带草地上爬上滨河大道，横过大道，将楼梯架在围墙上，一步一步爬上围墙。到围墙顶，把提袋横着稳放在围墙上，再两脚踏上围墙，踏上围墙两脚有些颤抖。而后，待全稳住后，再转过身子，把楼梯从围墙外拉上放入围墙内，然后一手扶着梯子，一手提着袋子从楼梯上下去了。

我看了看天色，景翳翳以将入，渔翁欣然离去我亦欣喜欲归。细思量：凭借楼梯，翻越围墙，不畏艰险也有乐。作乐得乐，为乐观乐，人乐我乐，斯是人之乐？我不得而知。

我乘飞机上北京

孩提时，启蒙读书识字，翻开书本就是：首都、北京、天安门。一唱歌就是："我爱北京天安门，天安门上太阳升……"北京，我们伟人祖国的首都，太可爱了，太令人神往了。四十多年的教书生涯，未能实现去北京的心愿，退休后，这一心愿时时在心中燃烧，有时还进入睡梦中。

2005年6月，我如愿以偿实现了坐飞机上北京的夙愿。

这次去北京是湖南省老体协联合夕阳红旅行社南方航空公司，率先在郴州首次推出"乘飞机、迎奥运、十万三湘老人游北京"大型旅游活动，旅游费为1880元。

6月24日上午8时许，我们悦来中学退教协分会5位退休教师从悦来出发，悦来中学校长邓先麒送我们上车，我们乘坐汽车从悦来至郴州火车站与资兴旅游人员会合，下午搭火车至长沙。

6月25日早上7：00，由夕阳红旅行社汪正兴带领我们来到长沙飞机场，8：00登机。坐在飞机上，不多久，飞机开动了。从机窗往外看，外面树木、房屋开始慢慢地往后移动，随后，移动的速度越来越快，外面的景物刚刚扑入视野又急速一闪而过。不多时，地面的物景又往下沉，往后退，地面高大的房屋都成了房屋模型并越来越小，从飞机里的广播里听到，飞机已经起飞，正在上升，向高空飞行，请大家系好安全带。机上的乘务员也帮助旅客系好安全带。我系好安全带后，听到导游汪正兴问我："感觉怎么样？"我立即将手按拿了自己的脉搏很正常，头脑也很清醒，并问了我们同伙几个人，都说没问题，就告诉导游小汪："我们都很好，请放心！"

飞机飞了一段时间后，原是倾斜面的机舱底成平坦面，飞机已不再上升，作平直飞行了。我朝窗外看，上面是晴朗的蓝天，下面则是白皑皑的雪山，高高矮矮，大大小小，飞机就在这些雪山上面慢慢地穿行。我想现在正是六月天，我们在飞机上只穿一件白衬衫，高空是雪山，真是"高处不胜寒"。有人说，那不是雪山，是白云在太阳光照射下，胜似雪山。在窗外，除了"雪山"，就看不到什么了。

机舱里，座无虚席，每排有10个座位，有十多二十排。同机的乘客，从肤色一看，有几个黄头发蓝眼睛的人，我们认为是外国人。他们离我们很远。坐在我旁边的一个青年小伙子文质彬彬，我就主动地和他攀谈起来，我问他："你是湖南人吗?"他没有回答，只是微笑。我以为是没有讲普通话，就改用似是而非的普通话问他，他也只是摇头，后来他在他的写字板上写上"日本人"三个汉字时，我才很惊讶，"你是日本人!"他点点头，后又在写字板上写上"中国好!"我也自豪地点了点头。由于语言不通，我们的谈话就随即终止。

每个座位靠背后面有一个文件袋，有人已在看资料，我也拿出资料看，这些资料一般是乘机知识。我从资料上看到每个座位下有安全降落伞，我就想拿出来看一看，乘务员和蔼地解释说："不要看，很安全，保险没事!"他的话增强了我的安全感。

这时，我看到有乘客在座位中间人行道上走动，我也萌发了想在飞机上走一走的念头，就大胆地解开保险带，站起来，离开座位，假意要小便，向前舱的卫生间走去。乘务员看到我起身，也没有阻止。我在飞机人行道向前走时，好似乎有一种力量在后面牵拉一样，仿佛两步要做三步走似的。来到卫生间旁，已有人在等候，乘务员立即让出一个座位给我坐。我表示谢谢! 并对她说："你们真幸福，能天天坐飞机上北京。"她说："我们天天在飞机上，没有新鲜感，只有责任感，你们就好，可以随心所欲到外面旅游，才真幸福！"轮到我"洒龙水"时，我先询问在卫生间怎样冲水、放水洗手和在卫生间要注意事项。小解后，回来时，步伐似乎在加快，三步当成两步行就来到原先的座位。

在飞机上吃了早餐后不久，每人发了一包花生米。花生米很好吃，我一下子就把它吃光了。这时，听到广播声："现在飞机开始下降了，请大家系好安全带。"这下，我才后悔把花生米一下子就吃光了。在前年到井冈山参观，从黄洋界坐车下山，只看车外面树木向后退，有的人的嘴巴在摇动，没有听到一点声音。到了山脚下，才慢慢听到声音，过了一阵子才恢复平常状态。听医生说，这是高山反应，从高山下来，嘴要张开，致使耳膜内外压力一致。飞机下降时，发一包花生米，就是让大家在飞机下降期间吃花生米，起到张开嘴的作用，我事先就把花生米吃掉了，飞机下降时，我只好有意识地张开嘴，但效果不佳。待飞机降落后，仍然耳朵听不清楚外面的声音，过了几分钟，随着几次吞咽，耳内轰的一声过后，整个听觉才恢复正常。这时，我非常激动，盼望已久的北京城今天终于到了。我马上用手机打电话告诉亲朋好友，首先打电话给悦来中学邓先麒校长，告诉这一最兴奋的消息，邓校长回电向我们祝贺，祝贺我们玩得开心。

从那时起，跟随北京旅行社于导游，开始了5天的北京之旅。在这 5 天里，我们信步护城河王府井，奔驰长安街环城路；心系中南海，仰慕清华园；乐海底世界鱼戏水，喜恭王府中客盈庭；瞻仰毛主席遗容，影留天安门广场；观赏故宫景泰蓝，徜徉天坛颐和园；抚摸金麒麟，钟爱银乌龟；览景山秀气，收北海风光……越看越爱看，越玩越有精神。

最难忘的是到毛主席纪念堂见毛主席，参观纪念堂的人络绎不绝，我们每个人手持一束鲜花，跟随着参观的人群徐徐进入纪念大厅。在纪念大厅里我们面向毛主席像敬献了鲜花，随后参观人群分成两路缓缓地慢慢地移动双脚，经过毛主席遗体两旁，我们看到毛主席安详的泰然地睡着了，每个人都想多看一眼毛主席，但又怕打扰惊动了伟人，我们每个人都不由自主地依依不舍地离开了纪念堂。啊！我们最敬爱的伟大领袖毛主席，您是我们心中的红太阳，您永远活在我们心中！

登八达岭长城，导游怕我们老同志爬不上去，就先让我们坐滑道车到半山腰。到了半山腰，开始步行攀登。我有些担心，怕身体出问题，不敢放肆走快，总是走走停停，步履稳重，边爬边领略长城雄伟气势，不觉到了顶峰，还不觉得累。自认为，倘若还有第二个八达岭长城，准能爬上去，再度观赏伟大领袖毛主席书写的石牌："不到长城飞好汉！"（注：毛泽东词语："不到长城非好汉"

（2005年八达岭石碑为："不到长城飞好汉"）

6月29日下午6时，我们按时赶到首都飞机场，准备乘坐晚上8：30的航班。后因晚点，9：00才起飞离开北京。从机窗往外看，开始还能看到地面上星星点点，后来就什么都不能看见了，只看到在西面天边上呈现有一道红光，有人说，那是太阳光照射而形成的。

飞机从北京到长沙要两个小时。大约飞了半个多小时后，又和去时一样在飞机上开餐了。去时开早餐，此时是开晚餐。乘务员先给每个乘客发放一包食品，然后由两人一前一后推着装有食品饮料的车子在机舱中间人行道上来回为乘客斟添开水、咖啡、牛奶等饮料。每个乘客将前座靠背屏上的方木板拉下放在双膝下，就成了桌子，用餐很方便，食品、饮料、餐具都可以放在餐桌上。我吃了一杯咖啡后，又斟了一杯牛奶放在餐桌上。旁边的一个同伙不小心将我的牛奶杯弄翻了，牛奶从餐桌上流下来，流入怀中，直泻肚脐，穿透裤裆，浸润内裤，漫染坐垫，这时我马上站起来，乘务员发现了，要我换一个座位，我将要离开座位时，另一个乘务员递过来一条毛毯，要我垫在座位上坐，我垫好毛毯，准备坐下时，感到裤子湿淋淋的。我立即向乘务员反映："我的裤子全湿了，能不能换一条干的裤子？"乘务员问："你有裤子？""有！在行李包里。"乘务员说："那好，你可以去卫生间换！"我无心去体验飞机在高空飞行的感受，只顾从行李架上拿下行李，找到干净裤子，再到卫生间换好裤子，最后将湿裤子装进行李袋并放在行李架里，才回到座位上，坐在垫有毛毯的座位上，感觉很舒服。旁边的那个同伙感到很内疚，向我道歉，说对不起！我说："不要紧。"我又说："这也是好事，这是你给我创造了在飞机上换衣服的一个机会，尝到了在飞机上穿衣服的滋味。"其实，这个滋味和平常在家里一个样。

时间过得真快，两个小时很快就过去了，只听到一声嚓的声音，飞机着陆了。广播里随即传来一声清脆轻松愉快的话语："飞机已安全降落了，请大家待飞机停稳后再下飞机。"这时机舱的人群顿时沸腾起来，很多人站起来忙于提取自己的行李。我可不然，坐在位子上岿然不动，还想在飞机上多待一会儿，多享受一下坐飞机的时光。

回到家里，我首先到学校里告诉校长，我们回来了。邓校长说："你们来了，我们放心了，祝贺你们胜利归来！这次旅游，给你们人生旅途上又增添了一个闪光点！"我说："说得好，我要把这个闪光点汇成一句话，告诉乐我所乐的亲朋好友：'我乘飞机上北京了，享受了科学，大开了眼界，洗涤了思想，促进了身心健康！'"

日游仰天湖

2011 年 5 月 1 日，应亲友之约，和家人去了一趟仰天湖。

仰天湖风景区位于郴州市城区西南方约 30 公里处。

清晨乘坐一辆小轿车，从郴州城出发，穿过街道，不多时就驶入资郴桂高等级公路。因资郴桂高等级公路要加宽到五六十米，由原来的八车道拓宽为 12 车道，现正处在紧张的施工过程中。施工机车与来往车辆合奏轰鸣，道路坎坎坷坷，车辆颠颠簸簸，坐在车舱里很不是滋味，至车到安和转入去仰天湖专线后才恢复了平适。儿媳妇的娘家住在仰天湖附近。她告诉我，以前去仰天湖，只有一条乡村土公路，前不久才修建了两车道的水泥路，此后游人络绎不绝，与日俱增。为了满足游客的需要，政府正筹备将公路改造加宽。

我们乘坐的小轿车在车道上捷行，时而过山村、时而越田野、跨乡道、穿省道、钻国道，不觉到了月峰岭下。儿媳妇告诉我，车子开始上坡了。我问："这岭有多高？""不知道！"她接着说："这条公路通往山顶，如盘虬卧龙上山似的弯弯曲曲，不知要拐多少弯。"我即提议："今天没事，不妨数一数。"当即就得到了4岁小孙子的热烈响应。随后大家就一齐数起来：一道弯、两道弯，小孙子数数正来稚趣，不管车子是否在转弯，只是一个劲地往下数：三道弯、四道弯。我们立即制止，一定要等车子转弯后才数。在我们的示意下，由小孙子先数，我们附和孙子一起数：三道弯、四道弯……到山顶，我们竟数到了"二十"。小车下坡了，我们的注意力转移到山峰沟壑的神奇，再没有数计弯道了。

　　下了月峰岭，我们的车辆在连绵的高山深谷中行驶。深山野谷，人烟稀少，但有不少别致的建筑物。经介绍：才知道那是水力发电站、风力发电站，山顶安装了特高大的供发电的风扇转页。

　　在深山峡谷中行驶了不多时，我们到达了南溪村。亲友二姨父家就在南溪村，我们打算进屋休息片刻才走，可他不在家，下田插秧去了，家里只有小孩在看电视。二姨父在电话再三叮嘱要我们打倒到他家吃晚饭。我们小憩后就离开了南溪村，继续赶路。车辆行驶不久我们就进入了仰天湖风景区。这可谓是仰天湖风景区的大门，可建筑群不多，只有一个商店，一个不太大的旅社馆、饭店。我的亲友大姨父家就住在那村里。

姨父家已准备建新房，但现仍然暂住在原来老式的农家房舍。可庭院清清洁洁，真好像迎接什么贵客似的，见我们去了，全家喜笑颜开。

那天，大姨父家也在莳田插秧，我们就准备帮他插秧，重温支农乐趣。可大姨父不仅不要我们给他莳田，还执意要领我们游玩仰天湖。

我们仍坐小车，姨父坐骑自家的摩托车在前面引路。我老伴急着要先睹仰天湖为快而搭乘姨父的摩托车跑到前面去了。

到了山顶，我们下了车，就问：仰天湖在那里？只看一个小山头又一个小山头，人来人往熙熙攘攘。在一个土壁上见有一条大横幅："仰天湖由此去→"。我朝着箭头符号方向望去，乃是茫茫一片群山，未看到湖。姨父用手指示方向，告诉我"湖在那里！"我顺着姨父的指点方向向下望去，确实看到了湖，我惊讶问"那就是仰天湖？""是的，那就是仰天湖。"我顿时心里大失所望。我原想：仰天湖虽没有洞庭湖那种"衔远山，吞长江，浩浩汤汤，横无际涯"的雄伟气势，至少也是个湖嘛。现在看来这哪里是个湖，实是个地地道道的山塘。从上往下看，那湖水就像正要煮菜大锅底上放的一点点油，那点点湖水不说是油，就是神露琼浆，也不值得观赏和爱慕！

姨父为我们购置了门票，我们进入了湖岸边。当我们一步一步走下湖坡，渐渐靠近湖水时，就觉得湖岸在上长，湖面在不断伸延、加宽，湖就再不是一口小山塘了。姨父告诉我，湖水从未干枯过，水质总是清秀秀的。水面升降涨缩不大，一般水面达13000平方米。湖面海拔为1350米，是江南湖河水面海拔高之最。我看到湖四周是芦荡，芦荡外围则是清一色的草地，其草在江南相当罕见，名为苔质草。老伴和儿媳妇由姨父买单，租骑两匹马在湖边徜徉，姨父伴我漫步登越草地山坡。姨父告诉我这种草地覆盖这片山地达数十万亩，它镶嵌碧绿如镜的湖水，日映红日光辉，夜摄星月珍奇，昼夜一滴不漏将上天施洒给大地的甘露雨水接纳到自己的湖中，给人带来了神奇色彩。

姨父告诉我，仰天湖不仅是湖水神奇，整个仰天湖区群山也披上了神奇的外衣，尚有值得探讨的神秘内涵。仰天湖风景区东起永春峡口，西达金仙寨顶，南抵安源石林，北到江口源头，总面积40余平方公里。群山连绵，山岭到处都有泉水喷涌，水位又高，这就是营造山岭梯田得天独厚的条件。在这一带群山中，只要能够筑成梯田，即使不到一平方米也不让空隙。这就是这一带梯田又成为从山脚到山顶的另一道奇观。梯田之阶磴数，有几十的，有几百的，有的还达到上千磴级，不能造梯田之山坡就种植竹林，这就形成了竹林稻田翠绿沧海的自然优美风光。

我问姨父："你家有多少水田？"他说："我们村人均有水田0.8亩，"农忙在家里作田，农闲出外打工，村民现在富起来了，都由脱贫转向了小康。

我站在山巅的草岗上，带着漫长岁月久久的思慕的饥渴，凝视着湖水，专注着陡峭而高大的湖坡，鸟瞰湖区及延绵数百里外的群山，吟咏它交织的神奇、深邃、博大、倔强、悲凉、痛苦、焦虑、孤独、寂寞、无私、无求、坦荡、坚守的精魂。举手触云端，极目楚天外，我好像看到了江南之秀水，源远流长，流向珠江，流向长江，流向北方。岁月沧桑，自然变化，政治风云，俱往矣，换了人间。中华大地，容不得束缚，容不得羁绊，容不得闭塞，更容不得生态不平衡、风水遭破坏、环境被污染。而今，人烟辐辏，城阁扩张，飞机起降郴州，高铁始发至京……人人都在爆显自己欢忭欣悦的人生。

我陶醉在仰天湖如诗如画的美景中。

我不知什么时候离开了仰天湖，到达南溪村二姨父家，稍息后才听到清晰的说话声，这时我才知道自己出现了高山反应。

姨父家已杀了鸡，捞了鱼，还宰了狗来款待我们，其真心诚意就不用言表了。为了让我们休息好，不至于闲得无聊。又立即摆出桌椅、搬出麻将机，还从邻居找来配角打麻将。南溪村在政府帮助下已建设成为了社会主义新农村。我趁机领略了新农村的风貌。

夕阳西下，我们辞别了好客的姨父，驱车回家。在夜幕降临的时候，我们到了"繁弦急管""红灯绿酒"的郴州城。

孟浩然《过故人庄》诗云："故人具鸡黍，邀我至田家。绿树村边合，青山郭外斜。开轩面场圃，把酒话桑麻。待到重阳日，还来就菊花。"步其韵小结日游仰天湖："亲友具鸡犬，约我到他家。水碧仰天湖，山高陡背斜。扫尘摆桌子，下棋打麻将。晨往暮而归，满城亮灯花。"

怒而砸碎玻璃镜

满纸平凡事，一篇苦甜经。

唇齿有相撞，何须论输赢。

我是永兴县悦来乡中学退休教师，老伴是地地道道的一位普通的地球修理工。学校距离家数十里。长期来，和老伴过着牛郎织女两地分居的生活，只有假日才能团聚。家里的农田耕作、养猪喂鸡、哺儿育女、侍候父母等等诸多事务，全都由老伴一人承担。劳累艰辛，难以用言语表达。

旧时俗语说：嫁汉嫁汉，穿衣吃饭。丈夫养活妻儿子女是天经地义的事情，可是我却没有这个能耐。1961年参加教育工作，每月工资仅34.5元，加上粮食补贴费2.5

元，也只有 37 元。这个每月 37 元，一拿就是 17 年。君不知，一个人一个月吃饭就要一二十元，稍微买一点生活日常用品，一个月的工资就花光了，根本没有钱给家里养家糊口。钱没有给家里用，可粮食倒要吃家里的。

那时，实行粮食统购统销粮票制，每人每月粮食定量 27 斤大米。一个月 30 天，刚好每天 9 两。一日三餐，一餐 3 两，月大 31 天，还少一天的粮食。一餐 3 两大米的饭，对于一个青年人来说，那仅仅是满到肚子一个角。说来很不好意思，为了吃饱饭，还绞脑汁，耍聪明，要每天餐餐吃饱饭是不可能的，就想了个办法让每天加一次餐，这一餐多吃一钵饭。那么，加餐的粮票怎么来呢？下乡支农，必须每餐交 3 两粮票和 0.12 元钱。想来想去，唯一的办法就是打家里的主意。到家里去吃饭，可以不交粮票，在家里吃一餐饭，可以节约一餐饭的粮票，就可以解决加一餐饭的粮票。一个星期或暑寒假，到家里去一趟，吃上几餐，就可以解决在学校一个星期吃饭加餐的问题，主意是这么打，算盘是那么敲，可家里的粮食很糟糕。

我家所在的山冲，是缺粮统销地，生产队每年生产的粮食即稻谷，还包括红薯、高粱、小麦、荞麦等杂粮都折成稻谷人均总共不足二百斤，国家统销粮每人也不足 100 斤。并且生产队的粮食还要按工分人口四六分成，工分占四成，人口占六成。工分多的，粮食分得多，人平均超过队上平均指标。工分少的，粮食分得少，人平口粮达不到平均口粮。我家正值子小女幼，只有老伴一人出工。工分少，分得粮食自然低于生产队平均口粮。况且，年终决算，钱粮兑现。如果超支，分配的口粮就要现钱购买。无钱，有粮食指标数也不能领取粮食。我家是超支户，我又拿不出钱来，年终总不能按时从生产队里领取口粮。年终时，家里粮食紧张，平时则更紧张，常常无米下锅，大人挨饿，小孩哭闹。没办法，只好向邻居兄弟叔侄借米上锅。可好，老伴是个有文化的人，较聪明，在生产大队任妇女主任，人缘关系好，再加上老伴十分精通借米的学问，为人大方，借米又不怕吃亏，借牛还马，借差米还好米；在数量上尽量多还一些，不让借米者吃亏。借米用升量，借米时，由借方用手刮升，刮得平得不能再平，有时，手指向上翘起，手板自然凹下去，凹下去的手板一刮，一升米就要少一些，老伴全不在乎这些奥妙。看到这种现象时，就故意把视线移开，免得借米者尴尬难为情。还米及时，有米即还。还米时，老伴则主动反其道而为之，自己动手量米，将手背弓起来，手板就向上凸起来，慢慢将手顺着升口刮下来，升里的米明显地微微凸上来成球冠面，借米主看在眼里，喜在心里，笑吟吟。有借赢还，再借不难，所以，老伴借米，不论次数多少，总能有求必得，马到成功。

虽然这样得心应手，老伴深知这只能解决燃眉之急，但毕竟要付出"昂贵"代价，是权宜之计。要根本解决问题，还是要开源节流。节流总不可能不吃饭，或再少吃饭。开源才是最重要的。要开源就是多争工分，种好承包责任田。

在争工分的岁月里，乡村教师，虽然工资低，但工作却比较繁忙，除了正常的教学工作以外，大量的社交工作接踵而来，配合党的中心工作，搞宣传、写标语，几乎没有假日，农忙时节就自带被子行李下乡支农，回家时间很少，即使偶尔回家，能参加队上生产劳动也是义务，不能记工分。因此在队上要多争工分就全靠老伴一个人了。那时，老伴正是育孩哺乳时期，为了多做几分工，总是起早贪黑，白天背着孩子出工，晚上担任队上记工员给社员记工，每夜回来很晚，每晚回到家里才整理家务，有时还彻夜不眠。为了多做工分，在选择劳动项目上也煞费苦心。如摘油茶果时，近地方定额低，远地山岭工分定额高。老伴就选择最远山最高最陡峻的唐五指桅岭山上去摘油茶果，半夜起床，摸黑上山，带上几个红薯，劳累一整天，把油茶果挑回来，过好称，按定额就能记上二三十分。平时在生产队出工，上午下午一整天只能记六分工。尽管这样，全年家里挣到的工分还是比别人少，因而粮食分得少，家里总是缺粮少吃。

家里吃粮虽少从不诉苦，每当我回到家里时，老伴总是热情接待，有米煮饭，无米借米也煮饭给我吃。有时，宁愿自己不吃，也要留一碗饭给我。就这样，有盐同咸，无盐同淡吃家里的。粮票从来没有交一两给家里。吃家里的目的终于达到。

1989年父母先后去世。1990年后，粮食市场放开，我的工资也上涨了许多，我和我家里的人才真正彻底解决了吃饭的问题。此后不久，住房条件改善，我住上了三室一厅一厨一卫的教师住房。

生活条件的好转，我没有忘记艰辛跟随我的老伴。于是我把老伴接到学校，让老伴辞去地球修理工，退休住到学校安度晚年。

老伴来到学校，却不愿享清闲福，坐享其成，而主动把家务都统统包揽下来，买菜煮饭，洗衣刷鞋，打扫房间，拖洗地板，擦窗抹椅，俨然是个家庭保姆。

我本来就是一个不喜爱做家务的人，又不喜爱玩牌，垒长城，唯独喜爱读书。这下，老伴来到学校，能主动承担家务，更是求之不得的大好事，我便顺水推舟，把家里的经济大权也上交了。可老伴也毫不谦让，把家里的大小权利都收为己有，就连看电视掌握遥控器的小小权利也不放过。我则成了一心只读书的孤家寡人了。可不久就出现了异常，老伴说话不那么和气了，后来发展到动不动就训人骂人，甚至打人。衣服不勤换下来洗就骂不讲卫生，一天上午天气转热，我把一条秋裤脱掉了，下午突然变冷，我没有及时穿上秋裤，被老伴发现了，就受到了一顿恶狠狠地骂，还要我伸出手掌重重地打了我一巴掌。这是否是人民常说的骂是爱，打是痛？但我并不赏识，更难得接受那教人训人的话语。有次，竟为一点小事，就差点大动干戈了。那是在一天晚上，时间虽然不早了，可我还在聚精会神的看书，全身心都沉浸在书里去了，老伴好几次催促要我不要看了，我全然不知。老伴见我全不理她，就火气大发，猛地走到我身边，夺过我手中的书，恶狠狠地砸在地上，说："看书！看书！这么晚了还看书，要您不看书了又不听，您的眼睛快瞎了，知不知道！"我看到书被砸成四分五裂，又听到眼睛瞎了，就火冒三丈，大发雷霆起来，将戴上的老花眼镜拔下来，"啪"的一声，砸在地上，当即被砸得粉碎，倘若那时老伴如果再顶一句嘴，那就会大动干戈了。老伴见势不妙，马上收敛了怒气，晴天骤然变成阴天，霎时乌云密布，凝成露珠、涌出黑洞，又化为乌有。就在这节骨眼上，女儿来了。老伴十分机巧地把女儿引开，说"您爸爸刚才不小心把眼镜摔破了"！女儿说："这不要紧，另外买一副就是。"老伴借机拿起扫帚打扫了"战场"。战斗虽然已结束，但我心里总不是滋味。几天下来不看书，又不愿和老伴搭腔，生闷气，度日如年。怪谁呢？怪来怪去，当然不是怪自己。自己乃堂堂一个男子汉大丈夫，永远是至高无上准不会错。老伴气消了，自己的气总觉得没有出，伤痕难以愈合。后来又觉得自己也有不妥之处。但向老伴和解总难以迈步。当看到我父母的遗像时，历历往事又触及了我的心弦。

我家祖辈是农民，饱受了无文化的苦。父亲天资聪慧，只读了半年书，就成为村里一个读书人，能通晓乡村各种文字应酬。父亲深深知道，只有读书才有出息。父亲寄希望于我，命意再穷再苦也要送儿子去读书。我6岁时就读私塾，1950年就转为读小学，1955年考上了永兴县第二初级中学，父母非常高兴千方百计筹足钱粮送我读完初中。母亲在生活事务中无微不至的关照我，使我至今记忆犹新。永兴二中办在县城，距我家有八九十里。那时交通不便，从家里要走二十多里山路到马田。再从马田坐汽车抵达县城。马田至永兴城每天只有一趟公共汽车，乘车准时正点。为了搭车必须早上一天亮就起床赶路，稍微迟一点就乘不上车。那时，家里没有时钟，整个村里也没有哪一户人家有时钟，没有时钟，起床不知早迟，起早了，天还未亮，起迟了，又赶不上车。母亲为了让我能乘上车，不延误时间，每当我上学的前一天晚上就不睡觉，坐着等天亮，静听公鸡叫的遍数，小心翼翼打开家门，看看星星，望望月亮，凝视东方，待东方出现鱼肚白，露出一线微红霞光亮，就把早已准备的饭菜端在桌上，喊我起床吃饭。吃完饭，刚好天亮。母亲再给我包好几个红薯，就催我上路了。送我到村口，又不免潸然泪下。我当时，总嫌妈妈爱哭。我还曾对妈妈说："妈妈，您如果还哭那我就不去读书了"我的话刺痛了妈妈的心，以后，每送我到村口后，就急速转回家哭，再不敢当面流泪了。每当我快放假回家时，妈妈就倚门倚闾盼望儿子早一点回家。

1958年，我初中毕业时，父亲疾病缠身，家里已到了家贫如洗的地步。再没有经济能力送我继续上学了，我得知师范免费，我就选择了报考师范，结果被保送到耒阳师范学习。

读师范不交伙食费，但要交书课本费，每期7.5元。这虽然是个小数字，但对我家来说，近似天文数字。

我读师范第一个学期的钱，就是母亲赚来的。那时卫生院收购野生中药旦竹叶，1元收购100斤干旦竹叶。村里四周山岭上有旦竹叶，母亲上午、下午照常到生产队出工，争工分，利用中午休息时间和生产队闲暇时间到岭上扯旦竹叶，一次能扯到二三十斤，挑回家来，清洗晒干后，就可得二三斤干的旦竹叶，待凑到四五十斤旦竹叶后。就挑到卫生院卖掉，换取钱，卖一次可得四五角钱。赚四五角钱，别人是很容易的事，而对于我母亲——一个年已半百又是缠足小脚的老妪来说，是何等的不容易啊！

这些钱，与其说是母亲的血汗钱，倒不如说是母亲的卖命钱，我能读师范就是我母亲卖命成就的。

1961年，师范毕业，父亲高兴地说，"你当上教师，就相当于家里新买来了几百亩稻田"。

我参加工作，并没有给家里带来多大福祉。往后不久，又成家生孩子，家里的生活负担如下雨天挑稻草——越来越重。

按人之常理，孝敬父母，儿女义不容辞，我没有做到，可老伴倒尽到了点责任。

我成家后就与父母分居。那时，还没有自来水，父母家的饮用水由老伴负责，每天先把父母的水缸挑满水，再挑自家的饮用水。父母家的煤炭也是由老伴供给，那时村里还未修公路，烧的煤炭全靠人工从煤矿上去挑。老伴说："只要有钱挑炭，我是不怕辛苦的"。的确那时，买煤炭的钱也经常拿不出。有一次，父母和我两家都没有煤炭烧了，又没有买煤炭的钱，老伴就将生产队分来的几十斤干红薯藤不舍得给自家猪吃，挑到马田圩去卖。到本答坳上陡坡处，一不小心，连人带那担干红薯藤哗啦哗啦像放滚筒一样从山顶滚到山下。知情人最担心老伴肚里的小家伙有个三长两短，老伴也很着急。待滚到山脚下后，翻身过来，摸摸肚子没有意外感觉。起来后，又挑起干红薯藤继续赶路，直至马田圩。到马田圩将红薯藤卖掉，换来了买炭的钱，再到邝家煤矿买了80斤煤炭挑回家。分一半给父母烧，父母得知媳妇摔了一大跤，肚里的孩子又安然无恙又惊又喜。惊喜之余更痛爱媳妇，母亲把媳妇当成自己的亲生女儿，总想减少一点媳妇负担，尽量不给儿媳妇添麻烦。父亲多年患病，照顾父亲的事情全部由母亲负责。1988年7月，父亲去了世。母亲也因照顾父亲太周全而劳累过度，身体健康状况也一天不如一天。这下照顾母亲的重担就全落在老伴的肩上了。老伴也毫不推诿，勇挑了这副重担。在母亲病危时，老伴和母亲睡一铺床。母亲每醒来一次，总要摸摸儿媳的脚，当摸到脚后就说："我崽还在这里睡！"说后，又安详睡觉了。母亲临终时，母亲咳嗽不止，咳出的痰无力吐出来，露在嘴角上，老伴就用纸将痰抹去，一个晚上，抹痰的纸堆积一大堆。有时痰含在嘴里吐不出来，就用手把痰挖出来。

回忆往事，老伴对母亲的孝心，敲击了我的良心，我从心底里感激老伴，当我准备负荆请罪时，老伴把已买好的崭新高级的老花眼镜送给我，我刚要启口，老伴抢着说："这副眼镜又好又打不烂，您尽管专心看书，可不要忘记身体！"老伴的话语，饱含着奉献者的喜悦和骄傲，蕴藏着慈母般的懿德和宽容，洋溢着妻子对丈夫的恩爱和希冀。

驱垢迎祥

岁岁过年，今又新春来临，以前过年有好吃的，人人盼过年。现在家家丰衣足食，有吃有穿，平常胜过年，过年太平凡。可有一件事，年前必做，那就是除夕大扫除。

记得孩提时，有一年农历十二月二十一日，母亲看到邻居都已进行了大扫除，而自家还没有着手，非常着急，决计第二天无论如何要进行大扫除。

那时，还未解放，我家和大多数农家一样住着土砖土墙屋，煮饭生火是烧茅柴，一烧火灰尘飞扬。一年四季，日积月累，屋梁、天花板四周墙壁上都落堆了一层层厚厚的茅柴灰，炉火附近灰尘又与油烟相亲相爱，难舍难分。从天花板上垂下的断头蜘蛛丝由细变粗，点缀狭窄的茅屋更使房舍充实饱和。要清扫房屋这些污垢确实不是一件容易的事。

第二天天亮，母亲就着手打扫，扎好头巾遮盖口鼻，穿上长衣裤，先将零星家具用品搬到外边后，就拿着捆好的长把扫帚扫除天花板、四周墙灰尘和悬挂的粗细的蜘蛛丝。顿时屋内灰蒙蒙，一些灰尘也趁机从窗框、屋门口往外窜。母亲也不时从屋里出来，呛咳不止，尔后又进去，来来去去，几个回合，屋里尘灰消落，母亲成了一个灰人。随后就用刀铲削去屋梁、天花板黑黛油胶物。把屋内打扫好后就清洗放在外面的家具用品，那时没有肥皂粉、洗涤剂，只有皂角、茶枯、谷壳。有些家具擦洗一两次就干净，可有些如锅盖盆甄需要擦洗五六次才能呈现木质本色，擦洗时不仅要用力，还要讲究方法技术。通过两天辛劳的清洗，房屋终于亮堂，显得宽敞了，母亲的劳累换来了迎新年的喜悦，母亲说，年终大扫除是我们洗刷灾祸机会，是上天降福于斯人的依据。

物换星移，天旋地转，几十年弹指一挥间。过年依旧，习俗不改。唯有不同的是扫除劳累的强度越来越轻巧，随着生活水平的提高和住房条件的改善，住房已由狭窄的茅庐换成了高楼大厦。卧室、厨房卫生间分设，生火已由柴草换成煤炭，进而启用煤气、电、太阳能、沼气。还配上排气扇、抽油烟机、吸尘器等，屋内污垢没有停留的机会了，再加上天天扫除成习惯，房屋已成了洁处圣地。然而，习俗不改，年终扫除家家户户必不可少。

岁月不居留，天道酬勤善。习俗依旧，观念更新。面对五彩缤纷的大千世界，在除夕迎新之时，戒无法无天，扬省恶崇善，世道才会永昌。

愿北湖公园成为疗养园

2015年7月因身体不适，我住进了郴州市第三人民医院。我住院治疗的分管医师是蒋露萱。她一开始就对我的病情做全方面的了解：小时候生过什么病，长大后又得过什么疾，现在身体那里感到不舒服，被她一步步追问，我只得如报家珍一样毫不保留地全盘托出。随即就进行大小便化验、血的化验，紧接着就是作 CT、X 光、B 超等检查。三天后，蒋医师高兴地告诉我，你的身体没有多大问题，请安心养病。就这样我住进了郴州市第三人民医院。有病的人都会有这样的体会，身体有病不是一件好事。如果是疼痛疾病，疼痛有苦难言。不痛而痒疾病也会坐卧不安茶饭不思。有病是人生最大的痛苦，没病多幸福。可我在第三人民治病，却没有经过多大的病的折磨，这大概首先归结于医生的高超医术，能根据病人的病情对症下药，药到病除。后就是医生善于做思想工作及时对病人在精神上给予安慰和鼓励。再则就是治疗环境的幽雅。在医院里，不冷不热空气清鲜，又没有蚊虫咬，舒适怡人。在医院里过生活真是一种享受。在医院里住了不长的时间，身体很快恢复了元气。病痛则一天天与自己远离而去。在医生的开导下我开始每早上和下午都到医院旁边的北湖公园散步游玩。

在北湖公园里各种游玩设施能基本上满足游人的需要，更特别是公园里的清洁卫生，虽然地域广阔游人众多，可清洁卫生不亚于医院。因此人民都乐意到公园游玩休闲。在公园里待久了，也会碰到不愉快的事情。一次下午四点许，炎日高照，暑气逼人。我怀着强烈的避暑心情来到公园，选择了一个树叶浓密且有木制的长条凳子坐下，顿时从树叶缝隙间吹来了一绺凉风身体爽快多了，只觉得脚下还有一点热，就索性把鞋袜脱掉裤脚卷起来这下可收到了立竿见影的效果。但不久就出现了异常，手臂出现了红斑，脚趾也被小蚊虫团团围住。这才意识到，此处不是久留之地，三十六计，走为上计。有人告诉我，出游时带点药就可以。这时我想起了阮阅写的诗词《北湖水月》就步其韵写了一首打油诗其诗曰：檐楹山影水光中，携药来时伴游翁。四岸烟云芳草绿，六方蚊虫咬身红。一个美好的游览胜地，出游时要携带药品，总不是什么滋味，把园里的害人虫除掉，那该多好啊！这时又续写了四句打油诗：檐楹山影水光中，带病来时缠游翁。四岸烟云芳草绿，一脑白发夕阳红。

上了年纪的人都还记得，北湖公园西南岸一片地，在二十世纪四十年代还是一个未修成的飞机场。解放初期也还是一块黄土坪。有黄土好办事。在黄土上栽上树，这些树长大后，就成了今天公园里的树林。郴州不能没有飞机场。今年即 2015 年正好是抗日战争取得胜利 70 周年。我们得知，在郴州又经批准建飞机场。并且将在年内动工，这是一个多么振奋人心的特大喜讯！届时郴州人将从郴州机场飞往世界各地，并让世界人民知道郴州人有能力有信心实现自己的愿望和理想，一定能把郴州建设得更好，并且还愿同世界人民一道，扫除害人虫，把地球建设成人类疗养园，确保世界永久和平！

老伴之言

　　2016 年 5 月 18 日，我和老伴到郴州高铁西站买高铁火车票到长沙去。一进售票厅，只见自动售票机前，都排着一长串购票人员。人工营业窗口只有两个开了窗，且在窗前也排成两长串队伍，我以为是人工在售票，就站在一列队伍后面等候买票。可不久，我发现这个窗口不售票，是改签车票的，另外那个人工营业窗口是办理退票业务。我只得离开已排了多时的队伍另找地方去买票。自动售票机我不会操作，而售票大厅今天又没有设置人员售票，怎么办呢？无计可施，只得硬着头皮到自动售票机前排队买票。先想向前后人员学习，可前后人员都忙于各自的事情，无暇来传授售票知识，我只得向大厅里的警察服务员求助。可好，一位年轻的小伙子开始虽有一点不乐意，但最后还是同意了。我告诉他，我要买后天的票，今天 18

日，要买 20 日的车票，他点了点头。我回到原来排队的位置上等候买票，那个小伙子也跟着我在我旁边等候给我买票。当轮到我买票时，他娴熟地拿着我的身份证在售票机前摆弄了一下，再把钱放进售票机内，很快就出了我和老伴的两张车票，我非常高兴。可当我拿起车票一看时，发现不是 20 日的车票，而是当天 18 日的车票。我当即询问了那个小伙子，那小伙子也觉得错了，就要我到改签车票窗口更改日期。我根据小伙子的吩咐到更改窗口，更改窗口前依然还有长串队伍，我照样依次排着队等候。当轮到我时，我将车票递过去，更改员接到我的车票一看就说，这张车票的车子很快就要到了，车票只能退票。我看到更改员拿着我的车票迅速离开她的办公桌子，飞快地到退票窗口把我的车票交给退票员，要求尽快办理退票，否则就要作废票处理。办事员在办公室里面飞跑，我就在窗外大厅从改签窗口跑到退票窗口。退票员说，还来得及时，但退票要收手续费，每张 30 元，两张 60 元。几分钟时间，就无明无白失掉了 60 元，心里很不是滋味。

老伴却宽慰我说："'责人之心责己，恕己之心恕人。'这件事千怪万怪还是怪自己没有本事！"我想，老伴一个妇道人家之言，可包含着很深的哲理。她不就是在诲我树立自信，教我自强不息，催我勤学奋进吗？

湖光山色小区居民体育锻炼热

　　清晨6点钟，红日刚刚从东方喷薄而出，喜微的晨光给大地披上了可爱的晨装，不少人还沉浸在晨曦的美梦中，可在郴州市苏仙区爱莲湖社区湖光山色小区的大门口前坪里，一群老年人笑容可掬，手舞足蹈跟随着播放体操的乐曲声，在有节奏地做着欢乐舞步健身操。乐曲优美动听，体操动作优雅柔和。

　　傍晚七点半钟，在同样的一个地方，一伙人群在做健身保健操。做操后，就跳舞，边学边跳，时间持续到晚上9点。

　　做操跳舞运动场，几易其地。开始，运动场地在小区的一个空坪内。因有群众反映，播放乐曲吵扰民群生活，群众有意见，小区领导转告做操人群。做操人群很快接受了意见，试改迁了几个地点，很不理想。最后将做操运动场地放在小区大门口前坪里，大家满意了。下雨天就在小区架室层休闲场地，并且为了减少干扰，把播放乐曲调到最小声，直至微乎其微。参加做操跳舞人群都是自觉自愿组合而成的。没有组织者，只有带头人，带头人就是家有多功能 DVD 视频播放器，并且喜欢做操跳舞的几个人。他们每到做操跳舞时间，就提着自家的播放器到做操地点播放体操舞蹈乐曲。喜欢做操跳舞的人群有的早已在等候，有的按时到了，迟到的也比较少。因为他们都知道做操很重要。迟到了小做了，几节体操对健身难以弥补的损失，但在跳舞做操过程中，可迟到早退，无拘无束，非常自由。

做操的几个带头人都很负责，如彭女士，今年 64 岁了，人民都称呼她彭大妈。她对做操跳舞很热心，每天都按时提着自家的播放器及时为大家播放乐曲，从未迟到缺席过。有时时间快到了，她就跑步到达，跳舞人群对她的举动都表示感谢。她却说："做操对我个人有好处，你们不来做操，我个人也放曲做操，今天你们陪伴我做操，这是对我们最大支持，我应该先感谢你们了！"彭大妈的话使人钦佩不已，真是与人为善，为人敬上。小区人群在几个热心人的带领下，做操跳舞人群也就越来越多。

小区居民体育锻炼除了做操跳跳以外，还在跑步的、散步的、打太极拳的、打篮球的、打羽毛球的、在体操机械上锻炼的。放学后或假日，儿童游乐围成了小孩体育锻炼的最佳场所。

　　小区居民来自五湖四海，彼此互不相识。通过体育锻炼小区人群从不相识到相识，从不熟悉到熟悉以至亲密无间。人民群众在体育锻炼时，认真锻炼，闲暇时，就相互介绍，谈家常叙亲情，不相识人群很快认识了，熟悉了。外出相见急要打招呼。在日常生活中能互相关心，互相帮助，互相爱护。天晴天晒衣服，如果突然下雨，你没有及时收起衣服，就有人把衣服收起来，不被大雨淋湿。小区有个女士，抱孩子一不小心，摔了跤，幸好小孩没有摔伤，而大人手臂摔伤了，小区很多人去看望，问长问短，现在小区人民关系融洽，友好相处间，真是不似乡亲，胜似乡亲。在社会主义核心价值观的指导下，小区人民在盛胜桃源怡然自乐，悠然自得。

可爱的郴州

《爱莲说》："水陆草木之花可爱者甚蕃。晋陶渊明独爱菊；自李唐来，世人甚爱牡丹；予独爱莲之出淤泥而不染，濯清涟而不妖，中通外直，不蔓不枝，香远益清，亭亭净植，可远观而不可亵玩焉。予谓菊，花之隐逸者也，牡丹，花之富贵者也；莲，花之君子者也。噫！菊之爱，陶后鲜有闻，莲之爱，同予者何人？牡丹之爱，宜乎众矣！"这篇抒情散文是宋朝周颐所作，寓意深长，脍炙人口，历代传诵，经久不衰。

在郴州城南面，郴江畔旁有一个湖，名叫爱莲湖，爱莲湖的爱莲两字正好与《爱莲说》的爱莲两字相吻合，这里是否有一定的渊源瓜葛。是爱莲湖取名来源于这篇古文，还是纯粹的巧合，笔者一概不得而知。

而今，爱莲湖四面八方，人烟汇聚，高楼林立。它已成为郴州高端人居板块。在爱莲湖的东南面，已有一小区，取名为湖光山色。小区前面广场上，竖有一株几米高的莲叶荷花雕塑。它亭亭玉立，好似要和爱莲湖连成一气与百花品德试比高低；又好像虚怀若谷，要接纳爱莲湖之灵气，正高昂诗韵古代经典，歌颂莲之品质，力求营造湖水荡漾、星光潋滟之美艳，让湖光山色之美称名副其实。

进入小区，就像进入一个盛大的欢乐观礼检阅庆典会场，一簇簇花枝就像一个个身披着嫩绿衣裳的少儿，手捧着一束束鲜花，排着整齐的队伍，站成方阵，圆阵，万仙阵等阵式，互相挤着推着，微笑着，都想尽早一点将鲜花献出我们这帮刚进来的人群，让我们早一点浸润在花的芬芳中。我们无不被芳香的优美环境所陶醉。

在小区，我们举目观望，一栋栋电梯房巍然屹立，非常壮观，然而也有一种挤合密匝之感。可走拢一看，一栋栋楼房相距还异常宽敞，在宽敞的间隙空间，除了建立花池，栽木种花草之外，还建有篮球场，儿童乐园，体育器械活动场地以及清水鱼池等。

小区的楼房一栋一栋，高矮不一，最高的有三十多层，最矮的也有二十五层，每栋楼房又分成两个单元，每个单元每一层有三套住房。每个单元配置两个电梯，电梯安全，快速。从第一层到顶层上下不需要等待多长时间。

小区楼房都是坐北朝南走向，楼上楼下，通风向阳，空气新鲜。更可喜地是小区把二栋楼房第一层设置为空架层。这空架层包含有六个套间住房，设有装成住房，留着做公共乘凉休闲场所，并配有凳子椅子。天气炎热时，到空架层乘凉休闲，微风吹拂，凉爽舒畅，心旷神怡，暑气顿然全消。空架层是乘凉避暑不可多得的好地方。

小区住房环境设计新颖优美，但也并非十全十美。第一栋第二单元的人群出入要绕转大半个圆圈。久而久之，一些人就擅自穿过花草池，践踏花草，在花草池内形成了一条践踏花草的新直道，这正如鲁迅先生所说，地上并没有路，走的人多了，也就成了路。小区领导看在眼里，思考在心里，觉得人群践踏花草另外开辟这条新道，有道理，很科学。不但没有批评践踏花草破坏花园美观的人群，而是不惜另花费钱物，沿着被践踏花草的路线又新铺成一条路，原旧路依然不变。小区领导的作为大得人心。

住在小区，安定欢乐，胜过古代"世外桃源"，古代世外桃源与世隔绝，而小区与外地紧密相连，与外地是一个有机的不可分割的整体。爱莲路通过小区北大门口，坐上小车子，就可以奔驰外面各地。乘坐公交车更是方便之至，以前没有通公交车，去年开通了一条33路公交车，去年12月，东坡岭隧道通车，爱莲路又新开了一条38路公交车，今年9月又新开了一条36路公交车。乘坐公交车或再转乘，与外地交往就更畅通无阻。山重水复疑无路，柳暗花明千万村。

今年国庆中秋佳节，小区大门口悬竖立了圆柱形拱门，上面书写的横幅是国庆中秋双节同庆巨惠全城。

再加上对联：

度中秋彩灯大门挂
庆国庆国旗迎风飘

这一点缀更增添节日的热闹气氛和祖国的繁华昌盛。

湖光山色小区，宣我所居，我爱它！湖光山色属于郴州，而郴州又属于祖国。管中窥豹可见一斑。

我爱郴州！我更爱祖国——中华人民共和国！

滋兰九畹，树蕙百亩

在 2014 年 9 月 22 日郴州日报文学版上看到朱珍兰写的文章：《真僧只说家常》，我被中山大学文学系教授先生所感染。

前不久，和一位朋友慕名拜访了他。老先生在书房里，但没有挥毫，却在伏案读书。他那专心致志的神态确实难以言表。和老先生虽然素不相识，但一相见，就好像是老熟人好朋友久别重逢一般，话匣子一下就打开了。天南海北，古今中外如长江之水滔滔不绝，无所不谈。在闲谈之间隙，我留心老先生的书房，可大饱了眼福，书香宝墨，四壁丹青。在他书写的作品中，见到了一条幅："滋兰九畹，树蕙百亩"。我当即问了一句，这条幅是什么意思？老先生马上告诉了我，并生怕我们未懂清楚，就将一本《楚辞》递给我说："这句话是从楚辞中引过来的。"我漫不径心地翻阅楚辞，只翻阅了两三页，就看到有这样的诗句：余既滋兰之九畹兮，又树蕙之百亩，畦留夷与揭车兮，杂杜衡与芳芷。我就毫不顾忌地向老先生问了一句：有草字头的蕙和没有草字头的惠可以通用吗？老先生听我这么一问，迟疑了一下，看了一下他的书法作品，就顿有所悟，乃大喜说："你们今天来得真好，给我纠正了一个错别字，蕙和惠这两个字完全不同，不能通用。"随即叹道："老了，提笔忘字，挥毫漏点。"我们说："老先生还未老，耳聪明目，记忆很强，思维敏捷，才智超群。我们中国的文字太多太繁杂，偶有一点失误，乃家常便饭，何足挂齿。"老先生听我们这么一说又精神起来了说："我们中国的文化确实太丰富多彩了，要全部掌握除非圣贤。人非圣贤，孰能无过？但不能以此作为借口，好让失误有生存的天地。"老先生接着又说："说实在话，在教育工作岗位上，几十年兢兢业业，任劳任怨，在事业上从未怠惰过，在学业上一贯是一丝不苟。可现在有些教师备课不是为了上好课，而是为了应付检查，所讲的课和所备的课是风马牛不相及。在学校开个会，举行教研活动，也要补助费，没有就不参加。在社会上，打牌打麻将非常盛行。各单位各部门设置的图书室书吧，光顾的人真是凤毛麟角。要改变这种状况，关键在教育。现在人人享有受教育的权利。从学校出来的人都喜欢读书，读书就自然而然蔚成风气。"老先生又继续说："屈原曾为楚三闾大夫，负责贵族子弟的教育，兰蕙都是指香草，滋兰树蕙指的是对贵族子弟的培养教育。我们今天的教育对象是全民学子，我们作为教育工作者，在教育工作岗位上，就要忠诚党的教育事业，为培养学子而呕心沥血。退休后也还要把余热献给教育事业。所以我写的条幅：滋兰九畹，树蕙百亩就是这个意思。"老先生的话多么由衷恳切。

可爱的一道人文景观

　　永兴县城关镇先锋小学位于永兴县城关镇县正街中部，东依永兴县文化馆。校门临县正街而建。走入校门，穿过一条通道，就可以进入校园。校园繁花似锦，树木成林，八百多岁的古槐，浓荫如盖吐芳馨。校房围操坪而建，鳞次栉比。教室宽敞明亮，办公楼造型别致，巍峨壮观。目光托起的五星红旗在操场上空闪耀。五星红旗的对面是一座精美的向科学进军的雕塑，时时刻刻在激励学子奋发向上。学校办学历史悠久，第一流的教学质量闻名遐迩，佼佼的办学业绩为众多人所向往。慕名而不能就读。能就读者而觉荣幸之至，且趾高气扬。

　　学校生源充足而有剩余，学生年年增加，2013年学生人数增加达到历史之最。为了确保学生入学安全，学校还要求一二年级学生家长要接送学生。这样，来学校的人数增加，就给学校造成很大压力。不说别的，光说学生及家长出入学校校门就很困难。因为出入学校要经过一条窄狭的通道，这条通道酷似一个瓶颈。放学时，特别是中午放学回家吃饭，下课铃一响，几千学生一齐冲出各自教室，飞跑到操场，与已等候多时的家长一起，像一窝蜂似的进入通道，挤出校门。跑在前面的还能顺顺当当的出学校，可稍迟一点的，随着后来的人群源源不断，接踵而来，人流黑压压的，人流速度愈来愈慢，他们已不能大踏步向前走，只能慢慢地踏着碎步前进，后人推前人，缓缓向前移动。好不容易才挤出校门，又被刚刚挤出校门的人群推向前去。就这样后浪推前浪，校门前的一段街道上人满为患，交通阻塞，秩序大乱。车鸣声，喊叫声，应答声，疏导声，怨骂声，此起彼伏。下雨时更糟糕。此情此景，教师们早就看在眼里，急在心里。安全第一，人命关天。以前曾多次想拓宽通道和校门，但都不能如愿以偿。怎么办呢？每到放学时，除了诚惶诚恐，提心吊胆，忐忑不安，就只有望洋兴叹，无可奈何了。2014 年五一节后，学校开展'开心上学。安全回家'交通安全主题教育活动。学校放学实行路队制，并把放学时间错开，一二年级提前 10 分钟放学。放学时，每个教学班排成两列纵队，一个班跟着一个班，由教师护队，将学生先近后远送回家。这就较好地改变了出校门拥挤的现象。在学校放学时，我们就看到每个班走在前面的两个同学，举着班级小红旗，在前面开路，后面的一个跟着一个顺顺当当轻轻松松地穿过学校通道，跨出校门，家长也融入学生路队。他们一出校门，两路队伍就分开，一路向左，一路向右，大踏步走在人行道上。他们若脱笼之鹄，尽情欣赏修葺一新的街道风貌，尽深吸收着大街鲜活清香的空气。他们的神情是那么活泼可爱！蹦呵，跳呵！队伍整齐，秩序井然，城民们无不投给赞美的眼睑。他们为城镇带来了生机！带来了活力！更为城镇提高了文明的品位，是一道可爱的人文景观！

陶行知的儿歌写得好："人有两件宝，双手和大脑。双手会做事，大脑会思考。用手又用脑，才能有创造。"先锋小学的教师在教学中，在培养学生兴趣爱好并会用手和会用脑的同时，现又创造了路队制，这是会动脑的结果。这一创造虽是针对拓宽校门和通道而作的权宜之计，然而却为城镇增添了一道可爱的人文景观。推而广之，中外古今的科学家无不都是因为有爱好兴趣而又会动手和会动脑才有所发明创造的。我们伟大的中华民族人人都有兴趣爱好又会动手和会动脑，创造一个美丽的中国，赶超世界先进水平还会遥远吗？值得庆幸的是先锋小学的校门重建和拓宽已得到上级的批准，现正在筹建中。它将激励师生奋发向上，再添佳绩，再创辉煌！值得庆幸的是先锋小学的校门重建和拓宽已得到上级的批准，现正在筹建中。它将激励师生奋发向上，再添佳绩，再创辉煌！

千万和春住

　　我村有一对老夫妻，年纪都七十多岁了。自成年结婚后，两口子相亲相爱，如胶似漆，一同三餐，夜同一宿。生产劳动，形影不离。养儿育女，喜上眉梢。儿女长大成人并有所业绩，家庭生活苦尽甘来。可不知怎的，两老口子同灶不共饭菜，同家不共枕眠。这样一晃就二十多年。前不久，其夫在临终时与妻子见面，两双老手紧握在一起，泣不成声，泪如泉涌，在场的人无不垂泪震撼。见此情景，说什么好呢？千言万语，无言以对。这时我想起了王观作的《卜算子·送鲍浩然之浙东》一词：

　　　　水是眼波横，山是眉峰聚。

　　　　欲问行人去那边？眉眼盈盈处。

　　　　才始送春归，又送君归去。

若到江南赶上春，千万和春住。

这首词是什么意思呢？古诗词深奥难懂，要弄懂它，非得借助古诗词注释不可。

中国青年出版社出版的《唐宋词选》说：这首词语言流利，情景交融。写山水，也是写离人的心情；写送春，也是写惜别。人民文学出版社出版的《唐宋词选》说：这首词借送别友人写江南春景之佳，春日之长，表达了作者自己对江南的怀念。

人民教育出版社出版的义务教育课程标准实验教科书注释说：水是眼波横是说水像美人流动的眼波，眉峰聚是说美人蹙起的眉毛，眉眼盈盈处这里指山水交汇的地方。既描绘山水之貌，又暗示了离别之情。又通过："送春归"和"送君归"，巧妙地把"惜春"和"惜别"联系在一起，表现了词人的美好情怀。

陕西人民教育出版社出版的中学教材全解说；这是一首送别词。上片着重写人，以眼波和眉峰比喻水和山，"眉眼盈盈'四字有两层意思，既写江南水的秀美，同时又写了他要见到人物的脉脉含情。语带双关，扣得天衣无缝。可看出词人手法的高明。下片着重写季节。而这季节又同归家者的心情配合得恰好。暮春时节春归人也归。结尾两句中的"春"，不仅是指季节方面，不要辜负人好春光，一定与它同住，而且又是指人事方面的，所谓人事方面的"春"便是家人的团聚，是家庭生活中的"春"。语带双关，聪明俏皮。这首词轻松活泼，比喻巧妙，耐人寻味。几句俏皮话，新而不俗，雅而不谑。

根据上述几种注释，我把这首词理解为作者对妻子的思念和对送别人的欢快及祝愿，并把"春"通俗理解为"妻子"。上片是说，我俯视如眼波的碧水，就显现了妻子楚楚动人的容貌，仰观若似眉峰的群山，就想起妻子那诱人的形态。我要去！到那里去？到家里去，去与妻子团聚，免得妻子天天盼我："梳洗罢，独倚望江楼。过尽千帆皆不是，斜晖脉脉水悠悠。肠断白蘋洲。"在下片，词人首先说，亲爱的好友，你真荣幸，前不久，你将妻子送回家，现我又送你回家，可我没有这样的好运气。祝愿你与妻子团聚后，不要再东奔西走，放荡不羁，要遵纪守法，宽恕待人，出外靠朋友，在家靠妻子。少来夫妻老来伴，家和万事兴。你可要切记，千万和妻住。

我想，按我的理解意思，如果早在二十多年前，俩老夫妻能听到词人的祝愿，并能尊崇他，就一定生活得美满幸福。

前车之覆，后车之鉴。让我们把"千万和春住"作为处家的座右铭吧！

去长沙

    小妹来电，说外甥生了第一个孩子。弟弟也来电告知，并要我和侄儿一同去看月婆。

    小妹住长沙。去长沙可坐汽车、火车、高铁，我们选择了坐高铁，车票由侄儿先天购买。2016 年 5 月 21 日上午，我和老伴先到郴州高铁西站。在西站，我们看到站内宣传窗里有关有些高铁知识：北京到广州，一天二十四小时，共八十趟，大概 10 多分钟开出一趟。下午一时侄儿也到了西站。我们是买了下午二时半的车票，列车晚点两分钟。下午二时三十二分，我们按照车票上标明的内容数据登上了由广州开往北京的高铁 G1402，06 车 15A 二等座。每趟车有十多笼车厢，每笼车厢有 17 排座位，每排有 5 个座位，编为 A、B、C、D、E，每车箱定员坐 85人。我坐在 A 座位上，临近窗口，最好观看车外景致。从车厢前门上方出现的影视文字可知，车辆运行的速度是每小时 300 公里。可我坐在车内比平常坐在小汽车上还要舒服，没有颠簸晃动感觉。我还想在车上多待一会儿，可一小时多一点车就到达长沙火车南站。一到站，就要下车。因为车子每站只能停几分钟。并且上车的人接踵而来。从长沙火车南站一下高铁火车，不要出火车站，进入地铁出入口，购买了到望城坡站地铁票，随即持地铁票到上地铁车地点等候上车。不一会，地铁车来了，排在地铁外等候上车的很多人蜂拥进入地铁车厢。侄儿要我快一点进去抢占个座位，我挤在上车的人群中进入车厢内，车厢内已经站满了人，坐着的坐在车厢两边的长凳座位上，站着的站在车厢中间，手拉着车顶篷安置的扶手。我没有坐到座位，就只有拉住顶篷上的扶手，站在车厢中央。可不一会，坐在凳子上的有好几个人同时站起来把座位让给我坐，我说谢谢！他们说："不用谢，尊老爱幼是我们中华民族的传统美德！"我坐在凳子上确实舒服多了。当乘客都进入车厢后，地道门迅速关上，紧接着车门也关上，车就开动了。车子每到一个站就广播一个站名，车子一开动，在车厢影视幕上出现了下一站的名字。我一面乘车，一边记录车子经过的站名。从长沙地铁南站开始，依次经过的站台是：长沙火车站、杜花路站、沙湾公园、长沙大道、人民东路、万家丽广场、锦泰广场、长沙火车站、袁家岭、迎宾路口、芙蓉广场、五一广场、湘江中路、橘子洲、荣湾镇、西湖公园、金星路、望城坡。我们到了望城坡站，一出站，外甥早在车站外等候，我们随即坐上外甥的小车到达他家。他家住在恒大华府站恒大华府第四号2105住房。

小妹见我们去了，非常高兴，招待特别周到。吃喝玩乐样样周全称心。外甥嫂见我们来看她，她更是喜出望外，笑眯眯抱着宝宝给我们看。我马上接过宝宝抱在怀里，看到宝宝嫩嫩的，红淡淡的，真是可爱，我们都抢着抱，最后抢到宝宝抱的是外甥，即宝宝的爸爸。他抱起宝宝比别人更欢心，笑容可掬，欢声更洪亮。他全神贯注地看着宝宝，嘴里发出甜甜地"得、得"的声音。他非常高兴，他更感到神奇，自己这条生命也有了延续。当他看到宝宝红淡的小眼皮微微地摇动了一下，就大声哈哈大笑说："宝宝看光了，宝宝看光了。"他又接着说；"看，看这个世界多么好，善行福泽。"不一会儿，又见到宝宝嘴唇稍微摇动了几下，他就说宝宝在说话了。宝宝的降生给全家人带来了欢乐，带来了幸福。宾主陶醉在喜悦中。妹夫对我们说："你们千里迢迢来到长沙，我们衷心感谢你们，没有什么好招待的，就请你们在长沙多住几天，看看长沙的风貌！"在妹妹一家人的再三挽留下，我们听从了主家的安排，留住在长沙，饱览了长沙的美丽风光。在游览长沙中国历史文化名镇靖港古镇景点后，又勾起我们对历史对旧中国回味。中国复兴梦何时起何时揭？习近平总书记在文艺工作座谈会上讲话中指出："实现中华民族伟大复兴，是近代以来中国人民最伟大梦想。今天，我们比历史上任何时期都更接近中华民族伟大复兴的目标，比历史上任何时期都更有信心、有能力实现这个目标。"我们深信，中国人民在总书记的领导下，坚持改革创新，面向世界，勇于进取，树立自信，保持特色，我们伟大的祖国明天将更加美好，中华民族伟大复兴梦一定能实现！

一个山冲村庄的简历

——繁茂的东冲村

乘京广铁路的火车，坐 107 国道的汽车南上北来到马田，又从马田转马三公路来到悦来温泉，再从悦来温泉顺悦坪公路到古峰寺。到了古峰寺就到了金竹村大门口。

金竹村是一个古老的山村，丘陵环绕，村东地势向东逐渐伸延增高，负势竞上，互相轩邈，争高直指，至东人形凸，就与峰融合成一气，峰高海拔 500 米，其峰不再往东延伸而成南北走向，峰峰相连，成为南北走向的山峰屏障。从人形凸开始，南连蛇形岭、九厅岭、神仙岭，高子岭，随峰南下，可闻到广州南海的海啸。北接黄冲岭、竹鸡岭、崩分岭、唐胡子岭、杂原坪、洪岗岭，再骑峰往北，可观长沙城繁华街灯。

住在金竹村老人何大化生有四子，长子名叫何朝政，次子叫何朝教，三子叫何朝致，四子叫何朝赛。公元 18

世纪中叶，何朝政之子何廷瑞的三代子何全丙，何朝政之子何廷玉的三代子何全典两家在金竹村居住，因经常到村东的山岭做事，看到距金竹村四五里远的东边山冲人形凸西麓半山腰有一块宽敞的平坦荒地。荒地西边还有一口很好的清泉水，最适宜在这里建房住家，于是何全丙、何全典两家子孙从金竹搬来建房住家。

何全丙生于公元1715年农历4月6日，何全典生于公元1729年农历11月初9日，两人虽不是同胞兄弟，也是同祖共宗的堂兄弟，弟弟总是尊让长兄，何全丙选择在荒地中央建房，何全典表示同意，并随接在东边上方建房，何全丙的房屋南边青砖到垛，北边房屋青砖平楼枕，土砖到垛，上下两厅，中间为祖厅公用，周边为私人住房。何全典的房屋也是上下两厅，周边是私人住房，但祖厅宽敞，全厅屋青砖到垛，非常坚固壮观。

何全典，何全丙两家兄弟子孙同住新开的村庄，这村庄正好在金竹村东面，就把村庄取名为东冲村，好记顺口，鸿发荣昌。

光阴荏苒，岁月如梭，何大化之四子何朝赛的五代子何定粱在金竹罐子窑上烧罐子钵子做生意，效益不好，在全典全丙子孙的规劝下，也来到东冲村居住，于公元1834年（道光13年）也在村里建造了上下两厅的住房祖厅。

金竹的何国登生于 1793 年农历 9 月 17 日，出生不久就随母下堂到村后背山岭——丹树岭村过飘游生活，长大后得到了东冲人民的爱戴。在东冲人民的特邀下，也来到村里定居，他就是何大化之三子何朝致的 6 代子何国登，不久何国登也在村里建了祖厅和住房。

东冲村民，四房共一祖，做事越来越团结，感情愈来愈深厚，周边的邻居也很和睦相处，热情愿为他人服务。

村处山地丘陵，村人和亲朋好友经常来村做客，人际关系好，但山路都是泥巴烂路，行走异常艰难，村民们齐心合力将从金竹到东冲的泥巴烂路改成为一尺来宽的青石板路，极大地方便了行人，得到路人的称赞，美中不足的是村里到上南冲，丹树岭，洪岗山还是山地泥路，怨声载道，只有行人知道。

1949 年，全国大解放，新中国成立，人民翻身做了主人，东冲村人民更加欢乐无比，通过土改，人民公社化，村民生活如芝麻开花节节高。

村民耕种山冲梯田，特别向心向意，因而，稻谷年年丰收，鱼塘里和有些稻田里还放养了鱼，鱼肥稻香。

村民对旱地更是精耕细作，按季节下种，插红薯，种芋头，种荞麦子、种小麦，种粟、萝卜等各种各样的杂粮和蔬菜。

山地管理也毫不放松，村里山地主要出产是茶油，茶油要年年丰收，首先要做到茶山不荒废，做到年年垦复，结果茶油年年丰收，为了及时把茶籽榨成油，出好油，村里还专门买了一台榨油机。村里收入每年每人平均卖给国家60多斤茶油，政府收购茶油，村民得到好价钱，再用钱购换了稻谷粮，两全其美，其乐融融。

茶山里，除了培育好茶林外，松杉梓竹也同样培育，叶绿美如画，树木贵如金。除此以外还利用空坪隙地栽种桃李杨梅杏子，花果满山冲，农家还养有猪、鸡、鹅、鸭、兔，热闹非凡。

除此以外，农家还种棉花、苎麻和药材等，真是农家好，农家户户藏有无价宝。

改革开放后，村民先后外出打工，打工仔的钱袋一天天鼓起来，赚得来的钱做什么呢？

村民首先带回家改造自家住房，先将茅屋改建成砖瓦屋，后又改成水泥钢筋结构房，再后又嫌热，一层楼房，再加一层楼，有的干脆建成别墅，既安全又美观更舒适，确实太好。村庄人人都建了新房，全村面貌大变样，然后就集体办公共事业。

村民人人富裕了，来往的客人天天多起来了，做喜事的机会也多起来了，但做酒，桌子放在哪里，没有礼堂怎么办？村民就商议集资建礼堂，2005年11月建成了一个能摆50席的大礼堂。

礼堂有了，来客有地方吃酒了，但来客来吃酒都是步行，有车也没有水泥好车路，于是全村又开始议谈修水泥路问题，在政府的大力支持下，全村700人，每人摊派修公路款850元。资金还少，就召号鼓励村人捐资，何水江，何满民两人在完成各自人口摊派费用外首先报名各捐款5万元，并马上兑现。在村民的共同努力下，公元2011年1月从村里向西向南修通了到金竹到上南冲的水泥公路。

在修通水泥路的庆典上，悬挂在大礼堂舞台上的对联是：

东迎紫气气势磅礴羊肠成大道
冲学愚公公路硬化贫穷变富饶

在村里面貌大变样的大好形势下，2016年登公房将已破旧的祖厅改建了，2017年丙公房也将祖厅改建了，2018年梁公房更迫不及待地将旧祖厅改建，改建了的祖厅都为上下两厅，周边的私人住房都收为公有，对公家极为有利。2020年全典房同心协力，砥砺奋进，以旧换新将旧全典祖厅建成现代化新祖厅，为庐江又增添了新的光辉，其祖厅大门横匾为"全典厅"，其对联是："全心全意造福广众，典经典范训化世人。""雄伟壮观首屈一指，集聚英才文武双全""喜气盈庭鲜花遍地，吉星高照洪福齐天。"

村里文化教育事业，也大有发展，新中国成立前，村里只有私塾，并且时办时停。新中国成立后，学龄儿童先到村南尹家读小学。1956年，村里办起了小学，小学一至三年级学龄儿童就在村里小学读书，村里高年级学生就到外地读书。至此村里实现了普及九年义务教育，读高中，读大学的人也年年俱增，村里人才辈出。

村里五谷丰登，六畜兴旺，形势喜人。然而形势逼人，要办的事任重而道远，改革开放的道路越来越宽敞，外出打工的人群后浪推前浪。注目望村庄，良田沃土少人管。在这儿，我们高瞻远瞩，将迎来改革开放的更新、更美、更大的风浪。改革开放是个宝，复兴中华在今朝。

欢庆老年节

明天是九月初九日，重阳，是老年节！

今天，悦来镇中心学校召集我们全镇退休教师开会，庆祝老年节！首先让我祝贺大家节日愉快、健康长寿、全家幸福！祝贺学校领导工作顺利、心想事成！

今天，我们感到很高兴。虽然是一年一次聚会。这是党和政府学校领导对我们的关怀，我们表示衷心感谢！

在聚会中，我们听到学校领导讲述学校要大搞建设，要使学校面貌全新，这是一个特好的消息，我们感到异常高兴。学校面貌的大力改善，教师的安居乐业，学生的勤奋拼搏、学校的成果必将与日俱增。

学校的美好，更能唤起我们的自豪和安康，给我们增添了光彩和幸福感。

说句心里话，今天我们这批老教师确实很幸福，很荣耀。

党和政府、学校对我们无微不至的关心，享受了优厚的待遇。使我们老有所养，老有所学，老有所居，病有所医。

除此之外，我们还享受了天伦之乐！不是吗？

我们这个团体，有不少人，每天沉醉在儿孙绕膝的欢乐中，过着含饴弄孙的闲趣生活。

有的虽然年过花甲，又接近古稀还能享受人间最真挚、最甜蜜的父爱和母爱。这就是福、是洪福、是洪福齐天。

有的身体硬朗，老当益壮，不辞劳苦，惜沃土之荒废，乐硕果之自育。踏晨曦雨露，锄瓜果菜畦，歇披星戴月。我们的何忠智老师就是最典型的一个。去年挖了二三十担红薯，煮酒千多斤。自己做的酒醇净可口，自饮待客，其乐无穷。

也有的忙中偷闲，喜垒长城吃车马，赢恶输乐，胜似古代烂柯人，是当代的二神仙。

更还有的勤奋好学，他们似老骥伏枥。志在千里，烈士暮年，壮心不已。不图大器晚成，只图以乐其志。既读书，又笔耕，成绩斐然。原中学校长何良升就是最突出的一个。去年他撰写的对联，在东方美全国诗联书画赛获二等奖，取得了参观旅游北京的奖励。

也还有喜欢谈论古今，游览山川的老同志，他们忘却家庭琐事，常温古今汗青，心系国家大事。眼观世界风云，好交知心朋友，益慕锦绣山河，有时行到水穷处，坐看云起时，曦日兴未尽，月夜趣更浓。苏轼曾叹曰："但少闲人如吾两人者耳!"而今盛世闲人多古人，悠闲乐哉。

总的来说：我们这个团体尽管各人爱好不同，喜欢有别。但都很幸福，过得很潇洒。

当然这里还有少数人，身体有时不适。这是自然规律。树老多洞，人老多病。夕日欲颓到夕日终颓。只要我们树立科学发展观，盈缩之期，不但在天，养怡之福，可得永年。有病早治，无病早防，生活讲究规律，自我保重，做事有适度：如学习适度，劳动适度，玩乐适度等。我们就能舒舒服服、愉愉快快过日子，我们就能健康长寿，对人对己都不错! 我们就幸福无边。

最后祝大家健康长寿一百岁、两百岁!

谈坚持

  欧洲文艺复兴时期的著名画家达·芬奇从小爱好绘画。父亲送他到当时意大利的名城佛罗伦萨拜名画家佛罗基奥为师。老师要他从画蛋入手。他画了一个又一个，足足画了十多天。老师见他有些不耐烦了，便对他说："不要以为画蛋容易，要知道1000个蛋中，从来没有两个是完全相同的；即使是同一个蛋，只要变换角度去看，形状也就不同了，蛋的椭圆形轮廓就会有差异。所以要在纸上把它完美地表现出来，非得下苦功不可。"从此达·芬奇认真学习素描，经过长时期勤奋艰苦的艺术实践，终于创作出许多不朽的名画。

  达·芬奇成功的秘诀是什么？坚持！

  坚即意志坚强，坚韧不拔；持即持久，有耐性；坚持是指不改变，不动摇，始终如一，是意志力的完美表现。成功在于坚持。《徐霞客游记》花了 34 年；马克思撰写《资本论》用了 40 年；歌德创作《浮士德》耗费 60 年。艺术大师齐白石先生在其 70 年的丹青生涯中，几乎每天作画。27 岁以后，只有 4 次停过笔：两次本人患病，两次父母去世。他逝世的那一年 93 岁，尽管精神和体力已不允许他继续作画，他依然顽强地完成了自己的绝笔之作——花中之王牡丹。白石老人对艺术孜孜不倦地追求，才成就了他在当今画坛的盛名。坚持改变命运。行为的重复变成习惯，长久的习惯影响人格，不同的人格塑造出不同的命运。一个好的行为养成好的习惯后，这个习惯就会派生出更多的东西：主动、自信、自立、坚韧、责任感……这些好的品格最后可以改变一个人的命运。坚持是在寒冬中对春天的渴望，是在黑夜中对黎明的期盼；坚持是在人生航程里唯一不改的目标，是人生成功的终极法宝。如何坚持不懈做一件事情呢？我认为：

首先要树立信念。人为什么而活？又是什么在支撑着人们努力奋发？说到底无非两个字——信念。"理想因其远大而为理想，信念因其执着而为信念"信念的力量是伟大的，它支持着人们生活，催促着人们奋斗，推动着人们进步。

其次要从自己感兴趣的事情入手。兴趣是指一个人力求认识某种事物或从事某种活动的心理倾向。兴趣能使人们工作目标明确，积极主动，从而能自觉克服艰难困苦，获取工作的最大成就，并能在活动过程中不断体验成功的愉悦。

再次要制订切实可行的目标。没有目标的人，犹如一艘没有舵的船，漂流不定，只会搁浅在失望的泥滩中。目标不仅是奋斗的方向，更是对自己的鞭策。有了目标，就有了热情和积极性，从而产生使命感和成就感。

最后要寻找同伴的鼓励。有言云：要想走得快，你就一个人走；要想走得远，那就一群人一起走，说的就是这个道理。寻找一些志同道合的朋友，相互帮助、相互鼓励，成功路上便不再孤单。

英国著名诗人约翰生说："成大事不在于力量的大小，而在于能坚持多久。""苟有恒，何必三更眠五更起；最无益，莫过一日曝十日寒。"——如果你有学习的恒心，何必非要三更睡觉五更起床；最怕的其实是一时勤奋，一时懒散没有恒心。

"一日一钱，十日十钱；绳锯木断，水滴石穿。"有些事情不是看到希望才去坚持，而是坚持了才看到希望。当前疫情防控形势持续向好，成绩来之不易，必须倍加珍惜。为落实党中央会议部署，不断巩固和拓展疫情防控成效，我们必须一鼓作气，咬紧牙关，坚持到底，不获全胜决不轻言成功。在关键时候沉得住气，不仅是一种素养，更是一种智慧。面对新冠病毒，我们尤其需要这种素养与智慧。越是接近胜利，越是小心谨慎、稳扎稳打、步步为营。待到彻底战胜疫情时，我们的心情才是最舒畅的，我们的笑容也必定最美丽。

我在写作学习中的点点滴滴

　　我喜爱语文，在学习过程中，有过苦，也有过乐。我记得小学语文课本中一篇叫【夏天】的课文：

　　"夏天过去了，可是还叫我十分地想念。那些个可爱的早晨和黄昏，像一幅幅图画出现在我眼前。清早起来，打开窗户一看，田野一片绿，天空一片蓝。多谢夜里一场大雨，把世界洗得这么干净……"

　　碧绿的田野，蔚蓝的天空，大雨过后清新的世界！我仿佛身临其境，从中嗅出泥土的气息，稻菽的清香。我被这优美的文字深深打动。

　　中学时一次偶然的机会，我从小报上读了据说是毛主席少年时代作的七绝【咏蛙】：

　　独坐池塘如虎踞，绿荫树下养精神；

　　春来我不先开口，哪个虫儿敢做声。

诗如素描，一两淡笔，一只青蛙被勾勒而出，独坐池塘于绿荫树下，瞪眼鼓腮立天地之间，恢宏气势跃然纸上，我为这霸气的诗句由衷折服。

你认为值得的就去珍惜，给了你感动的就去眷念。

我喜爱语文，她给我能量，催我奋进，赋予我美的享受！

我读她，品她，思她，写她。慢慢的手书变成铅字，豆腐块升格为版块，获奖论文亦如芝麻开花——节节高，规格从单位，市，省直至国家级。

内退不久，我受聘于某学院任系主任，工作得心应手。

一次在大会上做经验介绍，几分钟的发言，赢得掌声无数。我似乎一夜成名，在校园中行走，一路被人呼唤！

高处不胜寒。院长某天叫我准备一份开办 xx 专业的申请报告，我一口气呈上千字文。

比对类似材料，篇幅不及他人十分之一，内容缺乏高度深度，毫无竞争优势。写作使我第一次感到汗颜，彷徨，苦闷，失落。

2016 年 3 月，受活动组委会委托，我花三天在 ipad 上准备了大会致辞。

活动当日清晨五点，不知哪根神经错乱，手指误点将致辞删除，我感觉天仿佛要塌下来，耳朵里嗡嗡作响，身上开始冒汗……丢失的文章推我至崩溃的边缘。我后悔，自责，心烦意乱！我即兴讲话，赢得了掌声，作学习帮助了我。

前不久，在好友的鼓励下，我尝试网络写作，开始从应用文向记叙文的转换。

创作的欲望，仿佛于一瞬间唤醒了内心那些沉睡的往事："老同事相聚"，"厉胖子"，"老姐"，"母亲的回忆"，"老同事聚会"，"修包记"……这些"身边的人，平凡的事"相继问世。

有了她，寂寞了，可以陪伴；伤感了，可以慰藉；疲倦了，可以放松；压抑了，可以宣泄。

我爱语文，只为再现真实的岁月；我爱语文，只为抒发内心的情感；我爱语文"不为稿费"，只为传播无处不在的正能量！

人老了，感慨多

有同事告之，上月 27 日，发了笔钱，希大家查收。

次日，我去柜员机刷卡，未见，问了别人，回复均到账。31 日，又去银行查了，存折上依然只有之前的记录。正打算将截图发有关人士，突然发现，存折上，该页已无打印空间。元旦过后，又去了柜员机一趟，准备从新的一页插入打印。自认为，这次一定不会空手而归，结果是外甥打灯笼——照旧（舅）。

一位年轻、帅气的银行职员走到我面前，问：有什么要帮忙的？我说，有汇款打不上。

"到账了吗？"

"数月前就到了，但刷了几次，刷不上，不知何故？"

"让我看看！"

他接过我的存折，反复端详："啊，登在第 2 页的第一行了！你看，和原来登的有重合，但时间、金额有区分。"

谢过帅哥，回家后，我找来老花镜瞧了瞧。我怎么啦，28 日刷卡就补登上了，居然还云里雾里，冤枉跑了好几回！老了，不中用啰！

是老眼昏花？存折第 2 页明明登完了，我总觉得还剩一行。油然记起李白的月下独酌："举杯邀明月，对影成三人。"我可没喝酒哟！

又想起半月前，我拟从长岛路口乘公交去河西，明明看到来了公交车 117 路，但坐了几站路，车辆转向了八一路，再过细一看，坐的是 111 路。

是反应迟钝？昨天女婿牵着不到 3 岁的外孙女果子走到我面前，说有话讲给外公听。我听了几遍，不明白她说什么，吃的？玩的？图书？不时追问，而她只摇头，最后叫女婿转述，才听懂，果子想看电视少儿节目。

更不可思议的是两年前的糗事。当时，住贵大招待所 3 楼的我，半晚洗完衣服去五楼屋顶晾晒，返回时，径直下到 2 楼，不停地敲别人家的门，如果不是房主出现，不晓得如何收场……

人的生老病死是自然规律，任何人不能违背。显然，再好的东西，都有失去的一天，再深的记忆，也有淡忘的一天。

老了，就老了，没什么大不了！我们还能四处游走，还能参加老年大学写作班学习，还能行走在圆梦文学写作的征途。只要一直在路上，说不准哪一天，也能让自己的作品变成铅字，成为一名作家……

我们不抱怨。抱怨冬天，哪有纯洁雪天；抱怨人生，哪有辉煌陪伴。我们亦不凑合。尽心过每一天，尽心做每件事，时光便不会负了我们。

黄金时代，不在我们背后，乃在我们面前；不在过去，乃在将来。下一站的你我，无限风光。

谈淡定

　　某次，英国一家电视台的记者采访梁晓声，并要求他毫不迟疑地回答提问。记者问："没有文化大革命，可能也不会产生你们这一代青年作家，那么文化大革命在你看来是好还是坏？"梁先是一怔，但很快反应过来，立即反问："没有第二次世界大战，就没有以反映第二次世界大战而著名的作家，那么你认为第二次世界大战是好还是坏？"

　　英国记者提出的问题之所以刁钻，是因为无论回答"好"或者"坏"都会陷于前后受夹、左右为难的境地。梁晓声以子之矛攻子之盾，其机敏、淡定，令人叹服。

　　淡定：指淡然、镇定，即淡如云烟，定如磐石。

　　所谓"山崩于前而色不改，水决于后而神不惊"说的正是这种豪迈。

宠辱不惊，闲看庭前花开花落；去留无意，静观天上云卷云舒。

淡定是一种品格。是行到水穷处坐看云起时的娴静与愉悦。

淡定是一种原则。"禅心已作泥中絮，不逐春风上下狂。"

淡定是一种境界。兰秀深林，不以无人而不芳；君子立德，不以窘困而变节。淡定是一种修养。"水流心不竞，云在意俱迟。"菊花是淡定的，经霜而不气馁，傲立枝头；兰花是淡定的，深山幽谷，静吐暗香；荷花是淡定的，淤泥之中，亭亭玉立；梅花是淡定的，冰雪之中，芬芳吐蕊。

戊戌变法失败后，谭嗣同明明知道自己将遭逮捕，但拒绝逃离，决心以死来殉变法事业，用自己的牺牲向封建顽固势力作最后一次反抗。他要梁启超去日本避难，并对他说："不有行者，无以图将来；不有死者，无以召后起。"毅然回绝日本使馆为他提供"保护"，说："各国变法无不从流血而成，今日中国未闻有因变法而流血者，此国之所以不昌也。有之，请自嗣同始。"

谭嗣同被捕入狱后，写下一首万口传颂的绝命诗："望门投止思张俭，忍死须臾待杜根。我自横刀向天笑，去留肝胆两昆仑。"——望门投宿时别忘了东汉时的张俭，忍死求生中心中要装着东汉时的杜根。即使屠刀架在了脖子，我也要仰天大笑，去留下自己那如莽莽昆仑一样的浩然之气。

就义时，刑场上观看者上万，他神色自若，大声疾呼："有心杀贼，无力回天，死得其所，快哉！快哉！"这颗划过黑暗夜空的流星，留下一道异常耀眼的轨迹，彰显出壮烈的淡定！

一对进入不惑之年的夫妻，因妻子一时疏忽，造成独子死亡而痛心疾首，准备接受丈夫最严厉的惩罚。丈夫拥着她，却轻声说："别伤心，你还有我！"这种淡定何等温馨！淡定亦是一种态度。淡定的人不是不在乎，而是不强求。因为懂得万事成因的复杂、阴晴圆缺的难料、聚散离合的必然，所以才能镇定自若，不以物喜，不以己悲，从容应对人生的各种际遇。

要做到淡定，我以为读书是最佳的途径。读一本好书，犹如进入了作者的内心世界，可以领略到世事变迁，感悟出人生百味。读书破万卷，达到"胸藏万汇凭吞吐，腹有诗书语自华"的境地，定能淡然、镇定，语出惊人！

淡定是一种真，更是一种善；淡定是一种美，更是一种崇高。截至北京时间 13 日 22 点 31 分，全球新冠肺炎累计确诊逾 187 万例，累计死亡超 11.6 万例。拉美地区疫情持续蔓延。而我国的疫情防控持续稳定向好，并取得重大阶段性成果。试问，如果没有举国上下的淡然、镇定，继而油此产生的自信，我们能取得像今天这样举世瞩目的大好形势？

　　当然，纸上得来终觉浅，绝知此事要躬行。"读书是学习，使用也是学习，而且是更重要的学习。"要做到淡定，最根本的是要深刻地观察、恭敬地体验，反复地思考，并不断矫正自己的言行。

深深浅浅的足印

　　我欣赏强哥的书法和摄影艺术，尤其看了他给他父亲拍摄的一张艺术照后，总想某一天，自己也有一张这样的艺术照：心怀梦想、眼望远方，沉思前事，心事浩茫。今天，我的愿望总算实现。

　　我喜爱写作，去年底，蒙儿时老师的力荐，我有幸进入了老干部大学写作班学习。在写作班，又蒙黄班长的关照，使我在短短的三个月内，发表作品数十篇并结集成书。为新书需要，我希望强哥给我拍艺术照一张，强哥欣然接受。

　　强哥是我校的书法课教师，又是湖南省舞台艺术摄影家协会会员。

　　前天，他告诉我，7点会开车来接我去拍照，他新购了一台东风日产汽车，因还未上牌，不好停车，叫我在街口处等候。

车辆在白箬铺一处静谧的乡村停下，门楼写有"湖南省舞台艺术摄影家协会拍摄基地"。乍一看，仅一栋房屋，为一般的土砖农舍，门口挂着许多招牌。老板姓蒋，古古敦敦，原任过长沙市某局的办公室主任。我们吃罢他煮的盖着鸡蛋的面条后，他带我们沿着农舍旁边的一条小路往上。一线长廊，里面摆着许多小餐桌，长廊对面是歌厅，据介绍能坐百余人。歌厅后面，有几座蒙古包和一处摄影棚，这里是拍摄基地。棚内设施齐全，各种灯具，道具，背景材料琳琅满目，我曾认为长沙凯旋门摄影社是我市最高档的摄影场所，如今一见，五十步笑百步。

"我们校长有福气哟，今天放晴，天气不冷不热，感觉舒爽！"他对蒋老板说。

棚内挂着许多摄影作品，有丁俊辉斯诺克比赛的巨幅照片，球杆正对着照片前的桌球台，如同看激烈的赛事。这里有强哥拍摄的数幅头像作品，每幅长约一米五，宽约八十厘米，有的沉思，有的自信，有的回眸一笑，有的含情脉脉。这些作品，拍摄细腻，贴切自然，彰显着生命的活力，体现着向上的追求。美不胜收，令人心动。

为给我拍摄，强哥不断地调试着灯光，变换着道具：往前，靠后，向左，向右，抬首，低头，回眸，正视，记不清拍了多少镜头。休息五分钟后，又继续拍照。立式，坐姿，侧身，正面……我一生从未拍过这么多照片，为了书中的肖像，为了圆梦写作，他在凑合刘海成仙！强哥靠谱。靠谱，是比聪明更重要的品质。

"强哥，够了，拍几张即可，用不着这么多！"我多次叫停，他坚持要拍。

"你知道吗，不同角度的拍摄，效果都会不同，哪怕同一角度拍摄，也是此一时非彼一时。"

听着他的高论，我记起了哲学家的一句名言：人不能两次踏进同一条河流。强哥将哲学思想溶于摄影艺术中，难怪他充满灵性，获奖不断。

"书法和摄影关系密切，懂书法的人，学习摄影容易些。"

拍摄完毕，聊了一阵天，大师傅叫我们下去吃饭，四人五道菜。强哥带来了新疆的酒"帝丝露"，葡萄酒入口柔和，味道纯正，大家都说好喝。

蒋老板想欣赏强哥今天的摄影作品，我说她会在我的新书上出现，到时候，我会给在座的每位送上一本，大家叮嘱我到时兑现。

返回途中，下起雨来。车顶上，啪啪啪啪雨声不断，如行进中的鼓击："不管多晚，我今天都会将照片发给你的！"他对着我直嚷。

车内正在播放歌曲"祖国不会忘记"。

下车时，强哥的声音让我的眼泪伴着雨水流淌。

"在茫茫的人海里我是哪一个在奔腾的浪花里，我是哪一朵……"

疑是天庭落凡间

在外奔波几十年，游览过不少名山大川，做梦也没想到曾经偏远落后、毫不起眼的家乡溆浦，却因旅游业这匹"黑马"招来一波又一波的外地游客。湘潭的朋友一行九人要来溆浦自驾游，请我这个本地人当向导。我把消息告知雪峰山旅游公司老总陈黎明，陈总赶紧发了十多张美轮美奂的枫香瑶寨图片给我。我随即将图片传给湘潭的朋友，算是给他们赴溆旅游的热情再添一把火。

感谢近年发展的高速交通，极大地拉近了溆浦与长株潭的距离。从湘潭开车到溆浦，四小时即到；如果乘高铁更快，仅一小时车程。我带朋友们参观了中国共产党早期领导人之一、中国妇女运动领袖向警予的故居，游览了溆浦八景之一的"溆水曲澶"——思蒙湿地公园，于下午四点赶去枫香瑶寨。

匠心独运的艺术杰作

车到统溪河，遥见斜阳辉映的东面高山之巅，云雾缭绕之处有亭台楼阁忽隐忽现，我向朋友介绍说那儿就是枫香瑶寨。车内马上引起一阵惊呼：哇，好像神仙住的天庭哩！

据本地人说，枫香瑶寨所在之地称为"枫香坪"，原为统溪河林场所在地。后雪峰山旅游公司开发此地，因地制宜，打造了颇具雪峰山民族风情的枫香瑶寨，并修建了游泳池。

沿盘山公路蜿蜒而上，来到停车场停好座驾。抬眼望，见白色屋檐伸展的大门口有一群瑶族阿妹摆下拦门酒，一边给进门的客人敬酒一边唱着"练练啰——萨咪啰"迎客的歌谣，歌声美妙悦耳，远飞云外。远道而来的客人似乎很享受这种迎客的礼遇，能喝的，以壮士断腕的果敢上前端过酒碗，仰脖就喝；不胜酒力的，让到一边拿出手机拍照留存。络绎而来的客人，大都会在大门口停留良久，吸人眼球的除了青春靓丽的花瑶妹、美妙动听的迎客歌以及沁人心脾的米酒外，还有大门上方的牌匾和两旁的对联，以及两边厢屋摆放的农具。大门上方"枫香瑶寨"的招牌为黑底金字，行楷书写，庄重洒脱；两旁的草书长联"入溆浦勿僮徊直上穿岩山中咏离骚，驾青虬兮泡澡径取枫香瑶池吟涉江"为名家吟联撰写，书法潇洒飘逸，俊朗清妍，意蕴丰富。鲜活的文字与丰富的内涵将人文地理与民族特色自然融合，既彰显大气贵重，又令人耳目一新。

瑶寨坐东朝西，两边厢房密密匝匝放置了有些年头的农具，大到油榨、风车、犁耙、蓑衣，小到斗斛、背篓、桐油灯。这些老物件皆为雪峰山区稻作文化的精粹，亦是几百上千年农业社会的缩影，它给城里人脑补了生活之源最原始而本真的认知，让出自农村的人见之，如面临祖宗牌位般肃然起敬。

进入大门来到门厅，右边放有直径四尺见方的"王桶"，里有瑶家秘制的酱色瑶茶，木壁上贴有文字介绍，该茶来源于海拔 800 米以上高山，乃山川之精华；制茶工艺历史悠久，在北魏郦道元的《水经注》里曾有记载，常喝此茶能清热除湿，消渴解乏，健康延年。这等好处焉有不喝？从那消毒柜里拿来白瓷茶缸，拿起小"录筒"舀满几筒倒进茶缸，一仰脖"咕噜咕噜"一饮而尽，痛快淋漓。也有不尽意者，将自带的旅行杯里的茶水倒尽，换上这百年难遇的凉茶，留待慢慢享用。遇到机缘巧合，公司的陈总上山，还会亲自为您"当炉司茶"，让您感动得一塌糊涂。饮罢凉茶暗思，远道而来，早已焦渴难耐，进门一杯米酒，一杯凉茶，真是挠到了痒处，经营者善解人意，定非等闲所能为也。

自门厅而进，便是一个很大的四合院。右面一楼为小商店和"花瑶风情街"；左边一楼和整个院落的二楼皆为客房；正面靠山部分高出地面约五米建有"瑶台银阙"两层木楼，一楼中间为迎客大厅和茶舍，二楼是贵宾住房。院子中间由大理石铺设的大坪为演艺场，是举办文艺活动和篝火晚会的地方。"瑶台银阙"木屋北头延伸部分的楼房为餐馆，有露天餐厅设于餐馆前，大餐厅设在四合院北边屋下。餐馆所用食材皆从附近农家定购，生态环保，放心食用，大不必顾虑食蟾果腹，饮鸩止渴。

四合院的木房皆选用雪峰山中优质木材打造，桐油刷漆，以卯榫固定，没用一颗铁钉；其形制合规，匠心独运，工艺精湛，既具力学原理，又富审美情趣。院落设计精巧，由浅入深，层层递嬗，或临崖悬空，绝地逢生；或伏地卧石，蓄势待发；或飞檐翘角，展翅欲翔。远看青山翠竹中，亭阁相连，黑瓦重檐，琉璃映晖，胜比阿房，仿若天庭。

别具一格的高山瑶池

在高山上建游泳池，真是异想天开。这个称为"瑶池"的游泳池建在枫香瑶寨东北边的一个山头上，离枫香瑶寨不过两百米距离，二者遥相呼应，相映成趣。

住宿费里包含了两个早餐费、两张泳池票，算下来住宿费也就是 150 元每人，还可免费欣赏篝火晚会，真可谓物有所值。更为重要的是房间宽敞舒适，星级配置，安全卫生，室内茶几、灯光及其他物品应心而设，几乎是该有什么就有什么，一般宾馆没有的刷鞋设备、晾衣架、书籍、咖啡在这里都安排妥当，住在这里就如同置身天宫银台当了一回王子或公主，身份陡增，尊荣倍享。

翌日晨，旭日东升，朝晖绽放，山下云蒸霞蔚，紫气氤氲；山上楼阁凌空，画栋映日。清风阵阵，爽心惬意。我站在走廊上，被眼前的景观深深迷恋，暗忖雪峰山生态文化旅游公司精心打造的这座集民间艺术、民俗民风于一体的华屋杰构，既是人民休闲避暑、健康养生的康乐园，又是雅士聚首、精英荟萃和学生夏令营的好处所。正是这种文雅高古、尊贵气派、舒适宜人的风格与内敛的消费体验，才使得游人如织，趋之若鹜。

朋友身倚栏杆不经意地问，昨夜那花瑶妹妹敬的酒是哪来的？我有些心虚地说价格有点贵吧？朋友说，不贵，酒好喝，口感好，味道醇，不知是自酿的还是买来的。我也不知酒是哪来的，只好信口胡诌说，从天宫弄来的。朋友吟哦说，问讯吴刚何所有，吴刚捧出桂花酒，原来是吴刚的酒，难怪好喝！

汇蓝巧筑

陈长明 主编

夏训武 著

二圣宫的乡愁

团结出版社

UNITY PRESS

图书在版编目(CIP)数据

二圣宫的乡愁 / 夏训武著. -- 北京 : 团结出版社，
2022.6
（汇蓝巧筑 / 陈长明主编）
ISBN 978-7-5126-9370-8

Ⅰ.①二… Ⅱ.①夏… Ⅲ.①散文集-中国-当代
Ⅳ.①I267

中国版本图书馆 CIP 数据核字（2022）第 057073 号

出　　版：团结出版社
　　　　　（北京市东城区东皇城根南街 84 号　邮编：100006）
电　　话：(010)65228880　65244790
网　　址：http://www.tjpress.com
E - m a i l：65244790@163.com
经　　销：全国新华书店
印　　刷：长沙印通印刷有限公司
装　　订：长沙印通印刷有限公司

开　　本：142 毫米×210 毫米　　　　1/32
印　　张：40.5
字　　数：476 千
版　　次：2022 年 6 月第 1 版
印　　次：2022 年 6 月第 1 次印刷

I S B N：978-7-5126-9370-8
定　　价：398.00 元（共九册）

目 录

父亲的字

> 人，可以留住过往的记忆，但无法找回丢失的
> 自己。
>
> ——题记

算算父亲已走了整整 33 年。

父亲对我人生的影响，特别深刻。

如果不是父亲，也许我现在仍只是二圣宫那小地方，夏天光着膀子在村头树下纳凉，冬天穿着棉衣蜷缩在火堆边烤火，闲时和村人吸着烟、喝着酒、打点麻将的一介农人。

父亲不是读书人，却会讲三国水浒封神榜，父亲从未拜师学过书法，凭自己苦练，终成了我们那一带，十里八村少有的书法人。

乡间农闲时，村人特喜欢听父亲讲一段传书。夏夜纳凉时，冬围火炉边，均是父亲的说书场。有时看到村人听得津津有味时，关键处，眉飞色舞的父亲也会卖一下关子，双手抱拳，告白众人：欲知后事如何，且听下回分解。吊饱了一干人的胃口。

父亲的字，虽不敢妄称大师，但自成一体的风格，曾让许多高人难及。

父亲一生办事极其勤勉，从不会投机取巧。记得我初学作文时，父亲教我的为人、为文之道，比课堂更深刻。

就说写字，父亲给我讲过一则小故事：

说是古时，有一学书人，少时习字，因缺纸墨，喜欢在自己大腿上涂画，一日，无意中画到了父亲的腿上，父亲便提示，人各有一体，你干吗不在自己的身体上涂鸦？学书人顿悟，自此不再死板的临帖，而是自我觉悟，形成自己的风格，终成大家。

父亲说这故事时，我正在苦读朱自清沈从文贾平凹季羡林余秋雨等大家散文，读多了，便有意识地去模仿，甚至照搬文章中优美的词句，学着朱自清的背影去写父亲，让贾平凹带我去陕南山中……全然不是自己熟悉的生活。如此，作文仍停留在别人的模式中。

后来，听父亲的教诲，我开始改变，听从自己内心的表达，去记录身边最熟悉的生活。如此这般，之后，或长或短的文字，也慢慢开始去各地报刊攻城掠寨，捞取名利。

1989 年，大队已改成了村，我是村上的第三任村主任。那时，我在村里，就曾看到过有好多住着旧房子的农户，大门上仍有父亲写的对联，尽管经过风雨日月的侵蚀，有些字迹模糊，但父亲的字，我肯定认得。

那时，父亲仍健在，有人提醒我，不找一幅收藏起来？但我也没在意，不就几个字吗，随时让父亲写些留下便是。

后来包括父亲在我当兵时，写给我的近百封书信，均小楷写就，虽长短不一，但情真意切，且字体考究，如今，该算我们自家珍贵史料，但遗憾的是，无一保存。

还有父亲自制的记工簿，记载着我们全家每天的出勤：扯秧、扮禾、积肥、上工地、开会……每年一本。

印象中，集体生产队的那些农事耕种，包括开会、学政治，均明细记录在册，至少有十几本。保存了好多年，因为数次搬迁，也丢了。

父亲的字好，也和他早年职业有关。父亲十二岁学做道师，拜师第一天，吹打弹唱写，五样功课，父亲从写字开始。

传说父亲练字曾有过半个月不下楼的记录。吃饭喝水送上楼，除了上厕所，再找不出下楼躲懒的理由。热天怕蚊咬，一双小脚就浸在盛满凉水的桶里。

父亲临帖，承颜筋柳骨，坚持几十年。

父亲告诉我，学东西没捷径可走，只有勤学苦练，方可成功。父亲的字，就是这样练成的。

1983年，当时我们公社的党委书记余楚怡，他是当年南县书法排得上号的人物，得到过祖传。一次，他路过我家，停顿小憩，正遇上父亲在家中抄誉一本经书，他好奇地走上前，看父亲写了一页又一页，不时点头，不时赞许，完了，尊我父亲一声先生，佩服！并恭恭敬敬地为父亲敬上一根上等好烟，聊着聊着，连去另一大队检查工作都忘了。完了说了一句话：夏老是高人。难得啊！

只可惜，父亲的字再好，我却没留下哪怕一幅，更不说他拿手的经典小楷。

父亲走了，这些年，我也写过关于父亲的文字，但他的字，我很遗憾一点也没留下。现在想想，去哪里可以找到？！

我是母亲永远的牵挂

母亲一生育有十二个子女，兄弟姊妹中，我最小，算是秋瓜满崽。

因为从小体弱多病，所以父母特别疼爱我。记得小时一场大病，差点让我丧命。在我顽强活着长大的同时，小小年纪，便记住了深深母爱。

六岁那年，我发蒙上学。乡下孩子，上学是件很简单的事情，但在当年母亲的心中，还真的蛮有仪式感。离报名开学还有好几天，母亲便将我还没有补巴的旧衣服，浆洗得干干净净，手工缝的粗布书包，也显得与众不同，连背带都是用手工缝的布带，背在肩膀上，特别柔软。

一到雨天，母亲还会让辍学在家的姐姐，专门打雨伞送我，可以让雨淋湿姐姐的衣服，而不能淋湿我。理由是，我身体弱，经不起风雨。有时上学时中途下雨，母亲便会叫姐姐或自己亲自来学校接我，除了雨伞雨衣，起风时，还会递上干净的衣衫外套，生怕我着凉。

很小时，乡下日子很苦，有时甚至连饭都吃不饱，但母亲却会每天为我煮个鸡蛋，炒时新的蔬菜，只放猪油。一直到上完初中。

高中两年，每天早上，母亲都会比我早起床约半小时，为我准备米饭面条煎鸡蛋，几乎天天变花样，生怕我没胃口。

从小学到中学，母亲总是鼓励我多读点书，并以父亲为例，说，你看你父亲会写字，会说书，上下邻居几多恭敬。

母亲自己从未上过一天学，她不会告诉我"报效祖国"之类的大道理。她却懂得"书上尽是道理，多学点，将来有好处，说不定，还能呷上松活饭"。

从小学高年级开始，我便迷上了小说。母亲每次看到我翻箱倒柜去读父亲读过的书，便会远远地看着我，生怕惊扰我，并认定我将来一定会有出息。

中学时，我的书包里，除了课本外，还会多了其他的书，母亲从不责怪我，也从未认为我是不务正业，即使在中学时，除了语文，其他科目成绩一塌糊涂。

对于我能否考上大学，母亲当年并没有抱任何希望，只是担心，这满崽，单瘦的身体，怎么去做田里土里的农活?!

好在那时田土分到了户，我们家的田土并不多。每到农忙季节，父亲母亲会去召回外嫁的姐姐或姐夫，还有哥嫂，让他们都回来，先搞完我们家里的，再去忙自己家里的。并约定成俗，好多年不变，一直到后来，我离开乡下。

1983 年，我小受挫折，决定当兵，远走他乡，离开那个伤心地。父亲母亲有些不舍，特别是母亲，在我顺利完成体检后，还在问我，真的要去吗?

我认真地点点头，表示去意已定。听我态度坚决，母亲便只好说，年纪也不小了，走出去，去外面看看世面也好。

但母亲背着我，不晓得哭了好多次，每次哭，总担心我，这瘦弱的身子，在部队去摸爬滚打，还要站岗放哨，吃得消么？

新兵连，父亲给我的第一封信里，母亲便让他叮嘱我，部队里伙食好，一定要吃饱吃好。还有，晚上站岗，千万要注意安全，莫把枪弄丢了。又听说我是在山沟沟里当海军，千万莫一个人进山，那深山里，是有野猪老虎的。

后来听父亲说，每次母亲想我了，便会催父亲给我写信。每次父亲给我写信时，母亲便会搬把椅子，坐得离父亲很近，面对正襟危坐的父亲，就像面对我。她说的每一句话，父亲便会一字一句地写在纸上。写完了，父亲还得念上几遍，母亲还得补充一句又一句，反复修改无数次，直到母亲满意了，父亲才会将厚厚的几张纸，装进信封，然后，带上母亲的牵挂，千里迢迢投递到我的手中。

父亲写信用的是毛笔，那种漂亮的小楷，堪称经典，而字里行间，又尽是母爱。

至今，让我不可思议的是，因为母亲念我心切，在我入伍不到十个月时，她决定来部队看我。而在当年除了书信，再无任何联系方式的前提下，目不识丁的母亲，仅凭一纸信封，依上面的地址和部队番号，就带着同样一字不识的姐姐上路了。

母亲和姐姐从二圣宫出发，坐班车，坐轮船，再从长沙上岸赶火车，途中少说也有五次以上的车船中转。这在当时，之前从未出过远门的母亲，她的胆识，让我无法想象。

一路上，母亲将身上的首饰全部摘下，放在家里，身上用布袋缝着往返的开销。唯一攥紧在手上的，便是我写回家的一个信封，上面是我母亲要找的地址。

记得母亲从长沙坐火车，在永州冷水滩下车后，有好人指点，送母亲姐姐到邻近车站的军人接待站，当电话通知我，母亲已到军供站时，我激动得连话都说不出。

我当年六十五岁的母亲，您怎么寻寻觅觅，千里迢迢而来！

当我匆匆忙忙赶去接到母亲时，我哭了，母亲却笑了。母亲抱着我，拍拍我的肩膀说，崽吔，几个月冇见，还长胖了。笑中，母亲的眼泪便滴在我的军装上。

一年后的某日，母亲病睡床上。哥哥姐姐们来看她，问她是否去看看医生。母亲说，不用了，去部队看看训武吧。

说好是等母亲身体好些了再动身。但当天说过之后，母亲便彻夜难眠，第二天，就喊来姐姐上路了。手里依旧是我写给家里的一个信封。

当母亲决定来看我时，她的病，竟奇迹般地好了！

母亲第二次来部队，也是出奇的顺利。她老人家出趟远门，来回十天，一身劲板板的。

入伍第四年，部队从广西转防湖南，飞机出事了，我躲过人生一次最大的劫难，死里逃生。但我没有告诉家里。当母亲从其他探亲的战友获此消息后，让父亲立马给我写信，并且接连写了几封，纸上写的尽是：回来，回来。回来哟。

那年我服役期满，凭我当年在部队的出色表现，完全有可能留在部队发展的。但念及年迈的双亲，我放弃了留队。

退伍回家后，父亲母亲的头等大事，便是帮我张罗婚事。父亲母亲用他们好些年节衣缩食省下的钱，为我完婚。

几年后，我招工有了单位，母亲也是不离我左右，生怕我在外喝酒应酬，她说酒伤身体。将早已成家立业的我，当小伢几一样管束，且越老，越严格。令身边好多同事朋友羡慕。

约是二十年前，我从原单位下岗后，选择从南县到益阳谋生，做的是一份四处跑动的工作。这时，父亲早已不在。母亲念我从小心善，让我千万记得防备别人，并叮嘱我自己小心做人，写文章，切记莫伤了和气，工作中，少栽刺多栽花。

还有，一个有家室的男人在外，切切不可去搭理别的女人，那样是容易惹麻纱的。

当年，老人家还听说，我写的一个婚姻家庭栏目，在报纸上火得不行，便担心我过多接触那些城里女人，少写那些风花雪月的故事，莫犯生活作风上的错误。

那时，我早有手机了，为随时联系家里，方便和母亲说话，我在家里装了电话，一有时间，便和母亲说上几句，搞得妻子都开我玩笑说，娘比堂客亲啊！

妻子当然也理解，我是怕母亲担心我，和她说说话，也是让她开心些。

我来益阳那年，母亲已是八十岁高龄。

当母亲听别人说，我在报社，工作很体面时，母亲便很是高兴，并扯着人家的手，告诉别人，我家满伢几，从小爱读厚厚的书，斯斯文文的样子，我就晓得，他将来一定是个文化人。

母亲还告诉过别人，我家训武，除了写报纸上的新闻，说不定有一天，还要写厚厚的书呢！

但母亲没等到我写出书的这一天，她老人家便在八十四岁那年，寿终正寝，不舍地抱病而去。

安葬母亲时，很少迷信的我，请道师为母亲超度，并念了一天一夜的血盆经。

母亲一生为我，为我们一家操心了一辈子，并孕育了十二个子女，老时，也算是儿孙满堂。

但母亲一生很少坐享清福，总是挂念身边的，和不在身边的子子孙孙，满脑壳里，装的都是子孙后代的平安富贵。

写这段文字，不为迎合今天的母亲节。因为母亲不懂母亲节。

在她的一生里，从来不晓得还有一个为母亲设定的节日。

母亲没有过过母亲节。

林木匠

82 岁的林木匠，终于在前年腊月二十八日，咽下了他最后一口气，去了他该去的地方。

临近春节，村人都在忙着过年，林木匠的白事，在村里算不上热闹，三个儿子三一三十一、二一添作五，打平伙一样凑了一点钱，请邻居拢场，吃喝了几顿，也没请道师，更没搞乐队腰鼓。

第二天早上，火葬场的灵车便接走了林木匠。午时再回时，一家老小笑呵呵地像中了彩票一样，捧回一个小盒子，装着林木匠烧成的灰。

下葬林木匠时，村人说笑着林木匠，有人说他一生值得，有人说他活得辛苦。于是，便扯出林木匠几十年的旧事，扯出林木匠的几段婚姻，和与他有关的三个女人……

关于林木匠的三个女人，在这里，尽管我不方便写上姓甚名谁，但村人都会对号入座，但凡上了一定年岁的村人，脑壳里都会或多或少，装着林木匠的故事。在乡下，并非每个男人都会有这等所谓的情事。但林木匠有，并且有故事。

林木匠的第一个女人叫梅。

梅比林木匠还大一两岁，当姑娘时长得有几分姿色，住在当年的三岔河公社，和林木匠只隔条哑河，小时还一同在村里的熊家大屋学堂，上过两年小学，也算是同学。但当时的梅心高气傲，根本就看不上家里穷得一塌糊涂的林木匠。

林木匠从小聪明，小学时成绩一直拔尖，无奈家贫，中途辍学，大约十一二岁时，跟村里最有名的老林木匠学徒弟去了。

按辈分，老林木匠该是当年小林木匠的叔爷，那时，老林木匠都快六十岁了，蓄一脸白胡子，穿着精致，除了有木工手艺，还写得一笔好字，且会雕梁画栋，旧时的民宅，修造时，大都会在堂屋里设计一根梁，框架初成时，将画好的梁，安架至堂屋的正上方，乡间称"上梁"。

按当年旧俗，上梁时，还有仪式，要挂红放鞭炮。东家还得备些吃食，上梁时在墙上朝下抛撒，引左右邻居，男女老少哄抢。

那根梁，在我们那一带，数老林木匠画得最出彩。当然，一套新家具上，也少不了留下老林木匠的杰作涂鸦，大多龙飞凤舞，尽显吉祥如意。

小林木匠拜师老林木匠时，听说是下跪叩过头喊过师爷的。

林木匠第一次跟着师爷做上门工，便是去的梅家里。梅的大姐出嫁，一套嫁妆木器，一做就是一个月。后来，林木匠酒后失言，说起梅的娘，还和老林木匠，有不清不白的关系。

那年初学艺时，在梅的家里，小林木匠几次看到师爷在厨房和梅的娘搂抱着亲嘴，羞得小林木匠半天大气不敢出，更不敢看师爷，倒是梅的娘，一脸红彤彤的，妖里妖气，新娘子一般。

　　那一个月的上门工，让小林木匠和梅有了许多说话的机会，有时喝茶小歇时，小林木匠还会偷偷地去看正在写作业的梅。但梅仍旧对小林木匠爱理不理的样子。

　　正式和梅来事情是六年后，十八岁的小林木匠，早已去掉了小字，被人尊称为林木匠了。勤奋且聪明的林木匠，短短不到六年，几乎学会了师爷的所有手艺。于是，他单飞另立门户，独闯江湖。

　　六年后，当梅的二姐出嫁时，做嫁妆木器，便请了林木匠。

　　又是一个月的上门工。早已退学的梅，代替去世的娘，成了女主人，一日三餐，侍奉着林木匠，眼看着二姐将嫁，没有了娘的梅，有些孤独，林木匠时不时看到梅，坐在厨房或外面的禾场上，一脸惆怅，老是闷闷不乐的样子。林木匠看在心里，有些怜悯。

　　有天晚上收工后，林木匠陪梅的父亲喝着酒，梅的父亲便问林木匠，是否有中意的人？林木匠连连摇着脑壳，说没有呢没有呢。梅的父亲又问，想不想找个妹儿？林木匠脸一红，随即低下了脑壳。

　　当二姐嫁妆木器打成那天算工钱时，林木匠对梅的父亲说，叔，工钱就免了，算我帮忙。

　　那天晚上，对河街上来了戏班子，梅的父亲便让梅陪林木匠去对河看戏。

第二年正月，二十岁的梅嫁给了十八岁的林木匠。听说过门第一夜，梅没等天亮，便吵着要回娘屋里。林木匠一脸懵逼，问梅为什么？梅不理林木匠，只说是，自己也不晓得。

　　后来，有邻居窃笑，说是林木匠，新婚头两个月，不敢近女人身。但林木匠痴爱梅的一切是真的，也不愿违背梅的愿望，所以夫妻之事，也只有顺梅的心情。

　　这一年，林木匠爱上了喝酒。

　　梅和林木匠结婚一年后，梅的肚子仍不见动静。林木匠喝酒由两餐改为了三餐。

　　又一年后，梅提出离婚。于是，我们二圣宫，有了一个天天要喝酒，且天天不醉不休的林木匠。

　　要命的是，离婚后的梅，一年又嫁回了村上，和一个标致的红花伢几结婚了，婚后俩公婆感情好得如胶似漆，不到一年便有了喜。之后，一连像猪婆子下仔一样，生了四个崽女。

　　梅第二个男人，还是和林木匠一起长大的光屁股兄弟。但后来，相距不到一泡尿远，却相安无事几十年。

　　林木匠的第二个女人叫桃。

　　桃是在林木匠单身后的第三年，经人介绍认识的。桃比起梅，样子并不差，甚至可以说，还有几分健壮，只是上学不多，连自己的名字也写不全。

　　但她喜欢上了林木匠的那门手艺。林木匠的名字，她多次听村人谈及，并生爱慕。后经人介绍，立马就成。

　　桃嫁给林木匠之前，娘家人反对，说一个红花妹几，不该嫁一个离婚男人。但桃情愿，没等过门，便搞大了肚子，生米煮成了熟饭。

初过门时，林木匠酒也戒了，只会埋头做木工手艺挣钱养家，还供桃打跑符麻将。

邻居都说林木匠会疼女人，这个桃命好，连桃打牌坐在桌上，热茶热饭都由林木匠送。桃有时在牌桌上输掉链子时，桃托旁人去告诉林木匠，林木匠便会屁颠屁颠送钱来。有时家里实在没钱，林木匠会想方设法，去东拼西凑，甚至借撮息（一种高利贷），也不会让桃丢她的脸面。

怪就怪林木匠待桃太好，当有一段时日桃不再找林木匠要钱时，她和一个单身的牌友好上了。那男人一脸麻子，在大队办了个砖厂，请了二三十人做事，比林木匠会搞钱，出手更大方。

麻子离过婚，外面也有女人，但他日日夜夜和桃在一起打牌后，不知哪天开始，就搭上了桃。麻子自己牛高马大，同时也喜欢上了健壮风骚的桃。

之前，林木匠也请麻子来家里喝过酒，也曾称兄道弟。麻子便将砖厂的木工活，包括建厂房等，都让林木匠当家。林木匠因为在麻子那里挣了钱，所以桃每次陪麻子打跑符麻将，林木匠找不出拒绝的理由。

但麻子后来睡了他的女人，这是他始料未及的。

更让林木匠不能容忍的是，麻子正式提出要桃离开林木匠。

麻子搞真的。

林木匠知道大事不妙。当有一天将麻子和桃捉奸在床时，林木匠的开山斧劈向了麻子。一斧下去，差点断了麻子的左脚。公社派出所的来了，带去林木匠。但麻子讲义气，抱伤去找警察，承认是自己的错，央求警察放过林木匠。

但林木匠当着警察的面说，老子情愿坐牢，也不想让自己的女人和麻子睡。这事搞得警察都好感动。最终治安拘留林木匠七天摆平。

桃从派出所接林木匠出来，没几天便称，想回娘屋里小住几天，但一去数月，没有回家的打算。

林木匠晓得桃的心野了，就随了桃。想想桃，跟他在一起六年，生了三个崽女，也吃了苦，受了磨，至于和麻子上床，也只怪自己贪麻子几个小钱，放松了对麻子的警惕，让这对狗男女有了可乘之机。林木匠并不怨桃，只怨那色胆包天的麻子鬼。

麻子那条左腿，从林木匠那一斧子后，虽说冇离身，但是后来几十年，再也离不开一根拐棍了。

麻子活到死时，那一根拐棍就一同放入了棺木里，随他去另一个世界跛行。

只有桃，一年后去了常德，跟了一本份的渔民，漂在西洞庭，靠打鱼为生。至于是否再生儿育女，也没人打听过。

待林木匠六十岁那年，才有了桃的下落，三个儿子骑自行车去找过，想接桃回二圣宫和林木匠养老，但桃几次避而不见。之后，便不了了之。

林木匠到底爱不爱桃，我不敢妄言。但自从桃离家后，林木匠又喜欢上了酒。

将近三十年，据说林木匠不曾找过其他的女人。即使有风骚女人自己送上门来脱裤子，林木匠都只当人家开玩笑，顾自埋头喝酒，尽量不往那方面想。

说说林木匠最后一个女人。

那女人叫什么名字，至今恐怕只有鬼晓得。但这个女人倒与我有关。

大约是二十年前，我还是村里的一名村干部，一日，遇一要饭的老妈子，看样子人倒本分。至下午一两点乞讨到村里，样子倒是饿极了般，走路连双脚都打跪，我便让一好心人特意下了一碗面，另煎了鸡蛋，然后看她狼吞虎咽般地吃完。那老妈子一脸的感激，当她听说我是村干部后，又向我提了一个我没想到的要求，能否做好事，安排一个地方住上几天，她说，她实在走不动了，也不晓得到哪里去。

正当我犯难时，有旁人半真半假地说，领她去林木匠屋里，他正好一个人住。虽是玩笑话，但也提醒我，两个单身人，打平伙一样，暂时借住，何尝不是。于是，便有村人张罗，将那老妈子送到林木匠家里。再说那老妈子，穿也干净，倒还算个活泛人。

那老妈子第一天到林木匠家里，不等林木匠应允，首先便帮着林木匠收拾了桌子上的碗筷，洗净了灶台上脏物，接着，也不管林木匠愿不愿意，又帮林木匠打扫屋里的卫生。不到半天，让林木匠狗窝一样的家，突然光鲜干净了许多。酒醒了的林木匠，面对这突然来的老妈子，说了一声多谢。

第一夜，林木匠和那老妈子有事没事，没人晓得。但第二天，林木匠没让那老妈子出门要饭，这是真的。

林木匠也没找崽女商量，就让那老妈子住了下来。林木匠又捡起了木匠手艺，酒也喝得比从前少多了，脸上也露出了久违的欢颜。

林木匠有个媳妇，平时就喜欢说事，于是，便禁不住玩笑一样告诉邻居，说是公公自从有了这个婆婆子，人都精神好多！夜夜抱着那婆婆子不松手。

邻居听后，哈哈连滚，笑得拍脚拍手。

那老妈子就一直住下来了。

林木匠和那老妈子有没有爱，我不晓得，但有邻居看见，每次林木匠在村头小卖店，尽买些老妈子爱吃的红姜、瓜子、杨梅。

有嚼舌的女人看见，便笑林木匠，是不是婆婆子有喜了！林木匠却不笑，答道：她爱吃什么，我就买点什么，反正又不贵。

直到那老妈子死时，没有谁见过，林木匠对那老妈子说过哪怕一句重话。

晚年的老妈子病在床上，林木匠为她擦身洗澡，打点得干干净净，自己拄着拐棍上街，一路走走停停，也没有过怨言。

死时，林木匠还请村人拢场，接了道师，为那老妈子超度。稀奇的是，道师在为老妈子超度时，要立个灵位，问林木匠，亡者姓名？林木匠却一脸茫然，道：和她在一起，过了十多年，姓什么，叫什么，真的搞不清？弄得道师无从下笔。

送老妈子下葬时，林木匠喝着酒，流着泪，非得让满屋儿孙，为那老妈子磕头作揖，披麻戴孝。

河边有棵树

最近一篇关于故乡人物的文字里，我特意回忆过，我们二圣宫外河矶头湾上的那棵树。

那是一棵有百年以上年岁的谷皮树。

谷皮树是一种洞庭湖区最不遭人待见的树种，既不成材，又不好看，再说也从没有谁刻意植种过，纯属自生自灭，看不惯时，便成了哪家的柴火，还嫌其火力不猛呢。

但二圣宫外河矶头湾上的那株谷皮树，却临河挺立着，粗壮丑陋的树干至少要三人方可抱拢。主干分散的枝干，努力地扩张着，奇形怪状，衍生的树叶密不透光，如一把硕大的伞。

记事起，就记得那株树。

河里坐船时，远远看到那棵树，就晓得快到家了。后来河堤上通了车，上车时，司机问你到哪里，你说，那棵大谷皮树下。司机便点头，说，晓得晓得，二圣宫的那棵大树。

有年河里发大水，我们二圣宫上百号人都靠近了那棵树，一旦溃垸，那棵大树可以保命的。倚坐树枝上，任由惊涛骇浪，狂风暴雨。

至于那棵树给我童年的快乐，便无须赘述了。我父亲，我哥，包括我现在已长大的儿子。

关于老家最初的记忆，便是那棵树。

时下，当许多人在讨论着如何留住乡愁，回归本真时。其实乡愁也只是远离故乡，对故地的一种回忆了。

过去的传统耕种，茅屋篱笆，农舍炊烟，湖州放牧，鸡鸣狗叫，还有摇着铃子的乡村货郎……那才是对故乡最深刻的记忆。那才是记忆中的乡愁。

记忆中，只有那棵树，二圣宫河边矶头上的谷皮树，它不会迎合，不会装腔作势，不会哗众取宠，更不懂政治。

一百多年来，挺立在河边石矶头上，百年沧桑，见证着那条洞庭湖上，叫沱江的支流，一会儿叫河，一会儿叫湖，一会儿叫水库，其中，还莫名其妙地弄出一个叫湿地的名称来。

唯那棵树，它就从来没挪动过，风吹弯过它的枝，却从没吹弯过它的腰。尽管它越来越苍老，越来越丑陋。

早些年，我曾四处流浪，当兵，种地，招工，下岗，务工，终归栖居城里。

所谓故乡，故人，故事，该忘的忘了，不该忘的，也忘了许多，唯有那棵树，一直没忘。那是我的，永远是我的，所谓的乡愁。

有它在，我就永远记得回家的路，哪怕走再远，也不会走丢。

满娭和满爹

　　我想继续写二圣宫的人物，满娭和满爹就生动地朝我走来，活灵活现。

　　其实满娭和满爹早已作古，骨头早就打得鼓了。

　　我做细伢几时，满娭应该有六十岁以上的样子。满娭的男人，小时我们都喊满爹。

　　先说满爹，当过兵，抓壮丁走的。年轻时，满爹后生子虽嬲塞，但家里穷，且孤儿一人，加之脾气不好，只晓得骂冲天娘，新中国成立前退伍后，就一直找不到女人。四十多岁时，仍光棍一根。

　　1958 年，二圣宫南堤上，来了一个讨米的桃江女人，年纪和满爹差不多。那桃江女人有点塌鼻子，有点大舌头，说话自然不利索。但丰乳肥臀，样子看上去周正。便有人说，让王桂生接回去，打发她几餐饭，陪他睡一夜。巧的是，那天满爹王桂生正喝了一杯猫尿，可能也是想开开荤。也不问问人家女的同意不。壮着酒性，更不怕丑，扯着那女人，就往他河边上的茅屋子里拖。

　　一个单身男人，一个讨米的女人，进了屋，大白天关紧了门窗。做了什么，不必展开联想。

问题是，一天后满爹从他茅屋子里出来时，隔壁的姚月华发现，身板硬扎的满爹，走路都有点打跛脚。

三天后，不抽烟的满爹，买了一包纸烟，见人就散，找了上下邻居，说是要办桌酒，响明地方。因为，他要讨堂客了。

三天后，那讨米的桃江女人成了后来的满娭。

讨米的桃江女人成满娭后，满娭之前的身世无法查证。但有一点，是可以肯定的，那就是，当上满娭之前，她肯定有过男人的。

约是一两年后，有次满娭和满爹吵了架，满娭赌气离家出走，回了桃江，一住数日，急得满爹一人坐在沱江河边的矶头湾上，哭起脸来。邻居姚月华怕满爹寻短路跳河投水，便好心邀了队上几个浮头鱼，去桃江将满娭接回来。从此，满爹就不再和满娭吵闹，遇事时再也不骂冲天娘，更不动手打堂客。

记忆里，桃江来过几回人，要接满娭回去，但都被我们二圣宫的人轰走。我们地方上，脾气暴躁的几个狠角色，还动手打了桃江来的人。再后来，就没有后来。

巧的是，满爹婆婆佬倌虽吵闹过，但吵过闹过之后，日子却过得有滋有味。

那时人民公社，满爹高光时，还当过生产队的民兵排长，民兵搞训练时，还教人练过打靶，玩捕俘拳等。

记得我小时写作文，还写过满爹，将他视为抗日英雄，缠着他讲过战斗故事。满爹给我们讲他当兵的历史，讲他抗日的故事时，老爱喷点狠话，挂在嘴上的一句话是，打仗，怕卵哪，反正是人一个，肉一坨。命一条，卵一筒。但那时，我还小，不敢将满爹的原话写进作文里。听了，只有作死的笑。

那时，一般农家里，都会喂些鸡鸭，也有喂猪的，满娭就养了一头大母猪。那年月，口粮紧缺，连人都呷不饱，哪有余粮喂牲口。一般农家鸡鸭大都散养的，但生猪却是圈养的，一则卫生，二则不会乱窜去糟蹋别人家的粮食蔬菜。但满娭喂母猪，从来不喂食，且不关着喂，而是放敞，任其到处寻食。我小伢儿时，印象中见过那头母猪，黑毛白花，高大威猛，怕有三四百斤重，一天到晚，饿得四处乱窜，不知糟蹋了多少邻居的蔬菜。为此，惹得上下邻居不高兴。

但每次，有人上门投诉时，满爹就骂满娭，不该养这害人的畜生。而这时的满娭除了用一口桃江话，叽里呱啦给人赔不是，就会反过来质问满爹：不喂这畜生，你有卵钱喝猫尿？这时满爹就不会再反驳，事后再挨家挨户上门，去偷偷补偿邻居家的一些小损失。用满爹的话说是，意思意思。如此，倒让邻居不好意思起来。

至今，二圣宫那地方，还留下一话把，如怪人不顾别人，只顾着自己，就会说，你是满娭喂猪婆子哦。

早几日，同在益阳工作的一位乡党，大概读过我写二圣宫的一些文字，便问，还记得满爹满娭屋后面的那几株桃树不？我说记得。我们还一起去偷摘过，有次，差点不小心，还从树上摔了下来。

有一次，让满爹碰上了，他一边嘴上小杂种的骂骂咧咧，一边却不让我们这帮小伢儿走。不等满娭搬来楼梯，满爹三下两下，便攀到树上，让我们站在树下，仰着脑壳，扯开衣服接住他从树上扔下的，熟透的桃子。

当我们的衣服或口袋实在装不下时，才下来说，崽吔孙吔，下次再莫偷，想吃桃子，满爹帮你们摘，再从树上摔下来，伤了骨头何得了。平时愤怒的脸上，这时少有的慈祥。

印象中，满爹满娭家的桃子，从来就冇卖过钱。熟透了，满娭和满爹还在二圣宫，挨家挨户地送。

后来，我们长大了，满爹和满娭就更加老了。

因为没有后人，按理二老该住进村里镇里的敬老院。但满爹满娭死活不同意离开二圣宫，硬是活到将近九十岁，才在同一年，相隔不久，先后驾鹤西游。

满爹满娭下葬时，队上原来拜过的干崽子，还为亡者披麻戴孝。

邻居上下拢场，搭了孝堂，还凑钱请了道师，吹吹打打。十几桌乡邻，吃吃喝喝，也算热之闹之。

那年大水

　　1996 年的那场大水，应该比 1954 年那次大水，要来得更凶猛些……

　　1996 年，长江大水，殃及洞庭。

　　那年的暴雨伴着秋汛，南北顶托，我栖居的育乐垸危在旦夕。

　　尽管那场大水，已过去二十多年，至今我还记忆犹新。

　　那是一场灾难。

　　那场秋水来得毫无征兆。

　　应该是秋初，早稻已收割入仓，晚禾秧苗开始返青。接连几天的瓢泼大雨，浇黑了天，落沉了湖，淹得田园汪洋看不见田埂。沱江河水分分秒秒看着上涨——

　　防汛水位。

　　警戒水位。

　　危险水位。

　　三级跳式的涨幅，让见惯了大风大浪的湖区人有点坐不住了，连洞庭湖里的麻雀都栖居在树上的鸟巢里，不敢高飞了，哪见过这阵风浪?!

从洞庭湖版图上看，沱江西的育乐垸有茅草街、三仙湖、三岔河、中鱼口、游港及县城南洲等 8 个乡镇，约 30 万人口。沱江东的大通湖垸还有八百弓、青树嘴、乌嘴、明山、华阁，包括沅江的草尾、黄茅洲、南大、阳罗等 7 个乡镇，大通湖区 4 个镇，共约 50 万人口。

沱江东西两岸，两个大垸，任溃一垸，垸内民众均会遭遇灭顶之灾，或处水深火热之中。

凡垸内男性劳力，搜搜刮刮都上了大堤，没有男主的农户，连妇女也得顶上。乡镇村里的高音喇叭，每天从早到晚，播的是防汛通知或即时汛情。乡镇干部在一线指挥抗洪，村组干部在后方催上劳力，作后勤保障。

如临大敌。

兵临城下。

那年防汛，是我记忆中，史上最严的防汛纪律。上堤防汛队员全部实行军事化管理，派出所干警和村委治保会，有枪的带枪，无枪的带棍，连村组干部都带上了竹篾块，凡堤上不服从管理者，轻则游堤示众，重则拘留禁闭。尽管面临大灾，民众如惊弓之鸟，但局势仍在掌控之中。

外抗洪水，内防骚乱。或许是当时的高压态势，在那样危急关头，大水压境，民众却是少有的自觉，一切听上面的，好多人连家都未能顾及。

我家住在沱江西岸的大堤腰身，距大堤堤面约两米处，如不溃垸，大水自然冲不了小庙。但时时刻刻上涨的沱江水，最先让住在垸子中的人害怕了。害怕瞬间的溃垸，会让大水淹没家，冲走牲口，毁坏家具电器，还有满仓的粮食。当然，最怕的是夜晚溃垸，睡在梦中，人被大水淹没……

那时，湖乡遍地看不到几处楼舍，农村居住仍以简陋的砖瓦房为主。再说那乡间匠人简单的建筑，必定是抵挡不了汹涌的洪水或者滔天巨浪。不知是谁起的头，有人用板车用手拖，或肩挑手提，将认为是家里最值钱的东西，从垸子中搬运到了大堤上，以防万一。

然后，接二连三，开始成群结队，乡村小道开始拥挤不堪，像逃难一样的垸中民众，牵牛赶猪，左手一只鸡，右手一只鸭，有的怀里还抱着一个小伢崽……

只一两个小时，绵绵江堤上开始搭建一个又一个简易的棚子，以彩条布为主，零星有塑料盖顶、石棉瓦盖顶的，一户一个，从几平方米到十平方米不等。床是用门板或竹凉板搭就，棚内还可生火做饭。那些棚顶遮阳不挡热，正赶上二十四个秋老虎，热得人受不了。而逢暴雨倾盆时，棚顶稍有小漏处，棚内便积水成河。

那延绵的简易棚在不到三天内，将沱江西防汛十米宽的大堤，挤得针插不进。最让人恐惧的是，河水不但没有减退的迹象，还在天天见涨。有人试着，走出棚子，站在堤上临水边，伸脚即可蹚到水。而沿线40公里十多万防汛队员，还在每天不停地用蛇皮袋装土装沙砾，在沿河肩处筑着子堤。

高音喇叭里在喊：水涨一寸，堤高一尺。

守堤如守命，保堤保家园。

面对沱江水，两岸人心态各异，包括当地政府，也在自私地想，保住自己的堤段，加固加高子堤，或许可以堵垮别处，最直接地降低水位，从而减轻自身压力，保住自己的垸子。

或许真是老天有眼，当连续几个晴天之后，在某日的早晨，有人发现，沱江河水急剧下降，每小时几十厘米。有小道消息传来：

安乡哪里溃境了。

沅江哪里溃垸了。

当两天两夜沱江水连续下降达一米多的时候，有正式消息传来，的确是附近同一水系的沅江沿线，终因洪水来势迅猛，难以阻挡，无力守护，致沅江境内十垸九溃。四分之三的沅江版图，与浩浩汤汤的南洞庭连成一片，大美沅江变成了汪洋泽国。

当沱江两岸一片欢呼时，高音喇叭又在喊着，提醒人们：落雨不倒（垸），怕天晴倒；涨水没倒（垸），防退水倒。尽管这只是喊个醒，但湖区老人记得，1954年，育乐垸，我们二圣宫那次溃堤，真还是在天晴退水，当人们喝着庆功酒时，就在过去菩萨显灵的地方，正中二圣宫庙堂处，先是堤内发现沙浸，仅有几分钟，出现管涌，在冲天的水柱中，大堤瞬间裂缝，撕开了一个口子，从数米至百多米，大水汹涌着挤进垸内，大堤就真的溃了。

只眨眼工夫，田没了，树没了，连房屋的屋顶也淹没在滔滔洪水中，一切如一场噩梦。至今留下一处叫二圣宫的倒口（溃堤处）。

几十年后的今天，倒口倒成了我们至今仍完整保留的一处百亩水域，且深不可测，从未见过底，打鱼人说，倒口里有上百斤的大鱼，还有乌龟王八。

1954年，至今六十多年了，那时的目击者，仍健在的均已八九十岁高龄。那场大水，死人无数，有的全家被淹，满门遭灾。

关于那场水灾，现已知之甚少，但《南县志》上，有着记载"1954年，大水、巨灾，田亩漂荡无余，浮尸横江，七月滨湖连日大雨，长江水倒灌洞庭，致使南县、沅江、益阳和华容等十余县共溃二百余垸，皆成泽国？

大水入堤垸内，淹死3300余人，倒塌房屋10万余栋，直接经济损失达百亿元之上。其时，瘟疫流行，又死亡3万余人。1954年特大洪水，致南县人民损失惨重……"这段历史，在1996年南县大水时，也有人提及，坊间流传的版本，比史书上记载的更是触目惊心。

但至今，能留给我最深印象的，仍是1996年，我经历过的那次大水。

查找历史，不难发现，相比1954年，"1996年8月的特大水灾更属历史罕见，百年不遇……"

1996年的那场大水，应该比1954年那次大水，要来得更凶猛些。

冬修

我这里要说的工地，不是如今城里的什么建筑工地之类的事儿。

还是说乡下，说从前。说乡下从前每年的秋冬修水利工地上的那些事。

17岁那年，我没考上大学，严格来说，是离大学的门，还很远。

农村的孩子，谈不上待业，走出学堂，便有广阔的天地在等待。不用填表，不用谁批准，你就成了当时人民公社的社员。

我是当年上学期高中毕业的，下半年便赶上了生产队的冬修上工地。那些年的秋冬修，秋修还轻松点，只就近搞些农田水利的小修小补。

而冬修，就是大兴水利了，从开挖沟渠修鱼池、建水库，到加固河堤，任务一年比一年重，好像永远没尽头。时间最长的，可以干上满满的一个冬天。

印象中，晚稻收割后，冬修就开始了。近处修了，修远处，本地修了，去外地。

我的父亲、老兄、姐夫们到过沅江漉湖、赫山烂泥湖，最远至湖北，参加荆江分洪等。那时交通欠发达，有时来去路上要几天，摇船荡桨。

记得我第一次上工地，是在三仙湖公社的均和村，离家有近二十里地，修大堤，将外河的巴垸，重新修条可以挡水的河堤。

那时我身体单薄，还挑不起一担泥巴。生产队便安排我当火头军，煮全队三十多名民工的饭菜。可怜我从小受父母娇惯，饭来张口，哪里会做什么饭菜。好在当年的生活状态，并不讲究，饭煮熟了，菜有盐味，就差不多了。

当开始连续吃了两餐生不生、熟不熟的米饭后，队长出面找房东高妈帮我。再说那高妈人特别的好，她注意到我这十几岁的小伢儿，确实不会做饭菜之后，便主动早起，帮我打早伙。

那时抓革命，促生产，时间观念是特强的。所谓打早伙，是必须赶在天亮前吃完饭，待天亮时，工地上便是热火朝天，红旗招展了。高音喇叭里还不断地唱着"东方红太阳升，中国出了个毛泽东，大海航行靠舵手，万物生长靠太阳"等革命歌曲。

生产队三十多人的饭菜，尽管简单，但两菜一汤或一荤两素，还是要费些力气。加上那时烧的是稻草，还得边烧火边煮饭炒菜，刚开始时，连续几次搞砸之后，只差没哭脸。

好在队上的那些叔叔伯伯兄长们，看我年纪小，抬举我。尽管有时吃着不是味，但还是一个劲地鼓励我，说是蛮好蛮好，要得要得。

打早伙得在早上四点左右起床，冬天的热被窝，让我有些贪睡。但在隔壁厨房，这时的高妈早起了，尽管听得出她是轻手轻脚，但我还是察觉到高妈一早起来，在帮我打早伙。

早起的还有高妈的妹子，一个叫华华的，和我年龄相仿的女孩子。

高妈让我叫华姐。

高妈和华姐早起后，早已将米饭下锅、菜已备好，待我起床时，饭菜已张罗得差不多了。这让我很感动，也感觉有点不好意思，我该做的事，让高妈和华姐做得差不多了。因为有她们母女的帮助，我轻松了许多，队上的人也开始夸我的饭菜，味道好得不得了。队上的秋伯伯，有次饭后，拉我一旁问，老板娘高妈帮你，是不是那个华华看上你了。我听后，连连摇着脑壳，红着脸说，秋伯伯，您莫笑我。

再说那华华，从我慢慢适应早起、且饭菜基本上路后，仍一如既往地随我早起，帮我做着厨房的事，有时衣服脏了，还偷偷地帮我洗了，搞得我心里暖暖的，有些感动。

工地离住地有两三里地，中午饭需送往工地吃。上午下午高妈的家里，便有些安静。高妈家其他人，有的忙着田里土地，或上工地，唯高妈和华华很清闲。

中午晚饭，闲着的华华便会主动来帮我。我也假斯文地拒绝过，但华华每次只是浅浅地笑，然后找理由说，反正我没事，你一个男孩子，会做什么鬼饭菜！但她又说，并不是瞧不起我的意思，真的是太无聊了。

说她是姐，华华比我最多大一岁，只是没念几年书。

华华说，家里父母只喜欢哥哥和弟弟，从不喜欢女孩子，所以十二岁，便辍学了。

那时，我特别喜欢读书，小说散文故事天文地理，无所不爱。华华便说，她特别喜欢我一个人坐在阶基上或地铺上专心读书的样子。我也告诉华华，我说我特别喜欢你认真做事的样子，像一个贤惠的小媳妇。

说这话时，华华的脸就忽地红了，抿着嘴唇不说话。这时，我就感觉自己说话不注意，生怕伤害了她。

有华华帮我，我的活儿轻松了不少。和华华在一起，似乎感觉枯燥的工地生活，忽然生动起来！并且生怕冬修会很快地结束，有点舍不得华华了。

大人们则不同，冬修工地的工夫是累人的体力活，从天亮到断黑，寒天冷冻。只有每天的中午饭，蹲在工地背风处，抢火一样地填饱肚子。一天至少有十二小时的体力活，将外河河滩上的潮泥巴挑到规划好的河堤上，以大队为单位，生产队为堤段，统一高度，统一标准，搞不得半点假的，边加高时，还有人工打夯。

刚开工时，一段平地、工地建成时，是十几米高的大堤，如长城一般。今年修这里，明年修那里，河里大水年年涨，挡水的大堤年年高。这就是冬修。且每个民工还须自备粮食、苑箕扁担，哪家哪户不上工地，还得出钱出粮。而上工地的，纯属义务。

二十年前，是个秋天，我回南县，去青树嘴镇采访，从沱江西边大堤，路过那处我当年修过的工地，记得有当年还是同事的兄弟汉武同行。我便绕道去那处工地，一屁股坐在大堤肩上，指着坐的地方，告诉汉武，我十七岁时，我在这里为生产队的民工送过饭，也试着从河边挑好沉的泥巴，爬上高高的江堤。从早到晚，冬天只穿单薄的衬衫，累得骨头都差点散了。

记得那年沱江堤上还没有修公路，更无绿化，我和汉武坐在堤肩上，坡上有懒散的水牛，寻觅着食草，而看牛伢几，也就慵懒地躺在草皮上。河床上，是裸露的潮泥，因秋干而裂缝。河中央，才有清亮的水，少得像人流的泪。

汉武是桃江人，初中就考入师范，没上过秋冬修水利工地。触景生情，我就给汉武讲那年，我在工地上的那些事……

上工地苦啊。有时冬天，冰天雪地，为了赶工期，也不得停息。工地广播一声喊，红旗飘扬处，尽是劳苦人。

也有遇上大雨天，实在开不了工，一队劳力便可窝在被窝里，商量着该打打牙祭，改善一下伙食，闹着吵着要喝上几杯酒了。

那时生产队里穷，拿不出几个钱，所谓改善伙食，也只不过是多砍几斤猪肉，或买上几对猪脚，再去供销社买上几斤粉条，这就像模像样了。酒，无非是搞几斤谷酒，味道也赛过现在场面上的瓶装白酒。

当然是酒后，酒足饭饱，想找点快活。那时农村连电都没有，谈不上有其他娱乐活动。打牌赌钱，缺的是钱。还是队上六满爷有办法，印象中，应该是他找秋伯伯、鸭婆叔、罗胖子商量过，要玩个成人游戏，说白了，就是脱光所有人裤子，比一比裆部的那个把戏的大小。

亏六满爷想得出，当门窗紧闭，临时推举的打手就位后，六满爷开始发话了：今天无卵事，拿卵来点事。不比年龄大小，但比把戏大小。自觉的，自己脱裤子，不自觉的，只有霸蛮了。

他一边说，并不笑，一脸横肉，满口酒气。

六爷那样子是认真的。我记得，当时高妈那间堂屋里南北两排地铺，三十多个民工，就挤在那里。当六满爷发布这一消息时，记得最积极主动的彭建国，平时看他斯文得不得了，天天穿得精致不过。而那天，他是主动脱裤子的第一人……事后，他解释，怕队上人动粗，扯烂了他的衣服，不如自己动手。还说，男人都有的东西，怕个卵丑！

那一次，只有秋伯伯，三个劳力按不住，让他成功逃脱，其余所有人，笑闹着，每人过了堂。躲在门外的高妈，听着屋里的动静，笑得快癫了！

去年过年回二圣宫，老得牙齿都掉了的六满爷，坐在轮椅上，说起这事，笑得眼睛眯成只有一条缝，说，那些年，我们队上那些上工地的男人家，几快活的。

六满爷摇着脑壳，又补充说，穷快活呢。问我记得不？我说，记得。

一晃，快四十年的事了。

六满爷，今年快九十岁了吧。当年那些打打闹闹的人，弯着手指算来，好多人，早已走了。

那些人，走后埋在泥巴里，骨头都该打得鼓了。

回头再来说现在的秋冬修水利工地，再也看不到人山人海的场面。取而代之的是，全程机械化施工。

农民无偿义务修水利，已成历史。苦日子，早已一去不回头了。

熊家大屋

　　熊家大屋有好大，至今我无法准确表述。在我们二圣宫那地方，上五里、下五里，或者说上至三仙湖，下至茅草街，应该算是最大的、最气派的瓦屋。

　　六岁那年，姐姐送我发蒙念小学一年级，我怯怯地牵着姐姐的手，第一次走进了当年已改为大队学堂的熊家大屋。

　　印象中，熊家大院为典型的江南四合院风格，外墙为青砖黑瓦，内墙为圆木柱架和木板。20世纪60年代时，熊家大屋的墙壁木板还泛着黑黄的桐油光亮呢。

　　大屋坐西朝东，当年还高出沱江河大堤丈余。想象中的沱江河水，应该还诗意地在大屋前奔腾流淌过……

　　记忆里，与熊家大屋配套的，还有一正两厦，建在大屋的槽门外，为第一进。相当于现在的工厂企业机关大楼的传达室，但当年熊家大屋的传达室，远比现在的传达室气派。一正两偏厦，就是小时常见的乡下"荷包屋"的造型。据说当年只供看院或用人居住。大跃进时，整体搬移至右边，熊家大屋另一仓库屋基上，后来改成了当年的三仙湖公社中奇大队部。可见这"第一进"的气派。

熊家大屋的主人，恕我不便记此。新中国成立前，是我们那一带最大的地主，靠勤奋节俭置地发家。至今他的第三代、第四代还在本地居住、繁衍生息。

　　熊家大屋大，真的适合做学堂。数十个仓库，正好改成教室，虽大小不一，但大的为教室，小的可做教师宿舍或办公室。记得当年我们大队周边利群、陈子湖、小洲、石坝，包括南汉分的中小学生，都跑来我们大队念书，从小学一年级至初中毕业。学生多时，一个年级还分成甲乙班，人数高峰期，至千人以上，可见其规模一斑。

　　记得我小学发蒙时，启蒙老师是郭来英，当年只十七八岁。现已退休居益阳，快七十岁了，仍还精神。

　　印象中，我们那一批小学一年级，湖鸭子一样的收了快 50 名学生，加上留级生，将熊家大屋北边靠东第一间大仓库挤得拍满的。可惜木屋不隔音，这边唱"东方红，太阳升……"而隔壁教室里，老师让学生，还要默写生字或搜肠刮肚地构思作文……常常搞得思想不集中。

　　好在那时不搞升学率，更没有中考高考一说，读书还半耕半读……反正是，不正经念书。

　　约是 1974 年，因瓦屋年久失修，门窗已陈年腐朽，安全隐患危及师生，大队便上报公社，公社再派干部下来调查，发现屋顶有些檩子都快断了，如不采取措施，随时会有塌垮的危险。于是，一纸报告打上去，很快就批下来。

　　拆了熊家大屋，新建中奇学校。

　　熊家大屋建成花了好久，我不晓得，但大队派的几十个调工，拆了近一个月，这是真的。

　　拆倒后的熊家大屋，占地数十亩。有木匠估算，仅木材一项，至少在两百立方。据此，当时有老班子说，当年，熊家建大屋，从沱江河上游，发了整整一个木排的木头。当然，还有石狮石马等石雕，只可惜，当年当封资修或迷信物品被毁弃了。

建屋时的热闹无法追踪，但拆屋时，每天站在大堤上看热闹的人，远比拆屋的调工们多好多。

有人还神秘兮兮，期待某处角落，拆出金条银圆来呢。

至今找不出当年，是谁出的馊主意，将熊家大屋地基掘低，新学校地址延后至大堤脚下。我不迷信风水，但心理上，至今不平，一个高高的屋场基地，为何要移到低洼之处，莫不是担心，新建的学校窝在大堤脚下，可遮风避雨不成？搞得那时我们上下学时，还得爬上爬下，一遇下雨或冰雪，稍不小心，还要连滚带爬，搞得一身邋里邋遢。

新建的中奇学校，没有熊家大屋的壮观，简单的红砖黑瓦。所幸屋顶黑瓦还是熊家大屋的旧物，多少还有些念记。至于那些木头，一部分用于屋顶的木檩，另一部分改做了课桌。据说，还有最粗最大的木头，让公社调用。至于用在何处，就不便明说了。只是当年大队一位开拖拉机的师傅说过，公社书记家里至少去过一辆车……

我在中奇学校，从熊家大屋到新建的教室，从一年级到初中，一共读了八年书。之后去另外的利群大队、三仙湖公社中学分别两年高中。并去灵官洲好要一样，参加过一次离大学录取线，相当遥远的高考。

回忆上学那些年，真的没有学到什么？不怪老师，只怨那个年代。凭良心说，还真遇到过一些好老师：待人热情的郭来英，上课严肃的夏可畏，能说会讲的庄锡珍，教我写作文的刘得根……

早三年，我出差回南县，在县城遇几位小学同学，几杯酒下去，话就多起来。我们一起回忆熊家大屋，中奇学校，那些遥远的往事，说起时，仿佛就在眼前。于是，有人建议说，邀同学们聚一聚吧！我当然赞成并拥护，并约定当年的国庆节。

之后，有热心的同学组织联系，事遂成。

说是四十年的同学聚会。只几天时间，一呼应，竟来了快三十位。

相聚时，看当年的小学生，几岁十几岁的伢几妹几，经年再聚时，都成了爷爷奶奶外婆外公。

老了。真的老了。

当时，我建议去原校址看看，或搞个篝火晚会，找点当年的感觉。但此言一出，立马有人讽笑，大记者，你莫多情，当年的学校，莫说连屋都拆了，你现在去的话，恐怕连一块瓦片都找不到了。

听完，有点失落。

我心中的熊家大屋，遥远的中奇学校，哪里还有她的影子，如今早已夷为废地。

早些年，有村人栽种了树木，不过，还不成林，倒是树下杂草丛生。

熊家大屋，我们读过书的学堂，儿时最难忘的记忆，若干年后，恐怕连记得她的人，都没有了

捉鱼记

从小在湖区河边长大，童年少年总少不了和鱼的记忆。这和我现在一直喜欢鱼，和喜欢吃鱼有关。

懂事起，我们家乡人向外地人介绍二圣宫，中奇岭，德星湖这些不出名的小地方时，会说，我们那里是洞庭湖的锅底，出鱼，出黑壳鲫鱼，出乌龟王八。

很小的时候，房前屋后到处是水，抬脚出门便是船。那时生态环境好，鱼虾自然多。

那年月，没有家养鱼一说，河里湖里沟渠包括稻田里，到处都是野生鱼，如今餐桌上贵得离谱的乌龟王八鳝鱼泥鳅，那时还真入不了湖区人的法眼，倒是常规的青草鲤鱼受人青睐。

捕鱼不叫捕鱼，叫捉鱼。直到现在，我们老家人在捉鱼时，也只借助简单的渔具，多以双手的灵敏为主。

小时印象最深的是，一到春夏季节，肥沃的稻田里，刚刚翻耕过，蓄有浅水，清澈见底，有鳝鱼藏身于洞穴，白天可用食指或中指轻松哧溜进去，保准一条或大或小的鳝鱼，轻松地就被你揪出。捉鳝鱼时，一般在洞穴中，拿捏住它的头，先轻后紧，慢慢顺着出口带出洞穴，鳝鱼便装进了你的鱼篓。

当年的小伙计们，广庆景新汉林都是里手，那时想吃顿鳝鱼了，提着个篓子出门，不到半天，总会有收获的。

记得有一次，我和汉林捉鳝鱼从本队的田里，一直捉到了邻队，篓子里都有好几斤鳝鱼了。那天田里的鳝鱼特别多，捉得上瘾了，总想着要装满鱼篓子。哪晓得是春天的天，说变就变，一阵炸雷，倾盆大雨就来了。

等我和汉林淋着大雨奔回家时，没注意看鱼篓里的鳝鱼，竟被暴雨惊跑了大半。看着到手的东西又跑了，我差点哭起来。还是母亲见状劝我说，谁让你不小心？以后遇事注意点。见我老不开心，母亲又说，是你的东西，跑不了，不是你的东西，莫强求呢！

现在想想，母亲的话，好有道理！

鳝鱼白天可以手捉，但有趣的是晚上可以照鳝鱼。晚上照鳝鱼，离不开灯。一般人家是用一盏烧煤油的马灯，也有条件好的用手电筒。但还有一件辅助工具很重要，那就是竹子做成的带齿状的夹子，专门夹鳝鱼的夹子。

春夏的夜晚，鳝鱼也和人类一样，在洞穴里躲久了，也想利用凉爽的夜，探出身来纳凉或吃点露水，如静物一般，卧在田边路埂的浅水里。这时，你用灯照着，用夹子轻轻一夹，一条鳝鱼便捕捉到手了。

那时田里很少农药化肥，鳝鱼泥鳅特别多，运气好时，一晚上两三个小时，可以照上三五斤或更多。嘴馋时，甚少等不到天亮，回家连夜就剖了。做鳝鱼时，需放些辣椒，扯几株紫苏，搞一个催炉子（火锅），邀三五好吃鬼，搞杯小酒，咪西一顿，前世的美味。

春上除了捉鳝鱼，最有趣的，还有去沱江河边捉散籽鱼。所谓散籽鱼，就是大鱼产鱼子了，会寻着找河边水草丛里。这时的鱼儿，如孕妇，行动有些迟缓，便是捕捉的最佳时机，这时，有经验的河边人家，会带上鱼叉，朝发现的目标远远掷去，那些笨拙的散籽鱼，便无处可逃了。

隔壁的鸭婆叔，是叉散籽鱼的好手，早起时，有时早上一两小时，可以叉到十几条，有鲫鱼边鱼鲤鱼。鸭婆叔捉了鱼也很少去卖钱，而是上下邻居，你一条我一条的随便拿去，分享了。鸭婆叔捉到鱼后，最爱讲的一句话是，来来来，都试点味！

说起捉鱼，小时我们也有不规矩的时候。我们二圣宫南堤边，有一倒坑口，水深不见过底，倒坑口也叫倒口。那时倒口归集体所有，倒口里尽是鱼。少年时，我们那群孩子，也想开开荤，找点吃的，打个平伙。

这时的广庆，就是鸭婆叔的崽，就会主动站出来，回家里取鱼叉，当然大多是夜晚。还有景新，拿支长手电筒，加上建南汉林等，当然也有我。一行三五个或七八个人，结伴，我们结伴偷鱼去。

那时倒口没专人看管，加上倒口边，多孤坟野地，连大人晚上也不想去，但我们一群人好吃，胆大，也没谁领头，就经常去偷鱼。主角当然是广庆，只有他眼法好，会使鱼叉，宽广的水面，用手电筒一照，见大的就远远刺去，几乎很少失手。待叉上两三条，三五十来斤时，顺便会上谁家的菜园子，扯上一把大蒜或其他时蔬。走，去宝佬倌屋里打平伙去。

因为宝佬倌是单身人，也是一个好吃鬼。而且对于我们当年的小偷小摸从来只是笑骂几句，从来不去大队汇报，更不会去状告我们那帮孩子家里的大人们。那时我们喊宝爹的宝佬倌，便是我们心中的活雷锋，大好人。再说，那种神神秘秘，偷偷摸摸搞来的东西，特别好吃，格外有味。

　　长大了，人生百味，有些事情，真的想不清白，明明犯忌，却还是去做。就像小时候，一帮发小的小偷小摸，体验的也是一种说不清的快乐。

叔爷

父亲的叔叔，我叫叔爷。

这里记下的叔爷，应该是五十年前的点滴印象。

记事起，每年的腊月，或近年关，叔爷便会从益阳（县）的兰溪，一个叫十八垸的地方，挑一担篾货下华容（其实只是到南县）。

据说叔爷每次下来，是从益阳桥北的大码头坐轮船，过南洞庭至茅草街上坡，然后再步行九公里，落脚到我的老屋里二圣宫。

叔爷个子不高，却生得硬扎，据说年轻时还练过功夫。当年快七十岁的叔爷一担板箩里，装的篾货少说也有百五六十斤。

那时没有固定的联系方法。叔爷来了，便是我们全家老小的惊喜。

当年，我家的老屋，还是个一正两偏厦的荷包茅草屋，栖居在二圣宫南堤拐角的堤坡下，窝风避浪。年老还矫健的叔爷，挑着那担板箩上坡下岭，仍旧身轻如燕，一点都不让我们一屋人担心。

叔爷来了，最高兴的是父亲，他叫叔爷为满叔。

每次叔爷来，母亲不等父亲吩咐，便会干鱼腊肉火锅摆起，酒杯餐餐不离的父亲当然就会陪叔爷喝上几杯，开心不已。

饭桌边，从益阳聊到南县，问长问短，问南边的（南县称益阳为南边）亲戚朋友可好，也问南边的收成如何？

叔爷和父亲两叔侄，几杯酒，谈笑间，从早上吃到午时，有时又从午时吃到太阳落水，晚饭还会吃得半夜三更，磨累得一旁的母亲不断地添菜加火，但满心欢喜。

接风的第一天过后，稍事休整的叔爷，便会将那担篾货分拣开来，然后以二圣宫为轴心，去利群蔡家铺子、中奇岭、柴码头、陈子湖等地，走村串户叫卖。

叔爷带来的篾货不外乎是一些乡间常见的家用小竹器，筷子、刷把、筛子、捞箕等等。

叔爷这担篾货能卖好多钱，我搞不清。

只是听叔爷说过，竹子是山上砍的，做成竹器，也不计成本，只换点工钱。

但三五天，或一星期后，叔爷那担板笭空了，甚至连板笭竹扁担都卖完了之后。叔爷会不避人的数一数票子，还有零碎的硬币。然后一脸的笑。

间或，还会赏给我和姐姐一角两角的小钱。搞得我们一家人皆大欢喜。然后，赶回益阳过年。一年又一年，如此往返，乐此不疲。

据说叔爷一生未婚，傍另一伯爷从小到大，到老，至了却一生。叔爷一生未婚，至今仍是我一生的谜。

稍大时，我问过父亲母亲。但父母从不正面回应。只说，叔爷屋里穷，兄弟又多，还加上出身成分不好，就耽搁了。

那时，我也不太懂事。但凭叔爷的长相、人品，应该找个女人不是问题。

问题是叔爷没有找到女人。

有一年，应该是我七八岁时，叔爷仍是来二圣宫卖菱货，货卖完了，钱已入了口袋里，却回不了南边。因为那年南县下大雪，封了路，冻了湖，茅草街往益阳方向的轮船就停了。

不得已，叔爷便留了下来。

那年，叔爷便在我家里过年。

确切地说，那时仍是大集体时期，乡下能有碗饭吃的人家，便算富裕了。

那时，我们虽在乡下，因父母节俭持家，也是二圣宫那一块，混得下去的。

每年过年，干鱼腊肉还是准备了一些。

印象中，叔爷算是我们很亲近的人。加之叔爷看上去是永远的和善，所以能留住叔爷过年，也算是一家人蛮高兴的事情。

还有，叔爷三十夜里，分发给我们满屋大小的压岁钱，也让我们兴奋不已。

记得正月初，对河八百弓的叔叔、堂兄，还提早过河，来二圣宫给叔爷拜年，还有住县城的姑姑们也来了好几位。

从正月初二开始，因为叔爷在，人来人往，印象中的那个年，过得特别的热闹。

待正月初八，雪后初霁，路通了，船开了，叔爷便望着早点回南边。

那年的年前年后，随着客人的来来往往，总感觉叔爷有些不安。听叔爷不止一次说过，太麻烦玉光秋莲了。玉光秋莲是我父母的名字。

叔爷老念叨，几多不好意思，麻烦了这么久。

父亲母亲听到，总劝叔爷，一屋人呢。本来是一口锅里吃饭的呢。叔爷便稍有释然。

走时，父母又特意为叔爷准备了些干鱼腊肉。叔爷当然很是感动。临走时，叔爷拉着父亲母亲的手，看我们全家人送他上车，叔爷哭了。

走好远了，叔爷还回头望着我们。

记得叔爷走时，父亲母亲还说，满叔年底又来哟！

叔爷也点头，说，只要身体好，年年会来的。

哪晓得，那次走后，叔爷年底没来。第二年也没来。当连着三五年没来后，父母便不再望了。

据说是南边有人搭了口信，叔爷走了。

不是生病，而是死于一场意外。

叔爷走时七十五岁。

叔爷走后，家人清理老人的遗物时，发现有几封父亲写给叔爷的书信。

但叔爷不识字，只好请人念给他听。后来听人说起，每次拿到父亲写给他的信，旁人念时，叔爷每回听得要哭好几次。还老是念叨，侄儿侄媳一屋的好人啊。

二十年前，我从南县来益阳谋了一份四处跑动的差事。因为工作的关系，多次去叔爷住过的十八垸，并通过相关部门打探，一个叫夏维生的孤老，终是未果。至于叔爷的其他后人，因为父母及兄长们的离世，亦再也无法联系。

叔爷，便开始淡出了我们家里人的回忆。

小时大病

6 岁那年，我大病一场，险些丧命。面对奄奄一息的我，家人当时几乎要放弃。母亲后来告诉我，要不是当时她哭喊着要救我，我那几根小骨头，早就打得鼓了。

至于我当年得的什么病，母亲后来也讲不清白。反正，邻村一位姓廖的老中医，在几次给我号脉，服药无效之后，只会一个劲地摇着脑壳说，这伢儿，怕是有得救了！

听大夫说这话时，母亲哭了起来，说，都满 6 岁了，不能让孩子死。望着正在昏迷，瘦得皮包着骨头的我，还是父亲有主见，抱着我站起来就出门，边走边说，快点，到对河医院看看。

父亲所说的对河医院，就是原八百弓公社医院。路上，父亲告诉母亲，那医院里的陈医生，是姑妈家的邻居，医术好，读书出来的，懂西医。因为姑妈的张罗，进院便直接找到了那位陈医生。

胖胖的陈医生，样子蛮温和，陈医生先用体温计一边测量我的体温，一边号着我瘦小手上的脉。然后说，孩子高烧，且深度昏迷，再晚一两天，怕是没命了。又说，住几天院，看看吧，或许还有点办法。听说我有救了，姑妈和我父母于是对陈医生千恩万谢，只差磕头作揖。

我至今搞不清当年得的什么病，住院都做了些么子治疗。6岁印象中，也不晓得生死是什么概念，也不畏惧一天三次乖乖地让出屁股，任医生的针头将叫青霉素的药水，扎进去，麻木得不会喊痛。

后来，母亲说起我那次大病，她老奇怪，说我不像其他住院的孩子，见着医生就哭。可我从来没哭过，也不像其他孩子那样，哭闹着躲闪打针吃药。难道是从小，我就有一种求生的欲望在支撑着我，让我搞清了一个简单的道理，假如不让打针，我就会死去，死去了我就再也看不到父亲母亲哥哥姐姐，还有队上邻居和那些小朋友。

那次大病，大约在医院住了十来天，至于是打了多少次针，我也不记得。只记得，有一天，两个姐姐打着赤脚，怯怯地来看我，站在我睡的病床前，望着勉强可以喝点粥水的我，屁股上被针头扎的那一块块烂了的屁股肉，两个姐姐竟当着我的面哭了起来！懂事的小满姐还说过，只要训武的命活了，屁股烂了算什么？哭着说完又笑了起来。那时姐姐也只有十来岁吧！待我长大了，好几次，小满姐还当他人的面，取笑过，说我小时打针，打烂了屁股。惹得许多人都笑。

对河医院，只隔条河，我在住院时，哥哥姐姐常过河来看我，给我送些鸡蛋蔬菜瓜果。但吃饭还是父母从姑妈家里带来的，我能吃点东西时，姑妈想方设法搞点好吃的，每餐不是肉就是鱼，餐餐有好菜。

记得当时我还好奇地问过母亲，街上人天天有肉有鱼吃？当然啰，街上人的日子，当然比我们乡里好。我又问，那我们为什么不住到街上来？母亲笑着告诉我，人家街上人，都是有个工作的，可以月月发工资，不然，哪来的钱买菜买米买煤买自来水……反正街上好。我想。

未了，母亲说，下半年，你就报名上学了，好好读书，将来说不准你也可以做一个街上人，住街，到城里找一份工作。后来，母亲的这一愿望，让我努力了好多年。当我在城里找了一份又一份工作，理直气壮地做了好多年的城里人之后。如今，却又老想着今后，还是回到乡下好。说不清为什么。

那次大病住院，花了多少钱，我已毫无印象。只听说，那一个月，上头配发给这个医院的青霉素，我一个人用去将近一半。办完出院手续，准备离院时，那位胖胖的陈医生拍拍我的脑壳，笑着说，这伢儿，命大。今后百病不侵了。他还说，人家一大人，住院半年，都冇打过他这样多的青霉素。这话当时说着玩的，但我从那次住院后，印象中，好多年了，真还很少看医生，更莫说住医院。既是每年单位组织的体检，医生也找不出我大的毛病，顶多只是提醒我注意少喝酒少熬夜最好不抽烟不吃槟榔之类的套话。

当某一年，因上天眷顾，让我躲过了一次，写进死亡名单的死亡之旅——空难，机毁人亡时。当时有人说，你小子，大难不死，必有后福。

其实，我写上这段文字，记下50年前的这件小事，也是想佐证，小时大病不死，或许在漫漫人生中，遇事均可逢凶化吉。我信。

由此我想，人的一生，遇任何事情，与死亡相比，哪怕再大再难，又算得了什么?!

一碗面钱

　　新上映的电影《半条被子》体现了特殊时期，革命队伍的鱼水关系。这篇《一碗面钱》，就像生命中的一滴水，同样可以折射出人性的光辉。我们没有理由，不为生活中的点滴感动——

　　我的一位南县老乡，在益阳城里开了一家早餐店，早几天去他那儿吃面，老乡的妻子给我讲了一件小事。

　　说是大约两个月前的早上，店里的生意正忙，来了一个民工，老乡自然认得。那民工的左脚有些不方便，就在附近一家建筑工地上打工，做些杂七杂八的事情。

　　平时，他的早餐每次都是三个馒头，一碗稀饭，加上店子里那些免费的配菜，每次看他狼吞虎咽，风卷残云般的样子，似乎吃得津津有味。

　　将近两年了，几乎雷打不动，天天如此，每天是5块钱的生意。

　　用那民工的话说，这样蛮好，吃得饱肚，就有力气做事。但两个月前的那天，民工看上去有些兴奋，一进店就喊叫，老板，来碗牛肉面，加个荷包蛋，外加二两白酒。

老乡以为那民工在开玩笑，便盯了他好半天，才问，真的啵？

民工说，真的。

面吃完了，酒喝完了，那民工一副很惬意、很满足的样子。付账时，老乡看到他先从口袋里掏出一个纸烟盒，再从皱巴巴的烟盒子抠出一叠崭新的百元钞票。并抽出一张递给店老板。

老乡夫妇拉开抽屉，想找散那张百元币，但七翻八翻，怎么也凑不够数。只好悻悻地递给那民工，说：下次一起给吧。

那民工接过那钱，有些不好意思的样子，就笑着说：谢谢老板，明天给你啊。

第二天，那民工没来。老乡夫妇没往心里去。

第三天，那民工还是没来。老乡夫妇只摇摇脑壳，笑笑说：人啊，才十几块钱呢！

半个月，一个月，两个月过去了，那民工还是没来，老乡夫妇便将这事给忘了。

偶尔想过，小事情呢！

当街上的梧桐树上，有一片又一片的黄叶飘落时，夏天就已经过去，秋天就来了。

就在早几天，老乡刚开了店门，进来一个娇小的女人。看穿着打扮，是个乡下人，还说着一口外地话。女人进门便问老板姓名。

老乡问她有什么事？

那女人说，两个月前，是不是有一个腿脚不太方便的湖北民工，在你这吃过一碗面，二两酒，总共 18 块钱。

老乡拍了拍脑壳，想了半天，连说是的是的。

那女人一听，眼睛就红了，眼睛一红，就差点哭起来。忙说，那是我男人，他躺在床上快两个月了，老念着，还欠益阳工地旁，早餐店里 18 块钱。说好第二天还的呢。

老乡的妻子刚起床，准备做开张生意，看到一个女人进店就哭，心里就有些不悦，就说，你这位大姐，老早跑来哭什么？

那女人这才意识到自己有些不好，忙抬手用衣袖擦了一把眼泪，说起了事情的经过——

她说，那天，她从湖北家里打电话到工地，告诉男人，孩子考上大学了。还是武汉大学呢！男人便在电话这头，激动得不行，并连声说，我就回家，我就回家。正好那天，工地老板也发了工钱，他就向老板请了假，坐着班车往家里赶。一路上，有点兴奋，心里还想，自己两口子苦做俭用，就是希望这伢子有出息啊！

讲到这里时，那女人"唉"地叹了口气，接着说，哪知老天偏偏不长眼，车过岳阳不远，在一拐弯处，刹车失控，客车就摔到了山沟沟里，一车人，死的死，伤的伤，还算我屋里那男人命大，只是压断了一条腿。

老乡的妻子问，赔你们钱冇？

那女人摇着脑壳说，连车主都死了，再说那车险刚过期。

女人说着，哭着，颤颤地从口袋里掏出 18 块钱……

我的老乡说到这里时，声音有些哽咽，连旁边一些客人，眼睛也都红起来。

从此，那个机声隆隆，灰土飞扬的建筑工地上，多了一位身材娇小的外地女工。

发小建西

所谓发小，就是一起光屁股长大的兄弟——

建西是我的发小，穿开裆裤时，我们就在一起耍。一直到我离开二圣宫。

建西只比我小一岁。小时我们一起滚电环，踩高脚，打陀螺，扇洋花……

稍大点时，一起发蒙上学，坐同一课桌，去撩座位前后的女同学。

放假时，会追着大我们一点的伙伴们，去偷食别人菜园子里的菜瓜黄瓜，爬树去摘汪满爹屋后的桃子。还有偶尔来一两回偷鸡摸狗，去打个平伙。

这么说吧，有我的地方，就有建西。有时白天玩耍的时间嫌少，晚上还常常会挤在一个床铺上，说些现在想来莫名其妙的事。

一晃，就长大了。

长大了，我们会蓄同一样的长头发，穿喇叭裤，学吹口琴，去跑很远很远的地方看露天电影。然后又唱着快乐的歌子回家。

十八岁那年，我们一起去报名应征。都体检过了关，但名额有限，只能走一个。

于是，建西说，哥，你先走一年，我随后就到。

第二年，建西真的又检上了，建西真的就走了。

想当年，我在海南，建西在东北。一南一北，鸿雁传书。

我四年，建西三年。在部队一圈，两个冇出息的家伙，又同一年灰溜溜地回来了。回老家作田来了。

我们是凡夫俗子。

我们各自结婚成家。

之后，生儿育女，又各自为生计奔忙。

但经常是在家里，和堂客吵得一塌糊涂，出门后又会聚在一起，快乐地喝酒。常常是一碗坛子菜，一碟兰花豆，几条泥鳅子，两个男人也会喝得云里雾里，然后东偏西倒地晃回去，再挨堂客的骂。

还常常因为口袋里，拿不出一包烟钱而骂天骂地。那些日子，是你想不到的艰难。

某一年，我落实政策招工了，很快就成了镇里某个单位的小头目，日子便开始过得温润起来。

但建西仍在乡下煎熬中。

但建西从不主动来找我。

旁人眼里，我那时有了芝麻大的小权力，手头还掌握着一些计划内的尿素、柴油等指标。

但建西从未找我开过口。但我会主动回村里，送些计划物质给建西，然后去他家里搞一杯酒呷。

但喝酒时，建西明显对我多了几分客气，而我的潜意识里，却有了几分理所当然。

但那时在一起喝酒时，建西堂客也开始埋怨起建西来，然后，又羡慕我当时是混得那样的蹩塞。

几年后，日子是实在过不下去了。建西便来单位找到我，挨挨察察好半天，开口找我筹点钱，说是要去外面混。

我当然乐意，还请建西喝酒，并叫来单位的美女作陪。酒便喝得有些多，说些陈年旧事。不经意间，我和建西都醉了。于是，又安排建西去泡脚唱歌，总想让建西开心一点。也总想让建西感觉，我们彼此之间是兄弟！

印象中，和建西一别几年，先东北，后深圳，再回南县。之后，听说是带着一帮兄弟，打打杀杀，占据了河边的沙砾市场，每天有几十上百吨的量，发往各地建筑工地。

无疑，建西为人豪爽，聚集了一定人气。便有一班铁杆相拥。

于是，建西便当起了别人眼里的大哥。我印象中的老板。

这些年，我和建西虽有联系，或同一场面遇上了，最多只是礼节性的碰个杯，说点不咸不淡的话。然后，在分手时，说那么一句：有机会再联系啊。

但机会却真的不多。建西除了自己的生意，他还会往贵州、长沙、深圳等地四处奔波，倒腾着一些二手车，还有那些擦边球的茅台酒。

开着大奔驰时，车上偶尔还会坐着一个又一个，年纪小他有一二十岁的女朋友，建西会介绍说，这是他生意上的伙伴。但他身边这些生意上的伙伴，看上去，总有些与众不同，帮建西挡酒，打麻将时帮建西数钱。而且，一到晚上，还住不惯二圣宫乡下的房子……呼朋唤友回南县县城或茅草街镇上开房。睡一晚几百上千元。

建西回二圣宫时，俨然像大人物的做派。惹得同是发小的建南、景新等兄弟，都有些看着不舒服。

但建西还是建西。村里上下邻居，谁家有点困难事，只要打电话找到他，他会想方设法来帮你。用二圣宫的俗话讲，一条裤子，他都会脱下来给你穿。

村人便说建西，还是和过去一样的义道。

但我说不清为什么，和建西在一起，有时喝酒打麻将，却没有了从前的快乐。特别是小时候的那种感觉。

去年过年，我和建西都回了二圣宫，是另一发小做东，邀了一桌子兄弟聚一聚。做东的景新本来准备了几斤纯谷酒，问我要得不。

我说，这几个兄弟，当然要得，再说，纯谷酒，喝得舒服。一桌子人，都说好。

但迟到的建西却不同。一上桌，看到桌上摆的是谷酒，忙起身去车厢里搬出一件茅台酒，说，正宗飞天茅台，放开肚子喝。

看景新将倒出来的酒，又艰难地灌进酒壶里。我的心情突然坏起来。

那天虽说喝了建西的好酒。但总觉得没有了从前，在一起喝谷酒的味道。

桌子上，我却还是说了，谢谢建西。

海姐

来一点心灵鸡汤——

有些心存美好的感觉，相见不如怀念。最好的保鲜办法，就是不要再去触碰。比如男女之情！

这个故事，是以前一位做记者的同事讲给我听的。同事是沅江人，算是投缘的那种。

那天周末，我们就坐在桃花仑一家小酒馆里喝酒，同事刚离婚，心里正难受。

于是，酒就像一把钩子，勾出了他许多的心里事。

同事说，我讲讲我和海姐的故事吧，你最好不要写进你的小说里。那一次，真的不叫艳遇——

同事说，那年我还在长沙一家报社做记者，却不安分写新闻，而是绞尽脑汁，去编些风花雪月的故事，取悦那些多愁善感的女人，慢慢还真写出了些名气，稿子还如天女散花一样，四处投寄，以博取名利。并积累了一定的人脉，收获了一批固定的读者。现在叫粉丝。

海姐是一名铁粉。铁我的原因，是因为她还是我的同乡，都是沅江人。

海姐当年也是在长沙，在某所中学当教师。海姐湖南师大中文系毕业，据说年轻时，也还热爱过残雪、迟子建、葛水平那类女作家的散文小说。当然，更爱琼瑶。

于是，悠闲时，海姐还会放松地去读些悠闲的文字。当年，我心灵鸡汤类的东西，正合她的口味，她便一读上瘾，且乐此不疲。

因为报纸上有责任编辑的电话，海姐便在某个周末的午后，拨通了我的电话，问我在哪里忙？她说她是海姐，是我真实的读者。

类似热心读者的电话，几乎每天都有，有时数次，所以于作者并不意外。

没有那个周末，我利用出差的机会，正好回了老家沅江。电话这头，我便回道，我在沅江。

而此刻，电话那头却乐了，说，我也回沅江了呢！

约见不如撞见。正闲着，便约了海姐见面的时间和地点。

沅江白沙大桥上游，有个叫十八湾的渔村，海姐说，她娘家离渔村不远，不如去那里一聚。

打的去的，海姐正在河堤上等我。

第一次见面，海姐不是我想象的姐。原来她是一个小我近十岁的美女，高挑的身材，高雅的气质，还有极具亲和力的热情大方，瞬间便有了好的印象。

海姐说，老师，我们到大堤上走走。

那是一个金秋的午后，太阳温暖而慵懒。沅水河上，还有渔翁在教唆鹭鸶去深水里叼鱼。白沙桥上则车水马龙。

海姐看我对捕鱼有些兴趣，便告诉我，其实她的父亲，包括爷爷都是南洞庭湖上专业的打鱼人，只不过，因为近年水产资源锐减，打鱼人借此，早已不可以生存。所以才改行开了一家小餐馆。她说，晚上如不嫌弃，请我上她们家吃新捞上来的银鱼。我说当然好。

晚上吃饭时，海姐将我当她的老师向家人引见。让我有些拘谨。

饭后，我邀请海姐去沅江市区茶楼坐坐。

沅江是座水城。坐在城里茶楼，看窗外的远景，还尽是水。

喝茶聊天时。老家风情，人文往事，还有我的那些鸡汤文字……

又谈及人生，事业，家庭，婚姻。我和海姐像两个经年不见的老友，相见恨晚。亦相谈甚欢。尽管意犹未尽，但夜深时，还是起身作别。

次日下午，海姐坐我的顺路车回长沙。

我住河西，海姐在河东。送她回家，理所当然。但巧的是，出门忘带钥匙的海姐，老公赶巧去深圳出差了，要次日早上坐飞机回。

看犹豫中的海姐，我便建议她，就近找个酒店住一晚，明早再回家，反正周一上午没有课。

听我一说，她点了点头。然后笑着说，反正你也不急，不如我请你吃饭，算是搭你顺风车的回报。

我想都没想，便应允，恭敬不如从命。

海姐提出陪我喝点酒，我说奉陪吧。

那时，我和家里人，正是冷战中。而海姐，从她的聊天中，看得出，她和老公的关系并不稳定，吵吵闹闹，僵持之中。

喝酒时，海姐问我，一年前，有个热线电话，和你聊了快两小时，记得不？

我答道，真不记得，几乎每周都有好几次。海姐又提示，那个在电话中差点说哭了的"海老师"！

哦，原来你就是海老师呀！我记起来了。那次"海老师"倾诉过的家庭冷暴力，经常是三五个月，没有过的夫妻生活……

煎熬中的"海老师"问我，可不可以去找找另外的感情。然后又自己否定了。不行，道德绑架，贞操不准。

说到这个话题时，海姐举杯，一脸苦笑，看得出，她当时眼里有泪花闪烁。

一个专门听别人故事的人，那晚，我讲了我和妻子的故事。

我告诉海姐，街道办的政务窗口，我们都去过两三次了，为了协议离婚。

有点同病相怜，惺惺相惜。

酒喝得有点多，海姐说你也别回了……

那晚，我们住在同一家酒店，两个房间。

但后来海姐告诉我，那一晚，她失眠了，翻来覆去睡不着。

我在电话中告诉她，彼此彼此。还诡异的大笑。

那一次，不是艳遇，更没有发生故事。

但心照不宣，只差一点火星助燃。所幸，没有走完关键一步。但之后，彼此的交往中，却多了几分暧昧。

失联多年后，听说海姐和丈夫离婚了。海姐也辞职离开长沙去了深圳，独身至今。

早几年，我也回益阳工作。试图联系海姐，并通过朋友，找到又回了长沙的她。当我们再见面时，海姐风韵不减当年。仍旧那样的具有亲和力。尽管喝着名贵的酒，且还是在一家海鲜酒楼，但面对有几分雍容华贵的海姐。我却找不到了当年的感觉。

同事说到这里时，感叹着说，有些心存美好的感觉，相见不如怀念。最好的保鲜办法，就是不要再去触碰。比如男女之情！

但有个问题，同事至今没有告诉我，他的离婚，是否与海姐有关。

东东与西西

东东是个男人，西西是个女人。

十八年前，二十八岁的东东遇上了二十八岁的西西。

东东是市某医院的外科副主任，而西西则是同一医院的内科护士。一次同事间的小聚，喝着茶聊着天，西西被为东东抽烟的姿势吸引了。

东东抽烟时深呼吸的神气，让西西又想起大学时，一位男生吮吻她的痴狂，有点疟爱。尽管男生执意回了东北吉林，西西没能追随而去。但相拥时，吮吻她的感觉总会长久地留在她的爱恋中，直到遇上爱抽烟的东东。

东东叫何东，西西叫何西。缘分有时就是这么令人捉摸不透，猝不及防。谁让他们，真还住在同一条河的两岸呢。

记得那次小聚之前，何东何西同在这个两千多人的医院，除了姓名有些特别，一个外科，一个内科，两栋大楼，相距还是有些远的。一个两千多人的医院，真正还难得见面，更谈不上经常性的相遇。

那次，就是个不到十人的聚会，同科室的一位男同事带上了何西，说是同学何东请客，一起去吧。西西就来了。

饭前同事便介绍，一个何东，一个何西。组合起来，两个东西。

同事是玩笑说话。但东西两个，却突然有点来电。

闲聊时，何东问何西，何西你家真的是住河西啊？

何西就抿着嘴一笑，反问何东，何东你家真的是住河东啊？

巧的是，那条河过去叫沱江，现在叫三仙湖水库，或干脆叫三仙湖。

何西出生的地方叫二圣宫。

何东出生的地方叫八百弓。

原来隔河相望。

巧吧。巧了。

巧就有了缘分。

西西看到东东抽烟时，心就跳了，脸就红了。

东东看到西西一笑时，心就热了，眼里就亮了。

当然会留下联系方式。

之后的联系就成了自然的事情。

西西说，小时候去八百弓追过电影……

东东说，小时候到二圣宫捉过麻拐……

说起小时候的事情，西西和东东就特别来劲。说是小伢儿时，每年元宵节，隔河赛灯，一夜天亮，几多热闹。

东东和西西，这么两个大龄男女，从河东到河西，天南地北。

于是，恋爱便是水到渠成。

于是，谈婚论嫁。

用当时同事同学们的话说，两个东西，终于搞到一起。

之后，生儿育女。一切归于平静。

再起波澜，是因为何东一路科主任，再到副院长。而何西依然只是一名普通的护士。

何东毕业于名校，师从名家，某个领域颇有建树，一路顺风。

何西则相夫教子，按部就班，两点一线，从家到医院，又从医院回到家里。

何东为分管业务的副院长，院里工作忙，下班应酬多。一不小心，就犯了男人都喜欢犯的错误。与一位外地药商搭上了，怀了毛毛……

何东自知理亏。

何西感觉天昏地暗。

当何东提出协议离婚时，何西连协议书都懒得看一眼。

何东离婚当然会在全院上下掀起轩然大波。于是，他辞了副院长的职务，一心去坐诊，拿刀。

理性的何东，并没有娶那年轻的药商。

便单着。

而何西，则带着孩子，继续做她的护士。

偶尔，何东想孩子了，何西便会立即将孩子送到何东约的地方。

在一起时，何东的烟比往昔抽得更多，尽管是离孩子远远的，同时也让何西看不到他过去，用力吮吸的样子……

但何西很少笑了。除非她和孩子在一起时。

这样，过了七八年。

何东谈过两三个女朋友。但女朋友不喜欢何东抽那么多的烟。还特别反感何东用劲吮吸的样子。

何东便苦笑，发誓不再找女人。

这时，何东就认真回忆何西的笑。

何西离了何东。几乎拒绝了男人。她的全部心思，都用在了家里那个小她二十九岁的小男人身上。

何西说，有孩子的世界，她不缺什么。

但她很少有笑。除了孩子，除了职业。

有时，何西看有些男人抽烟，她特别在意他们抽烟的样子，但没有一个像何东。

孩子十岁那年，外公外婆，爷爷奶奶，加上亲戚朋友，来了满满两大桌，是何东安排的。

爷爷奶奶不舍孙子，更爱儿媳西西。

外公外婆怜爱外孙，早已没有了对女婿的怨恨。

于是，酒喝到高兴时，便撮合孙子外孙去同时牵手爸爸妈妈。

当两双大手牵起一双小手时，所有人都笑了。

只有何东何西，说不清什么原因，不约而同地转身去擦擦眼角……

不久，何东和何西住到了一起。

东西捏合，破镜重圆。本该皆大欢喜。

何东仍会抽烟，但何西突然感觉有些不适应。

某一天，何西问何东，能不吸了吗？

何东开始时没意识到什么，便问，我抽烟时，你是不是特别难受？

何西不语。她不想告诉他，她说不清为什么，她看不惯他用力吮吸的样子。

某一天，当何东弄清何西真实想法时。他告诉何西，他抽烟比以往更多，是因为他再也没有看到过何西的笑。

何东问何西，你还能笑起来吗？

何西沉默。

约一年后，何东住回了他的单身公寓。

何西本想拉黑何东的手机，但想到孩子快上初中了。

就没有。

关于泥鳅的最佳吃法

约是十五年前，广东一家美食杂志，约我写过几篇关于美食的短文。其中，一位编辑点"菜"，让我写写关于泥鳅的做法。稿子刊发后，许多读者如法炮制，纷纷叫好。

巧合的是，前几天回老家南县，友人盛情款待，正好点了一份泥鳅火锅，看是好看，但吃着总不是我想象的味道。席间，便叫来厨师，虚心求教，方知除了无法求证泥鳅的来源"身份"外，其烹饪方法值得商榷。

于是，转发十五年那篇题为《关于泥鳅的最佳吃法》短文，稍加整理，供美食家们参考。

泥鳅的选材很重要。当然最好是野生的。但现在市场上很难找到了。小时候，在我们洞庭湖区，遍地都是野生鱼，那时候，泥鳅和鳝鱼，都是属于下等鱼，有钱人都不怎么喜欢吃。莫认为泥鳅不值钱，但捉泥鳅还真的是件难事情。

泥鳅和鳝鱼，都属无鳞鱼，一身滑溜的。鳝鱼可以白天诱钓，夜里用灯火罩，还有寻找洞口用手指掏。但泥鳅轻易不露面，除非干塘时和流水处，加上夜里出来吃露水。

相比较其他鱼类水产，泥鳅真的难到手。但二三十年前，我们洞庭湖区生态环境好，野生鱼成灾，搞几斤泥鳅吃一餐，还真的不是稀奇事。

将搞到手的泥鳅放置清水中，每天换水，养两至三天，或更长时间，然后在准备烹饪前，在放养的泥鳅水中，滴几钱白醋，目的是让泥鳅最后吐出污垢。

在正式烹饪前，先准备好生姜、大蒜籽、青椒、紫苏、桂皮等。如讲究，还可配半斤腊肉，切成薄片过开水。待旺火将锅烧热后，先放菜籽油，待油吱吱冒烟时，放少许桂皮、生姜、腊肉片。约半分钟后，将出水沥干了的活泥鳅倒入锅里，迅速盖上锅盖。泥鳅在油锅里挣扎约三五分钟后，自然不再动弹。这时，揭开锅盖，用锅铲轻轻翻动，待泥鳅煎炸到金黄时，再加清水煮沸。起锅前依次加蒜泥、生抽、剁椒、青椒、紫苏、味精。出锅后，再加香葱和少许胡椒。

上桌后，用微火煮沸。千万别放酱油。这时的泥鳅，汤，浓酽如牛奶，味道鲜美。如有脆蹦的菜芯子，或洞庭湖沅江芦笋放入汤中，味道会更好。喜欢重口味的，还可以放点卜辣椒。吃完了泥鳅，汤里还可以下点青菜或清水面条，真的是美味。

据史书上记载，"泥鳅乃水中人参"，男性常吃，还可壮阳补肾呢。

信不信，由你。

南县的早酒

过年回老家南县三仙湖乡下，一日早上，正在酣睡中，电话突然吵起来：起来起来，去街上喝杯早酒！

那口气是，冇得商量的余地，更不许你讨价还价。

吵我的当然是朋友，不然哪会有这种热情。尽管有点不情愿，但还是利索地随友人去了。

早上八点不到，三仙湖镇一家无名餐馆，店里已是食客盈门。但见三五人，七八个，围桌而坐，少的一个火锅，多的两三个火锅，加上卤菜小炒，吃中晚餐一样的作古正经，当然有酒。

那日的陪客自然是好友加兄弟。看样子，每人不来个一两杯，肯定是收不了场。尽管不习惯，但盛情难却。回乡，只有随俗。

那个早餐，菜和酒，都是家常菜，但早餐店里，那种喧哗热闹的氛围，那种喝早酒人的开心快意，你不身临其境，真的无法感受。

看我对家乡早酒饶有兴趣，朋友引我在街上转了几处。朋友当然也是好酒之人，用他的话说，都是他常去的地方，老板个个都认得，食客之间，因为经常见面，也成了朋友加酒友。酒足饭饱之后，至于是谁去买单，常常想不起。

以上讲的是三仙湖镇上，一个曾经有"小南京"之称的湖区江边小镇。据说，这个常居人口不到5000人的集镇上，仅早餐店就有近二十家。且日日生意爆满。但需要说明的是，进早餐店喝早酒，除个别是街上闲人外，大都是邻近集镇的乡下人。人均消费在二三十元钱左右。

这些年，因工作关系，每月住宿南县县城数次。在圈子里，因为爱喝点而"臭名"在外，所以时不时，会有喝早酒的邀请。遇闲时，偶尔也去体验一番。南县县城的早酒，相比下面的乡镇，有过之而无不及。无论是消费档次，还是消费群体，的确是吃出了水平。

南县的早餐店，严格地讲，专做早酒营生的店子，不下百家。从县城的南门口，到西河街，从兴盛路到南华桥，从大世界到桂花园，但凡有食客的地方，就有每天喝早酒的闲人。

有特色的店主，还会推出固定的模式，形成自己特色招牌。下酒菜有猪尾巴+猪蹄+鹅掌、蒸乳鸽+猪尾巴、小水鱼+手拿排骨、卤拼盘+咸鸭蛋+卤花生等等几十个花样的"套餐"，每位价格在二十至四十元之间。另有免费的散装谷酒，南县人称之为"打白"酒，免费的热干面和楼碗茶。

桌上还有免费配菜数十种，卜豆角、辣椒萝卜、芋荷子、炒藕丁、酱豆子等等，样样好呷，乐口逍遥，客人可按需自取。

酒，可以敞开喝；

茶，可大碗倒。

周末或节假日，有闲人，一杯早酒，可以从早上喝到中午，然后，摇摇晃晃，择一茶楼而去，坐下来，点一杯芝麻豆子姜盐茶，扯点卵谈。还可搞点麻将、鬼符子、跑得快，尽兴玩耍。

南县人为么子喜欢喝早酒？为此，作为南县人，我曾作过多方求证。据有识之士分析，其形成要素不外乎如下：

南县作为移民县，过去，均以打鱼为生。渔民捕捞则以夜间清早为主，风雨无阻。渔民在完成夜间或早上捕捞后，将所获水产进行买卖，之后，大小均有斩获。于是，便在鱼市街头、饭铺酒馆，点个小炒或喊个火锅，喝点小酒，冷天暖暖身子，抵御风寒。热天则驱赶疲劳，犒赏自己，久而久之，成了习惯，亦慢慢形成了当年早市的早酒。

若干年后，几经演变，即成了现在独有的南县早餐文化。近年还浸染至周边的安乡、华容、湖北公安、石首等地。且全国少有的餐饮习俗，沿袭至今。

约十年前，我曾随一位官员，工作之余去体验南县早餐。卤猪蹄、风吹鱼、手拿排骨、麻辣牛肝，还有猪尾巴、蒸鸽子、小水鱼等，让随行的一干高官大开眼界，大口朵颐后，连呼过瘾。让接待的当地官方，颇有颜面。

但凡外地人，来南县做客，除了中晚餐夜宵接待，吃个早餐，来点早酒，那也是必需的。

当然，久居异地的南县人，每次回南县，夜宵+早酒，也算是标配。

去年休年假，一同事同行。点题要尝尝南县的早酒。于是，起了一个大清早，从下榻的酒店打的去西河街一家专吃猪蹄的早餐店。方七点，客即满。我等只好待在店外。问老板么子时间可入店，答曰：不晓得。连不讲点客气，牛皮哄哄。

关键是，其他排队的食客冇半点怨言，等待店主翻台后，争先恐后。

待我们好不容易等到位置时，老板却说，你们点的猪蹄买完了。要吃，明天早点来。

此话，让人哭笑不得。原来，店里的特色"套餐"，为保证质量，每日是限量的。

当日，我们只有另择高门，寻找其他的特色早酒店。

想不到的是，其他店子，个个人满为患，一个比一个热闹。杯子碰得屁响，还有喧哗不断。

此后不久，又去南县，也是因为早上起不来，友人建议，干脆过南华大桥，去对面的华容。

不曾想，那几个河边的小酒馆，生意同样火爆。当相互遇见几伙熟人之后，才感叹：在这边的，还大都是南县人。

或许，作为外地人，凭这点，你就得重新认识南县了。特别是南县人的早酒文化。

吃在南县，并非浪得虚名。

土地酒

二月二、龙抬头,大仓满、小仓流;油菜花开五谷丰,财源滚滚进家门。

——民间谚语

南县老家二月初二的土地酒,应该是湘北那方水土,独有的乡俗,其始于何年,无法考证。但沿袭至今,已呈没落之势。如果这也算是一种乡愁,似乎离我们现有的生活渐行渐远。

有资料记载,二月二称为龙头节,民间各地,会举行各种与龙相关的民俗活动,来祈求平安和丰收,如我接着要写的以下文字。

龙抬头又被称为春耕节、农事节、春龙节,是中国民间传统节日。每到仲春卯月之初,黄昏"龙角星"就会从东方地平线上出现,故称"龙抬头"。自古以来,人们在仲春"龙抬头"这天,都有不同民俗的庆典,以敬龙赐福、求风调雨顺、五谷丰登。

洞庭湖区湘北民间,二月二这天,被认定为土地爷爷的生日。记忆中，我的老家南县，就有办土地酒的习俗。

早些年，我们二圣宫那地方，每年的二月初二，一般会由地方上的乡贤出面，主持召集。于是，邻居的男女老少，由当地厨师出马，杀猪干塘（捉鱼），大锅大灶，搞几桌酒席，丰俭不等。贫困时期，还需各家各户自行捐资募集食材，算是打个平伙。

有时，也会有某位乡贤或人物，心血来潮，当众胸脯一拍，喊声，所有开支用钱算我的！如此，可博村人皆大欢喜。

席前，仍由一乡贤或值年主持，率众人跪祭，面对写有"德星湖土地二圣宫庙王"之牌位，焚香作揖，倒地三拜，行以大礼，然后化纸、奠酒，先敬土地爷爷，再敬各路大神。

礼毕，燃放鞭炮，于是，一年一度的土地酒开始了。

席间，乡下也有读书人，间或还会借酒翻古，说点关于"二月二"和土地酒的典故。

比如皇帝耕田——

因为每年的二月二这天，差不多是在惊蛰前后，惊蛰一犁土，春分地气通。特别是南方，就到了春耕大忙的季节。为了动员农人投入春耕，不误农时，二月二这天，皇帝要率文武百官出宫，到他的一亩三分地，耕地松土。

儿时曾见过一幅年画，叫《皇帝耕田图》，画中是一个头戴王冠、身穿龙袍的皇帝，正扶犁耕田，身后跟一大臣，一手提着竹篮，一手在撒种。牵牛的是一身着长袍的七品县官，远处是挑篮送饭的皇后和宫女。画上还题了一首打油诗：

二月二/龙抬头/天子耕地臣赶牛/正宫娘娘来送饭/当朝大臣把种丢/春耕夏耘率天下/五谷丰登太平秋。

再看，酒桌上的乡下人，酒碗一端，几口酒入肚，此前跪拜时的斯文扫地，只有坐在桌上的一阵阵喧嚣，扎脚勒手，大碗喝酒，大块呷肉，从午时到天黑，直喝得一个个东偏西倒，由各自的女人扶着，笑着喊着叫着回家里。

等酒醒时，一拍脑壳，才记起，这一天，田里土里的农活，他妈妈的，忘了。

还有喜欢喝酒的看牛伢儿，忘了将大堤河边上的牛，收回牛栏。

到茅草街吃腊脚鱼

水鱼，又名甲鱼。在南县，有两种叫法：习惯叫脚鱼，或者王八。

将两至三斤左右的脚鱼宰杀，然后盐腌数日，风吹两三天，再用传统办法熏制，就成腊货了。

这种腊味，外地人一般人不敢做，做了怕没人吃。但在南县，当有人试着吃过之后，这同样成了一道特色菜，且吃过之后都说好。

虽说南县这种腊味店多，但真正做出名堂，吃出名气的，还是茅草街镇上，育乐门附近建红那一家。

建红是二圣宫长大的，十几岁时外出学厨师，最早是在当年的茅草街镇包食堂，拿公家的场地练手艺。后来结婚成家，就开始了另立门户开饭馆，围哒茅草街转，一转到了五十多岁。

茅草街码头不大，但鱼多，建红就地取材，专学做鱼，做龙虾，一做三十多年。

有一年，店里有一只脚鱼，三斤多一点，客人点的菜，宰了。但客人因故又取消了饭局。当时，建红店里没冰柜，怕脚鱼坏了，就撒上一把盐，放了两三天，客人还不来，心想这下亏大了。凑巧，正赶上店里熏腊货，建红顺便就将那腌了三天的脚鱼一并熏了。挂在厨房里，任烟熏火烤。

约是半月后，镇上一包头老板带客人来吃饭，转到厨房来，看到挂在灶台上的那只腊脚鱼，有点好奇，便指挥建红，取下来看看。那老板一看，一闻，半信半疑，想尝尝腊脚鱼的味道。

建红将铁菱角一样的干货剁烂，过水，放姜蒜桂皮干辣椒，再用菜籽油黄焖，做成干锅，外加少许调味品。

出锅，上桌时，建红自己心里也没底。但想不到的是，客人一尝，味道奇好，一桌人，都说他妈妈的，好呷好呷。连问还有冇。这时轮到建红摇脑壳，心里却开始打起了算盘子，只好笑着说，要呷，等几天。

待中午店里客人走后，建红邀堂客直奔集贸市场，一次买了二十只大小均等的脚鱼，搞得鱼贩子以为建红又接了一单大生意。

待宰杀完了，便洗净盐腌，然后按之前套路，依法炮制。并开始挂出招牌：家制腊水鱼。

再说上回那尝过的包头老板，加上桌上的其他客人，没隔三天，天天巴哒电话吵，问店里好久有腊脚鱼呷。

建红就答，快哒快哒。

当建红正式挂出菜谱时，二十只腊脚鱼，不到三天，吃得卵毛精光。

搞得建红俩公婆，手忙脚乱地赶货。

再说，茅草街那地方，虽少了昔日的风光，但南县南大门的地位，不可撼动。这里，有通江达海的码头，有南来北往商贾，也算是洞庭湖边有名的重镇，这里的人，自然见多识广，讲究吃喝玩乐。

早就吃腻了新鲜鱼的当地人，一尝试到脚鱼的这种新吃法，便一发而不可收。从此，建红腊脚鱼便口口相传，传到南县县城，传到其他乡镇。

其手艺，也曾一度传到益阳、长沙、岳阳、常德等地，但是，其他地方能风行一时，却不长久。

只有茅草街建红腊味，发扬光大，长盛不衰。如今，还添了腊鳝鱼、腊洋鸭、腊猪脚等多款腊菜。我去尝过好几次，味道是真的好，就是有点贵。

当地人看不懂的是，有好多的外地人，开车转弯抹角地来品尝，埋单时，付现扫微信，好玩好耍一样，轻松惬意。

村支书有一道拿手菜

做记者二十多年，多半时间是围着乡下转，去发现乡村基层的新鲜事。自然，乡镇基层的朋友多，特别是村干部，有的还成了"砍哒脑壳共得疤"的兄弟。当然都是因为从某次采访开始。

但认识南县中鱼口镇小北洲村村支书欧志强，却是从尝到他做的一道拿手菜，"驴脚干锅"开始的。

去年年底，去中鱼口镇采访，晚上当地一朋友私人请客，说是让我尝尝他们当地的一道私房菜，还肯定说"你肯定爱呷"。

同时，他还神秘兮兮地告诉我，说是当日早上预订，当天晚餐才可品尝呢。那口气，做一道菜，俨然像完成一项重要的"系统工程"。一个稀奇得下不得地的样子。

朋友是在自己家里请客，那道菜是从另一村，由另一位朋友专程送过来的。一上桌，揭开保温包装，原来是一盆驴脚，初看还以为是牛脚海底呢。

一大盆，内容丰富，分量扎实，至少有十斤，每坨少说也有半斤至八两，自信对美食并不外行的我，从打开包装，第一眼从色泽上看去，即有食欲，且随着那扑面而来的香味，不等主人客气，我便先下手为强，第一口进去，还在口里，就边啃边叫：好呷好呷。连续干了两坨之后，方停住筷子，问：这是哪里搞来的招牌菜？

此之前，自信在南县生活工作了近三十年，之后，又因工作关系，虽居益阳，但常跑南县，对于南县美食，杂七杂八的接触蛮多，但驴脚的这种做法，其火候口味，拿捏到位，均在一流，或称无可挑剔。心想：这应该是哪位烹饪大师的杰作？

听我一问，朋友虽有几分故作姿态，但却告之：么子鬼师傅，本地小北洲村的村支书做的。并且还说，那支书从冇学过厨师，顶多算一个"好呷佬"。平时也是因为好呷，便无师自通，会做好多的家常菜。

再说，好呷鬼，自然朋友多。所以工作之外，这位村支书，还是一流的"家庭厨师"。平时，村里小有接待任务，这位村支书从不花村里的钱进馆子，而是自掏腰包，带回家里，亲自操刀掌瓢，招待客人。搞得上至权贵，下至平民，连喊舒服。

那天在桌上，边吃边聊，大概朋友对欧志强蛮熟，还讲了他的一些过往。

原来，参加过对越自卫反击战的欧志强，1982年退伍回乡后，一直当着村干部，从小村到大村，从一般村委到村支部书记，始终不忘初心，工作四平八稳，颇得上下信赖，最近换届，继续留任。

说起他的这一道私房菜，还得从八年前说起。也就是八年前，村里来了一位杀驴的。生意好时，每天一头驴。

驴肉全身都是宝，但唯独驴脚不值钱，常常贱卖了。原来做过牛脚的欧志强，于是将驴脚便宜买回来，按牛脚的做法，但反复几次，总搞不出什么特殊味道。他便在调料、火候上琢磨，慢慢悟出了一些门道，心领神会，渐成独特的口味，并慢慢让更多的食客接受，做成南县一绝。

据说，驴脚还是一种营养价值特别丰富的食材，它含有丰富的微量元素钙与磷，还有多种氨基酸与骨胶原，这些物质都是人体正常工作时的必需成分，能促进人体代谢，也能预防骨关节疾病的发生。特别于女人，还可补经血，是最原生态的驴胶。

但一点让人不理解的是，欧志强虽掌握了这门菜的独门绝技，但至今七八年了，他从不借此营生，朋友或上下邻居想呷的，一个电话打过去，他便利用晚上或休息时间做出来，然后由人上门来取。需者最多丢下几包烟，或者一点材料钱。

当村支书的欧志强，还因为有了这道私房菜，偶尔还会"借驴脚"走点"小关系"，去外面"通融"，联络感情，或请乡贤，或结交朋友，为村里争资立项。一盆驴脚"走"四方。

如此看来，美食不但可以广交朋友，还可以呷出乡村振兴。

为此，本记者"墙裂"支持，欧志强在本地，开家小北洲特色驴脚店，专卖这道私房菜，如果自己忙，带一两个徒弟咯。

当村支书怕钱多呀？村干部带头勤劳致富光荣。只要不去捞偏门。

一年

　　三十年前，我随父亲种过五亩三分地。

　　三个丘块，分早晚两季，种的当然是稻子。

　　早晚两季，父亲和母亲最开心的是，当稻子从田里收割上来，在禾场里晒着太阳，那满地金黄，还飘着谷子的香味。

　　待两三个晴日后，当父亲弯腰从地上抓起一把谷，然后随意挑选几粒，用牙一咬，听"咔蹦"一声脆响，证明稻子就干了。

　　于是，当天傍晚，铺晒在禾场上的稻子，便收拢成堆。然后再用手摇风车吹去秕壳，一担又一担的装满屋里的谷仓。

　　一担板箩，是益阳兰溪十八垸叔爷的家制货，箩筐拍满摇紧时，约装一百六十斤左右，上下不会超出三五斤。

　　于是，父亲简单的算术题目，就会得出五亩三分地里亩平的产量。

　　那是半年的收成。

　　早稻如此，晚稻亦如此。如若不遇上歉收之年，反正晚稻总会比早稻多收几担稻子。

刚分田到户时，新收的稻子，村组干部会上门催收公粮。余下的，才可以留着口粮。

待秋收的稻子入仓后，便可算到一年上岸的收成了。

生养我的那块湖州，那个叫二圣宫的地方，是作古正经的鱼米之乡，除了稻谷，还有棉花。当然少不了鱼。

然后加上栏里喂猪、养的鸡鸭鹅，一年收成，简单并不复杂。用父亲当年的话说，眯哒眼睛，也算得出。

作田农人，一年上岸，总算有个收成的，是好是歹。

上边屋里和下边屋里谈家务弦，当家人，便会问问彼此的收成，特别是夏收或秋后。

到了腊月，还会问问过年的盘缠。

苦难的岁月，有饱饭吃，灶门口有挂起的干鱼腊肉，便是富足人家了。当然就有了过年的味道。

乡间的腊月里，少了农事，多了悠闲，农人便可各自为家，或亲邻小聚，点个催炉子，呷酒打牌，或烧个树蔸公，围炉取暖，倒也其乐融融。

不像现在闲着的城里人，一年四季，可以泡在茶楼里，打牌赌钱或闲扯滥情。也不问问谁的收成。

一年上岸，有单位的，顶多只是比较个年终奖金。

给私人老板做工的，就会问起过年了，老板发了好多红包。

三十年前从乡下出来后，我也算是一个有单位的人。高光时，还做过单位的小头目。但自小不善经营，包括感情和钱。直到如今，好些年，也不晓得工资卡里的薪资多少。

感情亦如此，伤过家人，伤过朋友。

好在自认为心术不坏，从来不去做伤天害理的事情。

这一点，和我一路走得久的人，可以佐证。没有大本事，但有小德行。

和朋友同事，包括亲戚在一起时，也很少去关心别人的钱袋子。更没有个别领导所谓的大局观，当然就不提别人钱袋子的事。

就像父亲当年，盘点一年上岸的收成时，很实在的一句话，你不去地里流汗，地里怎么会有好的收成。切莫眼红别人的收成。

年过半百了，经历过好多的大小事情，对父亲说的话，就慢慢悟懂了。

当年天生体弱斯文的父亲，本不是作田的材料。但一到年初开春，父亲最喜欢的事情，便是田间地头转上几圈。农时，扎脚勒手去修田埂、打凼子、积土杂肥，然后开始精耕细作，抛粮下种，侍弄庄稼如同抚养我们几个崽女一样，用心。

待收获时，才会有满地金黄，粮棉满仓。

这些年，于本职和喜好，除了写新闻，还喜欢写点费力不讨好的其他文字。

去年鬼使神差，还弄了个公众号，常常是逼着牯牛下崽儿。搞得好狼狈。亦如背副磨子唱戏，费力不好看。

近些年，我害怕过年。

害怕一年上岸，盘点收成时，看不到满地金黄，更没有过粮棉满仓。

唉唉，一年上岸。徒生感叹。

赶秋

十二岁那年，我还在上小学，最怕的暑假还是来了。

假期里，我不是担心老师布置的作业，而是害怕那拖长麻线一样的"双抢"。

"双抢"，在我们这里，还有"赶秋"一说。即抢收完早稻后，须抢在立秋之前，完成晚稻的抢插。

在那个抓革命，促生产的年月，每一寸土地上，除了旱土种些棉麻，其他水田是严格控制种一季水稻的。

那些年，生产方式原始，种植技术落后，还有纯传统的耕种方法，折腾得农人苦不堪言。

记得那年的赶秋前，生产队里就分成了三个"双抢"战斗小组。来队上督阵的，除了大队干部，还有从公社直接下派的一位"三分之一"的女干部，姓戴。那位戴干部，后来就住在我家里，因为当年我的满姐是生产队的妇女队长。

这位戴干部一来到队上，连行李还放在队屋里，便让队长敲钟通知开社员大会。

开会当然是动员。戴干部明显是读过几年书的，会背最高指示，还会唱革命歌曲。

第一回见面，队上一些男人女人，都说这戴干部长得蛮乖的。当时，还没有人晓得这位戴干部，她的未婚夫，还是部队里的连职军官。

那些年，生产队管理上，有点军点化。原则上，凡满十岁以上的学生，也必须随家里大人编入战斗小组，成为战斗队员。自然，我被分到了姐姐那个组。姐姐是组长，是三个小组中唯一的女组长。因为有戴干部，所以"双抢"战斗一打响，我们这个组便抢了先机，因为我们这一组，扮禾用的打稻机，动力是新买的。一个只有十八人的小组，第一天便收了十亩地。

而另一组，由队长带队的那组，因为打稻机动力，老是出故障，忙得机手华哥满脸的汗水不说，动力老是自动熄火。于是，队长便骂华哥死无寸用，骂他祖宗八代。还骂他只晓得谈情说爱，就不作古正经学技术，关键时刻卵用都冇得……

打禾时，打稻机就像战斗中的冲锋号，动力一响，社员就要各就各位，割禾的，递把的，上机的。硬扎点的劳动力，担谷，送到队上队屋禾场。各司其职。连来督阵的戴干部，也弯腰尾随在我姐姐的身后割禾，生怕落后。

再说那戴干部，还真是一农人出身，看来，样样农活捡得起。

那时，小小的我，累了，就有点羡慕队长那组，因为动力一熄火，全组人马就会随动力停转而停工。于是，我便有个坏坏的想法，我们这个组的动力，为什么老是不停地转动，像唱歌一样欢畅。便在心里求助，动力坏一次吧。

倒是有一次，下午复工时，动力的摇手丢失了，搞得一组人四处寻找，最后是邻居王麻子，从打谷桶里翻出来的。

为此，当时戴干部一脸严肃，认为是哪个坏分子搞破坏，吓得有一个地主成分的社员一脸通红。

好多年后，偶遇当年的戴干部，追忆当年，我告诉她说，那次摇手，是我故意趁人不备时，塞进谷桶里的。说原因，就是因为太累了，想休息一会儿。

这时，戴干部就点着我的鼻子，笑我那时一老实伢儿，也有干坏事的时候。我说，那时，我真的好累，只是借机会偷一下懒……

一晃，四十多年的事情。

抢收完了，接着就是抢插。一般情形，收割后的稻田，立马就会被翻耕过来，一两天后，又将插上新苗，披上绿纱。

相比之下，如果说收稻，是一份体力活，那么说，插秧应该还是有些技术含量的。

将秧田里扯好的秧苗，再移栽到大田里，这个项目相对比抢收稻子，还是要轻松一点的。但这时农历的三伏天，热水田里，烈日灼心，水温有时高达四十多度，一个"双抢"下来，没有几个人不烂手烂脚的。

正是在那个年代，我认识了一个叫明矾的东西，用其浸泡的水，可以防止手脚溃烂。所以，一到夏天的赶秋季节，农家户户有个明矾水桶或水盆，早晚用来浸泡手脚，有时因为浸泡过多，手脚的外表时常会像结冰样僵硬，不听使唤，也导致失去知觉。

赶秋"双抢"，一般在三十天左右，口号是，"七一"开镰，"八一"插完田。但因为我们湖区田土多，长时也有四五十天。

有时，队上人手少，又得赶在立秋前完工，还花钱请过外地来的"扮禾师傅"，类似如北方的"麦客"。

赶秋结束，暑假就结束了。

秋后，当我们重新坐进教室时，农人们还得继续其他农事。

当年，一位同我相交甚好的邻家小妹，曾不顾我的感受，说过这样一句话，长大了，死也要嫁到镇上去。她是怕这非人承受的每年赶秋啊！

长大后，跌跌撞撞，我终于走出了农村，成了城里人。

至于那位邻家小妹，等不及我少年对她的承诺，在我还在苦苦奋斗时，她嫁到了镇上。

早几日，公务去南县采访，顺便回了趟老家二圣宫，正赶上姐姐家里在抢收早稻。只两天时间，就结束了"双抢"。不存在了赶秋。立秋还早呢。

于是，我对六十岁的姐姐说，我是打算回家里来，搞几天"双抢"，赶秋的呢。

姐姐说，赶么子秋？

她指指堆放在水泥坪上的稻谷，笑笑说，前天家里一边用收割机收谷，抽空，我还到旁边的娱乐室，打了几圈麻将。

吹口琴的长清

寂寞时，长清也想吹吹口琴，但怕吵了旁人。平时只有将口琴放在床上，特别想家的时候，偶尔也轻轻吹上一曲……

我们吹口琴的年代，应该是 20 世纪 70 年代末、80 年代初。

我们二圣宫那一块，最早拥有口琴的，应该是锦。

而村里口琴吹得最好听的，还数长清。

记不清是哪年哪月，只依稀记得，那是一个夏天的月夜，有朗朗的月光，沱江河里，还有哗啦啦的流水声，穿着一件的确良衬衣的锦，就站在河堤上，有些兴奋地告诉我，他明天要去三仙湖街上买口琴了。

次日早上，买了一支新口琴的锦，邀我去找村上的长清。长清比我们大十几岁的样子。我们都喊他长清哥哥。全村上下，都晓得长清不但胡琴子拉得好，而且口琴吹得也不错，还到公社剧院调演过，得过奖状。

可惜的是，年纪轻轻的长清，一只手有点不方便。为什么落下的残疾，据说是和村里的某个女人有关，还是一个长得好看，会唱歌的邻家小妹，经常和长清的口琴胡琴伴唱，唱花鼓戏，唱刘海砍樵，也唱不忘阶级苦、牢记血泪仇，还唱过花篮的花儿香……

印象中的长清，虽念书不多，但是最聪明的那种人，笛子胡琴萧，外加唢呐和响器，样样捡得起，也会唱花鼓戏，是当年大队的文艺骨干，还会自编自导小剧目，那种红色样板戏，很是文艺的一个乡下人物。

那时我们年纪小，只羡慕长清身边，从来不缺少快快乐乐、疯疯癫癫的年轻人。长清一天断黑，快活如神仙。

果然，那天当长清一接过锦新买的口琴时，不等锦递上那方小小的手帕，他的大嘴巴就贴了上去，一首苏联民歌《莫斯科郊外的晚上》，流畅的旋律，就像沱江河里的水，哗啦啦地响起来，好听得我们想哭。

曲终，长清指着口琴告诉我们，这支叫上海牌的国光口琴，是24孔复音C调，属成人独奏乐器。他问锦好多钱买的，锦说三块六毛八分。他就点头说，有点贵呵。然后他又笑着说，想了好多年的东西，一个小麻B，搞到了。话虽有点尽粗，但是有点羡慕的味道。

大约也是同一年，我们那班年龄不相上下的同伴，都吵死一样，找家里大人要钱，买了口琴，还都是找到长清，从多来米花索那西学起，从简单的《东方红太阳升、大海航行靠舵手》学起，后来又很认真地学吹《国际歌》，摇头晃脑地吹《年轻的朋友来相会》等歌曲。然后学吹洋气的《红河谷》《喀秋莎》《三套车》……

长清学吹口琴的师傅，听说是一位益阳下放来的知青。长清的那一支旧口琴，也是那知青送的。后来，他就成了我和锦学吹口琴的师傅。接下来，还有小锣、桂妹几、毛坨等一路伢儿妹几七八个，都成了长清吹口琴的徒弟。

最让人印象深刻的是，有年冬天，天很冷，我们一干人，揣着口琴去长清那里玩。当年长清的家，住在河边大堤上的安全台上。当时，长清一个人坐在房间靠窗的床上，窗外是沱江。长清那天不是吹口琴，而是拉的，他最拿手的二胡，他那天拉的曲子，如泣如诉，听着有种压抑，讲不出的那种苦味道。

当时，我们也不懂长清拉的是什么曲子，也不晓得他拉这么悲伤的曲子，是为的什么？只记得，当时，我们轻手轻脚进屋时，长清拉琴好像正入了角色，眼睛望着窗外的江水，里面有亮晶晶的东西闪烁。长清显然有心事，不是一般的心里事。

后来，才听大人议论着说，长清喜欢的，那个长得好看的邻居小妹，要招工去城里了。长清拉的那曲子，叫《江河水》。那天，看长清那可怜巴巴，而又无可奈何的样子，我们搞不懂一个男人，爱上一个没办法走到一起的女人，有好苦！不知是谁提出，让长清用口琴吹次《江河水》。

当时，长清就手从床头，拿起他的口琴，也没顾得上用手帕擦拭一下琴孔，只见他仍旧熟练，且轻轻地将嘴巴贴上去，眼睛眯起来，口琴便呜呜地响，一干人安静地听着琴声，眼睛不敢看吹口琴的长清，却齐刷刷地转向窗外，转向窗外冬天静静的沱江，看冬天河里安静的江水。

曲终，再看长清时，一个大男人，竟当着我们这帮孩子，哭了。哭得稀里哗啦。

待几年后，我们初懂男女之间的情事时，那位长得好看的邻家小妹，进城里后，不再和长清联系，而是跟着一个县里，大了七八岁的干部，而且离过婚的，结了婚。后来还有了孩子。

而长清，则老是高不成，低不就，硬是找不到合适的女人。中年时，单身的长清，带着一支口琴去深圳谋生，给一私人企业当门卫。寂寞时，长清也想吹吹口琴，但怕吵了旁人。平时只有将口琴放在床上，特别想家的时候，偶尔也轻轻吹上一曲。

十多年前，我去深圳出差，经人引指，找到已近六十岁的长清。多年不见，发现长清老了，胡子拉碴，满脑壳白头发，甚至连腰也有些弯了，找不到半点当年意气风发的影子。

我不经意间问了长清一句，还吹口琴不？

长清看了我半天，回说，那口琴早丢了。

当时，我听完长清的话，只轻轻地"哦"了一声……

但看他身边，总有个说湖北话的女人，进进出出。我便问长清，是不是在外面找的伴？他摇着脑壳说，唉！一个可怜的女人，被男人丢了。

见我好奇，长清也就直说，算是搭伙过几天日子吧。

约是从深圳别了一年后，我回村里，锦告诉我，长清在外面伴的那女人，被崽女接回湖北了。

后来的长清仍旧单身。一直到五年前过世。

我和锦长大后，再也没吹过口琴。

却时常记起，小时，教我们吹过口琴，一直单身的长清。

一声谢谢也是爱

今天来一段风花雪月的文字，虽有点深沉，但决不乏味。或许，心血来潮时，这个短章，会成为我某个小说的"零件"，或者"主件"。

按理，散文大多来源于写作者个人的生活。但，有时，也有道听途说，或无中生有的凭空杜撰。

比如以下文字。且看且随意——

他和她是发小，也叫青梅竹马。

很小时，她说他很喜欢和他在一起。

在一起说话。在一起玩。

去很远的村子里，看露天电影，然后又故意掉队，走很远的村路回家……

还有，她说她喜欢他坐在偏僻处，安静地读书的样子。于是，她还会想方设法，去买，去借很多的书给他看，小说、散文、诗歌，还有当年很稀有的报纸杂志，甚至手抄本。

都是十七八岁的年纪，他和她不懂爱情。

彼此心里都有着彼此。

但，谁也没说过一个爱字。

他记得她，记得她每年的生日。

于是，每年，他都会给她特别的生日礼物。

还在一起时，每年她的生日，他会请她去看一场电影，或者，他给她写上一段文字。

后来，她去了另外的城市，而他仍在乡下耕作，洗脚上岸，埋头读书写作，天女散花般的，将他的稿件四处飘飞……

那时没电话，她每年生日，他会给她写信，祝福她生日快乐。

却很少回信。

即便有，也只是短短的几行字。

之后，有了电话，每年生日，他会给她打个电话，偷偷摸摸。

祝福她，生日快乐。

她会回两个字，谢谢，淡淡的。

之后，有了手机，每年生日，他会给她发个短信，祝福她，生日快乐。

她会回两个字，谢谢。

之后，有了微信，每年生日，他会给她发个微信，祝福她，生日快乐。

她也只会回他两个字，谢谢。

就这样，就这么些年。

各自结婚成家了。有了各自的家庭。尽管平时一年难得一见，甚至几年见面一次，但他心中，始终有她。

那时，他仍在乡下。

那时，她早已去了城里。

那时，城乡是存在差别的。

他记得，他和她在一起时，尽管她爱他。但她说过，她不喜欢乡下太苦的生活。她想过城里人轻松的日子。

于是，一个油菜花开的日子，迎亲的唢呐将她接到了城里。

于是，一个凄风冷雨的夜晚，他背井离乡，去了南方。

约是十年后，城里的日子，似乎没有了乡下人的滋润。

各自的生活，也似乎有了变化。

他通过努力，进了城里，成了一方小小的人物。

他依然记得她。

记得曾经的青梅竹马。

更记得她和他在一起的日子。

某年某月某日。

一个人住在城里的他，接到了另一个人的电话。

她说她很喜欢读他写的文字。有些文字，像一把钩子，勾起她许多旧事。

一有时间，她会给他打很长时间的电话。

特别是夜晚，手机常常打得发热。发热的，还有身体的某些地方……

她愿意听，他愿意说。都是讲些陈谷子、烂芝麻的旧事情。

如此，还乐此不疲。

于是，她来找他。

冰天雪地里，她从很远的另一个城市来看他。

他还和从前一样喜欢和她在一起。

而且，开始无所顾忌，去干男人女人都愿意的事情。

她也告诉他，此生无缘，并非过错。

他也告诉她，有缘无分，乃上天注定。

他和她，就这么此一时、彼一时……

一年。

两年。

十年。

二十年。

三十年。

直到今天。

他依然爱她。

她说，有点后悔三十年前，不敢越雷池半步，后悔生米没煮成熟饭。

三十年了。

不，应该是四十年了，每年她的生日，他还会记得她，给她生日快乐的祝福。

而她，永远只有的两个字：谢谢！

他对自己说，他已满足了。当年，她给了他初恋，给了他初吻，甚至给了他女人最珍贵的第一次。

今天又是她的生日，他仍是老套的祝福：生日快乐。

她回的仍是两个字，谢谢。

够了。这就是爱情。

虽然只有两个字。

一声谢谢也是爱。

谢谢你的谢谢。

沱江子堤

燥热的夏夜，沱江子堤。

有凉爽的风，迎面吹来，想拥抱风，更想拥抱你。

房子里坐久了，煤油灯熏得鼻孔里流出的鼻涕都如墨黑。

于是，你说，去外面走走吧。

我说，好吧。

便合上书页或收拾纸笔，啪地吹灭那盏油灯，然后轻轻地带上门，然后像做贼一样地溜达出来……

你说的外面，我晓得是去沱江河堤上的那条子堤。子堤是那年河里涨大水抢修的。别看那条子堤，不高，不宽，且不规整，有多处还是用纤维袋灌土垒成，但却是面对过惊涛骇浪，大风大雨，抵垮了沅江、汉寿、安乡好多垸子。

子堤是一条保命堤。后来水退了，子堤却完整地保留下来，直到早几年江堤上修公路。

我和你出去走走，一般是在夜深人静时，农人一天劳作后，都呼儿唤崽回家里睡觉了。那年月，乡下农家不通电，一把蒲扇子摇到天亮，又赶蚊子又扇风。

高中辍学后，除了做农活，我迷上了读书写作，总想靠此为敲门砖，走出农门出人头地。你命好，中学毕业后，直接到大队学校，便成了大队的民办教师。

我和你是邻居，你稍大我一点，你说过比我懂事。你还说过，看我永远是弟弟的样子。听你说这话时，我还偷笑过，凭什么，你姓你的，我姓我的。

那一年，我17岁，你18岁。

17岁那年，我的一篇散文上了县报，我成了大队的人物。你便认定我将来一定有出息。

乡下没有图书馆，大队没有阅览室，只有一份湖南日报，一份红旗杂志。那时，我读书除了上镇上的新华书店买，就是想方设法找人借。书店的书尽管不贵，但身上经常是布挨布，掏不出哪怕三五角钱。而借书，就只有找周边的读书人。

你看着我饿狼一般地到处找书读，便帮我订了一本叫《散文》的月刊，每月定时从学校带给我，我如获至宝，爱不释手。忘了告诉你，距今40多年了，至今仍有整套的完整地保存着。益阳有收藏的朋友告诉我，当时创刊号，全国只印了5000册，稀贵得不得了，完了，还问我出手不。当然是大价钱了。

这些，我好像也有机会告诉过你。某一年某一月某一天，我还认真地对你说过，要完璧归赵退还你。40多年前是你借我的，按理该退还你。你浅浅地笑着，说，那是一段记忆，那年月留下的记忆，经年过来，已经不多了，你让我留着。

从此，我和你便再没提及此事，只是我的心里，永远觉得欠你的不止这些！

我和你的一年四季，不只是夏夜去沱江子堤走过。只要不是雨天，几乎有一半时间的夜晚，都会去子堤走走，你听我说读书的乐趣，你听我说写作的快乐。或者，我听你讲学校的事情，讲你的同事，讲你的学生。讲哪个男老师，喜欢上了哪个女老师。又讲哪个调皮的学生伢子老不听话，成绩不好，还老叫你的乳名。笑得我连肚子都痛了……

我和你在沱江子堤走过，感受着一年四季的河与风景。

那时，我真的不懂爱情，我开始时真不懂得还年少的我，在不知不觉地恋爱了！

我只感觉你在帮我，在鼓励我。还有你特别的懂我，在读书劳作之余，最希望有你的陪伴。

记得当年，真还有不少人笑话我，一个中学都没有念完的乡下伢子，在梦想着做作家，出人头地。而你从不笑话我。当别人说我不行时，你就说我，你行。

你行。简单的两个字，让我当年几乎走火入魔，至今仍痴迷不悟。

对你，对文学。

那条子堤是条断头路，南至茅草街，北至三仙湖。

子堤上，我和你只走了两年。

文学的路，最初走得太艰难，走得跌跌撞撞，碰得鼻青脸肿。

当那年某一天，你突然对我说，你要走了，去另一个地方。我不便多问，不知道你要去哪里，和什么人去，只大抵知道你大了，家里给你安排了男人，你不陪我走了。

我特别害怕第二年的三月，会看见铺天盖地的紫云英和四处开满的油菜花，因为你的婚期就定在春暖花开的三月。

我害怕开满鲜花的三月，你穿着红红的花袄，有鞭炮有锣鼓响器有唢呐有花车，从我家门前那条子堤上将你接走。

于是，我选择临阵逃脱。

但当年叫应征入伍。

记得那年的秋天冷得有些早，当我背着父母偷偷摸摸地报名，到申请体检时，秋风麻雨就没断过。

那时我只有82斤瘦弱的身子尚不达体检最低85斤的标准，好在我在政审表上有何特长一栏里，写上了有写作专长，让接兵首长另眼相看，将我内定为要带走的新兵。

走的那天，虽说从镇上换了新军装，却难以让我昂首挺胸，一点都不威武。

你来送我，远远地躲在人后，但我还是看见了熟悉的你，车走时，我看你用手在脸上抹着什么……那是眼泪。

四年，又回到老家时，沱江河上那条子堤还在。我已有了女友，即现在的妻子。

某一天的夜晚，当年的女友说，去外面走走？我问，去哪里？她说，堤上那条子堤，应该是蛮舒服的。我的心一惊……想起了几年前。

那天走着走着，女友的手挽在了我的胳膊上，想挣扎，却无力。

走在子堤上，想想你，已两个孩子了。

某天我在子堤上邂逅你。

你问我，该结婚了吧。

我说，应该会。

后来女友成了我的女人。

某年冬天，我从工作的单位，回家过年，漫天的大雪下了三天三夜，覆盖了目光所及的整个世界，当然包括沱江，包括沱江堤上的子堤。

两天没出门的我，撑着一把雨伞，穿上军大衣，扎着围巾，想去子堤走走，毫无目的。

积雪很深，举步维艰，我挪步前行，不见人影，唯漫天大雪纷飞，脑子里一片空白，正在想点什么事情时，突然前面一个红色影子迎面移来。是一个雪中人。

会是你？

真是你！

当那个红色的影子越来越近时，我的潜意识里莫名地冲动起来，冥冥之中感觉会是你。约是十米之外，你看见是我，你停止了移动，我感觉到你的惊异：怎么可能是真的？梦幻。

应该是 15 年后，第一次这么近距离的我和你，相遇在沱江河的子堤上。

你说，娘生病了，早就想来看看。

我说，心憋得慌，想出来走走。

你问，过得还好吧？

我答，还行。

问和答，简单，有些客套。

但却如雪天一样干净，心无杂念。

那个雪天的风呼啸着，挟着雪花飞舞，虽不美丽，但却一点都不讨厌，不知你是否记得。

也不知当时你想了些什么，而我面对你时，我真想迎上前，去抱抱你！因为除了风雪，那是一个只有两个人的世界，我和你不该浪费那次可以的为所欲为。在那个上苍赐予我和你的冰天雪地。

十年后的一个夏天，当我枯坐在电脑前发呆时，忽然想起了那个冬天，那场大雪，在子堤，我和你。

在那篇《夏天对雪的思念》的文字中，你变成了雪，但早已在我的心中融化，破冰成水。

又是十年，偶然翻出那篇手稿，雪的印象依旧那么清晰，只可惜沱江河上的那条子堤，早已夷为平地，铺上了沥青，没有了半点痕迹。至于你，虽有你的微信，但一年也难得联系，哪怕一次。

一首很老土的歌子唱的，只要你过得比我好，那就什么都不重要了。

这些年我开始恋旧，也思考着还会写些恋旧的文字。如果还有子堤，我依然会站在堤上，去纵情拥抱风，但却无法拥抱你。

鱼头和鱼尾

这是取材于老家乡下一则真实的故事。虽然故事的主人早已过世，但朴实无华的一生真爱，仍在当地传为美谈。

莲莲嫁给牛牛那年，莲莲才十八岁。

记得过门第一天，牛牛爷爷便吩咐牛牛：去去去，去湖里搞条鱼，招待人家莲莲。

那时牛牛家里穷，牛牛晓得家里拿不出像样的菜，招待莲莲。

牛牛便去了，回来时，手里拎条活蹦乱跳的鱼。

莲莲到牛牛家的第一顿饭，下饭菜除了两个盐鸭蛋，便是牛牛搞回来的那条鱼。

饭前，牛牛爷爷偷偷从邻居家里借来一双碗筷，那是给莲莲准备的。

吃饭时，爷爷便将鱼脑壳夹给了莲莲。说，呷哒咯只鱼脑壳吧。又将鱼尾巴夹给牛牛。

爷爷这才快活地笑了起来，像完成了一项重大的历史使命。然后说道，这才叫有头有尾。

莲莲红着脸，偷偷地窥视着蹲在对面的牛牛，那一个黑不溜秋，健壮如骚牯牛的男人。想到今夜的洞房花烛，莲莲便不免有了一阵脸红心跳。她下意识地看看碗里的鱼脑壳，本想说点什么，但正好遇上牛牛也在偷偷地看自己，于是，便不说话。

出门时，娘在家里告诉她，在外面吃饭，要尽量少说话，尤其是生人。

牛牛看到爷爷夹到莲莲碗里的鱼脑壳有动，便说，快吃吧，鱼脑壳好吃呢。

莲莲一听牛牛这么说，忙起身将鱼脑壳夹给牛牛。并柔声说，你喜欢吃，就吃。

这下，牛牛慌了。他晓得当地风俗，特别是二圣宫这地方，鱼脑壳只能敬给家里头最珍贵的客人。

何况，莲莲今夜是自己的新娘子。这鱼脑壳，哪有自己吃的道理？

牛牛便忙说，我是最喜欢吃鱼尾巴的。不信，你问问爷爷。

爷爷先是一愣，转而朝莲莲点点脑壳。

莲莲听爷爷这么一说，就不再言语，真的斯斯文文，就将鱼脑壳吃了。但吃不出那鱼脑壳究竟有什么特别的味道，只是感觉到心里头热乎乎的……

但从过门那天起，莲莲就记住了牛牛爱吃鱼尾巴的话，只要是男人从外面搞了鱼回来，那鱼尾巴便是霸蛮都要让牛牛吃的。

尽管莲莲和牛牛过了许多年，但每次吃鱼时，牛牛总会将那鱼脑壳夹给莲莲。

几十年的婆婆佬倌，牛牛仍将莲莲视为刚过门的新娘子。

一直就这样过了许多年。

有一年，已是儿孙满堂的牛牛，突然不行了。

弥留之际，莲莲双手扶着已是牛爷爷的牛牛问，想吃点么子？

好半天，牛牛爷才张了张嘴，断断续续说出声音来：我想吃——鱼脑壳！

想吃鱼脑壳？！莲莲一惊，五十年了，我为什么才晓得？！

于是，有村人告诉莲莲，牛牛爷在你冇过门之前，有次为争吃鱼脑壳，差点和邻居打破脑壳。

牛牛爷拉住莲莲的手不松，咬着莲莲的耳朵吃力地说，一条鱼，才一个鱼脑壳，你喜欢，我还……

没等牛牛爷将话说完，莲莲忽然紧紧地搂住老伴，嘴巴反过来贴在他的耳根。

旁边人不晓得他们在说什么，只看到牛牛爷有两行浊泪从那苍白、无血色的脸上流下来……

莲莲用衣袖轻轻拭去牛牛爷脸上的泪。

牛牛爷双眼一闪，再闭上，一直冇睁开。

——莲莲未过门之前，最喜欢吃的是鱼尾巴。

病中女孩

这是我在采访中，遇到的两个真实的故事。

这两个故事的主人，都是花季女孩。她俩的故事都与爱或爱情有关。

苹果

一个女孩叫苹果，人如青涩的苹果一样光鲜可人。

苹果湖南师大毕业不久，一边在益阳打工，一边在报考公务员。

正在这时，不幸降临，她得了脑瘤，医生背着她，告诉她的家里人，结论是，苹果最多能活三个月。

尽管医生和家人都不忍心告诉她，但她卧在病床上，捧着手机百度，还是查出了结果。

三个月，对于一个一心上进念书、还没谈过恋爱的女孩来说，似乎过于残忍。

于是，女孩捧着病历哭了。

见她哭时，旁边的人也跟着哭了，包括她的医生护士。

当然，还有她唯一的亲人——安化苍场深山里，一位靠山地为生的父亲。

虽说她怕花了乡下父亲的血汗钱，但她还是露出了求生恐惧的眼神。

于是，苹果便对医护人员说：救救我吧！

还有，苹果想告诉父亲：我不想死！

父亲当然最懂女儿。

父亲当时也是眼含泪水，只差向医生下跪：救救我的孩子吧！钱，我会想办法凑。

医生感动了，便说，再试试手术吧，但不一定成功。不过，得将苹果一头柔顺的头发剃掉，因为是大的开颅手术。

没有隐瞒什么，女孩听后扑闪着一双原本美丽的大眼睛，问父亲，我能创造奇迹吗？

父亲一边坚定地点点头，一边轻柔地抚着孩子的手，说，能。

但女孩看到父亲说这个字时，有泪水双流。

女孩懂事，更懂得这么大的手术，进入手术室后，会有许多的无法预知，还有意外。

因为手术前，父亲被医生喊去办公室，签了"生死状"。

当女孩看到父亲哭得伤心时，她反将父亲的手握得更紧了，并早已随着父亲哭了，说，爸啊，爸！我真的好想活下去，如果可以，我肯定会为您还清所有之前欠的学费。还有这次治病的钱。等我考上了公务员，好好谈个男朋友，我和他一起好好孝顺您！

苹果最终没有逃离厄运。

尽管她从手术室里活着进了病房，但她还是在三个月不到时，最终倒在了父亲的怀里，永远闭上了眼睛，告别了她二十四岁的人生。

遗憾的是，苹果还没来得及品尝爱情。

桃子

还有一个女孩，叫桃子。她的故事，可以写成小说。

那是桃子十八岁上中学的时候。

桃子记得那年是高三，那次是她下午准备收拾书包回家时。她忽然发现，在她抽屉里，有一张折叠得很规整的纸条，上面工整地写着：桃，我爱你！

但没有留下姓名，桃子凭感觉，猜到应该是后座那位叫夏丰收的英俊男生。

桃子心里甜得像喝了蜜似的。

桃子后来约了那男生出来见过一面。

记忆中，好像是在桃子临上大学前的一个晚上，在资江河边的近水平台上。

那晚，天上疏星淡月，但资江河两岸却灯火阑珊。

资江河边散步的人多。

匆匆见面时，桃子开篇就问，那张字条，是你写的吗？

她本还想问男生一句，你为什么爱我？

但话到嘴边，却变成了，有机会，今后再说吧。

桃子其实很爱那男生，男生因为爱桃子，特意选择了和桃子同一个城市的另一所大学。

便以为以后多的是机会。

另外，桃子还想玩点浪漫或故作点清高。反正，桃子的想法很多很多……

但是，没想到的是，大学第一期，桃子就病了，而且是绝症。

在病中，桃子非常后悔自己没有亲口告诉那男生，其实她真的很爱很爱他。

但自己病了，桃子却不想让那男生知道。

更可怕的是，桃子在很短的时间里，就离开了学校，离开了人世。

那一年，桃子刚满十九岁。

后来，那位叫夏丰收的男生，在桃子一篇日记里，知道了桃子的心事。

于是，每年桃子的生日，不管他在哪里，有好忙，他都会准时去桃子的坟前。

问题是，这位当年的男生，现在已经人到中年，却至今未婚。

理由是，期待着有另一个类似桃子的女孩出现。

叔叔贾诚

在我很小的时候，印象中有个叔叔叫贾诚。

长大了，我才搞清楚，贾诚不是我的亲叔叔。他只是我妈妈的好朋友。

妈妈年轻时是一位文学青年。外婆在妈妈很小的时候就走了。妈妈是跟着外公长大的。

我没见过外公，在我妈妈出嫁的那年，外公便去找外婆了。

长大了，我才知道妈妈的婚姻是外公当家作主，嫁给了外公一个多年相好的女人做儿媳妇。

从小我便知道妈妈不爱爸爸。

我的印象中，妈妈从来没有对爸爸笑过。哪怕那种装模作样地笑。

而妈妈看叔叔贾诚时，却有满脸的幸福，还有那种很幸福的笑脸。

贾诚是省城一家报纸的文学编辑，那年第一次来湘北组稿，或者说叫和作者见面。便约了妈妈。那年我年仅八岁，刚上小学二年级。

记得贾诚叔叔约我妈去县城的一家茶楼。妈妈出门前特意做过发型，且化了淡妆，说是要去见一位省里来的老师，而且是作家。

很小时，记得妈妈说过，妈妈很小时，外公就让妈妈读外公收藏的书。背唐诗宋词，读三国水浒，还有红楼梦……妈妈很喜欢读外公让她读的书，包括三字经，还有后来外国的雨果巴尔扎克屠格涅夫列夫.托尔斯泰。

很明显，妈妈和贾诚叔叔一见如故。

贾诚叔叔典型的书生意气，是挺帅的那种帅哥。

而妈妈，不是我捧她，年轻时，真的是那种风情万种的女子，何况她从小受外公的影响，满腹诗文。当然，就更显品质了。据说，全县耍笔杆子的那帮文化人中，妈妈总是鹤立鸡群，或者说叫傲视群雄。

妈妈牵着我的手，第一次让我怯怯地叫那位叫贾诚的为叔叔。

贾诚当然很愿意我叫他做叔叔。记得他当时还夸奖我好乖！然后一脸和善的笑。让我和妈妈都很受用。

第一次见到贾诚时，我看到了妈妈从未有过的笑。

谈话中，贾诚叔叔对妈妈大加赞赏，不停地夸奖妈妈文笔好，有灵性，能成大器。

妈妈听贾诚的夸奖，更是高兴。记得那天在茶楼，妈妈破例陪贾诚叔叔喝了点酒。酒后的妈妈，满脸绯红，笑面如花，如一新娘。

贾诚叔叔走时，妈妈送他去车站，恋恋不舍。班车走了好远，妈妈还在发呆。

巧的是，贾诚叔叔走后，妈妈文如泉涌，接连写了好多稿子，投往省城，都在贾诚叔叔的报纸副刊发了，有的还是头条位置。

接到样报的妈妈，很是开心。

妈妈接连发稿的消息，在我们那个小县城不胫而走，更是让人刮目相看。妈妈还有的篇章上了读者及各种选刊或教科书。妈妈很快成了本土知名作家，并加入省作协。

妈妈便去省城拜访过贾诚叔叔。

贾诚叔叔也几次来县城看过妈妈。

前几次，妈妈还让我一起去见贾诚叔叔。

后来，妈妈就不再方便带我去。理由是，女孩大了，念书重要。

只记得妈妈和贾诚叔叔越近，便和爸爸越远。

但爸爸真的好善良，他自己是个下岗职工，大老粗，却对妈妈特崇拜，从不问妈妈除了吃饱穿暖之外的任何问题。

十六岁那年，我考上了省城的重点中学，是贾诚叔叔帮忙联系的学校。贾诚叔叔面子大，路子广。排除了好多阻力，让我如愿进了一位省城名师带的班。

妈妈特别感谢贾诚叔叔，还要请贾诚叔叔吃饭，但叔叔却不让妈妈买单。

那时，我也就特别地敬仰贾诚叔叔。认为贾诚叔叔好有面子，连许多有钱人难办的事，贾诚叔叔都办得成。

原来，贾诚叔叔当记者时，跟过省委一位大人物。

因为我上学，贾诚叔叔还腾出了自己的房，让妈妈和我住。

但我不知道贾诚叔叔是单身。

后来，便传出了，妈妈和贾诚叔叔不清不白的事情。

尽管这事最终传到了爸爸的耳朵里。但爸爸从不怀疑妈妈对他的不忠。

但妈妈却不敢面对爸爸。

妈妈冷冷地提出过离婚。

但爸爸却说，没事，过吧。

他不信风言风语。

那段时间，我相信妈妈。

但我更相信爸爸。

至于，贾诚叔叔，我真的无法相信。因为他后来看妈妈的眼神，总有点不安分。或者叫骚扰，经常搞得我妈妈有些分神。

尽管妈妈和爸爸的关系，一直不曾好转，但婚姻一直维系至今。

在家里时，尽管妈妈不再当爸爸和我的面，提及叔叔贾诚。至今，我仍然有个叔叔，叫贾诚。

妈妈和爸爸没有分手。

但叔叔贾诚却一直单身。

某次，他还当着我和妈妈的面说，他不想再结婚了。

苦楝树

二圣宫往西拐，是南堤。

三、四十年前的南堤上，只散乱的有几栋茅草屋，东偏西倒。而更多的，是树，是野生的，是杂种。

有枹桐树、谷皮树、桐子树、椿树等，而最多的，还是苦楝树。

苦楝树最大的特点是，一到春夏季节，便枝繁叶茂。特别是每年的三、四月，那种淡蓝色的花朵，幽香扑鼻，会弥漫在二圣宫的每个角落，甚至停留在你的身上，带到更远的地方。

因为它在秋天结出的果子苦，似乎那种不妖艳的花儿，还散发出一种淡淡的哀愁，便更多了几分离别的惆怅。

在二圣宫，那种树虽多，但村人并不待见。苦楝树，近意苦恋。世俗的人家，谁会去栽种？

所以在我们那一块，一般人家房前屋后，是不会任其生长招摇。

很小的时候，粮食奇缺，看到遍地苦楝树结出的果子，掉落地上，任人践踏，有点可惜，村人便试着酿酒。

天哪，那种酒的苦，真的透心。但还是有嗜酒如命的人，麻起胆子，不要命的喝，直喝得流着眼泪，弯腰弓背，哇哇吐出苦水。吐完又喝。

那时日子苦，有的比喝苦楝酒还苦。

村上的老光棍来旺找了一个讨米的寡妇，办酒时，喝的苦楝酒，邻居们一个个喝得愁眉苦脸。寡妇的娘屋里人，更是火冒三丈，只问来旺，搞的什么卵名堂。客人还未散，便吵架收场。

那年岁，来旺真的是拿不出买谷酒的钱哪！

半年后，寡妇还是跟着另一个单身伢儿跑了。可怜来旺，连办酒赊的肉钱都冇还清，便选择投河自尽，一命呜呼。

我的父亲是当地的一位读书人，地方上，尊称父亲为先生。这种称谓，在几十年前的乡下，是不多见的，即便放到现在。

有点学问的父亲，对苦楝树，却有自己的灼见，搬出了风水学的原理，认为苦楝树可增加阳气，还可镇宅避邪，远离困苦。

小时，我最喜欢远远地看着父亲，在屋前那株如伞般撑盖的大苦楝树下，铺开纸笔，誊抄四书五经，或帮大队写点革命标语，或躺在竹椅上，捧读三国水浒封神演义，然后在午时或傍晚为村人说书讲笑，谈古论今，俨然如学者，愈老愈妖。此皆成过往。

前不久，一外地文友，兼修书画，极高造诣，我等望尘莫及，且才貌双全，堪称奇女子。

文友从南县远嫁他乡，人到中年，日子本该恬淡怡然，近年却重压在肩，一人撑起整个家庭，带学生，卖字画，挣点面包和润笔，为五斗米折腰，斯文扫地。还得服侍酒精迷醉中的男人。

她不说累，却说有点苦。

某日，有高人指点，发现她家的院子里，有一棵不下五十年的苦楝树，惊讶不已，问她为何放纵一棵茂盛的苦楝树，在家门口疯长?!

高人肯定在暗示着，那位奇女子，她的苦日子，或者真的与那株苦楝树有关。

于是，突然想起自己苦中作乐的日子。

如此，下次回二圣宫，我一定会去南堤上找找，我的老家，那丢胞衣罐子的地方，还有苦楝树么。

想想父亲已走了近三十年。原来的老宅，早已变卖，至于那棵苦楝树，早就不在了。

小镇上的书店

到镇上去，我们乡下叫上街。这种叫法，一直到现在。镇上即街上。

四十年前的南县三仙湖街上，大码头左边有个朱楼饭店，下坡的右边是供销社第一门市部，那是小镇街上最繁华的去处。

第一门市部的隔壁，只有两间门面，是街上唯一的一家新华书店。

小时候喜欢往街上跑，多半是去书店。喜欢书店里玻璃柜台内，琳琅满目的连环画（小时叫图书），便宜的才三五分钱，最贵的，也只有两毛三毛钱。

尽管小时嘴巴馋，看到商店里的零食流口水，但咽着口水，我还是会拿着好不容易积攒下来的零钱去买连环画。

书店的营业员姓夏，一位戴着眼镜的老倌儿，后来又来了一位年轻的，也姓夏，是夏老倌的崽。

两爷崽都是天生的好脾气，见了哪个进店门，都是一脸的笑，包括我们这些从乡里上街的细伢儿。

有时口袋里没钱，就只能是隔着玻璃看看图书的封面，然后等有钱了再去买。

记得有一次，我看上了店里一本《侦察兵》，根据电影剧照印刷的。虽没有看过电影，但连环画上的故事真的很精彩。当我向营业员提出"看一下"时，接过图书后，便有点放不下来的味道。一边眼睛高速度地看书，一边用眼睛的余光偷看营业员，生怕他突然过来收回图书。好在不到十分钟，我便匆忙中，将图书翻了一遍。尽管那次因口袋里钱少，没能将那本图书买下来，有点不舍，但从街上走在回二圣宫的路上，满脑壳里，装的全部是图书里的故事和片段。

记得回家里后，我还迫不及待地复述给了小伙伴们听，当时我讲的是眉飞色舞，而听得更是津津有味。

大约是第二天，隔壁的景新跑到书店，用一角八分钱，将那本《侦察兵》买回来了，喜得我连午饭都没吃完，便求景新，将《侦察兵》借来，又认真地看了一遍。

之后，又去书店买过《渡江侦察记》《平原作战》《三进山城》等连环画，有手绘本，有电影版。

反正在我十岁上下时，我对连环画，即当年的图书，有些着迷了。但凡手里有一分钱，都会想方设法去凑更多的钱，到能买回一本新连环画为止。然后，又去买另一本新的。

童年记忆中，连环画是我的最爱，爱过零食新衣要把戏。我连环画最多的时候，积存了至少两百本，一直留到中学，保管到我当兵离开老家二圣宫。

后来，那些连环画丢散于何年，记不太清了。因为后来，我更喜欢上了其他课外书，故事散文和小说。且随着年龄的增长，跑书店的机会更多了。

除了去三仙湖镇上的书店，还去邻近的八百弓书店，茅草街书店，或更大的县城书店。

三十年前在乡下，我结婚时，新房里比许多人多做一件家具：书柜。

那些书，有小时候买的，也有在部队当兵时买的，整整一柜子，少说也有近千册，让很多人羡慕，更让许多人不解：一个乡里作田的人，看咯多书，有么子用？！

后来招工有了单位，去了离二圣宫不远的三岔河公社。

集镇上，其他东西好像都不缺，唯独缺个书店。便觉得三岔河公社，到底比三仙湖镇差点水平，连个书店都没有。好在相距不远的茅草街，书店比三仙湖的更周正。只是书店的营业员，没有三仙湖镇上的夏佬倌态度好，比如一本书，他生怕顾客多翻了几页，便不耐烦地催，问你到底买不买，防顾客就像防贼牯子一样。连不像三仙湖镇上书店的夏佬倌，待人一脸的笑，和善，客气。包括夏佬倌后来顶职接班的儿子老夏和孙几小夏。

三仙湖街上的书店，从我小时到中年，一直便留有美好的印象和记忆。更多的，还有我从那里开始的文学梦。

许多年来，便有了一个习惯，只要有机会回三仙湖镇上，便会拐弯抹角去书店看看。但令人失望的是，后来夏姓一家，在书店看不到了。书店也一年一年衰落，书少了，买书的人也少了。

倒是旁边的早餐店，饭店，还有不远处的集贸市场，生意却是红火起来。一天比一天热闹。

而镇上这家唯一的书店，也由冷清，到十年前终于关门大吉。

今年春节回老家过年，有发小邀我去街上喝早酒，正是在原三仙湖新华书店的隔壁。

看到那家书店，就像遇到了经年的老友。

喝着酒，望着几米外破败不堪的书店，心里突然有种深深的失落。

这个小镇上的书店，似乎只停留在我遥远的梦里。

汇蓝巧筑

陈长明 主编

胡玉明 著

沉醉万年文化

团结出版社
UNITY PRESS

图书在版编目(CIP)数据

沉醉万年文化 / 胡玉明著. -- 北京：团结出版社，
2022.6
（汇蓝巧筑 / 陈长明主编）
ISBN 978-7-5126-9370-8

Ⅰ.①沉… Ⅱ.①胡… Ⅲ.①散文集-中国-当代
Ⅳ.①I267

中国版本图书馆 CIP 数据核字（2022）第 057074 号

出　　版：团结出版社
　　　　　（北京市东城区东皇城根南街 84 号　邮编：100006）
电　　话：(010)65228880　65244790
网　　址：http://www.tjpress.com
E-mail：65244790@163.com
经　　销：全国新华书店
印　　刷：长沙印通印刷有限公司
装　　订：长沙印通印刷有限公司

开　　本：142 毫米×210 毫米　　　　1/32
印　　张：40.5
字　　数：476 千
版　　次：2022 年 6 月第 1 版
印　　次：2022 年 6 月第 1 次印刷

ISBN：978-7-5126-9370-8
定　　价：398.00元（共九册）

序一

站在历史源头书写春秋

阎雪君

　　我跟作家胡玉明很熟，非常佩服他。胡玉明与罗鹿鸣共同创建全国最早的省级金融作协，我们近距离接触的就比较多。特别是赴陕西、甘肃等地学习采访，他敏于观察，写下许多诗章札记，后来出版了《沉醉金融工会》，因此为他第一次作序；接着看到他被"血色洞庭燃烧的激情"感染，我为他第二次作序；没有想到，他笔耕不辍，刚刚从洞庭湖回到岸上，又全身心投入到上古世界文明的学科中，认真学习，坚持札记，因他"沉醉万年文化"，我第三次为他作序。玉明兄已年逾六十又三，他的这种学风，引起了著名法学家、学术界最早倡导大陆新儒家和儒家宪政的代表，全面考证华夏文明是世界文明源头的引领人物杜钢建教授的重视。

短短几年中，我为同一个作家作序三次，绝无仅有。所以，先不论他的作品水平如何，单就其勤奋来说，我就服他。每次作序，勾画了几页纸，我就感觉到劳心，更何况他每部大作都是洋洋洒洒几十万字，实属不易！

大家知道，作家胡玉明是写作的多面手。除了金融题材创作成果丰硕，历史文化题材创作也是成效显著，并且注重持续性、系统性研究，这种精神十分难得。管窥他创作的《走读谭嗣同》《走读浏阳罗汉》《血色洞庭忆春江》，不仅写的是红色题材，而且贯穿了自鸦片战争以来、中共建党、国共合作、抗日战争的恢宏壮丽篇章。他的作品，具有史料性和可读性，因此得到了当地党史部门肯定和认可，《浏阳潭湾梦》被中共中央文献研究室图书馆收藏，《沉醉湘水》等皆被湖南党史陈列馆珍藏。

玉明站在老师的肩膀上攀登，面向世界。研学人类百万年历史，中华万年文化历史和五千多年辉煌灿烂的文明史，不断丰富自己。通过散文札记的方式，较好把握，勇猛精进，确实是非常难得的文学奇葩。

玉明的学习札记收获，经常可以在朋友圈分享。中华名人在线、湖湘名人在线，为他开辟了宣传"专栏"。他以文学的形式，解读上古文明学术研究成果，具有特色，解决了易读易懂易记的困惑。因此，被画家郑志华称作是一种大型"雕塑"构建形式，有美感，富有张力。

玉明好学，注意选择站位。他在上古文明的世界历史发展中，发现了工匠文明的载体。崇尚劳动、见贤思齐。大力弘扬劳模精神、劳动精神、工匠精神，立足新发展阶段，贯彻新发展理念，构建新发展格局，推动高质量发展，也是我们金融业发展的需要。

2016年4月，中国金融工会在南通市中国银行，举行了"劳动光荣 创造伟大"——全国金融系统"一线职工话竞赛"现场观摩交流活动，玉明出席这次会议，撰写了《南通中行组织劳动竞赛现场观摩交流感怀》和《有感南通中行蔡淑娟工作室》："南通中行出贤良，工匠精神喜映芳。金融宏猷兴伟业，神州焕彩吐霞光。善持教化人才济，拓展雄风事迹扬。堪为盛名传远近，育林创新谱新章；敢向赛场争一流，英姿飒爽写春秋。且把技艺消岁月，还同工友酝宏谋。服务始爱胸臆阔，点钞臻修壮金瓯。英模自古多磨砺，众望声中竞唱酬。"（注：蔡淑娟，女，供职中国银行南通分行，因劳动竞赛成绩突出，被授予全国五一劳动奖章，当选党的十八大代表。）

工匠精神注精魂，史籍扬芬贯古今。杜钢建教授抓住这个特色，从大湘西的工匠文明发展史，以及诸多古代方国的历史，进行纵深研究。他从历史典籍入手，充分利用中国科学院、北京大学、华东师范大学、河南省文物考古研究院、美国圣路易斯华盛顿大学、湖南考古研究所贺刚教授等单位和个人，以及诸多专家学者的研究成果，缅怀先贤先祖，激活工匠文明发展历史。玉明看到这些文明历史的发展，从湘西的神牛文化，了解到刻画符号、结绳纪政、结绳记事，由立体文字的燧人氏时期，发明火；逐步进入到伏羲时代，始画八卦，造书契，出现平面文字；教民佃、渔、畜牧，以及炎黄时代的诸多工匠文化……进而在新冠肺炎的特殊时期，仍集中精力学习，集中时间写札记；同时开展线上公益讲座，畅谈学习体会，不断提升学习效果。可以说，他是退而不休，孜孜以求。

作家需要学习，学习是作家体验生活，升华认识，增强知识底蕴的重要途径。玉明不仅学习杜钢建教授的世界文明史教材，他还写了许多专家教授学者的札记感怀，并周游全国上古文化遗址写了不少与一般游记不同的文章。由此，让我们可以了解到，玉明是较早的一员，通过文学作品——诗化语言札记，把我国文明起源和发展以及对人类的重大贡献，用文学的方式更加清晰地呈现出来，从而更加通俗地发挥以史育人，以文化人的作用。玉明敏于事，善于把握契机，精神可嘉。

史籍扬芬休言累，不负人生日月春。

天道酬勤功无量，拂去尘埃方说仁。

是为序。

中国金融作协　主席
中国金融文联副主席　　阎雪君
中国作协全委会委员

2021 年 1 月 1 日于北京金融街中国银保监会大厦

阎雪君简介：山西大同人，中国作家协会全国委员会委员、中国金融文联副主席、中国金融作协主席，兼任共青团中央青年志愿者协会宣传工作委员会副主任。在中央、省部级报刊发表作品 380 多万字，其中发表长篇小说《原上草》《天是爹来地是娘》等 6 部；主编《中国金融文学》杂志，主编《中国金融文学奖获奖作品集》（第一届、第二届、第三届），主编《当代金融文学精选丛书》（12 卷）等，作品多次获得"中国金融文学奖"等全国性大奖。新华社、《人民日报》《光明日报》《文艺报》《金融时报》等报刊评论其作品：具有浓郁的乡土气息，深厚的传统文化情结和鲜明的金融特色。

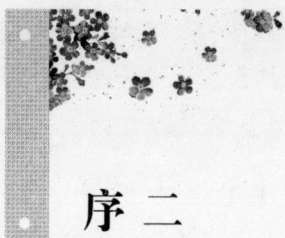

序二

亦史亦文见才情

胡小平

　　对玉明先生，我十分敬佩。敬佩他的地方很多，而有三点我尤为敬佩。

　　一是谦和厚道。

　　2014年夏天的一个上午，我正在批呈文件，听到有人敲门，抬头一看，只见一个中等身材，满面红光的中年男人正朝我举手打着招呼。我忙起身迎了上去。他边走过来边说他就是胡玉明。我握着他的手，说那怎么敢当，说了我下午去他办公室汇报的。他笑着说，一样，都一样。我们就这样认识了，一见面就让我看到了，也感受到了他的谦和厚道，大有一见如故，相见恨晚之感。当时，他正和罗鹿鸣主席一起筹划成立湖南省金融作家协会，东奔西跑，内外协调，没少操心，没少费力。临走时，他打开提包，从里边掏出一本《麓山惠风》，又给我签了名。我双手接过，说好好拜读。因为有共同的志趣，共同的爱好，又是家门，还性格相近，我和玉明先生的交往自然就多了，有时一同出席会议，或是参加活动，玉明先生总是指指我，再指指自己，说"二胡，二胡"，让我一次又一次地感受他的谦和厚道。

二是敏捷好学。

玉明先生才思敏捷，诗文都来得快，可说是倚马可待，而他的敏捷也好，诗文来得快也好，那都是与他的好学分不开的。他说作家要有精神追求和文学精神坚守，作家的使命，就是要不断学习，深入生活，观察社会，向人们展示高尚，彰显正能量。就是在新冠肺炎的特殊时期，他仍注重集中精力学习，集中时间写札记，同时开展线上公益讲座，畅谈学习体会，不断提升学习效果。在创作《沉醉万年文化》的过程中，他认为学习主要把握

"四点"：一是关注文明源头"热点"；二是关注工匠文明重点；三是关注古代湖南方国特点；四是关注英汉同源的"亮点"。他正是注重学习，又在学习中把握住了这四点，才有了这部《沉醉万年文化》。

三是勤奋多产。

玉明先生在创作上的勤奋是出了名的，而他创作的勤奋不只是在勤写上，还有勤走，勤思，因为他的创作，大多是历史文化、红色文化题材，需要有大量的走访，大量的调研，还要有许多的思考，许多的思辨。为了创作，他几乎没有节假日，常常是白天采访，晚上整理，天还没亮又起床写作。正因为勤奋，他才多产，才有作品源源不断，不仅每天都能在微信上，或朋友圈里，或是在公众号上欣赏到他的诗文。特别是我省金融作协成立后，他更加勤勉，更加投入，尤其是退休后，被大家称为"退而不休"，每隔两年左右，就有一部著作面世，真是令人称赞，令人羡慕。我从拜读他的《麓山惠风》开始，这几年来，我的书架上就陆续增添了玉明先生的《沉醉金融工会》《走读浏阳罗汉》《走读谭嗣同》《血色洞庭忆春江》等，很快又将添上这部《沉醉万年文化》，可以开一个他的作品专柜了。

在我看来，玉明先生的《沉醉万年文化》，既有史的厚重庄重，可作为一部史学著作来阅读，也有文的灵动生动，可以作为一部文学作品来欣赏，而能把史学与文学融为一体，那是不容易的，足见玉明先生之才情非同一般！

是为序。

中国金融作协理事

湖南省金融作协主席　　胡小平

毛泽东文学院签约作家

2021 年 1 月 10 日于长沙

胡小平简介：中国作协会员，中国金融作协理事、湖南省金融作协主席、毛泽东文学院签约作家，已发表出版作品 360 余万字，中篇小说《两张假钞》和长篇小说《催收》分别获中国第二、三届金融文学奖，长篇小说《青枫记》获湖南省"梦圆 2020"主题征文二等奖，短篇小说《担当》获中国金融作协征文一等奖，散文《五年圆三梦》获湖南日报、湖南省作协联合征文一等奖。

目 录

万年文化的魅力

文化，有其根源。人类，也有其根源。很多人，在这两个根源上，作了有益的研究。

从文化来辨析人类的起源，这条线，是一条有趣的线。文化按照一定的方式，不断的演变和传承。有了传承，我们可以追根溯源，探索人类的起源地，和其变迁史。

我觉得从文化的角度，以古今文化传承的线索，来探索人类的起源地和变迁，很有意思。

根据进化论的观点，人类是由低等生物，慢慢进化而来的，这些进化观点，有生物学、考古学的证据，前人已经做了很多研究。

人类是高等生物，我们知道，生物的生存、演化，要有相适应的环境，这是一个焦点问题。比如，月球上、太阳系星球没有高等生物，是因为没有生存的环境。

地球上，能够出现人类，应该是一个偶然事件。甚至，是否出现过灭绝事件，也有争论。

如果，从现在，探索当前地球存在的人类起源，这是十分有意义的，而且，非常有趣。

我国考古发现的重大成就实证了我国百万年的人类史、一万年的文化史、五千多年的文明史。这条研究的路径，便是文化，文化可以无限溯源。

有了人类，便有文化。

很多研究者，认同黄河文明，既然有黄河文明，人类漫长的生存过程中，相伴随的，是黄河文化。近年来，许多学者，提出了长江文明，自然，也有长江文化。这两种文化，构成了古中国的文化体系，也恰恰说明了，人类的根源，可能在中原，或者江南。

我们可以推理，从人类的生存环境，以及现在保留的文化痕迹，考古工作者发掘的诸多遗址，将尘封的历史揭示出来，可以推出，人类的起源地。同时，也可以推出，人类迁徙路径。

考古学，对于人类，对于文化，意义重大。习近平总书记指出，我们要更好认识源远流长、博大精深的中华文明，坚定文化自信。

三星堆文明、红山文明、高庙文明、良渚文明、大地湾文明、二里沟文明等等灿若星河的上古遗迹，以无可辩驳的史实史迹，证明了万年中华文化真实不虚。

浩瀚的文献典籍记载了万古中华文化起源发展的历史脉络。

湖南永州道县玉蟾岩遗址，发现于1988年。先后发现了有文史价值的石器、棒器、动物骨头残骸、种子，特别是栽培水稻的谷壳标本和陶器。

玉蟾岩发现的稻种，距今1.4至1.8万年，称为世界稻作之源。陶片大约距今1.4-2.1万年，这两项文化发现，距今已超过万年。

湖南宁乡，出土了早期的青铜器，典型物件有四羊方尊，还有炭河里古都城遗址，由于沩水泛滥，堆积了多层远古历史文化层。可以想象，炭河里的过往，那里的辉煌灿烂文化。同时，我们可以从中发现文化的痕迹，印证该地区从青阳国到陶唐国到望乘国的辉煌历史。

在史籍中陶唐也称陶唐之丘。陶唐之丘是上古九丘之首丘。尧帝伊祁氏被帝喾封在陶唐地，故也称陶唐氏。陶唐是尧帝时期的都城，在今宁乡沩水环绕的唐市黄材一带。

关于尧帝号陶唐氏在诸多史籍中有记载。《帝王世纪》记载："帝尧，陶唐氏，祁姓也。母曰庆都，孕十四月而生尧于丹陵，名曰放勋。或从母姓伊祁氏，年十五而佐帝挚，授封于唐，为诸侯。身长十尺，常梦攀天而上，故年二十而登帝位。以火承木，都平阳。置敢谏之鼓，天下大和。"《太平御览》卷八十皇王部五专门记载帝尧陶唐氏。帝尧，陶唐氏，祁姓，名曰放勋，或从母姓伊祁氏。

陶唐氏尧帝帅彼天常，有此冀方。此处冀方是指南方湖湘地区的冀方，即尧帝为翼星之精。尧帝确立的先夏纪纲，经过虞舜和夏禹治理时期得到加强，到夏朝逐渐衰落灭亡。

从考古发现的文献看，《竹书纪年》记载有帝陟于陶。《今本竹书纪年疏证》记载："七十三年春正月，舜受终于文祖……一百年，帝陟于陶。"除了帝陟于陶唐以外，《竹书纪年》还有尧帝作宫于陶唐的记载。根据《竹书纪年》的记载，尧帝八十九年，作游宫于陶唐。尧帝时期的陶唐在南方湖湘地区，后来变迁到北方。后世学者不知地理名称变迁历史，往往将尧帝时期的地名误读在北方。

据考古发现解读出来的楚简《容成氏》的记载，尧帝年轻时主要在丹陵和狄陵之间活动。丹陵在湘东南，狄陵在湘西北。丹陵和狄陵之间的陶唐之丘在湘中宁乡唐市黄材一带。杜钢建教授在《尧帝出生地丹陵在湖湘地区——大湘西考古发现与世界工匠文明之二十一》一文中已经阐述过丹陵地名从黄帝时期到尧帝时期均在湖湘地区。尧帝时期的丹陵在湘东南。尧帝从丹陵到狄陵，是从湘东南到湘西北。中间要路过陶唐之丘。狄陵的位置在湘西北的崇山地区。

六万年前伏羲开国的崇山地区有山被后世称为狄山。尧帝及其父王帝喾均葬于狄山即崇山地区。

考古发现的研究成果记载，尧帝在丹府与蘦陵之间进行治理，善政法宽，人民自由，因此名扬天下，诸邦归顺。

由于尧帝的治理深得民心，被封在陶唐。故陶唐也是尧帝的都城。

我认为，陶唐区位，在今宁乡唐市、黄材镇一带。

陶唐属于上古九丘之首。五千年前的陶唐在湖湘地区。《山海经·海内经》记载："南海之内，黑水、青水之间，有木名曰若木，若水出焉。……有九丘，以水络之。名曰陶唐之丘，有叔得之丘，孟盈之丘，昆吾之丘，黑白之丘，赤望之丘，参卫之丘，武夫之丘，神民之丘。有木，青叶紫茎，玄华黄实，名曰建木，百仞无枝，上有九欘，下有九枸，其实如麻，其叶如芒，大皞爰过，黄帝所为。"《山海经》明确告诉读者上古九丘均在南方。其中陶唐之丘属于首丘。

上古著名的九丘地理志的书名也是《九丘》。九丘在湖湘地区的洞庭湖以南。陶唐之丘为九丘之首。

尧帝时期的陶唐，在黄帝和少昊时期属于青阳国辖区。陶唐之丘在商朝成为古望国的中心地区。该地区的一系列考古发现证明，从少昊时期的青阳国到尧帝时期的陶唐国，再到商朝的望乘国，该地区的人类文明一直在延续。

《一统志》记载："芙蓉山在大沩山西，接安化县界，旧名青阳山。"《九域志》记载："宁乡有青阳山。"《名胜志》记载："山与大沩相接，中有芙蓉洞。"青阳山和青阳洞属于上古名胜，在地理历史上属于标志性地点。今唐市镇、炭河里遗址、青羊湖、黄材水库和芙蓉山等地点在尧帝时期均属于陶唐都城的管辖地区。陶唐都城到夏禹和伯益时期所画山海图上依然属于重要地点。在夏商时期的山海图上，该地区逐渐成为陶唐之丘。相传，在商朝末年望乘国的部分族群从此出发东渡美洲，成为美洲印第安部落的一支。

大沩山地区，在上古时期属于周围被水环绕的大圆丘地区。《寰宇记》记载："周百四十里沩水出焉。唐裴休葬此。"《名胜记》记载："县西百五十里四方皆水，故曰大沩。有青龙岩在山间。"四方由水环绕的陶唐之丘历来是仙道圣境。六祖禅宗的五支之一沩仰宗也发源于此地。

……

管窥尧帝都城陶唐与九丘，可以纵深了解在大湘西地区的历史，而且已经引起有关方面的重视。湖南是上古文都的历史事实，足以颠覆过去长期以来人们将湖南视为南蛮之地的认知，也足以颠覆北方中心论的认知。恢复历史真相，有利于华夏文化复兴，认识源远流长，博大精深的中华文明，增强我们的文化自信。

我师从杜钢建教授，对上古文化史的渊源进行研究，做这种学习研究，需要激情和理性。要静得下来，沉得住气。前年，《求是》发表了习近平总书记《建设中国特色　中国风格　中国气派的考古学，更好认识源远流长　博大精深的中华文明》宏文，让人振奋，研究上古万年文化史的春天到了！

我与"万年文化"的因缘

人生有缘。和万年中华文化结缘，是在很多年以前的事。可以追溯到 2016 年，在由大同思想网枕戈学长主办的讲座上，杜教授讲的是"夏朝第一国都与张家界崇山文化"。对于他提出的一些观点，我研究了很久，也有些质疑，还曾和自己大学室友聊起过这事情，因为读大学的时候，杜教授恰好是我们的院长。后来，陆陆续续地看了这一系列的文章，突然意识到"杜教授是在做张家界的城市名片"，瞬间，杜教授在我脑海中的形象变得非常高大。记得那时候，还和吴学良老师讨论过这个事情的价值。我说，"杜教授应该是在做张家界的城市名片吧"，吴老师没有作声。

随着在社会发展，又经历了几年，辗转到了 2019 年。我再次与枕戈学长碰面，到曾国藩栖息的伏龙山走了一趟，由此对圣人文化升起了敬畏与钦佩感，意识到中华传统文化的博大精深。一次讲座上，再次见到杜教授，杜教授在伏龙书院给我们谈到的是龙凤文化，我是组织者。他讲龙凤文化与别人不一样，他人侧重的是精神层面的探讨，而他侧重的则是史实，并且去证实当时真有龙凤存在，甚至将他们长成什么样都描绘出来了。

看着他满头的银发，心中默默升起沉沉地敬重感，他这是在为咱们中华文明的文化自信——呕心沥血。因此，我在心里就想着，我要是能为之做点什么就好了。

心念，真的是一个很神奇的东西，你许的愿老天都会听到。一次活动后，我与枕戈、张茂盛、谭卓越等一行老师，相约去了杜教授办公室，这次因为一些工作上的事情要处理。之后，便听说大家要做大同网络直播，于是，我去拜访了杜教授。当时，有很多的疑惑，不太明白做这个直播的目的到底是什么。

很多的疑惑，杜教授却轻轻几句话就讲明白了，非常单纯的目标，就是想让更多的人了解，将来也可以建百人讲师团队。我说我更想去传承与传播华夏的一些优秀传统文化，像儒释道这样的。他说，未来都可以的。"只管耕耘，莫问收获"的态度，让我体验到什么是真正的大贤者，什么是举重若轻，这也让我想到了"天下为公"四个字，崇高而简单的目标，让我不知道该问什么了。于是，我便策划了接下来的十五场线上讲座。为了做好这十五讲讲座，我和谭卓越老师人在 58 众创四楼碰面，一起讨论线上平台操作的事情，谭卓越老师为此出了很多的好主意，后续的讲座也一直是他在站台，他们还建议我来做坤道文化。我乐呵呵地答应了。

因为这十五讲的缘分，中间我邀请廖周雄学长一起去了永州蓝山参加刘俗里老师主持的舜帝祭祀大典。期间，我们谈起了做这些讲座的意义，"万年中华文化"于国有益，我们需要坚持，其实有机会为国家做点事我们应该是很幸福的，并想着能否在杜教授的带领下一起重新梳理一遍华夏文化。期间，我自己也在研究一些中国的传统文化。当时个人觉得，要完全读懂中华民族，还真需要去深入了解龙凤文化，龙为乾卦"自强不息"精神之代表，凤为坤卦"厚德载物"精神之代表，龙凤之道即为天地之道，一德一行，构成这个和谐的宇宙体系，古来圣贤行的都是龙凤精神，而龙凤文化的精神源头，又必然要追及上古文明的"龙"与"凤"。

在策划这十五讲的讲座过程中，我发现杜教授所研究的史料，让我觉得引导中国文明向前发展的正是这些圣贤所拥有的工匠精神，抑或也可称之为"龙凤精神"，龙凤合二为一，便是"阴阳合抱"思维，便是"天地之道"最美好的呈现，亦是我们从小所学的"辩证法"，各理论体系有着异曲同工之妙，却各自的"性"状又有些差异，这感觉非常奇妙，这文化博大精深。

很长一段时间里，"龙凤""工匠""信仰"等内容，一直在脑海里打转。我就一直在思考，这"龙凤文化"的落脚点，到底该放在哪里呢？栋梁文化？吉祥文化……直到有一天，文明源头研究中心成立的那天，会上发言，我无意识地提出了"三张名片"（杜教授在做张家界的城市名片，湖南地区的名片，中华民族的名片），加之在老家待了两个月，了解到很多的城市其实需要的是信仰。因此，"城市信仰"这个词在脑海里第一次冒了出来。

然而，新的挑战来了。究竟该用什么来作为"城市信仰"呢？不同的城市有不同的德性。最近，在负责伏龙书院的一些事情，我主张推曾国藩家书及其十二日课精神，以此价值观筑基打头阵。是因为在我看来，曾国藩是新儒家的代表领袖，儒家半个圣人，还是一个开悟之后，能够一生践行的人，是一个大觉者和大行者，也是国之栋梁，修身齐家治国平天下皆成，"立德立功立言三不朽，古今之完人"，能承续龙凤之文脉。曾老的十本熟读之书中，就有《易经》，我个人认为他是在应用，在当时的历史背景下，他把他的一生融入当时的国家建设之中。十二日课，是他每天践行的内容，自是精华所在。而他的家书，很多内容反映的也确实是龙凤之道的精髓。

作为龙的传人，每个中国人的心底里，都存在着一个梦想"成龙成凤"，这是一种健康吉祥和谐大成的状态。习近平主席多年前就讲了中国梦，如若我们把自己个人的梦想融入家庭、单位的梦想中，把我们每个家庭、企业的梦想融入国家的大梦想中，会不会有不一样的人生，自下而上的团结会不会让咱们的祖国形成一股强大的凝聚力呢？现在咱们的国家正在构建人类命运共同体，将国家命运融入世界命运，而整个地球又在与宇宙融为一体，而如果我们每个人的梦想都朝着这个目标呢，都能做好自己这张名片并力所能及地为国家这个目标使点劲呢，是不是咱们国家的能量就能更快地扬升了呢？

龙凤梦、华夏梦，便是我在这15讲的讲座策划中悟出来的一些东西，我的能量很小，只是这大海中的一朵浪花。所以，我借此机会将我的想法汇报出来，看是否能融入大海，同时我也愿以余生投入到弘扬与传播华夏优秀文化。

因为配合策划15场线上讲座，让我有更多的机缘，深入了解上古文化。我用诗化语言写札记数十篇，都是认真攻读杜钢建教授撰写的"上古世界文明史"，以及有关专家学者的考古成果和论文，包括走读有关古代方国，考察上古历史的情况。这些札记，通俗易懂，便于普及大众了解。我个人觉得，时机合适，若将这些润物细无声的文章，汇入博大精深的中华文化中，是有巨大开发价值的，它可以汇聚形成一把威力巨大的法器，在全国乃至全球很好地传播与弘扬这万年华夏文化。

由于我这是又读又写又走访的，讲座中自然比较生动，反响良好，有许多听众写来听课的感受。这些感受非常珍贵，因为是特殊时期的痕迹，我们商量将全部整理出来，呈现给读者诸君。

接下来，我将以一首诗作札记，总结我对"万年文化"的一些粗浅理解：

华夏史诗万年长，龙凤呈祥圣贤扬。

圣贤皆呈工匠色，坤德深厚大同道。

祖宗前溯百万载，天公偏爱大湘西。

生存所迫全球迁，蓦然回首一家亲。

探索，从来未曾停息

历史烟云密布，需要进行实证，更需要从庞杂凌乱的物证中去探求事物的本质。人类从远古走来，足迹早已被岁月的风雨和突如其来的自然变故掩埋。

但是，只要曾经存在过的，总会留下痕迹，或于荒野的土地之下，或在一些未曾破坏的原始建筑物之中，甚至可能就在城市的一栋现代化建筑物之下……随着考古和野外调查的重大发现，我们确乎看到了人类发展的足迹。

然而，我们的认识是否忽略了一些重要环节？这些重大发现里究竟蕴藏着什么密码？我们能破译这些密码吗？此发现与彼发现有什么联系，是不是指向同一个结论？要解决这些问题，必须进行科学的分析。进行分析，应该站在前人的肩膀上，还应当站在现代科技和文化史新认识的基础上，去伪存真，拨开迷雾，方得真谛。

夏止明先生是一位勤奋好学的作家，著有多部历史文化专著，退休之后更是笔耕不辍，读万卷书，行万里路，重新焕发了"青春"。他是我的良师益友。有时凌晨四、五点钟就有微信的响声，传来诗作，我早上看到，拜读之后复信：止明好，大作已学习。怪不得昨晚睡梦中有诗仙到访，原来是从星城飞来耀眼佳作！

也就是从他的诗作中，我逐步了解到杜钢建教授和他的同仁们的研究成果，虽然不少还一知半解，但我感觉这是非常有益的勇敢的探索。

华夏文明，还有很多未解之谜，如伏羲文化、西王母文化、共工文化以及禹王开启夏朝之后的夏商周文化，传说与怀疑交织于一起，烟雾弥漫而又令人神往。多做一些了解，的确可以拓宽人类历史文化知识的视野，有的就在身边这块风水宝地上。

例如，禹王在湖湘地区的崇山开启夏朝。此前禹王是虞朝舜帝的大臣。虞朝舜帝的国都在哪里？舜耕历山。杜教授认为，历山和古历国在湖湘地区，是伏羲朝和神农朝的重要方国地区。伏羲八卦的八座实相大山中，历山是伏羲八大山之一。神农炎帝时期历山国也称烈山国，是重要的农耕文明地区。虞朝舜帝时期大象助耕历山，虞朝的国都也在湖湘地区的历山。古历国是伏羲朝和炎黄时期的古国。在虞朝时期，古历国是舜帝的主要活动地区。古历国就在今湘潭地区。

据《国语》记载，虞幕能听协风，以成乐物者。后来虞舜在湖湘地区作韶乐，成为音乐大师，其祖先虞幕也是乐器工匠大师。

虞舜和夏禹的国都均在大湘西地区。司马迁曾经在湖湘地区"探禹穴，窥九信，浮于沅湘"。湖南湘江和沅江流域是禹王活动的中心地区，也是虞朝舜帝活动的中心地区。《南岳志》引《符子》记载："舜禅夏禹于洞庭之野"。虞舜和夏禹的活动中心均在洞庭湖的西边和南边。

……

大湘西，在众多的考古发现中，她的神奇和魅力展现出来，"荒蛮"之地，也许会令人顿悟。站在高山之上，定然可以看得广远；站在世界屋脊，世界也就了然于胸。

止明先生想做的是，寓学习于推广之中。他对上古文明史学说，从考古遗址、博物馆中所看到的实物，得到进一步的求证后，坚持在走读中推广。他勤读勤写，以"札记"形式，运用自己所擅长的五言、七言诗体，不拘泥于古，而重在表意，着力通俗易懂，其用心良苦，孜孜不倦，终有所成。洋洋六千余首，蔚然大观，读之诵之，芳香四溢，令人陶醉。

独立考古文明讴

——访张家界独立考古学者王正鹏

认识独立考古学者王正鹏，可谓人生有缘。

笔者曾经有缘在张家界市工作，走访过张家界市的部分历史文化名人，以及当代的作家、诗人、书画艺术家，如金克剑、田奇富、李书泰，以及罗长江、覃大钰、李军声、周志家、张绫屏、张南轩等老师。

相识王正鹏，是在 2021 年 7 月，随杜钢建、王有恒、李建群、李慧、谭卓越等一行人，赴怀化通道县坪阳侗族乡，采访"再来人"石爽人之后，又转赴慈利县，参加了 7 月 24 日上午举行的杜心五自然门武术文化展览馆开馆仪式。随后，入住武陵源，25 日上午有缘在张家界大湘西记忆博览馆，相识正鹏老师。通过他的介绍，研读他撰写的有关文章，让我进一步突破了此前对五千年文明的认识。遂写走读札记："红色基因数一流，正鹏浸润映双眸。书法丹青中医药，独立考古兴尤稠。崇山不是蛮荒地，诸多遗址可雅幽。双腿找遍张家界，万年历史文明讴。一人跪在大街上，胸中浩气唱春秋。"

王正鹏笔名曙光、印光居士等，土家族。1964年4月生，博士研究生，湖南慈利人。著有诗歌、艺术通俗评论集。有文学艺术评论散见于《人民日报》《经济消息报》《作家报》等。现任中华民族文化促进会旅游文化研究中心副主任、中国国际中医药协会副秘书长、鲁山琴台文化研究会名誉会长、张家界市四十八寨生态研究所所长。

他有"独立考古学者"之称，考古发现：帝尧天子驾六天龙金玉马车（公元前2290年），帝尧后天后驾六金乌金玉马车（公元前2290年）。在安徽省全省文物单位之禹王宫考古发现母系部落涂山氏国王宫遗址，母系社会时代石雕像，母系社会采金标本石、象形文字、铜币、陶器片等。

这次实地调研考察，增强了我对万年文化的感性和理性认识，而且了解到他有一个提案，说是以湖南省委、湖南省人民政府牵头，搞清楚张家界市的"万年历史"文化问题。为此，张家界市委、市人民政府成立了相应的文化研究机构，来理清楚张家界市的历史文化起源于什么朝代，给人类文明有什么样的贡献等一系列问题。

我手中有王正鹏先生的提案件，按照张家界市的专家和学者给出来的建议为：按照古庸国历史文明文化、两汉的文明文化、巴蜀的文明文化三大版块来对张家界市进行历史文化摸底。

张家界市的先决条件是：1929年2月由张沈川（中共第一位电报人，慈利县阳和乡人，我的舅公，张沈川生前与我有过书信交往）、佘惠（红军红七军、红军红八军创建人之一，《右江日报》社主编，《中国工农红军第七军目前实施政纲》起草人，慈利县甘堰乡人）任修公路的正、副主任，于1930年秋季先后完成了慈利县至石门县、慈利县至桃源县、慈利县至大庸县、慈利县至桑植县的四条公路主干线。

而在1929年2月以前，张家界市向外界经济、军事、贸易主要由溇水、澧水两大水路，陆路由大庸县经慈利县、大庸县经沅陵县、桑植县经慈利县、慈利县经石门县、慈利县经桃源县、大庸县经永顺县、桑植县经五峰县、桑植县来凤县、桑植县经鹤峰县的荆涪古道、慈永古道、慈鹤古道、慈石古道向外界交流。

张家界市境内的市民在古时候向外交流，首先要解决溇水、澧水两条水之间，向对岸去的根本问题，现在的考古学者和历史学家一定要抛弃现在的飞机、火车、汽车、舰船现代眼光，去考证古人类的文明史。张家界市古人类，要想渡过溇水、澧水河，在两河流域的河边不知道要繁衍多少代、几千年，才能达到这一目的。这就形成了溇水、澧水河河边的张家界古人类繁衍区，这种繁衍区，就是张家界市的古代历史文明区。

从慈利县牧羊冲猿人古遗址区，我发现了张家界市古先民会利用火、会使用石头做打砸器、会使用医药、艺术已经启蒙等一系列先民遗迹，这大约距今约30万年，这种现象在慈利县的团垰古猿人遗址，大庸县卧虎洞古人类遗址同样得到证明。张家界市有古人类发源于本土张家界市境内。

再从慈利县境内大量的古人类遗址上，有慈利县溪口镇桃坪村澧水南岸璞椰岗遗址、慈利县甘堰乡勤中村澧水北岸象鼻嘴遗址，足以证明澧水南北两岸的古人繁衍区的存在。由此，我从军方获悉，慈利县卧虎沟有古文明存在。于是，在老表刘世迪先生的带领下，发现了卧虎沟古人类繁衍区。

生物链繁衍，才是古人类研究的必然途径。

人，从12岁以上才有生育繁衍能力，人从1岁至5岁的时间之内需要从父亲、母亲处获得生存能力，只有在6岁至12岁之间的时间里是学习与寻求生存时间，12岁至18岁之间是寻求养育好下一代的时间，18岁至死亡之间的时间里才是真正意义上人类的发展时间，除此别无选择。

动物鸡的繁殖规律是一个月，鸭的繁殖规律是二个月，猫的繁殖规律是三个月，狗的繁殖规律是四个月，猪的繁殖规律是五个月，羊的繁殖规律是六个月，马的繁殖规律是八个月，瓜果的繁殖规律是九个月，菜的繁殖规律是十个月……古人类在掌握了自然界生存规律之后，才向与自然界的灾害相抗争的集体活动，这种集体向自然界灾难相抗争的活动，我们可以称为人类文明的起源。

火的发明，起源于慈利县阳和乡夹石村与慈利县许家坊乡浮石村接壤处的火山爆发，一传至慈利县甘堰乡勤中村、阳和乡渔铺村澧水北岸卧虎沟遗址的夆兹氏国，再传至湖南省临澧县官亭乡竹马村燧人氏国（考古证明为公元前一万八千年）。

慈利县甘堰乡勤中村、阳和乡渔铺村澧水北岸卧虎沟遗址的夆兹氏国境内，现在还存在地下热水，出水口在冬天时有 60°-70°，对于张家界市古先民在冰冷的冬天提供了有效的防御作用，给夆兹氏国国民提供了优质的生存条件。

王正鹏先生和众多考古专家一致得出如下结论：张家界市慈利县甘堰乡勤中村、阳和乡渔铺村澧水北岸卧虎沟遗址为夆兹氏国国都，为中华文明起源地之一。我们姑且不对这一结论的正确与否下结论，但至少可看出他作为一代考古学者的努力。

一书写尽湘南秘境

　　靠近五岭北麓的永州郴州一带，称得上正版的湘南，以前是蛮荒之地，现被视为粤港澳后花园，风景虽好，但现在真正切入五岭山系腹地风土人文的作品不多，不多的原因往作者靠的话，就是痴迷的文学人不多；不多，不是没有，我认识的魏佳敏算得上是一个文学倔强者，虽然我不能全部认知他思域的理念，从文学的用功上看，没说错。

　　他所在的瑶山，前世一座座光秃秃的，亿万年前就存在那里了，是先有骨或者说岩石，这些岩石有着斑斓的彩衣和内容，在闪电劈砍下，含氧化铁的岩石就产生了氧气与微粒，若干亿年后有了树，再过了几十亿年，草也长出来了，草与树争着要阳光照彻雨水滋润，它用自身的干枯引来雷火燃烧，看似柔弱的草硬是挣得了属于自己的生长之境，山的生命因时间由简单进而形态多样化，也神秘化，五岭山系虽然只能很勉强地归为我国山系的第二阶梯，但它从地理上，将中国南北分为亚热带海洋性气候和北温带大陆性气候，这些不是魏佳敏作品所要表现的东西，我们凭良心说，史前的这些事是自然科学家的领域。

魏佳敏作品表现的是当下的湘南，特别是当下瑶山人事，这些客体有些我是熟悉的，我的祖母是瑶人，有基本的民风民俗灌入了我的生命基因，但与他作品的场域显然也不会是完全重叠的，尤其是作者的内心，所以，我仍然乐于细读他的每一篇作品。

一个作家要写犹如歌者要唱舞者要跳，是源于情不自禁但止于理性，作品是再现也是贡献，再现的是景观，贡献的是经验，人的生活经验都是靠年月积累的，因而我也不大迷信精英，精英是与魏佳敏一样的人，生命对于人做到了真正的平等，再现经验的文本，对于人也具有平等的权利，经验因经历而每人有异，只具有差异性而不是独占性，你写你内心，你写你经验，就如瑶山的花，各有不同的观感。

特别是散文，作者要做的是去遮蔽，抒写新经验，你可以不面面俱到，可以不立意高远，可以片段，但你一定要给人善心而不是吊诡，要众生平等，这些，我觉得魏佳敏散文做得好，他的文章智性却老实，这样说有些读者可能觉得不爽，我要说的是散文最让人不爽最伤人的是油腔滑调叽叽歪歪话语泡沫。

相对于庞大的散文创作群来说，魏佳敏的新著，与其说是加入，不如说是逃离，尽管文本形式上，他展现的是对于湘南特别是瑶山细微或卑微人事的相思和回乡，瑶山的大美和人性的大善构筑了我们无法离弃的景观与存在，魏佳敏的词语为我们带来了柔性与硬度，宽度与深度，人与物同构了浑然一体的生命游动，五岭瑶山万千姿态，皆是多维生命之展示。

"和许多孤独者一样，离乡人也常做思乡之梦。常梦见故乡母地，梦见童年。但不一样的是，在这些万花筒般的斑斓梦境里，总会涌现出水叶阿婆那只古钵来。朦胧中，这古钵的意象，犹如映在心镜里的一个幽影，不仅拂不去，闪不开，隐约间，甚至还会发出一种好听的声音，如同是谁在低沉地吟唱，哀怨而又缠绵。渐渐地，在这歌声的缭绕中，这古钵便游移出了梦之外：一觉醒来，万境归空，它竟仍然端坐在离乡人的眼前，并且更为清晰和真实，恍若凝住了梦里的所有情景，在绽出了许多埋在时光暗处的细节之时，也唤醒了离乡人内心诸多的记忆和思绪。"——在魏佳敏的多篇散文中，我读到的这篇最具神秘感受，古钵是神秘的，水叶阿婆是神秘的，离开了的水叶阿婆更是神秘的，而跟着离开的古钵继而也成了谜中谜。魏佳敏在这篇散文中没有解锁一位瑶山卑微的疯婆子和一个最不起眼的钵的终极秘密，我可以读到对生命的尊重和生存的沉重，水叶阿婆和古钵都消失了，但仿佛徘徊在瑶山。

这本文集中，有许多关键词：母地，骨音，神糯，竹灵，圣浴，心笛，梦窠，火脉，巫镜，碓语，它们或具有空谷幽兰般的圣象，或具备开悟般的梦幻智光，或有如缭绕不绝的梵音，你深入文本的丛林，就有挥之不去的东西轻易而舒缓地进入你的内心，你也俨然成为一位智慧达人，在纸上在瑶山奔跑。

在我的著文中，我是不喜欢向人详细介绍他人文字这样那样或七或八的，本来的秩序是按照读者的兴趣进入，继而精神照亮，这才是阅读的正道，因而对于魏佳敏这本书前面的字，我很有自知之明，我需要戛然而止，然后是你翻页，我唯一希望你的是，你的阅读就像你虔诚的做人，自始至终，这是阅读者的高风亮节，是我作为鸣锣开道摇旗呐喊者想要你墨守的潜规——作者用心写了，我们用心读。

滋养一份玉的温润

近日偶得一玉壶，甚喜。我之识玉，源于古书中的描述。从红楼梦中的女娲补天遗石到通灵宝玉，再到对宝玉、黛玉的命名，无不贯穿着玉的诸种理念。

"书中自有颜如玉"，使我倍感对玉石的敬仰和神秘。

诗经中收录有关于玉的名句："知子之来之，杂佩以赠之。""言念君子，温其如玉。"屈原的九章中亦有"登昆仑兮食玉英"的名句。直至后来宋元时代的剧本，也有以玉命名的，如《玉玦记》《拾玉镯》等。这些无不使玉披上了一种美而神秘的面纱，更使我对玉充满了向往和仰慕。

玉是中国传统文化的重要组成部分，是华夏万年文化的载体，是中国五千年文明的传承。在中国人的眼中，玉不仅仅是一块石头，而是生长于天地之间，吸收天地之灵气，沉淀历史的沧桑变化，融天地与历史于一身的灵性之物。而玉文化在中国源远流长，从新石器时代早期产生的玉文化，直至今日已有几千年的历史，一直是尊贵地位的象征，是美和纯洁的象征。

翡翠传入我国并没有很久，只有四五百年而已，跟我国传统的和田玉比，还很年轻。翡翠是玉的一种，在过去被称为翠玉、缅甸玉，很多人认为翡翠属于硬玉类，其实还包含有许多其他晶体。翡翠是在地质作用下形成的达到玉级的石质多晶集合体，主要由硬玉或硬玉及钠质（钠铬辉石）和钠钙质辉石（绿辉石）组成，可含有角闪石、长石、铬铁矿、褐铁矿等，属于纤维状集合体。

其实在古代翡翠是一种生活在南方的鸟，毛色十分美丽，通常有蓝、绿、红、棕等颜色。一般这种鸟雄性的为红色，谓之"翡"，雌性的为绿色，谓之"翠"。后来便用翡翠来命名这个被称为"东方瑰宝"的玉石。

在中国，如果你不了解玉，那你一定也不了解中国文化，这是西方史学家对玉文化的高度认同。玉在古代已受到了极大的推崇，而翡翠将玉文化推向了更高峰，翡翠被称为玉中之王，是最珍贵的玉石，在玉文化中更是独占鳌头。它能从众多玉石中脱颖而出，不仅是因为它有美丽、魅力的外表，还因为形成翡翠的地质条件极为苛刻，一块好的翡翠需要天地的成全。

玉是人类在石器时代就已经开始的文化和审美。在红山文化、良渚文化中已有典型呈现。我曾说，中华文明是衔玉而生。这样一块佩于胸、悬于颈、置于案、攥于掌的通灵宝玉，我们今天还能看到它，要明白它是从石器时代一路流传过来的中华心意，是我们的文明绵延不绝的明证。

人类有恋物癖。世界各民族，都有一些几千年形影不离的无用之物。但像中国人这样，自石器时代，就迷恋一块石头，也的确罕见。

古人以玉为上币，以黄金为中币，以刀布为下币，一个玉璧可换十五个城池。这说明在古人眼里，玉的价值超越了黄金的价值，同时也证明了古时的珠玑玉佩并不单纯是个人装饰物，也是一种财富、地位及权利的象征。玉文化对人类文明的起源及发展提供了许多线索。中华玉文化凝练蕴含的中华优秀传统文化基因，祖先认真做事的工匠精神就值得我们学习了解，中华玉文化就是以物见史，以物证明了中华文化的伟大。我们应该要透物见事、见人、见生活、见精神，古为今用，把历史智慧和启示告诉人们，起到教化作用，即习近平主席倡导的"见证历史、以史鉴今、启迪后人"。孔子也说过君子比德于玉，认为玉有六德：温、润、结、细、凝、腻，正好对应了君子的六德：仁、厚、礼、义、智、信。我们对下一代的教育完全可以玉比德教育后人。

今天国家大力提倡工匠精神，应该就是中华玉文化的深刻体现。它历史文化悠久，工艺美术博大精深，我们一定要鼓励大家学习国家的工匠精神，时代需要工匠，需要劳动创造，只有劳动才能创造辉煌。这些熠熠发光的古玉艺术品不正是古代人民劳动和工匠精神的写照吗？

如今，佩玉、藏玉已成为时尚。

喜欢玉器之人，大都内心中也多少留存着些许的"谦谦君子，温润如玉"的情怀。人与玉相处，人会滋养着玉的温润，玉同样也会熏陶着人的谦谦之怀。

独爱湖南人的那股蛮劲

呷得咸，霸得蛮，舍得死，不怕难。

在中国大地上，有这么一个族群：具有一种像野猪一样只进不退的猛劲，有一种像骡子一样永不放弃的韧劲，有一种像牯牛一样一扛到底的蛮劲。疯狂，剽悍，认定一个目标，就不惜为之霸蛮，搏命，这就是湖南人。

据说在中国古代中原王朝统治者心目中，有四种人不好招呼：东夷、西戎、南蛮、北狄，合称四凶。四凶之一的南蛮就是湖南人。湖南古有"梅山峒蛮"之称，在宋朝以前几乎与外界隔绝，渔猎为主，过着洞居野外、游猎无羁的生活。他们不接受中原王朝的统治：不服王统，不归王化，不与中国通，是最不接受"驯化"，也就是最没有鲁迅先生所说的"家畜性"的一群。

可以说，"梅山峒蛮"生来就是天下第一等的刁民，具有一种入骨的反判意识，这从其独特的"反判神"崇拜宗教习俗可以得到印证：全世界各民族所创造的神灵，其形象或站，或坐，或卧，唯有梅山神保持一种独具一格的倒立姿态：两手撑地，屁股朝天。屁股朝天就是对上天的蔑视——梅山神就是反判神，就是山寨神、草根神。梅山神，是古今中外天上地下诸神中的首席酷哥。我相信，遍观世界各国，只有梅山具有这么一座独一无二的倒立神像；遍观世界诸族，只有梅山人具有这种强烈的对反叛精神的崇拜意识。

为什么后来湖南人将山寨精神发挥到无上的境界？当我们回味"与天奋斗，其乐无穷，与地奋斗，其乐无穷……"的名言时，难道不能联想到梅山神像那屁股朝天、嘲笑诸天的怪异形象吗？

"梅山峒蛮"所居的梅山区域，直至宋朝神宗熙宁五年（1072），蔡煜、章敦开梅山置新化、安化两县，才完全进入中国版图。但直到乾隆四十七年（1782）三月，梅山山民还在与统治者白刀子进红刀子出：白茅陇、麻塘山瑶民与城步石灰寨瑶民相联络，聚众数万，据险称兵，发动反判。

民国时期有一首歌这样传唱湖南人的战斗精神："若

将中国比希腊，湖南当为斯巴达。中国若为德意志，湖南就是普鲁士。若要中国真灭亡，除非湖南人死光。"

据学者研究，湖南人的霸蛮风气，与其所处的地理环境有一定的关系。其境内多山，因而成就了一种山民的剽悍。山地的艰苦生活环境，恶劣的交通条件，可以培养壮健的体魄与顽强的忍耐力。因而，世界各地的山民，都是富有战斗力的族群。如朝鲜盖马高原上的山民，连成吉思汗也惧怕三分。阿富汗的塔利班，遭到以美国为首的多国部队长年进攻，仍旧没有被赶尽杀绝。而世代久居山地的湖南人，更是天底下山民中的极品：顽强，剽悍，坚忍，霸蛮，其骨架如山岩雄峙，其血液有野性横流。

别处亦有山，如何独有湖南人把一种山民的悍劲发挥到淋漓尽致呢？看来，光从地理因素考虑尚不能完全解释什么是湖南人的蛮劲之源。那么，除了地理的因素之外，似乎尚须从历史的角度去加以探讨。

从历史来看，湖南人的蛮劲发端于三皇五帝时代，其"始作俑者"当推蚩尤。据学者考证，新化大熊山，就是蚩尤的祖居地与归骨所。蚩尤为中华民族始祖之一，与炎黄同属一个梯队。蚩尤是中国的战神，是世界兵器工业创始人。他发明兵器，史称"蚩尤做五兵"。旧时中国军队出征，必祭蚩尤，谓之请兵主。蚩尤是中国古代一位悲剧英雄，一位响当当的革命烈士。悲剧的英雄，更能展现一种悲壮之美。蚩尤就是这样一个人：为了信念，奋不顾身，死而后已，不怕粉身碎骨，不怕无处埋尸。就算身首异处，尸骨不留，但其阴魂不散，有浩气长存。壮哉！蚩尤！自有蚩尤之后，"霸蛮"的种子就从此植入了三湘大地。拼命，霸蛮的湖南人就在这一片土地上生生不息。从此，这片神奇的土地被打造成一个炫目的舞台，不断上演一幕幕以"霸蛮"为主题的历史剧目。

紧跟蚩尤之后，又走来一位"霸蛮"的人，这就是神农炎帝。神农炎帝天生异象：头上顶着一对牛角，形如初生之犊，一幅典型的蛮牛形象。关于炎帝头上这一对牛角，历史学家没有足够注意，这一对牛角其实反映了古代稻作文化中农民对耕牛的一种原始崇拜：古人对耕牛所代表的巨大生产能力感到惊叹，因而把耕牛的特征——牛角安放在执掌五谷的神祇——神农炎帝的头上。

牛虽不是食肉动物，但其所拥有的杀伤力绝不亚于猛兽，在狂奔的牛群面前，豺狼虎豹都会望风而逃，否则就会在铁蹄之下化为肉泥。梅山勇士在无数次与野牛的殊死搏斗之中，偶然抓摸到牛的鼻子，于是奇迹出现：野牛立即变得温驯起来，这样一来人类就掌握了控制野牛的办法。从此以后，野牛变成耕牛，其巨大的杀伤力转化为巨大的生产力。牛鼻子这么轻巧的一抓，人类历史的崭新篇章得以展开：农耕时代到来了。古人使用耕牛的巨大历史意义，简直相当于现代人类的可控核聚变试验取得成功。

作为稻作文化的发源地，古代湖南人对耕牛的崇拜在多个方面得到体现。湘中"梅山文化"的"梅"字，我认为就是从代表牛叫声的"哞（英文为moo）"字之音演化而来的。哞哞叫的动物叫作"哞兽"，梅山就是"哞兽之山"——"哞山"，就是有耕牛"哞哞"叫唤之山。小牛饥饿时，总是"哞哞"叫唤以乞求母牛喂奶。古梅山人发现这一现象，从中受到启发，从而学会了把给自己喂奶的人叫作"母""母"或"翁妈"。"妈"系模仿黄牛，"翁妈"系模仿水牛。在古梅山文化的核心地带的新化与隆回，"妈"与"翁妈"之发音酷似牛叫声，这是有其历史根源的。耕牛的强健体魄与巨大的生产能力，吃苦耐劳的精神，在古梅山人的头脑中形成一个深刻印象，因而特意以牛叫声"哞"为语音基础，创作了一个语音词汇：即"霸蛮"的"蛮（民）"。蛮人，就是像"哞哞"叫的牛一样的人，体魄强健如牛的人。

湘中一带的给婴儿进行早期智力开发活动中有一个"牵蛮（牛）"的游戏：让小孩子摸一摸自己或别人的鼻子，同时叫一声"蛮"，表示牵到一条大蛮牛。以摸鼻子的动作表示牵牛是因为牛的鼻子在所有动物中是最特别的，可以被人用来牵着走。摸鼻子叫"蛮"，就是为了纪念梅山猛士抓住牛鼻，征服野牛并将其驯化为耕牛，开创人类社会农耕时代这一光辉历史。

古梅山，特别是雪峰山大部分区域为花岗岩母质土壤，结构疏松，具有良好的蓄水性能，整座山体就是一个巨大的立体水库，将大气降水蓄积起来，形成地下水从基岩裂隙冒出或从石英砂壤中渗出，一年四季长流不息，形成一种独特的"山岳湿地地貌"。雪峰山这种山岳湿地地貌的土壤中富含充足的水分，却不致在地表形成过高水位，为"陆生浅水水草"——野生稻的出现提供了良好的自然条件，这种条件是水分不足的纯粹旱土或水位过高的纯粹水泽所不具备的。雪峰山先民更是利用充足的地下水源，开垦出千年不干，旱涝保收的山地稻田——梯田，形成一个举世罕见规模巨大的山地稻作文化雪峰山梯垦体系，雪峰山山地稻作文化梯垦体系就是东方稻作文化的超级典型。原始农业社会的古梅山人从耕牛吃苦耐劳的形象中汲取"霸蛮"的精神力量，这股源于耕牛的蛮劲，渗入到古梅山人的骨髓，在古梅山人的基因深处打下了一个不可磨灭的印记。

作为稻作农业社会巨大生产力的代表，耕牛在人类文明发展史上，具有不可取代的地位。为了彰显其辛勤劳动，开天辟地，带来五谷丰登的伟大功绩，人们把牛的根本特征——牛角作为构建农业之神形象的根本性特征，从而确定了神农炎帝"牛神形象"即"蛮牛形象"。而神农炎帝的所作所为，事实上也无愧于这个勤苦的形象：为了造福黎民，他完全把自己当成一条任劳任怨的老黄牛：吃牛草，干牛活，最终误食断肠草，把自己的全副精力和整个生命贡献给了世界上最壮丽的事业——为人类的温饱与健康而斗争。炎帝这个人物，以自己的生命为湖南人的"蛮劲"奠定了一个无形的精神基础，而"梅山蛮牛"——"牛神神农氏"的出现，则为湖南人的"蛮劲"建立起一个鲜明生动的形象识别系统。

炎帝神农仙逝后，有一个人为之愤愤不平，这个人名叫刑天。刑天是炎帝的部属，他认为炎帝之死是受黄帝的迫害所致，决定要为上司讨个说法。带着一股冲天的怒气，刑天从湖南山地杀将出来，北上中原，要与当时的最高统治者黄帝拼个你死我活。混战之中，因愤怒冲昏了头脑的刑天不慎被黄帝砍去头颅。失去头颅的刑天，并没有就此倒下，反而"以双乳为目，以肚脐为口"，奋力挥舞手中兵器，一路高呼掩杀。轩辕黄帝虽经历过各种大风大浪，却想不到会阴沟翻船，被刑天那种砍掉脑袋也不服输的巨大气势所震慑，竟无心恋战，只得落荒而逃。有诗为证"刑天舞干戚，猛志固常在。"古代勇士刑天，其名字之字面透露出两重意义：一是被砍去脑袋，二是拷问上天；天王老子也不怕，舍得一身剐，要把皇帝拉下马。世界上敢于拷问上天的人只有两种：一为德国的雅利安人，一为中国的湖南蛮人。

青山处处埋忠骨，古湘净土最相宜。湖南的水，是英雄的母乳，湖南的山，是烈士的祖山。很多有"蛮劲"，有血性的真汉子，大丈夫，很多中华民族的英雄儿女，就算本来没有出生在湖南，也要争取死在湖南，把生命奉献在这一方圣坛之上，以这块土地作为灵魂的最终归宿。湘南宁远的九嶷山，长眠着三皇五帝之一的舜。史载"舜南巡狩，崩于苍梧之野，葬于江南九嶷。"，是一位为了信念奋斗到最后一息的人。作为国家最高领导人，死在为人民谋利益的工作岗位上，死在访贫问苦的路途中，这才是最高境界。湘北的汨罗江畔，走来一位踽踽而行的老人，那就是忧国忧民的屈大夫，为了唤起民众奋起救国，老人一路长歌，一路呼号，最后抱石沉江，以死报国。

湖南的土壤中，似乎富含某种特殊的元素，这种元素称为"烈士刺激素"。每逢国难当头，这片的土地上的"烈士刺激素"就会异常活跃，令人们产生成为烈士的冲动。辛亥革命著名女英雄秋瑾，就是在湖南居住的那一段时间里，吸收了大量的"烈士刺激素"，听到了屈原、陈天华、谭嗣同等先烈的召唤，决然加入了他们的伟大行列。

燕赵多慷慨悲歌之士，湖南多舍生取义之人。真正的湖南人，生要顶天立地，死要轰轰烈烈。为了一个认定的目标，可以以命相搏，至于个人名利，身家性命，往往在所不惜。

甲午海战之后，中国海陆军节节失利，李鸿章又避战求和，致使大连、旅顺等地先后失陷，日军如入无人之境。光绪二十一年（1895）正月，魏光焘、李光久率老湘军经过三个月长途跋涉，行军近万里，终于赶到了冰天雪地的山海关外。在辽字海城牛庄镇，魏光焘以3000装备落后的兵力抵抗日军两万精锐之众的疯狂进攻。魏往来督阵，三易坐骑，血染战袍。牛庄虽然惨败，但在精神上予敌人以沉重打击，真正展示了中华民族与敌人血战到底的英雄气概。湖南隆回人魏午庄，是中国近代史上真正第一个向日本人亮剑的人！这种亮剑精神，令鬼神钦佩，令强敌胆碎。

当年福建人林则徐预测到外国人会图谋中国新疆，所以精心绘制一幅新疆地图，郑重托付给湖南人左宗棠，嘱其妥为保存，以备往后做反击作战之用。后来西北果然出事：1867年，匪首阿古柏在新疆自封为王，自立国号为哲德沙尔汗国，宣布脱离清廷。俄国乘机占据了伊犁，英国也虎视眈眈，意图瓜分西北。160万平方公里的新疆，从大清的实际版图上消失了。可叹满朝文武，多为贪生怕死之徒，唯左氏拍案而起，自荐领兵，抬棺出征，打算战死在哪里，就埋葬在哪里。在当时孱弱的国力条件下，带领一班湖湘子弟，拼死争先，扫荡西北，硬是虎口拔牙，从强敌手中抢回一块相当于三倍法国国土面积的广袤地盘。年青的毛泽东非常钦佩，书曰"曾、左，吾之先人。"据说左宗棠对自己颇为满意，自诩"千古一人"。这就是大丈夫成就大事业的自信、豪迈、痛快淋漓。湖南人这种大丈夫成就大事业的自信、豪迈与痛快淋漓，毛先生以诗词《沁园春·雪》做了系统总结：秦皇汉武，略输文采，唐宗宋祖，稍逊风骚，成吉思汗，只识弯弓射大雕……

湖南很少有人取得商业上的成就，这是因为：真正聪明的湖南人都喜欢玩大场面，不爱搞小动作，更不喜欢讨价还价，斤斤计较，他们认为把大好的聪明才智用在几个小小铜钱上面，纯系浪费。湖南人要走上历史的前台，担当起民族的重任，要制造出时代的潮流，站立在风口浪尖……自晚清，到民国，到共和，湖南人掀起一股霸蛮剽悍的强风，席卷东方大地，驱动起漫天狂飙，令历史的风云为之变色，一个个英雄人物，如银河中灿烂的繁星，迸发出耀眼的光芒，照亮了二十世纪中国的黑暗夜空：谭嗣同明知有生路却断然放弃，视死如归，要以自己的一腔热血，唤得中华之觉醒；谭人凤以五十高龄，参加广州起义，奋勇报名加入敢死队；蔡锷在身患绝症之际，凭残生之余力，叱咤风云，讨袁护国，再造共和；其他如黄兴，宋教仁，陈天华，哪个名字不是一通碧天里的惊雷？进入共和国时代，湖南的英雄人物更是数不胜数。

撞到南墙不回头，要把南墙撞倒。拿起鸡蛋碰石头，要把石头碰烂。不畏威权，冲天霸蛮，这就是湖南人亘古不变的性格。湖南人的霸蛮特质，还形成一种神奇的历史现象——经典湖南蛮人"转世投胎"现象：历史上一些经典的湖南蛮人，仿佛真有一个不灭的灵魂，能够转世投胎，改名换姓，在历史的另一个阶段重新出现，并且往往会完成几千年之前的前生未竟事业，取得比前生更好的成绩：上古教人种水稻的神农氏，在相隔几千年后，又降临人间，仍然教人种水稻。这个转世神农名叫袁隆平。上古教人用兵打仗的蚩尤，后来不光重临人间，还变出无数化身，使得湖南将帅如林，把湖南人的军事水平提至无与伦比的崇高境界。战神蚩尤化身实在太多：战国时代有屈原，不惜付出自己的生命以唤起国人的觉醒。数千年后，屈原化身为谭嗣同，陈天华。古有壮士刑天，砍去脑袋还要与黄帝相拼。

湖南人的"霸蛮"，不完全是简单蛮干，而是体现为将"努力"二字极致化。而这种努力的极致化表现为体能、智能与精神多方面的超负荷付出。否则，就不是"唯楚有才，于斯为盛"了。湖南人的"霸蛮"是一种为实现目标而表现出来的近乎殉教式的笃定、狂热与气魄。如毛泽东的"为有牺牲多壮志，敢教日月换新天。"，亦如袁隆平几十年如一日，默默无言，风餐露宿，研究出高产杂交水稻，造福天下饥民。

湖南人的"霸蛮"，在乡土方言中，还变化为另一个说法："斗霸"，就是比试到底谁更"霸蛮"，湖南人心目中的狠角色叫"斗霸货""斗霸鬼""斗霸主"。湖南人的"霸蛮"，在乡土方言中，更是被浓缩成一个汉字——"哑"。"哑"就是不说话免得浪费力气，不做声响直接硬干。"霸蛮""斗霸"的最高境界就是"哑霸"：不声不响霸死蛮。哑霸，又叫"哑粑杵"，不声不响死用蛮劲。哑霸，又叫"贪巴牯"，巴即背，湖南人把牛拉犁叫"巴犁"：牛不巴犁照样老。"贪巴牯"就是巴犁上瘾的牛，就是霸死蛮、死霸蛮的"哑牛"。

湖南人的霸蛮，就是一种梅山人的山蛮习气。梅山蛮从哪里来？蚩尤大帝是梅山蛮的总根。春秋战国时称"荆蛮"，《诗经·商颂·殷武》说："维女荆楚，居国南乡。"汉代称"长沙蛮"，隋代称"莫徭"，唐代称为"梅山蛮"，"梅山蛮"又梅山峒蛮。炎帝，蚩尤，都是牛神：头上有角，牛头牛脑。称梅称蛮，梅与蛮的字音都酷似牛的叫声，根本上就是代表牛叫声的"哞"字产生的转音。

如今生活在梅山大地上的现代人，可能是侵略者的后代，也可能是被侵略者的后代，更可能是侵略者与被侵略者共同的后裔。作为纯血缘的梅山人已经基本不存在了，但峒蛮不死，化为一股磅礴的血性注入了这一方天地。所以，梅山土地上的子民，比别处具有更多的血性与骨气。这块土地，一直以盛产血性英雄而著称。

感受崆峒文化

　　很早的时候就知道中国西部有一座名山大川——崆峒山。相对于我国其他名山，比如黄山、庐山、泰山、华山、昆仑山等，"崆峒"二字比较具有神秘感。

　　素有北国之雄，南国之秀的崆峒山，位于中国甘肃省东部，平凉市崆峒区西 11 公里处，面积 84 平方公里，主峰海拔 2123.5 米，其间峰峦雄峙，悬崖峭壁耸立，林海浩瀚，烟笼雾锁，泾河、胭脂河交汇环抱，古迹、胜景遍于层峦叠翠之间。历史上轩辕黄帝、周穆王、秦始皇、汉武帝都曾慕名而西至登临，自古为宇内名山圣地。古往今来，众多文人雅士题咏作画，盛赞崆峒山的佳篇妙笔，云集霞蔚，洋洋大观。雄秀的山水，悠久的历史孕育并创造出了丰富灿烂的崆峒文化，其中作为特有崆峒文化现象的"崆峒武术"，威峙西陲。

2020年的一个夏日，我与一群上古文化研究爱好者，来到了这座倾慕已久的文化大山。

据查，崆峒山名载《尔雅》，形入《山海西经》，古籍中有过"空同""空桐""鸡头山""薄落山""牵屯山"等异名，名定"崆峒山"始于唐代。经发掘考古鉴定的崆峒山四处史前齐家文化遗址表明，在距今3600—4000年前（夏代），这里就有先民劳动、生息和繁衍，逐渐形成了崆峒氏族。他们经历了艰难曲折的征程，同野兽做过生死搏斗，学会了制造和使用武器，有过氏族部落之间野蛮和激烈的战争，使崆峒武术萌芽于崆峒山原始社会的生产劳动之中，在氏族部落战争中已初见端倪。历史还作证，从周秦、西汉到唐宋，崆峒山地当西北要冲，"雄视三关、控制五原"，兵家必争，世为用武之地，迄今崆峒山一带仍留存有关寨城堡和古战场遗址多处。在古代漫长的岁月里，这里曾烽火连天，战事不断，在长期战争环境影响下，为了生存，崆峒先民们由不自觉到自觉地学习、吸收、掌握了那一时期内容朴素实用，招式简单的攻防格斗技击之法，经过战斗实践和经验总结，脱离了古代军旅武术，结合古代兵法演变，塑成了以个体为战的攻防格斗形式，同时吸收了崆峒山古代哲学思想家广成子的"抱神以静""阴阳有藏"观作为自己的理论基础，形成了古代崆峒武术。《尔雅·释地》载："空同之人武"；伟大诗人李白诗曰："世传崆峒勇，气激金风壮。英烈遗厥孙，百代神犹王。"大诗人杜甫诗曰："防身一长剑，将欲倚崆峒。"李白、杜甫足迹遍布华夏名山大川，在他们脍炙人口的诗篇中，均留有如此动情颂扬崆峒武术的诗篇，这些历史的见证，无不表明崆峒山是中华武术早期的发祥地之一。

崆峒武术源于崆峒山原始社会氏族部落战争中，崆峒氏族所掌握的攻防格斗之法和格斗技巧，为"居崆峒山石室之中"的广成子总结并注入"阴阳有藏"观为其合理内核而创，不断发展演变而形成的一大武术流派，它是古代崆峒山先民直接创造和继承的，是古代崆峒山先民智慧的结晶。《庄子·在宥》是一篇记载轩辕黄帝问道于崆峒山广成子的战国时代的文献资料，它翔实记载了五千年前轩辕黄帝求道于广成子，广成子所传的"无视无听、抱神以静""天地有官、阴阳有藏。""我守其一，以处其和"的修身习武之道。它不属于宗教的范畴。它揭示演绎出的是动静、虚实、开合、刚柔、进退等阴阳变化的互转互补在崆峒武术理论指导上的内涵体现，强调的是生命的运动和延续，追求的是崆峒武术演练中人与自然的和谐，讲究的是身体与精神、精神与自然的协调。故有广成子"形将自正""乃可长生""物将自半"的"至道"论语。

广成子不仅是我国古代早期探索宇宙生成、预测阴阳变化、研究存亡之道、考察人与自然关系的哲学思想家，而且还是一位集崆峒武术之大成的技击家。《封神演义》是一部以历史人物演绎的神话小说，抛其神话的一面，他在"殷"和"周"两个氏族部落战争中能征善战，他擅长"雌雄剑""落魂钟"，善使"番天印"。是广成子为崆峒武术的形成注入了哲学养料和技击的内涵。根据中国武术形成的条件理论，殷周前以广成子"至道论"和"雌雄剑"为代表的崆峒武术已形成并成为崆峒武术成熟的标志。可以说古代战争是崆峒武术萌芽的种子，广成子的"至道"学说和"雌雄剑"为其形成提供了营养和水分，崆峒山则是他生长壮大的沃土。因此，崆峒武术在历史上才能走出崆峒，流传于海内外，历经千年，经久不衰。所以说，崆峒山是崆峒武术的发源地，广成子是崆峒武术的创始人。

崆峒山武术是崆峒武术的重要组成部分和核心。在崆峒山历史的长河中，摄取广成子"至道"学说思想和老子"自然"之义而产生的崆峒山道教和隋末引入崆峒山的佛教，在崆峒武术的传承、创新、发展中业绩辉煌。隋唐时期，崆峒山道、佛两教发展较快，都拥有一定的田亩、道观和寺院，道人、僧人不少。由于崆峒山当时地处边荒，又是一处重要的军事战略重地，随时都有可能发生局部战争，而遭到殃及的道、佛两教，都需要建立自己的武装以防不测，保护生命和财产的安全，因此，崆峒山僧、道士在参禅诵经修行之余，将武术列入一项不可少的重要活动内容，他们强身借以习武，练剑弄棒用以防卫，多尚武节，威名远扬。

崆峒山以武显，始于北宋。《续资治通鉴长编》载："庆历二年十二月××赐渭州崆峒山慧明院主赐紫，僧法淳号志护大师，法涣、法漫、法深、法汾并赐紫衣；行者云来等悉度为僧，初，法淳率其徒与西贼战，能护守御书院及保蕃汉蘗畜数万，故赏之。"《宋史》内载："夏师长驱抵渭州、幅员六七百里，焚荡庐舍，屠掠昆畜而去。"相与印证者，尚有《甘肃历史》一册可鉴。宋代的渭州即平凉城。让我们越过时间和空间阻隔，将历史的踪迹重新展现在人们面前：公元 1038 年，李元昊建立西夏王朝，自称大夏国皇帝；1040 年，西夏军进攻西安，北宋军惨败，北宋韩琦、范仲淹主持对西夏的防御；1041 年，西夏以 10 万兵力进攻平凉城，宋夏两军在好水川（庆阳西北）一带展开激战，宋军又遭惨败；1042 年初，西夏军骑兵进攻庆阳城，被宋军击败，随之于庆历二年二月与宋军又大战于今宁夏固原北边的定川寨，宋军再次惨败，大将葛怀敏阵亡，西夏骑兵乘胜南下，长驱直抵平凉，破城而入，烧杀屠掠，数万人畜纷纷逃往崆峒山，夏军尾随而至，兵围崆峒山，图谋取之，在此岌岌可危之时，崆峒山慧明院主组织领导全山僧道及民众依山布防，以险居守，与夏军骑兵抗衡并主动出击，骚扰偷袭敌军，护院武僧法淳率武艺超群之僧众与敌军展开残酷激烈的战斗，夏军不敌，无奈而退。崆峒山一战，血染山林；以弱胜强，使数万蕃汉人民的生命财产得到了保护。

这一幅幅历史的画面使崆峒山武术在战争中展现得淋漓尽致，也透射出崆峒山众武僧不畏强暴、勇敢抗敌的神勇精神，使崆峒山武术在抗击外族入侵的史册中留下了永不消失的重重一笔。

崆峒山以武显，还能从《水浒全传》中得到注脚。乔道清，北宋泾源人，八岁就使拳弄棒，在崆峒山遇异人授以幻术，后与梁山好汉交战，生擒李逵，活捉鲁智深、武松、刘唐，差点把宋江也捉了去。崆峒山以武显，还表现在明代道教建筑绘画上。今天，当你来到国家 AAAA 级风景名胜区、国家地质公园崆峒山旅游观光，你不仅能观赏到北雄南秀的美丽风光，还能在那八台九宫十二院的宫观石室之中内墙上看到不少描写古代战争的绘画，那气势壮观的战争场面，那攻守有序，闪展腾挪的攻防格斗，一定会使你赞不绝口，流连忘返，激起你的无限遐想。崆峒山的许多宫观洞殿，武以鞭显：如灵官洞中的伏虎鞭，九光殿中的蛟龙鞭，还有金顶太和宫中的混元鞭，尤其是现在悬挂在天梯顶端的镇山鞭，长约三尺三寸，樽柄约二寸，重约八十斤，通体发黑，古朴、庄重、威严，透出一股神气，给人以阳刚和力量。

崆峒山武术在一千五百多年间，经过一代一代僧人、道士的传承、创新、广撷精彩，熔于一炉，独树一帜，名扬天下，随着武术内涵的演变发展，崆峒山产生了许多杰出的武术历史人物，他们德艺双修，彪炳史册，历历可数：赤松子，神农时雨师，与广成子居崆峒山讲修炼之术，服水玉以教神农，能入火自烧。唐时人伍符，居崆峒山三年，每日止饮泉水三碗，伏气丹田，日行五百里。北宋僧人法淳，居崆峒山慧明院，1042 年春，率其徒及僧众与西夏军激战崆峒山，保护人畜数万和御书院。仁宗皇帝赐号"志护大师"。元代黄居士，弃官入崆峒山，得纯阳真人修道要诀，子饮月华，午餐日精，内功修炼不凡。明代道人王全真，成化年间居崆峒山问道宫，饮酒至石不醉，行走如飞，善医。清代旭谷道人居崆峒山太和宫四十年，诗曰："文烹武炼常升进，放下摊头了太玄。"近代道人韩元觉，邱祖龙门派十九代弟子，崆峒山五龙宫主持，精通短打擒拿，善使黑虎出洞鞭和飞镖，尤以轻功见长。还有很多武术人物，举不胜举。在历史上，崆峒山还吸引过不少中华武术历史名人：张三丰，武当武术的创始人，好道善剑，精研太极拳艺，明成化年游居崆峒山五年，访师求艺。尤其是近代以"好任侠、善击剑"自称的爱国志士谭嗣同为代表，包括少林寺著名僧人铁肩禅师、戳脚大师于伯谦、通备门大师马英图、陇上"棍王"罗文远等一批武林豪杰，他们登临崆峒山，遍游崆峒山的奇峰胜景，登高望远，吸收大自然的精神和力量，获得武德修为和精神上的升华，给崆峒山留下了宝贵的武术文化遗迹。千百年来，崆峒山作为丝绸古道的必经之路，既有许多文韬武略之士登山观光，咏诗作文，也有身怀绝艺，遂弃红尘栖身于崆峒山宫观寺院中的武术家，他们丰富了崆峒山武术的内容，为崆峒武术的发展做出了历史的贡献。

这次崆峒山之行，欣赏了风景，感受了文化，遗憾的是没有真正见识到武林江湖的崆峒派功夫，也不知道武侠电影中怪异莫测的崆峒派武功还存不存在。

万年，世界稻作文化发源地

　　万年，一座历史悠久的文明古城、世界稻作文化发源地，享有"中国贡米之乡"美誉，因境内盛产"万年贡米"，并获中国驰名商标而声名鹊起。

　　尽管我们是一群沉醉于中华万年文化的爱好者，这个以万年命名的地方是必须要来朝拜的。

　　金秋十月，稻花飘香。走近静卧在江西东北部、鄱阳湖东南岸的这方热土，探寻作为生命源头之"水"给万年人民生活带来的巨大变化，感受万年人民与稻谷文化密不可分的生活品质。

　　据《万年县志》记载：万年贡米，明初即被明太祖朱元璋传旨"代代耕作，岁岁纳贡"，已获国家原产地域保护产品、省级地理标志产品和 7 个"绿标"，万年贡米获中国驰名商标。早在旧石器时代，人类的祖先就在这块土地上定居劳作、繁衍生息，境内大源仙人洞、吊桶环古文化遗址是现今所知世界上年代最早的栽培稻遗存和陶器发祥地之一。通过中美联合考古发掘，发现了距今12000—14000年前的人工栽培稻硅石遗存，把世界稻作起源向前推移了5000—7000年；出土了距今17000年的夹砂圜底陶罐，被誉为世界"第一陶"，现珍藏在国家博物馆第一馆第一展。"万年稻作文化系统"被联合国粮农组织批准为全球重要农业文化遗产项目试点。

袁隆平曾说，"'中国是文明古国'，这种文明始于农业文明和水稻种植。野生稻许多国家都有，但是最早将野生稻驯化成为栽培稻的是中国，科学的历史考证证明，江西万年是当年发现的最早的种植人工栽培稻的地方"，并亲笔题写了"野稻驯化万年之源"八个大字。

万年，因稻之渊源而得名；稻，因水之丰润而茂盛。在县城东郊，有一处大型水库，名叫"大港桥水库"，是万年唯一最大的供水源地。位于万年县裴梅镇南岩村大港桥，大港水源出葛茅坞，汇龙港，程源，丰坞等地四十余平方公里的诸山溪之水，流至南岩村前半里许处，与来自下路源的小港水汇合，涓涓细流，乃至大港，故此命名为"大港桥水库"。

水是生命之源，人类赖以生存和繁衍不可或缺的重要物质资源。然而，如果水土保护不好，就会流失、枯竭，反之又会泛滥，成为灾害，对此万年人是有深刻体会的。历史上的水患曾给万年人带来过伤痛和苦难。新中国成立前，由于水利工程不完善、水土保护不到位，农田经常因水患而颗粒无收。新中国成立后，地方政府多次斥巨资、引技术、举民力，投入水利工程建设。

1964 年 9 月，为彻底解除县东部数万亩农田干旱威胁，继余源水库建成之后，于大港上二十几米处十岗山与官壁山之间，兴建一座长 654 米，高 24 米，基宽 120 米，顶宽 8 米的大坝，拦截大港之水。全部工程于 1966 年 3 月底竣工。累计完成土石方 92 万立方，输水涵管 107 米，东西干渠 108 华里，以及渠系配套建筑物渡槽 16 座、公路桥 6 座、倒虹管 1 座、小涵闸 134 座、便桥 80 座等，土石方 193 万余方。水面 3000 亩，水汊伸及龙港、前后丰坞。搬迁猫儿山、油榨仂、美贝、范家、聂家等 9 村，为万年目前最大的水库。为加强大坝、渠道管理和维护，做到合理用水，发展农、林、牧、渔多种经营，1966 年 4 月，万年县大港桥水库工程管理局成立。

如今，乘上陈营至东源公共汽车，行至珠溪村时，数里之外，即可望见雄伟的大港桥水库大坝矗立在崇山峻岭之中。坝外坡镶嵌着"水利是农业的命脉"八个银光闪闪的大字。登上坝顶南望，群山起伏，远接云际，碧水盈盈，波光粼粼；北望坝外村庄棋布，沟渠纵横，流水欢畅，稻麦飘香。东西两条干渠沿珠溪河两岸，绕山跨谷，曲折前行，把清清的流水送进长达数十里外的农田，使那些亩产二、三百斤的易旱瘦田，一季变两季，亩产千斤，粮食产量翻三番。沿线乡镇依托丰厚的水资源，全力推进科学种田，淘汰低产劣质稻种，更换优质上乘品种，打造出享誉世界的优质万年贡米品牌。昔日大港桥一到冬季，河水枯竭，土地荒凉，今日大港桥一到冬季，正是渔业丰收季节，年产鲜鱼六、七万斤，从各地来买鲜鱼的人群络绎不绝。

我沿岸而行，随手从田里拔起一把稻穗，使劲一搓，珍珠似的米粒圆润、饱满、晶莹，脸上写满幸福的农民朋友高兴地告诉我："今年的稻穗又长又大，犹如狗尾巴那样粗壮"。我弯腰细看稻穗上一粒粒饱满的谷子全部裂开了小嘴，不禁忆起小时候每年开春，家人都会搬来一张小凳，坐在太阳下将从集体谷场上分运回来的稻草，一把把扒开寻找一个个躺卧在稻草中的谷穗，一把把将它抹下来作为家庭生活补贴。眼下这凝结着农民智慧和汗水粒大饱满的稻谷不正是丰沛水资源所带来的结晶吗？

美丽丰韵的大港桥水库，不仅滋润了一方水土，还养育了这里的四十万人民。您所蕴含的就像一位母亲的乳汁，是您的默默奉献和精心哺育，才使40万万年人民步入丰衣足食的小康征程；是您的博大精深和无疆大爱，才让万年这座城市横亘在广袤富饶的西南大地。

与良渚文明相遇

60 年前，浙江温州考古学者夏鼐的一次会议发言，给了良渚一个"名分"，他正式提出了"良渚文化"。

如今，四代良渚考古人历经 83 年，确证良渚文明是目前中华大地上第一个进入国家的文明。

日前，在阿塞拜疆首都巴库举行的联合国教科文组织第 43 届世界遗产委员会会议通过决议，将中国世界文化遗产提名项目"良渚古城遗址"列入《世界遗产名录》。有学者认为，良渚文化遗址的发现，将中华文明史从 3500 年前的殷商时期上推到 5000 年前。而良渚古城申遗成功，则意味着中华文明起源和国家形成于距今 5000 年前的史观，终于得到了国际承认。

一

1959 年 12 月 26 日，星期六，夏鼐在日记里记了一件事。

上午 8 点半到 12 点，他参加了一个名字很长的会议——"长江流域规划办公室文物考古队队长会议"，并做了题为《长江流域考古问题》的发言，报告中有这样一句话——"太湖沿岸和杭州湾的良渚文化，是受了龙山文化影响的一种晚期文化。"

就是这次会议，正式命名了"良渚文化"。

先说"良渚文化"——

它是指距今 5300-4300 年，中国新石器时代晚期的一支重要考古学文化。其核心分布区为面积约 3.65 万平方公里的环太湖地区，向北可扩展至江淮地区、宁镇地区，向南可达金衢盆地、宁绍地区，目前已发现良渚文化遗址 1000 多处。

据战国古籍《鹖冠子》记载说"成鸠氏之国……兵强，世不可夺"，实际上就是说良渚文化集团的武力强大，天下无敌。

良渚文化是中国史前玉文化发展的最高峰。良渚人创造了一套以琮、璧、钺、冠状饰、三叉形器、玉璜、锥形器为代表的玉礼器系统，同时在许多良渚玉器上雕刻有神徽图案。良渚国王和权贵通过一整套标志身份的玉礼器及其背后的礼仪系统，达到对神权的控制，从而完成对王权、军权和财权的垄断。

二

那么，怎样才可以称之为良渚文明？

不妨先来明晰"文明"是怎样的概念。

北京大学考古文博学院教授赵辉曾对"文明"做过详细解读，他认为："'文明是一个有多种解释、定义的概念。小到一个人的文化修养，大到整个人类在其漫长历史发展过程中取得的每一点成就和全部成就，都可以叫作'文明。国家是人类历史发展到一定阶段出现的社会组织，当然也是文明成就的一部分。"

从这个角度来说，如果良渚古城的国家形态被证实，它必然进入了文明社会。

不同于世界其他三大文明所处地理位置独立，面貌较为统一，中华文明是一个广义的概念，指以黄河流域和长江流域为中心形成的大文明体。实际上，这是由多个区域文明逐步融合的产物，是一种"多元一体"的文明模式。

如同著名考古学家苏秉琦先生当年的形容：满天星斗。

比如，太湖流域有良渚文化，辽西有红山文化，江汉地区有石家河文化，晋南有陶寺文化，陕北有石峁遗址……

距今6000年开始，各区系进入文明化、城市化、复杂化加速发展的新时期，在距今5500年到4000年间，形成了许多强势的文化和区域文明，如较早的庙底沟文化、凌家滩文化、红山文化，稍晚的距今5000年前后的良渚文化、屈家岭文化、大汶口文化，更晚的龙山文化、石家河文化、陶寺文化等。

一直以来，我们都是以夏商为文明探源的出发点，以黄河文明为中华文明，这无形中降低了周围地区这些高规格遗迹遗物的历史地位。

随着探源脚步的迈进，考古学家渐渐发现，满天星斗的文化中，有一些已然闪现出文明的火花。

经过83年的考古发现，可以确证的是："良渚"是其中一个特殊的个案——良渚文明，是截至目前中华大地上第一个能够被确证进入国家的文明。

三

如何更深入地理解良渚文明，感受出中华文明多元一体的历史进程？由浙江大学出版社出版的《良渚文明》丛书做了全方位立体解密。

"良渚文明"丛书一套书共 11 册，是浙江省文物局"面向良渚古城遗址申遗的保护研究成果应用及转化"项目的最新研究成果，主要由浙江省文物考古研究所致力于良渚考古的中青年学者，围绕近年来杭州市余杭区良渚古城遗址的考古发现与研究，集体编纂而成，从不同的主题系统讲解了良渚文明的重要方面。

丛书包含：《神王之国：良渚古城遗址》《土筑金字塔：良渚反山王陵》《法器与王权：良渚文化玉器》《内敛与华丽：良渚陶器》《工程与工具：良渚石记》《图画与符号：良渚原始文字》《物华天宝：良渚古环境与动植物》《良渚时代的中国与世界》《良渚遗址考古八十年》《何以良渚》《一小铲和五千年：考古记者眼中的良渚》。

这套书，用当今很流行的一个词来说，就是"绝对硬核"！我们不妨先读一读浙江省文物考古研究所所长刘斌所著的《法器与王权：良渚文化玉器》：

"由于乾隆皇帝喜好古物，所以清宫中收藏了大量的古玉，其中有良渚文化的玉琮、玉璜、三叉形器等玉器。乾隆皇帝还常常为新获得的玉器赋诗作文。从其诗文的内容看，玉琮当时被认作是古代扛夫抬举辇车或乐鼓所用的杠头装饰。乾隆皇帝的收藏反映了近代良渚玉器的出土情况。"

从皇帝的癖好开始，刘斌切入良渚玉器的出土与传世，细数自殷商时期至上世纪 30 年代，几千年间良渚玉器的本来面目与意义的隐与显。

该丛书汇集了浙江省文物考古研究所的考古工作者们扎根良渚三十多年的努力，以及良渚遗址八十多年考古历程中的重要发现，其中包含了考古工作者们的宝贵经验和大量的挖掘现场图片。

如今，恢宏的宫殿早已经灰飞烟灭，但透过遗存和探寻，我们再一次与良渚文明相遇，感受到曾经的辉煌。

从考古人的手绘，到学者专家的书写，这个"史前王国"的景象仿佛历历在目。良渚古城遗址公园更是在保护遗址本体的前提下，通过现代科技手段展示良渚文化的内涵和价值，让古老的中华文明更好地走近普罗大众。

红山文化让辽宁历史"牛"起来

红山文化是二十世纪初在中国北方发现的一种考古学文化。因首先发现于内蒙古赤峰市红山后遗址而命名。

红山的闻名，不是由于它的美丽，而在于它所代表的悠久历史和文化。为了破解这座圣山中隐藏的秘密，考古人整整走过了半个多世纪。

2019年10月16日，"又见红山"精品文物展在辽宁省博物馆开幕了，展览所引发的关注度不亚于"又见大唐"。展览所呈现的展品之丰之精，文化内涵之厚重独特，能形容这份含量的应为"最"字。

作为一名万年文化研究爱好者，这样的盛会，我当然不能缺席。

本次展览是第一次汇集了辽宁、内蒙古、黑龙江、吉林、安徽、河南、山东等省区历年重要考古发现成果，展现了红山文化的完整脉络和独特内涵，揭示了红山文化在中华文明进程中的重要作用，更有许多珍贵文物首次面世。"又见红山"充分挖掘文物资源优势，让文化遗产资源活起来。以此为契机，不仅推动红山文化的研究，而且为广大人民群众奉献精彩的文化盛宴，了解辽宁的历史，了解中华文明的起源。

展览开幕的 16 日下午及 17 日，"红山文化与中华文明起源学术研讨会"举行，著名学者、专家汇聚，解读红山文化。论文题目之丰厚，堪称前所未有。

研讨会以"红山文化与中华文明起源"为主题，讨论内容包括红山文化的墓地类型研究、聚落形态研究、分区与分期研究、气候、环境、地理方面的适应性研究、生业方式研究、玉器的宗教功能与社会组织功能研究、社会性质研究以及红山文化在西辽河流域文明化进程中的地位与作用研究等方面，全面反映了红山文化考古新发现与最新研究成果，把握学术前沿话题。

亮点一：名家汇聚。中国考古学会理事长王巍、中国社会科学院考古研究所研究员朱乃诚、朱延平、刘国祥，著名考古学家郭大顺、吉林大学考古学院教授朱永刚、香港中文大学教授邓聪等国内考古界、文博界、文化界等顶级红山文化研究专家学者出席研讨会。

亮点二：规模空前。此次学术研讨会是自 1954 年红山文化命名以来举办的顶级的高端学术研讨会。来自中国文化遗产研究院、中国人民大学历史学院、国家博物馆、中国社会科学院考古研究所、浙江省文物考古研究所、香港中文大学等四十余家高校、有关省市兄弟院所的 150 余名知名教授及学者围绕牛河梁及其他红山文化遗存进行研讨，共提交论文 60 余篇。

其中包括，辽宁省文物考古研究院郭大顺《牛河梁红山文化祭祀建筑群址类型、结构、组合与布局再认识》，中国社会科学院考古研究所刘国祥《论红山文化与红山文明》，辽宁省文物考古研究院熊增珑《近十年来辽宁红山文化考古新发现综述》，内蒙古自治区文物考古研究所孙金松《红山文化大型环壕聚落赤峰市魏家窝铺遗址考古》，国家博物馆考古部郭明建《坝上高原兴隆遗址第四期遗存的发现和初步研究》，中国文化遗产研究院曹兵武《追寻中原——中国早期文明形成中的人文与地理环境背景》，香港中文大学温雅棣、邓聪《红山及奥与梅克玉人对比研究》，安徽大学吴卫红《红山与凌家滩玉龟小议》等 30 位专家进行现场主题演讲。

展览以出土文物全方位展示的形式，配以先进的陈列展示手段，观展可以从多元的视角和层面感知辽河流域早期文明独具特色的文化内涵，以及对中华文明形成的影响。

展览不仅有专业性、知识性，更具科普性，策展人员将晦涩的考古学语言翻译成通俗易懂的展览语言，在展厅里进行大量的知识链接，深入浅出、雅俗共赏，让观众看得明白，收获满满。

高科技时代的展览，离不开数字技术与观众的互动。辽宁省博物馆再次与数字科技公司合作，以高科技数字成像技术推出红山文化数字版立体剧院，使观众在身临其境的氛围中了解红山文化。

二

红山，蒙语称：乌兰哈达，意为红色的山峰。它位于内蒙古自治区赤峰市东北郊的英金河畔。传说内蒙古赤峰的红山，原名叫九女山。远古时，有九个仙女犯了天规，西王母大怒，这几个仙女惊慌失措，不小心打翻了胭脂盒，胭脂撒在了山上，因而出现了九个红色的山峰，所以，人们后来都叫它"红山"。

20世纪初，中国处于军阀割据的年代，当地喀喇沁蒙古王公聘请了一位叫鸟居龙藏的日本学者来讲学。据日人回忆，当年他越过辽上京（今巴林左旗）来到了红山，在附近地面上发现了一些陶片。1919年，来了一位法国人，它的名字叫桑芝华。他来到内蒙古林西（今巴林右旗），无获而归。还有一位法国人，名叫德日进，他在红山一带发现一些旧石器时代晚期的细石器。1930年冬，从东北通辽来了梁启超的一个儿子叫梁思永，他生于澳门，从美国留学归国后，开始研究考古学。它收集了一些鸟居龙藏的资料后，参加了中国科学院考古组。他到过林西、沙拉海、锅撑子山一带，仅发现一些陶片后就回北京了。

1933年，日本帝国主义占领了当时热河省省会——承德。随后来了一批所谓的日本考古工作团，叫满蒙考察团。有个叫滨田的，是当年东京大学校长。他们来的动机是：欲征服中国，必先征服满蒙。想在内蒙古找出不属于中国历史文化的凭据。结果在红山30多处遗址仅发现一些陶器残片和几件青铜器，都属于中国历史文物，结果是日寇枉费心机。

新中国成立后，梁思永先生为中国考古所副所长。中国考古学家尹达先生出版《中国新石器文化》一书，梁先生作序。尹达先生认为：红山文化是北方细石器文化和仰韶文化的结合。两位学者论述了东北这一文化现象，属于长城南北接触产生的一种新文化现象，并提出定名为红山文化。

红山古玉的正式发现，是 20 世纪 70 年代的事情。1971 年 5 月，内蒙古赤峰市翁牛特旗三星他拉村在北山植树时，意外掘出一件大型碧玉雕龙。从此，人们开始意识到，中国玉雕艺术的源头可能发生在红山文化时代的西辽河流域。

其后不久，在内蒙古敖汉轱辘板壕、克什克腾旗好鲁库石板山，阜新胡头沟等地红山文化遗存中又陆续发现了数批玉雕龙、大型勾云佩等红山文化玉器。1979 年 5 月，考古工作者又在辽西凌源三官甸子城子山找到了具有科学地层依据的红山文化玉器墓葬，从而使红山文化确有玉器成为定论。

1981 年 12 月，在杭州举行的中国考古学会第二次年会上，辽宁省考古研究所孙守道先生等，向大会提交论文《辽河流域的原始文明与龙的起源》，又一次确认了上述发现均属红山文化。此后，一时造成了世界考古界的轰动。大批海内外学者纷至沓来东北考察。与此同时，已故的中国考古大师苏秉琦先生，对红山文化作了进一步的肯定，确认东北地区的红山文化，是中国五千年前中华文明的曙光。

三

早在距今 6500-5000 年的新石器时代，分布于西辽河流域的红山文化，以与大自然和谐共处的天性和与邻区广泛交流的开放心态，走过了 1500 年的发生发展历程。红山先民创造了具有礼制雏形的"坛庙冢"祭祀建筑群和独具特色的玉器，证明红山文化走出了一条具有自身特点的文明之路，是五千年前中华大地上如满天星斗般的文明火花中耀眼的一束，成为多元一体的中华文明的重要源头之一。

文物是凝固的时间，遗址是活着的历史。浑厚的天地与古今相连，生生不息的文化传统在天地人和的境界里一脉相承。红山文化是辽宁省最具特色的地域文化，也是在国际上有影响力的史前考古学文化。考古学界普遍认为，红山文化及其所在的辽西地区，是中国东北文化区的一部分，又是东北文化区与中原文化区交会的前沿地带。

小黄山：见证万年文化的古村落

"霜落荆门江树空，布帆无恙挂秋风。此行不为鲈鱼脍，只爱名山入剡中。"

这首《秋下荆门》，写于李白第一次出蜀远游，诗中妙用典故，满含着的是秋日出游的愉悦与饱览山河的豪情。

据裴斐编制的《李白年谱简编》，此诗约作于公元725年，当时李白再游峨眉山，秋间经清溪、渝州、三峡去蜀，来游楚地，在离开荆门时作全诗。

荆门山的树木经秋霜而叶子枯落，山空更显江面空阔。旅途一帆风顺，平平安安，天助人愿。大丈夫志在四方，此行远离家乡，不是为了吴地的美味佳肴，而是要去欣赏剡中的山水。

李白此行正值秋天，船又是向着长江下游而行，于是很自然地联想到了张翰的故事。只是张翰是为了鲈鱼，他却是为了剡中的名山名水。

"剡中"指的是剡县，也就是如今的嵊州。

嵊州有2100多年的建县历史，素有"东南山水越为最，越地风光剡领先"的美誉，以"百年越剧诞生地、千年剡溪唐诗路、万年文化小黄山"闻名于世。

小黄山遗址，位于浙江省嵊州市，属于新石器时代遗址，面积5万多平方米，是目前长江中下游地区距今9000年前后规模最大的聚落遗址。

2005年，经国家文物局批准，小黄山遗址抢救性考古发掘工作正式开始。经过近两年的发掘，发掘出面积3200多平方米，发现了壕沟、房基、灰坑、墓葬等一大批遗迹，出土陶器、石器2000多件。

而这一发现也在当时引起了轰动，它成为全世界考古学家们争相考察的"圣地"，被列为2005年度全国十大考古新发现之首，"中华最早古村落""中国最早立柱建筑遗迹""跨湖桥文化和上山文化的纽带"……一个个研究结论，丰富了小黄山遗址的价值，也唤醒了这片沉寂的土地。

北京故宫博物院原院长张忠培说，小黄山遗址不仅是绍兴，甚至是浙江、长江下游地区迄今为止考古的最重大发现，这让我们对绍兴的新石器时代有了新的认识。复旦大学文物与博物馆学教授陈淳也指出，小黄山遗址反映了绍兴新石器时代一种富裕的采集经济的特点，这对古越之都的社会形态研究有极大的帮助。

而真正奠定绍兴历史文化在新石器时代历史地位的，是小黄山遗址使原本"孤单"的跨湖桥遗址和上山遗址找到了连接点。

原来，萧山跨湖桥遗址和浦江上山遗址是同在浙江的两块古老文化遗址，上山遗址有着近万年的历史，是浙江境内最早的新石器时代遗址，而距今7000多年的跨湖桥新石器时代遗址曾经入选"2001年度中国十大考古新发现"。由于文化层的断裂，萧山跨湖桥文化的来源去向问题，曾经一直是考古界的不解之谜。

小黄山遗址的发现，恰恰确立了跨湖桥文化与上山文化的地层叠压关系，将年代差距2000多年、文化内涵难以比较联系的两个古老文化有机联系起来。

站在嵊州市甘霖镇上杜村小黄山这片土黄色略带赭红斑点的台地上，很难相信，自己的双脚触碰的这片土地是9000年前我们的祖先曾经站过、坐过、跑过的。

而今，小黄山遗址已成为国家文物局重点保护区域，不仅对考古研究有着重大的价值，也为浙江的历史文化添上了浓墨重彩的一笔。

探访吴城会馆文化

　　2021年10月22日上午，我赶赴千年古镇吴城，开始了一次寻访之旅。这次寻访，得到了吴城中学校长杨端煌君、吴城中心小学校长黄永思君的友好接待。陪同我的是吴城中心小学的范次刚先生。尽管这天烟雨空蒙，但我们依然兴致很高。我们在采风中，留下了一幅幅影像，完成了一次愉快的采风之旅。

　　吴城是永修县一座历史悠久的古镇，至2012年已有2200多年历史，文化底蕴十分深厚。它始自秦汉，兴于南北朝，鼎盛于明清时期，最高常住人口达7万，商业文明孕育了亦东亦西、亦南亦北的会馆文化、庙会文化和特色民俗，保存下来海昏古仓廪遗址、荷兰天主堂、杨至善堂、麻石街等名胜古迹。

　　吴城因水而兴，曾经既是一座贸易兴隆、经济繁荣的商埠，又是江西水运枢纽和商品贸易集散地，素有"装不尽的吴城、卸不尽的汉口"之美誉，曾与樟树、景德镇、河口并列为江西四大名镇。吴城地处鄱阳湖、赣江、修河交汇点，自古乃江西水运、商贸集散的辐射之地，曾经繁华一时。王勃、苏轼、文天祥、朱元璋、孙中山等历史名人曾涉足于此，有着诸多的文化遗迹，石堤、点将台、吉安会馆、望湖亭等处的残墙断壁、碑文石刻，无不向游人讲述着历史的沧桑。

当然，作为一名古文化研究者，我知道吴城文化已是指商时期分布在赣江中下游地区的一种考古学文化。据初步统计，30年来，在江西各地发现了属于吴城文化的遗址100多处，其中有3项具有里程碑意义的大发现，那就是樟树吴城遗址、瑞昌铜岭商周矿冶遗址和新干大洋洲商代遗存的发现与发掘。吴城遗址的发掘，确立了江西商代考古的时代标尺，瑞昌铜岭商周矿冶遗址和新干大洋洲商代遗存的发掘，则揭开了江南商代文明的新篇章。1973年吴城遗址发掘以来的30年，是吴城文化的考古与研究工作确立、发展并获得空前大发展的30年，在文化年代与空间分布、文化特征、生产力发展水平、社会性质及其与周边各区系文化相互之间的交流影响等方面均取得了丰硕的成果。

当天下午，天公不作美，室外依然下着小雨，凉意比上午还要浓。不知是出于何种原因，我对"千年古镇"的会馆文化怀有一种难以割舍的情愫。

范次刚先生冒雨撑着雨伞兴致勃勃地陪着我，探访吴城吉安会馆。吉安会馆圣境犹存，观其旧迹，当年风姿绰约可见，明朝解缙书写的"理学名臣"四个字映入眼帘。吉安会馆虽然外观有些斑驳，但当年雍容华贵的风姿犹存，呈现在我们面前的古朴而典雅的作品，虽历经岁月的沧桑，使人自然想起昔日的繁华。

据史料记载，随着经济的繁荣，来自全国各地的水客和商人为了集会、寄寓、联系业务、解决纠纷和储存货物的需要，纷纷在吴城大兴土木，兴建同乡会馆。最盛时，全镇会馆达 48 座之多。较著名的有：全楚会馆（湖南、湖北）、山西会馆、广东会馆、浙宁会馆、福建会馆、徽州会馆、麻城会馆、吉安会馆、抚州会馆、武宁会馆、奉新会馆、都昌会馆、龙南会馆、建昌会馆、江西会馆（万寿宫）。这些会馆规模巨大、工艺精巧、雕梁画栋、叠额飞檐，富有各地的建筑风格和特色。如全楚会馆纵深七进，前门在樊家垅街，后门延伸到黄土水运码头。内有水池、假山、花园和接官亭。会馆大门前有一对威武的石狮，显得气势恢宏，镶嵌于吉安会馆门前的"理学名臣"四个遒劲大字至今熠熠生辉。

各会馆进行商业活动的同时，异地风俗民情也极大地丰富了吴城的本土文化。坐落于繁华地段豆豉街中部的徽州会馆，每遇朱熹生日或午节之时，该会馆均要张灯结彩，锦绣的桌帏及椅子排列整齐，大殿正中神龛上的朱熹神像前摆满了燃着的大小香烛，照得屋内灯火通明，烟香袅绕。福建会馆供有天后娘娘的神位，山西会馆供有关羽神像，每逢这些神过生日，同乡人聚集到会馆中大祭和会宴数天，请外地戏班唱几天大戏（馆内建有戏台），届时几天几夜灯火不熄，鼓乐喧天，围观者众多，热闹非凡。饮食文化方面，广东会馆的狗肉，福建会馆的海菜也很有名气。

但是，1939年3月，日军的一把大火烧了七昼夜，街区70%房屋化为一片瓦砾。大多数会馆也沦为废墟。现仅存吉安会馆、武宁会馆二处。现在保存最为完好的会馆有经过2008年重新维修过的吉安会馆，现被列为江西省文物保护单位。

吉安会馆始建于北宋江中期。现在的是吉安商人在嘉庆二十年至道光七年年间在原有基础上重修而成的，总建筑面积900多平方米，是吴城古镇众多会馆中的杰出代表。该工程共用工期12年，花费银两22534两，距今近200年。会馆南门上方花岗岩匾额"理学名臣"相传为明初大才子解缙所书，纪念民族英雄文天祥。该建筑正面和前厅保存基本完好。

昔日吴城会馆的繁荣，可惜在日军的轰炸下，留给我们的已是永久的遗憾。那些巨大的规模、精巧的工艺，那些雕梁画栋、叠额飞檐，富有各地的建筑风格和特色的精品失去了往日的光泽，只能永久地留在人们的记忆里。还有那些诸如"岭南馆"的遗迹，只能存放在吉安会馆供人们联想、怀念。

探访庙底沟仰韶文化博物馆

2021 年 10 月 17 日，仰韶文化发现暨中国现代考古学诞生 100 周年纪念大会在河南省三门峡市开幕。当日，作为受邀嘉宾，我前往探访位于三门峡市的庙底沟仰韶文化博物馆，该馆一大亮点就是在展出的数千件文物中，没有一件彩陶的样子是相同的。

仰韶村，位于三门峡市渑池县城北 9 千米处韶山脚下。本来，这里只是黄河岸边一个名不见经传的小村落。但是，20 世纪 20 年代的一次考古发现，使这个北方的普通村庄成为中外史学界、考古学界向往的古文明"圣地"，此处的古文化遗址也被命名为"仰韶文化遗址"，翻开了我国原始社会考古研究的第一页。

早在 20 世纪 20 年代初，一位叫安特生的瑞典地质学家在中国考古界活跃着。当时，安特生被中国北洋政府聘请担任农商部矿政顾问，主要职责是寻找矿藏。他曾在张家口找到了龙烟煤矿，为此还受到了大总统袁世凯的接见。然而，安特生更大的兴趣其实是远古文明，因此，他在进行寻找矿藏的同时，对任何可能发现古人类化石的线索都不放过。

1920年，安特生的助手、中国农商部地质调查所采集员刘长山到豫西采集古脊椎动物化石。在渑池县仰韶村，他收集到了一些村民耕地时翻出的石斧、石镰、石刀等古老石器，他判断这些石器极有可能是远古时期的。随后，刘长山又来到村民们挖出石器的地方现场勘查，发现了红底黑花、表面光滑的彩陶残片。于是，刘长山采集、购买了600多件石器和陶片，并将它们全部带回了北京。

安特生见到这么多的石器和陶片非常震惊，他推断仰韶村是一处庞大的新石器时代的遗址，文化层堆积一定十分丰富，于是他立刻亲自到仰韶村考察证实。

1921年4月18日，安特生、刘长山等一行5人来到了渑池县仰韶村。在路边的断壁上，他们发现有许多深灰色的口袋形灰坑非常符合古人类活动遗址的特点。随后，他们在这些灰坑中清理出了大批石器和陶片，并初步分析了已知的范围、地层及遗物的出露情况，确定仰韶遗址分布在仰韶东沟和西沟之间的南北长900米、东西宽300米的冲沟内，为正式的发掘做好了铺垫。

1921 年 10 月 23 日，经过北洋政府农商部和地质调查所的批准，并取得河南省政府的同意，安特生和刚刚从美国留学归来的年轻地质学家袁复礼等 5 位助手一起来到了仰韶村。他们的这次考古发掘拉开了我国田野考古的序幕。

他们的发掘工作从 10 月 27 日开始，一直持续了 35 天。安特生和他的助手们夜以继日地工作，共挖掘了 17 个地点，出土了一大批石器、陶器等珍贵文物及一具人骨架。出土的陶器以红陶为主，也有灰陶，其中尤为引人注目的是极具特色的彩陶，其表面的釉彩是用红、黑、白色矿物作原料研成粉末，涂于器物表面烧制而成，不会脱落或褪色。

这些考古发现证实了仰韶村确实是古人类活动的一个遗址，距今大约有 7000 年的历史，远古时期生活在这里的先民们制陶、狩猎、捕鱼，已经具有很高的生活智慧。

通过对仰韶村发掘的出土文物的系统整理，1923 年，安特生正式发表了《中华远古之文化》一文。在分析仰韶文化的性质时，他认为仰韶文化就是中国古代文化的前身，仰韶遗址的发现证明中国存在史前文化，并且中国文化的根可以追溯到仰韶文化时代。

在此次考古活动中，袁复礼还测绘了我国考古学史上最早的一幅野外考古作品——《仰韶村遗址地形图》。考古学的惯例是将首次发现文化遗存的地名命名为该文化的名称，因此，一种在渑池县仰韶村首次发现的以彩陶为主要标志的远古文化系统便被称为"仰韶文化"。仰韶文化的发现，填补了中国远古文化发展史上的空白。

中华人民共和国成立后，为了守护好这块象征中华民族远古文明的圣土，当地政府在国家、省、市有关部门的重视和支持下，在遗址保护方面做了大量工作。他们一方面大力宣传文物保护法规，并结合当地实际，制定了《渑池县仰韶文化遗址保护管理办法》，使遗址保护工作有章可循；另一方面，他们又多方筹措资金，在仰韶村遗址上修建了断壁保护室和文物陈列室，整修了道路并完善各项保护设施，从而为该遗址的保护创造了一个良好的环境。

2011年，在纪念仰韶文化发现90周年之际，经国家文物局和河南省政府批准，在仰韶村遗址保护区兴建的一个集文物保护、陈列展示和科学研究功能为一体的仰韶文化专题博物馆——仰韶文化博物馆落成并对外开放。该博物馆主要展示黄河流域出土的仰韶文化时期的文物，共设有3个展厅：第一展厅展出仰韶村遗址三次发掘的主要成果；第二展厅展出仰韶村遗址发现者、瑞典学者安特生在仰韶村和我国其他区域的主要考古活动；第三展厅展出中原地区各个仰韶文化典型遗址出土的226件代表性文物。

数千年前，仰韶文化如第一缕曙光，照亮了中华文明的漫漫长河。而今，矗立于渑池县仰韶文化遗址上的仰韶文化博物馆，承载着这缕耀眼的光辉，向世人展示中国灿烂辉煌的远古文明，也令崤函大地光彩倍增。

"一醒惊天下"的三星堆文化

今年暑假刚好去了蜀地，特意去了广汉的三星堆博物馆，离成都只有 40 多分钟路程。

三星堆遗址面积约 12 平方公里，是中国西南地区目前发现的范围最大、延续时间最长、文化内涵最丰富的古遗址。广汉市曾有一景点名叫三星伴月堆。后来考古发掘确证"三星伴月"所说的三个相连的土堆，就是三星堆古城的城墙。

从成都平原出发向西北方向行驶，平原慢慢在身后消失，起伏的丘陵、拔地而起的高山，绵延到远处，这就是举世闻名的龙门山。亿万年来，青藏高原板块向东南推覆形成这条天然分界线，西侧是雄奇壮美的川西高原，东侧是富庶的天府之国。

三星堆就位于龙门山脉西侧的平原上。近年来的考古发现说明，以三星堆为代表的古蜀文明源头最早可追溯到距今约4500年的宝墩文明。在那个时期，黄河上游经历了一个小冰期，气候变得干旱，人们顺着江流寻找更加丰润的土地。一部分黄河上游的人群向南迁徙，来到了成都平原北部沱江支流湔江（鸭子河）南岸三星堆这个地方，发现这里气候适宜，既可以渔猎，又可以种植水稻，因此他们定居了下来，与这里的原住民，以及逆流而上的长江中下游人群交流融合，成为中华文明早期互融的实例。

三星堆是中华文明早期互融发展的一个高潮，是人口迁移的重要地点，积淀时间长、文明发展程度高，同时孕育了灿烂辉煌的青铜文明。在神话传说中，古蜀文明历经了五个王朝，分别是蚕丛、柏灌、鱼凫、杜宇、开明。因多件出土文物上有鱼凫的图案，很多专家推测三星堆就是"鱼凫王朝"的国都。

"沉睡三千年，一醒惊天下"。拥有丰富灿烂艺术与文化的三星堆文明，在1986年的抢救性发掘后震惊世界。目前，三星堆遗址新发现的6个祭祀坑的考古发掘工作正在进行。

在距今三千多年前的古蜀地区，人类就已迈出对外探索的脚步。沿着古商道，蜀布和丝绸售往古印度、大夏（阿姆河流域）与古罗马，而大量来自印度洋海域的海贝也流传到古蜀地区。三星堆遗址的考古发现，揭示了古代古蜀地区与南亚、中亚等地区的交流互动。

在中国文明总体进程中，以三星堆文化为代表的古蜀文明占据怎样的地位？四川师范大学巴蜀文化研究中心副教授李竞恒告诉我们，三星堆文化与中原文明存在联系，"彩陶文化时期，黄河中上游地区文化与川西、川西北存在较多交流；三星堆礼制中大量使用较早的'夏礼'，祭祀坑出土的铜爬龙器盖等物品也可能和崇拜龙的夏王朝礼乐存在关联；三星堆出土的青铜龙虎尊等形制，显示出对商文化礼器的模仿。"

"古蜀文明并行于商文明，两者之间有着深刻的政治、文化、经济方面的交流，共同构成中国古文明的总体内涵。从中国文明的总体进程角度讲，古代巴蜀文化是中华传统文化的重要组成部分。"四川师范大学历史文化与旅游学院、巴蜀文化研究中心讲师龚伟表示。

作为中国的名片，三星堆文化在对外传播中，如何保持综合价值和持久影响？在四川大学文学与新闻学院副院长、教授操慧看来，讲好三星堆文化的故事，需要立足全球化、网络化、信息化的传播生态以及接收新语境；三星堆对外传播是一个持续的过程，"文化+""网络+""故事+"是组合策略；形成多元的三星堆意见领袖社群，通过开展互动活动传播三星堆、讨论中国历史文化。

"三星堆题材开发是一个系列工程，从故事脚本到 IP

转化，从由头线索到代表作品，从活动策划到文献资料数字化，不仅需要政策层面支持，也需要全局规划。"四川大学文学与新闻学院讲师骆世查表示，作为题材的三星堆应进行阶段性开发，在成果知识的普及和传播基础上实现突破，在纵深题材方面不断发力。

四川省文物考古研究院研究员黄剑华认为，中国文明自古以来是开放的，与世界的交流源远流长，三星堆考古发现对此是很好的印证；从美术考古角度来看，三星堆遗址出土的青铜造像群和大量精美文物，在世界美术史上谱写了新的篇章，"古希腊、古埃及在人物雕像艺术方面的绚丽景观，使西方学者忽略了中国等世界东方国家在人物雕像方面的成就。三星堆青铜人物造像群的考古发现，有力纠正了这一偏见。"

"崤函古道"怀古

　　三门峡有一条"西南—东北"走向的山脉，横亘在市区和渑池之间。山脉逶迤，一直延伸到黄河南岸；海拔也不低，地形图上甚至能看到星星点点的雪线。山叫"崤山"，三门峡人自称"崤函儿女"，便与这崤山有关。

　　崤山险峻，也并非无路可走。在三门峡市区36km开外的硖石乡车壕村附近，在石灰石质山坡上，你能看到一段宽3-6米的路。路面被风雨侵蚀得厉害，但车辙仍然清晰可见，有的地段还有驼马蹄印叠成的椭圆窝儿。

　　这一切都诉说着它的古老。这条路，叫作"崤函古道"。

　　崤函古道，是古代中国的两个都城洛阳与长安之间的交通要道，又叫两京古道，全长约有四百公里。

　　崤函古道的地理地貌是这样的——

黄河，中国重要的承载历史文明的河流，从北方流过来，向南遇到了巨大的秦岭山脉，不得不拐弯向东，在两山之间滔滔东去。滔滔东去的黄河成了崤函古道北边的一条天然屏障。

古道南边就是秦岭，自西向东，崇高峻险，不可逾越。

黄河与秦岭之间，有三、四级台地，海拔五百米到七百米，长年的雨水冲蚀，形成了一道道陡深的沟壑。

只有黄河南岸的一级台地，狭窄修长，地势相对平缓。这一级台地可以修路，供人行走。

崤函古道的东端是河洛平原，西端是关中平原，北边是晋南平原，这个地区，是中华文明发源的核心地区，从新石器文化中期一直到中世纪，都是中国的政治、经济和文化中心。

可以这样说。崤函古道连起了古代中国的三大文明核心区，而且，承载着洛阳与长安两京之间的一切交流和沟通，在很长的古代历史时期，崤函古道是一条名副其实的京畿大道。

崤函古道最险处有二，其一为今陕州区十里庙至甘壕段，历史上著名的秦晋"崤之战"当发生在此地段。公元前 7 世纪的上半期，北方的晋和西方的秦都成了强大的诸侯国。

晋文公（重耳）流亡在外时，曾经得到秦穆公的帮助，并且娶了穆公之女文嬴为妻，两国关系比较亲密，且多次联姻，"秦晋之好"即源于此。

晋文公回国建立政权后，晋逐渐强大；秦在穆公即位后，国势日盛，也有图霸中原之意，但东出道路被晋所阻。

周襄王二十四年（前628）秦穆公得知郑、晋两国国君新丧，不听大臣蹇叔等劝阻，执意要越过晋境偷袭郑国。

晋文公儿子晋襄公为维护霸业，决心攻打秦国。为不惊动秦军，准备待其回师时，设伏于崤山险地围而歼之。十二月，秦派孟明视等率军出袭郑国，次年春顺利通过崤山隘道，越过晋国南境，抵达滑（今河南偃师东南），恰与赴周贩牛的郑国商人弦高相遇。

机警的弦高断定秦军必是袭郑而来，一面冒充郑国使者犒劳秦军，一面派人回国报警。孟明视以为郑国已有防备，不敢再贸然进军，临时改变了战略，"灭滑而还"。晋国侦知秦师返归，命先轸率军秘密赶至崤山，并联络当地姜戎埋伏于隘道两侧。

秦军重返崤山，全部进入晋军伏击地域后，晋军立即封锁峡谷两头，突然发起猛攻。晋襄公身着丧服督战，将士个个奋勇杀敌。

秦军身陷隘道，进退不能，惊恐大乱，全部被歼。秦军三帅孟明视、西乞术、白乙丙被晋军俘虏。

重温三门峡历史著名的崤函古道，探寻"秦晋崤之战"，感受历史的风云激荡！

"武陵第一奇观" 红石林

　　我看过不少山也看过不少水，哪里的水都差不了多少，不同的山还真是不一样，具体说来是长在山里的石头不一样。湘西古丈红石林就有着独特的景观，哪里都不可替代。据地质专家考证，古丈红石林在4.8亿年前，是一片扬了古海。海底沉积了大量混合泥沙的碳酸盐物质，经地壳运动和侵蚀溶蚀作用，形成了现今纵横交错的石林迷宫景观。景区内石峰林立，万峰叠嶂，千姿百态斯特地貌向世人展现了其独特而迷人的风采。景区融红、秀、峻、奇、绝、古于一身，堪称"武陵第一奇观"。

　　古丈红石林是目前全球唯一在寒武纪形成的红色碳酸岩石林景区。它地处古丈县城26公里的大山深处，面积约三十平方公里，与云南的石林，遥相呼应，表现出各自完全不同风格的美。凡到过的人，无不被它那美丽的景色所吸引，所陶醉，所迷恋。

寒武纪是显生宙的开始，距今约5亿4千2百万年前-4亿8千8百万年。看这样一片距离时间都几乎不可想象的石林，当然更令人憧憬。

红石林景区与千年古镇芙蓉镇（王村）隔河相望，与天下第一漂猛洞河毗邻，处在张家界至凤凰古城这条旅游黄金走廊的中心节点位置。

红石林属于喀斯特地貌的一种，在我国云南、贵州两省分布较多，但大都以灰色石林为主，像古丈红石林这样的"红皮肤"现在是全国唯一。

进景区后，你会惊喜地发现漫山遍野间如盆景般奇特造型的红色石海。进入石林区，景观奇奥，胜景如云，风光美妙。环顾四周，恍入梦境，犹如迈入了一座大型的天然石景雕塑博物馆，给人带来了美的享受。在嶙峋的石道中往回穿梭，在触摸中让肌肤感受大地的皱纹，粗粝的石头在脚下闪着红艳艳的光泽，地质专家介绍，红石林曾经是大海，地质裂变，沧海桑田，使其成为人间绝妙之境。

任何一次地质的裂变，都是天地造化鬼斧神工的有意为之。世人惊叹，在离红石林不远的张家界市，同样山石耸立，同样是海的造就，却与红石林迥然各异。张家界的海，外表刀削斧劈，气势磅礴，内心锋芒凌厉，张扬狂放；红石林的海，貌似红艳似火，激情浪漫，实则守巧若拙，温柔娴静。或许，红石林，曾是一片温柔的浅海。

褚红色的石峰有的如红莲初绽，有的如驼峰突起，有的如骏马奔腾，更有各种石墙、石柱、石洞、飞来石、天生桥等，都惟妙惟肖，让人目不暇接，流连忘返。这里所有的石头都披着一层细密的纹格，如同珊瑚礁一般。这里到处都是摄影爱好者取景的好地方，我们没有照相机，手机的照相功能也不懒，我和父亲挣着抢镜头留美景，乐此不疲。

石林中有峡谷、溪流、清泉、如织毯样的草坪、古老的紫藤花，与红石林相得益彰，整体景观秀丽精致清雅，宛如一个天然的园林。

著名石景有扬子古海、天池、地池、人池、奥陶海底、小龙峡、水漫金石、花儿包、摆手坪，幸运门，宝藏坪等等，另还有地下溶洞，绝壁天坑，千年古木等，景区内石峰林立，万峰叠嶂，千姿百态斯特地貌向世人展现了其独特而迷人的风采。构成了有的如神龟探海，鹰击长空，有的像紫荆花怒放，海洋冰床，有的像城堡峰，有的像乳燕待哺、蜗牛搬家，有的如七彩迷宫，有的如少女出浴、捧手祈福、观音坐莲，有的像石鞭候主、神龟探海，有的如神雕望月、锦鸡鸣喜等形态多样、色彩斑斓、层次分明、美妙神奇、绚丽壮观的地质地貌景观。

进入石林区，景观奇奥，胜景如云，风光美妙。环顾四周，恍入梦境，犹如迈入了一座大型的天然石景雕塑博物馆，给人带来了美的享受。这里奇石遍布，色彩鲜艳，造型奇特，最珍贵的是它保持着一种原生态的美，在发现以前从来没被人打扰过。

导游说，古丈红石林的色彩还会因天气而变，晴天望之，一片紫红；阵雨过后，顿成褐红，宛如一幅山水画；雨过天晴，无数石峰又魔幻一般从边缘由褐红变成紫红，此时颜色鲜艳，如工笔重彩，须臾之间，变化多端，令人惊叹。古丈红石林的色彩变化我们是没看到的，我们来的这天是晴天，看到的是紫红色，但我相信导游说的话。

造访夜郎谷

很早就听说新晃为夜郎古国，但一直未曾造访，总是缺少那么一点机缘巧合。

《辞海》第 351 页、《辞源》第 656 页都有解释："夜郎汉时是我国西南古国名。……古县名。唐贞观五年（公元 631 年）置，在今湖南新晃侗族自治县境。五代时废。北宋大观二年（公元 1108 年）复置，宜和二年（公元 1120 年）又废。"

古夜郎从战国至汉代鼎盛时期到公元 1120 年的北宋时期，曲曲折折走过了一千多年时间，从鼎盛时期的贵州与四川、云南交界之地迁到西南与中南接壤的湘西新晃，也走过了千年的沧桑。古夜郎在新晃建县、废县又复置，前后又经历了 500 来年的风雨历程。

清朝的《湖南通志》有"潭州：上古之苗国之地，春秋战国属楚""苗，自长沙、沅、辰以南，尽夜郎之境有之"的记载；清道光五年编纂的《晃州厅志·建置沿革》卷有"晃州，古黔中郡地，楚之上游而沅之北门也，在汉属夜郎国"的记载；《晃州厅志·艺文卷》有"清王渔华题竹王庙和梅峰夜郎览古诗……"的记载。清代前，新晃县为纪念夜郎王的竹王庙早已成为老县城的一大名胜风景地。唐代长孙无忌著《隋书·地理志》中也有记载："唐长安四年，以沅州之夜郎、渭溪二县置舞州。开元十三年，以舞武声相近，更名鹤州。二十年，又名业州。大历五年，又更名奖州，或为龙溪郡，属江南道，领县二峨山、渭溪。"

龙景和编注《晃州历代诗选注》摘录的民国二十八年（1939年）湖南省第十区专员来晃视察撰有一副对联："黔头楚尾夜郎国；白芷丹砂酒店塘。"

我只是摘录了部分有关新晃和古夜郎血缘关系的文史资料，但就以上这些文摘，就足以证明新晃确实是夜郎古国中后期的夜郎国（县），且在境内前前后后、断断续续持续了500余年历史。

当然，此次我不是来证明新晃是不是夜郎古国的，只是一名普通的游客。新晃夜郎谷，是湖南省最西部的新晃侗族自治县方家屯乡与贵州省万山区高楼坪乡的结合部，夜郎谷呈英文字母"V"字形，全长15公里，谷底最宽处不足30米、最窄处不过4、5米，山谷直接切割深度大约 200—300 米。一条石板砌成的古道贯穿峡谷，由于它天生的山、水、崖、瀑，使之赢得了"三十里幽谷，三十里画廊，三十里世外桃源"的美誉，因此吸引了众多户外爱好者前来光顾。这不，我们一行 10 人不辞辛劳，自驾前来一游。

峡谷中的古道，据说是连接新晃和贵州万山区域的纽带，修砌得坚实牢固，虽然经历了岁月的磨砺，但大部分道路保存完好。如今交通便利，这里已经很少有人光顾，处于长年封存状态，谷内草木自然繁衍，青秀无比。山谷两岸峰崖壁立、谷底一条小溪水静静地流淌，清澈见底，窄处滔滔喧响，宽处波光粼峋。小鱼小虾随处可见，特别是螃蟹，随机翻开一块小石头，下面定有一只或几只螃蟹在蛰伏着，只叫人欣喜不已。

走在草木纵深的峡谷中，有一种返璞归真的感觉，从峡谷仰望天空，那一片蓝天就像一幅多彩的帷幕覆盖在峡谷的上空，两岸的悬崖上三三两两的树木支撑着帷幕的一角，更多的是突兀的岩峰直指云端，仿佛要独撑那一片蓝，不让那蓝中的白云飘下来似的。

峡谷唯一的路就是这条石板古道，越往深处走，风景越发俊美。从外到内，虽然没有奇峰异石，山峦起伏，没有参天古树，涌动群峰，但是古道两边的奇花异果让你目不暇接，大开眼界。两岸悬崖斧劈刀削般垂直而立，有的崖壁又像一层一层切割平整的石板堆砌而成，有的又好似从地底下钻出来的一面巨大屏风，伫立在峡谷两边。总之，走在峡谷中，你能看到悠长的峡谷草木深深，碧水清清，挤挤挨挨的两岸悬崖，或凹或凸，各显神态，这时，你可以随意把它们想象成诸如子规夜啼、万佛朝拜、抑或牛鬼蛇神、妖魔鬼怪等景观都行。

一路走，一路玩，一路看，一路想，如此这般独特的美景你一定会惊叹于大自然的鬼斧神工，不由得联想到以奇、险、峻、秀闻名的张家界金鞭溪风光，如果夜郎谷能够稍微进行一些修饰和打整，一定可以与金鞭溪媲美，那山那水那岩石那植被，与金鞭溪相差无几。由此可见，"三十里幽谷，三十里画廊，三十里世外桃源"。虽然有些夸张，但是也不算过分。

当然，公园里还是多加建一些有关夜郎特色的景观，这样才更有游夜郎古国的感觉。

一抹暖阳照在路的那一边，崖壁透过树木枝丫望不到顶，只有一方蓝天从古至今一直湛蓝在峡谷的上空，笼罩着千百年来从这里走过的人们和这里的一草一木。这次探访夜郎谷，遗憾的是正逢枯水季节，没能看到飞流而下的瀑布景观，实属遗憾。不过留点遗憾甚好，期待下一次的造访。

湘粤古道上的历史脚印

　　古道，是指古旧的道路，包括了陆道和水道。在古时交通并不发达的时候，一条艰险的砂石小道可能就是一个村庄与外界联系的唯一途径。

　　说起古道，很多湖南人的第一反应应该是：湘粤古道。

　　悠长的湘粤古道，并非平凡之路，它串起了历史的沧桑厚重与湘南风物的温润之美。曾经艰辛的行旅已成为消散的历史烟云，但古道边那些与自然和谐共生的生活，依然留存至今。古道、驿站、茶亭、古井、古树、古桥、旧居，它们与城市、与高铁共存于这片土地。这条繁华与荒败并存的古道，拥有一种差异化的美。一路走来，那些古朴的遗存，那些热情的人民，让我们感受到来自遥远乡野的温情，行走，让我们收获了乘坐现代交通工具不能遇见的美好。

　　路，是踩出来的。一千多年前，"一骑红尘妃子笑，无人知是荔枝来"，当年一款奢侈贡品——荔枝，就是从这条古道，千里加急，驰运送到长安的宫廷。

湘粤古道，最早源于秦始皇远征南越的 15 万雄师硬踩出来的，两千年来，湘粤古道承载着丰富的政治军事、文化传播、商贸往来发挥着重要作用，是连接中原与岭南的交通要道。汉武帝元鼎五年（公元前 112 年），封路博德为伏波将军，从桂阳郡（郴州）出发，消灭了南越割据政权，统一了两广地区。汉光武帝建武年间，卫飒任桂阳郡太守，大力改造湘粤古道，拓宽路面，青石铺地，增修亭馆、驿站，建立邮驿。《万历郴州志》记载："飒凿山通道，垂利世世……"湘粤古道经过这次大规模改造后基本定型，沿用了近两千年。

清初至民国，由于战事频繁，淮盐无法入湘，湖湘人民只能食用粤盐。南粤铁具器皿主要从湘南输入，湘粤古道便成为盐铁贸易的重要途径。湘粤古道地处长江水系与珠江水系的分水岭——五岭。湘江、耒水等由水路北来的船只进入郴州就不能再往南方，货物只能上岸，雇用骡马或力夫，经肩挑马驮至宜章再经水路南下至广东各地。粤盐广货经水路运抵宜章，再舍舟登陆，北运郴、永、攸、耒各县，加上官兵调防，朝廷官员、差役的车轿马匹往来，热闹异常，为当时湘粤两地政治、经济、军事、文化的大动脉。

民国 23-25 年（1934-1936）后，湘粤公路与粤汉铁路的相继通车，仕商行旅多乘汽车、火车，肩挑贩运也多走公路。故昔日大路，行旅日稀。嗣后，骡马绝迹，荆榛塞途，驿道遂废。

如今的湘粤古道，北起湖南省郴州市郴州裕后街，南至广东省韶关市乐昌市坪石镇水牛湾。其中湖南段的历史建筑古迹，现已被湖南省政府列为省级重点文物保护单位。走在湘粤古道上，每一块青石板，每一个脚印，恍如穿越时光千年，无数的商旅运货骡马和独轮手推车从这里经过，他们大汗淋漓，脚踩坚硬的青石板，日积月累，终留下深深的印记。我们漫步古道，穿越千年百年，感受沧海桑田，探寻历史岁月留下的印记。

据省考古所所长袁家荣介绍，我国对于古道文物定位还很模糊，因为往往历朝历代都会将同一条道路修建或者改道，所以对于古道的文物定位就很难。一旦湘粤古道成为省级文物保护单位，那么就有可能成为全国第一例将古道作为文物保护单位保护起来。据悉，省文物局初步的具体保护措施为，截取古道保存完整的一段，前后建立牌楼，并注明这里就是湘粤古道。

湘粤古道上那些深深的骡马蹄印，只有经千百年反复的践踏才有可能形成，这是名副其实的历史脚印，勾起我们对历史的无限回想。

千年大运河焕发新光彩

我们所称的大运河文化，就是"京杭大运河文化"。

大运河全长 1782 公里（东西走向的浙东运河及其他局部地区的小运河未计在内），跨越北京、天津、河北、山东、江苏、浙江四省二市，沟通了钱塘江、长江、淮河、黄河、海河五大水系。

大运河文化，上承春秋周敬王三十四年，下至清宣统末年，续以当代公元两千年之初。大运河是流动的文化，以物态文化创造出流动的历史。因此大运河文化史的时间至少有 2400 多年，比中国的封建王朝还要长，跨越了奴隶社会、封建社会、半封建半殖民地社会、社会主义社会等四种社会形态。大运河文化是一部囊括了中国社会古代内容的最主要的发展史，其文化地位显然比长城重要。

水波涟涟，滋养文化。千百年来，大运河日夜不息、流淌至今，恰如中华文化生生不息、奔涌向前。

大运河是一条母亲河，它不仅养育了沿线千千万万百姓，而且积淀了丰厚的历史文化遗产。尽管今天它的某些功能渐渐退出历史舞台，但它的历史文化价值却历久弥新、熠熠生辉。与多数文化遗产不同，大运河文化遗产有其特殊性：一是大运河是流淌的、活态的，不是静态的文化遗产。二是大运河文化遗产的分布不是一个点、一个面，而是由点、线、面共同构成的巨型带状大遗产。三是大运河文化遗产今天总体上仍在使用，并不断被注入新的内涵。这种独特性，决定了对大运河文化遗产的保护应该是积极的活态保护。

新中国成立后，国家将京杭大运河列为重点发展的内河航运主干线之一。尤其是改革开放后，运河建设的步伐进一步加快。运河不仅承担了繁忙的运输重任，同时还发挥着巨大的防洪、灌溉、供水、旅游等多种综合效益。历经沧桑，饱受风雨后的古运河，经过治理，必将重新焕发出青春的生机，对今后运河沿线的经济文化的发展继续发挥其重要的作用。

习近平总书记指出："大运河是祖先留给我们的宝贵遗产，是流动的文化，要统筹保护好、传承好、利用好。"不久前，北运河通州段迎来全线旅游通航。从漕运码头出发，沿着全新的航道前行，不仅可以欣赏旖旎风光，还能感受大运河文化的魅力。行至甘棠船闸，"甘棠鱼跃"4个字跃然闸首，浮雕墙上复刻清朝乾隆年间绘制的《潞河督运图》，再现运河河道漕运经济、商贸往来及民俗文化盛景。随船而行，大运河丰富的文化遗产和形态万千的民风民俗令人印象深刻。

"通达千里，运化古今"。大运河悠然流过千载，流向远方。水运涵养水韵，水韵激扬水蕴，传承历史文脉、讲好运河故事、贴近群众需求，就一定能推动大运河文化在新时代不断焕发新光彩。

梦醒楼兰

　　大漠无边，黄沙漫卷。历史的车轮碾一路风尘，越千年沧桑，在幽怨的驼铃声中，惊醒了楼兰古国沉沉的酣梦。

　　19 世纪初期，瑞典人斯文赫定在这寸草不生、满目荒凉的大漠深处，发现消逝的远古文明。于是，脚步兴奋的猜谜人踏破了旷古宁谧，在这里驻足，在这里茫然。瞬间的消亡，使楼兰古国以其神秘和瑰丽展现在世人的面前。

　　史书中的楼兰曾是南北丝绸之路的交汇处。一汪碧水，孕育了富饶的绿洲，一条纽带，牵系着东西的商旅。其位置的重要性显而易见。就连当年盛极一时的大唐王朝也视为劲敌，在唐代大诗人王昌龄的《从军行》里就有"青海长云暗雪山，孤城遥望玉门关。黄沙百战穿金甲，不破楼兰终不还"的豪言壮语。而今，在干涸的河床上，只有挺立的胡杨，断壁残垣的古城墙。依然伫立在猎猎风中，仿佛仍在诉说着曾经的金戈铁马，气吞山河的杀伐之声。又仿佛在追忆着昔日的繁华与荣光。

楼兰，你曾是西域中一个短暂而繁华的文明，你曾在茫茫的大漠中骄傲地展现出炫目的灿烂，然而，曾几何时，你又悄悄地在无情的黄沙中消失得无影无踪，用无尽的沙漠掩盖了你谜一样的身躯。留给后人的只有那昙花一现的繁荣，如天际间的流星短暂而又永恒。

楼兰公主的翩翩舞衣也已在驼铃的摇曳里飘飞而去，但那纤巧的足尖踏响的音韵，依旧在西北荒漠的天空下回荡，每一颗扬起的沙粒都诉说着一个眼神，一个梦想。

一书看尽古城苏州一万年

"人人都说江南好"，江南是诗人笔下最美的意象，是中国文化重要的符号。

锦绣江南，苏州尤最。苏州承载着人们对江南的最美好想象。

苏州地处江南核心区域，从一万多年前三山文化起源，苏州历史文化绵延不绝、博大精深、辉煌灿烂。历经2500多年沧桑的苏州城，仍然保持着"水陆并行、河街相邻"的双棋盘格局和"小桥流水、粉墙黛瓦"的江南风貌，明清时期更是成为全国的经济文化中心。繁华姑苏创造出江南风光、园林盛景，孕育出以昆曲、苏绣、苏作为代表的苏式生活方式，滋养出历代贤人和名城风骨。改革开放以后特别是党的十八大以来，苏州又以"争第一、创唯一"的姿态勇立潮头，经济文化发展水平再攀新高，描绘着一幅新时代的"姑苏繁华图"。

专家们都认为，苏州文化是江南文化的典范和代表，研究江南文化不能不研究苏州和苏州文化。2020 年 8 月 29 日上午，《江苏地方文化史·苏州卷》首发式在苏州举行。此书是"江苏文脉整理与研究工程"中"江苏地方文化史"首批出版成果之一，也是第一部较为系统、成熟的"苏州文化史"。古城苏州一万多年的灿烂历史，在书中得到全面展示。经三年多的努力，该书由江苏人民出版社正式出版。

全书以苏州市域现辖 4 市 6 区为研究范围，由绪论、正文、结语、大事记等内容构成，共约 40 万字。

正文前六章按历史时段纵向通论，通过勾画各个时代苏州地区的社会经济背景、代表性的文化史事及社会风尚的整体变化等，叙说了苏州文化自史前至近代发展演变的六个阶段。

苏州文化源远流长，产生于史前时期。距今一万年前太湖三山岛上原始先民的活动遗迹是目前可追溯到的苏州历史文化的源头。根据考古遗存，苏州地区在新石器时代经历了马家浜文化、崧泽文化、良渚文化的发展序列。

苏州文化发展于春秋吴国时期。这一时期的吴人"轻死易发"，即民风尚武，故而产生了孙武、伍子胥等多位军事名家。但同时也涌现出道德高尚的太伯、诚信君子季札及得圣人之教而以文学著称的言偃等文化名士，为后世吴地的人文荟萃奠定了基础。

秦汉魏晋南北朝是苏州文化的发展变化期。这一时期，北方地区战火纷飞，而江南地区相对安定，北方人口的大量南下给吴地带来了先进的中原文明。汉代以后，吴地文风渐兴，涌现出不少文化世族，史书记载中已有"东方人多才"之说。进入六朝，苏州文化完成了由尚武到崇文的转型，文学艺术、宗教等开始全面发展。

隋唐宋元时期，苏州文化迎来了初步兴盛。随着大运河的开通、全国经济重心的南移，苏州地区经济、社会持续发展，大量的官宦文人来到苏州，从事文化创造，留下了"苏州刺史例能诗"的美谈。范仲淹返乡任职时创立府学，苏州文风大振，人才更加浸盛。"天上天堂，地下苏杭"之谚即是在这一阶段广为人知，并传誉至今。

明及清前期，苏州文化达到全盛。这一时期苏州的繁华妇孺皆知，曹雪芹在《红楼梦》开篇就毫不吝啬的称赞姑苏阊门"最是红尘中一二等富贵风流之地"。但经济中心之外，苏州更是全国无可争议的文化中心。文士群聚、状元辈出、戏曲繁荣、医家林立，各类人才不断涌现，故时人有"吾苏也，郡甲天下之郡，学甲天下之学，人才甲天下之人才，伟哉"之叹。凭借工商业的支撑和雄厚的经济实力，苏州还掌握了审美评价的话语权，给国人的服饰及生活方式提供了"苏州样板"，引领了全国的时尚潮流。

晚清民国是苏州文化的近代转型时期。由于太平天国战争的破坏，苏州工商业中心的地位被上海取代，但苏州文化并没有就此沉寂。这一时期苏州仍为传统国学的重镇，经学大师俞樾与其弟子章太炎长期驻留苏州，研究、传播国学，使苏州成为文化复兴的基地。与此同时，苏州孕育了冯桂芬、王韬、翁同龢等一大批向西方学习的有识之士，推动着中国的思想革新和社会变革。

正文后十一章分门别类，从科学技术、教育与科举、文学与语言、学术、宗教、书画雕塑、戏曲曲艺、工艺美术、园林及建筑、民俗、慈善等十一个专题展现了历史时期苏州文化的繁荣样貌。

苏州科学技术先进。历史时期，苏州积累了丰富的精耕细作技术，使农田产量既高又稳；总结了一套治水方法，变水患为水利，留下了众多水利科学著作；形成了享有盛誉的"吴门医派"，名医辈出，独创"温病学说"；传承了集木作、水作、砖作、木雕、石雕等多工种于一体的香山帮建筑工艺，史称"江南木工巧匠皆出于香山"。此外，在冶金、光学、造船、天文学、数学、地理学等多个方面都有杰出成就。

苏州文教发达。唐宋以降，苏州科举兴盛，进士辈出。尤其作为进士之首的状元，更被说成是苏州的特产。清代全国共出状元 112 名，而苏州一府即有 29 名，占总数的 26%，状元人数超过了江苏以外的任何其他省份。近代以来，苏州教育事业较早向近代转型，但崇文重教之风始终未变。

苏州学术氛围浓厚。从先秦的季札、言偃到魏晋南北朝的皇侃、顾野王，再到唐宋的陆德明、范仲淹，明清的归有光、顾炎武、惠栋，近代的俞樾、章太炎、冯桂芬、王韬等，几乎每个时代苏州都有全国性影响的学术大师存在，他们的学术研究成果精湛，贡献卓著，引领全国。

苏州公益慈善繁荣兴盛。北宋范仲淹在苏州设立范氏义庄，开宗族有组织地从事慈善义举的先河，"踵其法而行者，指不胜屈"。明清时期，苏州慈善组织数量之多、慈善事业之盛在全国首屈一指，出现了袁黄、彭绍升、潘曾沂、冯桂芬、谢家福等著名慈善家，为善成风。在西学东渐的浪潮中，苏州成为国内学习西方"教养兼施"慈善理念的先行者，扩大了中国传统慈善侧重于"收养"的功能理念。

苏州是文学艺术的重镇。苏州的文人群体星河灿烂，代有名家。有西晋文艺理论家陆机，有唐代书法家"草圣"张旭，有宋代田园诗人范成大，有元代文学家顾瑛。尤其是到明清时期，苏州的文学艺术发展至鼎盛，诗人、文学家、书法家和画家聚集的程度，是全国任何一个地方都难以比拟的。有号称"吴中四杰"的高启、杨基、张羽、徐贲；有被誉为"吴中四才子"的文徵明、唐寅、祝允明和徐祯卿；有通俗小说大家冯梦龙；有文学批评家金圣叹；有现实主义剧作家李玉等。著名的吴门书派和画派皆于焉形成，沈周、仇英等在中国艺术史上占据着举足轻重的地位。

苏州是工艺之邦。苏州是我国工艺品的传统产地，形成有"苏式""苏作"等精细雅致的工艺品牌。苏绣瑰丽精致，是我国享有盛誉的四大名绣之一；苏州玉雕有"鬼斧神工"之誉称；桃花坞木刻年画是南北三大民间木刻年画流派之一。此外，还有"吴装最善，他处无及"的苏裱，富于变化的"怀袖雅物"苏州折扇，形态生动逼真的虎丘泥人，高雅绝俗的苏式家具，玲珑剔透的红木小件，以及缂丝、剧装戏具、民族乐器等。

苏州是戏曲之乡。历史跌宕传承至今，苏州戏曲入选国家级非遗名录的就有昆曲、苏州评弹、苏滩苏剧及苏州滑稽戏等。魏良辅改良的昆曲，风靡全国，以致有"四方歌曲必宗吴门"之说，而起源于苏州的评弹，也深受社会各阶层的喜爱。苏州戏曲曲艺形成了鲜明的地域品格，人们多用兰花的清雅、水磨的软糯加以形容，这一定程度上也塑造了人们心中的苏州印象。

苏州是园林之城。苏州古典园林领先全国，据知明代苏州城内园林多达270余处，清代构筑者也有130多所，故有"苏州好，城里半园亭"之说，并且名园佳构，各擅其胜，不少已列入世界文化遗产。作为中国私家园林的典范，苏州园林师法自然，追求意境，淡雅幽静，充满了诗情画意，塑造了城市的气质和品格。

通过整体透视与具象考察，本书将苏州文化在长期发展过程中的特质概括为：水乡特色、温婉灵动；连续发展、一路上升；开放包容、与时俱进；崇尚文教、追求卓越；天下意识、责任担当等。本书以文化为专门视角，通专结合、博采众长、资料丰富、揽图入史，对苏州市域的历史文化进行了系统的发掘、梳理、整合和阐述，是第一部体系完整、内容齐备、学术性与可读性兼具的"苏州文化史"。对于这一填补空白之作，中国明史学会常务副会长、南京大学范金民教授评价本书"学术创新，学风严谨，论从史出，叙事公允，在地域文化书写方面作出了重要贡献，可以为省内乃至全国其他市域编撰地方文化史提供书写示范"。